Knaur

Über den Autor:

Peter J. Kraus, geboren 1941 in Wolfenbüttel, wanderte 1949 mit seinen Eltern in die USA aus, machte eine kaufmännische Ausbildung, fuhr Autorennen, war Musikredakteur und Moderator bei verschiedenen kalifornischen Radiosendern, außerdem Kritiker und Pophistoriker für amerikanische Musikzeitschriften. Er lebt in Santa Maria, Kalifornien. *Geier* ist nach drei Sachbüchern über Rock und Blues in den USA sowie über die legendäre Route 66 sein vielversprechendes Debüt im Krimi.

Peter J. Kraus

Geier

Roman

Knaur

Besuchen Sie uns im Internet:
www.droemer-knaur.de

Originalausgabe 2003

Redaktion: Ilse Wagner
Umschlaggestaltung: ZERO Werbeagentur, München
Umschlagabbildung: Corbis, Düsseldorf
Satz: Ventura Publisher im Verlag
Druck und Bindung: Nørhaven Paperback A/S
Printed in Denmark
ISBN 3-426-62327-7

5 4 3 2 1

Geier

1 Strandlauf

Die Füße brannten wie Feuer, aber ich joggte verbissen weiter und keuchte dabei wie mein Erzeuger, an den ich mich nur ungern erinnere. Gerade war die Sonne im Pazifik versunken, ihre letzten, senkrechten Strahlen färbten den schmalen Wolkenstreifen über den Inseln dunkelrot. Der Sand war noch warm. Das Bier von vorhin gurgelte im Magen. Vielleicht sollte ich nicht so viel saufen.

Fast wäre ich über ihn gestolpert. Er lag – Arsch voran – am Rand des Meeres, und zuerst hielt ich ihn für einen toten Seelöwen. Die werden an diesem Küstenabschnitt öfter von der Flut ausgekotzt, aber meist stinken sie dann schon jämmerlich. Dieser hier war noch nicht ranzig.

Ich beugte mich runter und sah, dass es ein Kerl war. Einer in meinem Alter, vielleicht etwas älter. Dick war er, die sichtbare Gesichtshälfte aufgedunsen und bleich, mit straffem Hamsterbäckchen. Er hatte einen breiten, bei diesem miesen Licht tiefschwarzen Seehundschnauzer, dazu passend einen dichten Naturpullover auf dem nackten Oberkörper. Der Haarkranz klebte am Schädel. Er streckte dem Himmel seine linke Ohrmuschel entgegen, die ihm jemand aufgebohrt hatte. Kein Blut, aber ein ordentliches Loch, das auditive Feinheiten wie Windungen und Trommelfelle überflüssig gemacht hatte. Er musste gerade angespült worden sein. Mausetot. Das sah selbst ich. Dem Kerl war nicht mehr zu helfen.

Kein Schwein war am Strand, niemand, den ich hätte rufen können. Ich wollte diesen Kerl nicht unbedingt wegziehen – erstens ist Anfassen nicht mein Ding, und zweitens wären vielleicht die Cops sauer. Also griff ich mit spitzen Ekelfingern in seine beiden hinteren Jeanstaschen und suchte irgendwas mit seinem Namen darauf. Nichts. Ich setzte meine rechte Ledersandale auf seinen fetten Hintern und drückte. Er rollte wie eine schlabbrige Gliederpuppe auf die Seite.
Die rechte Hosentasche schien im schwachen Licht leicht ausgebeult. Ich hielt sie auf und tastete. Fies, der kalte Oberschenkel. Mich würgte; das Bier wollte hoch. Ich schluckte und griff entschlossen hinein. Ein klebriges, glitschiges, glattes Etwas steckte da. Mit Zeige- und Mittelfinger zog ich einen Klumpen aus der Tasche. Ein Notizbuch? Ich schob es in meinen Buttpack und trabte nach Hause. Ich Idiot.
Wenn ich nicht so eine dämliche Neigung zum Schnüffeln hätte, könnte ich noch heute mein unbekümmertes Surferleben führen. Aber jetzt ist es zu spät. Jetzt hilft kein Jammern mehr. Na ja.
Jedenfalls komme ich in meine Bude, knipse das Küchenlicht an und klappe den Tisch von der Wand. Dann breite ich die Sportbeilage der heutigen Zeitung aus, streiche sie schön glatt und angele das Buch aus meinem Umschnalltäschchen. Dunkelblauer Plastikeinband, handtellergroß, so ein richtiges Telefon- und Adressbüchlein, wie man es vom Metzger zu Weihnachten bekommt. Das Ding war eine verklebte Masse – die Seiten ließen sich nicht mal vorsichtig auseinanderziehen. Der ganze Klumpen war für den Arsch – der gab nichts mehr her. Bis auf die letzte Seite. Da hatte der Einband ein Plastikeselsohr, und auf dem Papiermatsch waren vier Zahlen zu sehen, die ersten drei eingeklammert. Eindeutig eine Vorwahl. Ich zog

den Plastikeinband sehr vorsichtig an seinem Knick zurück, und eine Telefonnummer wurde sichtbar. Gerade noch. Ich konnte nicht genau erkennen, ob die letzte Zahl ein Dreier oder eine Acht war, aber sonst war die Nummer lesbar.
Ich tippte beide Varianten mit vielen Fragezeichen in mein Computeradressbuch und holte mir erst mal ein frisches Bier aus dem Kühlschrank. Dann rief ich die Bullen an.
Gegen Mitternacht war ich gut voll. Der Schreck saß mir noch immer in den Knochen. Man stolpert schließlich nicht dauernd über einen Toten. Ich hatte die letzte Büchse Bier getrunken. Leider. Aber ich wollte nicht unbedingt noch mal raus und zum Laden fahren. Die Cops waren draußen noch immer aktiv, und jetzt noch herumzufahren würde bei denen sicher auf gerunzelte Brauen und gezückte Handschellen stoßen.
Sie waren recht schnell gekommen, nachdem ich angerufen und gemeldet hatte, was am Strand lag. Allerdings habe ich denen nichts vom Adressbuch erzählt, und auch nicht, dass ich die Nummern angerufen hatte. War mir irgendwie peinlich. Außerdem war die Telefonnummer unwichtig, denn es meldete sich ein Anrufbeantworter, der irgendwas vom Menü erzählte und dass man die andere Nummer anrufen soll, um die dringend empfohlene Reservierung zu tätigen. Die Nummer, die mit einer Drei endete, war gar nicht vergeben. Also ließ ich's.
Jedenfalls habe ich dann doch sehr ordentlich geschlafen, weil man derart aufgetankt eher bewusstlos als eingeschlafen ist. Bis zum frühen Morgen. Gegen neun. Die perfekte Zeit also, schnell noch zu surfen. Ich stieg in den Gummianzug, nahm die Planke und trabte über den Strand.
Der Juni ist ja bei uns immer neblig, aber dieses Jahr war die erste Monatshälfte verblüffend sonnig und klar – schon vormittags. Also blieb ich bis kurz vor sechs am Strand, mal im

Wasser, mal nicht. Seit meiner Kindheit liebe ich diese Bucht, dieses kalte Meer, diese meist sanften, manchmal aber übermannshohen Wellen, die ich reiten lernte, ehe ich richtig laufen konnte. Mein Alter hatte lange in Hawaii gelebt, hatte dort das Surfen entdeckt und war nie wieder davon losgekommen. Deshalb der Schreck, als ich den Kerl am Strand sah – mein Erzeuger landete auch so an, nur wurde er nicht von mir, sondern von seiner Freundin gefunden, die er sich, wie sich herausstellte, schon seit Jahren nebenher gönnte. Mit Strandhütte und Porsche Cabrio. Mir hat er einen alten Fiat Topolino zum sechzehnten Geburtstag geschenkt und gemeint, ich könnte ihn ja zum Hot Rod umbauen – dann hätte ich wenigstens nach der Schule was Ordentliches zu tun, statt immer schnurstracks heimzugehen, meine Zimmertür hinter mir abzuschließen und mir einen runterzuhobeln.
Ach, da wollte ich eigentlich gar nicht hin. Fiel mir nur wieder ein. Ich kriege noch immer Magenkrämpfe, wenn ich daran denke. Doctor Betterman, my ass. Der Alte nannte sich überall Betterman – wir heißen Gutman. War ein richtiger Scherzkeks, der Herr Doktor, in beiden seiner Extremzustände – nüchtern und normal.
Jedenfalls lag ich im Sand und genoss die Sonnenstrahlen, als ein Schatten über meine Augen fiel.
»Du hast mir gerade noch gefehlt.« Ich musste nicht mal die Augen öffnen, um zu wissen, dass es Patty war.
Sie stand mir voll in der Sonne. Wenn ich was nicht leiden kann, dann das. Weiß sie doch.
»Fuck you, Gutman. Bist ja heute der große Mann im Dorf. Endlich in sämtlichen Medien, was?«
Sie plumpste neben mir in den Sand. Aus meiner Perspektive sah ich nur Busen. War auch das Beste an ihr.

Ich richtete mich halb auf und stützte mich auf die Ellenbogen. »Ehrlich? Hat die Tribune schon die Story von dem Abgesoffenen drin?«
»Logisch. Sag mal, stimmt denn, was die schreiben – dass du beim Joggen über den gestolpert bist? Sähe dir ähnlich.«
So einen Mist quatscht sie immer. Will mir ständig weismachen, dass ich ein Trottel bin. Unkoordiniert nennt sie das. Selbst im Bett hat sie immer was zu motzen, was mich derart aufregt, dass er sich schon zwischen die Beine verkriecht, wenn ich nur an sie denke. Ich weiß echt nicht, warum ich mich seit Jahren mit ihr abgebe. Ich meine, hübsch ist sie ja und Geld hat sie auch, aber bedauerlicherweise auch eine Macke. Einen ganz gewaltigen Schuss. Kann's Maul nicht halten, die Patricia Newell. Ich drehte mich zur Brandung hin und schaute den Pelikanen beim Tauchen zu.
Sie fing an, mit den Fingernägeln zu klicken. Beißt sie ab, wenn sie nervös ist. Mir wird's dabei immer ganz mulmig. Klick. Würg.
»Hör auf. Komm, wir gehen was essen. Ehe du mir den Appetit versaust. Und ein Bier könnte ich vertragen.« Ich stand auf und sammelte mein Zeug ein. Der Gummianzug war schon wieder trocken, das Brett war sonnenwarm, und außer einer Strohmatte und meinem Miniradio hatte ich nichts dabei. Sie zog ihr Bikinioberteil straff, klopfte den Sand vom dürren Tangahintern, auf den sie so stolz war, wischte über Schenkel und Knie und griff die mexikanischen Huarache-Sandalen. Wir steuerten erst mal den Hy-Tyd Market an, damit sie ein paar Sixpacks Coors kaufen konnte und für sich ein Fläschchen Gin. Dann wanderten wir am Strand zurück zu meiner Bude.
Pismo Pier war voller Leute – Sommerfrischler, Touristen. Obwohl die Sonne erst gegen halb neun untergeht, war schon

Hochbetrieb. Familien, Typen aus dem knallheißen Central Valley, wo die Tagestemperaturen von Mai bis Oktober kaum mal unter dreißig Grad Celsius rutschen. Dann kommt hierher, wer sich's leisten kann. Wir leben von denen; von den einheimischen Touristen, nicht von den paar Ausländern, die sich an diese breite, faule, kühle mittelkalifornische Küste verirren.

Der Sandstrand zieht sich hier an einer zehn Kilometer langen, halbmondförmigen Bucht entlang, wird dank seiner glücklichen Lage südlich der schroffen Klippen des Big Sur und der aus dem Nordwesten anrollenden Brandung ständig durch feinst gemahlene Flusssteine aufgefüllt und ist wegen seiner gewaltigen Ausdehnung doch nie überfüllt. Jeder hat hier Platz, viel Platz, und sogar auf seinen mittleren drei oder vier Kilometern, wo der Autoverkehr erlaubt und Camping der bevorzugte Wohnstil ist, findet der Strandbenutzer himmlische Stille im Dünengelände, das sich eine Meile ins Landesinnere zieht.

Ein Wahnsinnsstrand. Seit mein abgesoffener Alter meiner Mutter die Familienvilla am Hang, seiner Jungbuhle eine schicke Stadtwohnung in Hollywood und mir die Strandhütte hinterließ, wohne ich hier direkt am Wasser. Was meinen noblen Nachbarn ganz schön stinkt, weil die alle ihre Milliondollarbuden haben. Zweistöckige Neubauten auf handtuchgroßen Grundstückchen, und ich bin das letzte Überbleibsel der Sechziger. Damals wohnte der feine Max so weit weg vom Meer wie möglich, wegen der ungesunden, feuchten Luft. Also hausten hier in den Dünen nur mein surfverrückter Alter, stinkfaules, kiffendes Hippiepack und mexikanische Feldarbeiter, die zu arm waren, irgendwo anständig zu wohnen. Inzwischen haben sich ja die Wohntrends grundlegend geändert, und meine ehemaligen Nachbarn haben alle frohgemut verkauft und sich schleunigst mit der vielen Kohle verpisst, aber ich will hier nicht weg. Also steht mein im Maklerjargon *mobile home* genannter Wohnanhänger mitten auf einem riesigen Grundstück, durch Ziegelsteinsäulen unter beiden Achsen immobil gemacht und durch angebaute Holzverschläge auf Kleinvillenmaß gebracht, mit Wellblechgarage zur Linken und einem hübschen Eukalyptuswäldchen hinter der bescheidenen Bude, wo auch der städtische Golfplatz angrenzt. Bevorzugte Wohnlage also. Der Herr Papa hat durch das Hinzufügen eines weiß gestrichenen Lattenzauns seinem damaligen Liebesnest eine Art amerikanische Respektabilität verschaffen wollen. Das ist schon ewig her, der Zaun wird immer schiefer und ist schon lange zu seiner Naturfarbe zurückgekehrt, und wenn irgendwo Latten herausfallen oder von Testosteronikern als Schlagwaffe gebraucht werden, ersetze ich sie nicht. Stattdessen pflanze ich kleine rot blühende Bougainvilleasträuche in die Lücken, was ohnehin hübscher als ein alter Bretterzaun ist. Der Zaun ist nunmehr gedachte Demarkationslinie, heißt nur noch Zaun. Im Laufe der Zeit mutiert er zur Hecke.

Ich hielt ihr das Fliegengitter auf und versuchte höflich, mit dem Fuß die Tür sanft aufzustoßen, aber das ging in die Hose. Die Rückholfeder oben am Türrahmen ist schon lange kaputt, also flog die aluminiumverstärkte Holztür auf, knallte gegen den Kühlschrank und prallte wieder zurück. Patty schaute blöderweise mich an statt geradeaus, als sie über die Schwelle trat. Der Knall tat selbst mir weh.

Erst plumpste sie hin wie eine fadenamputierte Marionette, dann ging's los. Arschloch und blöder Hund, Schwein, gemein und absichtlich. Sie warf mir alles vor, nannte mich, was ihrem stressgeschädigten Hirn gerade einfiel, und heulte dabei. Was mir ja leid tat. Ich habe nun mal ein weiches Herz, und wenn irgendwo Tränen fließen, bin ich der Erste, der tröstend umarmt. Ich kniete mich also neben sie, wollte sie in den Arm nehmen, aber davon wollte sie nichts wissen.

»Mir reicht's, hörst du? Ich habe von dir die Schnauze voll«, giftete sie. »Nichts mehr will ich mit dir zu tun haben, gar nichts. Lass mich hier raus, ich will weg, und dass dir ja nicht einfällt, mich anzurufen. Jetzt reicht's endgültig. Ich dämliche Kuh lasse mir auch alles gefallen, sogar von einem Arschloch wie dir.«

Total weggetreten, die Alte. Die hieß im Dorf nicht umsonst Paranoia Patty. Vor lauter Schnaps und Schnee sieht die hinter jedem Baum einen Kerl lauern, sieht in jeder Geste einen Angriff und hält mich für ihren ärgsten Feind, wenn ich sie nicht gerade bumse. Selbst dann, meine ich manchmal.

Patty wankte über meinen Hof, hielt sich die Stirn und keifte. Zum Glück hatte ich die Tüte mit den Getränken getragen. Ich stellte sie auf den Tisch und kickte noch mal die Tür zu. Diesmal krachte sie richtig satt ins Schloss.

Die Küche in meiner Bude ist ziemlich beengt, was mich noch nie gestört hat, denn ich koche kaum. Nur die gelegentlichen Pfannkuchen zum Frühstück oder mal eine Suppe oder so. Nichts Gewaltiges. Nun setzte ich einen Topf Chili auf, das ich schon vor einer Woche auf dem Holzkohlegrill draußen zusammengebrutzelt hatte. Chili wird bekanntlich erst durch mehrmaliges Aufkochen richtig gut, und jedes Mal, wenn ich den Topf wieder aufwärmte, warf ich noch eine kleine Dose geschnittener Jalapenos dazu. Mein Chili war inzwischen von Feuerwehrqualität – ohne ständiges Löschen nicht zu genießen. Also nahm ich die Sechserpackung Coors vom Tisch und machte mich an die Arbeit.

Als die Sonne blutrot in meinem Panoramafenster versank, war ich wieder gut beieinander. Die eine Sechserpackung hatte der zweiten als Anwärmer gedient, die siebte Büchse Dünnbier läutete die Pinkelphase ein, und die vielen Jalapenos machten sich hinterrücks bemerkbar – genauer gesagt brannte mir das Arschloch lichterloh, ein Brand, dem auch mit Coors nicht beizukommen war. Es sei denn, man setzt sich rein. Und so viel Bier hatte ich nicht mehr.

Mir war also nicht sehr wohl, als die Nacht anbrach. Ich rannte gelegentlich in meine Nasszelle, die wie nachträglich hinten im Wagen quer angebracht ist, setzte und krümmte mich, wankte wieder zurück und hockte vor der Glotze, wohl wissend, dass ich bald wieder rennen würde. Irgendwann schlief ich vor Erschöpfung ein. Lettermans Late-Night-Faxen weckten mich. Ich schaltete die Kiste aus und legte mich aufs Bett.

Als ich wieder aufwachte, zeigte mein Wecker halb sechs. Die ersten Streifen des neuen Tages erhellten mein Fenster, mein Darm grummelte auf Teufel komm raus, und ich schlich gebückt zum Klo, lehnte die schmale Tür nur an und setzte mich. Aber der Schmerz täuschte – ich hatte wohl schon alles abgeladen, denn es kam nichts. Ich war völlig leer. Ein bisschen Bier tröpfelte pflichtgemäß in die Hartplastikschüssel, aber sonst nichts. Nur Schmerz. Lieber noch etwas Zeit lassen, dachte ich mir, lieber noch einen Moment warten, sonst überfällt's mich auf dem Weg zurück ins Bett. Und als ich wie *le penseur* so auf meinem Campingklo saß und überlegte, warum ich immer dieses scharfe Zeug fressen muss, da hörte ich ein leises Kratzen, Schaben, kaum wahrnehmbar. An meiner Haustür, wenn mich nicht alles täuschte. Was mir einen mächtigen Schrecken einjagte. Ich zog die Hose hoch, horchte und sah durch die halb offene Klotür eine Bewegung. Jemand war in meinem Wohnraum, und Patricia war's ganz sicher nicht.

Nun bin ich ja ein ordentlich gebauter Typ, einsachtzig, fünfundachtzig Kilo, und trotz meines fortgeschrittenen Alters von fast vierzig Jahren recht sportlich, aber Mut ist was für Blöde. Mir ist eine gelungene Flucht jederzeit lieber als beherztes Entgegentreten. Folgerichtig schob ich die untere, bewegliche Hälfte meines Klofensters sehr behutsam hoch, bis sie kaum hörbar einrastete, stellte mich auf den Klodeckel, streckte die Arme durchs Fenster, fand an der Unterkante des Fensterrahmens Halt und zog mich nach draußen. Was natürlich nicht so lautlos abging wie geplant; mein Hintern blieb wohl mal kurz am unteren Rahmen des hochgeschobenen Fensters hängen, wodurch es aus seiner mickrigen Aluhalterung riss und zu Boden plumpste. Im Fallen hörte ich einen Knall, spürte heftig beschleunigte Luft über meinem linken Fuß und fiel durch den Hibiskusstrauch, den ich vor Jahren aus lauter Schamhaftigkeit zwischen Klofenster und Nachbarvilla gepflanzt hatte. Jetzt dämpfte er meinen Fall, der Strauch, kratzte zwar meinen Arm etwas auf, aber ich konnte mich in seiner Dunkelheit erst mal hinkauern und japsend zu Atem kommen.

Die Haustür knallte, und ich hörte schnelle Schritte auf dem Schotter meines Grundstücks. Ich sah den Umriss eines Mannes, der im Frühlicht davoneilte. Er lief die Straße hinab, bog in die Querstraße ein und war weg. Ich rannte ihm so unauffällig wie möglich nach – hielt mich im Schatten der Hecken, versuchte, mir die nackten Zehen nicht anzustoßen – und hörte ein Auto aufheulen. Es schoss über die sandige, unbeleuchtete Kreuzung und verschwand im Frühnebel.

Ich hatte mich darauf konzentriert, das Nummernschild zu lesen, und tat es auch. Locker und schnell. Der Trottel hatte beim Wegfahren sein Licht eingeschaltet. Ich murmelte die siebenstellige Ziffern- und Buchstabenkombination als gebetsmühlenhaftes Mantra, schrieb sie, im Haus angekommen, auf und rief schon wieder die Cops an.

2 Busen und Bullen

Na, ich weiß nicht«, war das Intelligenteste, das ich vom ermittelnden Cop den ganzen frühen Vormittag hörte. Um halb sieben fuhren zwei offensichtlich übermüdete Uniformierte auf meinen Hof – eine Dreiviertelstunde nach meinem Notruf. Die konnten trotz Herumstehens und Kaffeetrinkens nichts finden, weshalb sie im Revier anriefen und den diensthabenden Detektiv verlangten. Mein Pech, dass das ausgerechnet Milt VanDeKamp war. Den hatten wir schon in der vierten Klasse wegen Blödheit abgehängt, und beim High-School-Abschluss waren wir zwar alle achtzehn Jahre alt und freuten uns aufs College, aber Milton drückte noch immer die Juniorenbank.

»Milt, alter Knabe.« Man muss freundlich sein, besonders zu Idioten. Milton schaute mich leicht angeekelt an und marschierte wortlos an mir vorbei. Er verbeugte sich vor meiner Tür, schaute ihr tief ins Schlüsselloch und sagte: »Ich sehe nix.« Einfach so. Richtete sich wieder auf und vermutete, dass ich »mal wieder besoffen, wie üblich« gewesen sei. Was mich zutiefst kränkte, und das sagte ich ihm auch. Milton hörte nicht hin. Er machte Kreuzchen in entsprechende Kästchen seines Formulars – damit hatte er schon in der dritten Klasse Schwierigkeiten, wenn ich mich recht erinnere – und fauchte den Uniformierten an, der wissen wollte, ob er nun gehen dürfe.

Mein Ruf ist etabliert: Ich saufe – wie meine Altvorderen, wie meine Freunde, wie jeder, mit dem ich zu tun habe. Ich saufe nicht übermäßig, nicht jeden Tag bis zum Umfallen, aber im Laufe der Zeit kippe ich schon recht ordentliche Mengen weg. Nur Bier, sonst nichts. Na ja, fast nur Bier. Darauf bin ich stolz, denn ich habe bei meinem Alten gesehen, wohin Schnaps führt. Fasse ich nicht an. Selten, jedenfalls. Aber man kann behaupten, dass ich ein kenntnisreicher, begeisterter Biertrinker bin. Außerdem wäre das Leben ja nicht zu ertragen, wenn man nicht gelegentlich entfliehen könnte. Nur Typen wie dieser Versager Milt gehen mir auf die Nerven. Die machen durch ihre Arroganz klar, dass sie von uns Hobbytrinkern nichts halten. Arschlöcher.

Ich gab zu Protokoll, was passiert war und welche Beobachtungen ich gemacht hatte. Dann ließ ich die Bullen ziehen und rief meine alte Bekannte Julie beim DMV an. Die Zulassungsstelle des Department of Motor Vehicles ist ja permanent überlastet, weshalb ich dort möglichst nie anrufe, aber heute musste es sein. Julie ging auch gleich ran.

»Julie, mein Herz, ich bin's, der Mann deiner Träume.«

»Welcher denn?« Also wirklich!

»Der mit der Stimme – Johnnie Rocket, der Einzige.« Dämliche Alte, wollte mir vor Jahren mal an die Hose, und ich hatte eine Heidenangst, dass sie's schafft. Zum Glück war sie damals zu bekifft und vergaß nach erfolgloser Suche, was sie eigentlich mit meinem Reißverschluss tun wollte.

»Jon – Jon Gutman? Doch nicht etwa Jon Gutman? Der mir einen ganz großen Abend versprochen hat und seither verschollen ist?«

Das mit dem Dinner war mir ja peinlich, aber ich musste das damals versprechen. Ich brauchte nämlich unbedingt Auskunft über einen Kerl, der mir Geld schuldete, und sie konnte mir sagen, wohin er verschwunden war. Anhand des Führerscheines, oft einziger Identitätsnachweis im ausweisfeindlichen Kalifornien. Wenn einer umzieht, muss er seinen Führerschein auf die neue Anschrift umschreiben lassen. Und da saß die scharfe Julie an der Quelle.

»Deshalb rufe ich doch an – ich habe gemeint, vielleicht hättest du heute nach der Arbeit Lust, mit mir irgendwo ein Bierchen zu trinken und vielleicht eine Pizza oder so reinzuknallen. Wie wär's?«

»Sag mir, was du brauchst. Warum du angerufen hast. Dann kann ich's mitbringen. Musst mir doch nichts vormachen.«

Was soll man dazu sagen. Ich las die Autonummer vor. Wir einigten uns auf halb sechs bei Gerry's.

Warum es so schwierig ist, in einem Kaff wie Pismo was zu trinken zu kriegen, ist mir ein Rätsel. Gerry's ist buchstäblich die einzige Kneipe in der Stadt. Klar schenken die meisten Hotel-Restaurants Alkohol aus, aber so richtig hinsetzen und saufen ist nur bei Gerry's möglich. Ich wanderte schon kurz nach fünf rein. Auf der winzigen Bühne in der hinteren Ecke hampelten drei dürre Langhaarige mit Cowboyhut und Gitarren lustlos vor uralten Shure-SM57-Mikrofonen herum, an der Bar lümmelte die übliche Crew Alkoholiker und Gelangweilter, und der Dicke an der Tür hatte heute nicht mal Lust, mein Bares zu zählen, ehe er mich reinließ.

Johnnie kennt meine Vorlieben. Sie stellte gleich eine kalte Flasche auf meinen Lieblingsplatz am Bühnenende der Bar.

»Thanks.«

»Hab gehört, du bist einem über den Bauch gestolpert.«

Sehr lustig. Das scheint also in der Stadt herumzugehen. Gestolpert.

»Kaum. Der war nicht zu übersehen. Lag dick und tot im Sand. Stolpert man über angespülte Wale?«

Johnnie lächelte und wischte die Theke vor mir ab, obwohl die blitzblank war, dann murmelte sie etwas.

»Heh?« Die Scheißradiomacherei geht aufs Gehör.

»Du sollst dich vorsehen. Hier hat einer nach dir gefragt. Sah nach Bulle aus, sehr unangenehm.« Sie wischte munter über den gleichen Fleck.

»Wahrscheinlich ein Programmchef, der endlich mein Talent erkennt«, scherzte ich. Vergeblich. »Eher kein Bulle – eher einer, der Geld will. Hast du ihm gesagt, wo er mich finden kann?«

Stellt sich raus, sie hat behauptet, mich nicht zu kennen. Auch gut. Ich setzte die Coors an und löschte erst mal. Ein langer Tag, wenn er schon vor acht Uhr beginnt. Verdammt.

Die Zulassungsstellen-Julie stand pünktlich um halb sechs in der Tür. Ich glotzte, winkte, nahm mein Bier und ging rüber in die vordere Ecke, wo die drei Komiker auf der Bühne nicht ganz so laut waren. Verblüffende Wandlung, muss ich sagen. Ich schaute sie an. Entweder habe ich Erinnerung und Beurteilungsvermögen schon weggesoffen, oder sie war wirklich mit ihren dreißig endlich richtig hübsch geworden.

»Hübsch bist du. Wie isses?«

Sie küsste meine Wange. Großstädtische Sitten in unserem mittelkalifornischen Strandkaff. »Gut geht's. Und dir sowieso – ich höre dich ja ab und zu in deinem Oldie-Schuppen. Hörst dich immer noch wie zwanzig an.«

Kompliment.

Ich strahlte wohl, denn sie zog ihre Bluse schön stramm, damit nicht nur meine Mundwinkel nach oben strebten, und zog einen Umschlag aus der Handtasche.

Fahrzeug: Chevrolet Camaro, Baujahr: 2001, Halter: Happy Rent-a-Car, Santa Barbara. Und die Hübsche hatte gleich den Namen des Mieters mit dazugeliefert. Wow!

»Du bist ja richtig gut! Wie kann ich mich dafür bedanken?« Ihr Grinsen gefiel mir nicht, also schaute ich schnell wieder auf den Zettel. Harry Mannlich, 2711 West Islay Street. Den Typ kannte ich nicht, die Gegend sehr wohl. Bisschen verslumt, wenn man so was von Santa-Barbara-Stadtvierteln behaupten kann. Wohnblocks und jede Menge kleiner, gartenlaubenartiger Holzhäuschen, abblätternde Farbe und staksige Palmen mit staubigen Wedeln und handzettelverklebtem Stamm, Graffiti und aufgebockte Autos vorm Haus. Kein Paradies. Ich steckte die Information in die Jackentasche und machte mich an die Dankbarkeit. Erst mal bestellten wir Bier, dann ließ ich großzügig die Speisekarte kommen. Wir aßen und tranken, wie es gepflegte Bürger tun. Dann tranken wir noch ein paar, wechselten ins benachbarte Striker Beach und bestellten Cerveza Corona bei Manfredo, wozu es immer feine, scharf gewürzte Salsa und frisch gebackene Tortillachips gibt. Ich hatte eigentlich nichts weiter vorgehabt, aber wir schlenderten dann doch Hand in Hand die zwei Straßenzüge weiter Richtung Strand und meiner Mobilbude.

Als ich am nächsten Morgen aufwachte, lag Julie neben mir und schaute mich groß an. Durchs Fenster schien die Sonne, mein Kopf war wie üblich etwas wattig, und sie strahlte und meinte, heute sei Sonnabend, da könne sie ruhig liegen bleiben. Au, Scheiße.

Na ja, was soll's. Sie wurde noch mal hungrig, ich hatte eigentlich nichts dagegen. Sie war wirklich sehr hübsch, und ich konnte meine Augen nicht vom stark ausgeprägten, hochappetitlich griffgünstigen mammalen Überangebot abwenden, das über meiner Nase schwebte – also hielt ich mich fest und genoss Prickeln und Aussicht.

Ich musste einfach fragen, sie ließen mir keine Ruhe. »Sag mal, waren die schon immer so? Oder hast du sie etwas aufpolstern lassen?« Ich starrte dauernd ihre sagenhaften Brüste an. Irgend so ein amerikanischer Muttertick. Wir stehen unheimlich auf Riesenbusen. Er sollte möglichst günstig präsentiert werden, ganze Industrien leben von seiner Abbildung, und in natura schätzt man die dirndlhafte Zurschaustellung, weshalb Bayern bewundert und beneidet werden. Die Brustwarze wird durch spezielle Halter betont, wird unter der seidenen Bluse lanzenartig der Welt entgegengereckt, darf aber niemals entblößt werden. Denn aus unerfindlichen Gründen gilt dem Durchschnittsamerikaner die weibliche Brustwarze als Sitz des Bösen, das Vorzeigen des anstößigen Nippels wird durch besonders harte Strafandrohung verhindert.

Sie setzte sich auf und führte meine Hände an die Objekte der Begierde.

»Gut fest, was? Einwandfreie Form, guter Sitz, ordentliches Profil, ja?« Sie grinste mich maliziös an. Ich wehrte ab. »Julie, ich bewundere nur deinen Busen. Der ist wirklich sagenhaft. Du bist doch deswegen nicht sauer, oder?«

Sie lachte. »Hör mal, du bist ja wirklich nicht der Einzige, dem die beiden ins Auge stechen, sozusagen. Gott sei Dank sind sie ordentlich geraten, und ich nehme es keinem übel, dass sie ihm gefallen.« Na also. Wäre ja auch ein Ding.

»Und sie sind echt? Kein Silikon?«

»Kein Silikon. Hundertprozentig Natur.«

Unglaublich. »Wie alt bist du, Julie?«

Sie schaute mich prüfend an. Ich guckte unschuldig. Wollte wirklich wissen, wie alt sie ist. Ist doch nichts dabei, oder?

»Vierunddreißig. Viel jünger als du.«
»Nur äußerlich.« Zum Glück verstand sie Spaß. Patty hätte mich bereits über die Bettkante getreten. Warum sind amerikanische Frauen so furchtbar empfindlich, wenn sie ihr Alter verraten sollen? Wahrscheinlich, weil wir trotz aller Aufgeklärtheit und political correctness noch immer die Jugend vergöttern. Vor allem junge Frauen. Männer dürfen ja älter werden, besonders wenn sie Geld haben, aber Frauen müssen permanent zwanzig sein. Männer mit Falten sind Abenteurer, Frauen sind alte Schachteln.
»Bist süß. Wir hätten schon viel früher bumsen sollen.«
»Wollte ich ja«, sagte sie, »aber du hast dich gedrückt. Ist dir nie aufgegangen, dass du vielleicht was wirklich Erstklassiges verpasst?« Schüchtern war sie nicht. Gefällt mir. In meinem Beruf sind die Schüchternen verloren.
Wir lagen zufrieden nebeneinander. Sie führte meine Hand sanft über ihren Körper. Stark. Ich kam mir vor wie fünfzehn. Damals hätte ich alles gegeben, um nur einmal solch ein unglaubliches Zubehör zu streicheln. Mir stand er wieder, was an ein Wunder grenzte.
Zum Glück kommt Patricia am Samstag nicht aus ihrem Laden raus. Sie führt den elterlichen Großhandel, und am Wochenende kaufen Gott und die Welt bei ihr ein. Also bestand keine Gefahr, dass sie plötzlich aufkreuzt und mich mit der kurvenreichen Julie José de Jesus in der Falle findet. Reicht schon, wenn die Nachbarn spitzkriegen, dass ich mal wieder jemanden heimgeschleppt habe. Einige haben einen derartigen Hass auf mich, dass sie glatt Patty anrufen. Vorsicht ist also jederzeit geboten!
Wir duschten ausgiebig, wobei sie wieder auf dumme Gedanken kam – was ich allerdings schnell mit der Bemerkung abbog, dass mein herrlicher Schmuck noch immer wie Feuer brenne

und somit momentan leider nicht einsatzbereit sei –, und frühstückten danach recht ordentlich. Sie konnte kochen, die Señorita, was mich verblüffte. Wer so vögelt und solche Superbrüste ihr eigen nennt, hat nach meiner Erfahrung sonst kaum Talent. Diese war die regelbestätigende Ausnahme.

Mexikanisches Rührei gab's, mit eingerührter Salsa, Avocadostückchen und Käse, gekrönt mit einem Löffel saurer Sahne und scharfer, sämiger Guacamole aus Avocado, Mayonnaise und rotem Pfeffer. Alles in Windeseile selbst gemacht, sogar die Mayonnaise. Verblüffend! Ich haute so rein, dass mir sogar der Kaffee schmeckte, obwohl ich meinen Sonnabend traditionell mit dem Surferfrühstück beginne – einem kalten Bier und einem Blick übers Meer.

Gegen Mittag liefen wir die paar Schritte zum Wasser. Der Frühnebel hatte sich aufgelöst, die Sonne stach herunter, und das Meer war spiegelglatt. War also nichts mit Surfen. Wir spazierten den Strand entlang, gingen bis zum alten Unocal-Ölfeld bei Guadalupe und verzogen uns erst mal hinter eine Düne. Tat gut, am fast leeren Strand mal wieder zu bumsen. Hatte ich seit meiner wilden Jugend nicht mehr getan, und es brachte eindeutige Erinnerungen zurück, die sich sofort auf den Schlaffmann schlugen und ihn wieder aktivierten. Nicht übel für einen alten Kerl wie mich. Sie staunte auch und gab ihm eine höchst vergnügliche Abreibung. Daran könnte man sich gewöhnen. Danach nackt in den eiskalten Pazifik. Das war's dann wohl.

Ein perfekter Tag, ein Sommertag im Juni, so wie ich ihn schätze. Das Schöne an Kalifornien ist doch, dass es immer irgendwo hübsch warm ist. Im Winter, wenn bei uns die Stürme von der Beringsee herunterpfeifen, wenn haushohe Wellen Hafenmolen zittern und Fischerboote kentern lassen, fahre ich nach Palm Springs oder über die Staatsgrenze nach Las Vegas. Vier oder fünf Stunden im Auto, und ich habe garantiert Sonne und Poolwetter. Aber das Frühjahr ist doch am allerschönsten. Noch ist vom Winterregen alles grün, Wildblumen leuchten knallbunt, und die Sonne brennt am wolkenlosen Himmel. Jeden Tag. Auch wenn die Küste morgens noch eingenebelt ist. Aber nach dem Mittagessen strahlt alles in den hellsten Farben, einschließlich wintermüder Kalifornier.

Julie und ich schlenderten nachmittags wieder nach Striker Beach. Sie wusste, dass ich mich in meiner Haut nicht richtig wohl fühlte, und sie genoss es.

»Hör mal – mir hat unser Tag wahnsinnig Spaß gemacht, aber du weißt doch, dass Patty und ich ... na ja, dass wir ziemlich fest liiert sind. Auch wenn's manchmal nicht so scheint. Aber ich will mit ihr keinen Ärger«, quetschte ich zwischen dünnen Lippen hervor.

Ich muss wohl ziemlich mies dreingeschaut haben, denn sie fing furchtbar an zu lachen.

»Meinst du wirklich, Süßer, ich würde mich mit Paranoia Patty anlegen? Wozu auch. War stark – das habe ich wieder mal gebraucht, und außerdem wollte ich ja schon lange. Du warst also überfällig.« Meinte sie ernst. Verblüffend. »Aber jetzt reicht's wieder. Du hast meine Telefonnummer. Ruf mich gelegentlich an.« Sie gab mir so einen Hollywood-Luftkuss, drehte sich um und trippelte die Straße entlang Richtung Cantina, wo vermutlich noch immer ihr Auto stand. Ich atmete auf. Verdammte Fremdgeherei. Ich hätte einen Eid darauf geschworen, dass sie Ärger machen würde. Kannste mal sehen.

In der Hosentasche fanden sich noch knappe sieben Dollar. Beim 7-11 an der Ecke holte ich also eine Sechserpackung Corona und ging zu meiner Bude rüber.

Ich machte die Tür auf und staunte. Zigarettenqualm in

meinem gepflegten Mobile Home, drei Typen an meinem Wohnzimmertisch und meine einzige Weinflasche aus dem Kühlschrank obendrauf. Drei halb volle Rotweingläser und meine Spielkarten. Ich glaube, ich spinne.

»Ich glaub, ich spinne. Was macht ihr denn da – und wie kommt ihr überhaupt hier rein?« Richtig pampig wurde ich. Was bildeten die sich eigentlich ein.

Der dürre, narbengesichtige Indianer, der aufgesprungen war und nun zwischen Tisch und Tür stand, packte mich am T-Shirt und zog mich mit einem Ruck an sich.

»Welcome home, Kleiner. Wo warst du denn so lange? Mit der Freundin weg? Vögeln, was, du Sau?« Und schlug mir mit der offenen Hand eines auf die Backe. Ich sackte vorsichtshalber erst mal weg.

»He, John, hör auf damit – du kannst doch einen braven, steuerzahlenden Bürger nicht wie deine Vietcong behandeln.« Er war halb aufgestanden, der Dicke, hatte sich zur Tür umgedreht und ließ dabei den Kolben eines gewaltigen Colts unter seiner hellen Jacke sehen. »Entschuldige dich bei Mister Gutman und helfe ihm auf die Füße, aber sofort, wenn ich bitten darf.« Er beugte sich vor und starrte mich aus zwei pechschwarzen Augen an. »Ihnen hat der freundschaftliche Klaps hoffentlich nichts ausgemacht?« Ich schüttelte automatisch den Kopf.

Der Indianer griff mir unter die Arme und zog mich mit einem schmerzhaften Ruck hoch. Er grinste mich an, nahm die Zigarre aus dem Mund und meinte höhnisch: »Sorry, Chief. Ist mir so ausgerutscht. Hab nichts Böses dabei im Sinn gehabt.« Als hätte er mich auf der Straße angerempelt. Ich mochte ihn auf Anhieb schon mal nicht. Wie feinfühlig unsere Antennen doch manchmal sind.

Die drei Typen schauten mich erwartungsvoll an. Der Junge mit der Sonnenbrille, der stocksteif an meinem Tisch saß und sorgfältig seine Karten mit dem Bild nach unten vor sich hinlegte, seinen Stuhl zurückschob und aufstand, sprach als Erster.
»Sie müssen entschuldigen. Wir warten hier im Wohnzimmer auf Sie, weil es für Sie und uns schlecht wäre, wenn uns jemand erkennen würde«, erklärte er im wunderschön klaren Amerikanisch, das nur an teuren Ostküstenschulen erlernt wird. »Daher haben wir uns erlaubt, Ihre Tür aufzumachen und uns hier die Zeit zu vertreiben.« Er nahm höflich die Brille ab und legte sie auf die Spielkarten, zog ein Lederetui aus der Innentasche seines wunderschön geschnittenen dunkelblauen Anzuges, klappte es auf und hielt mir eine Dienstmarke vor die Nase. *Department of the Treasury.*
»Finanzbullen? Seid ihr Steuercops?«
Er schaute mich erschrocken an. Grüne Augen mit einem seltsamen Hintergrundflimmern. Daher die Sonnenbrille. Gute Idee. »Um Himmels willen, nein. Drogen. Das Schatzamt ist für die Drogenbekämpfung zuständig. Wir wollen Ihnen nur ein paar Fragen stellen.«
Wozu dann der Terror? Ich habe seit Jahren keinen mehr durchgezogen und seit meiner Collegezeit nicht mehr gedealt. Wegen Gras schicken die mir doch nicht die ganze Infanterie ins Haus. Oder?
»Wir sind nicht wegen Ihrer alten Dealerei hier, falls Sie das meinen. Kleine Fische«, sagte der Gutgekleidete wegwerfend und lächelte richtig freundlich. Woher wissen die? Ich fragte: »Wass'n für 'ne Dealerei?« Vorsichtshalber. Und hatte – batsch! – schon wieder eine sitzen. Diesmal von dem Schicken. Der ganz erstaunt auf seine eigenmächtige Hand schaute und sie dann wie ein lebloses Objekt in die Hosentasche schob.

»…, sondern wegen Ihres Strandabenteuers«, fuhr er fort, als habe er sich nicht selbst unterbrochen. Mit geübtem Griff überprüfte er den korrekten Sitz seines Windsorknotens. So einen hatte ich zuletzt in den Siebzigern gesehen. Weinroter Seidenschlips mit bunter Jerry-Garcia-Zeichnung, schneeweißes Hemd mit steifem Kragen. Militärisch kurzes, gescheiteltes Blondhaar. Ganz offensichtlich ein WASP, ein White Anglo-Saxon Protestant, und stolz darauf. »Als Sie über einen dicken, toten Herrn stolperten. Und die Polizei anriefen.« Ich bin nicht gestolpert, Herrgott noch mal. Aber weshalb sollte ich ihm das erzählen. Nachher haut der mir noch mal eine runter.

»Ach so. Ja, klar.« Nichts war klar.

»Und Detektiv VanDeKamp alles erzählten, den ganzen Ablauf, richtig?«

»Klar.« Was war denn los? Sonst hatte ich einen größeren Wortschatz.

»Bis auf eine Kleinigkeit. Stimmt's?«

»Wieso?« Und schon wieder. Das tat weh, wenn er so draufschlug. Auf die gleiche Stelle. Rechte Backe. Als ich die Hand wegzog, sah ich Blut. Von der Rolle hinter mir zog ich ein Blatt Küchenpapier, riss ein Stück ab und stopfte es ins blutende Nasenloch. Mit dem Rest tupfte ich Backe und Bart ab. Beide färbten das Papier rot. Blut, besonders eigenes Blut, regt mich immer furchtbar auf.

»Schluss jetzt. Ich rufe die Bullen an. Ihr könnt mich doch nicht in meiner eigenen Bude schlagen.« Hörte sich mit blutender Nase seltsam an. Wie einer beim Zahnarzt.

Mein Peiniger grinste und meinte, sie seien die Bullen. Ätsch.

Der Indianer und sein ruhiger Freund packten mich und schubsten mich gegen den Küchenschrank. »Was hast du mit der Telefonnummer gemacht?«, zischte Indianer-Johnny. Er

stank nach Knoblauch, Unterarmschweiß und schlecht geputzten Zähnen.
Ich hatte dazugelernt. »Die ich dem Typ aus der Hosentasche nahm?«
»Na also!« Alle drei strahlten, ganz besonders Johnny mit dem permanenten Sonnenbrand, der einem Maulesel ähnelte, als er die Lippen über die Zähne zog und heftig nickte. »Genau die – die du dem Typ aus der Hosentasche genommen und dem Detektiv verschwiegen hast und die du angerufen hast. Also – erzähl.«
»Klar hab ich angerufen. Da war ich besoffen und gelangweilt. Ging sowieso keiner dran. Nur ein Anrufbeantworter, der irgendwas von Menü faselte. Also hab ich das Notizheftchen weggeworfen. Und dem Bullen nichts gesagt, weil es unwichtig war. Der will doch von Restauranttelefonnummern nichts wissen. Außerdem ist Milton dämlich – der hätte mich höchstens mitgenommen und verhört.« Stimmt ja auch. Was soll der Quatsch?
»Wo hast du es hingeworfen?«
»Hier. In den Korb. Da muss es noch sein.« Ich schob vorsichtig die Hand des Indianers von meinem Hemd und ging zum Telefon rüber. Im Papierkorb lag das nun trockene, noch immer fest verklebte Adressbüchlein mit dem losen Einband und der kaum lesbaren Telefonnummer auf einem seit langem nicht mehr entsorgten Haufen Mist. Ich zog es heraus und reichte es dem Dicken. Der schaute es kurz an und schob es in seine Jackentasche. Er ging wortlos zur Tür hinaus. Der Indianer folgte, aber erst drehte er sich zu mir um und hob den gelblichen Nikotinfinger.
»Du hast uns nicht gesehen«, meinte er überdeutlich. »Wir waren nie hier. Dass du ja nichts herumquatschst und uns zwingst,

wiederzukommen. Was nicht so freundlich wie heute ablaufen würde. Merke dir das.« Dabei nickte er pausenlos wie diese bunten Saufvögel aus den Siebzigern, die ab und zu in unseren Gebrauchtwarenläden auf der Main Street verkauft werden. Fehlte nur noch der rote Zylinder und das Wasserglas auf dem Bodenbrettchen vor ihm.

Sein modischer Freund mit den erschreckend flackernden grünen Augen schlug mir im Vorbeigehen freundlich die Hand auf die Schulter und sagte: »Bis dann. Alles Gute, Alter.« Ich dankte und machte hinter ihm die Tür zu. Wie würden seine Augen erst flackern, wenn er die Blutspritzer auf seinem hübschen weißen Hemd sieht?

Dann knackte ich erst mal eine Dose, setzte sie an und trank sie in einem Zug leer.

3 Rocking and Rolling

Am liebsten wäre ich ja zu Hause geblieben, hätte mich erst mal mit ein paar Bierchen vom dem Erlebten erholt, aber am Sonnabend beginnt meine Schicht um halb zehn. Also ging ich zum Abendessen und spazierte anschließend zum Sender. Der ist mitten in der Stadt, an der Pier Avenue im obersten Stockwerk des Pismo Shores Hotel. Zum Glück hat das Shores eine einigermaßen ordentlich bestückte Hausbar – laut Verordnung dürfen da zwar nur Hotelgäste und Betriebsangehörige rein, aber wir vom Sender gelten bei denen scheinbar auch als Personal. Das hilft, die einsamen Abende vor dem Mikrofon zu versüßen.

Ich setzte mich ins Archiv und stellte meine Sendung zusammen. Mir lassen sie Narrenfreiheit – ich brauche mich nicht ans Idiotenformat halten, an die kurze Playlist und die vom computergesteuerten Zufallsgenerator zusammengestellte Reihenfolge der tausendachthundert Titel, aus denen unser Musikprogramm besteht. Seit bald zwanzig Jahren mache ich hier in der Gegend schon Rocksendungen, und ich habe mir meinen Hörerstamm aufgebaut. Deshalb, und weil ich prinzipiell nur am Wochenende oder nachts arbeiten will, darf ich so ziemlich spielen, wonach mir gerade ist. Funktioniert – meine zwölf Werbeminuten pro Stunde sind immer ausverkauft, und zu ordentlichen Preisen. Nur darauf kommt's meinem Boss an. Alles andere kratzt ihn nicht.

Er kam ausgerechnet mitten in der Zusammenstellung rein. Erst Bauch, dann Nase. Curt Cremer, Esquire. Was so viel wie Doktor juris heißt. Behauptet er. Der Boss war nämlich mal ein ziemlich ausgefuchster Anwalt hier in der Stadt, einer, den man lieber auf seiner Seite hatte, hieß es. Ließ keinen Trick aus, kannte jeden Dreh und scheute sich nicht vor harten Bandagen. Ein Anwalt, der nur Sieg oder Niederlage kennt. Vor drei Jahren saß einer seiner Klienten tief in der Scheiße, hatte einen gewaltigen Drogenprozess am Hals und kein Geld – aber einen Radiosender, der wegen seiner Kokserei schon ewig am Rande der Pleite dahinschrammte. In dem ich, wie's der Zufall will, beschäftigt war, was meines Erachtens weder mit drohender Pleite noch Drogen was zu tun hatte. Aber die Leute reden eben. Jedenfalls ließ sich der Jurist sicherheitshalber den Sender überschreiben, ehe er meinen damaligen Boss vor Gericht vertrat. Er bekam fünf Jahre, lange genug, um nicht mit ansehen zu müssen, wie sein geliebter UKW-Rocker KPIS 94.7 (»PIS – up and down the Central Coast«) vollends vor die Hunde ging. Nicht finanziell – der Firma ging's nie besser –, sondern kulturell. Aus einem hippen Modemacher, einem mutigen Musiksender, wurde verpoppter Dudelfunk, eine Top-40-Musikbox, die mit Seichtem die Pausen zwischen Werbeblöcken füllte. Aber der Rubel rollte. Weshalb erst mal die eingeführten Erkennungsbuchstaben wegmussten, durch das nichtssagende KPIR 94.7 (»Pismo's Pier«) ersetzt wurden und sich mein neuer Boss zunehmend aus dem Anwaltsbusiness löste und dem Entertainmentbusiness zuwandte. Weil da nicht nur sehr ordentliches Geld zu verdienen war, sondern auch allerlei nebenher abfiel. Blondinen, zum Beispiel, die sein Hobby waren. Blondchen, denen der Dicke stundenlang was vom Unterhaltungsgewerbe vorfaseln durfte, wenn er nur seine angeblichen

Hollywoodverbindungen spielen ließ. Mit so was ging er hausieren, und die Blondinen fielen reihenweise darauf rein. Kein Wunder, dass die Leute Blondinenwitze machen.

»Mein lieber Mister Gutman! Schön, dass Sie auch schon da sind. Ich habe mich gefragt, ob Sie unseren Provinzsender überhaupt noch mit Ihrem Talent beehren werden, nach Ihrem viel publizierten Strandfund.« Er strahlte richtig. »Aber nun sind Sie ja da, Gott sei Dank! Wie schön.« Curtchen ließ sich in den alten Rosshaarsessel plumpsen, der hierzulande als »Aufenthaltsraummobiliar« gilt und als Teil der Personalnebenkosten jährlich wieder zum vollen Wert abgeschrieben wird, wie unser Buchhalter mir mal ins Ohr flüsterte, als er besoffen an der Bar im Gerry's hing.

»Boss?«, grüßte ich, von der Störung nicht gerade begeistert. Noch zehn Minuten bis zum Schichtbeginn. Ich hatte noch gute drei Stunden Musik auszusuchen, und nun will Curt auch noch quatschen! Was er gern tut. Hat von Radiomachen null Ahnung, der Knabe, tut aber immer so, als sei er schon in Monterey dabei gewesen. Der hätte damals Peace & Love in Flaschen abgefüllt, das Schlitzohr.

»Sagen Sie, Verehrtester« – typisches Anwaltsgehabe –, »was meinten denn die Polizisten, denen Sie den Vorgang schilderten? Interessiert mich nur am Rande. Wissen Sie, die Katze lässt das Mausen nicht und so.« Wobei ich mir bei »mausen« das Meine dachte.

»Nicht viel – ich habe denen erzählt, wie ich ihn gefunden habe, und sie waren damit ganz zufrieden. Dass mir einer allerdings kurz darauf ans Leder wollte, ist entweder reiner Zufall oder ganz große Kacke. Ich bin mir noch nicht ganz klar darüber, was es soll.«

Curtchen setzte sich auf. »Wieso ans Leder?«

Ich erzählte. Der Boss hörte zu. Dann ging er kommentarlos. Ich schnappte die Kiste mit den CDs und rannte um die Ecke ins Sendestudio. »Shakin'« Jake machte die übliche angewiderte Fratze. »Hab schon gedacht, ich müsste wieder Überstunden machen, weil du irgendwo besoffen herumhängst. Wurde auch Zeit – das ist mein letzter Song.«
Backstreet Boys. Logisch.
Ich nahm den Kopfhörer, schob den schlaffen Jake beiseite, setzte mich, spielte Slade an, machte das Mikrofon auf und begann bestens gelaunt meine Overnight-Sendung. Das haut sie immer um, wenn ich mitsinge.
Pismo ist ja ein ausgesprochen popmusikhistorisches Kleinod. Nicht nur war es jahrzehntelang die Heimat des Rose Ballroom, wo ich als Kind, die Nase außen am Bühnenfenster platt gedrückt, aktuelle Größen wie Little Richard, Fats Domino und die Beach Boys hautnah erlebte, sondern unter seinem Pier schrieb der einheimische Surf-Mitbegründer Merrell Fankhauser seinen Riesenhit »Wipe Out«. Hier spielte irgendwann mal jede Gruppe, weil Pismo ziemlich genau zwischen San Francisco und Los Angeles liegt und es sich hier zwischen den Samstagskonzerten in den sündhaft teuren Großstädten billig wohnen ließ. Man konnte mit ein paar lokalen Gigs etwas hinzuverdienen, konnte Proben als Auftritte verkaufen und hatte immer Frischfleisch, denn zu solch einem Abend kamen sämtliche Mädchen aus den umliegenden Dörfern. Wir hatten also immer die schärfste neueste Musik. Und so was prägt die Kultur einer Gegend. Meine Mitbürger waren verwöhnt – nur noch das Allerbeste zog. Da hat's der Radiofritze nicht leicht. Das spornt zu permanenter Höchstleistung an.
Bob Samaritis hat seine Hotelbar immer bis Mitternacht offen, weil seine Frau so schlecht einschlafen kann. Weil er sie tags-

über ertragen muss, sagt er immer wieder, hat Bob seinen größten Durst vom Spätnachmittag auf die Abendstunden verlegt. Damit sie eingeschlafen ist, wenn er ins Bett wankt. Und wenn sie noch nicht schlafen sollte, ist er zu besoffen, sich daran zu stören.

Also lege ich zwischen zehn und zwölf ein paarmal Dauerbrenner wie Stairway to Heaven oder American Pie auf und gehe mir ein Bierchen reinziehen. Was die Stimmung nur noch anheizt. Oft bin ich am Schichtende so aufgedreht, dass ich unmöglich schlafen kann. Dann surfe ich, hänge mit meinen Freunden am Strand herum und mache Sonntagabend noch mal die gleiche Schicht, die gewöhnlich in totaler Montagsmüdigkeit endet.

Ich war am Sonntagmorgen um halb sechs wieder gut drauf, also rief ich Julie an und fragte sie, ob sie mit nach Santa Barbara wollte. Sie wollte. Ich sollte rüberkommen – sie macht Kaffee und geht schnell unter die Dusche. Die Tür sei offen. War sie. Julie auch. Wir vergnügten uns also erst mal ausführlich. Sie hatte zum Glück die meisten Stones-Alben, denn ich hatte meine Privatpressung zu Hause gelassen. Gelegentlich bumse ich am liebsten zur Musik der World's Best Rock Group, weshalb ich gern eine selbst zusammengestellte CD mit meinen Lieblingssongs dabeihabe, wenn ich auf die Pirsch gehe. Nach dieser langen Rocknacht war mir nach »Paint It Black« zumute. Sie hatte die High Tide And Green Grass Compilation, also legten wir das Album auf und ließen Charley und Bill den Rhythmus vorgeben. Wir hörten erschöpft eine Weile zu, bis »Time Is On My Side« die Mutter wieder auf den Vater trieb. Sozusagen. Danach schlief ich doch tatsächlich bis kurz vor Mittag.

Ich hatte den Cadillac beim Sender stehen lassen. Wir gingen die zwei Ecken weiter zum Hotel, holten das Auto und fuhren los. Zwischendrin hielt ich an und klappte das Verdeck zurück. So ein sagenhafter Tag ist wie fürs Cabriofahren gemacht. Nicht allzu heiß, ein hübscher Fahrtwind und sagenhaft gelaunte Autofahrer ringsum. Was ich oft feststelle – wenn die Leute mein Auto sehen, sind sie richtig freundlich. Ich habe die Mühle von meinem Alten geerbt, der sich bestimmt noch immer in den Arsch beißt, wenn ich sie fahre. Falls er da unten mitkriegt, dass ich in seinem Augapfel unterwegs bin. Ein wunderschön erhaltenes 1976er Eldorado Biarritz Convertible, das der auf Jugendfrische bedachte Provinzarzt nagelneu anschaffte. Er hatte nur noch wenige Wochen Freude daran – sein Pech. Der Sensenmann holte ihn ausgerechnet da, als der pechschwarze Caddy mit den burgunderroten Ledersitzen schön eingefahren war. Meine Mutter wollte das Auto nicht – seinen »Wahnverstärker mit Rücksitzpuff« nannte sie es verächtlich. Und seither gehört es mir. Ich hatte damals erst seit einigen Monaten meinen Führerschein. Pikanterweise kurz nach dem fiesen Hot-Rod-Spruch meines Alten. Wer zuletzt lacht, was?

Jedenfalls brausten wir den Highway One nach Süden, immer schön genüsslich am Meer entlang, mit Creedence Clearwater im CD-Spieler und der Sonne auf der rechten oberen Kopfhälfte. Gegen zwei Uhr kamen wir unterhalb der alten Ronald Reagan Rancho del Cielo an den Strand von El Capitan, kauften am Kiosk ein Eis und spazierten händchenhaltend zum Wasser hinunter. Der Tag konnte nicht schöner sein – wer ein Segelboot hatte, war draußen zwischen Inseln und Festland, Wasserskiläufer zogen in Strandnähe ihre Hahnenkämme, und Schnorchler streckten die gummiüberzogenen Hintern aus dem Wasser. Sie gefiel mir, die Julie – wir waren ausgesprochen kompatibel. Sprachen nicht viel, waren aber auf gleicher Wellenlänge.

Ich hatte keinen Plan. Ich wusste nicht, was ich machen sollte, wenn wir nach Santa Barbara kamen, aber irgendwann wollte ich mir mal meinen Möchtegernkiller angucken. Nur so. Kann nicht schaden, wenn man weiß, wie jemand aussieht, der einem das Licht ausblasen will.

Wir fuhren also den Freeway hinunter, an Naples und dem neuen Strandhotel in Goleta vorbei. Ich blieb auf der rechten Fahrspur, denn Mister Mannlich wohnte in der West Islay Street, und die erreicht man am einfachsten über die Abfahrt Mission Street.

»Du willst doch bestimmt die Adresse aufsuchen, die ich dir gegeben habe.« Sie schaltete schnell, die Julie. Ich nickte. »Meinst du nicht, dass ich vielleicht irgendwo in der Stadt auf dich warten sollte?« Ich sage ja, dass sie auf Zack ist. Aber ich winkte ab – ich wollte sie dabeihaben. »Mit dir zusammen falle ich weniger auf – und außerdem will ich nur mal sehen, wo der wohnt.« Sie zuckte die Schultern und schaute geradeaus.

Ich hielt auf der Mission Street und schloss das Verdeck. Diese alten Caddys haben ja für alles einen Elektromotor, fürs Verdeck sogar drei. Ich war jedes Mal wieder begeistert.

Im Auto wurde es schummrig. »James Bond, was?«, fragte Julie folgerichtig. Ich nickte. James Bond. Klar.

West Islay Street war früher mal schöner. Im hügeligen Gelände kurz vorm Meer wohnten richtige Familien, bauten kleine Holzhäuser und pflegten die Gärten, in denen Kinder gut aufgehoben waren. Heutzutage stehen aufgebockte Autoleichen auf zubetonierten Grundstücken, Mehrfamilienhäuser haben die Bungalows verdrängt und Graffiti markieren die Bandengrenzen. Kahl rasierte Jugendliche lungern unter staubgrauer Botanik, bieten Konsumgüter aller Art feil und werden von strafunmündigen Kindern per Handy vor Polizisten und

sonstigen Auffälligen gewarnt. Dann verschwinden Sore, Stoff und Nutten in offen stehenden Haustüren, und die Glattgeschorenen pfeifen grinsend ein harmloses Liedchen.
»Hübsche Gegend«, meinte Julie denn auch. »Ich war schon ewig nicht mehr hier. Habe mal an der San Andres Street gewohnt, ein Stückchen weiter westlich, aber damals war es lange nicht so verkommen.« Ich gab ihr recht. Selbst die alten Straßenbäume sahen abweisend aus.
Die West-Islay-Adresse entpuppte sich als ein etwas zurückgesetztes, leicht vergammeltes, zweistöckiges Sechsfamilienhaus mit einem leeren eingezäunten Swimmingpool davor. Zwei um jedes Tröpfchen Wasser kämpfende Palmen sollten nicht vorhandenen Schwimmern Tropen vorgaukeln, und ein riesiges handgemaltes Schild warnte, dass ein Life Guard Not On Duty sei. Die Menschen in der unteren linken Höhle hatten ihre Fenster von innen mit Alufolie verklebt, die Bewohner daneben schauten durch permanent halb herabgelassene, verbogene Plastikjalousien auf das Elend des Vorhofes.
Eine Abuela saß auf harter Holzbank vor ihrer angelehnten Haustür. Die Oma bewachte zwei lustlos pickende, rachitische Hühner. Auf Parkplatz sechs an der Querseite des Gebäudes stand der graue Camaro, für den Herr Mannlich Miete zahlte. Die Vorhänge der Wohnung Nummer sechs im oberen Stockwerk waren zugezogen. Wir fuhren bis zum Ende der Straße weiter, drehten um und stellten das Auto vor einem mexikanischen Tacostand ab. Julie bestellte, während ich mich an einen der Picknicktische setzte, die einen guten Blick über die Straße boten.
Ausgemacht gute Tacos hatten die, und großartige Burritos. Ich bin ja seit frühester Jugend auf Mexican Food geeicht – die kalifornische Version des Fast Food. Dieses wurde noch

traditionell hergestellt, mit viel Schmalz und wenig süßen Soßen. Ich staunte über Julies Spanischkenntnisse; komisch, dass man Leuten, die mit Nachnamen José de Jesus heißen, keine Spanischkenntnisse zutraut. Lag vermutlich daran, dass sie ausgesprochen europäisch aussah. Alltagsrassismus, der uns unsere Umwelt sofort in bestimmte Schubladen einordnen lässt. Die Mehrzahl der Leute, mit denen ich im Auto sitze, drückt automatisch auf die Türschließanlage, sobald irgendwo ein Schwarzer auftaucht. Und spricht man sie darauf an, wird empört abgestritten. Kalifornische Multikultur.

Es gibt einen Gott, und der achtet darauf, dass gutes Essen nicht vergeudet wird. Wir hatten beide gerade unsere Pappteller geleert, als der Camaro auf die Straße bog. Ich hüpfte ins Auto und ließ es an, während Julie die Teller in den Mülleimer warf. Wir folgten ihm.

Gemächlich unterquerte er den Freeway, wechselte auf die linke Abbiegespur und benutzte die Auffahrt der Stadtautobahn. Wir kamen gerade noch bei Gelb durch. Der Camaro war hundert Meter vor uns, blieb mit mäßiger Geschwindigkeit im Verkehrsfluss und bog bei der El Sueno Road nach rechts ab. Er überquerte die State Street und fuhr schneller, als er den Highway 154 erreichte. Die zweispurige Bergstraße führt auf acht schlangenartigen Kilometern bis zur tausend Meter hohen Kuppe des San Marcos Pass hinauf. Von dort aus geht die großteils unbefestigte Camino Cielo zu beiden Seiten vom Highway ab und folgt über viele Meilen dem Berggrat. Wo sich keine Filmstars und Wirtschaftsbosse eingekauft haben, leben noch immer Alternative in selbst gebauten Hütten, scheißen über den Balken und bekommen ihr Trinkwasser mit Tanklastwagen angeliefert. Dorthin zog es den Herrn Mannlich. Sein Camaro verschwand im westlichen Teil des Camino

Cielo, der Himmelsstraße, während ich geradeaus fuhr. Zu auffallend, ihm hier folgen zu wollen. Ich drehte auf dem Aussichtsparkplatz um, fuhr zurück zum Camino Cielo und wartete auf dem gegenüberliegenden, immer vollen Parkplatz des Tante-Emma-Ladens.

Wir saßen bis fast halb sechs in der prallen Sonne – nahezu zwei Stunden. Als er endlich auftauchte und nach Santa Barbara abbog, ließ ich mir Zeit. Zwischen der Passhöhe und der Stadt gab es nur eine Abfahrt, und die war von weit oben auf der Straße einzusehen. Trotz dichten Urlaubsverkehrs auf der schmalen, berühmten Straße zischte das graue Auto mit quietschenden Reifen bergab. Ich hatte zu tun, ihm zu folgen. Erst im gestauten Verkehr vor der Freewayauffahrt kam ich wieder in Sichtweite.

Ich wollte dranbleiben, weil mich interessierte, was so einer macht. Aber ich war nicht darauf gefasst, dass er nach Hope Ranch abbog. Das Wohngebiet gehört zum Teuersten, und ich war einfach überrascht, dass der Mensch, der in einer ziemlich miesen Gegend wohnt, so selbstverständlich in das allerfeinste Viertel fährt. Ich hielt mich sehr zurück, denn trotz der gewundenen Durchgangsstraße im eichenbestandenen Hügelgelände am Meer ist der Überblick einwandfrei. Hier fällt jedes Auto auf. Die Erbauer des weitläufigen, dicht bewachsenen Stadtteils achteten darauf, dass nur die eine vorgeschriebene Ausfallstraße direkt hindurchführt, und legten die privaten Wohnstraßen so kurvenreich an, dass sich Nichtortskundige garantiert verfahren. Deshalb bog ich beim Golfplatz ein und hielt an, bis er um die Kurve beim Reiterhof verschwand. Dann fuhr ich hinterher.

Von einem der Hügel aus sah ich, wie sein Auto in eine lange Einfahrt bog. Wir waren in der Nähe des alten Schah-Palastes –

Reza Pahlevi hatte den höchsten Hügel dieses stadtinneren, einsamen Wohngebietes gekauft und darauf eine Palmenallee anlegen lassen, an deren Ende ein gewaltiger weißer Marmorpalast entstand. Der war noch nicht ganz fertig, als der Schah-in-Schah über Nacht sein aufmüpfiges Volk verlassen musste. Nicht ohne eine mit Gold beladene Boeing vorauszuschicken, nicht ohne seine erweiterte Familie hier angesiedelt zu haben, nebst Hofstaat und Dienerschaft. Der in die Wege geleitete Wohnortwechsel einiger tausend Monarchisten hatte die Grundstückspreise Santa Barbaras in ungeahnte Höhen getrieben, doch für den Mittelpunkt der Völkerwanderung kam alles zu spät; der Schah verlor fast gleichzeitig Land und Leben.
Mister Mannlich war zu einer der Schah-Villen unterwegs. Wieder hielt ich an, was in Hope Ranch gar nicht so einfach ist – nach spätestens fünf Minuten steht ein Privatpolizist da und fragt höflich: wohin, zu wem und warum. Ich nahm die Kamera vom Rücksitz und spielte Tourist. Der private Streifenwagen, der bald darauf um die Ecke bog, verlangsamte seine Fahrt, und als ich den Mietcop hinterm Steuer freundlich angrinste und Julie ihm zuwinkte, nickte der nur und fuhr weiter. Da schoss eine grellbunte Stichflamme über die Bäume der Villenauffahrt, ein gewaltiger Knall folgte, und eine ehemals graue Motorhaube flog in hohem Bogen über die grundstückseinfassende Hibiskushecke. Ich fuhr sofort los. Hinter mir kam der Streifenwagen mit Gelblicht und heulender Sirene angedonnert, überholte vor der Auffahrt und kreischte Richtung Rauchsäule. Ich hielt vorsichtshalber auf der öffentlichen Straße. Julie und ich liefen die fünfzig Meter bis zum lichterloh brennenden Auto. Der Rent-a-Cop brüllte in seinen Möchtegern-Polizistenfunk und war hoffnungslos überfordert. Ich packte seinen Handfeuerlöscher und richtete den Strahl in die

Flammen. Was ziemlich witzlos war. So, wie der Camaro brannte, kam keiner dort raus.
Die richtige Polizei und zwei Löschfahrzeuge trafen innerhalb von Minuten ein, aber viel ausrichten konnten sie auch nicht. So ein Auto brennt nicht lange – was brennen kann, geht ziemlich schnell in dunklem, übel riechendem Rauch auf. Nur noch das schwarze Blech knisterte und stank, und ich meinte, den Typ hinterm Lenkrad über verpufftem Lack und kokelndem Kunststoff in der Nase zu haben.
Sie wollten wissen, was wir gesehen hatten, aber wir sagten ihnen, dass wir nur den schönen Tag genießen wollten, von Pismo hier heruntergekommen waren, um mal rauszukommen, und der Privatcop bestätigte, dass wir fleißig fotografierten, als er vorbeifuhr. Alles ganz harmlos, Officer. Das war ihm auch klar. Er glotzte auf Julies Bluse, dankte für unsere tatkräftige Löschhilfe und schlug vor, dass wir uns jetzt verpissen. Was wir auch taten.
Julie sagte auf dem Heimweg nicht viel, und ich auch nicht. Erst im Auto war mir aufgefallen, dass kein Nachbar gekommen war, dass niemand aus Neugierde anhielt, dass nicht mal Kinder auf Fahrrädern aufgetaucht waren, die doch sonst immer sofort da sind. Nur einer von der örtlichen Zeitung war gekommen und hatte ein paar Fotos gemacht. Seltsame Gegend. Man kann Diskretion auch übertreiben.
Mir war der Schreck in die Knochen gefahren, und da steckte er nun. Ich wusste nicht, wie ich in die Geschichte reinpasste, aber ich wusste, dass sie für mich noch lange nicht vorbei war. Man hat Ahnungen. Man sollte immer auf sie hören.

4 Dümpeln

Seit meiner frühen Kindheit, so ums erste Schuljahr herum, bin ich auf Surfen geeicht. Wie mein Alter selig, nur kein Konvertit wie er, sondern Natursurfer. Vielleicht weil ich am Strand aufgewachsen bin, vielleicht weil die großen Brüder meiner Freunde alle surften, vielleicht auch, um meinem Vater zu gefallen, ihm nachzueifern, von ihm gelobt zu werden. Wer weiß. Jedenfalls meinten die Leute damals, mir würden Flossen wachsen, falls ich so weitermache.

Pismo ist aber auch wie geschaffen fürs kalifornische Strandleben.

Durch die Landzunge am nördlichen Ende der Bucht bekommt die Dünung einen Linksdrall, und der Wind, der von Alaska hier runterbläst, wird kurz vor dem Landfall noch verwirbelt. Dadurch bauen sich manchmal derart hohe Brecher auf, dass Pismo seit fünfzig Jahren als idealer Surfspot gilt. Und dass Merrell hier »Wipeout« schrieb, kann auch nicht schaden. Obwohl das die wenigsten Surfer wissen. Die meinen, der Surfhit stamme von der Gruppe The Surfaris, die damit den Durchbruch schafften. Dabei haben die den Song von Merrells Album geklaut – Merrell and the Impacts, »Wipeout«, von 1961. Was ich genau weiß; denn gelegentlich kommt Merrell Fankhauser ins Studio, und dann unterhalten wir uns. Der wohnt noch immer hier – oder schon wieder, wie man will. Er saß nämlich lange in einer Urwaldhütte auf Maui, mitten im

Gelände, recht einsam. Und meditierte. Von den frühen Siebzigern bis Mitte der Achtziger.
Na ja, jedenfalls bin ich bis ins Mark Surfer. Wenn ich Probleme habe, surfe ich, wenn andere nur saufen. Zum Glück. Wenn ich Probleme wegsaufen wollte, hätte ich ein echtes Problem.
Ich ging also nach meiner Sonntagssendung am Montag zuerst nach Hause, legte mich eine Stunde aufs Bett, und als ich immer wieder über den Sonntagnachmittag in Hope Ranch nachdenken musste, stand ich auf, schnappte mein Brett und die große mexikanische Decke, meinen MP3-Spieler mit einem Haufen guter Songs drauf, und ging zum Strand. Er war leer, wie immer wochentags im Juni, und ich bin wohl auf der Suche nach guten Wellen etwas weit Richtung Pismo geschlendert. Vor mir der Pazifik, hinter mir die Wohnwagenparks Pismos und Strikers, und weder links noch rechts Bier in Reichweite. Also legte ich mein Zeug schön hinter eine der Dünen, deckte es mit dem Surfbrett ab, schob etwas Sand darüber und spazierte nach Pismo.
Beim Hi-Tyd Market lief ich meinem Boss in die Arme. Er stand beim Gemüse an einen Einkaufswagen gelehnt und bequatschte eine ausgesprochen hübsche Blondine. Die war allerdings höchstens sechzehn, aber Curtie war da als Anwalt auf sich allein gestellt. Ich grüßte und wollte mich an den beiden vorbeidrücken, doch Curts Pfote schnellte vor, packte mich am Oberarm und zog mich näher.
»Das ist er«, sagte er zu der Kleinen, die unschuldige hellblaue Kulleraugen und einen O-Mund machte. »Wir hatten's gerade von Ihnen«, erklärte Curt, »sie hört nachts wohl öfter zu, wenn sie nicht schlafen kann.«
»Freut mich – hoffentlich hast du weiterhin viele Schlafstörun-

gen.« Nee, meinte sie, habe sie nicht. Nur wenn sie vorm Schlafengehen zu viel Schokolade frisst. Dann hat sie nämlich immer so einen Druck, rennt aufs Klo und kann dann doch nicht, kicherte sie. Aber wenn sie danach daliegt und mir zuhört und dabei ein bisschen an sich herumspielt, dann kann sie wieder einschlafen. Erzählte sie mit offenem, engelhaftem Gesicht.
Ich schaute Curt an, der verschämt wegguckte.
»Könnten Sie nachher mal bei mir vorbeikommen?«, wollte der Boss wissen. »Sagen wir, nach zwei?« Sicher. Nach zwei also. Bis dahin wird er sich hoffentlich strafbar gemacht haben.
Ich ging mit meinem Sixpack zum Strand zurück, frühstückte erst mal aus der Dose und legte mich in die Sonne. Gegen Mittag war Flut – bis halb elf war also nichts mit Surfing.
War auch gut so, denn ich verpennte die Flut. Es war ein Uhr, als ich aufwachte. Noch mal ein Bier, und dann doch noch rein ins Wasser, obwohl die Brecher ziemlich lustlos anspülten. Es brachte nichts, also verscharrte ich mein Zeug wieder in der gleichen Düne und ging langsam hoch zum Sender.
Curt war noch nicht da. Ich verbrachte die nächste halbe Stunde mit Samaritis in seiner Hotelbar. Er hatte zur Zeit wieder mächtigen Durst, erzählte er, und verlegte deshalb die abendliche Trinkstunde vor. Alle sechs Monate packt's ihn richtig – da dreht er voll durch, säuft, was das Zeug hält, und fällt irgendwann um. Dann liefern sie ihn wieder ein, er trocknet einige Wochen aus, kommt mit besten Vorsätzen wieder nach Hause, und das Theater fängt von neuem an. Seit drei Monaten soff er wieder, seit einer Woche richtig. Und bald wäre es wohl wieder so weit, meinte er selber. Er freute sich schon aufs Krankenhaus. Das ruhige Leben dort gefiel ihm; keine Gäste, die alles sofort und umsonst wollten, keine Angestellten, die sich nur drückten, keine Polizei und kein Finanzamt, die immer was zu

meckern hatten. Und keine Alte, die nur noch nörgelt und quengelt. Vor lauter Vorfreude trank er, als sei es nicht früher Nachmittag, sondern fast Mitternacht. Ich kam da nicht mit, also ging ich nach dem dritten Bier wieder nach oben.

Ich hörte ihn schon brüllen, als ich noch den Flur entlangging. Curtie hatte wieder mal im Bett versagt, und dann tobt er bei der geringsten Kleinigkeit.

Als ich die Tür zum Büro aufmachte, ging gerade das rote Licht über der Studiotür an, was den Boss sofort verstummen ließ. Unsere Doppelscheibe zwischen Senderaum und Büro soll zwar schalldicht sein, ist es aber natürlich nicht. Was Curtie daran merkte, dass er zu Beginn seiner Senderbesitzer-Karriere in seiner Kanzlei öfter grinsend empfangen wurde – sein Personal hörte offenbar unser Programm, und sie kannten natürlich den Grund seiner Tobsucht. Die Anwaltsgehilfinnen waren alle durch seine halbharte Schule gegangen; sie kannten den Ärger aus erster Hand.

Er winkte mir, mitzukommen, und ging in sein Büro. Ich zog die Tür hinter mir zu.

»Haben Sie eine Ahnung, wer die drei Drogenpolizisten sind?«

»Nee. Drogenbullen eben. Wie sie heißen, habe ich nicht mitgekriegt.«

»Sage ich Ihnen: Kourakos, Running Bear und Harold Lauterbach der Dritte. Auch als die Three Stooges bekannt, nach den drei Slapstickkomikern. So gefährlich, dass sich die hiesigen Detektive weigern, mit denen zusammenzuarbeiten. Wie sind Sie denn an die geraten?«

»Umgekehrt, Boss, die sind an mich geraten. Angeblich, weil sie wissen wollten, ob ich eine Telefonnummer bei dem Typ am Strand fand. Das Verblüffende, das Erschreckende war, dass sie wussten, dass ich die Nummer angerufen habe. Ich hätte nie gedacht, dass ich abgehört werde – dass ich überhaupt überwacht werde.« Nickend hörte er zu. Ich staunte über meine eigene Erzählung. Wirkt noch erschreckender, wenn man's laut ausspricht.

»Die wissen noch ein paar Sachen aus meiner Jugend, die ich selbst fast vergessen hätte. Zeug, das nie zur Sprache kam. Ich bin ja noch nie verhaftet oder verhört worden. Außer wegen dem besoffenen Fahren damals, aber das gilt ja wohl kaum.«

Ich stand auf und holte mir einen Pappbecher Wasser aus dem Wasserkühler in der Ecke neben seinem Gummibaum.

»Lieber Herr Gutman, wir müssen denen gleich einen Riegel vorschieben. Erzählen Sie mir ganz genau, wie der Besuch vor sich ging. Ich kann mir zwar nicht vorstellen, dass sie wiederkommen, aber ich will vermeiden, dass Sie mit denen weiterhin Ärger haben. Was ich tun kann, werde ich für Sie tun. Also erzählen Sie.«

Was ich dann auch tat. Ehrlich und vollständig. Curtie mag zwar ein ziemliches Arschloch sein, aber ein verdammt guter Anwalt war er noch immer.

Er hörte zu und machte sich ab und zu eine Notiz. Wollte wissen, wer nach der Telefonnummer gefragt hatte – der Dicke oder der Schicke? Der Indianer. Hm. Und wer das Büchlein eingesteckt habe? Der Dicke.

»Der Dicke heißt Konstantin Kourakos, ist Sergeant, ehemaliger New Yorker Drogenpolizist, und gibt den Ton an. Als Kourakos auf Empfehlung seines New Yorker Chefs zur Bundesbehörde überwechselte, soll die Abschiedsparty drei Tage gedauert haben – einen Abend mit Kourakos, zwei Tage und Nächte ohne. Sein Freund ist John Running Bear, einzelkämpfender Ohrenabschneider in Vietnam, anschließend Reservatspolizist in den Four Corners und Schrecken der Navajo.

Running Bear gilt als Einzelgänger.« Mein lieber Freund! Der reine Horrorhaufen! Mir war abwechselnd heiß und kalt. Curtie trank einen Schluck Wasser, lehnte sich in seinen Ledersessel zurück, spielte mit dem Bleistift in seiner Hand und erzählte mit Genuss weiter. »Und Harold Lauterbach der Dritte wurde in Harvard als Jurist graduiert, trat am selben Tag der Drogenpolizei bei und gilt als außerordentlich gefährlich. Hinterlässt gelegentlich tote Drogendealer, wofür er trotz seiner doch recht jungen Karriere schon dreimal vor einer Untersuchungskommission stand. Überhaupt hängt allen dreien der Ruf an, eigenmächtig zu handeln – nicht immer dem Buchstaben des Gesetzes folgend. Lauterbach soll mit dem Messer ebenso wie mit der Handfeuerwaffe umgehen können. Soll Sadist sein, offenbar Familientradition. Sein Onkel schlachtete seinen gesamten Haushalt, eine Cousine erschoss ihren Liebhaber, seine Mutter verübte Selbstmord, der Vater lebt in einem Privatsanatorium in New Hampshire, und sein älterer Bruder führt die familieneigene Bank von Boston aus«, las Curtie vor, schaute hoch und klappte seine Kladde zu. »Glauben Sie mir, dass Sie keine ruhige Minute haben, bis sich die drei Herren nicht mehr für Sie interessieren? Wir müssen unbedingt herausbekommen, was die von Ihnen wirklich wollen. Wenn es Ihnen recht ist, werde ich mich mit deren Behörde als Ihr Rechtsvertreter in Verbindung setzen.« Was mir einerseits keine Freude machte, denn die drei hatten klargestellt, dass ich das Maul halten soll. Andererseits stimmte es natürlich, was er da sagte: Ich würde keine Ruhe haben, bis die an mir kein Interesse mehr hatten. Und wo sich jetzt der Mannlich in Rauch aufgelöst hatte – was ich meinem Boss nicht unbedingt auf die Nase binden wollte, um das Ganze nicht unnötig zu komplizieren –, war ein erneuter Besuch durchaus denkbar. Scheiße.

Ich druckste herum. Er merkte wohl, dass es noch was gab, schob Bleistifte und ein Lineal auf seinem Schreibtisch hin und her und ließ mich im eigenen Saft schmoren.
»Ich überleg's mir, Boss. Ich rufe morgen an und sage Bescheid.« Er nickte und sortierte die Bleistifte nach Länge nebeneinander auf der rechten Schreibtischhälfte. Dann stand er auf, legte mir die Hand auf die Schulter und nickte noch mal. Er machte einen traurigen Eindruck, was mich erstaunte. Ich hätte nicht gedacht, dass er sich um mich irgendwelche Gedanken machen würde, die über mein Umsatzpotenzial hinausgingen. Man täuscht sich also doch gelegentlich. Netter Typ. Was ich auch durch ein von Herzen kommendes »thanks, boss« ausdrückte.
Ich hatte noch eine Stunde im Aufnahmestudio zu tun. Ich schloss die schwere Studiotür ab, legte Bänder auf und schaltete die Technik ein. Dann konzentrierte ich mich nur noch auf meine Texte. Das half - ich vergaß die Angst, die durch das Gespräch wieder hochgekommen war.
Es war erst kurz vor vier, also schlenderte ich noch mal an den Strand, wischte den Sand von meiner Planke und ging ins Wasser, bis sich der Hunger meldete.
Der Montagabend ist noch mal Arbeitstag für mich. Da nehme ich die einstündige Sendung auf, die ich jede Woche in eigener Regie an achtzehn Sender verteile. Classic Rock nennt sich das Format, was so viel wie »schon viel zu oft gehört« bedeutet – Nostalgieclub, meine ich manchmal, aber die Leute wollen das, Sender nehmen's gern umsonst, und weil sich Musik und Kommentar an eine eindeutig umrissene, kaufkräftige Hörergruppe richtet, verkaufe ich genügend Werbung in der einen Stunde, um einen kleinen, aber verlässlichen Gewinn damit zu machen. Musik, Interviews und Geschichten, alles

seit einer Ewigkeit in meinem Archiv fein konserviert und nach meiner Anweisung von Dickie Dorsett hübsch zusammengestellt und auf CD gebrannt. Dickie ist unser Rundfunkingenieur bei KPIR, sieht so aus, wie er heißt, und ist dem starken Geschlecht zugetan. Das hat er mir mal vor langer Zeit anvertraut, als wir beide hoffnungslos besoffen bei mir zu Hause saßen. Seit ich seine entsprechenden tastenden Annäherungen ablehnte, sind wir gute Freunde. Dickie ist ein lieber Mensch, der weit unter Wert arbeitet, damit er in Pismo bleiben kann, wo er jeden Tag seinen Lieblingsstrand besucht. Denn Dickie ist Sonnenfreund, und im schwer zugänglichen Pirate's Cove treffen sich die Ganzkörpergebräunten, um die tägliche Strahlendosis aufzunehmen und sich aus dem Augenwinkel gegenseitig abzuschätzen. Von denen geht keiner ins Wasser, aber gelegentlich verschwinden sie zu zweit in den verwinkelten Höhlen der Sandsteinklippen, was die sittenstrengen Anwohner seit Opas Zeiten zum Anlass nehmen, mit Taschenlampen, Schäferhunden und Baseballschlägern bewehrt am Strand spazieren zu gehen und den Gottlosen ihre Moralbegriffe einzubläuen. Sofern sie den steilen Weg hinunterkraxeln können. Das Anliegen der Sittenstrengen macht sich unsere Ortszeitung dann gern zu eigen, fordert forsch strengere Gesetze und schreibt emotionale Plädoyers für die Wiedereinführung des Schulgebetes. Päderasten, Sodomiten und Kommunisten werden in einen Topf mit harmlosen Schwulen geworfen, über dessen Rand der Beelzebub grinst und mit dem Dreizack eindeutige Bewegungen macht. Meine persönliche, unmaßgebliche Meinung war schon immer, dass die reichen alten Patrioten und Überchristen beiderlei Geschlechtes nur dort runtergehen und die Leute bei der Ausübung ihrer Sexualität stören, weil sie schon lange keinen Steifen in natura

gesehen haben. Auch wenn sie mit dem nichts anfangen können.
Dickie kam gegen halb acht in meine Strandhütte, wo ich ihm das Material zur heutigen Sendung aushändigte. Das Zeug liegt in Kisten und steht in Regalen, sämtliche Wände sind voll von Schallplatten, Tonbändern, Cassetten und Compact Discs, und das Schwierigste an der Sendung war nicht das Zusammenstellen, sondern das Auffinden. Alte Interviews mit Typen, die sich schon längst den Goldenen Schuss gesetzt hatten, waren auf elend langen, langsam zerfallenden Tonbändern konserviert. Als ich beim Collegesender damit begann, Interviews zu sammeln, habe ich aus falsch verstandener Sparsamkeit gebrauchte Tonbänder gekauft. Jede Menge Arbeit war nötig, ehe die Dinger wieder abgespielt werden konnten. Ein Mal abgespielt, denn die meisten Bänder waren inzwischen so morsch, dass sich die Magnetschicht löste, auf der die elektronischen Impulse der Tonaufnahme gespeichert waren. Wenn beim Abspielen die Übertragung auf ein digitales Medium nicht klappte, war die Information, das Interview, auf immer verloren. Ich hatte zwar schon lange angefangen, alles zu digitalisieren, aber das ist eine Riesenarbeit, die dazu noch Geld kostet, also ließ ich's dümpeln, wo ich nur konnte.
»Du hast mir meinen Scheck versprochen«, nörgelte der dicke Dickie, als ich ihn zur Tür hinausschieben wollte.
»Stimmt, Schatz, aber ich bin heute leider etwas blank. Ich bringe dir am Mittwoch die Kohle bar in den Sender – bis dahin werde ich wohl wieder was eingenommen haben.« Man musste ihn nur nett anlächeln, ein Klaps auf den heute rotseidenen Hintern half auch. Dickie strich sich nachdenklich über die Glatze und ging dann friedlich zu seinem Auto.
Ich schaute mir einen ziemlich miesen Schwarzweißrauscher im

Fernsehen an, trank ein paar Bier dazu und wunderte mich, dass ich den Bogart noch immer gut fand. Seit zwanzig Jahren schwöre ich mir, den alten Scheißdreck nicht mehr anzugucken, und doch schalte ich jedes Mal die Kiste ein, wenn der nuschelnde Humphrey mitspielt. Ich bin ein großer Freund von »African Queen«, und den Malteserfalken finde ich auch richtig gut – von Casablanca ganz zu schweigen –, aber Bogey hat schon einige Scheißfilme gedreht. Wie den, den ich mir gerade anschaute. »The Return of Doctor X« gehört in die Abteilung Riesenmist.

5 Schüsse

Den Dienstag verbrachte ich unter meiner Harley. Ich habe seit Jahren eine 1959er Harley FLH Duo-Glide, genauso eine wie Elvis hatte, noch ziemlich original, mit der türkis-beigen Lackierung und dem vielen Chrom an Chassis und Aufbau und mit dem 1,2-Liter-Zweizylinder. Die ist zwar wunderschön, läuft aber wie ein Traktor, und wenn ich sie fahren will, muss ich erst schrauben. Deshalb motze ich sie selten vor Mai wieder auf, denn ich fahre am liebsten von Juli bis kurz vor Weihnachten. Eigentlich am allerliebsten von Ende September bis Mitte Dezember – da ist die kalifornische Küste ruhig, die Touristen sind wieder zu Hause, das Wetter ist unvergleichlich. Kein Nebel mehr, sonnige, klare Tage, meist windstill und warm. Da macht Harley Laune. Die Trucker grüßen mit erhobenem Daumen, der blanke Neid der Kombifahrer sprüht, man spürt den Hass, der einem aus Vans entgegenschlägt, und genießt die Ungebundenheit. Was sonst durchaus nicht immer der Fall ist. Allein ist ja oft ganz lustig, aber auf die Dauer macht die Ungebundenheit doch Angst. Wer will schon allein alt werden. Oder mit der falschen Frau. Aber wen lernt man noch mit vierzig kennen? Oder mit fünfzig?

Ich lag jedenfalls unter der Harley, schraubte an ihrem mäkeligen Getriebe herum und versuchte, Gedanken übers Altwerden zu verscheuchen. So gegen halb vier zog ich mit dem Drehmomentschlüssel die letzte Mutter fest, wusch Hände und

Arme, zog eine saubere Jeans an, ein frisches Hemd, die schwarzen Cowboystiefel mit dem blauen Schlangenledereinsatz und machte eine Probefahrt. Das ist das Schönste an der Schrauberei – die anschließende Feststellung, dass es was gebracht hat. Ich fuhr über den Freeway nach Paso Robles, von dort über den Bergrücken nach Cambria und den schmalen, gewundenen Highway One nach Morro Bay und San Luis Obispo. Über mir zog alle paar Minuten eines der unzähligen Linienflugzeuge Kondensstreifen am tiefblauen Himmel – von Menschenhand gemachte Wolkenstreifen, schnurgerade, denen man von der einen kalifornischen Großstadt zur anderen folgen kann. Bei Sonnenuntergang, wenn das Licht genau richtig strahlt, leuchtet die Himmelsautobahn wie ein gewaltiges rosafarbenes Tennisnetz.

Die Harley lief wie eine Eins, ließ sich wieder sauber schalten und machte den Eindruck, als könne sie einmal quer durch den Kontinent, ohne anzuhalten. Einwandfrei, die Mühle. Ich trank in Avila Beach ein Bier, schaute zu, wie die Sonne im Meer versank, und tuckerte die letzten zehn Kilometer nach Hause, immer schön am Wasser entlang.

Patty wartete auf mich. Ich freute mich; immerhin hatte ich sie seit Tagen nicht mehr gesehen. Ihre Freude hielt sich in Grenzen.

»Hab gehört, du treibst dich mit der Mexikanerin aus dem Führerscheinamt herum«, eröffnete sie das Gespräch.

»Nee, nicht herumtreiben, kann man nicht sagen – ich habe sie zum Essen eingeladen, weil ich von ihr eine Adresse brauchte.« Viel mehr war es ja nicht.

»Und deshalb kommst du am Sonntagmorgen aus ihrer Wohnung raus, was?«

»Ja, deshalb.« Soll mich doch am Arsch lecken.

Sie kann Gedanken lesen. »Na, du kannst mich mal am Arsch lecken.« Sie wurde richtig feurig. »Hast dich getäuscht, wenn du meinst, du kannst mich einfach so abstellen – und wegen so einer.« Sie hatte noch mehr auf dem Kasten, aber ich winkte ab und ging in meine Bude. Die Tür klatschte zu, und sie schimpfte draußen weiter. Ich holte aus dem fast leeren Kühlschrank ein Bier und setzte es an die Lippen.

Sie riss wütend die Tür auf, stürmte herein und wollte mir ins Gesicht. Ich schnappte ihren Arm und hielt sie fest. »Genug jetzt. Wenn dir nicht gefällt, dass ich ab und zu mal mit jemandem ausgehe, dann hast du Pech gehabt. Wir zwei sind nicht verheiratet und werden's auch nie sein.« Was sie erst richtig auf die Palme brachte.

Ich ließ sie los und setzte mich in meinen guten Sessel. Sie stand da und fing an zu weinen. Ganz leise, ganz sanft. Mit den Händen vorm Gesicht, gebeugtem Rücken und vielen Tränen, die zwischen ihren Fingern auf den Boden tropften. Ich kam mir vor wie ein Schwein.

Als ich zu ihr ging und sie in den Arm nehmen wollte, wurde sie wieder ausfällig. Diesmal erwischte sie mich genau dort, wo man schon kleinen Mädchen beibringt, dem bösen Onkel eins reinzudonnern. Während ich mir die Eier hielt und vor Schmerz grunzte, knallte sie von außen die Tür zu.

Dann wäre das Kapitel ja wohl auch beendet.

Am nächsten Morgen trabte ich los und holte mir ein Dutzend frische Doughnuts und einen Styroporbecher Kaffee, weil ich keinen mehr zu Hause hatte. Dann ging ich hoch zum Sender, um mich mit Curtis Cremer, Esquire, zu unterhalten.

»Na, was meinen Sie? Soll ich mich mal drum kümmern?«, fragte er mampfend. Doughnuts waren für ihn wie Blondinen. Besonders die mit Schokoglasur. Doughnuts, nicht Blondchen.

Ich nickte. Klar. Was soll's? »Besser als Nichtstun. Ich kann allein nichts ausrichten – das ist mir klar. Allerdings hab ich Muffe, dass die noch mal zu mir kommen. Weil sie mich ja ausdrücklich warnten, irgendwem zu erzählen, dass sie bei mir waren.«

»Aber, aber«, beschwichtigte er mit erhobenen Händen in bester Anwaltsmanier. »Wir sind doch nicht in irgendeiner Bananenrepublik, wo die Polizei gleichzeitig Richter und Henker ist. Hier haben sie sich an ihren Verfassungsauftrag zu halten und vor allem zu respektieren, dass Sie als Bürger Ihr gutes Recht wahrnehmen, wenn Sie mich mit der Wahrung Ihrer Interessen beauftragen. Immerhin bin ich Gehilfe der Gerichte – und mit denen legt sich kein amerikanischer Polizist an.«

Hörte sich ganz vernünftig an. Also nickte ich und unterschrieb den Vertrag, den er aus seiner Schreibtischschublade zog und mir über den Tisch hinschob.

»Ich werde noch mal deren Behörde anrufen und Bescheid geben, dass sich jetzt etwas anbahnt«, meinte Curt ganz locker und griff zum Hörer. Die Doughnuts hatten wir gegessen, die meisten er. Also ging ich. Für mich gab's hier nichts mehr zu tun. Glaubte ich.

Vom Vorzimmer aus rief ich bei Julies Arbeit an. Sie sei heute nicht da, hieß es. Erst wieder morgen. Ich ging bei ihr zu Hause vorbei, klopfte, aber die Wohnung war leer. Ihr Auto war weg, also war sie's wahrscheinlich auch. Egal. Ich joggte heim und holte mein Surfzeug.

Den Tag verbrachte ich am Strand, hauptsächlich im Wasser, denn vor der kanadischen Pazifikküste saß seit Tagen ein Sturmtief, und die hohe See kam jetzt bei uns an. Ausgesprochen gute Wellen, fast Frühjahrsqualität. Ich lag am späten Nachmittag auf meinem Brett, das hinter den Brechern sanft auf der Dünung schaukelte, schlief in der Sonnenwärme fast ein, als ich ein Knacken hörte. Ich machte die Augen auf und sah im grellbunten Brettherstellerlogo direkt vor meiner Nase ein daumendickes, kreisrundes Loch. Im selben Moment hörte ich den Knall. In meiner Panik ließ ich mich von der Planke fallen, tauchte unter Wasser und blieb erst mal dort.

Leck mich am Arsch! Was soll denn das? Ich war völlig baff. Da schießt einer auf mich. Ich packte den winzigen Kiel meines Surfbrettes, drehte es herum und zog es über meinen Kopf. Meine Nase streckte ich vorsichtig aus dem Wasser und schwamm noch ein Stück weiter raus, das Brett im Schlepptau. Wer immer auf mich gefeuert hatte, er tat's nicht noch einmal. Weder hörte noch sah ich irgendein Indiz dafür, dass ich unter Beschuss war. Dass ich es gewesen war, daran bestand für mich überhaupt kein Zweifel. Der Treffer wäre um Haaresbreite ein Volltreffer geworden – vielleicht zwei Zentimeter fehlten, um meine Schädeldecke zu lüften.

Ich blieb also im Wasser, bis ich derart fror, dass alles klapperte. Das Atmen tat mir weh, die Gelenke waren steif, so unterkühlt war ich. Im Sonnenuntergang ließ ich mich an den Strand treiben, weit entfernt von meinem Zeug – meiner Decke, meinem Radio, der Kühlbox mit dem Bier, das ich jetzt so gern gehabt hätte. Ich war südlich Strikers, fast schon in den Dünen von Nipomo, und da blieb ich erst mal. Heute brachte mich keiner dazu, nach Hause zu gehen, trotz Durst und Hunger.

Ich trug mein Brett hinter eine der lang gestreckten Dünen im Offroad-Gelände und machte es mir dort bequem, jedenfalls so bequem es ging. Ich konnte nicht einschlafen, ich hatte kein Licht, ich konnte nur darüber nachdenken, wie beschissen ich dran war. Das nächste Telefon war mit Sicherheit vier Kilometer entfernt, und außerdem hatte ich weder Kleingeld noch

Kleidung; der dämliche Gummianzug hat natürlich keine Taschen. Also blieb mir keine Wahl. Ich faltete die Arme über der Brust gegen die Kälte der Nacht und zwang mich dazu, einzuschlafen.
Der Schlaf taugte nicht viel – logisch. Die Sonne kam gerade über den Bergen im Osten hoch, als ich zum letzten Mal in dieser Nacht aufwachte. Auf der Düne neben mir saß eine Möwe und glotzte mich hungrig an. Ich griff nach ihr, aber sie war schneller. Ließ im Steigflug noch ein Gramm weißlich grauer Scheiße fallen, die mich um Haaresbreite verfehlte.
Der Sand klebte an meinem feuchten Gummianzug, das Brett war kalt, und ich fühlte mich furchtbar. Ich hatte Hunger und Durst, Kopfweh, die Knochen taten mir weh von der Feuchtigkeit und Kälte, und ich musste in diesem miesen Zustand nach Hause marschieren.
Zwei Stunden war ich unterwegs. Die letzten fünfhundert Meter spielte ich Indianer. Weiß Gott, wer auf mich wartete. Ich schlich mich an meine eigenen Bude heran. Hatte einen großen Bogen gemacht, kam von der Stadtseite her, ging über die Ecke des Golfplatzes, der meine hintere Grundstücksgrenze bildet, und quetschte mich durch das Loch im Drahtgeflecht, das dort durch meine dichte Bougainvilleahecke verläuft. Eine ganze Weile saß ich im Blattwerk, umrahmt von roten Blüten, erschreckte Kolibris fast zu Tode, aber es rührte sich nichts. Soweit ich sehen und hören konnte.
Endlich fasste ich Mut und ging um meine Immobilie, die Treppe hoch und zur Haustür. Die Sonne schien direkt ins große Fenster, bestrahlte meine Veranda und ließ die leichten Kratzer aufleuchten, die jemand in der Messingumrandung meines Türschlosses hinterlassen hatte. Frische Kratzer. Kein Zweifel.

Ich verpisste mich erst mal wieder, diesmal auf die Querseite mit dem Klofenster. Das war wie immer halb offen. Ich stand da und horchte, bestimmt eine Viertelstunde. Aber nichts war zu hören. Vorsichtig stieg ich ins Klofenster, kroch unter der hochgezogenen Guillotine durch und ließ mich fast geräuschlos auf den Boden gleiten. Dann wartete ich, bis ich wieder ruhig atmen konnte, stand auf und ging in mein Wohnzimmer.
Auf den ersten Blick war nichts zu sehen. Wer immer hier drin gewesen war, wusste, wie man es macht. Die Schubladen unter dem Computer waren eindeutig durchsucht worden, weil ich sie noch nie so penibel aufgeräumt hatte. Mein Bett war zu sorgfältig gemacht, meine Küche sah aus, als habe jemand endlich mal Ordnung ins Chaos gebracht. Ich schaltete meinen Computer ein. Der ging auf, als hätte er nicht seit zwei Jahren eine Macke, die mich zwingt, ihn so lange aus- und wieder einzuschalten, bis der dunkelblaue Laufbalken unterm Windowsfensterchen nicht mehr stehen bleibt. Ich sah im Druckerprogramm nach, wann zuletzt ausgedruckt wurde. Vor wenigen Stunden – 02:18. Aus meinem Adressbuch. Ich brauchte gar nicht weiterzusuchen. Ich wusste, dass sie die Nummer gefunden hatten, die aus der Tasche des Toten stammte. Die ich Idiot hier reingetippt habe. Warum eigentlich?
Also rief ich die Polizei an. Schon wieder. Wir freundeten uns so richtig an, schien mir. Aber die Enttäuschung war herb. Als ich endlich den mürrischen Detective VanDeKamp am Hörer hatte und ihm erzählte, was bei mir los war, lachte der nur. »Hör mal, wir kennen dich doch alle. Du bist endlich paranoid – kein Wunder bei deiner Sauferei. Und vermutlich kiffst du noch immer so viel wie früher. Mach dich nicht unbeliebt, hörst du? Lass die Storys. Auf dich schießen? Lächerlich. Und wer will schon bei dir einbrechen? Du hast doch nichts.

Penner.« Und knallt den Hörer auf die Gabel, das Arschloch. Vermutlich hat er sich seit Jahren darauf gefreut, mich am ausgestreckten Arm verhungern zu lassen. Ich dachte, mich holt der Teufel.
Ich rief Curt an. Wollte wissen, was er dazu meint. Die hübsche Florence flötete, er sei noch nicht da. Normalerweise sei er gegen acht im Büro, aber heute habe sie noch nichts von ihm gehört. Vielleicht habe er Besuch?, fragte sie scheinheilig. Ich wünschte es ihm und legte auf. Dann rief ich Rick Cavanaugh an. Der arbeitet für die Telefongesellschaft. Wir kennen uns schon seit der Schulzeit. Seither beneidet er mich, hat er mir mal erzählt. Reicher Vater, guter Surfer, immer mindestens eine Freundin. Mit ihm war damals überhaupt nichts los. Weder Kohle noch sportlich, keine Freunde, böse Akne, und die einzigen Mädchen, die er kriegen konnte, waren die Mauerblümchen, die niemand wollte. Und selbst die jagten ihn reihenweise zum Teufel. Poor Rick.
»Mensch, Jon! Lange ist's her. Ich sehe dich nie, obwohl ich dich immer höre.«
»Was treibst du denn?« Als interessiere mich das.
Er war recht aufgedreht. »Ich bin immer noch bei der Telefongesellschaft und betreibe seit einiger Zeit ein Internetbusiness nebenher – so ein Feierabendgemisch von Kommunikationsberatung, Einbau von Sicherheitsanlagen, Telefonsystemen. Hält mich auf Trab. Falls du mal was brauchst in der Richtung?« So redete er schon in der Schule. Ich sagte ihm, weshalb ich anrief.
»Kein Problem. Kann ich gleich machen. Willst du dranbleiben?«
»Lieber nicht. Warum treffen wir uns nicht irgendwo, trinken ein Bier, und ich gebe dir die Nummer. Wäre mir lieber – ich möchte nicht, dass uns jemand zufällig hört.« Da kannte er sich

aus. Er war ganz begeistert und versprach, gleich bei mir vorbeizukommen, wenn's mir recht wäre. Klar, warum nicht?
Zehn Minuten später stand er da im Klettermaxenlook. Glatt rasiert, was bei den Pickeln an Kinn und Wangen schmerzen muss. Gescheitelt, Nagelstiefel, Jeans mit Bügelfalte, gelber Helm, hellbrauner, breiter Werkzeuggürtel, in der Brusttasche seines halbärmeligen, klein karierten Hemds ein kugelschreibergefüllter Taschenschoner aus Plastik mit der Werbeaufschrift eines Ingenieurbüros. Rick Cavanaugh, wie damals. Noch immer null Ahnung von hip.
Ich stellte ihm ein Bier hin, das er erst mal an den äußersten Rand seines Gesichtsfeldes schob. »Wozu brauchst du die Information über den Anschluss?«
»Eine Frau.«
Er nickte. Scheint bei der Telefongesellschaft öfter vorzukommen. Aus seiner Tasche nahm er ein Prüftelefon, so ein Ding, das man mit zwei Klemmen und einem Normstecker überall anschließen und eine Verbindung zur Zentrale herstellen kann. So ein Mechanikerhörer. Er ging zum Wandstecker, zog mein Telefon raus und steckte seines rein. Dann tippte er Zahlen in die Tastatur, schaute auf das Display seines Riesenhörers und zeigte es mir. Die Adresse eines Restaurants im Santa Maria Valley. Das Stage Coach Inn, bekannt für ausgezeichnetes Barbecue, besonders eine regionale Spezialität vom Grill, die sich Tri-Tip-Barbecue nennt. Ein gewaltiges Stück Rind, von rosa Bohnen in scharfer Soße umgeben und mit mexikanischer Salsa gegessen. Das Stage Coach Inn. Deshalb erinnerte ich mich an irgendwas mit Reservierung und Menü. Ich muss ganz schön voll gewesen sein.
Rick ließ sich erst mal alle Telefonnummern der Kneipe überspielen; gar nicht so einfach, denn Internet und Fax, Küche und

Restaurant, Empfang und Büro, Privaträume und Ranch hatten ihre eigenen Nummern, einige waren über zwei und drei Nummern zu erreichen, von den Mobiltelefonen im Haus ganz zu schweigen. Die Telefone hatten alle eine Zusatzbezeichnung, bis auf die Nummer, die mich interessierte. Das war die einzige, die nicht im Telefonbuch eingetragen und nicht über die Auskunft zu erfragen war. Superprivat, wie so viele kalifornische Telefonnummern. Komisch nur, dass die anderen nicht nur im weißen Teil des Buches verzeichnet waren, sondern noch mehrmals riesig im gelben; unter »Restaurants«, unter »Bars«, unter »Weinbau«, unter »Landgasthöfe« – überall teure Viertelseiten mit fett gedruckten Telefonnummern. Nur nicht die, die mir bisher solchen Ärger eingebracht hatte. Seltsam.
Rick ist natürlich neugierig, was mir von vornherein klar war. Also erzähle ich ihm eine Story von einer Hübschen, die ich unbedingt wiedersehen will, die mir aber die Nummer gegeben hat, nach der ich ihn fragte. Also passiert's auch mir, sogar mir, diese Verarsche. O ja. Ob er's glaubt, das ist eine andere Sache, kratzt mich aber wenig. Hauptsache, ich weiß Bescheid. Und das tue ich – ich weiß genug, um mich mal aktiv um die Kneipe zu kümmern.
Irgendwas muss ich machen. So kann's nicht weitergehen. Ich habe bereits Angst, nur den Fuß vor die Tür zu setzen, und fühle mich in der eigenen Bude gefangen. Bedroht. Meine surfergemäße Unbekümmertheit war dahin. Meine Lebensfreude auch. Mir war dauernd schlecht vor Angst.
Ich dankte, und Rick zog wieder ab. Er stank nach Unterarm. Unangenehm. Kein Wunder, dass er sich dauernd einen runterholen musste. Ich habe gar nicht nach eventueller Frau oder Familie gefragt. Kann man nichts machen.

6 Dealer

»Nei-enn, Jon, der Boss ist noch immer nicht da«, bedauerte die Vorzimmerflorence. »Glaube auch kaum, dass er heute noch auftaucht. Vielleicht hat er doch was fürs Herz erwischt – wer weiß?« Sie hörte sich hoffnungsfroh an. »Wenn er nur morgen früh nicht wieder hier herumtobt.« Und realistisch.

Ich rief noch mal bei Julie an. Aber die ging auch nicht ans Telefon. Scheißdonnerstag. Ich machte mir ein Omelett und trank ein spätes Frühstücksbier dazu. Dann ging ich raus und schraubte noch mal eine Stunde an der Harley. Da war ein Ticken, das mir nicht gefiel. Also ging's an die Kipphebel. Ventile einstellen. Das war's hoffentlich.

Ich kann nicht über meinen Schatten springen. Ich fuhr in die Stadt, ging in eine Telefonzelle und rief die verschiedenen Stage-Coach-Telefonnummern an. Jede wurde spätestens beim dritten Klingeln beantwortet – nur die bekannte nicht. Da schaltete sich der Anrufbeantworter wieder ein, wies darauf hin, dass sich das Menü täglich änderte, und nannte die Reservierungsnummer zweimal, damit man sie nicht vergisst. Und dann war Schweigen. Ich weiß nicht, warum, aber ich legte nicht auf. Plötzlich piepste der Beantworter – das Signal, eine Nachricht zu hinterlassen. Ich wartete noch immer. Die Maschine schaltete nach etwa fünf Sekunden Stille ab. Da legte ich den Hörer auch auf.

Ich fuhr nach Hause, suchte Kamera und Infrarotfernglas, wickelte alles in einen dicken Pullover und steckte das Bündel in meinen Backpack. Batterien, Film, ein 210er Tele und einen Doppler dazu und mein kleines, batteriebetriebenes Interviewdat, das digitale Westentaschenwunder. Mit Richtmikrofon. Nimmt keinen Platz weg, und wer weiß, ob ich es nicht brauche. An meiner Stammtankstelle tankte ich noch voll, drehte die Birne der Nummernschildbeleuchtung raus und nahm auch gleich die Bremslichtbirne mit. Dann fuhr ich nach Santa Maria.

Das Santa Maria Valley ist ein lang gezogenes, mehrere Kilometer breites, flaches Tal voller Rebstöcke und Erdöl-Förderpumpen. Es liegt zwischen dem Meer und der Küstengebirgskette, unterhalb des zwölfhundert Meter hohen Tepusquet Peak, ist im Sommer ein Backofen und im Winter recht kühl. Palmen wachsen zwischen den Weinstöcken, gewaltige Kakteenhecken markieren längst verfallene Farmhausmauern, und die einzige durchgehende Straße ist knappe zwei Fahrspuren breit. Zu beiden Seiten zweigen gepflegte Feldwege ab, die im Herbst, zur Traubenernte, wie Bienenstöcke summen. Dann herrscht dichter landwirtschaftlicher Verkehr auf den staubigen Strässchen, mexikanische Saisonarbeiter bewegen kleine, vierradgetriebene Pritschenwägelchen wie Rennwagen zwischen Pflückern und Lastwagen, brausen halsbrecherisch über die Landstraße und kümmern sich keinen Deut um den Autoverkehr – da jeder weiß, dass Ernte ist. Überall stehen Schilder, auf denen vor den mexikanischen Fangios gewarnt wird, und wenn doch etwas passiert, dann mischen sich Trauben- und Lebenssaft. Beide sind in diesem Tal dunkelrot.

Jetzt, im Juni, war es im Tal totenstill. Noch trugen die Stöcke nicht, die Frühjahrsarbeit war längst getan, nur gewässert werden musste und gelegentlich kontrolliert, ob der Weinstock vom gefürchteten Glassy Winged Sharpshooter befallen war – weil dann nicht nur die Ernte, sondern die ganze Anpflanzung futsch war –, oder ob alles seinen geregelten, von Gott gewollten Gang ging. Als ich vom Freeway abbog und auf die Stowell Road in Richtung Tepusquet abbog, war nur spärlicher Feldarbeiterverkehr auf der Straße. Ich kam gut voran.

Etwa eine Meile vor dem Restaurant zweigt ein Feldweg nach links ab, windet sich in halber Höhe um einen der sanften Hügel, die das Nordende des Tals bilden, und führt auf die Hügelkuppe, wo ein Sendemast steht. Ich kannte Weg und Gegend, denn als Curtie nicht einen Pfennig mehr ausgab, als er unbedingt musste, spannte er mich als Aushilfsingenieur ein. Da bin ich einige Male hochgefahren, um unseren Richtstrahler zu justieren.

Ich stellte die Harley in eine Senke oberhalb der Straße, setzte mich ins Gebüsch, packte mein Zeug aus und begann meine Wacht. Mir war nicht klar, worauf ich achten sollte oder wozu genau ich hier war. Würde sich schon ergeben.

Eine gute Stunde lang tat sich überhaupt nichts. Dann trafen die ersten Gäste zum Abendessen ein. Der Parkplatz vor dem Restaurant füllte sich. Am Wasserturm daneben überstrahlte das rosa Neonschild der Gaststätte das weiche Licht der Abendsonne. Man hörte bis hier herauf Tellergeklapper und gelegentliches Frauenlachen. Ankommende Autos begegneten den ersten abfahrenden, in den Restaurantfenstern strahlten die roten Schirme kleiner Tischlampen. Mir wurde kühl. Ich hatte keine Lust, eine zweite Nacht im Freien zu verbringen. Also packte ich mein Zeug wieder ein, schnürte meinen Backpack und stand auf, um zu gehen. Da hielt eines der ankommenden Autos nicht vor der Kneipe, sondern fuhr neben dem

Hauptgebäude vorbei und steuerte über den Wirtschaftshof auf eine Scheune zu. Das Scheunentor stand offen, das Auto fuhr hinein, und die Torflügel wurden hinter ihm geschlossen. Ich setzte mich wieder und zog mein Nachtsichtglas aus der Tasche.

Die inzwischen recht grelle Restaurantbeleuchtung störte. Das Nachtsichtglas wurde mit dem Lichteinfall nicht fertig – gewaltige Lichtschlieren zogen sich durch das grünliche Bild. Dennoch sah ich die beiden Typen recht deutlich, die neben dem geschlossenen Scheunentor saßen und Geigenkästen auf dem Schoß hatten. Sahen beide aus, als würden sie Rotwein zum Fisch bestellen. Freunde klassischer Musik? Kaum.

Nach zehn Minuten ging das Tor auf. Zwei ekelhaft grellgrüne Scheinwerfer fuhren über den Hof und auf die Straße. Die beiden Typen standen ächzend auf – man hörte nichts, sah aber an ihren steifen Bewegungen, dass es recht kühl sein musste, wenn man lange auf einem Stuhl im Freien saß – und zogen das Tor hinter sich zu. Kurz darauf wiederholte sich das Ganze: Tor auf, Auto rein, zwei dickliche Typen im Anzug mit Geigenkasten raus, Tor zu, Geiger auf Stühlen vor der Scheune. Während des seltsamen Schauspiels trafen ständig Hungrige ein, stellten ihre Autos auf dem großen Parkplatz ab, andere kamen aus dem Lokal und fuhren weg. Diejenigen, die nicht parkten, sondern über den Hof weiterfuhren, fielen nicht auf.

Meine Beine schliefen ein. Die sternenklare Nacht wurde empfindlich kalt. Von meiner Warte aus sah man die eine oder andere Sternschnuppe kurz aufleuchten. Auf der Weide nebenan schnaubte ein Pferd. Ich schaute auf die Armbanduhr: halb zehn.

Bis zehn Uhr würde ich warten. Bis dahin wird sich das Restaurant leeren, und der letzte Scheunenbesucher würde vermutlich auch weg sein. Mir war klar, dass der Dinnertrubel eine perfekte Tarnung war – nur wofür, wusste ich nicht. Also beschloss ich, dem nächsten Auto, das aus der Scheune kam, nachzufahren. Jedenfalls zu versuchen, hinterherzufahren. Bis ich nämlich von hier aus wieder auf der Straße war, würde ich zu tun haben, jemanden einzuholen. Und dann war nicht sicher, ob ich nicht einem harmlosen Restaurantbesucher folgte.

Meine Sachen waren ohnehin gepackt, also schleppte ich den Sack zur Harley zurück und schnallte ihn fest.

Zehn nach halb. Ich schob die Harley auf den Feldweg und ließ sie langsam hinunterrollen. Den Schuppen konnte ich im Auge behalten, bis ich fast an der Straße war. Dann wurde der Weg zu flach, um noch einen Überblick zu haben. Also rollte ich weiter, bis ich gerade noch das Tor sah, blieb stehen und wartete.

Als sich das Restaurant leerte, ging das Scheunentor auf. Ein Lincoln fuhr heraus – ein Continental, wenn ich das grünliche Ding im Fernglas richtig erkannte. Eine edle Limousine, vermutlich dunkel, vielleicht schwarz. Von der Sorte standen mindestens noch zwei auf dem Parkplatz – Menschen, die einen Hunderter für ein Abendessen liegen lassen, bevorzugen solche Autos. Ich brauchte Glück.

Im allgemeinen Türenklappen und Autoanlassen fiel die startende Harley nicht weiter auf. Im Leerlauf tuckerte ich bis zur Straße. Da kam auch schon eine Limousine vorbei. Knapp eine Minute war vielleicht vergangen, seit jemand aus dem Schuppen gekommen war. Ich bog also auf den Highway und fuhr hinter dem Auto her. Erst im Dorf schaltete ich den Scheinwerfer ein.

Die Limousine fuhr anständig den schmalen Highway entlang,

blieb brav rechts und war darauf bedacht, die erlaubte Höchstgeschwindigkeit einzuhalten. Als wir uns dem Freeway näherten, sah ich im Licht der Straßenlampen, dass es tatsächlich ein dunkelblauer Lincoln Continental war. Hinten saßen zwei Leute. Nicht auszumachen, ob ein vierter auf dem Beifahrersitz saß. Der Fahrer bog nach Süden ab und hielt auf dem Freeway eine konstante Geschwindigkeit von siebzig Meilen pro Stunde. Ich ließ ihm Platz, eine gute halbe Meile. Im spärlichen Abendverkehr wollte ich nicht näher kommen – ich wäre sofort aufgefallen.

Ich blieb bis Los Alamos hinter ihm. Er bog ins Dorf ab. Als ich auf den Highway One kam, sah ich das Heck des Lincoln nach rechts ins Wohngebiet verschwinden. Vom Auto war nichts mehr zu sehen, als ich die Abzweigung erreichte. Ich wartete ein oder zwei Minuten und fuhr die kurze Straße hinunter. Wenn der Fahrer hier wohnte, hatte ich Pech. Dann stand der Lincoln in einer Garage, und ich schaute in den Mond.

Die Straße war weder geteert noch beleuchtet. Das viele Grün erdrückte fast die hübschen neuen Holzhäuser auf ihren riesigen Gartengrundstücken. Lange Auffahrten mündeten in protzigen Garagen, groß genug für vier Autos und ein Motorboot. Vor fast jedem Haus stand ein Wohnmobil. Die Individualität gut verdienender Mittelklässler äußert sich nur noch in der Autofarbe.

In sämtlichen Häusern war die Wohnzimmerbeleuchtung an, einige Häuser wurden von außen angestrahlt, und zwei oder drei hatten im zweiten Stockwerk das Licht an. Aber nur in einem Haus war der Schlitz zwischen Garagentor und Einfahrt beleuchtet. Als ich hinfuhr, ging das Licht aus. Wie es üblich ist. Jeder hat automatisch ein- und ausschaltende Beleuchtung, vom elektrischen Garagentoröffner gesteuert.

Damit sich keiner in seiner eigenen, stockfinsteren Garage die Beine bricht.
Ich notierte mir die Hausnummer und den Straßennamen und fuhr wieder Richtung Striker. In Arroyo Grande hielt ich, trank im Biker's Heaven ein Bier und rief Julie an. Die war zu Hause, meldete sich sofort und freute sich, dass ich dran war.
»Klar kannst du vorbeikommen. Hab mir gerade überlegt, dass was hübsch Steifes bestens in meine Stimmung passen würde.«
Ich versprach, es bei dem einen Bier zu belassen. Als ich andeutete, was sich auf ihren unflätigen Spruch hin in meiner Hose tat, lachte sie und drängte zur Eile.
Also ließ ich das halbe Bier stehen und fuhr nach Pismo. Vorsichtshalber parkte ich die Mühle hinter dem Sender und ging die paar Schritte zu Fuß.
Als sie zur Arbeit ging, schlief ich noch erschöpft. Das Telefon weckte mich.
»Dein Eigentümer des Hauses zwo zwo vier San Anselmo Drive in Los Alamos heißt Hernan Gonzales, ist landwirtschaftlicher Saisonarbeiter, wohnt seit zwei Jahren dort und fährt einen dunkelblauen neunundneunziger Lincoln Continental.«
Na, siehste. Ich fragte sie, ob es ihr gut ging. »Wach und aktiv? Keine bleibenden Schäden von der gestrigen Anstrengung zu befürchten?«
Sie lachte. »Anstrengung? Wenn ich nachher heimkomme, zeige ich dir, was Anstrengung heißt. Das war höchstens ein Vorspiel, vielleicht eine Art Aufwärmübung. Ich bin um zehn nach zwölf da.« Woraufhin ich ihr sagte, dass ich mich freue. Was soll man auch sagen?
Ich blieb, und sie war wirklich arg anstrengend. Nachdem sie wieder zur Arbeit ging – verblüffend, wie man sich in einer

knappen halben Stunde verausgaben kann – und ich mein Schönheitsschläfchen hinter mir hatte, fuhr ich wieder ins Santa Maria Valley.
Wie am Tag zuvor begann der Betrieb im Schuppen zeitgleich mit dem Restaurantbusiness. Ich saß von halb drei bis kurz nach fünf im Gebüsch am Hang, ohne dass sich unterhalb von mir etwas rührte. Nachdem die ersten Gäste eingetroffen waren, ging das Scheunentor auf, ein Auto bog von der Straße ab, fuhr quer über den Hof und verschwand im Schuppen.
Ich folgte, als das Auto den Schuppen verließ und auf die Straße bog. Wie gehabt fuhr auch dieses mit mäßiger Geschwindigkeit bis zum Freeway, bog dort auf die nördliche Fahrspur ab und blieb zwanzig Minuten unauffällig auf der rechten Straßenseite, bis es in Arroyo Grande die Autobahn verließ und ins Dorf hineinfuhr.
Der Fahrer hielt vor einem der kleinen Holzhäuser am Hang, die dem winzigen alten Stadtteil Arroyo Grandes den Namen Dorf verschafften. Wie Küken um die Main-Street-Henne drückten sich die Hütten um die paar Läden an der Straße nach Pozo. Hier wohnte, wer entweder noch völlig in den Hippie-Sechzigern lebte oder einfach nicht das Einkommen hatte, auf der anderen Freeway-Seite etwas zu mieten. Ein ziemlich heruntergekommenes Viertel mit den entsprechenden Symptomen – tote Autos, verschmierte Wände, kläffende Köter und wild wuchernde oder abgestorbene Grasflächen in winzigen Vorgärtchen. Der Mann, der aus dem Auto stieg und durch ein windschiefes Holztor in den Vorgarten eines dieser Häuschen ging, sah aus, als gehöre er hierher. Ich schaute im Vorbeifahren aus dem Augenwinkel zu ihm hin, aber er kam mir nicht bekannt vor. Als ich um die Ecke bog, sah ich im Rückspiegel, wie er ins Haus trat.

Kurz darauf folgte ich zwei weiteren. Sie lieferten Drogen aus – keine Frage. Einer hielt sogar vor dem Hotel in Pismo und brachte irgendwas hinein. Keine Ahnung, wem, aber es schockte mich doch. Dass überall gekifft und geschnieft wird, ist nun mal ein Teil des Lebens. Dass ich selber dabei mal einen ordentlichen Batzen verdient habe, habe ich ja schon erwähnt. Also bin ich kein Moralapostel, der Abstinenz predigt. Aber ich bin immer wieder erstaunt, wenn ich mitkriege, wer da alles sein schwer verdientes Geld ausgibt, sich Nasenbonbons kauft, zwei Jahre Knast riskiert.

Pat war nicht zu Hause, oder sie tat so. Das Telefon klingelte, beim zweiten Mal schaltete sich ihr Anrufbeantworter ein, der mich wissen ließ, dass sie zurückrufen würde, »falls du nicht zufällig ein hier bekannter Radioschwätzer bist – in dem Fall solltest du endlich kapieren, dass ich mit dir nichts mehr zu tun haben will«. Meinte sie mich? Ich staunte. Fuhr rüber zu ihrem Laden, aber der war natürlich um diese Zeit längst abgeschlossen, nur die Nachtbeleuchtung war eingeschaltet, und das Büro im hinteren Teil der Halle war dunkel.

Also lenkte ich die Harley nach Hause. Kam auf meinen Hof, schnüffelte in meinem eigenen Schuppen und hinter meiner Bude herum, untersuchte das Türschloss, fand nichts daran auszusetzen und schloss auf. Es stank. Ich band erst mal den Müllbeutel zu und trug ihn hinaus. Dann wusch ich das Geschirr, das sich seit Tagen stapelte. Wie lange war ich denn nicht mehr hier gewesen? Freitagabend. Am Donnerstagmorgen bin ich erst weg, nachdem Rick Cavanaugh wieder gegangen war. Na ja. Kam mir länger vor.

Das rote Meldebirnchen an meinem Anrufbeantworter blinkte. Im Vorbeigehen schlug ich mit der Faust auf den Startknopf. Ich hörte Curtie, als ich über der Schüssel stand und pinkelte.

Irgendwas von der Drogenbehörde, die er angerufen habe. Sie würden nachfragen und ihm Bescheid geben. Dann war's ja gut.

Eigentlich hätte ich noch kurz an meiner bevorstehenden Sendung basteln sollen, aber ich hatte keine Lust. Ich griff mir ein paar Bierdosen und setzte mich auf die Veranda, hörte mir das Donnern der Brandung und das Gekeife der weißblonden, chirurgisch auf zickig dürr getrimmten Nachbarin an und überlegte, was noch alles schief gehen konnte.

7 Ballermann und blaue Bohnen

Von mir aus könnte die Woche nur aus Sonnabenden bestehen. Mein Lieblingstag, obwohl dieser nicht zu den erinnerungswerten Samstagen zählen würde. Bei Sonnenaufgang war ich schon wach, hatte die Three Esses – Shit, Shower and Shave – hinter mir und trabte mit dem Brett unterm Arm zum Meer. Das verdammte Loch mitten im Herstellerlogo störte mich zwar, aber was soll man machen? Die Bullen interessierten sich nicht, der Schütze war hundertprozentig der Meinung, er habe mich erwischt, und ich war mir in meinem Tran noch immer nicht klar darüber, was ich machen sollte. Allerdings – heute Abend meine Radioschicht einzulegen wäre ein völliger Blödsinn. Da braucht der Killer nur das Radio einzuschalten, um zu merken, dass er noch mal zurückkommen muss. Und diesmal keine halbe Arbeit leisten darf. Also war Malochen schon mal Scheiße.
Der Meinung war Curtchen verblüffenderweise auch, als ich ihn zurückrief. Er hatte noch mal eine Nachricht auf meinem Telefonbeantworter hinterlassen, die ich abhörte, als ich nach dreistündigem Surfen um halb zehn wieder nach Hause kam. Er wollte mich unbedingt treffen. Nicht im Büro, nicht bei mir, nicht in der Kneipe, nicht am Strand. Wir verabredeten uns also im Restaurant auf dem Pier in Avila. Da drängten sich immer die Touristen, und wir zwei würden nicht weiter auffallen.

Er wollte mit dem Motorboot hin. Ich würde den Cadillac nehmen und am Hafen parken.
Er sah gehetzt aus. Kein anderer Ausdruck traf zu. Gehetzt. Das jagte mir Angst ein.
»Was ist los, Boss? Man könnte meinen, Sie sehen Geister.«
»Sehe ich auch. Geister, von denen ich annahm, dass sie verbannt seien. Sind sie nicht. Geister, die Ihnen an den Kragen wollen.« Er verdrehte die Augen und benahm sich überhaupt wie einer, der gleich zu toben anfängt. Von wegen unauffällig! Ich rückte etwas näher ran und legte meinen Arm über seine Schulter. Das half.
»Also: Einer, den ich mal vor einem längeren Knastaufenthalt bewahrt habe, rief mich gestern Abend zu Hause an und sagte, eine Belohnung von zehntausend Dollar stünde auf Ihren Kopf. Und wer mich umbringt, der kann fünftausend kassieren. Mein Informant sagte nicht, wer dahintersteckt, aber es habe etwas mit denen zu tun, die Ihnen kürzlich einen Besuch machten. Den drei Cops also. Mehr war aus ihm nicht herauszuquetschen. Dass er allerdings im hiesigen Raum wieder aktiv Drogen dealt, das hat er mich durch die Blume wissen lassen. Wies darauf hin, dass ich ihm jetzt einen Gefallen schulde. Womit er recht hat.« Curtie war mit den Nerven völlig runter. Der Fettsack tropfte aus sämtlichen Poren. Die Leute schauten schon von ihren Tassen auf, so gequält sah er aus. Ich zahlte, nahm ihn freundlich am Arm und führte ihn vor die Kneipe, die Treppe hinab zum Landesteg. Dort setzten wir uns erst mal neben einen ordentlich dicken, rostigen Eisenpoller. Scheißkalt und feucht war das Ding. Ich nahm schnell den Arm wieder runter.
Das Meer war spiegelglatt. Kein Wind, keine Dünung bewegte es. Die Sonne brannte schon glühend vom Himmel. Bald war

es Mittag, und bis fünf, halb sechs würde die Hitze nicht nachlassen. Ich hätte im Wasser bleiben sollen. Scheißtag.
»Ich habe einen Anhaltspunkt – viel ist es nicht, aber vielleicht fällt Ihnen was ein, Boss.« Und dann erzählte ich ihm haarklein, was mir widerfahren war. Und was ich bei meiner Schnüffelei im Santa Maria Valley und der Verfolgung erfahren hatte.
Curtie wurde immer nervöser. Immer bleicher und immer fahriger.
Er stieg in sein Motorboot und rauschte ab. Ich schlenderte den Pier entlang zu meinem Auto, das mit hochgeklapptem und verschlossenem Verdeck Heiterkeit erregte. »Mann«, staunte ein kurzbehostes, schmerbäuchiges Sonnenbrandopfer, als ich die Caddytür aufschloss, »wozu hamse denn 'n Cabrio, wennses nich' aufmachen?« Ich grinste ihn an und drückte aufs Knöpfchen am Armaturenbrett. Die Mühle wackelte, als sich das schwere Faltgestell ächzend erhob und sich schüttelte. Ist immer 'ne Schau, wenn sich der Caddy öffnet, fast sexuell.
Erst mal nach San Luis. Die zehn Meilen Nebenstraße waren verlassen, wie Kalifornien in den Sechzigern. Alles frei, viel Platz, keine Hektik. Ich kurvte um die Irish Hills, donnerte durch die Apfelfarmen und Nussplantagen vor der Stadt und stand gegen Viertel vor eins auf der Monterey Street. Wer nach San Luis fährt, sollte entweder im geklauten Auto dorthin oder jede Menge Münzen in der Tasche haben. Denn die Stadt lebt von Parkgroschen und den saftigen Strafzetteln, die sie allzu gern denen an die Scheibe hängen, die sich auch nur um eine Minute verspäten. Ich fütterte also den Automaten mit drei Quarters für eine Dreiviertelstunde. Kein Wunder, dass San Luis Obispo als Geheimparadies der Reichen gilt – bei den unverschämten Preisen.
Wong's Gun and Ammo muss unbeschildert über Wasser

bleiben, weil die politisch korrekte Stadtverwaltung dem Waffenhändler zwar die Ausübung seines Gewerbes nicht verbieten kann, sehr wohl aber jeden Antrag auf Beschilderung ablehnen darf – und es auch munter tut. Aber Wong überlebt. Der lacht nur über die »Big Noses« im Stadtrat. Sein Laden ist weit über die Stadt hinaus bekannt. Wahrscheinlich, weil er einer der wenigen ist, die alles in prima Qualität liefern können. Und der, weil auf ständigem Kriegsfuß mit der Staatsgewalt, völlig verschwiegen ist. Deshalb geht man zu Wong, wenn man etwas Ausgefallenes braucht.

Ich brauchte unbedingt einen Ballermann. Nichts Riesiges, nichts Schweres, aber ich fühlte mich derart bedroht, dass ich in der Lage sein wollte, im Notfall zurückschießen zu können. Wong freute sich – hörte mir lange zu und war ganz begeistert, dass er behilflich sein konnte.

»Nimm die NAA Guardian: ich habe eine wunderschöne.« Er holte ein Kistchen mit einer reizenden, gar nicht furchterregenden Miniknarre vom Regal. Liebevoll steckte Wong die Waffe in das Lederhalfter, das in der Kiste lag, und schob das Ganze in seine Hosentasche. Nicht zu sehen, das Ding – wer ihm auf die Hosentasche guckte, der sah zwar, dass sie ausgebeult war, aber sie zeigte nicht den typischen Pistolenumriss. Eher so was wie ein Handy, ein Portemonnaie oder einfach ein Haufen Mist, wie ihn viele Männer seit ihrer Jugend in der Hose herumtragen. Wow! Ich war begeistert.

»Und schießen tut das Ding – einwandfrei! Das Lederhalfter und ein Wadenholster sind dabei, du bekommst noch eine Laserzieleinrichtung dazu, damit du nachts triffst, und in der Kiste liegt noch eine Menge Kleinzeug.«

Er hatte die Knarre von einem Kerl in Zahlung genommen, erzählte er, der mehr Dampf wollte. Dem habe er eine

Glock 20C verscherbelt, die schon ewig hier herumlag und die außer Junggangstern keiner kaufen würde. An Drogentypen verkaufe er grundsätzlich nicht, weil er lange leben möchte, grinste er. Als ich fragte, wie er sich denn gegen die schützt, erschien blitzschnell ein doppelläufiges Pistölchen in seiner Hand, nicht größer als ein Kinderspielzeug. »Sprungfeder am Handgelenk« – Wong zeigte es stolz –, »saust auf Knopfdruck unter der Hemdmanschette vor, direkt in die aufgehaltene Hand. Eine .22er, aber giftig. Wer das jemals im Ernst erlebt hat, macht ganz schnell die Tür zu und stört mich nie wieder.«
Ich freute mich. Er war nicht ohne, dieser durch und durch amerikanische Sohn des Himmels. Von so einem kauft man gern.

Achthundert Dollar sind ganz schön happig für einen kleinen Freund in der Not, aber ich gab Wong doch meine Kreditkarte. Die Guardian war genau das Richtige, davon war ich überzeugt. Eine .32er, für die es an jeder Ecke Munition des Kalibers .32 oder 7.65 zu kaufen gab, ein einheimisches Fabrikat, das mit äußerster Sorgfalt hergestellt war. Der ursprüngliche Besitzer hatte die Pistole noch im Werk nach eigenen Angaben tunen lassen; Kimme und Korn waren abgefeilt worden, gezielt wurde durch eine optisch-elektronische Dreieckseinrichtung am Lauf, die Vernickelung war einem tiefdunklen Blau gewichen, und die Kanten waren gebrochen. Die Guardian wirkte fast lebendig.

Ich bekam noch eine Art Minirucksack geschenkt, in dem ich alles fein säuberlich verstaute. Dann ging ich über die Straße zum Sportsman's Paradise, wo es ausrangierte Army-GPS-Empfänger gab, die auf wenige Meter genau sind – im Gegensatz zu ihren zivilen Gegenstücken, die sich meist um hundert Meter verhauen. Wozu der gut sein würde, wusste ich nicht so

genau, aber ich hatte eine Ahnung, dass ich in die Lage kommen könnte, meinen Standort genau bestimmen zu müssen. Und so ein Militärding wollte ich schon lange. Zweihundert, mit Umsatzsteuer zweihundertfünfzehn. Nicht schlecht.
Als alles im riesigen Caddykofferraum verschwunden war, fuhr ich wieder nach Pismo. Im Sender war Aufruhr – Curtie hatte angerufen und mitten im Gespräch aufgelegt. Das war höchst ungewöhnlich, zumal er gerade der hübschen Florence einen recht seltsamen Text in die Maschine diktierte. Das Blatt steckte noch drin; ich ging rüber und las. Verhaltensmaßregeln für den Fall seines Fernbleibens. Er wies darauf hin, dass sein Kanzleipartner Shelley Macarthur bevollmächtigt sei, die Geschäfte zu führen, und hatte gerade begonnen, die Tagesroutine unter den Angestellten zu verteilen, als die Leitung plötzlich tot war. Er habe vom Mobiltelefon aus angerufen, erzählte die aufgelöste Florence, so wie er's oft tat. Sie hat ein Telefon, das die Nummer des Anrufers anzeigt, also ist sie immer informiert, wer von wo aus telefoniert, und kann entscheiden, ob sie abnehmen will oder lieber den Anrufbeantworter einschaltet. Allerdings war Curtie nicht in irgendeinem fremden Bett, sondern wegen des Motorenlärms kaum zu verstehen. Sie hatte deshalb den Recorder eingeschaltet, damit sie den Text mit Curts Diktat vergleichen konnte.
»Kann ich mal reinhören?«
»Natürlich.« Sie nickte und schaltete das Band ein. Curtie war eindeutig auf seinem Motorboot und ließ es ordentlich laufen. Der Volvo-Penta kreischte mit hoher, gleichbleibender Drehzahl, der Bootskörper knallte klatschend auf die Wellen, und Curtchen musste in die Sprechmuschel brüllen, um gehört zu werden.
»… klar kannst du einschalten«, hörte ich, »und jetzt pass auf.

Ich wiederhole, was ich dir bisher diktiert habe. Wenn ich in nächster Zeit nicht auftauche, veranlasst du Folgendes.« Er hörte sich an wie schon im Restaurant und auf dem Pier – gehetzt. Aber da war noch etwas. Es schien dringender, endgültiger, als laufe die Zeit aus, als verrinne der Sand vor seinen Augen. Er tat mir schon wieder leid. Und dann war Ruhe. Aber in der Zehntelsekunde des Unterbrechens war noch ein Klicken zu hören. Ich ließ das Band zurücklaufen und spielte die letzten paar Sekunden noch mal. Nicht exakt zu hören, was es war, aber irgendein metallisches Geräusch war da.

»Wo ist der süße Dickie?« Der könnte vielleicht das Geräusch bestimmen. Florence rief in seiner Werkstatt im Keller des Hotels an. Da war er tatsächlich.

Dickie kam hoch, hörte ein paar Mal das Band ab, aber er konnte auch nichts dazu sagen.

»Ich spiele es übers Schnittprogramm ab.«

Florence und ich folgten ihm in sein fensterloses Kabuff. Er legte das Band ein, stellte seinen Computer ein und digitalisierte erst mal den Bandinhalt. Dann machte er einen Ausschnitt der letzten drei oder vier Sekunden, vergrößerte das Audiodiagramm auf die gesamte Monitorhöhe und spielte den Ton ab. Curt, Motor und See – und ein steiler Haken zeigte, dass die Zunahme der Lautstärke tatsächlich eine äußere Ursache hatte. Er konzentrierte sich nun ganz auf die steil nach oben strebende Diagrammlinie. Erst nahm Dickie, über dessen Fähigkeit ich echt staunte, die Stimme seines Herrn weg – dann kamen die Frequenzen des Meeres, des Motors und des Fahrtwindes dran. Das ging wie Bananeschälen.

In der resultierenden Stille hörte man eindeutig Gewehrfeuer – ein Klicken, den Beginn einer Explosion, ein schlagartig einsetzender Knall, der unvermittelt abgeschnitten wurde. Dickie

spielte das Ganze in Zeitlupe – da war das Klicken, das sich nun wie ein Paukenschlag anhörte, eine kurze Stille, dann ein Knistern und ein Wummern, das die gewaltigen Lautsprecher im Keller zu sprengen drohte. Und nichts mehr. »Totes Telefon«, sagte Dickie in die Stille hinein. »Nicht aufgelegt oder ausgeschaltet. Kein Geräusch, kein elektronischer Schatten. Nichts. Tot.« Er sah genauso erschrocken aus wie Florence. Und wie ich, vermutlich.
»Ruf die Bullen an, Süße, oder besser noch die Küstenwache. Und sage ihnen, dass Curtie vermutlich von der Jacht gefallen ist. Sollen sich beeilen. Ich war noch kurz vor zwölf mit ihm in Avila, und dann ist er losgesaust, vermutlich zurück nach Pismo, und ich nach Slotown.« Florence war nicht glücklich. Ihr Arbeitstag endet am Sonnabend gegen Mittag, und sie war immer noch hier, um halb vier. Wenn sie jetzt noch die Bullen anrufen musste, war ihr Wochenende im Arsch. Das wusste sie, aber sie wusste nicht, wie sie sich mit Anstand aus der Affäre ziehen konnte. Sie rief an, während Dickie sein Computerergebnis auf Tonband überspielte. Für die Cops. Er traute denen keine Audiokenntnisse zu, und Computeraudio schon gar nicht.
Dickie schaute viel zu oft auf die Armbanduhr, und als er mit dem Band fertig war, murmelte er leicht verlegen etwas von schon viel zu spät dran und versprochen, heute mal pünktlich zu sein. Er stürmte die Treppe hoch. Florence und ich gingen zurück in den Sender und warteten auf die Bullen.
Ich hatte einen Mordshunger, und die Greifer kamen nicht. Ich ließ Florence wissen, dass ich auf eine halbe Stunde zum Fish & Chips ginge, um was zu essen.
Kaum trat ich durch den Torbogen auf den Parkplatz hinterm Haus, als auch schon jemand auf mich schoss. Unvermittelt.

Ich hörte den Schuss und spürte gleichzeitig, wie er mir ein Stück vom Arm wegriss. Also hechtete ich unter den alten Kombi, den Bob seit Jahren da stehen hat. Es knallte noch zwei Mal, knapp, trocken und bösartig, und dann war Ruhe. Ich robbte arschwackelnd rückwärts durchs Tor, schabte mir auf dem Beton der Durchfahrt den Bauch auf und trat gegen die Tür zur Hotelküche, die auch prompt aufging. Mein Arm war in Ordnung – er blutete etwas, aber die Haut war nur angeritzt. Glück braucht der Mensch und ein neues Hawaiihemd. Meines war aufgerissen und blutig. Der mexikanische Hilfskoch, der um diese Zeit gerade Kartoffeln schälte, schaute mich verängstigt an und hob sein Kartoffelschälmesser. Trotz meiner Situation musste ich lachen. Die lustlose Drohung des armen, erschrockenen Kerls kam gegen die Intensität blauer Bohnen nicht an.

Durch die Küche und vorne raus. Da knallte es schon wieder – gegenüber bei Mom's Restaurant stand einer auf dem Dach und schoss. Ich zog den Kopf wieder ein, warf die Tür hinter mir zu und rannte zu Dickie in den Keller. Der war nicht mehr da, aber ich wusste ja, wo er ein und aus ging, wenn er jemanden dabeihatte, mit dem er sich den langen Arbeitstag versüßte. Hinter einer Reihe alter Holzkisten war eine Stahltür, die zur Kanalisation hinunterführte. Von dort aus kam man trockenen Fußes in die Nebenstraße, die am Meer endet. 1942, als die Westküste täglich mit einer japanischen Invasion rechnete, wurden Hunderte solcher Notausgänge durch Kellerwände gebrochen. Am Rand des Parkplatzes beim Pier war der nächste Kanaldeckel, zu dem ich hinaufkletterte. Eng war's – ich staunte immer mehr über Dickie, der hier durchpasste. Mit seiner Wampe war das ein Wunder, und mit den körperlichen Auswirkungen der Vorfreude nahm er noch mehr Platz ein. Wenn's auch nur ein paar Zentimeter waren.

Die Scheiße war, dass ich jetzt mit dem Rücken zur Wand stand. Ich musste weg, aber ich konnte nicht. Der Cadillac war auf dem Hotelparkplatz, wo ich um Haaresbreite durchlöchert worden wäre, die Harley stand bei mir zu Hause im Schuppen, und da wartete sicher einer.

Neben dem Parkplatz befindet sich ein altes Warenhaus, in dem der Surfbrettverleih und die Wohnung von Kamehameha O'Connor sind. Mit dem war ich früher dick befreundet, als wir beide noch fleißig von einem Surfturnier zum nächsten fuhren. Wir hatten uns schon ewig nicht mehr gesehen, und da war auch was mit seiner Freundin und mir gewesen, aber das zählte im Moment nicht. Wenn Kami mich telefonieren ließ, konnte ich hier weg. Ich klopfte.

Er war braun wie eine Haselnuss, trug ein fast weiß gebleichtes Hawaiihemd und ausgefranste, unterhalb der Knie abgeschnittene Jeans. Und er stank wie ein Schwein. Seine Wiedersehensfreude hielt sich in Grenzen, was mich nicht überraschte. Aber er hielt mir die Tür auf.

»Komm rein. Was willst du?«

»Telefonieren. Und wenn's dir nichts ausmacht, könntest du die Tür wieder zumachen und so tun, als seien wir alte Surferbuddies.«

Er schloss die wacklige Holztür und reichte mir sein Telefon. So eines hatte ich seit Jahren nicht gesehen – runde Wählscheibe, schwarzes Bakelit, schwerer, schmuddeliger Hörer. Ich steckte den Finger in die entsprechenden Löcher und verlangte Julie. Die auch sofort dranging. Man kannte schon meine Stimme beim Zulassungsamt, schien mir.

»Sweetheart, ich muss hier sofort weg. Meinst du, du könntest

mich hier abholen? Gleich? Sofort?« Sie hörte wohl, dass es drängte. Sie fragte nur, wo, und als ich's ihr sagte, legte sie auf.
»Vorhin hat's geknallt. Was mit dir?« Kamehameha war schon als Kind ein Wunder an ökonomischer Sprechweise. Ich nickte. Was mit mir. Er fragte nicht weiter. Wir sind zusammen aufgewachsen. Da kennt man sich. Auch wenn sich die Wege trennten.
Ich saß vielleicht zehn Minuten da, als Julie an die Tür klopfte. Kami hatte mir eine Cola gebracht und sich wieder um seine Bretter gekümmert. Ich schaute zu, wie er sie über seiner Badewanne wusch und putzte, und ich sehnte mich plötzlich nach meiner Jugend.
Kami schloss auf, Julie trat ein, nickte ihm zu, schaute mich an und deutete mit einer Kopfbewegung nach draußen. Ich nickte, umarmte den dicken Kamehameha und drückte ihn an mich. Dann gingen wir.
Sie brachte mich nach Arroyo Grande in die Bikerkneipe, die ich gelegentlich zum Stammlokal machte. Um halb sechs würde sie mich wieder abholen – bis dahin war ich sicher. Meinte ich. Sie ließ mir noch einen Zwanziger da und ging wieder. Ich bestellte Bier.
Als sie wieder zurückkam, war ich schon viel ruhiger. Das bewirken große Mengen Bier, in kurzer Zeit genossen. Der Zwanziger war versoffen, und so gut kannten sie mich hier, dass ich noch auf Kredit weiterschlucken durfte, bis Julie wiederkam. Julie ließ sich einen Rotwein bringen, zahlte für uns beide und trank wortlos mit mir.
Im Auto erzählte ich ihr, was sich abgespielt hatte. Sie erschrak furchtbar; weniger über mein Zielscheibenerlebnis als über das Verschwinden Curties. Das verdeutlichte die Gefahr, in der ich mich befand. Und sie sich eventuell auch.

»Lass mich am Hotel raus. Fahre erst mal die Straße hinunter und schau, ob du einen siehst, der nicht da sein sollte. Dann lass mich am Vordereingang raus und geh heim. Versuch ja nicht, mit mir Kontakt aufzunehmen – ich ruf an, wenn ich sicher bin, dass ich dir damit nicht schaden kann. Wenn du mich unbedingt brauchst, rufe Dickie im Sender an und sag ihm, er soll sich mit mir in Verbindung setzen.« Sie nickte. Dann fuhr sie im Feierabendverkehr durch die Kleinstadt, tuckerte im Schritttempo zwischen den Touristen den Ocean Boulevard hinab, am Hotel vorbei, und machte am Parkplatz einen großen Bogen, der sie wieder zurückführte. Ich hatte mich auf dem Beifahrersitz klein gemacht, aber auch niemanden gesehen, den ich nicht sehen wollte. Vor dem Hotel stieg ich aus und verschwand im Foyer. Sie fuhr sofort weiter.

Die Kellertür war von innen abgeschlossen, also war mein molliger Freund wieder da. Ich rief vom Empfang aus seine Handynummer an. Er stapfte sofort die Betontreppe hoch und schloss auf. Dann setzten wir uns in sein Büro und machten ein paar Bierflaschen auf.

Die Bullen hatten recht gelassen auf das gemeldete Verschwinden des angesehenen Bürgers Curt Cremer reagiert. Zwischen Schlucken berichtete Dickie atemlos und aufgeregt, was Florence ihm brühwarm erzählt hatte. Dickie schien nicht allzu betroffen, denn der Boss nannte seinen kahlen Ingenieur immer nur Süßer oder Goldilöckchen, vor allem, wenn Leute dabei waren. Was Dickie mächtig peinlich war. Aber er traute sich nie, aufzumucken. Jetzt war seine klammheimliche Freude nicht zu übersehen. Schadenfreude ist doch die echteste Freude.

»Hör mal, Dickie, du weißt ja wohl, dass heute Mittag hier der Teufel los war.« Er schaute mich nur blöd an. »Dass einer auf mich geschossen hat?« Dickie erschrak und schüttelte den

Kopf. »Wann bist du denn wieder zur Arbeit gekommen? Warst wohl weg, was?«
»Am Strand, aber nur eine Stunde oder so. Wer hat auf dich geschossen?«
»Weiß ich nicht - kann jeder gewesen sein. Hast du dich mit jemandem unterhalten, seit du wieder hier bist?« Nein, hatte er nicht. Schaute ertappt drein, der Kleine. Hat wohl wieder hinterm Felsen seine rocks off gekriegt.
»Ruf mal Bob an und frage den, was hier los war.«
Das tat er, der Gute, und staunte nur so in den Hörer hinein.
»Also, die haben Schüsse gehört und die Cops angerufen. Und du bist aus lauter Panik durch die Küche gerannt und hast seinen Koch total verstört, meint er. Die Bullen kamen dann auch, fanden aber außer zwei Einschusslöchern in der hinteren Wand nichts und sind wieder weg. Die sagten ihm, das seien wohl die üblichen Idioten, die aus lauter Übermut wieder in der Gegend herumballern.«
Was soll man da sagen? Mir war schleierhaft, warum die hiesigen Cops so mauerten: zuerst bei meinem Einbruch, dann bei Curties Verschwinden und jetzt bei der Knallerei, die die halbe Stadt gehört haben muss.
Auf alle Fälle fühlte ich mich in meiner Haut nicht wohl. Ich deutete also auf die Stahltür zur Pismoer Unterwelt, worüber Dickie noch mehr erschrak, und ging voran durch die Tür, kletterte die hängende Stahlleiter hinab und dann in die Kanalisation. Dickie kam mir ächzend hinterher. »Woher kennst du den Ausgang?« Ich grinste nur und zog das untere Augenlid tiefer. Holzauge. Aber weil ich ihn dabei auf männliche Art umarmte - Seite an Seite, Arm über die Schulter -, war er nicht sauer, sondern eher erleichtert.
»Pass auf - und merk dir gut, was ich dir zu sagen habe.

Behalt's aber um Gottes willen für dich. Mir ist einer auf den Fersen, seit Tagen schon. Zum zweiten Mal war ich jetzt Schießscheibe, und ein drittes Mal verfehlt der mich nicht. Ich muss also abhauen. Sofort. Ich brauche Geld, Kleidung, ich brauche ein Telefon, und vor allem brauche ich meine Mühle. Hilf mir dabei.«

Klar, nickte er. Kein Problem. Ich gab ihm also die Schlüssel zur Harley, mit der Warnung, erst mal abzuchecken, dass bei mir keiner lauert, und mit einigen Tipps, wie die Maschine zu starten war und wie sich die Kupplung verhielt. Dann schrieb ich ihm einen Scheck über fünfhundert Dollar – das war der Höchstbetrag, den er aus seinem Bankautomaten auf einmal holen durfte, und ich gab ihm meine Bankkarte und das Passwort, damit er von meinem Konto noch mal fünfhundert holen konnte. Meine Kleidergröße wusste er – er winkte fachmännisch ab, als ich sie ihm sagen wollte. Hatte wohl ein Auge dafür.

Ich verzog mich wieder in seinen Bau und suchte erst mal einige meiner gelungeneren Sendungskonserven aus seinem Archiv. Der Springer, der dieses Wochenende für mich im Studio saß, würde die Bänder laufen lassen und nur mit aktueller Werbung unterbrechen. Ich schrieb dazu, er solle vor und nach jeder Werbeeinschaltung darauf hinweisen, dass es sich um eine meiner »klassischen« Shows handele – dass ich nicht selbst im Studio sei, sondern auf Recherche im Zentrum der Rockindustrie. Dass er sich damit Gesundheit und ein langes Leben erkaufe, wollte ich nicht dazuschreiben. Ging auch so.

Dann machte ich ein paar Notizen auf Dickies Computer. Ohne Adressangabe schrieb ich, wo ich was hatte; meine Zweitschlüssel, die Telefonnummern, die Unterlagen für die Sendung, sämtliche Konten, alle über den Daumen gepeilten

Außenstände. Ich gab ihm Vollmachten für meine Angelegenheiten, ging mit dem Ausgedruckten hoch in die Küche und ließ zwei der Hilfsköche dort beglaubigen, dass ich in ihrem Beisein unterschrieben hatte. Dann schlich ich in den Keller zurück und wartete.

Er kam gegen neun Uhr abends wieder die Treppe herunter, den Arm voll Plastiktüten, die Hosentaschen ausgebeult. Um diese Zeit müsste es dunkel werden. Ich wollte so schnell wie möglich aus der Gegend verschwinden.

Erst mal nahm ich das Geld, dann probierte ich ein paar Klamotten an. Jeans, Hemd, Jacke – passte alles wie angegossen. Er hatte wirklich ein Auge für die männliche Form, auch die schon etwas ausgebeulte. Meinen Backpack hatte er mitgebracht, mein Motorradzeug hatte er hineingestopft. Mit meiner Spezialbrille, zum Glück, ohne die ich nicht gern fahre. Dann sagte er mir, wo die Harley stand. Er hatte den Cadillac »ganz locker, Junge, als würde ich das jeden Tag machen« vom Parkplatz geholt und zu mir nach Hause gebracht, ihn in den Schuppen gestellt, aus dem er die Harley geschoben hatte – und, nein, niemand sei dort gewesen, er habe erst lange geguckt und einen Haufen Krach gemacht, wie ich es ihm geraten habe –, hatte die Maschine hinter die Essotankstelle an der Eucalyptus Street gestellt, beim Klo, wo kaum jemand mal hinkommt. Wird sich auskennen. Ich zeigte ihm, was ich aufgeschrieben hatte, gab ihm die Vollmachten und nahm vorsichtshalber sein Mobiltelefon mit. Er konnte meines haben, das mit den Rechnungen sollte er aus meinem Senderguthaben erledigen.

Alles klar. Also ging ich wieder, gut bepackt, durch die Kanalisation bis zur Ecke Main/Eucalyptus. Zum Glück haben die städtischen Kanalisationstypen, die sich da unten herumtreiben, überall in Augenhöhe die Namen der darüber verlaufenden Straßen gekritzelt. Kurz vor der Tankstelle kam ich an die Nachtluft, ging vorsichtshalber am Eckgrundstück vorbei und bog erst auf das Gelände ein, als ich sicher war, dass niemand bei meiner Harley lauerte. Dann schnallte ich meinen Beutel und die Tüte auf dem Gepäckträger fest, ließ die Mühle an und fuhr bei sternenheller Nacht nach Norden.

8 Freunde in der Not

Der Fahrtwind zerrte an mir, als ich über den Küsten-Highway One donnerte. Den Helm hatte ich auf mein Gepäck geschnallt. Auf längeren Nachtfahrten trage ich immer eine alte Rennbrille Marke Stirling Moss, so eine mit abgewinkelten Gläsern in einem lederüberzogenen Blechrahmen. Die fliegenden Männer auf ihren seltsamen Harleys. Egal, die Brille sieht sagenhaft aus, und sie schließt so dicht ab, dass die Augen vollständig vor dem Fahrtwind geschützt sind. Den kurzen Jackenkragen nach oben geschlagen, die hochhackigen schwarzen Cowboystiefel mit den blauen Schlangenledereinsätzen fest auf den Fußrasten; so kann man quer durch die Staaten fahren. Und genau das mache ich eines Tages. Sobald wieder Ruhe ist und die Kohle stimmt, sobald genug da ist, um ein halbes Jahr nicht arbeiten zu müssen. Dann donnere ich Richtung Wüste und nehme vor Arizona das Gas nicht weg.

Ich düste am Hearst Castle oberhalb San Simeons vorbei, an dieser größenwahnsinnigen Alphütte, bollerte über den schmalen Betonstreifen nach Piedras Blancas, wo im Winter neben dem hundertjährigen Leuchtturm Tausende von Seeelefanten an Land kommen, um auf dem breiten Sandstrand den Jahresnachwuchs zu werfen und frischen anzusetzen. Ich hielt auf dem Strandparkplatz, der zu dieser Stunde nur vom fahrenden Völkchen belebt wurde, von Urlaubern in Wohnmobilen und RV-Rentnern in der vorletzten Behausung ihres irdischen

Daseins. Unten am nun seeelefantenfreien Strand brannten kleine Feuerchen, auf dem Parkplatz plärrte aus sämtlichen Wohnwagenlöchern das gleiche Fernsehprogramm. Dafür verkaufen die Leute nun ihr Haus, trennen sich von Nachbarn und Verwandtschaft und treiben sich fortan auf den Highways Amerikas herum: dass sie am Strand parken können und das gleiche dämliche Programm anglotzen wie alle anderen Sess- und Nichtsesshaften.

Der grelle Halogenstrahl des Leuchtturms beschien im Minutenabstand den Parkplatz, und wer trotzdem einschlief, der wurde tief in der Nacht unsanft geweckt. Gegen drei kam die Strandpatrouille und machte Krach, klopfte an Türen und verteilte Strafbescheide. Kalifornische Gemeinden und Landkreise, sonst großzügig bis zur Peinlichkeit, können Landstreicher, Obdachlose und wilde Camper auf den Tod nicht leiden. Die Verbotsschilder waren ernst gemeint – über Nacht parken war hier strengstens untersagt. Deshalb schliefen Kenner schon mal eine Runde vor. Jetzt war's Viertel vor elf – in spätestens fünf Stunden war der Parkplatz leer, und die Wildnissuchenden waren wieder auf dem Highway. Am kalifornischen Strand gilt die amerikanische Pionierphilosophie des selbst versorgenden Einzelgängertums nichts mehr. Wer der örtlichen Wirtschaft den Umsatz verweigert, soll schleunigst weiterziehen.

Ich ging zum Strand hinunter und ließ mich auf ein Bier einladen. Es waren wohl deutsche Touristen, denn Einheimische wissen, dass der Sheriff sie mitnimmt, wenn er am Strand alkoholische Getränke findet. Egal, wie alt der Trinker ist. Hörten sich nach Deutschen an, oder Schweizer, Österreicher – whatever. Aber ihr Bier war klasse.

Kurz nach elf fuhr ich weiter. Eine Stunde später war ich im Big Sur, mitten in der Waldeinsamkeit. Um diese Zeit wollte ich bei

John nicht anklopfen – dem würde das Herz in die Hose fallen. Also hielt ich auf dem Limekiln-Campingplatz, setzte mich an den Strand, trank die Flasche Bier aus, die mir die Deutschen noch mit auf den Weg gegeben hatten, und schlief im Sand ein. Die blutrot aufgehende Sonne weckte mich.

Ich duschte auf dem Campingplatz, nahm die Einladung zweier ausgesprochen netter Neuseeländer zum Frühstück an und gab ihnen dafür einige Ratschläge, wohin und wohin lieber nicht. Big Sur ist eine neunzig Meilen lange, gute dreißig Meilen breite Bergwildnis zwischen Meer und den Feldern, auf denen westlich des Highway 101 die gewaltigsten Ernten heranreifen. Erdbeeren und Knoblauch, Artischocken und Broccoli werden dort rund ums Jahr geerntet, aber im Küstengebirge ist es oft so kalt und neblig, dass die wenigen Bewohner, von denen einige ganzjährig in abgelegenen Holzhütten ohne Strom und Kanalisation hausen, ein ganz besonderer Schlag sein müssen. Eremiten. Leute, die allein bleiben wollen und schon mal auf jemanden schießen, der uneingeladen ihren privaten Dreckweg befährt. Wer hier ein No-Trespassing-Schild an einen straßennahen Baum nagelt, ist oft bereit, jedem Hausfriedensbruch mit dem Colt Einhalt zu gebieten.

Mein Freund stand vor seinem Haus und schaute zu, als ich mich auf seiner hübsch geteerten Privatstraße näherte. John McHugh ist weder Eremit noch Pistolenheld – er ist Musiker, er will keinen Ärger, und er mag Leute. Für ihn ist Big Sur der ideale Wohnort. Wie die meisten erfolgreichen Musiker verbringt er zu viel Zeit auf Tournee. In der Einsamkeit des Big Sur findet er Ruhe. Da kommt nur, wer weiß, dass er hier wohnt, und annimmt, dass der Besuch willkommen ist. Sein Häuschen hat er vor über zwanzig Jahren gekauft, als die Gruppe, die er damals führte, mit »Mister Bangles« einen gewaltigen

Folkiehit hatte. Ein Genre sprengender Tom Dooley, nur besser gespielt.

»Schöne Überraschung, dich hier zu sehen! Und dazu noch am Sonntag. Wie geht's, alter Sack?« Er klopfte mir so kräftig auf die Schulter, dass ich fast von der Harley gefallen wäre. Ich stieg ab und umarmte ihn.

»John – ich brauche Hilfe und Kaffee. Erst den Kaffee, wenn's dir nichts ausmacht.« Wir stiegen die vier Stufen zur Veranda hoch und setzten uns an den Tisch, der die ganze linke Seite des überdachten Vorbaus einnahm. Er holte Papiere und paradiesisch riechendes Marihuana aus seiner Stashdose, aber ich winkte ab. »Heute nicht – ich hab zu viel zu tun. Aber danke. Riecht verdammt gut.«

»Noch immer eigene Ernte. Von deinem alten Acker.« Er deutete über seine Schulter zum Wald, der gleich hinterm Haus begann. »Dieselbe Lichtung, obwohl der Sheriff im Sommer wie üblich mit dem Hubschrauber dort herumkreuzt.« Er grinste. Die alte Geschichte. Wir hatten, als ich noch dick im Geschäft war und die Anpflanzung in eigener Regie führte, die übermannshoch wachsenden Pflanzen zwischen Hopfen gesät, der das Kraut überragte. Und als die Tarnmethode auch den Cops bekannt wurde, kam ich auf die Idee mit den roten Christbaumkugeln. Die so geschmückten Dopebüsche sahen von der Luft wie Tomatenpflanzen aus – so täuschend ähnlich, dass John nie eine Razzia auf seinem Grundstück hatte. Was damals nicht allzu tragisch gewesen wäre; in den Siebzigern gab's fürs Kultivieren nur Geldstrafen, die aus dem Ernteergebnis nicht gefundener Felder locker bezahlt werden konnten. Heutzutage nehmen sie einem das ganze Grundstück ersatzlos weg und stecken den Farmer ins Loch, zusammen mit Mördern und Zuhältern.

John sah verblüffend gut aus. Die Jahre waren wirklich spurlos an ihm vorübergegangen, wie es so schön – und meist stark übertrieben – heißt. Aber bei ihm stimmte das. John hatte schon als Zwanzigjähriger ein umwerfendes Grinsen, und das hatte sich gehalten. Sein weißer Vollbart und die schlohweißen, trotz herrschender Glatzenmode langen Haare sagten zwar Methusalem, aber Augen und Mund deuteten auf einen viel jüngeren inneren John.

Wir tranken unseren Kaffee und erzählten. Er hatte sich endlich daran gewöhnt, allein zu sein. Seine dritte Ehe war vor einem Jahr in die Brüche gegangen; wie ihre Vorgängerinnen konnte sich Eve nicht mit den monatelangen Welttourneen abfinden, konnte Eifersucht und Misstrauen nicht verbergen, und damit hatte ihr Gatte schon immer seine Schwierigkeiten.

»Hat sie dich ausgeblutet?«

»Nee, sie war sehr anständig. Ich überweise ihr monatlich ein paar Tausender, John junior bekommt auch einen, bis er achtzehn ist, und das Haus in Encino hat sie. Ansonsten habe ich meine Ruhe. Ich hab's nun dreimal probiert – jetzt weiß ich, dass ich allein besser dran bin.« Er sah ganz zufrieden aus. »Und du?«

Was soll man sagen? »Im Prinzip nichts Neues. Bis auf mein kleines Problem, das zu einem großen Problem werden kann. Deswegen bin ich hier.«

Er schaute mich interessiert an. »Erzähl.«

Was ich tat. In allen Einzelheiten. Ließ nichts aus, glaube ich. Im Gegenteil – er musste einige Male Zusammenhänge erfragen, so weitschweifig erzählte ich. Mir half es. Plötzlich sah ich vieles klar. Er auch. Sein Notizblock war voll geschrieben.

»Also – du hast einen Abgesoffenen gefunden, hast dem eine Telefonnummer abgenommen und die angerufen, was drei

Drogenbullen nicht gefallen hat«, resümierte er. »Die haben dir das klar gemacht und dich gewarnt. Du hast deren Warnung in den Wind geschlagen, hast herausgefunden, wo die Nummer hinführt – nämlich zum Großpusher, wenn das, was du gesehen hast, nicht täuscht. Was entweder die Drogentypen oder die Drogenbullen spitzgekriegt haben und dich nun erledigen wollen. Und weil der Idiot von deinem Boss bei den Oberbullen angerufen hat, wissen die Drogencops jetzt, dass du dich noch immer kümmerst. Was ahnen lässt, dass sie tief mit drinstecken. Also will dich einer der Betroffenen wegblasen, vielleicht beide – Bullen und Pusher. Weil du denen zu nahe kommst. Also ist viel Geld im Spiel, das du gefährdest. Logisch, dass du nicht quatschen darfst. Sie werden nicht aufhören, bis du tot bist. Garantiert. Lass uns ein paar Tage überlegen – du kannst sowieso im Moment nirgendwohin. Für dich ist es hier am sichersten. Uns fällt garantiert was ein. Tut's hier oben immer.«
Kein Wunder, dass John so einen Haufen Geld verdient hat. Er ist clever, der John. Hat vollen Durchblick, der mir leider allzu oft abgeht. Ich nickte. So klar hatte ich mein Dilemma noch nie gesehen. Schöne Scheiße.
Wir verbrachten den Tag im Gebirge, latschten Johns Berg hinauf, saßen oder lagen einige Stunden im Gras auf dem Gipfel und schauten übers Meer, bis die Sonne unterging. Für das Schauspiel kommen Leute aus der ganzen Welt ins Big Sur. Es ist schon verblüffend, welches Feuerwerk der Stern entfacht, wenn er im Pazifik versinkt. Innerhalb weniger Minuten flackern von Orange bis Lila sämtliche Rottöne über den Horizont. Ich hatte hier schon Hunderte von Sonnenuntergängen erlebt, und doch war jeder anders, jeder begeisternd. Therapeutisch.

Lange Spaziergänge, gelegentlich eine oder zwei Stunden im Heimstudio, wo ich nach seiner Anweisung aufnahm, während er Mandoline, Gitarre oder Banjo spielte und sang. Im Herbst wollte John die Arbeit an einem neuen Soloalbum beginnen, hatte schon einige neue Songs dafür ausgearbeitet und wusste nicht so recht, welche Standards er mit dazunehmen würde. Ich machte Vorschläge, er nickte oder verwarf und spielte vorsichtshalber von jedem vorgeschlagenen Song ein paar Takte, sang einen oder zwei Verse dazu und machte mir damit eine Freude, die nur wenigen vergönnt ist. Deshalb bin ich Moderator geworden, deswegen mache ich noch immer meine eigene Sendung. Weil es so viel sagenhaft gute Musik gibt und so viele verschiedene Arten, sie zu spielen und zu singen. Unendlich, die Möglichkeiten und die Schönheit der Musik. Bei einem Interview kurz vor seinem Tod sagte mir der texanische Gitarrengott Stevie Ray Vaughan, es gebe keine schlechte Musik, es gebe nur schlechte Musiker. So isses.
Die Woche im Studio und in der Wildnis war seit langem meine schönste. Ich entspannte mich allmählich. Zwischendurch sprach ich ein paarmal mit Dickie. Curtchen fehlte noch immer, der Laden trabte so vor sich hin, und einige der On-Air-Personalities hatten Starallüren – keiner gab ihnen einen Dämpfer, niemand achtete auf Qualität und Inhalt, also drehten die Mikrofonjockeys durch. Ich hatte zwei Wochensendungen geschrieben und den Kommentar aufgenommen. Den schickte ich in bester Digitalqualität per Computer. Dickie versprach, beide schnellstens zusammenzustellen, auf CD zu brennen und zu verteilen. Womit mein Einkommen noch mal für einen halben Monat gesichert wäre. Das ist extrem wichtig, denn ich habe immer alles ausgegeben, was ich einnahm. Keine Reserven. Wozu auch? Ich bin Kalifornier und

surfe, bis ich tot vom Brett kippe. Das war mein bisheriger Lebensplan.

Am Sonnabend trabten wir wieder die zwei Meilen bis zu Johns Aussichtsgipfel hinauf. Er hatte sich Gedanken gemacht, schrieb er auf einen Zettel, den er mir über den Tisch schob. Beide hatten wir Bedenken, dass wir abgehört würden, also sprachen wir schon seit Tagen nicht mehr über meine Situation, sondern tauschten bei Bedarf Zettel aus – ich glaube, wir wurden beide paranoid. Ich las, dass wir uns unterhalten sollten, möglichst auf dem Gipfel, wo uns keiner hören konnte. Also stapften wir hinauf.

Ein Kondor zog seine gewaltigen Kreise. Über der bewaldeten Bergspitze erwischte er einen warmen Aufwind, der ihn bis über den Strand trug, wo er wieder an Höhe verlor. Mit wenigen gemächlichen Flügelschlägen gewann er die nötige Flughöhe zurück. Er wirkte mit seiner riesigen Spannweite über uns wie ein vorsintflutliches Ungeheuer. Sobald ihn der Flug wieder zum Meer führte, leuchtete sein roter Kopf in der Frühsonne. Seit Tagen lag ein verendeter Seelöwe in der unzugänglichen Bucht, weshalb wir häufig Kondore sahen, die sonst eher selten zu beobachten sind. Allerdings war der Seelöwe inzwischen gefressen oder wieder ins Meer geschwemmt worden – sonst wäre der Vogel am Strand gelandet und nicht im Suchflugmodus.

Die roten Stämme der Sequoien rochen nach Unberührtheit, ihre Wipfel hoch über uns wogten in der Meeresbrise, der Boden war ein dicker, flauschiger Teppich. Seit dem letzten Waldbrand vor über dreißig Jahren wuchs eine nachgiebige, Geräusch dämpfende Masse kleiner Pflanzen. Niedriges Gebüsch und grellgrünes Kraut kämpften um jedes bisschen Sonnenlicht, das durch die dichten Riesenbaumkronen fiel. Am

östlichen Ende der Lichtung äste ein Reh. Der reinste Disneyfilm.
Ich schaute zurück und sah Johns Haus, von hier aus winzig, mit einem Dach, das Teil der Landschaft schien. Seine verwitterten Holzschindeln passten sich der Umgebung an – die kalifornische Sonne bleicht alles aus, verdampft überall den letzten Tropfen Feuchtigkeit, wandelt Frühlingsgrün in Sommerbraun und Sommergrau. Nur im dichten Wald grünte der Staat, nur im tiefen Schatten fanden Jahreszeiten statt. Vor November würde es nicht nennenswert regnen. Wenn wir Pech hatten, kam der Regen erst im Januar.
Die Bergsteigerei wurde mir immer unangenehmer. Und ich war nicht mehr der Jüngste – musste zu oft eine Pause einlegen, um wieder zu Atem kommen. Trotz der Surferei hatte ich mich in den letzten paar Jahren gehen lassen. Zu viel Alkohol, zu viel Herumsitzen. In den vergangenen Tagen war ich zwar bewusst gelaufen, hatte leichtes Konditionstraining gemacht, aber in meinem Alter ist das nicht mehr so einfach. Allerdings hielt ich mich beim Alkohol zurück, was mir gut tat. Dafür hatte ich gekifft wie seit zehn Jahren nicht mehr.
Ein Schmetterling flatterte vor mir auf. Ich fuhr erschrocken zurück. John sah es und zog die Augenbrauen hoch. Er setzte sich auf einen flachen Felsen, ich ließ mich vor ihm auf die Erde fallen.
»Ich habe einen Vorschlag – ich lasse Aaron auf die Schnelle eine Solo-Nachtklubtournee organisieren, und du kommst mit und machst den Sound. Nur wir beide – wär das nichts?«
Ich wusste nicht, was ich sagen sollte. Nett von ihm, klar, aber ich hatte nicht viel Lust, mich davonzuschleichen. Andererseits wäre eine längere Pause vielleicht ganz gesund. Eine, während der mich garantiert keiner findet.

»Ich würde am liebsten in den Caddy steigen und einfach mal ein paar Wochen nach Mexiko runter, oder rüber nach Key West«, sagte ich. Er nickte.

»Wir müssen hier weg. Schau an, wie verrückt wir uns selber machen. Reden kaum noch, weil wir beide Angst haben, dass einer mithört. Fahren nicht nach Carmel zum Einkaufen, weil wir meinen, einer sieht dich. Fehlt nur noch, dass ich mir ein Postfach miete, damit der Briefträger nicht mehr aufs Grundstück kommt.« Er meinte es ernst und hatte recht. So ging's nicht weiter, und ich zog ihn mit in die Scheiße. Also: »Machen wir. Gehen wir auf Tour. Wie früher, was?« Damals hatte ich meine Tontechnikkenntnisse einsetzen können. Habe ihn und die Gruppe öfter begleitet, beim Ton geholfen, war gelegentlich Roadie und habe nebenher immer dafür gesorgt, dass die Jungs happy blieben. Verbindungen hatte ich jede Menge. Gab keinen Dealer zwischen der Küste und Florida, den ich nicht kannte. Heute war ich aus der Szene raus, aber dafür hatte ich von Tontechnik und von Beschallung viel mehr Ahnung.

John meinte auch, dass die drei Drogencops Dreck am Stecken hatten. Er hatte darüber nachgedacht, was ich ihm erzählt hatte, hatte es gewendet und gedreht und war felsenfest davon überzeugt, dass sie mit den Gangstern unter einer Decke steckten. Wir konnten uns also unmöglich an die Bullen wenden. Ich war auf mich allein gestellt.

Curtie fehlte übrigens noch immer. Am Abend zuvor kam eine erste Fernsehstory in den Nachrichten, aber es hörte sich eher an, als sei der stadtbekannte Anwalt und Lebemann – das las der Schönling tatsächlich vor, Lebemann, ohne mit der Wimper zu zucken – auf Freiersfüßen und habe einfach vergessen, zu Hause anzurufen. Ich staunte über die Dämlichkeit der Fernsehnachrichtenfritzen.

Am Abend ließ ich die Harley wieder mal an und schob sie den Bergweg hinauf, in die alte Scheune, die einer der Vorbesitzer vor Ewigkeiten fürs Vieh gebaut hat und in dem nun John seinen Sperrmüll aufbewahrte. Ein toter Traktor stand neben alten Waschzubern, zu Schemeln umgedrehten Melkeimern und einem übermannshohen Blechschild, dessen brennlackierte Aufschrift eine längst Pleite gegangene Kautabakmarke empfahl. Dahinter befand sich eine komplette Tonstudioeinrichtung aus den Vierzigern, mit hellgrauen gerundeten Blechkanten und schwarzen Drehschaltern aus Bakelit statt Schiebern aus Stahl und Plastik. Er hatte das Zeug hier hochgeschleppt, weil er gelegentlich die totale Einsamkeit braucht. Und er konnte hier, wenn's ihm danach war, stundenlang sitzen und spielen. Ein durch massive Glaswände gegen die Witterung abgeschirmtes Zimmerchen schützte die Technik. John saß im zugigen Teil der Scheune und spielte irgendeines seiner vielen ländlichen Instrumente - Mandoline, Banjo, Fiedel, Recorder, so eine Art Zither - in authentischer Umgebung. Die Uralttechnik war allerdings durch ein modernes Digitalkabel mit dem Studio im Haus verbunden, denn die erste Pflicht des ansonsten feinsinnigen Musikers ist es, Alben zu verkaufen. Und wenn man so vor sich hin spielte und sich der Zauber einstellte, dann half es, wenn irgendwo ein Aufnahmegerät lief. Auch wenn das inzwischen aus Computersoftware bestand.

Durch breite Spalten zwischen den Verschalungsbrettern der Hütte warf die Abendsonne rosafarbenes Licht, was der ganzen Blechsammlung einen Elvislook verlieh. Passte gut. Meine Harley war genau das Modell, das Elvis so gern fuhr. Eine türkis-beige 1959er FLH Duo-Glide, hinten schwingarmgefedert, was mir und Elvis einen butterweichen, Hintern schonenden Ritt erlaubte, und am tropfenförmigen Tank prangte das

damals neue, zum Glück kurzlebige Pfeil-im-Ei-Logo der Motorradmacher. Breite Weißwandreifen, ein Tourenlenker zum Festhalten, Chrom, wo andere mit Farbe herumspielten. Nur ein Sattel, keine Vorrichtung für irgendwelche Soziusse, sondern ein verchromter Gepäckträger. A bike made by men for men. Motormachismo. Elvis and me.
Ich schob die Maschine in den hinteren, relativ voll gestellten Teil des Schuppens, deckte sie mit der Plane ab und wollte am Sonntag noch die paar Handgriffe tun, die zur sicheren Aufbewahrung nötig waren – etwas leichtes Öl in die Brennräume spritzen, Kette mit nicht harzendem Fett einreiben, Sprit raus und alle zugänglichen Muttern lockern, mit einem Tropfen Öl auf dem Gewinde gangbar halten und wieder kurz anziehen. Aber jetzt wurde es schon dunkel. Ich ging also ins Haus zurück und setzte das Abendessen auf.

9 … sind viel zu schnell tot

Ich stand früh auf, schaute mir vom Vorhof aus den Sonnenaufgang an – ein viel zu seltenes Vergnügen für mich Nachtmensch – und trabte zu meiner Harley. Ich hatte mir überlegt, dass ich vielleicht doch noch mal schnell ins Dorf fahren sollte. Ich brauchte dringend einige Kleinigkeiten, könnte von dort aus ein paar Anrufe machen, die John wirklich nichts angingen, und außerdem war der Tag so schön, dass sich ein kleiner Motorradausflug einfach aufdrängte. Vermummt würde mich schon keiner erkennen, auch wenn jemand nach mir Ausschau hielt. Was ich bezweifelte. Doch nicht am Sonntagmorgen, wo Amerika in der Kirche hockt!

Ich donnerte also im Frühtau zu Tale, schoss gute zwanzig Meilen die kurvenreiche, schmale, von Zuchthäuslern in den Fels gesprengte Straße in ebenso vielen Minuten entlang. Immer hart am Steilhang, einen Viertelkilometer überm Meer und gleich darauf wieder so nah am Wasser, dass man die Gischt von der Brille wischen muss. Durch dichten Wald und an kahl gebrannten Hängen vorbei, über alten Belag und vorsichtig über frischen Asphalt vom Vorjahr, gegossen, als das fehlende Stück Straße nach monatelanger Arbeit wieder an den Berg geklebt war. Denn im Big Sur fällt oft der Highway ins Meer. Stückchenweise, Häppchen um Häppchen. Wenn die Winterstürme gegen die Felsenküste klatschen, wenn über wolkenverhangene Wochen hinweg viele Tonnen Wasser auf metertief ausgedörrten Hang fallen, dann lösen sich Felsbrocken und rollen donnernd auf die Straße, dann unterspült der Regen das schmale Asphaltband und lässt es ins Meer rutschen. Hinzu kommen die ständigen, durch den benachbarten San-Andreas-Graben ausgelösten Erdbewegungen. Dann schüttelt sich die Wildnis. Deshalb ist Big Sur immer eine Baustelle – irgendwo kommt ständig etwas von irgendwo herunter und zerstört, untergräbt, versperrt und sorgt dafür, dass die Einheimischen ihre Ruhe haben. Denn nur die eine ordentliche Straße und ein paar Pfade führen hinein und hinaus. Wenn die dicht sind, ist Sabbat. Oft monatelang.

An der Big Sur Lodge setzte ich mich erst mal und frühstückte, dann ließ ich mir eine Hand voll Quarters geben und begann zu telefonieren. Dickie hatte noch geschlafen – und, dem Brummeln im Hintergrund nach, nicht allein.

»Dickie, Schatz, ich brauche unbedingt mein Auto. Wenn du eine Idee hast, wie man das aus meinem Garagenschuppen herausbekommt, ohne dass gleich einer schießt, dann rufe mich an – du kennst ja die Handynummer – und sag Bescheid.«

»Klar, Junge, mache ich. Dürfte kein großes Problem sein. Wenn ich heute dazu komme, bringe ich's dir gegen Abend, falls du irgendwo in der Nähe bist. Wenn nicht, dann morgen.«

Wenn er mich von unterwegs aus anruft, sage ich ihm, wo ich ihn treffe. Und ich riet ihm zur Vorsicht, aber er meinte, das mache er mit jemandem zusammen, einem lieben Freund, der in solchen Dingen recht erfahren sei. Zufällig sei der gerade bei ihm zu Besuch.

»Na gut. Wenn du meinst. Aber wirklich nur, wenn's ungefährlich ist. Du weißt ja …«

Er wusste.

Dann rief ich Julie an. Begeistert war sie nicht. »Wo bist du?«

»In der Nähe. Aber mit Besuch ist nichts. Jedenfalls nicht im Moment. Was gibt's Neues?«

»Gestern Abend war Patricia hier. Hat wissen wollen, wo du bist. Was sie einen Scheißdreck angeht, habe ich ihr gesagt, woraufhin sie stocksauer wurde. Hat mich Nutte geschimpft und mir Schläge angedroht, und besoffen war sie, sturzbesoffen. Ich habe ihr die Tür vor der Nase zugeknallt, aber die hat noch gute fünf Minuten weitergepöbelt. So ein Scheißweib! Du hast manchmal einen Geschmack, dass es der Sau graust. Wie bist du mir nur bis ans Eingemachte gekommen?«

Ich musste klarstellen, dass sie mich verführt hatte, nicht umgekehrt. Und das mit Patty konnte ich nur unterschreiben. Patricia war ein übles Saufloch, keine Frage. Was ich eine Zeit lang ganz lustig fand, aber nach einer Weile ging sie selbst mir auf den Wecker.

»Ich rufe dich nächste Woche an. Falls du ein paar Wochen Urlaub machen kannst, könnten wir zusammen weg. Ich weiß nur noch nicht, wann, aber bald.«

Julie meinte, das ließe sich machen. Ihre Stimmung besserte sich hörbar. Sie brachte noch ein paar Sprüche an, die mir den Peso wieder steigen ließen. Verdammt. Ver-dammt.

Anschließend telefonierte ich mit meinem Mütterchen, die sich freute, von mir zu hören. Kommt nicht allzu oft vor.

»Ich höre, du hast Ärger«, meinte sie, wie immer informiert. Ich staunte, obwohl ich's hätte wissen müssen.

»Was heißt Ärger – ich bin da in eine Sache reingeschlittert, völlig unschuldig.« Ich hörte förmlich, wie sie die Augen verdrehte. Sie kannte ihren Einzigen. »Und nun haben sich einige Missverständnisse ergeben. Wird schon wieder werden, Mama. Ich wollte dich nur bitten, meine Post zu dir kommen zu lassen und dich um das eine oder andere zu kümmern, wenn irgendwas sein sollte – ich muss nämlich eine Weile weg.« Ich schob »frag nicht« nach, als sie Luft holte. Was sie natürlich prompt tat. Immer wieder. »Hast du die Finger wieder in diesem dreckigen Drogengeschäft? Wirst du denn nie Vernunft annehmen? Schämen solltest du dich, aber da ist bekanntlich Hopfen und Malz verloren. Dass du aber auch nicht lernst …« Bekannte Nörgeleien aus meiner längst vergangenen, versauten Jugend. Was soll man der eigenen, betagten Mutter schon vorlügen. Ich erzählte ihr, dass ich mich an mein Versprechen von damals gehalten habe, dass ich nur noch saufe und dass es was mit dem Toten zu tun hat, den ich am Strand gefunden habe. Dass einige Typen wohl meinen, ich wüsste mehr, als ich tatsächlich weiß. Also will ich erst mal verschwinden, bis sich alles von allein aufklärt. Das kapierte sie. War ja auch wahr. So ziemlich.

Dass sie nicht zu mir ins Mobilheim geht, war völlig klar. Sie hat die Bude nie betreten, ist nicht mal in meiner Straße gewesen. Seit damals. Da hat sie ihren Stolz. Ist ja auch richtig. Der Alte hat sie dort fast jeden Tag verarscht, und sie soll sich anschauen, wo das passiert war?

Ich wünschte ihr was und hängte ein. Den Helm setzte ich trotz der Wärme wieder auf, den Schal band ich um Hals und Mund, Rennbrille auf und Lederjacke zu. Finito, der Unbekannte. Inkognito wie Neil Young, der ähnlich getarnt dauernd hier herumfegt, auch auf einer Harley, die allerdings neuer als meine ist. Ich drehte auf dem Weg zu John wieder mächtig auf. Macht einfach Spaß, so eine Tour durch das sommerliche Big Sur. Die Freude machen sich auch andere. Ich traf auf den wenigen Kilometern einen repräsentativen Querschnitt der Harley-Modellpalette.

Ich brachte sie gleich in den Schuppen, die Schöne. Ich wollte sie unbedingt noch waschen, wachsen und wienern, die Kleine, ehe ich mich daranmachte, sie zu konservieren. Ist schon ein Haufen Arbeit, so eine Superharley. Aber mir macht's Spaß. Die Sonne hatte ihren Zenit überschritten, als ich fertig wurde. Gegen Abend noch die verchromten Stahlspeichen einsprühen und die Reifen mit Gummikonservierung einreiben, und dann kann die Maschine bis zur Wiederkunft Christi herumstehen, ohne dass sie Schaden nimmt. Also deckte ich sie ab und ging zum Haus hinunter. John hatte mich gebeten, ihm am Nachmittag im Studio zu helfen. Wir setzten uns erst mal in die Küche und aßen, dann ging ich in den hinteren Teil des Hauses und schaltete die Technik ein. Er benutzt gern Röhrenverstärker und die dazu gehörenden dreißig Jahre alten Aufnahmegeräte. Gibt einen wärmeren Ton, meint er und ist mit dem Tick beileibe nicht allein. Die alten Röhrendinger sind wirklich sehr schön, die Arbeit mit ihnen macht viel Freude. Beschissen ist nur, dass es ewig dauert, bis das Zeug warm ist. Und das sollte es sein, sonst ist der Sound nicht auszuhalten. Betriebswarm. Also werkelte ich noch im Aufnahmeraum, während die Osramröhrchen schön vor sich hin glühten, stellte Mikros auf, justierte Blenden und bewegte Stellwände. Dann schaltete ich den Computer ein, der sicherheitshalber alles mitschneiden würde, testete im Diagramm des Record-Programms die drei Aufnahmemikrofone, steckte den Kopf zur Tür raus und rief John. Der meldete sich nicht. Ich ging also um die Ecke ins Wohnzimmer – da stand er am Fenster und schaute raus. Und wedelte mit der Hand nach hinten. In meinem Buch heißt das: *hau ab, aber schnell*, also nuschelte ich ein leises »He?« Er drehte sich zu mir um, zeigte mit dem Daumen über seine Schulter und deutete mit dem Kopf auf die Hintertür. Ich öffnete sie so leise es ging, schlüpfte hinaus und drückte sie von außen sorgfältig und lautlos zu. Dann lief ich gebückt an den Waldrand. Ich sah nichts. Allerdings hörte ich die Vordertür aufgehen und John recht jovial »Hello there« rufen. Eine Antwort hörte ich nicht. Nur die Tür. Die schlug zu. Ich rannte durch den Wald, ging vorsichtig einige Meter Schotterweg entlang und bog um einen der gewaltigen Felsen, bis ich Haus und Hof wieder im Blickfeld hatte. Am gegenüberliegenden Waldrand, zur Straße hin, stand ein schwarzer oder dunkelblauer Chevrolet. Jemand lehnte dagegen – ich glaubte, das sei der junge Drogenbulle, der mir so viel Angst gemacht hatte. Vorsichtshalber zog ich den Kopf wieder zurück, obwohl nicht wahrscheinlich war, dass er gegen den dunklen, bewaldeten Berghang etwas erkennen konnte.

Mir fiel ein, dass im Schuppen eine Gegensprechanlage zum Studio im Haus angebracht war. Die Tür zwischen Studio und Wohnzimmer hatte ich offen stehen lassen. Ich trabte hinüber, setzte mich ins verglaste Übungsstudio und drehte die Anlage um zwei Markierungen auf. Wie von sehr weit weg hörte ich, wie John etwas sagte. Noch ein Schalterklicken, und ich konnte verstehen, was gesprochen wurde.

»Der ist heute Mittag weg, und ich habe keine Ahnung, wohin«, sagte John. Daraufhin ein Klatschen und ein unterdrückter Schrei, dem noch mal ein Schlaggeräusch folgte.

»So. Noch mal. Wo ist er?« Das war der Indianer. Unverkennbar. »Sagte ich doch gerade«, beharrte John hartnäckig, was dem Fragenden nicht gefiel. Batsch! Ich hatte das ja auch erlebt. Tat verdammt weh. Man hörte es an Johns Reaktion.

»Du kannst zuschlagen, wie du willst. Ich kann dir nichts anderes sagen.« Er hörte sich an, als fehlten Zähne. Der Indianer schnaufte, als er wieder zuschlug.

Ich lag in der Hütte und wagte nicht, mich zu rühren. Seit dem furchtbaren Sonntag lässt mir mein Gewissen keine Ruhe – ich weiß, dass ich irgendwas hätte tun sollen, um meinem Freund zu helfen, aber ich war vor Angst wie gelähmt. Meinen schicken, neu gekauften Ballermann hatte ich im Haus. Der lag in meiner Wäscheschublade und nützte mir absolut nichts. Ich konnte nicht auf dem Motorrad weg und Hilfe holen, denn der Jüngling stand in der einzigen Ausfahrt. Telefonieren ging auch nicht, weil mein Handy neben der Pistole lag.
Das Einzige, was ich machen konnte, war, dokumentieren. Der Computer war eingeschaltet, nahm auf und hatte genügend Platz auf den Festplatten für runde zehn Stunden. Ich wählte mich ins File-Transfer-Programm ein, stellte eine Verbindung zu Dickies Studiocomputer her und ließ das Aufgenommene sicherheitshalber auf beide Rechner aufzeichnen. Wer weiß, wozu es gut war. Schaden konnte es nicht, dachte ich in meiner Unschuld.
Sie bearbeiteten John wohl eine halbe Stunde lang. Ich saß im Schuppen und konnte nur zuhören und überlegen, wie ich ihn aus den Klauen dieser Superbullen holen konnte, aber mir fiel nichts ein. Ich schäme mich noch heute wegen meiner Angst, meinem Horror, der im zugigen Schuppen mit der auf Flüsterlautstärke gestellten Gegensprechanlage nur noch wuchs.
Zwischendurch schien es, als sei die Tortur vorüber, denn der Indianer wurde sehr höflich, ließ John Zeit, zu antworten, holte ihm sogar ein Glas Wasser aus der Küche, während Kourakos im Haus herumging. Ich hörte ihn ins Studio trampeln, Sachen nehmen und wieder hinlegen, hörte ihn Stühle rücken und Standmikrofone verschieben. Hoffentlich sah er das rote Lämpchen am Computer und an der Gegensprechanlage nicht.

Aber er suchte wohl irgendwas Bestimmtes, und als er es nicht fand, ging er ins Wohnzimmer zurück.
»Höre jetzt auf zu lügen, du dreckiges Drogenschwein«, keifte Kourakos. »Ab sofort spielen wir nicht mehr. Ab jetzt wird nicht mehr gelogen. Nun wird's Zeit, endlich auszupacken, sonst findet unsere Unterhaltung ein schnelles Ende. Dann belügst du keinen mehr.«
John sagte ihm sehr freundlich und mit trotz Misshandlung fester Stimme, er solle sich selbst ficken.
Mir wurde körperlich übel, als der Indianer sauer wurde. Er zischte seine Fragen, John konnte vor Schmerz und Erschöpfung kaum antworten, und ich bangte in meinem Versteck.
»Ach, Scheiße. Wir verschwenden unsere Zeit mit diesem Penner. Mach ihn kaputt«, befahl Kourakos mit seinem kaum wahrnehmbaren griechischen Akzent. Dann stapfte er hinaus.
»Aber gern doch. Adios, Arschloch!«, freute sich John Running Bear und drückte ab.
In meinem Schuppen kotzte ich mir die Seele aus dem Leib.

10 Franziskaner

Irgendwann wachte ich auf, weil ich furchtbar fror. Ich traute mich nicht raus – es war stockfinster, und ich wusste nicht, ob jemand auf dem Gelände war. Zum Glück stand noch eine halb volle Flasche Wasser neben der Harley. Kekse waren auch da, Schokoladenkekse, von denen ich einige aß. Ich verzog mich hinter das Mischpult, weil dort die Wärme der seit Stunden glühenden Röhren etwas Komfort versprach. Ich konnte nicht fassen, was ich gehört hatte. Menschen, deren Job es ist, uns Unbedarfte zu schützen, hatten, ohne mit der Wimper zu zucken, das Leben meines Freundes ausgelöscht. Deutlicher konnte mir meine Situation nicht vor Augen geführt werden. Ich war auf mich allein gestellt. Man liest ja immer wieder von korrupten Cops, von Polizisten, die sich aufgrund ihrer Vertrauensstellung bereichern, aber so was passiert immer anderen. So was ist immer weit weg, und wenn es in Los Angeles vorkommt, dass ein ganzes Revier Dreck am Stecken hat, dass die Cops dort im Verein morden, rauben, dealen und erpressen, dann passiert das eben in einer Gegend, in der kein anständiger Mensch wohnen will. Immer woanders, immer den anderen. Tausend Inder auf der gekenterten Fähre. Nie ist man selbst davon betroffen. Bis man mittendrin steckt. Wie ich jetzt. Ich traute auf einmal keinem Uniformierten mehr und nahm an, dass kein Polizist für mich einen Finger krumm machen würde. Ich musste mich absichern.

Aber erst mal überleben. Im ersten Licht des neuen Tages schlich ich aus dem Schuppen, überquerte den Schotterweg und machte mich auf Umwegen zum Berggipfel. Dort baute ich mir eine Art Sonnenschutz aus Tannenzweigen, lehnte ihn an einen Baum im dichten Teil des Waldes und verkroch mich darin. Das Wasser in der Plastikflasche reichte bis zur Dämmerung. Den letzten Keks hatte ich um die Mittagszeit verputzt. Mir knurrte der Magen, aber ich traute mich nicht, meinen Schlupfwinkel zu verlassen.

Den ganzen Tag war Stille auf dem Grundstück. Nichts war zu hören. Mir fiel sogar der Flügelschlag eines Habichts auf, so still war es. Kein Hund bellte, kein Auto hupte, nicht mal die Brandung war zu hören. Lag vermutlich auch an mir. Ich konnte trotz der Wärme nicht aufhören, wie im tiefsten Winter zu zittern.

Erst als die Nacht schon zur Hälfte vorüber war, machte ich mich auf den Weg zum Haus. Ich saß eine gute Stunde auf dem Felsen und horchte. Nichts. Zu sehen war sowieso nichts. Die dünne Sichel des zunehmenden Mondes war so unnütz wie eine Nachtfunzel im Kinderzimmer und reichte gerade, den Weg zu erkennen. Ich hatte meine Schuhe ausgezogen und um den Hals gehängt, ging neben dem Schotterweg bergab und hatte einen mächtigen Bammel vor Klapperschlangen, die nachts aus ihren Löchern kommen, weil sie wissen, dass um diese Zeit jede Menge Leckerbissen unterwegs sind.

Das Haus machte einen unbewohnten Eindruck. Vermutlich Einbildung, aber es stand so kalt und unpersönlich da, als sei es schon lange verlassen. Ich setzte mich auf den Boden, lehnte mich neben dem Gartenwasserhahn an die Rückwand und horchte. Nichts. Also traute ich mich zur Hintertür hinein, der gleichen Tür, durch die ich das Haus so überstürzt verlassen hatte. Erst gestern?

Der Geruch war nicht auszuhalten. Verwesung. Mir wurde schon wieder schlecht. Ich hielt die Nase zu und staunte, wie in dieser Dunkelheit alles auffällig hell glühte – grüne Leuchtdioden auf der Audiotechnik, ein rotes Auge unterm Computer, gelbes Warnblinken von der Stromversorgung. Der Computer war in Schlafmode – ich weckte ihn, rief die zuletzt aufgenommene Datei auf und schaute, was da war. Bis 18:39 Uhr hatte das Programm alles aufgezeichnet, was im Haus passierte. Genauso lange blieb die Digitalverbindung zum Senderstudio in Pismo aktiv. Demnach war alles auf Dickies Rechner gespeichert. Ich steckte vorsichtshalber die einschiebbare 65-GB-Festplatte des Studiocomputers mit der vollständigen Aufnahme in meinen Rucksack, der noch unter der Tonkonsole lag. Zum Glück war er leer, nichts wies darauf hin, wem er gehörte. Dann holte ich meine Klamotten aus dem Gästezimmer. Viel war es ja nicht, aber ich wollte nichts zurücklassen, was darauf schließen lassen konnte, dass ich die letzten Tage hier verbracht hatte.
Was von John übrig war, lag auf dem Sofa, und das stete Brummen aus seiner Richtung drehte mir den Magen um. Fliegen, riesige bunt schillernde Schmeißfliegen, stellte ich mir vor.
Eigentlich hätte ich ja die Fingerabdrücke von der Technik abwischen sollen, Geschirr und Tischplatten putzen, aber das ist Krimikram. Wenn man mittendrin steckt, merkt man, dass für solche Kinkerlitzchen weder Zeit noch Magen ist. Außerdem würde mich so was stutzig machen – wenn einer Spuren entfernt, hat er doch Dreck am Stecken, oder? Also ließ ich's. Könnte ja immer sagen, dass ich schon am frühen Sonntagmorgen weggefahren bin. Hat mich doch keiner gesehen. Und dass ich in der Big Sur Lodge frühstückte, konnten zwanzig Leute bezeugen. Falls es tatsächlich so weit kommen sollte.

Hauptsache, ich hatte den Beweis gegen die gottverfluchten Bullen dabei. Alles andere würde sich geben. Meine Knarre und mein Telefon steckten in einer der Außentaschen des Rucksacks, meine Motorradklamotten hatte ich angezogen.
Ich ging zur Hintertür hinaus, ohne noch mal zurückzuschauen. Ich wollte nicht lebenslang nachts schreiend aufwachen.
Vom Küsten-Highway führt eine einzige Straße über die Berge nach Osten, und die ist keine. Ein steiler Feldweg, eine Spur, die beim geringsten Regen zur Rutschbahn wird. Aber jetzt, im Juni, konnte ich sehr wohl die Mission San Antonio, Lake Naciemiento und den Freeway 101 über das Strässchen erreichen. Zeit hatte ich ja genug, und die würde ich auch brauchen. Denn die Täler des Big Sur backcountry sind noch so naturbelassen, wie sie von den entdeckenden Spaniern vorgefunden wurden. Dass die Eroberer beschlossen, nach jeweils einer Tagesreise eine Mission zu bauen, war das Pech der Franziskaner, die hierher versetzt wurden. Die Missionspadres hatten natürlich versucht, die schroffen Santa Lucia Mountains urbar zu machen, doch sie scheiterten. Die für die Schwerarbeit eingefangenen, eingeborenen Angler und Jäger gaben nach kurzem Widerstand gegen die ungewohnte, unwürdige Feldarbeit auf und starben notgetauft, sehr zur Freude der katholischen Missionare. Denn getauft ist getauft – das galt sogar für Indios. Die nachziehenden weißen Siedler schauten kurz auf das trockene Gestrüpp und den kargen, steinigen roten Boden, spuckten aus und zogen weiter zur Küste. Deshalb wird die Straßenverbindung vom Big Sur zum Highway 101 nur spärlich benutzt. Sie führt durchs Nichts. Und da will keiner hin.
Außer mir. Ich hielt auf dem Bergrücken nach guten zwei Stunden Fahrt an. Vor mir das weite, fruchtbare Salinas-Tal, hinter mir die Wildnis und neben mir der Anschluss an die Zivilisati-

on in Form eines Relais-Turms meines Mobiltelefonanbieters. Hier konnte ich mich wieder mit dem Rest der Welt unterhalten. Ich rief also Dickie an.

Sein Anrufbeantworter schaltete sich ein. »Dienstag früh, Dickie, und ich muss mit dir …« Da hob er den Hörer ab.

»Mensch, Jon, ich habe schon dauernd probiert, dich zu erreichen. Wo bist du denn?«

»Oben bei Salinas, aber ich fahre nach Fresno weiter.« Gelogen, aber ich würde nicht sagen, wo ich wirklich war. Cellular phones sind dafür bekannt, dass jeder Trottel mit einem Transistorradio Gespräche mithören kann.

»Ich wollte dir morgen dein Auto bringen«, begann er, aber ich schnitt ihm das Wort ab.

»Dickie, ich glaube, das ist keine sehr gute Idee. Inzwischen stecke ich bis zur Kinnlade in der Scheiße. Und ich will nicht, dass sie dich auch noch aufs Korn nehmen. Lieber lassen wir's.«

Davon wollte er nichts hören. »Quatsch, Junge. Pass auf – wenn ich Zeit habe, hole ich's, und ich stelle es irgendwo ab, wo du gut drankommst, wenn du es brauchst. Wir telefonieren noch – dann sage ich dir, wo und wann.«

Was soll man dazu sagen. »Dickie, lass es. Mir zuliebe. Mach's nicht. Und noch was – ich habe dir eine Sendung überspielt.« Stimmte nur bedingt – was ich ihm überspielt hatte, war nicht zur Ausstrahlung gedacht. »Mache dir CD-Kopien und lösche das Original. Das ist ganz wichtig, Dickie. Du wirst die riesige Datei gleich sehen. Kümmere dich als Erstes darum.«

Klar, macht er, Junge. Kein Problem. Der war so aufgedreht, dass er garantiert wieder was fürs Herz bei sich hatte. Glückssträhne. Der Kleine ist aktiv.

»Dickie, du hast doch was zu bumsen zu Hause. Hab ich recht?«

»Stimmt.« Mehr wollte er nicht sagen, aber so ein freudiges »stimmt« habe ich selten gehört.
»Hört er mit? Kannst nichts sagen, oder?«
»Genau.« Muss sich auf seiner Seite komisch anhören. Ein- und zweisilbig.
»Kennst du den schon länger? Oder ist es einer vom Strand?«
Dickie meinte »ja«, woraufhin ich wieder »Strand?« fragte und er noch mal bejahte.
Mir blieb das Herz stehen. »Bist du wahnsinnig? Dickie, was ist, wenn der auf dich angesetzt wurde, um an mich ranzukommen? Das Auto kannst du vergessen – ich will es jetzt auf gar keinen Fall. Sehe dich mit dem Typ vor, Dickie, schmeiß ihn raus. Sicherheitshalber. Ich muss auflegen. Rufe dich später noch mal an.« Er wollte irgendetwas sagen, aber ich schnitt ihm das Wort ab.
Wenn der Schwanz steht, geht der Verstand. Vielleicht war ich wirklich paranoid. Aber unter diesen Umständen einen Fremden ins Bett zu holen war ja wohl der höchste Schwachsinn. Andererseits wusste er natürlich nicht, welch grauenvolle zwei Tage ich hinter mit hatte. Trotzdem.
Um halb sieben war ich kurz vor San Miguel und setzte mich an den Tresen der Motorradkneipe, wo ich schon oft gut gegessen hatte. Zwei Eier, Schinken und Schweinswürstchen, Orangensaft und Kaffee. Das haute hin. Die Kneipe ist im ehemaligen Wohntrakt eines Bauernhofes, das Zeug ist immer frisch, und wer um Nachschlag bittet, ist ein angesehener Gast. Ich holte mir die Zeitung aus dem Verkaufskasten vorm Haus und las erst mal.
Nichts. Kein Wort. Da hatte ich die beiden übelsten Wochen meines Lebens hinter mir, und keiner kümmerte sich. Das unerklärte Verschwinden des Curtie Cramer, Esquire, war auch

keine Zeile wert. Die nahmen das einfach nicht ernst. Und von wegen Drogen in unserer piekfeinen Gegend, von wegen Gewalt und Schießerei – nichts. Nur Mist in der Zeitung, mit hübschen Titelseitenbildchen von hüpfenden Delfinen vor der Küste und Walen im Meer und an Land – einer schwamm, der andere saß unter einem Sonnenschirm und versperrte Dünneren die Sicht. Nur Scheißdreck. Nicht mal der für die Mentalität amerikanischer Zeitungsmacher symptomatische Rohrbruch in der Main Street. Ich warf das Blatt angewidert in den Mülleimer, stieg auf die Maschine, obwohl mir vom Feldweggehoppel der Hintern ganz schön wehtat, und tuckerte Richtung Freeway. Aber dann ließ ich die Auffahrt rechts liegen und fuhr ins Dorf hinein.

Warum ich an der Mission San Miguel anhielt, weiß ich bis heute nicht. Aber ich tat's. Hielt in der Seitenstraße, wo der alte Indianerfriedhof dicht am Glockenturm liegt, schob die Harley durchs offene verwitterte Holzgatter und stellte sie in den Schatten der riesigen Magnolie, die seit hundert Jahren an der Friedhofsmauer wächst.

Dort überfiel mich wieder der verdrängte Horror des mitgehörten Mordes, die Scham über meine feige Tatenlosigkeit, die grenzenlose Trauer über den Tod meines Freundes. Gewissensbisse waren sinnlos – das wusste ich auch. Nichts würde John zurückbringen. Aber ich kam nicht über den entsetzlichen Augenblick des Abdrückens, die Kaltblütigkeit der beiden Drogencops, Johns letzte hoffnungslose Sekunde hinweg. Ich heulte wie ein Schlosshund. Minutenlang.

Alles Mögliche ging mir im Kopf herum. Gedanken an Rache, halbgare Pläne, die drei Bullen auszulöschen. Alles Scheiße. Wusste ich. Und ich schämte mich furchtbar.

Gegen die Sonne kommt auf Dauer auch Trauer nicht an, oder

Angst und Scham. Sie strahlte auf mein Stückchen Friedhof, ließ die Vögel zwitschern, wärmte die Seele und trocknete die letzte Träne. Irgendwann stand ich auf, klopfte mich ab und schlenderte langsam in den Innenhof des alten spanischen Gebäudes.

Ich besuche gern kalifornische Missionen. Sie gehören zu den ältesten Bauwerken des Staates – die erste der insgesamt einundzwanzig Wehrkirchen wurde im Jahr 1769 gebaut. Was für unsere Verhältnisse ganz schön historisch ist. Dass unzählige indianische Siedlungen, Wohnhöhlen und Kunstwerke über tausend Jahre alt sind, wird erst seit kurzem staunend anerkannt. Das galt vorher nichts.

Jedenfalls stehe ich am mächtigen Brunnen in der Mitte des Innenhofes und hänge noch immer meinen trüben Gedanken nach, als ein Streifenwagen der Highway Patrol mit einer Irrsinnsgeschwindigkeit am offen stehenden doppelflügeligen Tor vorbeifährt. Ohne Sirene, ganz unauffällig, nur wahnsinnig schnell. Also setzte ich mich auf den Rand des Brunnenbeckens, von wo aus man einen guten Rundumblick hat. Die Cops kurvten um die kirchliche Viehkoppel, donnerten durch die Freeway-Unterführung und kamen auf dem Dreckweg am Hügel wieder in Sicht. Sie stellten das Auto quer auf den Feldweg und versperrten ihn. Da kam keiner mehr dran vorbei. Glück gehabt, dachte ich, dass ich nicht noch einen Kaffee nachbestellt habe. Wer so eine Stimmung wie ich an diesem Morgen hatte und dazu noch eine Knarre im Rucksack, sollte sich nicht mit Bullen streiten. Das wäre mit Sicherheit kein Vergnügen.

Und dann ging mir ein Licht auf. Was, wenn die auf mich warten? Shit. Paranoia?

Ich zog Lederjacke und Schal aus, verstaute beides mit Helm

und Brille auf dem Gepäckträger und ging wieder in den Kirchhof. Ich setzte mich auf den Boden, lehnte mich an den Brunnenrand und ließ mir die Sonne auf den Bauch scheinen, schnitt dem neben mir wachsenden Nopalkaktus ein Ohr ab, entfernte seine stricknadeldicken Stacheln mit dem Taschenmesser und knabberte an ihm herum. Eine halbe Stunde wartete ich. Nur ein Fahrzeug kam den Feldweg herunter, und nach einem kurzen Gespräch durchs Autofenster setzten die Cops den Streifenwagen zurück, damit der Fahrer durchkonnte. Kurz darauf kam ein mitternachtsblauer Chevrolet die Freeway-Abfahrt herunter und bog nach links ab. Er fuhr den Bergweg hoch und hielt vor dem schwarzweißen Highway Patrol Cruiser. Zwei Männer stiegen aus. Ein dicklicher und ein dürrer. Ein Grieche und ein Indianer, schätzte ich.
Die einzige Möglichkeit für mich, unentdeckt davonzukommen, war der Weg über die Weinberge im Osten. Der Highway 46 war als eine der wenigen Verbindungswege zwischen diesem Teil des mittelkalifornischen Küstengebiets und dem San Juaquin Valley stark befahren, aber parallel dazu verlief die Ranchita Canyon Road. Sie führte ins Erdbebendorf Parkfield, von wo aus mir Kalifornien offen stand. Cops waren auf diesen Strässchen nicht zu befürchten. Ich hatte zwar keine Landkarte dabei, aber ich glaubte, mich erinnern zu können, wo es entlangging. Also spazierte ich wieder um die Ecke zu meiner Mühle, die abgekühlt auf dem Friedhof stand.
Ich zog meine Jacke an und band den Schal fest, als mir ein Geräusch auffiel. Zwei Autos kamen langsam näher. Ich schaute zum Berg hoch. Die Streifenwagen standen nicht mehr auf dem staubigen Weg ins Santa-Lucia-Gebirge. Ich schätzte, sie würden ihre Suche nun – nahe liegend – im Dorf beginnen.
Panik. Ich öffnete eine grau verwitterte, eisenbeschlagene Holz-

tür und schob die Harley ins Kirchengebäude. Dann zog ich die Tür leise hinter mir zu und schaute mich um. Verdammt. Ich war in der Sakristei, mit meinem dicken, fetten, öltropfenden Motorrad. Im bequemen Sessel neben einer Stehlampe saß ein dicklicher Herr und staunte. Er hatte Jesuslatschen an den Füßen und trug eine dunkelbraune Soutane aus rauer Wolle, deren Kapuze die Rundung seines Kegelkugelkopfes noch betonte. An seiner Brust klebte so ein rechteckiger Vordruck, wie man ihn von Konferenzen und Handelskammerfeten kennt. »Hi, My Name Is« stand da drauf, und darunter hatte er in gotischen Druckbuchstaben »Bruder Ignacio« geschrieben. Ich erschrak. Hollywood. Soutanen sieht man nur in Hollywoodfilmen. Hier saß eine echte.

Ich muss wohl sehr verblüfft geschaut haben, denn er legte einen Zeigefinger an seine Lippen, stand auf und winkte mir, ihm zu folgen. Wir traten durch eine schmale Innentür und waren im Kirchenschiff. Er wackelte vor mir her und deutete auf die steile, bunt bemalte Holztreppe, die zum halbhoch im Raum angebrachten Altar führte. In spanischem Kolonialstil gehalten, glich der überdachte Altar einem an die Wand genagelten Schilderhäuschen mit Veranda. Ich huschte die Treppe hinauf und legte mich flach auf den Boden des sakralen Brettergestells – und hörte, wie eine schwere Tür aufflog und Männer mit lautem Gestampfe in die Kirche kamen.

»Gott zum Gruß«, flötete der Soutanenträger, aber der Tonfall traf nicht die Stimmung der Herren.

»Wir suchen einen Flüchtigen: Motorrad, Lederjacke, Helm, Schal, Stiefel. Weiß, etwa vierzig, einsachtzig, hundertsiebzig Pfund. Bewaffnet und extrem gefährlich. War der hier?« Die Stimme war mir unbekannt.

»Meine Herren, Sie sind hier im Hause Gottes«, wehrte der

Priester ab. »Sie können doch nicht einfach hier hereinkommen …«
»Halt's Maul, Opa.« Der Indianer. »War er da – ja oder nein?«
»Nein – so einer war nicht hier.« Log wie gedruckt, der Pfaffe. Die Kerle scharrten noch kurz und machten sich türenknallend aus dem Staub.
Der reine Nazifilm. Ich konnte kaum fassen, wie die Cops sich benahmen. Wie die Schergen, Junge, Junge. Ich spitzte die Ohren, aber sie schienen weg zu sein.
»Sie können jetzt wieder herunterkommen«, sagte der sanfte Missionsbruder. Ich schaute ihn fragend an, und er meinte, er habe nicht gelogen. »Sie wiegen niemals hundertsiebzig Pfund. Und außerdem kann man nicht sagen, Sie seien da gewesen, wenn Sie ja noch hier sind.« Stimmt. Ein Semantiker. Ich grinste ihn an. Er grinste zurück. »Thanks, Padre.« Kam von Herzen. »No problem«, meinte der Kuttenträger. »War selber mal Cop« – überraschte er mich – »und kann am Auftritt sofort die guten von den miesen unterscheiden. Wegen solchen Geiern habe ich den Beruf gewechselt.« Sachen gibt's.
Netter Typ. Einer, der aus dem Stegreif handelt. So einer fehlt mir, damit ich wieder mal klar denken kann, ging mir durch den Sinn. Ich war versucht, ihm die Scheiße zu erzählen, in der ich steckte, entschied mich allerdings sofort dagegen. Weiß ich, wie er reagiert? Nachher nimmt der mich noch fest, weil Tote in Big Sur sein Verständnis menschlicher Schwächen übersteigen. Aber vielleicht gab es doch eine Möglichkeit.
»Padre, dürfen eigentlich Nichtkatholiken beichten?«
»Klar, mein Sohn. Jeder darf beichten. Allerdings kann ich Nichtmitgliedern keine Absolution versprechen, aber Rat und ein offenes Ohr beim Chef.« Er deutete lässig auf den einzigen Beichtstuhl im Saal. Ich folgte ihm.

»Und unser Gespräch fällt ganz sicher unters Beichtgeheimnis?«
»Natürlich. Ich bin nur eine Art Telefonleitung nach oben. Du brauchst dir also keine Gedanken über mich oder meinen früheren Job zu machen.« Kluger Mann. Kannte seine Sünder.
Ich legte also los. Erzählte ihm kurz, wer ich bin und was ablief. Wirklich nur in groben Zügen. Als ich zum seltsamen Verhalten der Drogencops kam, machte er ein Aha-Gesicht. »Logisch – das Drogenbusiness läuft unter deren Schutz ab. Denn sie haben einen da drin, den sie führen; vermutlich den Chef. Er wird ihr Kronzeuge, sagt irgendwann gegen seine Lieferanten oder seine Konkurrenz aus, und den pflegen sie.« Bruder Ignacio kannte sich aus.
»Solchen Cops wünsche ich die Pest an den Hals«, fuhr er fort. »Die machen alles kaputt, was vom ursprünglichen Gerechtigkeitsgebot der Verfassung noch übrig ist. Dein Drogenboss kann machen, was er will. Alle seine Handlungen sind durch sein Versprechen, vor Gericht auszupacken, von der Staatsgewalt gedeckt.« Ich hatte Angst, dass ihm eine Ader platzt, so sehr regte er sich auf.
»Erinnerst du dich an Sammy The Bull Gravano, den Mafiakiller?«, sprach er gestikulierend weiter. »Der tötete erst so richtig, als er mit dem FBI einen Vertrag schloss, der ihm Immunität vor Verfolgung garantierte, sofern er gegen seine bisherigen Mafiabosse aussagt.«
Stimmt genau, was der Padre erzählte. Die Geschichte war bekannt, und bis jetzt hatte sich niemand darüber aufgeregt. Die Cops waren im Recht, die Kronzeugen galten als ehrenwerte Männer.
Also saß ich noch tiefer in der Scheiße, als ich dachte.

11 Nägel mit Köpfen

Ich gab dem freundlichen Franziskaner einen detaillierten Bericht des Geschehens in Johns Haus und schilderte meine Befürchtungen mich selbst betreffend und, aktueller, Dickie. Denn ich war überzeugt, dass sie ihn ausgesucht hatten, um an mich ranzukommen. Ich hätte ihm nie die Aufnahme der Ermordung Johns zusenden sollen. Wenn die gefunden wurde, war es aus mit Dickie. Das fand Bruder Ignacio auch.
»Großer Mist, mein Lieber. Ihr seid beide in Gefahr. Ich muss jetzt sowieso nach Paso Robles – da mache ich vom Münztelefon auf dem Wal-Mart-Parkplatz aus ein paar Anrufe.« Er watschelte durchs Zimmer, räumte sein Buch wieder ins Regal und redete weiter. Er war einer von denen, die ungeniert überlegen, ehe sie weitersprechen. Einer, der Pausen einlegt. Wir Radiofritzen haben gelernt, das unter keinen Umständen zu tun. Was mir schon oft Ärger eingebracht hatte.
»Gib mir die Nummer deines Freundes«, fuhr er fort. »Dem will ich klar machen, in welcher Situation er steckt. Dann werde ich anonym meine Exkollegen in Monterey County benachrichtigen, dass hier oben ein Mord passiert ist. Und noch ein paar Leute anrufen, die vielleicht helfen können. Warte solange hier auf mich oder fahr los und ruf mich in einer Stunde auf meinem Mobiltelefon an.«
Er gab mir die Telefonnummer und hielt die Tür auf, während ich die Harley wieder ins Freie schob. Die Bullen waren schon

lange verschwunden. Sicherheitshalber drehte Ignacio noch eine Runde zu Fuß um das Gelände. »Sind weg«, sagte er zufrieden. »Sehen wir uns noch mal?«
»Sicher. Ich fahre nur lieber mal ein paar Meilen ins Gelände. Nicht, dass die noch mal zurückkommen.«
Er nickte und gab mir sehr unamerikanisch die Hand.
»Danke noch mal, Padre. Hat mir sehr geholfen.«
»Und wird dir vermutlich weiterhelfen. Ruf mich an. Ich glaube, ich kann dir jemanden nennen, bei der du eine Weile ungestört unterkommen kannst.«
Er rasselte in einem uralten sandfarbenen VW los – so alt, dass der hinten noch ein geteiltes Rückfenster hatte. Älter als ich. Ich vermummte mich wieder, ließ die Maschine warm laufen und fuhr auf einer winzigen Landstraße nach Osten.
Die gepflegten Weinberge zu beiden Seiten der Straße gingen nach einer Weile in Prärie über, in zaunlose Weideflächen, wo ab und zu ein Häuflein Kühe herumstand. Kaum ein Baum, der Schatten spenden konnte, kein Bach, der Kühlung versprach. Hier und dort stand eine Tränke vor einem pumpenden Windflügel, aber selbst das Gras glaubte nicht mehr an ein Überleben und wurde gelb. Eine recht trostlose Gegend, ein Flecken, dessen Langeweile James Dean vor einem halben Jahrhundert zum Verhängnis wurde. Wer in dieser Eintönigkeit unaufmerksam wird, lebt gefährlich. Denn nicht nur der Verkehr bringt hier den Tod, sondern auch die Bewohner der Einöde. Berglöwen, Bären und Coyoten streunen ungehindert durch die Wildnis. Sie sind in der Übermacht, und das scheinen sie zu wissen.
Kurz nach Mittag hielt ich in Buttonwillow. Der Flecken lebt vom Fernverkehr auf der breiten, ebenen und schnurgeraden Interstate 5. Ich setzte mich in eines der vielen Truckerrestau-

rants und bestellte Steak, Kartoffeln und Vanilleeis. Truckerfutter. Während ich auf das Essen wartete, rief ich den Mönch an. Er meldete sich sofort, als hätte er meinen Anruf erwartet.
»Jon, ich habe deinen Freund angerufen, ihn aber nicht erreicht. Immer wieder habe ich's probiert, fast eine Stunde lang, aber nichts. Und auf seinen Beantworter wollte ich nicht sprechen. Ich probiere es heute Abend wieder – da muss ich noch mal in die Stadt. Und ich habe, wie besprochen, den richtigen Behörden Bescheid gegeben. Sie werden sich um deinen anderen Freund kümmern.«
Ich bedankte mich bei ihm. Er schlug vor, ihn nach Einbruch der Dunkelheit anzurufen. Da könne er mir wahrscheinlich einen Rat geben. Ich dankte noch mal und ging an meinen Tisch zurück, wo mein Essen abkühlte. Oder warm wurde, je nachdem. Dann fuhr ich weiter Richtung Osten. Endlich tat sich was. Die seit Tagen trübe Stimmung ließ die ersten Lichtblicke herein. Wird schon werden.
Als es dunkelte, war ich in Lake Isabella und wusste vor Panik nicht ein noch aus. Ich hatte am Nachmittag ein Motelzimmer am Rand des Sees bezogen, hatte mir im nahen Wald eine Stunde lang die Beine vertreten und war dann mit einem Sixpack Bier in mein Zimmer zurückgekehrt. Gerade rechtzeitig, um die Sechs-Uhr-Nachrichten zu sehen. Der Sender aus Bakersfield brachte eine Story über die Auszeichnung einer örtlichen Grundschullehrerin durch den Gouverneur, blendete zu einer Liveaufnahme über, die aus der Luft einen Autodieb verfolgte, der von einem halben Dutzend Streifenwagen mit Sirene und Light Show gejagt wurde, und dann hörte ich meinen Namen.
Am frühen Nachmittag, las der weißhaarige, haselnussbraun geschminkte Sprecher mit sonorer Stimme und hohlem Pathos, sei in einem Auto in Striker Beach eine Bombe explodiert. Der

an der Küste bekannte Rundfunkmoderator Jon »Rocket« Gutman, dem das 1976er Cadillac Cabrio gehört habe, sei bei der Explosion ums Leben gekommen. Wie im Traum hörte ich, dass ich laut Auskunft der Polizei schon lange des Drogenhandels verdächtigt wurde und dass die Bombe nach Meinung der Behörden ein Racheakt einer konkurrierenden Drogenbande gewesen sei. Der Schuppen, in dem der Discjockey neben seinem Auto auch eine weithin bekannte Tonträgersammlung aufbewahrte, sei bei der heftigen Detonation vollständig zerstört worden, Gutman selbst solle anhand eines Desoxyribonukleinsäuretests identifiziert werden, obwohl die Behörden keinen Zweifel an seiner Identität hätten. Wegen des Worts Desoxyribonukleinsäure hätte der Schönling fast seinen Job verloren; beim dritten Anlauf brachte er verlegen grinsend das schwierige Wort rüber, allerdings ohne den Säurezusatz. Das habe ich noch mitgekriegt. Bei so was schaltet das Fachinteresse den Autopiloten ein, da kann ich noch so besoffen oder bestürzt sein.

Bestürzt? Panisch, völlig aufgelöst. Dass Dickie an meiner Stelle gestorben war, war völlig klar. Dass sie mich mit allen Mitteln ausschalten wollten, hatte ich schon vorher befürchtet. Ich schloss die Tür ab, klemmte eine Stuhllehne unter den Drehgriff und igelte mich erst mal ein. Unmöglich, einen klaren Gedanken zu fassen. Also trank ich in Windeseile meinen Sixpack leer, damit ich wenigstens schlafen konnte. Umsonst. Ich lag sturzbesoffen und hellwach unterm Bett, traute mich nicht mal aufs Klo und pinkelte auf den Teppich. Mir war alles scheißegal.

Und dann klingelte das Telefon. Nicht das Handy, sondern das Zimmertelefon.

Ich griff meinen Backpack, zog mir die Hose an und verließ im

Galopp das Motel. Einige Zeit später war ich im tiefsten Sequoien-Wald, irgendwo zwischen Lake Isabella und der Mojave-Wüste. Das Handy hatte ich schon vorher in hohem Bogen von einer Talbrücke geworfen, meine Harley nach Wanzen gecheckt, mein Zeug ausgebreitet und in meinem Suff tapsend abgegriffen. Nichts. Und doch hatte mich jemand angerufen.
Ich stellte das Bike unter eine Tanne, klopfte mir ein Bett aus Tannennadeln und Farnen zurecht und schlief erst mal.
Ich schlief erstaunlich gut. Der Schreck saß mir noch immer in den Knochen, aber er hatte zusammen mit dem vielen Dünnbier, in höchster Eile geschluckt, für eine mehrstündige Vollnarkose gesorgt. Ich fühlte mich beschissen, weil ich schon im Aufwachen an den armen Dickie denken musste – und das Unterbewusste nie aufgehört hatte, mir Johns Schicksal immer wieder vorzuhalten. Was war nur los? Wie die Fliegen starben alle um mich herum. Wann bin ich dran? Ich spürte förmlich das Messer an der Kehle, hielt das Ziehen im Bauch für Vorboten des Einschusses und den Brechreiz für einen Indikator meines miesen geistigen und körperlichen Zustands. Mir war zum Kotzen. Die ganze Welt hatte sich gegen mich verbündet.
Gleichzeitig war mir seltsam leicht im Kopf – meine Situation wurde immer überschaubarer. Ich musste mir keine großen Sorgen um die Zukunft machen, ich musste nicht komplizierte Pläne aushecken oder länger als ein paar Stunden, vielleicht ein oder zwei Tage, vorausschauen. Überleben. Punkt. Auf mehr konnte ich nicht hoffen. Mir gingen Dschungelvisionen durch den verkaterten Kopf. Darwin.
Bis Mojave fuhr ich etwas über eine Stunde. Kurz vor sieben kam ich in die Stadt am Rande der gleichnamigen Wüste. Mojave liegt noch in den Bergen, aber ihr Klima ist so trocken, dass der Flughafen des Ortes als Abstellplatz für eingemottete

Verkehrsflugzeuge aus aller Welt ein Schweinegeld verdient. Einer der trockensten Flugplätze der Welt, heißt es, und immer sind auf dem riesigen Gelände hundert oder zweihundert Verkehrs- und Militärmaschinen vertäut. Ein Weltklasseflughafen in der Wüste, ohne Autoparkplätze und ohne Abflughalle.

Neben dem Postamt stehen ein paar Münzfernsprecher von der alten Sorte. Geschlossene Glaskästen. In einen bin ich rein, um den Padre in San Miguel anzurufen. Der war schon wach und hatte mitgekriegt, was passiert war.

»Ich wusste ja, dass du es nicht sein konntest. Dein Freund, was?«

»Ja – mein Freund. Ich bin überzeugt, die haben jedes Gespräch abgehört. Und haben garantiert die Aufnahme entdeckt, die ich ihm überspielt habe. Habe sie ihm ja groß und breit angekündigt, ich Idiot. War eindeutig meine Schuld, dass der Dickie abgekratzt ist.«

Er wurde zornig. »So ein Scheißdreck – entschuldige, mein Lieber, aber wirklich: so ein Mist. Du hast alles getan, um ihn zu warnen. Du kannst nichts dafür; die Herren Exkollegen sind schuld, dass sie diese Pest nicht schon längst ausgerottet haben.« Er erschrak wohl über seine eigene ungezügelte Wut und faschistoide Ausdrucksweise, denn er murmelte was von noch mal entschuldigen, aber das alles rege ihn so auf.

»Auf alle Fälle bedanke ich mich«, sagte ich zu ihm. »Ich melde mich nicht mehr, Padre, zu gefährlich für Sie.«

»Nein, halt – ich habe noch eine Adresse. Aber ich weiß nicht, ob ich übers Telefon …«

»Nee, lieber nicht.« Paranoia. Da war sie wieder. Niemand konnte wissen, dass Ignacio und ich in Verbindung standen, also konnte niemand abhören, aber in mir sträubte sich alles gegen Informationen übers Telefon. »Haben Sie ein E-Mail-

Konto irgendwo?« Klar, hatte er. »Auf meiner Karte stehen meine E-Mail-Anschriften. Können Sie mir in der nächsten halben Stunde einfach eine Telefonnummer hinmailen? Ich rufe sie ab, wenn ich an einen Computer komme.« Und wieder: klar, macht er.

»Vielen Dank, Padre, und alles Gute. Sehen Sie sich vor.«

»Mir passiert nichts. Zu viel Erfahrung mit solchem Mistpack.«

Sein Wort in Gottes Ohr. Sozusagen. Ich legte den Hörer auf und fragte im Postamt einen Penner nach der Stadtbibliothek. Die örtliche Bücherei öffnete um neun Uhr, also ging ich mal wieder frühstücken. War nicht so einfach in diesem gottverlassenen Kaff. Die Frühstücksbuden waren gerammelt voll mit Typen, die an der Hemdtasche computerlesbare Ausweise der bekanntesten Flugzeugfirmen trugen. Waren hier wohl alle Instandsetzungsbetriebe vertreten. Und jede Menge Bahnmenschen. Leute, die für die Southern Pacific Railroad arbeiten. Laute, starke, hungrige Kerle, die von überall her nach Kaffee brüllten. Ich erwischte endlich einen Platz an der Theke eines mexikanischen Restaurants, das ein sagenhaftes Frühstück servierte. Tortillas, Huevos Rancheros, Guacamole und saure Sahne, Nopalitos, diese in Streifen geschnittenen Kaktusohren, Reis und Bohnen: das alles zum Frühstück. Wer braucht da noch Mittag- und Abendessen. Ich trank dazu ein Kopfschmerz linderndes Bier statt Kaffee, worüber sich die mexikanische Bedienung diebisch freute. Richtig begeistert war sie von einem Anglo, der Bier trinken kann. Zum Frühstück.

Die hiesige Zeitung hatte unter der reißerischen Schlagzeile »Dead Man: Bad Man Gutman« einen langen Beitrag über mich und meine Drogenverstrickung gebracht. Mein lieber Mann! Alles gelogen. Na ja, fast alles. Ich war über die miese Beleuchtung in diesem Burritoschuppen heilfroh. Mein Publicityfoto vom Sender grinste mir nämlich auf Seite 3 entgegen. Das war zwar stark verschönt, aber es hätte einem Adleräugigen vielleicht doch verraten, dass hier ein Toter frühstückt. Ich las das Machwerk zweimal durch und schmierte Tabascosauce auf mein Foto. Offenbar war Dickie allein gewesen, als er in meinen Garagenschuppen ging. Denn gefunden wurden nur wenige Fetzen, und die erklärte Detektiv Milton VanDeKamp zu Bestandteilen seines ehemaligen Schulkameraden. Aha. Man würde zwar noch DNS-Untersuchungen vornehmen, aber im Lichte des Vorlebens von Gutman stünde fest, dass er hier ein unseliges, sich in bestimmten Kriminellenkreisen häufendes Ende genommen habe. Basta. Finito. Ich staunte. Entweder waren die alle blöd, oder sie steckten mit dem Drogenbullentriumvirat unter einer riesigen Decke. Bei Milt wusste ich, dass Blödheit eine große Rolle spielte, aber da liefen doch ein Haufen Goldbetresster herum, die anscheinend alle moralisch nicht ganz einwandfrei waren.

Von meiner Mutter wollte keiner was. Die wurde überhaupt nicht erwähnt, was mich freute. Nicht, dass sie sich auch noch vorsehen musste.

Punkt neun stand ich in der Bibliothek, ohne Bart, mit wirrem Haar und straff in die Hose gestecktem Hemd unter offener Jacke. Die frisch freigelegte Gesichtshaut leuchtete in jungfräulichem Weiß, also schmierte ich mir etwas Dreck aufs ehemalige Vollbartstramin. Ich sah aus und kam mir vor wie einer, der zu down ist, sich eine Zeitung zu kaufen und nach Jobinseraten zu gucken. Wie die vielen, die jeden Tag die Stadtbüchereien in ganz Amerika besetzen. Ich schlurfte also an einen der Internetcomputer, warf meinen Vierteldollar rein und druckte meine E-Mail aus. War nur die Nachricht von Bruder Ignacio, allerdings clever als elektronische Wurfsendung eines als Stripakademie akademisch aufgemotzten Stripclubs in der Wüste getarnt. Über dem Foto einer splitternackten Schüchternen und unter der Schlagzeile, die versprach, dass im Club außer den Gästen alles nackt sei, standen Anschrift und Telefonnummer des Betriebs. Ich hätte mich nachträglich in den Arsch beißen können, weil es relativ einfach war, in ein E-Mail-Konto einzubrechen. Wer ein Telefon abhören konnte, der lächelte da nur. Natürlich wussten meine Mörder, dass sie den Falschen erwischt hatten – davon war ich überzeugt. Aber sie müssen ja nicht unbedingt wissen, von wo aus ich meine Post abgerufen habe.

Ich löschte zwar sofort nach dem Ausdrucken meinen gesamten Nachrichtenbestand und überprüfte sicherheitshalber, ob auch alles unauffindbar im elektronischen Orkus war, aber wer weiß, wozu ein Hacker fähig ist. Die Adresse, die mir der gute Bruder Ignacio verschlüsselt durchgereicht hatte, war runde achtzig Meilen von hier – in der Wüste keine Entfernung. Eine Ranch in der Nähe Barstows. Ich setzte den Helm auf, zog den Schal um den Mund und brauste los.

12 Wüste Wüste

Ich kam von Norden her nach Barstow. Hier fiel ich nicht auf, hier würde keiner wegen mir den Kopf drehen. Denn Barstow ist der Harley-Himmel. In dieser stinklangweiligen Wüstenstadt fährt alles, was sich seiner Männlichkeit nicht ganz sicher ist, ein Bike aus Milwaukee. Dicke und Dünne, Elegante und Schmuddelige, Alte und Junge, alles fährt Harley. Dealer und Bankräuber, Apotheker und Investmentbanker, jeder hat eine Maschine. Ein reiner Rummelplatz. Ich winkte ständig Markengefährten zu. Die winkten nicht zurück, so alltäglich sind Harleys dort.

Zehn Meilen außerhalb der Stadt, wo der Mojave River in sandiger Umgebung verschwindet und die nächsten vierzig Meilen unterirdisch dahinplätschert, geht eine Privatstraße vom Staats-Highway rechts ab. Ein einziges Schild stand da. Ein handförmiger Pfeil deutete neonbunt in die Ferne, und die Aufschrift verhieß, dass dort »Alles nackt« sei. Ich war unterwegs zur Stripakademie, und die bot abends Kostproben des Erlernten. Keine alltägliche Empfehlung eines Priesters. Obwohl man ja weiß, dass Priester allzu oft auch nur Männer sind. Aber trotzdem.

Die Akademie bestand aus einem zweistöckigen Wohnhaus, daneben ein lang gestreckter, fensterloser Flachbau, der ursprünglich wohl der industriellen Hühnerhaltung diente und über dessen Eingangstür nun ein grautrübes, unbeleuchtetes

Neonschild WELCOME STRANGER wünschte. Darunter stand eine aus Leuchtgasröhren geformte breitbeinige Langhaarige mit acht Arschbacken. Ich nahm an, dass die nachts nacheinander aufblitzten und damit einen in erotischem Überschwang bewegten Po darstellten. Etwas zurückgesetzt standen vierzehn Wohnanhänger im Halbkreis. Silbrig glänzende, windschnittig gerundete, in den Fünfzigern beliebte Airstream-Campinganhänger aus Aluminium, jeder mit Häkelvorhang im einzigen Seitenfenster und einer zweistufigen Holztreppe vor der überdachten Tür. Mittendrin erhob sich ein hölzerner Strommast, von dem ein Spinnennetz hing; zu jedem Anhänger führte eine durchhängende Leitung. Sah aus wie ein halbierter Maibaum, wie ein auseinandergeschnittenes Kinderkarussell. Ich stand im Hof, das Motorrad zwischen den Beinen, und staunte. Dahinter Sand, nichts als Sand und Steine. Kniehohes trockenes Gestrüpp wuchs in grauen klapperschlangenbewohnten Büscheln, Chollakakteen ließen ihre Stacheln goldgelb in der Sonne leuchten. Nur die Stromleitungen am Horizont ließen auf halbwegs zivilisierte Nachbarn irgendwo in unsichtbarer Ferne hoffen.

»Wir haben dicht. Fahren Sie weiter!« Sie stand auf der obersten Stufe des Wohnhauses, wedelte mich mit beiden Händen fort, leuchtete platinblond und hatte eine Stimme, die Glas schneiden würde. Was für eine Beißzange! Ich marschierte tapfer zu ihr hin.

»Ich suche Miss Misty B. Irving – können Sie mir wohl sagen, wo ich die Dame antreffe, Gnädigste?« Mit total ernstem Gesicht. Und fester Stimme.

Sie schniefte und schaute schon viel weniger streng. »Und wer sind Sie? Wenn ich fragen darf.« Der Zusatz kam etwas eilig. Sie kannte sich mit Kinderstube aus, die Xanthippe.

»Sie erwartet mich. Wenn Sie ihr bitte ausrichten, dass ihr Besucher da ist, dann weiß sie schon.« Ich hätte ihr zu gern den Hintern getätschelt, aber das wäre dann doch zu viel gewesen. Die Schnalle drehte sich auf ihren hochhackigen – in der Wüste! – roten Schuhen um und wackelte durch die Tür, die sie im Vorbeigehen mit Wucht ins Schloss warf. Im Garten neben dem Haus fing ein Köter an zu toben. Irgendwer schrie, er solle das Maul halten, was ihn nicht kümmerte. Mein lieber Mann!

Sie ließ mich warten. Endlich wurde die Tür geöffnet, und sie stand wieder da. Ich wollte schon pampig werden, als sie eine Handbewegung machte, die in diesen Kreisen wohl »treten Sie näher, junger Mann« bedeutete. Ich trat also näher.

»Tut mir leid, dass ich Sie warten ließ – ich bin Misty Bea«, überraschte sie mich. Ihre Hand war warm und trocken. Ich war immer der Meinung, solche Hyänen hätten feuchte Pfoten. »Ich habe den Padre angerufen – der hat Sie beschrieben. Man kann nicht vorsichtig genug sein«, meinte sie, und hatte recht damit. Nach meinem letzten Monat! Hatte verdammt recht mit dem Spruch. »Und mit Motorradfahrern haben wir hier leider keine guten Erfahrungen gemacht«, ließ sie mich spitz wissen. »Deshalb war ich wohl etwas bestimmt.«

Ich winkte großzügig ab. No problem, Verehrteste. Sie schenkte mir ein Lächeln. Showtime.

Ich gab ihr meinen Helm, zog die Lederjacke aus und setzte mich in den Sessel, auf den sie mit dem Kinn zielte. »Bier?« Gern. Wie lieb. Sie öffnete die Kühlschranktür in der Küche und klapperte mit Flaschen, während ich vom Sessel aus ihr Wohnzimmer betrachtete. Vernünftig eingerichtet. Ein Schreibtisch, daneben Stehlampe, Tisch und vier Bürostühle. Noch mal eine Sitzgruppe am Kamin, ein Riesenfernseher in der Ecke, Wandlampen, die sicher angenehmes Licht warfen, wenn die deckenhohen Fenster Nacht zeigten. Häkeldecken, na ja. Hübsche Bilder – keine röhrenden Hirsche, keine Elvis-Porträts auf schwarzem Samt, nicht mal die großköpfigen Kinderchen mit den Riesenaugen, ohne die kein amerikanischer Amateurpuff auskommt. Ein an der Decke angebrachter Spot beleuchtete ein Plakat an der Rückwand. Die Hausherrin in Berufspose, darüber riesig ihr Name und der weltberühmte Schriftzug eines Pariser Nachtklubs. Von meinem Sessel aus konnte ich das Auftrittsdatum nicht sehen, aber ich wollte nicht schon jetzt neugierig sein.

Eine Treppe führte nach oben, Zimmertüren öffneten sich auf einen Gang im zweiten Stock. Alles in allem ein hübsches, einigermaßen typisches Familienheim. Bis auf das Plakat, natürlich.

Wir saßen da, beäugten uns gegenseitig über den Rand unserer Bierflaschen und wussten nicht, wie wir ein Gespräch beginnen sollten.

Sie sprach als Erste. »Ignacio hat mir erzählt, dass Sie in Gefahr sind. Dass jemand versucht, Sie um die Ecke zu bringen. Ich kenne ihn schon lange. Wenn er für jemanden Hilfe braucht, dann tue ich, was ich kann. Er täuscht sich nicht in Menschen, und nach dem, was er für mich getan hat, kann ich ihm keine Bitte ausschlagen.« Sie sah, dass ich fragen wollte. »Später mal«, sagte sie, »ich erzähle Ihnen das vielleicht später mal. Falls Sie so lange leben.« Megäre, elende.

Ich behielt auch jede Menge für mich, zeichnete aber doch die groben Umrisse der Scheiße, in der ich steckte. Zwischendurch holte sie noch ein paarmal kaltes Bier. Als ich mit meiner Story fertig war, hatten wir eine ganze Batterie leerer brauner Flaschen auf dem Tisch stehen. Mehr Flaschen als Häkeldeckchen. Eine ordentliche Menge also.

Halb vier. Sie fragte, ob ich Hunger habe. Nach dem flüssigen Mahl nicht, nee. Das verstand sie. Sie konnte ordentlich mithalten. Sprach klar und deutlich, trotz ihres Bierkonsums. »Ich zeige Ihnen, wo Sie heute schlafen können«, sagte sie und ging vor mir die Treppe hinauf. Guter Hintern.

Das Zimmer war klein, roch aber frisch und war sauber. Was will man mehr. Ich warf mein Zeug aufs Bett und folgte ihr über den Gang. Dusche, Klo, Abstellkammer, Tür zum Dachgarten. Schön. Die Tür war von innen mit einem starken Stahlriegel verschlossen. Die Fenster des Hauses übrigens auch, was mich schon gewundert hatte. »Wir hatten einige Jahre lang viel Ärger mit Drogenbanden aus Los Angeles. Die sind oft hierher gekommen, haben frisch geschlachtete Konkurrenten in einem unserer verlassenen Goldbergwerke abgeladen und sind dann, wenn sie schon so weit fahren mussten, noch schnell auf Beutezug gegangen. Deshalb die Doppelschlösser, die Riegel und die vergitterten Fenster.«

»Und die vielen Wohnanhänger?«

»Da wohnen meine Schülerinnen. Die erhalten bei mir eine komplette Ausbildung – wer hier lernt, bekommt überall einen Job als Tänzerin. Ich war die beste. Bedauerlich nur, dass momentan kein großes Interesse beim Nachwuchs besteht. Die meisten Mädchen gehen fürs schnelle Geld lieber nach Vegas oder auf den Strich.«

Ach ja. Na, so was. Stripperin, was? »Ja, Burlesque-Tänzerin – nicht wie die Ferkel, die sich heute an einer goldlackierten Stange auf einer billigen Kneipenbühne einen runterholen, sondern Künstlerin. Mein Name in Leuchtbuchstaben, in den edelsten Cabarets der Welt. Ich bin Tänzerin, und das, mein Lieber, ist ein himmelweiter Unterschied zu den nackten Hausfrauen, die sich für einen Fünfer auf die Schöße von Besoffenen setzen und im Takt mit dem Hintern wippen.« Da war sie wieder, diese Stimme. Wenn Miss Misty Bea nicht glücklich war, dann bekamen in weitem Umkreis Gläser einen Riss und Männer Hörschäden.

»Noch was – haben Sie eine Knarre?« Ich schaute sie lange an. Was tun? Ich wollte mich nicht von meiner Pistole trennen. Aber auch nicht von hier verjagt werden.

»Habe ich. Aber ich habe noch nie damit geschossen. Ich habe sie nur gekauft, weil ich Angst hatte, keine zu haben. Obwohl ich, ehrlich gesagt, nicht weiß, ob ich abdrücken könnte. Aber ich fühle mich viel sicherer mit so einem Ding.«

Sie nickte. »Ist gut. Ich wollte nur wissen, ob Sie eine haben. Sonst hätten Sie aus meinem Arsenal etwas Hübsches borgen können.« Ach so. Na dann.

Sie zeigte mir noch die Küche, lud mich ein, mich zu bedienen, und bereitete sich allmählich auf ihren Auftritt vor. Für die Harley hatte sie mir einen Abstellplatz im hinteren Teil des Flachdachgebäudes beschrieben. Akademie nannte sie es. Nicht Tanzschule oder Stripclub – Akademie. Da steppten die angehenden Stripperinnen. Sie hatte mir nicht angeboten, die Show anzuschauen. Also verstaute ich die Maschine, deckte sie mit einer blauen Plastikplane ab und blieb mit Zeitschriften und Fernseher im Zimmer.

Mit der Dunkelheit kamen die Besucher. Autos fuhren auf den Parkplatz gegenüber, wurden mit lautem Türengeknall abgestellt. Die Herren, die sich die Show anschauten, kamen allein oder mit Freunden – manche unterhielten sich laut, von anderen hörte man nur Schritte auf dem Kies der Auffahrt. Gelegentlich knallte eine Anhängertür; die Aluminiumtüren machen ihr eigenes, unverkennbares Geräusch. Die Akademie war nur notdürftig schallgedämpft. Bluesmusik schwebte über

der Wüste, Pfiffe gellten, dann war rhythmisches Klatschen zu hören. Showbusiness.
Als ich irgendwann aufwachte und zum Fenster hinausschaute, waren nur noch zwei Autos auf dem Parkplatz. Die Nacht war sternenklar, und zwischen zwei Wohnwagen stand eine ausgesprochen weißhäutige schlanke Frau und rauchte. Sie war splitternackt. Ich schaute ihr eine Weile zu, bis sie ihren Zigarettenstummel in hohem Bogen wegschnipste und langsam zu ihrer Behausung zurückkehrte. Sie machte die Tür auf, gelbes Licht umrahmte sie. Auf der oberen Stufe blieb sie stehen, sah zu mir herauf, stellte sich auf die Zehenspitzen und winkte. Ich winkte zögernd zurück. Dann schloss sie die Tür hinter sich.
Ich sah sie hinter ihrem winzigen Häkelvorhang. Sie stand in der Küche und machte sich wohl etwas zu trinken, denn sie hob nach einer Weile ein Glas an die Lippen und trank. Dann ging das Licht aus. Ich wünschte mir, ich könne dort drüben sein.
Am Donnerstag kam ich um halb neun die Treppe herunter. »Mann, riecht das gut! Ich bin vom brutzelnden Speck aufgewacht. Gott sei Dank, sonst hätte ich den Tag verpennt.« Sie lächelte nickend. Ich setzte mich an den Küchentisch, während eine mollige Mexikanerin am Herd stand.
»Gut geschlafen?«
»Prima, danke. Ich bin sofort eingeschlafen. War noch viel los?«
Sie verstand nicht gleich. »Ach so, unsere Abendvorstellung. Nee, eigentlich machen wir das unter der Woche nur auf Wunsch. Sonst kommt doch keiner. Am Wochenende, allerdings, da ist oft der Teufel los. Hier in der Gegend gibt's ja wenig zu sehen, und so ein scharfer Strip ist doch was Feines. Am Wochenende sind wir oft ausverkauft.« Sie hatte Papiere vor

sich, und ich nahm an, dass sie arbeiten wolle. Was soll man außerdem auf so eine Story antworten? Ich staunte sowieso, dass im Zeitalter der überall erhältlichen Pornographie Stripperinnen überhaupt noch Arbeit fanden. Wie kommt man gegen Internet und Videorecorder an? Aber offenbar gab es noch Traditionalisten.

Das Frühstück war unverschämt gut. Entweder hatte sie einen Bäcker im Haus, oder es wurden frische Brötchen angeliefert. Wie früher, als Milch und Brot frühmorgens vor die Haustür gestellt wurden, und die Zeitung auch. »Klar. Wir haben hier einen alten Deutschen, der seit fünfzig Jahren jeden Tag seine Brötchen liefert. Und auch Milch, stimmt. Der hat so ein Lieferwägelchen, so eines ohne Türen, das er im Stehen fährt – wie in der Stadt. Klettert mühsam rein und raus aus dem Ding, stellt seine Ware vor die Haustür. Dabei muss er achtzig sein, aber aufhören will er nicht, sagt er immer. Lieber jeden Morgen um zwei zu backen anfangen, und um acht haben wir Brötchen und Milch.« Sie grinste. Stark. Auf dem Land überlebt das alte Amerika. War in der Stadt schon ewig nicht mehr denkbar. Entweder würde der betagte Milchmann ausgeraubt oder seine Lieferung vor der Tür geklaut. Die Zeiten haben sich nicht unbedingt zum Besseren verändert.

Nach unserem Frühstück fragte sie, ob ich Lust habe, mit ihr über die Ranch zu fahren. Sie wollte mir alles zeigen. Natürlich. Ich schnallte meinen Backpack um, rieb mich erst mal dick mit Sonnenschutz ein und stieg zu ihr in einen uralten Jeep. »Baujahr einundsiebzig«, lachte sie. »Den hat mein Vater aus seinem Privatkrieg mitgebracht. Hat ihn bei der Army geklaut. Ausbilder war er, in San Diego. Als sie ihn nach der Vietnam-Pleite aus dem Militär entlassen haben, ist er wie jeden Tag in seinen Jeep gestiegen und ist losgefahren. Hat erst zu Hause gemerkt, dass er den Dienstwagen dabeihat. Hat er jedenfalls sein Leben lang behauptet.«

Misty fuhr quer über ihr Stück Wüste. Über Stock und Stein, durch Wadis und über Dünen, schaltete gelegentlich den Vierradantrieb ein und kurvte unter einem unendlichen hellblauen Himmel und einer grellen Sonne durch die Mojave. In der Ferne führte die Interstate 10 von San Bernardino nach Needles – von Barstow bis Needles an der Grenze Arizonas waren es hundertfünfzig Kilometer Einsamkeit, von einer einzigen Tankstelle unterbrochen. Wir näherten uns einer trotz der strahlenden Helligkeit tiefdunklen Bergkette. »Vulkangestein«, sagte sie. »Wir kommen gleich auf ein recht großes Lavabett, und dahinter stehen diese schroffen Berge, die irgendwann aus der Erde brachen.« Hübsch. Passten zu meiner derzeitigen Stimmung.

Die Lava lag schon einige tausend Jahre auf dem Wüstenboden, aber sie roch noch immer nach Feuer und Mineralien. Risse und Brüche machten das Gehen auf dem glänzenden Gestein gefährlich, aber sie verschafften Gräsern und Wildblumen die nötigen Nährstoffe, um in der Wüste Wurzeln zu schlagen. Erstaunlich, wie bedrohlich die Umgebung durch das lichtschluckende Schwarzgrau des porösen Gesteins aussah. Mich fror. Misty schaute mich an und lachte.

»Geht jedem so. Es ist wirklich ein Höllengestein, wie die Alten meinten. Die Indianer waren sogar überzeugt, Lava sei die Scheiße der bösen Geister. Könnte was dran sein.«

Ich nickte. »Ich bin am Meer aufgewachsen. Da ist alles hell, flach und weit. Die schwarzen Steine werden hell, wenn sie austrocknen. Das hier ist unheimlich. Ein verdammter Unterschied zur Küste.«

»Und ich bin hier groß geworden. Hab mich immer danach gesehnt, wenn ich unterwegs war. Manchmal bin ich fast ein Jahr lang nicht heimgekommen – Tourneen in Europa und Japan, lange Engagements an der Ostküste, oder ich war einfach zu müde, um vier Stunden oder vier Tage Fahrt auf mich zu nehmen. Jedes Mal, wenn ich wieder hier war, habe ich gemerkt, wie der ganze Mist von mir abfiel. Mir fehlt die Wüste. Ich liebe sie. Deshalb bin ich auch wieder hierher gekommen und werde so schnell nicht wieder weggehen.«

Ich glaubte ihr. Schon seltsam, wie man sich an eine bestimmte Gegend, einen Ort gewöhnt. Mir ging es auch so, nur konnte ich nicht mehr heimkehren. Jedenfalls nicht in nächster Zeit. Ich musste was unternehmen.

»Misty, von wo aus kann ich denn einigermaßen ungefährdet telefonieren?«

»Also nach deiner Story zu urteilen, dürfte das nicht in der Nähe sein. Die kommen dir sonst wirklich sofort auf die Schliche. Wie wär's mit Las Vegas? Ich tanze ein-, zweimal pro Monat in Laughlin und gelegentlich in Vegas. Könntest mitkommen und von dort aus deinem Business nachgehen. Sind nur zweieinhalb Stunden von hier. Nachmittags hin, nachts zurück.«

Klasse. Einwandfrei. In der Millionenstadt finden sie mich nie. Und die Anonymität, die Las Vegas bietet, ist hundertprozentig. Davon lebt die Stadt. Also abgemacht: L.V.

»Wann?«

»Morgen um drei kommt mein Fahrer. Wenn du noch Wäsche hast, sag Maria Bescheid. Die wäscht und bügelt morgen früh sowieso. Wie sieht's mit Geld aus?«

»Nicht toll, aber ich kann für mein Zimmer bezahlen.«

Sie blickte mich strafend an. »Idiot – ich weiß, dass du getürmt bist. Ich biete dir Geld an, nicht umgekehrt.«

O verdammt. Ich schämte mich richtig. Schnell beugte ich mich zu ihr rüber und drückte einen Freundschaftskuss auf ihre stark geschminkte Wange. Schmeckte nach rosa Reispulver.

»Na, so gehört sich's.« Sie schien ganz glücklich. Ich meinte, dass ich momentan noch ganz gut dran sei. Ich hatte noch ein paar Hunderter. Allerdings war kein frischer Geldeingang zu erwarten, jetzt, wo Dickie tot war. Ich konnte weder meine Kreditkarten noch meinen Bankautomaten benutzen. Das wäre Selbstmord. Also sollte ich mich bald um Kohle kümmern, aber mir war noch nichts eingefallen. Das verstand sie. Sie nickte und fand, ich könne mir ruhig ein paar Tage Zeit lassen. Wir würden schon was auftreiben.

13 Viva Las Vegas

Sie reiste stilvoll. Das musste der Neid ihr lassen. Punkt drei Uhr rollte eine Sänfte vor. Ein Rolls-Royce in edlem Schwarz, mit hellgrauen Wildledersitzen und rauchgrau getönten Scheiben. Ich fiel fast vom Hocker.

»Baujahr neunundfünfzig, ein Silver Cloud zwei, mit damals neuem Sechs-Komma-zwei-Liter-V-acht-Motor und auf fünfeinhalb Meter Gesamtlänge verlängerter Radstand.« Sie kannte sich mit ihrem Auto aus.

»Gehört er dir?«

»Klar gehört er mir. Winston fährt ihn, wie er alles fährt, was ich zum Transport benutze. Beide habe ich vor vierzehn Jahren von einem Engländer bekommen, der weder Winston noch den Rolls zurückhaben wollte, als ich ihn zum Teufel jagte.« Sie lehnte sich sichtlich zufrieden zurück und schlug die Beine übereinander. »Seither mache ich einen Ausflug, wenn ich mal down bin. Hebt sofort die Stimmung.«

Kann ich mir denken. Ich schaute sie mit neuem Respekt an. Hab noch nie mit Rolls-Royce-Besitzern nähere Bekanntschaft gepflegt. Wow.

Das Ding war aber auch sagenhaft. Strenge Linien, exakt geformte Karosseriekanten, superweiches Leder, unglaublich schönes Holz, und der Spruch mit dem Ticken der Uhr war diesem Auto auf den Lebensweg mitgegeben worden. Winston beschleunigte breit grinsend auf hundert Kilometer pro Stunde –

keine primitiven Meilen auf dem Tacho, sondern km/h – und forderte mich auf, gut hinzuhören. Dann brachte er diesen David-Ogilvy-Werbeagenturspruch an, dass das lauteste Geräusch bei hundert Kilometern pro Stunde das Ticken der Borduhr sei. Über den Windgeräuschen und dem Abrolldonnern der riesigen Reifen bildete ich mir ein, die Uhr ticken zu hören. Sagenhaft, so ein Rollie. Der steckt sogar noch mein Cadillac Cabrio, Gott hab es selig, in die Tasche.
Wir trafen kurz nach Barstow auf die Interstate 15 und rauschten in der Sonne nach Vegas. Zusammen mit tausenden anderen. Ein Verkehr wie an Feierabend in Los Angeles. Kein Wunder, dass Vegas jedes Jahr neue Rekorde bricht. Bei dem Andrang. Im vergangenen Jahr hatten siebenunddreißig Millionen Leute Las Vegas besucht. Die Hälfte davon flog über den McCarran International Airport ein, der Rest kam mit dem Auto, dem Bus oder der Bahn. Und da traditionell ein Viertel aller Las-Vegas-Reisenden aus Südkalifornien kommt, steckten wir mitten in den 12 671 Leuten, die jeden Tag diese Stecke durchs Niemandsland fahren, pro Richtung.
Die Stadt war nicht mal zu ahnen, als wir hinter Baker von der hohen Wüste in die Glut Nevadas glitten. Auf wenige Kilometer steigt der Highway um fast tausend Meter an, um gleich darauf abzustürzen. Die Steigung ernährt seit Generationen Abschleppwagen-Besitzer, Reparaturwerkstätten und Hotels im Örtchen Baker. Wer nicht mit der Rettung und anschließenden Zurbrustnahme havarierter Vegas-Heimkehrer befasst ist, der wohnt nicht in dieser Einöde. Um kein Geld der Welt.
Winston fuhr wie ein Weltmeister. Der Rolls war eine wahre Sänfte, ein Himmelbett auf gewaltigen Reifen, eine Oase der Ruhe in der Hektik des Spieler-Highways. Misty war in sich gekehrt. Ich wollte sie nicht aus ihrer Meditation aufschrecken,

also schaute ich mir durch die dunklen Scheiben die graugelbe Wüste an und freute mich an ihr.
Las Vegas leuchtete kunterbunt zu beiden Seiten des Rolls, als sie endlich wieder sprach. »Ich werde kurz nach Mitternacht hier fertig sein. Die zweite Vorstellung endet um zehn vor zwölf. Wenn du in der Kasinobar auf mich wartest, können wir gleich wieder heimfahren. Vielleicht noch etwas essen, oder wir fahren durch. Kommt auf dich an.« Ich nickte. Wird schon klappen.
Sie machte am Künstlereingang des Golden Nugget sofort Furore. Ein gutes Dutzend älterer Herren stand vor der baldachingeschützten Tür herum, und als die Limousine hielt, stürzten sie im Pulk an den Straßenrand. Misty Bea wartete, bis Winston die Tür aufhielt, um dann vorsichtig ein seidenbestrumpftes Bein nach dem anderen auf den Bürgersteig zu stellen. Sie wurde sofort umringt. Winston schloss leise die Autotür. Die Herren standen verloren da und schauten schmachtend auf den Bühneneingang, durch den Misty hoch erhobenen Hauptes verschwunden war. Ich habe immer gedacht, mit sechzehn hört so was auf. Von denen hier war keiner unter sechzig, und sie sahen alle so aus, als hätten sie Geld. Man fasst es nicht.
Wir fuhren auf den reservierten Parkplatz hinterm Gebäude. Winston lud mich ein, mit ihm einen Kaffee zu trinken. Wir holten unsere Bühnenpässe vom Sicherheitsbüro und setzten uns ins Kasinocafé.
»Was willst du unternehmen?«, wollte er wissen. Ich sagte ihm, dass ich einige Anrufe machen würde und dass ich dazu ein möglichst ruhiges Fleckchen brauche. Er meinte, er wisse genau den richtigen Ort.
Wir tranken unseren Kaffee in kleinen Schlückchen. Das amerikanische Normalgetränk war hier verblüffend stark, und das

bemerkte ich. Winston lachte. »Mann, die wollen dich um jeden Preis wach halten. Deshalb servieren die nur Infarktkaffee, deshalb sind die Kasinos Tag und Nacht hell erleuchtet, daher gibt's weder Fenster noch Uhren in den Spielbanken, und die Bars sind jederzeit voll – keine Sperrstunde in Nevada. Müdigkeit ist geschäftsschädigend. Gegen eine Pleite kann man sich wehren, indem man Kredit einräumt, gegen Unlust wird ständig reiner Sauerstoff in die Kasinos gepumpt, und man setzt helle Töne ein, bunte Farben, flackerndes Licht und halb nackte Angestellte. Aber gegen Müdigkeit hilft nur ignorieren, bis es nicht mehr geht. Du siehst immer irgendwo jemanden schlafen; vorm Spielautomaten, auf Sitzbänken, die Klos sind voller Penner. In jeder Beziehung. Viel guter Kaffee, mein Lieber, und rund um die Uhr Frühstück für drei Dollar.« Er lachte wieder.
»Babylon.«
»Aber echt, Babylon. Die Sündencity der Gottlosen, wo Luxus und Korruption einander die Waage halten – ihr Rastafarians kennt euch ja aus.«
»Ja, Mon, tun wir. Aber man muss lernen, Babylon hinzunehmen. Denn entkommen kann man seinem Einfluss nicht.«
»True.« Er hat recht. Man kommt nicht dran vorbei. Also das Beste daraus machen.
Wir standen auf, und ich folgte ihm zu den Fahrstühlen. Er drückte auf den Knopf, der uns in den Dachgarten bringen würde. Das Restaurant bot eine Aussicht über Las Vegas, aber heutzutage kann man das halbieren; Aussicht auf die mittleren Etagen des neuen Vegas, des Las Vegas der New-York-Skyline, des Eiffelturmes und des Stratosphere. Die betagten Kästen entlang der Fremont Street waren in den Fünfzigern imposant gewesen, erinnern aber seither an nichts so sehr wie an alternde Schönheiten. Und ich bin trotzdem ein großer Fan der verfal-

lenden Spelunken. Weil sie noch das gewisse Las-Vegas-Etwas haben, die Stadt Bugsy Siegels und seiner Mafiakonsorten symbolisieren. Damals, als der Krieg vorüber war und die Kasinobesitzer unter sich sizilianisch sprachen, damals kam man nach Las Vegas um des Kribbelns willen, um hautnah The Mob zu erleben, um den nicht immer deutlich sichtbaren Graben zwischen Verderbtheit und Gutbürgerlichkeit auszuloten. Und man kam wegen der Light-Show. Das Atombomben-Testgelände lag nur knappe achtzig Meilen nördlich der Stadt, und wenn wieder mal eine nächtliche Testexplosion angesagt war, stand die Fremont Street voller Gaffer. Sobald sich die Nacht blitzartig erhellte und der von innen her weißrot glühende Atompilz am Horizont in den Himmel stieg, galt der Abend als gelungen. Man staunte, solange es etwas zu sehen gab, und ging dann wieder ins Kasino, mit frischem Mut und neuer Spielleidenschaft. Die vermutlich einzige Atombomben-Miss der Welt wurde hier gewählt, 1957, in einer vom Sands Hotel and Casino ausgeschriebenen Miss-Atombombe-Wettbewerb. Licht lockt Leute – grelle Atomblitze lockten viele Leute.

Wir gingen durch das Restaurant zu den Damentoiletten, die hier noch Powder Rooms hießen. Davor stand eine ganze Reihe Münztelefone, und nicht ein einziges war besetzt. Kein Wunder, wo inzwischen jeder ein Mobiltelefon mit sich herumschleppt. Und ruhig war's – nur Geschirrklappern störte die Grabesruhe.

»Ich setze mich drüben an die Tür.« Winston deutete auf das ferne Ende des Ganges. »Telefoniere du ruhig – ich höre nichts, aber ich gucke dir ein bisschen zu. Misty meinte, es sei vielleicht besser, wenn du nicht allein bist.«

Ich nickte. »Kannst gern hier bleiben. Ist ja nichts, was keiner hören darf. Ich will nur sehen, wie es um mich steht.« Offenbar war er eingeweiht, denn er klopfte mir die gewaltige Pranke auf die Schulter und zog los, zu den rosabezogenen Plastiksitzbänken aus den frühen Sechzigern. Ich wählte die Nummer meines Telefontechniker-Kumpans Rick Cavanaugh.

»Ja?«

»Hey, Rick – ich bin's.« Ein Krachen, mehrere dumpfe Schläge und ein »Ach, du mein dickes Ei« von ferne machten deutlich, dass Rickie den Hörer hatte fallen lassen.

»Junge, ich bin's wirklich. Gesund und munter. Nun sag schon was.«

Er schluckte ein paarmal. Dann kam ein zaghaftes »Jon?«, gefolgt von einer Explosion angehaltener Luft, als ich lachte. »Jon – Mensch, Jon, das warst gar nicht du!«

»Im Cadillac? Du merkst auch alles. Hör mal – bist du allein?«

»Klar, bin ich. Niemand da. Warte mal«, sagte er und legte den Hörer auf den Tisch. Er meldete sich sofort wieder. »Habe das tragbare holen müssen. Ich muss erst mal ein Bier aus dem Kühlschrank greifen, auf den Schreck.«

»Mach mal. Und setz dich dann hin und höre gut zu. Übrigens – du als Fachmann würdest ja mitkriegen, wenn jemand mithört, oder?«

»Nee, nicht so ohne weiteres. Aber lass mich mal kurz etwas zwischenschalten – ich lege das Gespräch einen Augenblick auf die Computerleitung und melde mich gleich wieder.«

Keine zwei Minuten später war er wieder da. »Okay, leg los. Mithören tut niemand, und wenn sich einer reinquetscht, dann leuchtet vor mir ein rotes Lämpchen auf. Also keine Bange.«

Ich erzählte ihm kurz, was passiert war. Es hörte sich alles ziemlich wirr an, und meine Gedanken hüpften auch recht kariert durch das Geschehen, aber er bekam mit, was ich ihn wissen lassen wollte.

»Eine Mordsgeschichte, mein Lieber, die ich nie glauben würde, wenn nicht die Sache mit deinem Auto wäre. Und dein Radioboss fehlt auch noch immer, soweit ich weiß. Also, was nun? Kann ich dir irgendwie behilflich sein?«

»Na ja, deswegen rufe ich ja an. Du lebst allein, Rick, stimmt's? Keine Frau, keine Freundin? Keine Kinder, keine Küche, keinen Köter?«

»Nee, nichts. Danielle hat mich vor fast vier Jahren sitzen lassen. Hab mich mehr um meine Computer gekümmert als um sie, hat sie mir geschrieben. Hat den Zettel auf den Küchentisch gelegt und war abends um halb sechs weg, als ich heimkam. Mit meinem schönen alten Thunderbird, was ich ihr am meisten übel nehme. Die hat nicht allzu viel getaugt, aber das Auto war noch einwandfrei.«

»Also, dann könntest du ja mal ein paar Tage freimachen und mich in Vegas treffen. Ich will mich mit dir unterhalten, aber nicht am Telefon. Kann sein, dass wir beide davon sehr profitieren. Nicht nur zwischenmenschlich, sondern kohlemäßig.«

Er horchte auf. Eindeutig. »Bist du in Vegas?«

»Bin ich. Und wenn du willst, können wir uns hier in der Stadt oder irgendwo in der Nähe treffen.«

»Gleich morgen? Ginge das?«

Sonnabend also. Er nimmt den Mittagsflug von Santa Maria, ich hole ihn vom Flughafen ab.

Misty kam kurz nach Mitternacht in die Bar. Sie hatte sich notdürftig abgeschminkt, einen Staubmantel über ihr Reisekostüm geworfen und die Haare unter einen breitkrempigen Hut gesteckt. Sie sah müde aus.

»Wollt ihr noch was essen? Von mir aus können wir gleich nach Hause fahren.«

»Misty, ich glaube, ich bleibe hier.«
Sie schaute mich an. »Lebensmüde?«
Ich würde mich morgen mit einem alten Freund treffen, der mir helfen könnte, die ganze Geschichte zu überwinden – und vielleicht noch was dabei für mich herauszuschlagen. Sie blieb skeptisch. »Und wenn dein Freund inzwischen ein besseres Angebot bekommt? Du kannst doch nicht allein auf Leute warten, denen sich einer an die Fersen geheftet hat. Kannst du gleich vergessen. Wir fahren nach Hause. Morgen holt dich Winston, und ihr fahrt wieder hierher. Mir ist lieber, wenn er dabei ist.« Keine Widerrede. Winston nickte und stand auf. Wir gingen zum Rolls und fuhren zurück nach Kalifornien.

14 Rick

Die zweimotorige Propellermaschine landete um zehn nach eins. Sie fasste nur neunzehn Passagiere, und sie war nicht mal voll. Ich stand neben Winston in der Empfangshalle und schaute auf den Flugplatz. Das blau-weiß lackierte Flugzeug stand in der Nähe unseres Fensters, die Passagiere umringten den Kopiloten, der gerade den Gepäckraum ausräumte.

»Der im gelben Hemd. Trägt eine Ledertasche. Bekommt den Seesack gereicht.«

»Okay, ich sehe ihn. Also, wie abgemacht. Du wartest im Lincoln, während ich ihm die Gegend zeige.«

Er ging zum Ankunftsgate der Pacific Coast Air Express, während ich auf den Parkplatz eilte. Der Lincoln stand im ersten Stock des Parkhauses. Ich konnte von seinem Rücksitz aus den gesamten Vorplatz überblicken.

Minuten später traten die beiden durch die dunkel verglaste, elektrisch betriebene Ausgangstür. Winston trug einen bananenförmig gebogenen Stoffbeutel über der Schulter, Rick hatte seine Tasche in der Hand. Sie ließen sich Zeit. Der Rasta hielt nach zehn Schritten, nahm eine Zigarette aus der Tasche, drehte sich gegen den nicht vorhandenen Wind und zog den Kopf ein. Sah echt aus. Er hatte mir erst gestern erzählt, dass er außer Ganja nichts raucht. Vor allem keinen Tabak, den er als »babylonian blood clot« verachtete.

Sie standen vor dem Terminal wie zwei Reisende, die auf einen dritten warten. Dann wendeten sie sich nach links und marschierten entschlossen zum entfernten Parkplatz. Niemand folgte ihnen.

Sie kamen eine Viertelstunde später am Auto an. Ich machte Rick von innen die Tür auf, und Winston stieg vorn ein. Gemächlich bewegte sich die dunkelgraue Limousine aus dem engen Parkhaus, überquerte den breiten Platz davor und reihte sich in die Rechtsabbiegerschlange ein. Dann fuhr Winston schnell und sicher aus der Stadt hinaus.

Rick genoss die Fahrt. Er stellte keine Fragen, sprach kaum, schaute zum Fenster hinaus und freute sich an der Wüstenlandschaft. Wir fuhren eine halbe Stunde bis Boulder City, von dort aus noch mal zehn Minuten bis zum Hoover-Damm.

Der gewaltige Staudamm des Colorado River ist weit und breit das einzige Zivilisationszeugnis in der Einöde Nevadas, sieht man von den Überlandleitungen ab, die von ihm ausgehen. Kahle dunkelbraune Hügel rahmen Bauwerk und Stausee ein, Bergziegen und Coyoten kümmern sich ums Überleben im kargen Revier, Wüstenschildkröten legen im Juni ganz in der Nähe des Betonklotzes ihre Eier. Nur die Touristen aus aller Welt bringen Trubel in die Einsamkeit, spazieren zwischen Parkplätzen und Staudamm, schauen je nach Standort entweder steil nach unten oder steil nach oben und bringen Vergnügungsparkatmosphäre zum todernsten Monopolbusiness der Stromherstellung.

Wir fuhren ins dreistöckige, in den Fels gesprengte Parkhaus. Wieder warteten wir, schauten uns die ankommenden Autos an und sahen zu, wie Leute ein- und ausstiegen, wie Menschen nach Vegas oder Arizona weiterfuhren und sich Besucher aus beiden Richtungen in die Parkhauszufahrt zwängten. Ein herrlicher Blick von hier oben, eine fast perfekte Aussicht über den Staudamm und die Menschen, die ihn besichtigten, ein Panorama, das zur Linken den hundertachtzig Kilometer langen Stausee und zur Rechten den wieder frei fließenden Colorado River umfasst. Wirklich sehenswert und außer der Parkgebühr kostenlos. Verblüffend. Ich war zum ersten Mal hier.

»Ich auch«, sagte Rick. Noch nie da gewesen. Dagegen war Winston ein alter Hase, wie sich herausstellte. »Mon, jedes Mal wenn ich aus Jamaica Besuch habe, fahre ich hierher. Das haut die immer um. Wir haben zwar Dunn's River Falls, die Negril Cliffs und Rose Hall, aber so ein Ding kann nur in den USA stehen. Ein Wahnsinnsbau, den meine Freunde immer wieder sehen wollen. Und dann diese Wüste, dieses absolute Nichts, so weit der Blick reicht. Ich bin oft hier. Mir gefällt's. I like it, mon.« Er grinste breit und strahlend weiß. Rick und ich grinsten mit.

»Wo habt ihr euch denn gefunden?«, wollte Rick wissen. Ich machte den Mund auf, aber Winston kam mir zuvor. »Er hat einen schicken Leihwagen gesucht, einen mit ortskundigem Chauffeur. Und das bin ich.« Klar.

In der brütenden Nachmittagshitze gingen wir gemächlich zur Eingangstreppe, wurden erst mal auf Bomben und sonstige Terrorinstrumente durchsucht – der Staudamm wäre ein ideales Ziel, allein schon wegen der Publicity – und zahlten unsere Eintrittsdollars. Ich staunte über Winston. Der ließ die gewaltige Meute, die uns umgab, keinen Moment aus den Augen. Seine Aufmerksamkeit war hinter der dunklen Brille unauffällig, aber hellwach.

Gute zwanzig Minuten vergingen, bis wir als Teil einer Zufallsgruppe im fünfzig Personen fassenden Frachtfahrstuhl ins unglaublich tiefe, breite und komplizierte Innere der Betonwand fuhren.

So ein Staudamm ist wirklich ein Wunderwerk der Technik. Hoover ist zweihundertzwanzig Meter hoch und misst über dreihundert Meter von Felswand zu Felswand. Zwanzigtausend Autos befahren seine Krone jeden Tag, denn eine der wenigen Straßenverbindungen zwischen den Wüstenstaaten Nevada und Arizona führt direkt über ihn. Logisch, dass die gemeinsame Grenze die Mitte des Staudamms markiert. Seine Breite reicht gerade für zwei Fahrspuren und je einen Bürgersteig pro Richtung, sein Fundament sitzt über zweihundert Meter breit auf. Er ist wie ein Dreieck gebaut, ein Dreieck, auf dessen Spitze der Verkehr fließt.

Der Fahrstuhl hielt in der Generatorenhalle. Siebzehn Generatoren werden vom Wasserdruck getrieben und erzeugen zweitausend Megawatt Strom für 1,3 Millionen Menschen – über die Hälfte von ihnen leben im fünfhundert Kilometer entfernten Südkalifornien. Im Kraftwerk ist es erstaunlich ruhig, nur ein stetes Summen erinnert an die gewaltige Macht des Wassers, die hier nutzbringend umgesetzt wird.

Rick und ich folgten Winston durch die Halle, stiegen die Stahltreppe zur Flussebene hinunter und schauten vom Fuß der Staumauer aus nach oben. Gewaltig. Der einzig denkbare Ausdruck. Die Betonwand vermittelt ein Gefühl der eigenen Winzigkeit, und die Menschen auf ihrer Krone, die sich über die Kante beugen und zu uns herunterwinken, sehen aus wie Spielzeuge im Kaufhausschaufenster. Ein stiller, nachdenklicher Augenblick, wie dazu geschaffen, Rick zu fragen, ob er Lust hat, eine Million netto zu verdienen.

»Was?« Er schreckte zusammen und schaute mich entgeistert an. »Eine Million?«

»Dollar. Eine echte, bare, unversteuerte Milli. Wie wär's?« Seinem schrägen Blick nach zu urteilen, dachte er, ich nehme ihn auf den Arm. Ich schaute zu Winston hinüber, aber der hatte nichts gehört. Gut so. Ich hielt Rick am Ellenbogen zurück, als die Gruppe zum Werk zurückstrebte. Winston schaute sich um und wartete auf uns. Als wir an ihm vorbeigingen, machte er eine Handbewegung, die wohl bedeuten sollte, dass wir vorgehen. Er folgte in einigen Metern Entfernung.

»Ich glaube, ich bin zufällig einer ziemlich großen, ziemlich krummen Sache auf die Spur gekommen. Deswegen der Ärger mit einigen meiner Mitmenschen. Deshalb wollen sie mich loswerden, weil sie meinen, ich mache ihr Geschäft kaputt. Wenn du bereit bist, dich voll einzusetzen, wenn dir die Million auf der Pranke lieber ist als Striker Beach – denn da kannst du dich nicht mehr blicken lassen, wenn alles hinhaut –, dann können wir zwei uns eine goldene Nase verdienen. Ich weiß schon, wie. Aber erst muss ich sicher sein, dass du hundertprozentig dabei bist. Im Guten wie im Bösen.«

Er signalisierte sofort nickend seine Zustimmung. »Striker ist mir scheißegal. Da hält mich nichts. Auf eine Million komme ich da nur übers Lotto, und das ist zweifelhaft.« Ein Realist. »Aber wie kommst du gerade auf mich? Läuft doch keiner herum und verschenkt eine Million. Nicht mal die Chance, ranzukommen. Ich meine, so gute Freunde waren wir nie.« Ich sag's ja, ein Realist. Stimmt. Gute Frage, und eine, der ich nicht ausweichen konnte. The Bullshit Stops Here, steht auf dem Schreibtischschildchen unter dem Namen des Wirtschaftslenkers. The Bullshit Stops Here.

»Computer und Telefonzeug – Elektronik. Überwachung, Anzapfen, Computerdateien knacken, Einbrechen, so was. Kann ich alles nicht. Wir können sie überlisten und ausnehmen, aber dazu gehören Spezialkenntnisse, die ich einfach nicht habe.«

»Kann ich alles«, sagte Rick wegwerfend. »Und?«
Na ja, sage ich doch. Ich legte ihm die Hand auf die Schulter und rückte etwas näher an sein Ohr.
»Allein geht es außerdem nicht. Da liegt eine irre Menge Geld herum, und ich bin sicher, dass wir drankommen. Nicht auf die Altmodische, mit Knarre und Skimaske, sondern gewaltlos. Mit Gewalt habe ich nichts am Hut. Dürfte auch nicht nötig sein. Wenn wir zwei uns dranmachen und uns aufeinander verlassen können, klappt es auch. Hundertprozentig. Oder wir gehen beide dabei drauf. Was natürlich passieren kann.« Ich war ihm auf die Pelle gerückt, denn wir gingen durch einen schmalen, in den Fels gehauenen Tunnel, wo jedes Geräusch verstärkt wurde.
»Wenn wir es machen, gibt's nur Kohle, mehr nicht. Die Kohle ist illegal, Drogengeld und wer weiß was noch. Also kein Staatsaufenthalt, aber wenn wir Scheiße bauen oder einfach Pech haben, gehen wir dabei drauf. Wobei ich das kleinere Risiko trage. Ich bin sowieso auf der Abschussliste. Aber für dich ist es eine neue, ernsthafte Gefahr.« Erschreckend, wenn man seine eigene Lage derart schwarz sehen und auch noch darüber sprechen muss. Brutal. Ich hatte mich selbst wochenlang belogen, hatte verdrängt und beschönigt. Erst durch John und dann Dickie habe ich mir sagen müssen, dass ich schon zweimal mehr Glück als Verstand gehabt hatte. Lange konnte die Strähne nicht mehr anhalten.
Er hatte verstanden. Und sah ganz munter aus.
»Im Prinzip mache ich mit. Ist ja logisch. Wie soll ich sonst jemals an so viel Kohle kommen, dass ich's mir endlich leisten kann, nicht mehr für die Scheißtelefongesellschaft arbeiten zu müssen. Dann kann ich mir endlich mal was gönnen. Ein Boot. Ein Haus. Was fürs Herz. Wie geht's weiter?«

»Ich erzähle dir nachher, wie es weitergeht. So wie ich das sehe. Dann einigen wir uns darauf, wer was macht. Und dann legen wir los.«

Nach der Führung standen wir auf der Aussichtsterrasse, zwei Stockwerke über der Straße, und schauten uns von dort oben Bau, Fluss und Berge an. Dann spazierten wir zur Parkgarage und fuhren über den Damm nach Arizona.

Der spärliche Verkehr auf dem schmalen Wüsten-Highway zog sich durch die Black Mountains, ehe er im Detrital Valley endlich losgelassen wurde. Parallel zum Grenzfluss Colorado führte die Straße zur alten Pioniergründung Kingman. In diesen dunklen, kahlen Bergen wurden Türkise und Gold gefunden. Grund genug, sie zu besiedeln, wenn sich auch die heutigen Bewohner kaum von den damaligen Bergarbeitern unterscheiden, die in dieser Wildnis auf das große Glück hofften. Meist vergebliche Hoffnung, so wie heute. Die unter der erbarmungslosen Wüstensonne dunkelbraun gerosteten Schrottautos und großkalibrig durchlöcherten Verkehrsschilder waren Ausdruck des Gemütszustands der Eremiten, die es sich in den Black Mountains gemütlich machten.

Kurz vor Kingman bogen wir nach Chloride ab. Die vier oder fünf Meilen Nebenstraße in die alte, halb verfallene und halb verlassene Goldgräberstadt machten klar, wie dürftig der Zivilisationsüberzug Nordwestarizonas ist. Unter der Kulturschicht lauerte Wildnis, noch immer. Sogar auf dieser kurzen Strecke. Chloride erinnerte auch an nichts so sehr wie an ein zentralafrikanisches Urwalddorf. Hütten, die Schutz vor Tieren und dem Wetter boten. Mehr nicht.

Wir setzten uns in das einzige Restaurant des Kaffs und bestellten Bier, Green Chili und Tortillas. Die drei anderen Gäste schauten uns feindselig an. Vielleicht hatten sie vom gelegentlichen, tagsüber hereinstolpernden Touristen genug, oder es war Winstons Hautfarbe. Egal. Das Essen war prima, und wir hauten rein. Genügend Bier war auch da, zum Glück, denn Rick und ich hatten einen Mordsdurst. Als guter Rasta trank Winston keinen Alkohol, aber er zündete nach dem Essen einen gewaltigen Joint an, dessen süßlicher Rauch sich mit dem Tabaksqualm in der Bude vermischte. Die lauernden, unrasierten Einheimischen schauten freundlicher und tuschelten nicht mehr so bedrohlich wie während unseres Essens. Nach einer Weile begann einer in rot kariertem Flanellhemd und ausgebleichten braunen Cowboystiefeln zu kichern. Seine Freunde starrten uns wieder böse an. Wir gingen.

Ich wollte unbedingt unser Gespräch von vorhin vertiefen, aber Winston ließ uns nicht aus den Augen. Wir spazierten also durchs Bretterbudendorf, schauten uns im warmen Sonnenlicht des frühen Abends die traurigen Reste einer einst blühenden Bergwerksgemeinde an und hingen unseren Gedanken nach. Die Straße führte in die Berge. Hundert Meter nach der letzten unkrautbewachsenen Hütte zweigte ein fast zugewachsener Pfad nach links ab. Wir folgten ihm und kamen zu einem notdürftig vernagelten Stollen. Ich steckte neugierig den Kopf hinein und wurde von Dunkelheit und Kälte empfangen. Die beiden hatten es sich auf einem Felsen bequem gemacht und schauten über das enge Tal, über die Siedlung zu den von schräg stehenden Sonnenstrahlen eingerahmten Bergspitzen im Westen. Ich setzte mich zu ihnen.

»Ihr wollt euch sicher unterhalten«, erkannte Winston die Situation. Ich nickte. »Dann gehe ich mal ein Stückchen weiter den Weg hinunter, damit ihr das ungestört tun könnt. Meine Chefin will, dass ich euch sage, was ich für sie tue. Sie will außerdem, dass ich auf dich aufpasse, Jon, also werde ich das tun.

Du kennst Rick und vertraust ihm, was in Ordnung ist. Außerdem trägt er keine Waffe. Wie ich vorhin feststellte.«
»Hab gedacht, du wolltest mit mir anbändeln«, grinste Rick, was mich verblüffte. Humor habe ich ihm mein Leben lang nicht zugetraut. So täuscht man sich.
Winston musste auch lachen. »Ja, mon, a little love zwischen den Kakteen. Wäre doch was.« Und wurde wieder ernst. »Meine Chefin und mich verbindet ein gegenseitiges Schutzverhältnis; sie schützt mich vor meiner eigenen Dummheit, und ich schütze sie vor Leuten, die ihr schaden wollen. Wir haben ein paar Geschäfte miteinander laufen, hier einen Deal und dort ein kleines Wagnis, und sie ist immer fair. Immer ehrlich. Sie kennt sich mit Business und mit Leuten aus. Und ich sehe zu, dass alles ohne Ärger abläuft. Damit kenne ich mich aus. Weshalb sie mich gebeten hat, sicherzustellen, dass euch hier keiner an den Kragen kann.«
»Wer ist deine Chefin?«, wollte Rick wissen.
»Tut nichts zur Sache. Die wirst du auch nicht kennen lernen. Jemand, an die Jon durch gemeinsame Bekannte geraten ist und die ihn an jemanden weiterreicht. Übrigens will sie, dass ich euch darauf aufmerksam mache, dass sie sich sofort von euch löst, wenn ihr nachspioniert wird.«
»Ist ja schon gut«, entschuldigte sich Rick. »Ich wollte nicht neugierig sein. Ist schließlich auch egal.« Er schien mir leicht eingeschnappt.
Winston stand auf. »Ich bleibe unten an der Straße. Besprecht ihr, was ihr zu besprechen habt, und kommt dann runter. Wir fahren anschließend wieder nach Vegas, wenn ihr wollt. Oder die halbe Stunde nach Bullhead City und übernachten dort.«
Ich nickte. Mal sehen.
Rick und ich gingen nebeneinander in die wild bewachsenen

Hügel. Um diese Tageszeit waren Klapperschlangen am gefährlichsten, weil sie jagten, also war Vorsicht angesagt. Wir schauten mehr nach unten als geradeaus.

Ich erzählte wieder mal, ließ nichts aus und war erstaunt, dass es schon neun Uhr war, als wir zu Winston zurückkehrten. Wir hatten uns auf einen vorläufigen Plan geeinigt, auf eine Aufgabenteilung, die uns die nächsten Wochen auf Trab halten würde.

Ich wollte auf keinen Fall Winston und Misty in Gefahr bringen – und ich hatte wohl verstanden, was mir Winston mit seiner »Chefin« sagen wollte: Dass sie nicht vorhatte, mehr von meinem Vorhaben kennen zu lernen, als sie unbedingt musste. Sie wollte draußen bleiben, was mir ja schließlich auch recht war. Rick und ich vereinbarten einen Plan für die Telefongespräche, der mich nach Vegas und ihn auf die Höhe Tepusquets bringen würde. Er fragte nicht, wo ich telefonisch zu erreichen bin. Ich sagte ihm, dass ich morgen eine neue Mobiltelefonnummer für ihn hätte, an die er sich wenden kann. Womit die Frage des derzeitigen Aufenthaltsortes auch umschifft wäre. Ich hatte mir echte Sorgen deshalb gemacht. Unnötig.

Also fuhren wir in der Nacht zurück nach Las Vegas. Rick stieg beim Luxor aus, wo wir ihm vom Auto aus ein Zimmer gebucht hatten. Winston fuhr mit mir nach Barstow zurück. Wir hingen unseren Gedanken nach. Winston war nicht zum Reden aufgelegt, und mir wollte unser Plan nicht aus dem Kopf. Von der Wüste, die wir durchquerten, sah ich nichts. Ich überlegte hin und her, immer wieder. Irgendwo musste doch ein Gedankenfehler sein, eine übersehene Kleinigkeit, die uns um Kopf und Kragen bringen würde. Ich überlegte, aber ich fand nichts.

Um halb drei kamen wir an, fix und fertig, froh, endlich den Kopf aufs Kissen legen zu können.

15 »Get Your Kicks ...«

Ich knipste das Licht im Zimmer an und riss die Augen auf. Misty lag im Bett und schaute mich recht vergnügt an. »Hi.«

»Hallo. Dich hätte ich nicht erwartet.«

»Halt's Maul und komm rein. Ich warte schon seit einer Stunde auf dich. Wird verdammt Zeit, dass ihr angekommen seid.«

Irgendwann musste es wohl sein. Ich war nicht begeistert, aber man kann Gastfreundschaft ja nicht missbrauchen. Nicht immer nur nehmen, ohne zurückzugeben. Außerdem stand ich tief in ihrer Schuld. Also zog ich mich aus und stieg noch schnell unter die Dusche, was sie offensichtlich als unnötigen Luxus empfand, denn sie fing an zu meckern. Dann hüpfte ich frisch gewaschen, strategisch eingesprüht und einigermaßen wach in die Falle.

Der Gentleman, heißt es, genießt und schweigt. Aber eines muss ich sagen: Genossen habe ich jede Minute, und geschwiegen hat in dieser Nacht niemand. Im Gegenteil – wenn sie nicht gerade Krach machte, gab ich Laut. Und wenn ich zu erschöpft war, brüllte sie wieder los. So wenig geruht wie in den frühen Morgenstunden des ersten Juli habe ich selten in meinem bewegten Leben. Hätte nicht gedacht, dass ich noch so viel Stehvermögen aufbringen konnte. Sie war auch ganz begeistert. Immer wieder. Was für eine Nacht! Als wir endlich auf zerwühltem Lager in zerrissenen Laken einschliefen, stand nur noch die Sonne am Himmel. Schon ziemlich hoch.

Wenn das Mittagessen zum Frühstück und das Abendbrot zum Mittagsmahl wird, dann fühle ich mich am wohlsten. Das ist meine ideale Tageseinteilung – so habe ich als Radiomensch und als Strandpenner gelebt. Wir hauten beide rein, als Maria Guadalupe ihre mexikanischen Kalorienbomben auftischte. Bohnenmus und Reis, Huhn mit Schokoladenmole und vorneweg Carnitas, mit selbst gemachter Salsa, wofür ich ohnehin schwärme, und mit ganz frischen Maistortillas. Sie stellte eine gewaltige Karaffe Margaritas auf den Tisch, dieses aus einer dunklen texanischen Spelunke stammende »mexikanische« Mixgetränk aus viel Tequila, einem Salzrand am vereisten Glas und einem Spritzer Fruchtsaft.

Ich wollte nach dem Essen wieder ein Nickerchen machen, aber Misty meinte, das gehöre sich nicht. Außerdem hatte sie zu tun, und sie wunderte sich, dass ich nichts Besseres vorhatte. Besseres nicht, aber ich musste natürlich unseren Plan in die Tat umsetzen. Also ran.

Sie hatte mir ihr Auto angeboten, und ich nahm sie jetzt beim Wort. Ich wollte nach Barstow, mir einen neuen Computer kaufen, und ich wollte nicht schon wieder den armen Winston bemühen. »Kannst du ruhig. Der hat Zeit – ich brauche ihn die nächsten zwei Tage nicht, also kann er dich ruhig durch die Gegend fahren.«

»Ich würde lieber allein fahren. Tut mir auch gut, mal wieder allein durch die Gegend zu rauschen.« Sie zuckte die Schultern. Na gut. Gab mir die Schlüssel und ihre Kreditkarte.

»Bis nachher.«

»Vergiss nicht, das Telefon abzuholen.« Sie hatte eines bestellt, hatte es bezahlt und angekündigt, dass ich vorbeikäme.

Ich schaute noch mal auf meinen Einkaufszettel, sagte ihr, dass ich ungefähr einen Tausender auf ihre Kreditkarte knallen würde, und machte mich aus dem Staub. Ihr Jeep stand hinter ihrem Studiogebäude. Ich ging die Stufen hinunter, was den Köter wieder zu einem Tobsuchtsanfall animierte, und überquerte den Schotterweg. Irgendein Gast hatte seinen Aschenbecher direkt auf dem Parkplatz geleert, was mich unerklärlicherweise stocksauer machte. Irgendjemand gestern Nacht, wahrscheinlich. Einer der Showbesucher.

Die Tür des mittleren Anhängers ging auf, und eine hübsche, höchstens zwanzigjährige Naturblondine trat heraus in den Sonnenschein. Splitternackt. Scheint hier Mode zu sein. Sie sah mich und lächelte ein »Hi«, bückte sich nach ihrem Hund, nahm ihn auf den Arm und ging an mir vorbei zum Haus hinüber. Ich wollte ihr nicht nachstarren, aber ich war baff, dass die so ohne weiteres die Ware herumzeigte. Musste mal Misty fragen, ob das öfter vorkommt.

Wenn's juckt, sagt der Volksmund, soll man kratzen. Was schlecht ging, so nah am Haus. Es juckte sogar ganz furchtbar. Vielleicht würde irgendwann mal gekratzt werden. Ich hoffte sehr.

Zwanzig flotte Minuten über grauenvolle Straßen, und ich war in Barstow. Der Jeep ist für so ein Wüstendasein das ideale Fahrzeug. Robust, wendig und offen. Was auch seinen Nachteil haben kann – mich hatte einer der häufig auftretenden, Sandteufelchen genannten Mini-Tornados überholt und mit einer feinen Sandschicht paniert. Aber bei der ewigen Sonne in dieser Hochwüste wird ein Cabrio wenigstens genutzt. Ich trauerte meinem Caddy nach. Und hatte dadurch natürlich sofort wieder John und Dickie auf dem Gewissen. Die beiden würden mich lange nicht in Ruhe lassen. Das war mir klar, aber ebenso klar war, dass man da überhaupt nichts machen kann. Ein schlechtes Gewissen ist wirklich kein gutes Ruhekissen, aber ich nehme an, dass es im Laufe der Zeit das Geschehen mildert, die Erinnerung abstumpft, die Vorgänge vielleicht sogar in ein frisches, neues Licht taucht und den vom Gewissen Gebissenen entlastet. Ich weiß es nicht. Ich weiß nur, dass mich die Morde nicht losließen. Dass die Erinnerung jederzeit in den Vordergrund treten konnte, mich zusammenzucken ließ, alle Verdrängung durchstieß und als nackte, bluttriefende, entsetzliche Schuld mein ganzes Fühlen einnahm.

Der Elektroniksupermarkt hatte einen Sonderposten leicht angeschlagener, ansonsten neuer Computer. Ich kaufte mir für knappe fünfhundert Dollar einen, der alles hatte, was ich brauchte. Computer sind wie Autos. Wenn die Dinger nur genügend Dampf haben, ist alles andere zweitrangig. Dieser hatte jede Menge. Ein 56k-Modem, das in diesem analog verdrahteten Wüstengelände als schnell galt, eine ordentliche, zehn Gigabyte dicke Festplatte, wo jede Menge draufgepackt werden konnte – und da ich einige Tonaufnahmen speichern und bearbeiten würde, waren zehn Gigabytes Mindestvoraussetzung –, und ein Siebzehn-Zoll-Monitor zum Angucken. Insgesamt ganz ordentlich für den Preis. Ich nahm sicherheitshalber noch einen Jaz-Drive mit, damit auch mal größere Folianten gespeichert und mitgenommen werden konnten. Dann holte ich noch mein Telefon ab. Na also. In Business.

Weil es so ein schöner Nachmittag war, fuhr ich noch in die Stadt hinein, zockelte die Barstow Road hinunter bis zur Main Street und bog rechts ab auf die East Main. Drei Straßenkreuzungen weiter war ein Denny's, in dem ich Jahre zuvor mal gegessen hatte, und dort wollte ich hin. Eine Kleinigkeit essen, einen Eisbecher oder ein Stück Apple Pie à la mode, mit viel Vanilleeis. Und einen Kaffee. Dringend Kaffee.

Ich rutschte also vor einem auf der Gegenfahrbahn entgegenkommenden Rosthaufen auf das Gelände beim Denny's und musste sofort anhalten, weil irgend so ein Idiot gerade mit seiner Beamtenmühle, ohne zu schauen, rückwärts aus dem Parkplatz schlich. Hinter mir schaukelte der Abbieger über den Bürgersteig und musste auch notbremsen. So ein Arschloch, der da vorne.

Das Arschloch hüpfte, als ich hupte. Der hätte mir sonst glatt den linken vorderen Kotflügel geplättet. Er zuckte also zusammen, trat voll auf den Bremshebel und drehte sich wütend nach mir um.

Ich dachte, ich sehe nicht recht. Running Bear. John Running Bear saß da, mutterseelenallein in seinem Chevrolet mit steuerbefreitem Behördenkennzeichen, fuhr wie ein Anfänger rückwärts, und erkannte mich natürlich sofort. Ich knallte den Rückwärtsgang rein, zerknautschte dem hinter mir zum Stehen gekommenen Schrotthaufen noch mal die Stoßstange, kurvte um den gestikulierenden Drogencop und dampfte mit voller Kraft voraus über den Parkplatz, am Ausgabefenster vorbei, auf die East Main Street und davon. Kurz vor der roten Ampel sah ich im Rückspiegel, wie der dunkelblaue Chevrolet über die Bürgersteigkante auf die Straße hoppelte. Also fackelte ich nicht lange und fuhr mit kaum vermindertem Tempo rechts um die Ecke. Runter zum Bahnhof, während der Indianer gerade in Sicht kam, über den Bahnhofsvorplatz, an Warenhäusern und Drogenpushern vorbei durch das Wegwerfgebiet der Wüstenmetropole. Ich war sicher, dass ich ihn abgehängt hatte. Ich holperte aufs Schlaglochparadies der alten Route 66, die hinter der Stadt wieder auftaucht. Der arme Jeep war außer Atem; sein Vierzylinderchen keuchte richtig, die Aufhängung hatte solche Aufregung seit der Tet-Offensive nicht mehr mitgemacht und drohte in sich zusammenzufallen, und meinen Sitz hatte es erwischt; eine Sprungfeder oder Ähnliches hatte sich gelöst und stach bei jeder Unebenheit in meinen Hintern.

Ich bog auf einen Wüstenweg ab und fuhr hinter eine lang gezogene Düne. Dann setzte ich mich in den Schatten eines Sandsteinfelsens und wartete. Zwanzig Minuten, eine halbe Stunde. Nichts. Er hatte mich verloren.

Ich fragte mich, ob er melden würde, dass er mich gesehen und wieder aus den Augen verloren hatte. Was würde sein Boss davon halten? Würde der Indianer wagen, als Versager dazustehen? Ich glaubte das nicht, aber ich wartete doch, bis es dunkel wurde. Dann fuhr ich auf Umwegen zur Ranch zurück.

»Du hättest mich anrufen sollen. Ich habe mir solche Sorgen gemacht, aber das ist dir ja scheißegal. Lässt mich hier stundenlang warten und bangen. Hast du eine von den Armynutten gevögelt in der Stadt? Wo die doch alle krank sind – jede zweite hat einen Tripper, und bald die Hälfte dieser Fünfdollarnutten hat HIV.« In ihrem Zorn warf sie mit Tellern. Ich duckte mich, und einer segelte knapp an meinem Ohr vorbei. Zeit, den Macho herauszukehren.

»Hör auf – ich habe dir doch gesagt, ich konnte nicht früher. Rufe Winston an; ich muss mit ihm sprechen. Dann können wir uns unterhalten.« Sie wählte, und ich nahm das Telefon mit in die Küche.

Er erschrak, als ich ihm kurz schilderte, was geschehen war. »Stell den Jeep in die hintere Werkstatt, schließ ab, mach das Licht aus und bleib im Haus. Ich bin in einer halben Stunde da.« Das sagte ich Misty, ging hinaus, fuhr den Jeep weg und kam wieder ins Haus zurück. Sie schloss hinter mir ab und drehte in den vorderen Zimmern das Licht aus. Sie holte aus einem ihrer vielen Schränke einen gewaltigen Revolver, schaute

nach, ob er geladen war, und steckte ihn in den Gürtel ihrer Jeans. Dann setzten wir uns in ihr Büro im ersten Stock und warteten.
Gekifft hat er, dass es sogar mir unangenehm war, aber verlässlich war Winston trotzdem. Kam tatsächlich nach einer halben Stunde. Wir holten Bier aus dem Kühlschrank, ich stellte Winston einen Kaffee hin, und dann erzählte ich noch mal, was ich erlebt hatte. Ich hatte in der Eile ganz vergessen, meinen neuen Computer aus dem Auto zu holen. Der war noch immer im alten Stallgebäude. Misty rief eines der Mädchen an, dass sie ihn holen sollte.
Sie war mit den Nerven völlig fertig. »Ich habe doch gewusst, dass ich dich nicht allein losfahren lassen sollte. Ich hab's gewusst, und ich habe mich bequatschen lassen, ich dämliche Kuh.«
Winston, der Einzige, der einigermaßen auf dem Teppich blieb, sah das richtig. »Du kannst dir doch keinen Vorwurf machen. Der Staat ist riesig, und dass der ausgerechnet hier herumfahren muss, ausgerechnet vor Jon rausfahren, das ist der reine Zufall. So was lässt sich nicht voraussehen, so was kann man nicht planen. Mach dir mal keine Sorgen. Wir biegen das schon hin.«
Erst müsste der Jeep umlackiert werden. Andersfarbiges Verdeck, vielleicht Kotflügelverbreiterungen dranschrauben. Das besorgte er. »Hat der das Nummernschild sehen können?«
»Nein, unmöglich. Das ging alles viel zu schnell, und als er auf die Straße kam, bin ich in die Querstraße eingebogen. Danach habe ich ihn in hundert Meter Entfernung noch mal gesehen, und dann nicht mehr. Die Nummer hat er nicht notiert.«
»Okay. Das ist die Hauptsache. Sonst stehen die Typen nämlich bald hier vor der Haustür. Und der, dem du die Stoßstange

geplättet hast? Meinst du, dass der das Nummernschild gelesen hat?«
»Glaube ich nicht, denn der hatte den Kopf nach hinten gedreht, als es knallte. Und das Auto sah nicht so aus, als würde sein Besitzer sich über noch eine Beule aufregen.« Und wenn, würde er wahrscheinlich hier anrufen und mit den Bullen drohen, falls der Jeepbesitzer sich nicht erpressen lässt. Winston stimmte mir zu.
»Also sind wir aus dem Schneider«, meinte er. »Du kannst natürlich nicht hier bleiben. Du musst weg. Und ich weiß auch schon, wohin.«
Wenn das so weitergeht, kann ich Reiseberichte schreiben. Also wieder Koffer packen. Sozusagen.
Als ich nachts aufwachte und aus dem Fenster schaute, stand sie wieder im Sternenlicht und rauchte. Und wieder drehte sie sich langsam um, streckte sich, warf die brennende Zigarette weg und hob die Hand, als sie mich anschaute. Ich grüßte auch, stand bewegungslos da, bis sie wieder in ihrem Trailer verschwand und die Tür schloss, und ging dann zurück ins Bett. Misty schlief unruhig. Ich träumte.

16 »... on Route 66«

Ich muss wohl ziemlich belämmert geschaut haben, denn Misty und Winston lachten los. Wir standen auf einem völlig kahlen, graugelben Sandhügel und schauten ins Tal hinab, aufs ferne Ende des Highways. Dort lag eine nichtssagende Neubausiedlung im grellen Sonnenschein; einige tausend winzige weiße Einfamilienhäuschen mit knallroten Dächern in handtuchgroßen Gärten, dazwischen mehrere neongrüne Golfplätze. Dahinter zwei dunkle, in den wolkenlosen Wüstenhimmel Nevadas weiß dampfende Kraftwerksschornsteine, gefolgt von einer Reihe Hochhäuser am breit und träge fließenden, blau glitzernden Colorado. Das war Laughlin, das Retortenvegas. Die Stadt, die sich als Stiefkind verkauft. Laughlin, Nevada, Rentner-Monte-Carlo. Meine neue Heimat.

»Leck mich am Arsch. Hier soll ich glücklich werden?«

»Ich helfe dir dabei. Ich bleibe ein paar Tage hier bei dir«, versprach Misty.

Na ja, wenigstens ein Lichtblick. Ich schaute noch mal rüber. Grauenvoll. Der Fluss war hübsch, die Black Mountains im Hintergrund bekannt – wir hatten sie vor ein paar Tagen ihrer Länge nach durchquert –, und die Luft war verblüffend rein. Aber sonst? Katastrophe. Ich sah schwarz für meine unmittelbare Zukunft.

Winston kannte sich aus. Er fuhr in die Siedlung, kurvte an einer Reihe puppenstubenhafter Häuser im mexikanischen

Landstil vorbei, überquerte palmengesäumte Kreuzungen und kam zu einer langen, von Kakteenhecken eingerahmten Allee. An ihrem Ende protzte maurisch modern das breite, schneeweiße Gebäude des Golfclubs, dessen Greens in unwirklicher Farbe leuchteten. Nur tägliches Düngen, tägliches, stundenlanges Wässern in dieser wasserarmen Wüste und tägliches Mähen können solch grellgrünes Gras herbeizaubern. Total pervers. Völlig unnatürlich.
An der Querstraße bog Winston rechts ab und steuerte durch eine Villenstraße, deren einziger Vorzug die Nähe zum Golfplatz war. In jeder offen stehenden Garage stand mindestens ein elektrischer Golfkarren, die auch den Hauptanteil des Verkehrs auf dieser ruhigen Straße stellten. Wir fuhren noch einen halben Kilometer weiter, ließen die Villen hinter uns, umrundeten eines der entfernteren Löcher und stellten das Auto vor den überdachten Haupteingang des einzigen Hauses weit und breit. Eine von hohen Palmen gesäumte zweistöckige Villa im Südstaatenstil, deren umlaufende Veranden von dorischen Säulen getragen wurden. Zu beiden Querseiten zeigten backsteingemauerte Kamine an, dass innen mit Holz geheizt wurde. Machte den Eindruck, als würden Tierköpfe über Marmorsimsen hängen. Der Kasten erinnerte mich sehr an eine Plantage. Winston wohl auch, denn er stieß mir den Ellenbogen in die Rippen und sagte grinsend: »Wie zu Hause, Mon.«
Der linke Türflügel wurde geöffnet und ein vierschrötiger Herr in zu enger Butleruniform kam die Treppe herab. Misty umarmte ihn, was nach ihr auch Winston tat. Ich stand da und streckte die Hand aus. Der Mensch schaute erst mich, dann Misty an, und als sie mich als »Freund Jon« und ihn als Karl vorstellte, nahm er meine Hand und schüttelte sie. Was für eine Pranke! Meine Hand wirkte in solch einem Schraubstock

zierlich und zerbrechlich. Ich war froh, als er sie mir wieder heil zurückgab.
Der Butler schnappte Mistys Koffer, ich trug mein Zeug die Treppe hinauf, und er folgte uns ins Haus. Was für ein Prunkbau! Sah mit seinem Salon, den bunten Fenstern und den vermutlich echten Antikmöbeln wie ein Nobelpuff in New Orleans aus. Und roch auch so. Süßlich, Marke Blumenstrauß. Ein Parfümgeruch, den ich überhaupt nicht mag.
Der gewaltige Kristallleuchter verteilte im Foyer mildes Licht. Die breite Doppeltreppe führte beidseitig an ihm vorbei, und ich staunte, dass kein Stäubchen an seinen vielen Kristallteilen zu sehen war. Da steigt garantiert jeden Tag jemand auf die Leiter und putzt, ebenso das Treppengeländer. Mahagoni, der tiefe dunkelrote Glanz war unverkennbar und aufs Sorgfältigste gepflegt. Ein superteures Hotel, eine Pension? Ich folgte Misty, die hier offenbar ein und aus ging. Am Ende des breiten Flurs öffnete sie eine Tür und stand in einem schicken Appartement. Blick über den Golfplatz, das Mobiliar gepflegt, auch hier Antikes, allerdings mit Modernem gemischt. Ein gewaltiges, sechssitziges Ledersofa, einige bequem aussehende Ledersessel um einen niedrigen Nierentisch gruppiert wie eine Werbeaufnahme aus den Fünfzigern. Nebenan ein hübsches, nicht allzu großes Schlafzimmer mit eigenem Bad und einem Alkoven, der als Leseecke diente. In ihm stand ein hoher, gut gefüllter Bücherschrank und ein niedriges, mit gestreiftem Stoff bezogenes Doppelsofa. Love Seat heißen die Dinger, denn quer durch seine breite Sitzfläche verläuft S-förmig eine Rückenlehne, was nach meiner Erfahrung mit dem populären Möbel die Liebe so ziemlich ausschließt. Hohe, dunkel getönte Fenster ließen Sonnenlicht in die Räume, und weiße Holzjalousien würden auch tagsüber Dämmerung zaubern. In der Ecke stand in einem hohen

Messingtopf eine Zimmerpalme. Wie bei Hemingways in Key West. Das reine Stillleben.

Ich warf meinen Backpack aufs Sofa und setzte mich in einen der Ledersessel. Hier ließe sich's aushalten. »Gefällt's dir?«, wollte Misty wissen. Begeistert breitete ich die Arme aus. Sie musste lachen. Winston stand in der Tür und freute sich.

»Was ist das? Eine Pension? Ein Hotel?« Ich hatte kein Schild gesehen, keinen Empfangstresen. Ein Nobelhotel.

»Gehört uns beiden«, sagte Misty und deutete auf Winston, der noch mehr Gebiss sehen ließ. »Es ist eine Pension. Wir vermieten Zimmer. Aber nur an Leute, die wir mögen.« Sie öffnete die Schranktüren und begann, ihren Koffer auszupacken. Ich schaute sie mit neuem Respekt an. Hatte offenbar einen Kopf für Business. Und war im Bett einwandfrei. Ich freute mich schon auf das Mittagsschläfchen.

Wir setzten uns erst mal in die Küche, wo Karl ein ordentliches Frühstück auf den Tisch brachte. Ein europäisches mit Wurst, Brot und Käse. Kaffee, aber starker, und frisch gepresster Orangensaft, den ich besonders gern habe. Es war erst halb zehn. Wir waren früh losgefahren, weil Winston meinte, im Berufsverkehr würden wir viel weniger auffallen. Logisch. Im Rolls. Um kurz nach fünf waren wir weggefahren, hatten bis kurz vor Baker kaum Verkehr, und erst als sich die Motelzimmer im Abschlepperdorf leerten, musste Winston vom Gaspedal gehen. Wir waren durch das frühmorgens noch immer neonleuchtende Vegas gefahren, in Richtung Lake Mead und Boulder Dam weitergereist, aber kurz vor Boulder City rechts abgebogen und auf den Nevada Highway 95 durch die Steppe bis kurz vor Laughlin gefahren. Die letzten zwanzig Meilen führten über die Eldorado Mountains, doch die mythische goldene Stadt entpuppte sich als dieses weiß getünchte Rentnerparadies.

»Setz dich, Karl, und erzähle, was läuft.« Sie hatte einen ausgesprochenen Chefinnenton drauf. Karl knöpfte seine längs gestreifte Weste auf, die so spannte, dass die tiefen Falten zwischen den mittleren Knöpfen selbst in geöffnetem Zustand auffielen. Dann zog er einen Stuhl hervor und setzte sich.
»Die Abrechnungen sind im Schreibtisch. Alles in Ordnung – letzte Woche war's etwas lahm, aber das ist zum Monatsende ja immer so. Na, und sonst nichts Neues. Angela hatte wieder einen Rückfall und war ein paar Tage im Krankenhaus. Steht alles in der Abrechnung.« Er goss sich einen Kaffee ein und trank ihn in kleinen Schlückchen, wobei er den kleinen Finger seiner rechten Hand geziert abspreizte. Hübsch.
Winston fragte: »Was ist mit dem alten Oberst vom Golfclub? Hat er sich beruhigt?«
Karl schaute mich kurz an und hüstelte. Er antwortete nicht. Winston ließ das Thema fallen und bot mir an, nachher eine schnelle Kennenlerntour der Kasinos unten am Fluss zu machen. Klar, warum nicht? Wir zogen unsere Jacken an und fuhren die drei oder vier Meilen.
Man konnte die Spielhöllen unmöglich verpassen. So, wie alle Wege nach Rom führen, führten hier alle Straßen zum Casino Drive. Und da standen die Paläste. Hotel-Casinos, eines neben dem anderen. Verblüffend, wie voll die Parkplätze waren, und als wir am Mississippi Queen parkten und ins Casino gingen, war ich über den Trubel erstaunt. Man sollte meinen, dass die Leute Besseres zu tun haben, aber der Laden war voller alter Typen, die ihre Rentengroschen in Einarmige Banditen warfen. Pausenlos. Alle zwanzig Sekunden eine Münze, jede Minute drei Münzen, hundertachtzig runde Metallstückchen pro Stunde. Gelegentlich ratterte so ein Groschengrab, spuckte mit lautem Klappern irgendwelche Minivermögen aus, was bei

dem Glückspilz laute Hurra-Rufe auslöste und dafür sorgte, dass die Automaten zu beiden Seiten des Gewinners sofort besetzt wurden. Denn die Menschen glauben, dass Glück abfärbt. Dass man Schicksalsbezwinger wird, wenn man nur einen Sieger anfassen darf.
Das mehrstöckige Hotel-Casino war im Stil eines Mississippidampfers erbaut, obwohl es nie sein Fundament am Ufer des Colorado verlassen würde. Seine uniformierte »Besatzung« sorgt für kostenlose Drinks und Häppchen, deren Qualität und Menge auf die Art der Spielautomaten abgestimmt war. Den Fünf-Cent-Maschinenzockern wurde gelegentlich ein Bier und eine kleine Tüte Chips angeboten, bei den Vierteldollarautomaten gab's schon öfter einen Cocktail oder Wein, dazu Käsehäppchen – denn Käse stopft, weshalb der Spieler nicht so oft aufs Klo muss und mehr Zeit zum Automatenfüttern hat –, und bei den Dollarmaschinen durfte pausenlos gesoffen und gefressen werden. Waren die »Stewardessen« bei den Billigautomaten einigermaßen züchtig angezogen, zeigten die Damen bei den teuren Maschinen fast ihr gesamtes Kapital. Das nennt sich dann wohl Preis-Leistungs-Verhältnis. Ich fand die Atmosphäre in der Bude bedrückend. Aber ich war noch nie ein begeisterter Gambler.
Wir setzten uns ins Café und schauten auf den Fluss. Wassertaxis hüpften wie Flöhe über den dahinplätschernden Colorado, ein Restaurantdampfer legte gerade von seiner einstündigen Tour am Casinoufer an. Auf dem Gehweg zwischen den Hotels und dem Fluss spazierten Menschen, die eine Pause vom Glücksspiel einlegten. Auf der gegenüberliegenden Uferseite, im Staat Arizona, pulsierte das Leben des Seniorenstädtchens Bullhead City. Dahinter standen die schroffen, treffend benannten Black Mountains.

Wir kamen spät zurück. Es war ein recht informativer, lustiger Tag gewesen. Ich hatte schon lange nicht mehr Tourist gespielt. War prima. Es verdrängte die Gedanken an Schuld und Sühne, an den Tod.
Als wir heimkehrten, saß Misty mit vier außerordentlich hübschen Damen beim Abendessen. Die jungen Frauen sprangen auf und liefen zu Winston, der sie lachend abwehrte. Offenbar war man gut bekannt. Er stellte uns vor, während mich eine böse Ahnung beschlich. Ging hier alles mit rechten, legalen Dingen zu? Oder war meine neue Freundin etwa eine Puffmutter?

17 Puff

Die Antwort ließ nicht lange auf sich warten. Wir saßen und erzählten, als die Türglocke schellte. Karl kam in die Küche zurück und schickte zwei der Damen mit einem Kopfnicken hinaus. Die beiden gingen vergnügt los, und Misty schaute mich etwas besorgt an. Ich stand auf und fragte, ob sie auf einen Spaziergang mitkomme. Sie kam.

»Hör mal, Darling, ehe du dir irgendwas ausdenkst – klar verdienen die Kleinen«, fiel sie sofort mit der Tür ins Haus. »Aber ich bin keine Puffmutter. Winston und ich vermieten nur Zimmer, und das ist völlig legal. Prostitution übrigens auch, hier in Nevada, aber davon abgesehen – ich habe damit nichts zu tun.«

»Ich hätte dir nicht zugetraut, mir so einen Scheißdreck zu erzählen«, machte ich meinen Frust stocksauer Luft. »Wie kannst du sagen, du hast damit nichts zu tun? Puffmütter auf der ganzen Welt vermieten ›nur‹ Zimmer an Frauen, stündlich oder längerfristig. Kommerzvögeln ist nun mal Hurerei, und wer das ermöglicht und überwacht, ist eine Puffmutter. Oder ein Zuhälter«, fiel mir noch ein.

»Nein, das siehst du falsch.« Sie musste erklären. Sie hielt mich also am Ärmel fest, während sie auf mich einredete. »Du meinst doch nicht, dass junge Frauen Nonnen sind. Die haben alle irgendwas mit irgendeinem Kerl, und oft genug ist es schwierig, dafür ein Zimmer zu bekommen. Und immer im Auto ist ja auch nichts. Da leidet der Rücken wer weiß wie, und im

Winter ist es kalt. Kann man doch ein paar Dollar nebenher verdienen, indem man saubere, hübsche Zimmer vermietet und aufpasst, dass keiner verrückt spielt. Das machen wir, und das ist eine ganz legitime, sogar lobenswerte Sache.« Sie holte kaum Luft, so überzeugt war sie von ihrer Philanthropie. »Denn so haben die jungen Dinger immer jemanden, der sie berät und mit dem sie sich aussprechen können. Und es ist sauber und hübsch. Mach dir nur keine Sorgen, Schatz. Außerdem arbeite ich ja nicht mit. Und treu bin ich dir auch.« Sie hatte einen Augenaufschlag, der alles übertraf, was ich in dieser Richtung je gesehen habe. Trotzdem war's Bullshit. Puff ist Puff, und Puffmutter lässt sich nicht schönreden. Das sagte ich ihr.
»Na gut, dann bin ich eben eine Puffmutter. Na und? Andere werden zur Hure, wenn sie einen reichen alten Sack heiraten, meine machen's scheibchenweise. So ist das nun mal.« Sie war beleidigt.
»Und die Akademie? Da lernt man doch nicht tanzen, oder?« Aber da explodierte sie. »Das sind meine Schülerinnen, alle. Die lernen, was ich denen beibringen kann, und sie lernen's gern. Meine Elevinnen sind an den bekanntesten Cabarets der Welt, mein Lieber, und einige verdienen mehr als Ärzte und Rechtsanwälte. Sage mir ja nichts gegen die Akademie!«, drohte sie.
»Und die zahlen für ihre Wohnanhänger auch Miete, was? Oder ist das Teil der Ausbildung?«
Sie blieb stehen. »Meine Schülerinnen kommen aus allen möglichen Verhältnissen. Die meisten sind alles andere als wohlhabend. Die bewerben sich, und wer Talent hat, wird zugelassen. Wenn sie nicht zahlen können, dann setzen wir uns hin und unterhalten uns. Klar sage ich denen, wie sie ihr Tanzstudium finanzieren können. Und wer das nicht will und echtes

Talent hat, die kann bei mir im Haus wohnen und sich neben dem Studium mit Büro- oder Hausarbeiten die Ausbildung verdienen. Ist oft genug geschehen. Und wird ab nächstem Monat wieder bei zwei Neuen so sein. Denn ich leite keinen Puff, sondern eine anerkannte, einzigartige Tanzakademie.« Sie begann zu weinen. Natürlich verflog mein Spott, meine Wut. Ich nahm sie in den Arm und wiegte sie, bis sie sich beruhigt hatte.

»Geht mich im Prinzip auch nichts an. Ich dachte nur, ich frage mal. Und du hast mir's ja ohne weiteres erzählt.«

Ich gab ihr einen Kuss auf die tränenfeuchte Wange, hakte sie unter und ging mit ihr die Straße hoch.

»Was halten eigentlich die Nachbarn von deiner ›Pension‹?«

»Na, manche sind nicht glücklich. Aber Karl spricht mit ihnen, und er sorgt ja auch dafür, dass alles ruhig bleibt. Im Prinzip meckern die nur, weil sie wegen ihrer Freunde und Bekannten meckern müssen. Das macht sich am Sonntag gut in der Kirche. Und auf dem Golfplatz linsen sie immer, ob sich nicht gerade eines meiner Mädchen an-, aus- oder umzieht. Die alten Säcke mit ihren karierten Golfhosen, in denen sich schon lange nichts mehr rührt, Karo oder nicht.« Sie grinste wieder.

Außerdem, wie kam ich dazu, richten zu wollen? Ich hatte ja nun weiß Gott genügend Mist gemacht, und die Scheiße, in der ich jetzt steckte, war auch alles andere als moralisch einwandfrei abgelaufen. Von den Plänen, die Rick und ich geschmiedet hatten, ganz zu schweigen. War eben nur eine Überraschung. Ich hätte nicht gedacht, dass ich mich so schnell im Puffmilieu wiederfinden würde.

Der Abend war wunderschön – die Tageshitze verflogen, vom Kasinoviertel her strahlte buntes Neon, was der ganzen Stadt einen sauberen Glanz verlieh, und die Golffanatiker hatten ihre Links beleuchtet, damit niemand bei Anbruch der Dunkelheit schon nach Hause musste. Die Unentwegten schleppten sich von Loch zu Loch, was gewisse Parallelen zu Mistys Betrieb bot, die Verbissenen rasten mit ihren Elektrocabrios von Schlag zu Schlag, und die Dreier- und Vierergruppen der Gelegenheitsspieler fanden es an der Zeit, die Flachmänner herauszuholen. Interessant. Ich hatte mich noch nie lange auf Golfplätzen aufgehalten. War mal was Neues. Bisher kannte ich den Betrieb lediglich vom Golfplatz hinter meiner Mobilbude in Striker, und mit denen hatte ich nur Ärger, seit sie da sind. Seit fünf oder sechs Jahren und schon vor dem ersten Spatenstich hatten sie versucht, mich aus meiner Bude zu ekeln. Ich konnte mit den Geschniegelten einfach nicht, und ich wollte auch nicht. Pack, eingebildetes. Die ersten Jahre war die Hecke, die sie gepflanzt hatten, noch ziemlich niedrig, und ich konnte von meinem Wohnzimmerfenster zum Golfplatz rüberschauen. Aber seit die Büsche ausgewachsen waren, konnte ich nichts mehr sehen, und seit sie auf ihrer Seite der Grundstücksgrenze einen Drahtzaun gezogen hatten, konnte ich auch nicht mehr einfach mit meiner Decke und einem Buch auf ihren Rasen und mich sonnen. Deshalb das Loch im Zaun. War nicht schwierig – eine scharfe Zange und zehn Minuten Anstrengung. Die Büsche verdeckten das Loch, also wussten die Obergolfer nichts davon. Aber der Spaß war futsch – seit einiger Zeit hatte ich das Loch nur als Abkürzung nach Pismo benutzt.

Wir gingen untergehakt die Straße entlang, bis wir zum Clubgebäude kamen. »Wollen wir auf einen Drink reingehen?«, wollte Misty wissen. Da sage ich nicht nein. Also spazierten wir durchs Foyer des noblen Vereins, immer den aufgemalten, fingerzeigenden Händen nach, auf deren Handgelenk BAR stand. Als wir die Kneipe betraten, sackte die Temperatur des Raumes schlagartig in Richtung Vereisung ab. Einige der Herren sahen uns so böse an, dass ich Misty ins Ohr flüsterte, ob wir vielleicht lieber umkehren sollten, aber das kam nicht in Frage. Im Gegenteil. Sie spazierte freundlich grüßend durch das Trinkerspalier, ich hinterher. Wir setzten uns an die Bar und bestellten Bier.

»Zwei Bier. Kommt sofort«, nuschelte der uralte Keeper und lächelte verbindlich. Entweder war er schon so senil, dass ihm nichts auffiel, oder der Opa war echt locker. Als er uns das Bier hinstellte, wünschte er uns in die Stille hinein mit überlauter Stimme Cheers. Wir dankten und tranken. Da begann die Konversation wieder, als sei nichts gewesen.

»Ist immer so«, sagte sie. »Die müssen einfach zeigen, dass sie ehrbare Bürger sind. Siehst du den da drüben, den im Nadelstreifen?« Sie deutete mit den Augen auf einen Weißhaarigen, der betont wegschaute. »Der hat uns einen Scheck über vierhundert Dollar gegeben, der gestern von seiner Bank wegen mangelnder Deckung zurückkam. Meinst du, der hält das Maul und schämt sich? Kein bisschen. Wenn ich den darauf anspreche, behauptet der noch frech, den Scheck wegen Unsittlichkeit gesperrt zu haben. So sind sie. Da muss man sich gar nicht aufregen.« Ihr schmeckte das Bier. Warum nicht, dachte ich, und bestellte gleich noch mal zwei.

Wir verbrachten den Rest des Abends in trauter Zweisamkeit. Ihre »Pension« war nicht so ein Taubenschlag, wie ich befürchtet hatte. Sehr dezent läutete gelegentlich das Türglöckchen, jemand wurde begrüßt, ein Paar stieg die Treppe hoch, und eine Tür wurde geöffnet und wieder geschlossen. Mehr hörten wir nicht. Sie habe nur vier Zimmer vermietet, meinte Misty in einer unserer Pausen, weshalb das Haus ein recht ruhiger Betrieb sei. Außerdem lege sie Wert auf Qualität, wie ich ja schon anhand der Damen festgestellt hätte, und wolle keine Massen-

abfertigung. Sie seien nicht billig, aber dafür dezent und verschwiegen. Ich ließ das unkommentiert.
Am Mittwoch frühstückten wir, und dann fuhr ich mit Winston nach Needles. Vierzig Meilen auf einer kaum instand gehaltenen Straße – kein Wunder, denn sie führte in den jeweils anderen Staat, was der Straßenbehörde Nevadas wie der Kaliforniens die willkommene Gelegenheit gab, ihren Erhalt dem Steuerzahler des Nachbarstaates unterzuschieben.
Wir würden für mich ein Auto kaufen. Misty bestand darauf. Sie wollte auf keinen Fall, dass ich mein Motorrad benutze, sie wollte nicht, dass ich von meinen eigenen paar Dollar irgendeine Krücke kaufe, und sie verlangte, dass Winston mir das Richtige aussucht. Sie würde bezahlen, und dafür würde es ihr gehören, sie könnte es abschreiben. Allerdings würde es auf mich zugelassen werden – ihre Firma funktionierte nur als Kreditgeber. So vermied sie, dass jemand auf unser enges Verhältnis schließen und unangemeldet auftauchen konnte. Was mir nur recht war.
Wir verbrachten den Vormittag auf Gebrauchtwagenplätzen. Sagenhaft, welches Sortiment Schrott noch Überlebenschancen hat, wenn es in der Wüste steht und Leuten angeboten wird, die ohnehin kein Geld haben und deren miese Jobs in dieser Hölle kaum entlohnt werden. Wir einigten uns auf einen alten, aber gut erhaltenen Cadillac. War ohnehin meine Marke, trotz des plötzlichen, schrecklichen Endes meines wunderhübschen Cabrios. Dieser Wagen war ein schwarzer 1985er Seville, der mit dem Rolls-Look, dem eingetreten aussehenden Kofferraumdeckel, vier Türen und einem sehr zuverlässigen 5,2-Liter-Achtzylinder. Ein hübscher, mit rotem Leder und dunkel getönten Scheiben ringsum. Wie für mich gemacht. Auffallend, aber nicht allzu sehr. Wer so was fuhr, der hatte

Ambitionen, aber keine Kohle. Winston zahlte dreitausend für das Auto, was mir ausgesprochen preiswert schien.
Ich folgte ihm über den Hoppel-Highway zurück nach Laughlin. Die Mühle wurde von den Hausbewohnern bestaunt, und dann fuhr ich weiter, glücklich mit meinem neuen Satz Rädern, dem Komfort und der herrlich satten Überheblichkeit. Oben, auf dem Bergrücken, klappte der Empfang, und ich telefonierte.
Rick hatte sich wohl gleich an die Arbeit gemacht, denn er sagte, dass alles in die Wege geleitet sei und die ersten Früchte schon im Korb lagen. »Ich mach's, wie wir besprochen haben. Alles in den großen Topf, und von dort aus werden die besten Stücke rausgesucht und aufgehoben. Hattest übrigens recht mit deiner Profitschätzung – nach dem, was ich bisher erfahren habe, könntest du sogar noch drunter liegen. Hat alles prima geklappt. Und ist nun von hier aus zu steuern – das hatte mir zwar noch Sorgen gemacht, aber es ging wie geschmiert.«
Also gut. Er hatte die Telefonleitungen der Kneipe angezapft, hatte Verbindungen zu seinem Computer hergestellt, um Überwachung und Mitschnitt in Ruhe erledigen zu können, und hatte schon die ersten brauchbaren Ergebnisse. Ich war zufrieden. Denn meine Bedenken gegen die Hinzuziehung eines Typen, den ich im Prinzip seit zwanzig Jahren nicht mehr kannte, hatten mich nicht ganz verlassen. Aber Habgier ist eben doch ein großer Motivator – Rick hatte Blut geleckt und erfahren, dass da richtig was zu holen war.
Ich hatte meinen neuen Computer noch nicht aufgestellt, aber ich würde ihm eine E-Mail-Anschrift zuschicken, sobald ich sie hatte. Er wusste nicht, wo ich war, doch er warnte mich noch wegen eines digitalen Internetanschlusses; die waren auf dem Land noch so rar, dass man sie problemlos zur Quelle zurückverfolgen konnte. Ich dankte ihm – das hatte ich befürchtet. Ei-

gentlich war mir ein drahtloser Anschluss sowieso am liebsten, und den würde ich mir über die gewaltige AT&T besorgen, den ehemaligen Telefonmonopolisten. Da war die Anonymität noch am ehesten gewährleistet. Alles andere war mir im Moment zu offen, zeigte direkt auf meinen Standort. Der Experte gab mir recht.

Und dann rief ich in Julies Büro an. Der Besen, der bei der Zulassungsstelle das Telefon beantwortete, zischte nur, sie sei nicht da, und legte auf. Was mich auf die Palme brachte. Ich drückte also den Wiederwahlknopf, und als sie noch mal dranging, pfiff ich sie an. Von wegen Steuerzahler und so, was sie nicht im Geringsten beeindruckte. »Fräulein José de Jesus ist diese Woche noch nicht zur Arbeit gekommen«, flötete sie, »und sie hat auch noch nicht angerufen, um uns mitzuteilen, welcher Notfall diesmal ihre Anwesenheit verlangt. Also kann sie wohl kaum ans Telefon kommen.« Und knallte den Hörer auf die Gabel.

Na ja, wenn's so ist. Ich rief bei Julie zu Hause an, aber da war nur der Anrufbeantworter dran, und dem wollte ich nichts erzählen. Rick hätte mich wissen lassen, wenn ihr etwas zugestoßen wäre.

Also fuhr ich weiter. So ein schönes Auto. Ich fuhr einfach in die Wüste, blieb gute drei Stunden auf dem Highway und kam am Ende eines großen Kreises irgendwann am Spätnachmittag zum Davis Dam. Ich hielt an, stieg aus, ging über den Parkplatz zum Lake Mojave hinunter, den der abermals gestaute Colorado River hier bildet, und saß am Ufer. Der Tag war ideal. Sonne, keine Wolke, wenig Verkehr für diese Jahreszeit, und aus dem Norden blies eine leichte Brise, die etwas Abkühlung brachte. Boote waren auf dem See, Familien hatten auf dem Campingplatz nebenan Zelte aufgeschlagen, und ein paar

Radios, alle denselben Countrymusiksender eingestellt, verscheuchten die Vögel.
Ich hatte die letzten Tage über meine Situation, über mein Leben, nachgedacht und war zu keinem Ergebnis gekommen. Ich fühlte mich wie auf einem Plateau. Da war es nun, mein Dasein, vor mir ausgepackt und auf dem Boden ausgebreitet. Keine nennenswerte Habe, keinen Beruf, mit dem ich etwas anfangen konnte. Kein Einkommen, weil die Sendung kaputt und die Show mit Dickies Tod erloschen war. Zum Glück hatte ich keine Familie, aber auch keine Aussicht auf eine friedliche, sorgenfreie Zukunft – selbst wenn unser Plan klappte, würde ich zeitlebens über die Schulter schauen müssen. Und nun noch eine Freundin, deren Beruf das Vermitteln von Quickies war. Andererseits hatte ich schon seit einiger Zeit keine Langeweile mehr. Und wenn ich eine Lebensdauer anstrebte, die sich nach Jahren statt Tagen messen ließ, würde ich automatisch wohlhabend. Denn wenn ich mir die Geier vom Hals schaffen wollte, würde ich mir ihr Geld aneignen müssen. So war das nun mal. Ohne das eine gab es das andere nicht – das ging Hand in Hand. Was, bei Licht betrachtet, recht positiv war.
Ich saß also da und dachte. Keine einfache Sache, wie man weiß. Sonst würde man das viel öfter tun. Nicht nur, wenn's klemmt.
Um halb acht war ich wieder im Puff. Na ja, zu Hause. Misty war ganz aufgeregt – ich hatte vom Lake Mohave aus angerufen und sie beruhigt, dass alles klar sei, was sie »sagenhaft« fand, da ich an sie denke. Wir aßen und gingen anschließend wieder spazieren. Allerdings hatte ich heute keine Lust, die Golfer-Spießrute noch mal zu laufen. Also marschierten wir übers Feld, folgten der Flussbiegung und schlenderten langsam wieder zurück. Sie wollte unbedingt nachher noch ins Casino und

ein bisschen spielen. Ich hatte dazu überhaupt keine Lust, versprach aber, mitzukommen.
Während wir am Flussufer entlangspazierten, erzählte sie aus ihrem Leben. Sie stammte aus Kansas, aus einer Kleinstadt. Vater Friseur, Mutter Hausfrau, Misty Einzelkind. Was drei Jahre klappte, bis sich der Friseur sagte, dass am Leben mehr dran sein muss, und sich mit einer Kollegin absetzte. Über Nacht. Sie hörten nie wieder von ihm, allerdings viel später über ihn. Die Mutter bekochte daraufhin den ersten einer ganzen Reihe von Witwern, muckte nicht auf, wenn der jeweilige Herr mehr wollte als nur regelmäßige Mahlzeiten und gebügelte Hemden, und sagte auch nichts, als Misty allmählich mit Hand anlegen musste. Im zarten Alter von zwölf.
Sie brannte mit vierzehn durch. Nicht etwa allein, sondern mit ihrem Englischlehrer. Bei dem hatte sie, wie sich's herausstellte, nicht nur die Schulbank gedrückt. Die zwei wurden nach einer Woche im Nachbarstaat Missouri gefasst. Der Lehrer wurde wegen der strafverschärfenden Verschleppung einer Minderjährigen über die Staatsgrenze zum Zwecke der unerlaubten sexuellen Handlung zu zwanzig Jährchen im Horrorknast Leavenworth verdonnert – eine lange Zeit, die er allerdings dadurch erheblich abkürzte, dass er nach wiederholter Vergewaltigung durch die Zellengenossen seine Bettdecke in feine Streifen zerriss, zu einem langen Zopf flocht und sich damit an den äußerst stabilen Gitterstäben des winzigen Zellenfensters aufhängte. Klar war, dass ihn einer hochgehoben haben muss, aber seine fünf Bettnachbarn hatten fest geschlafen, als sich die Tragödie abspielte. Also verlief die entsprechende Untersuchung im Sand. Die missbrauchte Misty wurde ihrer Mutter und deren derzeitigem Arbeitgeber zurückgegeben, was sie veranlasste, sofort wieder abzuhauen. Diesmal mit einem

Reisenden in Friseurbedarf, wodurch sich der Kreis einigermaßen schloss. Der Vertreter kannte nämlich den Herrn Erzeuger meiner Misty, wollte aber nicht unbedingt preisgeben, wo dieser sich zur Zeit aufhielt. Vermutlich, weil er wusste, dass er dann nichts Kindliches mehr zu mausen hatte. Also ließ sie ihn in Albuquerque sitzen und reiste allein weiter. Der ausgestreckte Kinderdaumen an der damals stark befahrenen Route 66 brachte ihr die Bekanntschaft eines kinderlosen Ehepaares aus Kalifornien. Zu denen stieg sie ein und bei denen blieb sie. Als Tochter. Machte Showbusiness-Karriere und kehrte immer wieder zur Ranch zurück, die ihre Wahleltern in der Wüste mehr schlecht als recht bewirtschafteten. Und als die beiden bei einem Flugzeugabsturz ums Leben kamen, erbte sie die Ranch. Sie hatte eine profitable Karriere als Tänzerin hinter sich, war von Haus aus zum Sparen geneigt, hatte also einiges auf die hohe Kante gelegt, war ein gutes Stück über dreißig Jahre alt und nicht gewillt, gleichermaßen und zusammenhängend Karriere und Busen absacken zu sehen. Also hörte sie auf und gründete ihre Tanzakademie.

Ich verstand nur zu gut, warum sie sich über ihre Geschäfte keine großen Sorgen machte. Nach einer solchen Kindheit darf man keine Moralapostel erwarten. Ich schämte mich dafür, dass ich sie insgeheim verachtet hatte. Und hielt sie ganz fest.

Das Kasino im Desert Hideout Resort war gerammelt voll, als wir um halb elf durch die Drehtür kamen. Überall blitzte, blinkte und leuchtete es, überall rasselte und klingelte es, und einige der Spieler machten den Eindruck, als seien sie bis unter die Haarwurzeln voller Kokain. So flatterhaft, so nervös flippten sie vor den Automaten herum, dass ich überzeugt war, hier jede Menge Drogenkonsumenten bei der Arbeit zu sehen. Ein Geklappere, dass man taub werden konnte. Und was mich als

Kalifornier am meisten störte, war der Zigarettenrauch in der Bude. Schwaden zogen durch die Reihen der Einarmigen Banditen, machten zwischen Zockern und der Zimmerdecke ihr eigenes Wetter und stanken gottserbärmlich. Bei uns darf ja schon seit Jahren nicht mehr in öffentlichen Gebäuden geraucht werden, und selbst langjährige Ehemalige wie ich haben sich an die frische Luft und den sauberen Geruch in Bars und Spielhöllen gewöhnt. Aber hier durfte jeder nach Herzenslust qualmen, und mir wurde fast schlecht. Sie rochen alle nach Verwesung, und viele sahen verdammt danach aus.

Die Bakkarat-Tische waren von Senioren umringt, Rentner fütterten Automaten, die Pokerspieler sahen alle aus, als hätten sie Paris befreit, und selbst die Roulette-Tische hätten im Altenheim stehen können. Ich kam mir unmündig vor. Misty wirkte deplatziert – wie ein Kind zwischen Erwachsenen.

Sie stellte sich an einen der Craps-Tische und setzte einen Fünfer. Würfeln war noch nie mein Ding, also schaute ich eine Weile zu, und als sie einen kleinen Gewinn einstrich und sich übermäßig freute, ging ich zu den Automaten. Sie spielte weiter, und ich warf eine Vierteldollarmünze in den nächsten Einarmigen Banditen, der doch tatsächlich hundertvierzig Dollar ausspuckte. Ich traute meinen Augen nicht. Misty lachte und winkte, verließ aber ihren Platz am Würfeltisch nicht.

Ich ließ mir ein Bier geben und spielte weiter. Verblüffend, wie auch ein eingefleischter Nichtspieler wie ich auf einmal zum Junkie werden kann. Ich fütterte und fütterte, hatte schon gute zwei Drittel meiner vielen Quarters wieder verspielt, als ich noch mal einen Treffer hatte. Diesmal hupte und klingelte das Ding nur. Volk strömte zu mir her, mein Einarmiger Bandit leuchtete und pfiff, was das Zeug hielt, und zwei Gorillas in Armani-Anzügen kamen mit einem dünnen Männchen an und stellten sich zu beiden Seiten des Automaten auf. Der Dürre gratulierte mir – man wolle nur kurz nachschauen, ob auch alles in Ordnung sei, und dann würde er mich bitten, mit ihm zur Kasse zu gehen, damit ich meinen Gewinn abholen könne. »Wie viel ist es denn?«, wollte ich wissen, aber das Herrchen hatte schon den Kopf in der Maschine, die einer der Gorillas aufgeschlossen hatte. Die beiden Armanis standen herum und guckten böse, der Buchhaltertyp prüfte hier und öffnete dort etwas, und dann schloss er das leuchtende Ding wieder zu – und plötzlich fing es wieder an zu gellen, flackerte in allen Farben und blinkte: 5000. »Dollar?«, fragte ich. »Ja, sicher«, meinte das Männchen eher gelangweilt. »Fünf Mille. Wenn Sie mitkommen, gebe ich Ihnen einen Scheck, und wir machen ein Foto von Ihnen.« Hoppla. Nichts da. Kein Foto. Er wurde pampig, als ich ablehnte. Das sei Teil des Vertrages, den ich stillschweigend durch meine Teilnahme am Spiel mit dem Kasino geschlossen habe. Und ohne Bild kein Geld.

Misty war herangekommen, und sie wusste Abhilfe. »Mach ein Foto von mir mit der Kohle. Ich bin eh schöner als er«, meinte sie, und das Männlein war zufrieden. Also holten wir den Gewinn, Misty ließ sich mit übergroßem Scheck, den beiden Brechern und dem Buchhalter fotografieren, und ich kam aus dem Staunen nicht mehr raus.

»Fünf Mille, stell dir vor.« Aber Misty war nicht sonderlich beeindruckt. Davon, dass ich gewonnen hatte, schon, aber nicht von der Zahl. »Für mich ist das ein Vermögen«, sagte ich zu ihr. »Du weißt, dass ich fast blank bin. Und von dir will ich nicht dauernd was nehmen.«

»Und warum nicht? Dir ist mein Geld wohl nicht sauber genug, was? Hast du doch was zu meckern über mein Geschäft?« Sie war wieder mal auf hundert. Nee, nee, nur will ich lieber mein eigenes Geld, was sie am Ende auch verstand. Sie wollte weiterzocken, aber ich war fürs Heimgehen. Zumal sich das unverhoffte Glück auf meine Libido durchschlug. Als ich ihr das sagte, nahm sie ihren Gewinn vom Tisch, warf dem Spielleiter ein paar bunte Jetons zu und hakte sich bei mir unter. Schöner Abend!

18 Sammy

Mein unverschämtes Glück wurde mir erst am Donnerstagmorgen richtig bewusst. Was für ein Schwein ich hatte! Obwohl Misty nicht begeistert war. Ihr wäre lieber gewesen, ich hätte mich weiterhin von ihr aushalten lassen, glaube ich.

Jedenfalls brachte sie den Scheck zu ihrer Bank und holte mir dafür Bares, das ich einsteckte und sie einlud, mit mir nach Needles zu fahren. Ich wollte mit der Kohle einen schönen Laptop kaufen, was sie auch sehr vernünftig fand. Aber Winston hatte eine bessere Idee. »Fahrt doch mit dem Schnellboot nach Lake Havasu. Da sind ein paar riesige Elektroniksupermärkte, wo ihr den Laptop erheblich billiger bekommt und wo sich niemand an dich erinnern kann, zumal du ja bar zahlst. Bei dem Trubel dort unten bist du in zehn Minuten vergessen, während sie sich in einem Kaff wie Needles noch nach Jahren an dich erinnern.« Stimmt, deshalb hatte ja auch er den Caddy gekauft und auf Misty zugelassen. Ich war nur der »sachkundige Freund«, den jeder Gebrauchtwagenkäufer mit anschleppt.

Wir stiegen also beim Pioneer Casino aufs Schnellboot und waren anderthalb Stunden später in Havasu. Sechzig Meilen Colorado River – hüfttief, breit und umwerfend schön. An Needles vorbei, das vom Fluss aus noch bedürftiger aussah als von der Straße, durch die Topock Gorge, deren dunkle Steilwände dem Colorado eine Wespentaille verpassen, durch die liebliche

Landschaft der Sonoran Desert, und schließlich wurden wir von den kabbeligen Wellen des Lake Havasu gründlich durchgeschüttelt. Wir legten direkt vor der London Bridge an, vor der echten Brücke aus dem »London Bridge is falling down«-Kinderreim, die der Erbauer der Stadt Lake Havasu seinen britischen Kollegen abkaufte, abreißen ließ und hier in der Wüste wieder original aufbaute. Auf Sand und trockenem Wüstenboden. Und als die London Bridge wieder komplett war, baggerte der Millionär eine brückenbreite Rinne vom Colorado River, der fortan den Kanal speiste, der Brücke die Daseinsberechtigung gab und dessen Wasser anschließend wieder in den Colorado floss. Lauter Verrückte in der abtrünnigen Kolonie, werden sich die Engländer gedacht haben, lauter Spinner, aber als der Ami sein spottbillig gekauftes Wüstenareal als Ufergrundstücke »with a view of London Bridge« mit gewaltigem Gewinn verscherbelt hatte, lachte er am lautesten. Und recht anhaltend, stelle ich mir vor.

Wir verbrachten den Tag in Lake Havasu. Wo vor wenigen Jahren nur eine Brücke stand, stehen heute Häuser für fünfzigtausend Menschen. Der Ort ist bei Ruheständlern, Wassersportlern und Ganzjahrestouristen so beliebt, dass jährlich eine Million Besucher kommen. Und das, obwohl die durchschnittliche Tageshöchsttemperatur im Juni bei 44 Grad Celsius liegt, Juli und August noch heißer sind und erst der September wieder auf fast erträgliche 42 Grad zurückgeht. Zum Glück ist es staubtrockene Hitze. Feuchtigkeit würde die Leute garen.

Mir gefiel diese flippige Stadt, die aus dem Nichts entstanden war. So was mag ich, solch große Träume, die dann auch noch wahr werden. Als wir über den See donnerten, schaute ich zurück und staunte, dass dort eine Brücke stand, die in London groß geworden ist. Sachen gibt's!

Karl hatte eine zusätzliche Telefonleitung aktivieren lassen. Ich schloss meinen Computer an und legte erst mal wieder los. Information ist alles. Was haben wir nur ohne Internet gemacht? Ich surfte einige Stunden, las wieder mal meine heimatlichen Tageszeitungen, die alle mit einer Ausgabe im Web sind. Und dort erfuhr ich, dass Curt gefunden worden war. Als sein Motorboot auf hoher See treibend entdeckt und umgedreht wurde, kam Curtie zum Vorschein. Angeknabbert, kaum erkennbar, saß er auf seinen Fahrersitz geschnallt. Konnte sich wohl nicht retten, als das Boot umkippte. Meinte der Zeitungsschreiber. Jede Wette, dass irgendwo in Curt ein großkalibriges Stück Blei steckte.

Sie hatten ihn tags zuvor, am Mittwoch, begraben.

Mir war nach einem Bier, damit meine Hände nicht so zitterten. Das erste trank ich in der Küche, das zweite und dritte auch. Danach war mir wohler.

Ich konnte nichts machen. Ich konnte nicht mal die Vorzimmer-Florence im Sender anrufen und fragen – sie hielt mich auch für tot, und wenn sie jetzt von mir hört, ruft sie sofort die Bullen an. Zum Verzweifeln. Andererseits hätte ich auch nichts Neues erfahren können. Dass Curt tot war, dass er nie wieder kleine Blondinen in Supermärkten anmachen würde, war Tatsache. Alles andere war Spekulation. Wer, wie, warum – ich konnte mir zwar meinen Teil denken, aber kein Cop würde auch nur zuhören, bis ich fertig spekuliert hatte. Also lassen wir's.

Curtie tat mir wahnsinnig leid.

Ich machte mich an den Laptop, wegen der Ablenkung und weil ich mir mit ihm Freiheit erkaufte. Bewegungsfreiheit, die Möglichkeit, überall mit den Leuten in Verbindung zu sein, die ich gerade brauchte.

Für meinen neuen Laptop hatte ich den Drahtlos-Adapter gekauft, und den baute ich erst mal ein. Dann probierte ich das Ding aus. Wahnsinn. Übers Handy wurde eingewählt, der Internetanschluss funktionierte genau wie bei der herkömmlichen Telefonverbindung, nur erheblich langsamer. Egal. Ich brauchte es hauptsächlich für E-Mails. Damit war ich wirklich so frei und so unauffindbar wie möglich. Was mir doch sehr am Herzen lag. Ich schrieb offline eine Nachricht an Rick, klinkte mich ins drahtlose Netz ein und schickte die Mail los. Zwei Minuten später hatte ich seine Antwort. Klasse.

Ich wechselte wieder zu meinem fest verdrahteten Kraftprotz-Computer, legte meine Notizen hin und begann, mich zu informieren. Erst mal wollte ich herausbekommen, was der Restaurantbetreiber im Santa Maria Valley für einer war. Also tippte ich »Stage Coach Inn« in die Suchmaschine und setzte noch ein +Santa Maria dazu. Siebenundzwanzig Seiten wurden angezeigt. Ich begann mit der ersten und arbeitete mich bis zur letzten durch.

Die Kneipe war wirklich edel. Zwar nicht mein Stil – zu nobel –, aber schick. Ich las einige arschkriecherische Kritiken aus der Los Angeles Times ebenso wie aus dem New Yorker und dem Societyblatt Conde Nast Traveler. Die Edelkneipe hatte ihr Menü ins Internet gestellt, mit dem Zusatz, dass elektronische Tischbestellungen vorrangig behandelt würden. Über das Besitzerehepaar Moreno gab es eine aufschlussreiche Story. Aus kleinen Anfängen, schrieb die »Wine and Gourmet«, hatten Jeff und Suzanne Moreno eines der besten kalifornischen Restaurants geschaffen. Mit vorzüglicher Küche, Wein aus eigenem Anbau und einer Lage, deren Attraktivität nichts zu wünschen übrig lasse. Der Autor war des Lobes voll; das Traktätchen las sich, als habe Jeff das Kochen erfunden.

Kein Wort über den Nebenerwerb auf dem Hof. Ich suchte unter »Jeff Moreno Santa Barbara« und fand eine wahre Goldgrube. Der Küchenmeister hatte offenbar ein einträgliches Hobby: Er gründete Firmen. Allein im Handelsregister des Landkreises Santa Barbara waren sechs verschiedene Firmen eingetragen, bei deren Gründung oder Führung Jeff eine Rolle spielte. Aufschlussreiche Einzelheiten waren auf dem Bildschirm zu erfahren. Man muss wirklich nur suchen. Vom Weinanbau und dem Gaststättenbetrieb, inzwischen bekannt, über eine Immobilienfirma und ein Transportunternehmen bis hin zur Pfandleihe reichten die Interessen dieses Gastronomen. Und natürlich die Dachfirma, die Betreiberfirma, die sich zur Aufgabe machte, Tochterfirmen zu gründen und zu leiten. Da war alles möglich. So unübersichtlich, wie das Imperium auch auf den zweiten Blick erschien, eigneten sich die zahlreichen Geschäfte vorzüglich als Geldvermehrungs- und Geldwaschanlagen.
Ich blieb gute vier Stunden dran, fand aber sonst nichts Aufregendes. Ein paar Links, die zu Geschäftsfreunden der Morenos führten, deren Handels- und Industriebetriebe; ganz interessant, aber im Prinzip nur was für Betriebswirte, die sich an solchen Verästelungen aufgeilen. Ich sah ein, dass meine Möglichkeiten erschöpft waren. Also kopierte ich die wichtigsten Webadressen und schickte sie über meinen Drahtlos-Server an Rick. Dann ging ich ins Bett, sehr zur Freude meiner Buhle, die das schon seit Stunden forderte.
Ich weiß nicht, aber ich glaube, ich werde alt. Ich kann zwar noch – sogar auf Kommando, wenn's denn sein muss –, aber ich spürte zwischendurch ein Abschlaffen, das mir neu war. Wird sich doch nicht der gefürchtete Altershänger einstellen? Ich stellte mich müder, als ich war, und drehte mich auf die Seite. Minuten später war ich tatsächlich eingeschlafen.

Am nächsten Vormittag rief ich wieder an. Rick hatte mir eine Telefonnummer gegeben, unter der ich ihn tagsüber direkt erreichen konnte. Er war bei der Arbeit, hing vermutlich irgendwo an einem Telefonleitungsmasten und beantwortete sein Prüftelefon.
»Kannst du mich am selben Ort treffen? Genau wie letztes Mal, ohne die Ausflüge? Ich lasse dich wieder abholen. Diesmal nicht vom gleichen Typ, der seinen Weg zum Auto nicht findet.«
Er verstand. »Klar – gleicher Wochentag?«
»Genau. Bis dann.«
Keine zwanzig Sekunden. Auch wenn jemand mitgehört hat, blieb keine Zeit, das Gespräch zurückzuverfolgen.
Also hakte ich das ab, duschte ausgiebig und ging dann hinunter zum späten Frühstück.
»Dass du auch schon wach bist.« Sie hatte wohl ihre sarkastischen fünf Minuten. Ich nickte in die Runde, staunte unauffällig über die verdammt hübschen Frauen, die fast nackt am Tisch saßen, und schimpfte mich einen undankbaren Sack wegen des für Misty unfairen Vergleiches. Sarkasmus oder nicht, sie bekam von mir einen Gattenschmatz, was die working girls erfreute. »Shit, Misty, du hast immer Glück! Warum kann ich nicht so einen finden?«
»Weil ich ihn schon habe. Und das ist gut so. Ihr seid alle zu jung für ihn. Der braucht so was wie mich.« Recht hatte sie. Ich wäre mit jeder der vier Untermieterinnen überfordert.
Es gab Eier und Speck, Cornflakes, die ich auf den Tod nicht leiden kann, Pfannkuchen und echten Ahornsirup, Melone und Kirschen. Mein lieber Mann.
»Mensch, Misty, wie soll ich da meine mädchenhafte Figur behalten?«, fragte ich angesichts der Fülle. Sie grinste und bog den

kleinen Finger der rechten Hand bananenförmig nach unten. Die Damen lachten schallend los, und ich hätte eigentlich eingeschnappt sein sollen. Hat sie's doch gemerkt! Aber sie sah so lustig aus, wie sie den Finger traurig herunterhängen ließ, dass ich spontan losprustete. Und mit beiden Zeigefingern meine Mundwinkel bis an die Ohren hochzog. Was wiederum für unbändige Heiterkeit sorgte.

Wir freuten uns so laut und anhaltend, dass keiner von uns die Türglocke hörte. Erst als jemand mit aller Kraft gegen die massive Holztür schlug, sprang Karl auf und trabte mit Gewittermiene zur Küche hinaus. Misty und Winston schauten sich an, der Rasta stand auf und eilte am Lieferanteneingang vorbei die Hintertreppe hoch. An der Haustür wurde es laut. Ich dachte schon, die hätten mich endlich gefunden. Aber die drei Uniformierten, die in die Küche kamen, hatten etwas völlig anderes im Sinn als mich.

»Miss Irving? Ich bin Sergeant Conaway von der hiesigen Polizei. Wir haben eine Beschwerde über Ihren Betrieb bekommen, und ich muss Sie dazu vernehmen. Wollen Sie hier Ihre Aussage machen, oder wäre es Ihnen auf dem Revier lieber?« Er schaute recht dienstlich drein. Ich wollte aufstehen, aber der Cop, der mir am nächsten stand, drückte mich mit Stahlgriff auf den Stuhl zurück.

»Vielleicht müssen wir Sie alle vernehmen«, sprach Herr Conaway, »also bleiben Sie mal schön sitzen.«

Misty hatte das wohl schon öfter erlebt. »Mister Conaway – wie schön, Sie wieder mal bei mir zu sehen«, freute sie sich mit falschem Lächeln und süßer Stimme. »Und Sie haben Ihre kleinen Freunde alle wieder mitgebracht – wie hübsch.« Sie schlug die Hände überrascht vor der Brust zusammen. »Wenn ihr einen Kaffee wollt, boys, dann nehmt euch einen. Mein Anwalt ist in ein paar Minuten hier – wie üblich. Bis dahin könnt ihr ja frühstücken.« Der steife Conaway winkte für sich und seine Kollegen ab. »Sie wissen, dass wir nichts annehmen dürfen. Wenn Sie jetzt aussagen wollen, dann fangen wir an. Sonst fahren wir alle in die Stadt.«

Misty schaute auf die Armbanduhr und meinte, sie müsse aber erst mal aufs Klo. »Der Schreck, wissen Sie? Ich bin gleich wieder zurück. Komm mit, Schatz, und steh Wache, damit mich niemand auf dem Klo überrascht«, sagte sie und gab mir ihre Hand. Ich griff zu, stand auf und ging mit Misty hinaus. Die Cops sagten keinen Ton.

Wir machten die Toilettentür hinter uns zu und setzten uns, Misty auf den Deckel, ich auf den Badewannenrand. Gelegentlich spülte sie, während wir uns gegenseitig kichernd begrapschten. Zehn Minuten vergingen, ab und zu tauchte draußen ein Bulle auf und nörgelte, dass wir uns beeilen sollen, und dann kam Mistys Anwalt. Als sie Sammy Sheerstein brüllen hörte, spülte sie ein letztes Mal, rückte ihre Bluse zurecht und schloss die Tür auf. Der Bulle, der wieder vor der Tür stand, schaute mir entsetzt auf den Hosenladen, aus dem ein Hemdzipfel hing. Ich entschuldigte mich und zog den Reißverschluss hoch.

Anwalt Sheerstein war rot im Gesicht, ruderte mit den Armen und regte sich mächtig über die Schikane auf.

»Sie haben wohl nichts Besseres zu tun, als meine Mandantin zu belästigen? Die Frau führt einen einwandfreien Betrieb, achtet darauf, dass alles problemlos abläuft und Ruhe und Frieden in der Nachbarschaft herrschen, und Sie kramen immer irgendeinen Nörgler aus, der sich produzieren muss. Wollen Sie nicht endlich einsehen, dass es so nicht weitergeht?« Er erwartete vom Sergeanten keine Antwort, sondern pöbelte sofort weiter.

»Wir verklagen demnächst die Stadt, weil sich Frau Irving im eigenen Haus vor Ihnen fürchtet. Sie Nazimensch, Sie uniformierter!« Herr Sheerstein war in seinem Element. Er stand auf den Zehenspitzen, was ihn etwa in Brusthöhe des blau uniformierten Sergeanten brachte, und belferte schräg nach oben. Herr Conaway dagegen starrte auf seine Armbanduhr, als wolle er zusehen, wie so eine Zifferblattumrundung aussieht. Er hatte offenbar Herrn Sheerstein schön öfter in dieser Rolle erlebt.
»Also überlegen Sie sich, ob Sie wegen solcher Nichtigkeiten wirklich vor den Richter geschleppt werden wollen. Und nun gehen Sie. Ohne Haftbefehl gibt's keine Aussage zur Sache, weil es keine Sache gibt. Guten Morgen, die Herren.« Sammy stand aufgerichtet in der Küche und zeigte mit ausgestrecktem Arm auf die Haustür.
Die Bullen murmelten einen Gruß und verpissten sich. Der Obercop schaute mich allerdings an, als ob er sich merken wollte, wie ich aussehe. Was mir nicht gefiel. Ich drehte mich zu Misty um und sagte irgendwas, nur um ihn nicht mehr anschauen zu müssen. Sie zog mich am Ärmel in die Küche und machte die Tür hinter uns zu.
»So, jetzt hast du auch gesehen, was die mit mir machen. Jedes Mal, wenn ich länger als einen Tag hier bin, kommen sie her und behaupten, sie müssten mich mitnehmen. Reine Schikane. Aber mir gefiel nicht, wie Conaway dich angeguckt hat. Sieh dich vor. Der nimmt dich auseinander, wenn er dich mal allein erwischt.«
Was ja nicht das Schlimmste wäre. Richtig schlimm war, dass ich ja tot war. Meine Papiere gehörten einem, der angeblich mitsamt seinem Auto in der eigenen Garage in die Luft geflogen war.

»Au, Scheiße. Das habe ich gar nicht richtig geschnallt. Natürlich bist du tot und kannst es dir deshalb gar nicht leisten, von Bullen angehalten zu werden.«
Die Küchentür wurde aufgemacht, und der kleine, dicke Anwalt spazierte herein. »Der verfluchte Greifer lässt nicht locker. Wir sollten wirklich klagen, Misty.« Er schaute mich an und reichte mir die Hand. Ich schüttelte sie und murmelte meinen Namen, den er natürlich nicht verstand. »Jon Gutman«, röhrte ich also.
»Gutman, Gutman, Gutman«, merkte er sich meinen Nachnamen. »Kennen wir uns? Mir ist, als hätte ich erst vor kurzem Ihren Namen gehört.« Nee, nee. Ich schüttelte den Kopf. Misty würde ihm vielleicht was dazu sagen können. Ich sei nur ein alter Freund des Hauses. Was ihm nicht gefiel, aber was soll man machen? Er nickte und schaute mich prüfend an. Dann setzte er sich und trank einen Kaffee.
Wir unterhielten uns eine Weile, bis Sammy auf die Armbanduhr schaute, aufsprang, »ach, Scheiße«, rief und weg war. »Macht er immer so«, sagte Misty. »Damit rechtfertigt er sein Stundenhonorar.«
Sie deutete mit dem Kopf hinter sich, und Karl ging zum Haustelefon und wählte. Kurz darauf kam Winston wieder in die Küche. Die beiden schauten sich schon wieder viel sagend an, als er sich setzte und weiter frühstückte. Hier war irgendetwas furchtbar faul, aber ich wollte nicht fragen. Man kann sich auch unbeliebt machen.

19 Schon wieder tot

Was hast du heute vor, Schatz?«, wollte Misty von mir wissen. Ich sagte ihr, dass ich in die Stadtbibliothek fahren wollte, weil ich dort vielleicht das einfacher finden konnte, was mich mit meinen Nachforschungen weiterbringen würde. Ich musste mich nämlich über Handelsrecht und Betriebswirtschaft kundig machen, zwei Disziplinen, die für mich bisher kaum mehr als vage Begriffe waren. Und ehe ich lange im Internet suchte, las ich lieber eine Einführung ins Fach. Ging schneller und war für Anfänger vermutlich leichter verdaulich.

»Gut. Dann tu das. Winston und ich müssen mal weg – wahrscheinlich den ganzen Tag. Also sehen wir uns heute Abend oder morgen im Laufe des Vormittags.«

Okay. No problem. Ich ging hoch, holte mein Zeug und verabschiedete mich von den beiden.

Ich verbrachte den Tag in der Bibliothek, kam vom Hundertsten ins Tausendste. Denn die öffentliche Bücherei des Kleingeldparadieses war unglaublich reich bestückt. Kein Wunder bei dem Steueraufkommen. Die Zehntausend-Seelen-Gemeinde, fand ich bei meinem Lesetag heraus, nahm viele Millionen an Gewerbesteuern ein. Alles durch die Zockerei. Die konnten kaufen, was sie wollten, und hatten noch immer Geld übrig. Eine sagenhafte Steuerquelle, der Spielbetrieb. Dazu noch die Bettensteuer, und Laughlin war auf ewig autark.

Ja, und von Wirtschaftsdingen erfuhr ich mehr, als ich kapieren konnte. Es stellte sich heraus, dass mich Gesellschaftsrecht interessieren müsste, wenn ich verstehen wollte, was die Morenos so trieben. Dass das Restaurant eine ideale Scheinfirma war, die offenbar dazu noch Geld einbrachte, machte alle anderen Unternehmungen umso interessanter. Also vertiefte ich mich in die verschiedenen Gesetzestexte und ihre Auslegungen. Denn unser amerikanisches Recht beinhaltet bekanntlich Bundesgesetze und die Gesetzgebung der einzelnen Bundesstaaten – und oft stehen die beiden im Konflikt, zumindest auf Kriegsfuß. Ich paukte und paukte, machte mir Notizen, schrieb Hinweise und legte eine Bibliographie an, denn je tiefer ich mich einarbeitete, umso undurchsichtiger wurde alles.
Ich ließ das Mittagessen sausen, wühlte mich durch den Nachmittag und rief gegen sechs Karl an. Der hatte von Misty noch nichts gehört, richtete mir aber aus, dass der Polizeisergeant von heute früh nach mir gefragt habe. Und ich möchte ihn doch unbedingt morgen früh im Revier anrufen oder, besser noch, aufsuchen. Klar. Einen Scheißdreck werde ich tun. Ich trug Karl auf, den Anwalt zu finden und ihn zu bitten, mich auf meiner Handynummer zurückzurufen.
»Gutman, wie isses? Sammy hier – German Karl hat mir gesagt, ich soll Sie anrufen?«
»Sammy, ich kann Misty nicht erreichen und muss unbedingt mit Ihnen sprechen. Darf ich das heute noch?«
»Na klar, kommen Sie vorbei. Wo sind Sie denn jetzt? Bibliothek? Komme ich hin. Warten Sie auf mich.« Er ratterte wie ein Maschinengewehr. Vermutlich, um keine Zeit zu verschwenden. Time ist bekanntlich Money.
Sammy legte den Hörer auf, und ich überlegte mir, dass mich der Anruf sehr wohl meinen ganzen Spielgewinn kosten

könnte. Denn Misty hatte angedeutet, dass Anwalt Sheerstein unverschämt teuer, aber dafür unübertroffen war.
Keine zehn Minuten später rauschte er durch die Lesesaaltür. Weg da, jetzt komme ich. Fliegende Jackenschöße, Krawatte über der wattierten Schulter, und in der Linken schwang er eine speckige Ledertasche, die vermutlich schon seinem Großvater gehört hatte. Er knallte die Tasche auf den Tisch, drehte sich zur Bibliothekarin um und zischte sie doppelt so laut und feucht an, wie sie ihn gerade angezischt hatte.
»Wo brennt's?«
»Sergeant Conaway gibt sich die Ehre, mich zur morgigen Befragung in seine Räume in der Stadtmitte einzuladen, und ehe ich seiner RSVP-Aufforderung nachkomme, muss ich erst mal Ihren Rat haben. Denn ich bin tot, und wenn der das rauskriegt, und das tut er, bin ich tot *und* im Loch.«
Der Anwalt strahlte. So was mögen Rechtsverdreher, da geht ihnen einer ab. Seine Äuglein leuchteten richtig, als er um »vollständige, rückhaltlose Erklärung« bat. »Aber nicht hier. Wir gehen in mein Zweitbüro.«
Das, stellte sich heraus, war ein Schuppen namens Girls, Girls, Girls. Jedenfalls stand das in blutrotem Neon auf dem meterhohen Schild über dem einstöckigen Flachbau in einer der Nebenstraßen unten am Fluss. Die Atmosphäre war wie im hinterasiatischen Reiterhordenpuff; dunkelrote Funzeln machten jeden Schritt zum Abenteuer. Putzig um niedrige Messingtische plazierte marokkanische Kamelsättel sollten wohl die Getränkepreise rechtfertigen, und überall im endlosen Schuppen waren fassartige Minibühnen verteilt, auf denen sich Nackte an Chromstangen vergnügten. Die einen rieben sich und stöhnten, die anderen stöhnten nur, und alles wackelte zu lautem Jazz. Der war allerdings erste Güte. Duke Ellington, Dizzy Gillespie und Oscar

Peterson, zwischendurch etwas von Django Reinhardt und Sidney Bechet, dann wieder Knallhartes von Thelonious Monk.
Wir tranken einen Aperitif. Der Anwalt konnte von dem Kräuterzeug gar nicht genug kriegen. Ich verabscheue Kräuterliköre und nach Wald schmeckende Schnäpse, aber ich hielt mit Todesverachtung mit. Egal. Hauptsache, er hilft mir. Denn ich brauchte dringend Hilfe.
Also erzählte ich schon wieder. So langsam wird die Story solide. Ich vergesse nichts mehr, muss nicht dauernd irgendwas erklären oder einfügen, sondern kann inzwischen ganz locker darüber plaudern, was mir wann passiert war und welche Folgen das gehabt hatte. Noch ein paarmal, und ich kann es aufschreiben, ging mir durch den Kopf.
Anwalt Sheerstein nickte nur, als ich ihm von der seltsamen Telefonnummer und dem Restaurant im Santa Maria Valley erzählte. »Methamphetamin« murmelte er, und als ich fragend die Augenbraue hochzog, sagte er, dass er mal einen vertreten hatte, der irgendwas mit Moreno zu tun gehabt hatte. Allerdings war es kein Drogenprozess, aber sein Mandant hatte ihm recht freimütig erzählt, dass er von Beruf Methamphetaminkoch sei. Ich staunte. Kleine Welt.
Der Schuppen war recht laut, was ich in diesem Fall als gut empfand. Verstand sein Gewerbe, der Sammy. Und wenn er irgendwas in meiner Erzählung überlegen musste, hielt er eine Hand warnend hoch und guckte erst mal eine Zeit lang die neben uns Stöhnende an. Leider war die Hübsche auf Hamburger geeicht, was sich als gewaltiger Speckgürtel bemerkbar machte. Mit einem Säbelhieb hätte man aus ihr zwei Normalgewichtige hauen können. Irgendetwas wackelte immer an ihr, entweder durch eine ihrer vielen unanständigen Bewegungen frisch ins Schwingen gebracht oder, physikalischen Gesetzen folgend,

nachschwingend. Was ja seinen Reiz haben kann, aber die richtige Stimmung kam bei mir nicht auf, weil sie dazu noch unablässig Kaugummi kaute und gelegentlich Bläschen blies. Kleine rosa Bläschen, die ihr wie aufgeblasene und abgebundene Pariserchen am Mund hingen. Ziemlich betrüblich, so rein von der Erotik her.
Als ich zu Dickies Himmelfahrt kam, ging die Hand wieder hoch. Der Advokat bat mich, den Abschnitt noch mal zu erzählen, beim Telefonat mit Dickie angefangen. Also noch mal.
»Die Cops haben sofort von Ihrer angeblichen Beteiligung am Drogenhandel gesprochen? Mal ehrlich jetzt: Was ist da dran? Seit wann haben Sie nicht mehr gedealt?«
»Neunzehn-dreiundachtzig. Mein letztes Jahr im College in Santa Barbara. Damals machte ich eine Reggae-Sendung am Collegesender und habe ab und zu noch mal ein Pfündchen oder so verkauft. Aber seither nichts mehr. Nicht mal einen einzelnen Doobie. Nix.«
»Und wie kommen die dazu, so was zu behaupten?«
»Weiß ich nicht.« Und weil er mich zweifelnd anschaute, schob ich noch ein »ehrlich!« nach.
»Ihr Freund Dickie – der hatte also einen bei sich zu Hause, vermutlich über Nacht zu Hause, den Sie nicht kannten?«
»Stimmt. Und ich habe ihm abgeraten, das Auto auch nur zu starten. Hab ihm sogar ausdrücklich gesagt, ich will es nicht. Aber der war so aufgedreht, dass er das gar nicht ernst genommen hat.«
»Und dann ist er doch hin, hat den Schuppen aufgemacht, hat sich ins Auto gesetzt und es vermutlich angelassen?«
»Muss wohl so sein. Er hatte ja die Schlüssel. Und er kannte meine Bude – Dickie ging seit Jahren bei mir ein und aus. Wir haben oft die Nacht durchgearbeitet, wenn die Sendung nicht

auf Anhieb klappte. Ich vertraute ihm ja auch vollkommen.« Es war mir noch immer ein Rätsel. Ich verstand das Ganze nicht, aber ich bemühte mich, nicht darüber nachzudenken. Mir wurde jedes Mal schummrig, wenn ich grübelte, also vermied ich das, so gut es ging.

»Na gut.« Sheerstein lehnte sich mit seinem Drink zurück und schaute die Kaugummiqueen an. Sie wackelte mit ihrem dicken Hintern für Sammy, und der freute sich mächtig. »Schauen Sie sich das mal an! Da ist was dran, was?« Er strahlte sie an und lud sie mit einer Handbewegung ein, an den Tisch zu kommen und uns ein wenig Gesellschaft zu leisten, wenn sie fertig getanzt hatte. Sie blickte ihn aus himmelblauen Glubschaugen betont liebevoll an, kaute, nickte, stöhnte und wackelte. Dann richtete sie ihren blauen Blick wieder auf einen Punkt, der einige Kilometer außerhalb der Bretterwände dieses Schönheitspalastes zu liegen schien.

»Und die drei Drogencops – die ich übrigens kenne, da sind Sie in etwas sehr Böses hineingeraten, Gutman, das muss ich sagen –, die drei haben Sie nicht noch mal gesprochen, nehme ich an. Da Sie ja tot sind.«

»Ja und nein. Den einen habe ich vor ein paar Tagen im Auto in Barstow gesehen, und, viel schlimmer, er mich auch. Ist mir nachgefahren, aber ich habe ihn abgehängt.«

»Ach, du Scheiße«, murmelte er. Was ich überraschend gut verstand, trotz Jazz. »Das ist ja eine Katastrophe. Also meinen die Cops bei Ihnen im Dorf, dass Sie tot sind. Aber die drei Bullen wissen, dass Sie's nicht sind. Wenn wir Ihnen zu neuen Papieren verhelfen – und die Cops stecken alle unter einer Decke –, dann sind wir beide dran.« Er wiegte den schweren Kopf mit dem schütteren Haarkranz hin und her.

Die Blonde mit dem großen Hintern stieg von ihrem Bühnchen

herab, zog züchtig ihr winziges Stoffdreieck über den Mohikanerschnitt, zu dem sie ihr Schamhaar frisiert hatte, und setzte sich tittenschwingend und schweißtropfend an unseren kleinen Tisch. Sammy strahlte und nahm sie gleich in den Arm, was sie mit einem gequietschten »Aber Sammy!« honorierte. Dann zündete sie sich erst mal eine Zigarette an, während sich der teure Rechtsbeistand klammheimlich unten hinten an ihr zu schaffen machte. Sie kaute, rauchte, soff und quietschte, gelegentlich sogar alles gleichzeitig.

Mir wurde vom Rauch schlecht und vom pubertären Gegrapsche langweilig, zumal sie jetzt bei Sammy dezent durch die Hosen Hand anlegte. Ich meinte, ich würde erst mal frische Luft schnappen und in zehn Minuten wieder hier sein. Die Blonde machte einen Ach-wie-schade-Flunsch, Sammy verzog bereits das Gesicht. Das würde keine Minute mehr dauern.

Ich stand draußen auf dem Parkplatz, in der lauen Neonnacht Laughlins, und war mir nicht sicher, ob ich nicht einen Riesenfehler machte. Was, wenn der Anwalt krumm war? Wenn er nicht weiterwusste? Wenn er gar die Bullen anrief? Soll alles schon da gewesen sein. Zumal wir ja noch überhaupt nicht übers Honorar gesprochen hatten. Wenn er mehr wollte, als ich noch hatte? Was dann?

Also ging ich wieder rein und hatte mir vorgenommen, erst mal zu klären, wie er sich das vorstellte. Vorher sage ich keinen Ton mehr.

Am Tisch war Ruhe. Sammy saß in Gedanken versunken da, das Tittenwunder hatte sich verzogen, jemand hatte abgeräumt und ihm einen frischen Drink gemacht. Für mich stand ein Bier da. Ich setzte die Flasche an und trank sie aus. Tat gut.

»Sammy, wir müssen über Geld sprechen. Ich weiß nicht mal, ob ich mir Ihre Arbeit leisten kann.« Aber er winkte ab. »Ist doch alles schon erledigt. Nur keine Bange«, murmelte er und wollte wieder einnicken. Aber jetzt nicht, nicht mit mir. »Wieso erledigt? Zahlt etwa Misty schon wieder?«

»Ist alles in der Pauschale enthalten. Misty zahlt mir monatlich einen Festbetrag, und dafür stehe ich ihr jederzeit zur Verfügung. Weil ich nicht genau wusste, was mit Ihnen ist, habe ich sie angerufen. Und natürlich will sie, dass ich Ihnen beistehe. Also keine Sorge. Wenn ich von Ihnen Bezahlung wollte, hätte ich vor unserem Gespräch das Bare bereits auf der Bank gehabt. Können Sie sich drauf verlassen.« Und dann sackte er doch wieder weg.

Ich schaute mir die ausgehungerte Neue an, die krampfhaft versuchte, sich die an der Zimmerdecke festgeschraubte Chromstange hineinzustecken. Was sie nie schaffen würde. Sie schabte immer nur hoch und runter an dem glatten Ding. Nicht mal verbiegen ließ es sich. Sie ging in die Knie, hielt sich mit ausgestrecktem Arm an der Haltestange fest, ließ den Kopf nach hinten hängen, schüttelte die langen roten Haare in ihrer unerwiderten Leidenschaft und tat mir leid. Die fror bestimmt.

Noch ein Bier, ein wenig Mister Charles Brown mit »Black Nite« auf dem Klavier, und Sammy tauchte wieder aus dem Exil auf. Frisch und munter. »Alles klar«, meinte er und vertröstete mich auf später. Wir tranken noch eine Runde, was sich als einigermaßen schwierig erwies, denn die Bude war inzwischen voll, und die paar Bedienungen mussten ordentlich ran. Aber dann war's doch so weit, wir tranken aus und gingen.

Die Nachtluft war verdammt frisch. Ich fröstelte in meinen Sommerklamotten, dem kurzärmeligen Hemd und den Jeans. Der Anwalt freute sich über seine Korpulenz. »Mir ist selten zu kalt. Das ist das Schöne am Fett. Man fällt weich, und die Knochen klappern bei Kälte nicht gleich.« Kann sein.

Wir standen vor seinem Auto. Er schaute sich auf dem Parkplatz um, aber zu sehen war niemand. »Wir müssen jetzt erst mal Ihren Abgang vorbereiten. Denn nun sterben Sie endgültig«, beschloss Anwalt Sheerstein. Ich kriegte den Schrecken meines jungen Lebens. War er doch mit den anderen im Bunde? Sammy lachte. »Wenn Conaway Sie morgen früh nicht bei sich im Büro sieht, dreht er durch. Also werde ich den Lümmel besuchen und ihm ein paar Storys zur Auswahl dalassen. Damit haben wir erst mal einige Tage Zeit gewonnen. Und die nutzen Sie, um sich neu einzukleiden, sozusagen. Neue Identität, dazugehörige Papiere, Look, Auto, alles. Lassen Sie mich noch schnell einen Einkaufszettel machen, und dann tuckern Sie los. Heute Nacht noch. Die Cops von hier dürfen Sie ab sofort auf keinen Fall mehr sehen.«
Wir verabredeten, dass ich die letzten fünfhundert Meter zu Fuß über den Golfplatz gehen, meine Sachen packen und über die Brücke nach Arizona fahren würde. Auf der anderen Seite des Flusses begann eine Jurisdiktion, in der die Polizei Nevadas nichts zu suchen hatte. Die Nevada-Bullen durften auf dem gegenüberliegenden Flussufer nicht mal ihren Dienstrevolver tragen. Und wenn sie mich dort drüben wussten, konnten sie mich nicht etwa von ihren Kollegen verhaften lassen, sondern mussten über ihr Justizministerium einen Auslieferungsantrag an das Justizministerium des Staates Arizona stellen. Der dann bis vors Oberste Gericht des Staates verhandelt werden kann, ehe er in Kraft tritt. Auf der gegenüberliegenden Flussseite war ich erst mal sicher, versprach der Anwalt.
Dort könnte ich von ihm übernehmen, was er für mich zurechtgelegt hatte, und irgendwohin weiterfahren. Ich verließ mich ganz auf ihn.

20 Indianergänge und Nevadaknast

Wir verabredeten, uns in einer Bikerkneipe direkt am Colorado in Bullhead City zu treffen. Als ich ankam, war von Sheerstein nichts zu sehen. Von außen sah die Kneipe nach Armut und Baracke aus, aber innen gab eine riesige Fensterwand den Blick auf den Fluss und die am Nevada-Ufer stehenden Kasinos frei. Irre, wie bunt Laughlin um Mitternacht leuchtete. Ich bestellte Kaffee, was den Dicken mit dem schmierigen Pferdeschwanz und den vielen blauen Tätowierungen erschütterte. Er setzte eine frische Kanne Kaffee auf, stellte mir schon mal einen Styroporbecher und Zuckerersatz hin und widmete sich wieder dem einzigen anderen Gast. Die beiden blickten ab und zu in meine Richtung. Ich tat, als freue ich mich auf den Kaffee.

Als Sammy die Tür aufriss und mit lautem Gruß in die Pinte trat, kam schlagartig Stimmung auf. Barkeeper und Gast begrüßten den Anwalt erfreut. Er kannte beide scheinbar recht gut, und man scherzte unter Wahrung der Würde des anderen. Die Bekanntschaft war offensichtlich über den jeweiligen Beruf zustande gekommen. Jeder hatte über die Spezialität seines Gesprächspartners etwas Interessantes oder Lustiges zu sagen. Mein Anwalt strahlte, als ihn einer der Herren Halsabschneider, Winkeladvokat und gar Mouthpiece nannte. Besonders die Berufsbezeichnung *Mundstück*, normalerweise Mafia-

Rechtsbeiständen vorbehalten, passte; die Stimmung wurde zum Feuerwerk.

Sammy setzte sich neben mich, und urplötzlich stand der fette Pferdeschwänzler mit seinem Kaffee da, der schon längst fertig war, und murmelte: »Sorry, Mann, ich wusste ja nicht ...« Ich winkte ab. Sammy gefiel mir sogar noch besser als bisher. Wer so eingeführt war, der kannte sich mit jeder Sünde aus.

»Also – ich habe alles im Auto. Ich brauche von Ihnen erst mal eine getragene Jacke, ja keine frisch gereinigte. Eine, die Sie um diese Jahreszeit anziehen würden. Und Schuhe. Keine allzu guten, sonst klaut die noch einer. Dann brauche ich Ihre Papiere – Führerschein, Sozialversicherungskarte, Ausweise und Kreditkarten, alles, was man so herumschleppt. Und Sie schreiben mir einen Abschiedsbrief. Ich diktiere. Den nehme ich und werfe ihn ein. Und zuletzt brauche ich noch ein paar rückdatierte Unterschriften, falls wir Vollmachten oder sonstige Berechtigungen vorlegen müssen. Dann hauen Sie ab, und morgen Nachmittag sind Sie offiziell tot.« Er trank seinen Cognac aus und grinste mich zufrieden an.

»Also gut. Haben Sie die Sachen dabei?«

»Bin ich wahnsinnig? Wo jederzeit die Polizei in diese miese Pinte kommen und uns durchsuchen kann? Nee, mein Lieber. Ist alles draußen im Auto. Kann keiner ohne richterlichen Durchsuchungsbefehl durchschüffeln. Lassen Sie man gut sein«, meinte er, als er sah, wie betreten ich dreinschaute, »dafür haben Sie ja mich. Übrigens soll ich Sie von Misty schön grüßen, und Sie sollen zu Ignacio fahren und dort auf ihren Anruf warten. Wissen Sie, wer damit gemeint ist?«

»Weiß ich. Gut. Mache ich. Da fahre ich morgen früh gleich hin.«

Er war recht zufrieden. »Noch eines – würden Sie bitte bis Need-

les in Arizona bleiben und von dort aus zu Ignacio fahren? So meiden Sie Nevada, und das könnte morgen von Vorteil sein.«
Mann, abhauen war gar nicht so einfach, wie das immer dargestellt wird. Ich setzte mich zu ihm ins Auto und schrieb einen kurzen, wegen der weichen Unterlage ziemlich zittrigen Abschiedsbrief. So ein Anwalt hat Gummihandschuhe im Auto, was ich vorher auch nicht wusste. Er steckte mein »Adieu, schnöde Welt« in einen Briefumschlag, dessen Klappe und Briefmarke er mich ablecken ließ, verstaute ihn in seiner Ledertasche und holte ein längliches gelbes Kuvert für mich heraus. Es enthielt computerausgedruckte Anweisungen. Telefonnummern, wen wann und weshalb anrufen, Namen und Internetadressen. Ich schaute interessiert darauf und dachte mir, dass ich als Rechtsanwalt nie und nimmer solch heiße Eisen aus der Hand geben würde. Sammy konnte Gedanken lesen. »Holen Sie Ihren Laptop aus Ihrem Auto und tragen Sie alles ein. Das Blatt bleibt bei mir.«
Als das getan war, überreichte er mir noch einen Umschlag mit Bargeld. »Für die Fahrt. Misty überweist einen Betrag an Ignacio. Momentan müsste das reichen, um die nächsten Tage einigermaßen zu überstehen.«
Wir umarmten uns, nachts um ein Uhr auf einem Kneipenparkplatz in Arizona, und er sagte mir, wie schade es sei, dass wir uns nicht mehr sehen würden. Ich sei ein netter Mensch, obwohl ich Kalifornier sei. Nette Menschen wären selten.
Um diese Zeit noch ein Zimmer zu bekommen war ausgeschlossen. Also setzte ich mich ins Indianerkasino, spielte ein paar Runden Siebzehnundvier, trank viel zu viel Kaffee und fuhr morgens um sechs weiter. Bei Topock über die unbewachte Staatsgrenze, durch Needles und die lange, steile Steigung hoch in die Mojave. Bei Barstow rief ich Misty an, aber als sich

Maria Guadalupe meldete, legte ich wortlos auf. Dann Rick – unsere heutige Verabredung in Las Vegas hatte ich gestern in der Aufregung total verschwitzt, aber er war zum Glück noch zu Hause.

»Heute nicht – ist was dazwischengekommen. Ich werde nachher sterben, also staune nicht, wenn du TV-Nachrichten siehst!«

»Alles klar. Schönen Tod wünsche ich. Meldest du dich wieder?«

»Mache ich. Morgen oder übermorgen.«

Keine fünfzehn Sekunden. Mann o Mann.

Der Sonnabend wollte nicht vergehen. Ich kreuzte durch die Wüste, fand mich plötzlich in Bakersfield wieder und bog nach Westen ab. Zweieinhalb Stunden später war ich an der Küste. Auf dem Highway 101 fuhr ich die dreißig Meilen nach San Miguel, kurvte um die Mission und stellte meinen Caddy neben Ignacios alten VW. Dann klopfte ich an seine Klausentür.

»Mensch, Jon, wie schön! Sammy rief heute früh an und lässt ausrichten, es sei alles klargegangen. Für Montag habe er einen neuen Termin mit dem Polizisten, aber er schätzt, dass du am Montag schon längst von den Fischen gefressen wurdest.«

»Hätte nie gedacht, dass ich so was von einem Mann Gottes hören würde. Wie geht's, Hochwürden?«

»Einwandfrei, Jon. Und dir auch, wie mir Misty sagte. Sie ist eine Liebe, nicht wahr?« Das, versicherte ich, sei sie. Keine Frage. Und woher sie sich eigentlich kennen würden?

»Das erzählt dir Misty bei Gelegenheit.« Womit er die Frage genauso elegant abbog, wie sie das getan hatte.

Wir holten Kaffee und Gebäck aus der Küche, gingen auf den Friedhof und setzten uns in den Schatten einer Goldeiche. Die Sonne schien, die Vögel sangen. Eine Gruppe Besucher stieg aus einem altertümlichen Reisebus, eine andere Gruppe strebte zu ihrem Bus, dessen japanische Aufschrift sich vor dieser alten spanischen Kolonialmission seltsam exotisch ausmachte.

»Wie steht's um dich?«

»Wenn ich das wüsste, Ignacio. Ich habe zwar einen Plan gemacht und einen Freund dafür begeistern können, aber es hängt alles davon ab, ob ich denen noch mal von der Mistgabel hüpfen kann.«

Stimmt, meinte er und fragte mich, ob ich schon vom Auffinden meines alten Radiochefs gehört habe. Hatte ich. Wir saßen eine Weile stumm im Schatten.

»Ich habe dich erst mal bei meinen Ordensbrüdern als Asylanten geoutet. Die werden dich also schützen, und sie werden dir beistehen. Du bekommst eine Kammer, und ich zeige dir nachher, wo alles ist. Wo du hindarfst und wo nicht. Denn wir haben auch Privatsphäre, und das solltest du respektieren.« Logisch. No problem. Wir aßen die Kekse und tranken unseren Kaffee. Dann folgte ich ihm in die Küche, wir stellten unser Geschirr in die Spülmaschine und begannen unseren Rundgang. Sie hatten es sich hübsch eingerichtet. Keine Frage. Der zweite, vom Kirchenbau umgebene Innenhof war für Besucher gesperrt, und mir war klar, warum. Hier war alles grün, eine wunderbare Ruhe herrschte, vom Kreuzgang gingen Türen zu den Zellen der Mönche ab, und ein Tor in der Mitte der Längsseite führte direkt in die Wirtschaftsräume. Küche, Bäder, Wasch- und Abstellräume waren nebeneinander angebracht, ein riesiger, lichtdurchfluteter Raum war mit Webstühlen und Strickmaschinen vollgestellt, die Außenwand des Zimmers daneben war komplett verglast, Leinwände und Staffeleien waren an die Wände gelehnt. Vom Wirtschaftskorridor führte eine Tür zum Stall. Obwohl die Mission derzeit keine Tiere hielt, war alles dafür eingerichtet. Ich staunte. Man sah es dem alten Bau

mit seiner abblätternden Fassadenmalerei nicht an, aber die Mission war eher Dorf als Kirche.
Ich brachte meine Sachen in mein Zimmerchen. Ein eisernes Bettgestell mit dünner Matratze, ein Holztisch an der Wand mit zwei Stühlen zu beiden Seiten, ein alter, dunkelbraun gebeizter Kleiderschrank und hinter einem Vorhang ein Waschbecken. Das war's. Bequem genug für ein paar Tage. Ich dankte Ignacio und räumte meinen prall gefüllten Rucksack aus. Ein Pappkarton voller Zeug war noch im Auto. Den würde ich nachher holen.
Meinen Laptop schob ich erst mal sicherheitshalber unters Bett. Wissen die Götter. In deren Gebrauchsanleitung heißt es doch »führe mich nicht in Versuchung«, und ich wollte nicht führen. Der andere Mist kam auf Bett und Tisch, über die Kleiderstange und in Schubladen. Zack, fertig. Daheim.
Die Herren Mönche waren nicht von der gesprächigen Art. Im Speisesaal wurde erst still gebetet, dann schweigend gegessen. Ein dünnes Gemüsesüppchen gab's am Abend, ein selbst gebackenes Weißbrot lag auf dem Tisch, und ich stand mit knurrendem Magen auf. Ignacio zwinkerte mir zu, und ich folgte ihm in seine Behausung. Er holte Wurst, Schinken und Brot aus einem kleinen Kühlschrank, der in seinem Kleiderschrank ein verborgenes Dasein führte, und wir hauten erst mal rein.
»Kann ich auch nicht, Süppchen und trockenes Brot zum Abendtisch«, meinte der ehemalige Cop. Ich stimmte ihm zu. Lieber nichts frühstücken, aber dafür abends rein damit. Alte Trinkerweisheit. Die kannte er, was mich erstaunte. Aber auch Mönche sind Menschen.
Er trank schon ewig nicht mehr, stellte sich heraus. »Hab in wenigen Jahren mehr gesoffen als die meisten Menschen in ihrem ganzen Leben. Also brauche ich nichts mehr.« Gelegentlich ein

Bier, ab und zu ein Glas Wein. Das ja. Aber nicht das zwanghafte Schlucken, das wir Alkies alle so gut kennen.
Fand ich klasse. Das will ich auch mal sagen können. Vorerst ging das leider nicht – ich hatte einen Mordsdurst. Bestimmt vom Schinken.
Ignacio holte ein Bier aus dem Keller und bot an, schnell in den Laden zu laufen, um noch ein paar Flaschen zu holen. Aber das war mir peinlich, also lehnte ich ab.
Wir hatten auf Sammys Rat gehört und uns entschieden, mich erst mal völlig zu isolieren. Ich würde nicht ins Dorf gehen, würde mich nicht mal auf dem Gelände zeigen, würde kein Risiko eingehen, entdeckt zu werden. Also musste Ignacio für mich handeln.
Er brachte meinen Cadillac im Stall unter, stellte ihn in den dunklen hinteren Teil des Gebäudes und deckte ihn mit einer Stoffplane ab. Dann zeigte er mir die Telefonzentrale des Hauses, ein uraltes Stück Technik, das kinderleicht zu knacken war. Von hier aus würde ich auf keinen Fall telefonieren. Mein Mobiltelefon war auf Mistys Namen eingetragen, mein Internetanschluss ebenfalls. Also konnte ich mich frei bewegen, solange ich nicht irgendwelche Leute anrief, die angezapft sein könnten. Und das hatte ich nicht vor.
»Ich zeige dir noch einen Teil der Mission, der nicht allgemein bekannt ist«, schlug Ignacio am nächsten Morgen vor. Er führte mich in sein geräumiges Zimmer. Der Mönch öffnete die Tür des alten Schrankes, winkte mir, näher zu kommen, und drückte auf einen der Wandhaken im Inneren. Die Rückwand des Schrankes glitt zur Seite, und ein dunkler Gang wurde sichtbar.
»Der Indianergang«, lächelte Ignacio. »Die Missionsgründer konvertierten ihre Schäfchen auf Teufel komm raus, wenn man das so ausdrücken kann«, erzählte er, als wir vor dem

Schrank standen und die erdfeuchte Kühle genossen, die uns entgegenschlug, »aber sie trauten ihnen nicht. Also gruben sie in aller Heimlichkeit eine Reihe von Gängen unter der Mission. Von jeder der damaligen Klausen führte einer in einen Verteilergang, von dem aus jedes Zimmer im Gebäude ungesehen erreicht werden konnte. Und natürlich führten mehrere Gänge nach draußen. Im Friedhof ist ein falsches Grab; der Grabstein kann von innen entriegelt werden und gibt den Gang frei. Neben der Remise mündet ein Stollen, und der längste führt einen Viertelkilometer zu einer vom Blitz ausgehöhlten Eiche. Im Stamm ist eine Tür, die bisher noch nie entdeckt wurde. Also merke dir: Falls du mal ganz schnell verschwinden musst, dann ab in den Schrank. Und von dort aus weiter, wo immer du hinmusst. Verhungern und verdursten kannst du übrigens unten nicht. Da ist es so schön kühl, dass wir dort unsere Getränke aufbewahren und unseren Vorrat an Verderblichem.«
Wir gingen weiter, und ich war fasziniert. Nur die verspiegelten Kleiderschranktüren gefielen mir nicht. Die waren nämlich von innen durchsichtig, denn in Augenhöhe war ein kopfgroßes Loch ins Holz geschnitten. Generationen von Franziskanern werden sich doch nicht als Spanner vergnügt haben? Die Welt hält immer und überall Überraschungen parat.
Ich lebte mich schnell ein. Schön war die Regelmäßigkeit, mit der das Ordensleben ablief. Alles war vorausgeplant, alles geordnet. Jedes Ding hatte seinen Platz, jede Handlung ihre Berechtigung. Ein völlig neues Lebensgefühl für einen Chaoten wie mich. Mir gefiel das.
Ich war drei Tage da, als ich mich im Fernsehen sah. Schon wieder als Leiche. Und als gefährlicher Drogenhändler, den das gerechte Schicksal ereilt hatte. Wie kürzlich.
Offenbar war ich ertrunken. Freiwillig ins Wasser gegangen,

oben am Lake Mead. Hatte ein Motorboot gemietet, war auf den See hinausgefahren und nicht wiedergekommen. Der Bootsverleiher hatte abends die Parkpolizei benachrichtigt, die eine Suche einleitete. Ein Hundeführer fand meine Kleidung am Ufer, darin einen herzzerreißenden Abschiedsbrief. Eine Stunde später, als es wieder hell war und die Hubschrauber fliegen durften, entdeckte einer aus der Luft das verlassene Motorboot, Tank leer, Motor kalt.

Man bezweifelte, dass ich auftauchen würde. Der See hatte hier eine solch schnelle Strömung, dass ich vermutlich gegen den Damm gerissen wurde, auf meinem verwirbelten Weg in den unteren Colorado noch schnell ein bisschen Strom erzeugt hatte und seither erheblich verkleinert zum Golf von Kalifornien unterwegs war.

Sie spekulierten nicht lange, wer an meiner Stelle im Cadillac gesessen hatte. Ein Unbekannter, vermutlich aus der Drogenszene, hieß es. Weil es so schön passte, wurde mir die Untat in die Schuhe geschoben, nach dem Muster: Drogenmenschen ist alles zuzutrauen. Die sind unberechenbar. Wie Fernsehfritzen, dachte ich mir.

Den Abschluss solcher Meldungen kennt man nur zu gut. Die Polizei ermittelt. Bullshit.

Saubere Arbeit, Sammy! Er hatte mir zwar bis in alle Ewigkeit meinen Ruf versaut, aber den würde ich sowieso nie wieder brauchen. Sah alles sehr echt aus, dem Leben entrissen. Wow. Sam Sheerstein war sein Geld wert, wie viel es auch sein mochte.

Nach und nach schauten mich die Herren Ordensbrüder ganz seltsam an. Die sahen sich auch jeden Abend die Nachrichten an und mussten was weiß ich von mir denken. Also sprach ich mit Ignacio.

»Ach was, die denken sich ihren Teil, aber unternehmen werden die nichts. Geht gegen unseren Auftrag – der Orden hat sich geschworen, Menschen vor Unbill zu schützen. Und du hast Scheiße am Hacken, wie Unbill modern heißt. Also mach dir keine Sorgen.« Machte ich aber doch. Also räusperte Ignacio sich am Abendbrottisch und sprach: »Brüder! Ich weiß, dass ihr seit dieser unseligen – und offenbar falschen – Nachrichtenmeldung überlegt, wer und was unser Gast nun wirklich ist. Das darf ich euch nicht genau sagen, weil er in großer Gefahr schwebt und das Wissen davon auch für euch gefährlich werden könnte, was er nicht will. Aber ich kann euch bestätigen, als künftiger Ordensbruder und als ehemaliger Polizist, der alles Schlechte auf dieser Welt gesehen hat, dass unser Gast ein guter Mensch ist, dessen Leben von ausgemacht bösen Menschen bedroht wird. Wenn die mitkriegen, dass er hier ist, brennen sie uns die Bude ab. Traue ich denen zu. Also fragt nicht, aber vermutet auch nicht etwas, das es nicht gibt. Ich kann euch in die Hand versprechen: unser Gast ist ein unschuldig Verfolgter.« Woraufhin die Brüder alle nickten und zu mir herüberschauten. Sehr freundlich.

Abends um elf schalteten wir noch mal die Lokalnachrichten ein, und noch mal kam die gleiche Story. Diesmal war allerdings noch ein Polizist aus Laughlin dran, der behauptete, ich hätte seine Vorladung nicht befolgt, woraufhin ein Haftbefehl gegen mich ergangen sei. Das habe sich ja nun erledigt. Meine Komplizin allerdings habe man am Abend festgenommen. Die sei im Stadtgefängnis in Haft, zusammen mit einem ihrer Kompagnons, einem berüchtigten Mitglied der jamaikanischen Drogenmafia.

Ich baute total ab.

21 Falsche Papiere

Ich bat Ignacio, sofort den Anwalt anzurufen. Er war natürlich weder im Büro noch zu Hause, und ich schämte mich, ihm vom Stripschuppen zu erzählen. Ich Blauäugiger. Der Mönch sagte nämlich, dass es um diese Zeit keinen Zweck habe, im Girlieladen anzurufen, weil Sammy nie nach elf Uhr abends dort sei, und wählte Sammys Mobiltelefon an.

Der Advokat meldete sich sofort. Er wusste, wer dran war. Statt einer Begrüßung sagte er: »Alles in Ordnung. Ich rufe zurück, sobald ich kann. Bleibe wach.« Noch ehe Ignacio zustimmen konnte, hatte Sammy die Verbindung getrennt.

Wir saßen also herum und sorgten uns. Eine halbe, eine Dreiviertelstunde. Und dann klingelte das Telefon.

Ignacio ging dran und bedeutete mir, den zweiten Hörer zu nehmen. Sammy wartete, bis ich mich gemeldet hatte, und legte los.

»Die Scheißer haben ihr mehrere Verstöße gegen das Jugendschutzgesetz angehängt, gegen die Moralgesetze Nevadas und gegen das Sittlichkeitsgebot der Gemeinde. Stellt sich raus, dass die hübsche Rebecca erst siebzehn war, als sie ins Haus aufgenommen wurde. Also sitzt Misty jetzt, und ich kann den Richter erst morgen früh erreichen. Ich haue sie da raus, aber die Anzeige ist von der bösen Sorte; sie stammt von den Nachbarn, die ihr einen Schnüffler auf die Spur gehetzt haben. Der kam jetzt mit dem ersten Ergebnis. Wird massiven Ärger geben,

weil sich auch der krummste Richter nicht gegen die geballte Macht reicher Wähler stellen kann.«
»Und Winston?«, wollte der Mönch wissen
»Komplize. Und sein unseliger Hang zur Ganjaverteilung. Ich habe ihm schon oft genug sagen müssen, er soll lieber Geldscheine verschenken als sein blödes Rauschgift, wenn er was zu bumsen braucht. Aber er ist nun mal der gute Onkel mit was zu naschen in den Taschen. Dazu noch die falsche Hautfarbe, ausgerechnet in Nevada. Den eise ich nicht so schnell los wie Misty. Der bleibt erst mal drin, bis ich einen Verhandlungstermin bekomme. Und das kann ein paar Wochen dauern.«
Er wollte wissen, was ich mache. Ob ich mich schon um Papiere gekümmert hätte. Nee, noch nicht, was ihn sofort auf die Palme brachte. »Sie haben ja gesehen, wie schnell so was kommen kann. Rufen Sie die Nummer an, die Sie sich aufgeschrieben haben, besorgen Sie sich, was Sie brauchen, und rufen Sie mich spätestens übermorgen im Büro an und bestätigen, dass alles in Gang gesetzt wurde.«
Ist ja schon gut. Mache ich.
Ignacio war nicht begeistert, dass ich nach Los Angeles fahren wollte. Der Fälscher hatte mich aufgefordert, ihn in seinem Fotostudio zu besuchen, damit er die Vorarbeiten machen konnte und ich tags darauf meine neuen Papiere abholen könnte.
»Viel zu gefährlich. Dich muss nur einer anhalten, und schon gehst du hops. Tote, die durch die Gegend fahren, mögen die Behörden nicht. Nach deinem neuesten Tod sowieso nicht – die hängen dir glatt den Mord an Dickie an, denn das geht in Kalifornien, wenn es Anzeichen für ein Verbrechen gibt. Da braucht der Staatsanwalt nicht mal eine Leiche – in dem Fall reichen Indizien. Das wirst du nicht riskieren. Ich rufe jemanden an, den ich gut kenne.«

Was mir auch lieber ist. Ich hätte die Hosen voll, wenn ich jetzt zweihundert Meilen fahren sollte. Also sagte ich ihm, dass ich ihm vollkommen vertraue und es ihm überlasse.
Ignacio ging hinaus, um zu telefonieren, während ich in der Zeitung die Details meines verpfuschten Lebens und tragischen Endes im tiefen, kalten Wasser des Lake Mead las. Es war wirklich zum Heulen; die hatten einen Mist recherchiert, der selbst mich verblüffte. Und als ich das so las, musste ich urplötzlich an mein Mütterchen denken. Die alte Dame saß sicher in ihrem teuren Haus am Hang und trauerte. Ich schämte mich.
»Er kommt in einer Stunde vorbei«, meldete Ignacio. Ob er mir noch einen Gefallen tun könne und meine Mutter anrufen? Ihr sagen, dass ich lebe, gesund und munter bin und nur momentan die Rübe einziehe? Das fand er noch mal dämlich.
»Wie soll sie mir glauben, dass ich ihr die Wahrheit sage, wenn sie nicht mal weiß, wer ich bin? Denn mich mit Namen und Anschrift melden wäre wohl das Dümmste, das ich machen könnte.«
»Stimmt. Hab ich nicht dran gedacht, aber klar. Wie wär's, wenn du deinen Kollegen in der All-Saints-Church in Arroyo Grande anrufen würdest? Das ist ihre Kirche, da geht sie zwar nur Ostern und Weihnachten hin, aber den Priester kennt sie trotzdem.«
»Gute Idee – Pater Flanagan kenne ich auch, sogar recht gut. Der nimmt seine Gelübde ernst; mit dem kann ich reden, auf den ist Verlass.«
Was er auch tat. Flanagan, obwohl er mich für Beelzebub junior hielt, versprach seinem Bruder in Christus, sofort die Mutter Gutman zu besuchen und ihr unter vier Augen meine Botschaft auszurichten.
Ignacios Identitätslieferant meldete sich gegen halb elf im Büro.

Wir gingen hin, um ihn zu begrüßen. Ein winziges Männchen stand da, bleich und unrasiert, mit einem Polaroidkoffer unterm Arm, unter dem Gewicht eines hölzernen Stativs gebeugt. Er schaute Ignacio ängstlich an und lebte sichtlich auf, als der ihn freundlich begrüßte. Ich nahm seinen Koffer, der Ordensbruder schnappte das Stativ, und wir gingen zum Refektorium. Der Kleine nickte, als er den hellen, langen Saal sah. »Kann ich hier arbeiten?«
»Nein, Bobby, aber deine Fotos machen. Arbeiten kannst du bei mir hinten. Da gehen wir nachher hin.«
Die beiden holten noch einiges aus Bobbys Kastenwagen. Einen Computer, einen sauschweren Farbdrucker, alles hatte er dabei, und alles musste ins Arbeitszimmer gebracht und angeschlossen werden. Keine einfache Sache, so eine Passfälschung, schien mir.
Er baute seine Passfotokamera auf, ich setzte mich vor eine schnell gespannte Leinwand, und er machte Fotos. Mit Krawatte, mit Brille, mit Klebebart, mit Perücke. Und ohne. Ich kam mir vor wie einer, der sich jeden Tag neu erfinden musste.
Ignacio führte uns den Gang an der westlichen Längsseite des Gebäudes entlang, wo er ein Arbeitszimmer hatte. Bobby gefiel die helle Klause. Er und Ignacio holten noch mal Utensilien aus seinem Auto, die auf dem langen Holztisch aufgereiht wurden. Bobby fragte, welches Aussehen mir am besten gefiel, am zweitbesten und so weiter. Ich wählte – »denke dran, du musst in der Lage sein, überall und jederzeit den Look wieder hinzukriegen«, was schon mal Perücken ausschloss –, und er machte sich Notizen. Wir einigten uns anhand einer imponierend langen Liste auf die wichtigen Daten – Geburtsdatum, -ort, Namen – und damit auf die Art der Dokumente.
Das Männchen legte los. Wir schlossen die Tür von außen zu.

»Man kann nicht vorsichtig genug sein, besonders bei Bobby«, grinste Ignacio, der den Schlüssel in seine Kuttentasche steckte. »Woher kennst du ihn denn?« Die Dämlichkeit der Frage fiel mir zu spät auf. Das merkte er wohl. »Natürlich von meinem alten Beruf her. Ich habe Bobby viermal verhaftet, habe drei Verurteilungen erreicht, eine Bewährung und zweimal Knast. Drei Jahre und siebeneinhalb Jährchen. Nach der zweiten Entlassung bin ich in sein Studio marschiert, habe mich hingesetzt und ihm klaren Wein eingeschenkt. Ich habe ihm gesagt, dass er zwanzig Jahre kassiert, wenn ich ihn noch mal erwische – inzwischen hatten wir in Kalifornien nämlich das Three-Strikes-Gesetz, das besagt, dass die dritte Zuchthausstrafe ihn zum Berufsverbrecher stempelt und er deshalb – je nach Richter – bis zu ›lebenslänglich‹ bekommen kann. Das hat ihm natürlich ordentlich zugesetzt. Bobby ist ein begnadeter Fälscher, aber sonst hat er nichts gelernt. Also war er ganz schön aufgeschmissen. Entweder ›lebenslänglich‹ – oder was? Oder er lässt mich ab und zu wissen, wer sich Papiere besorgt und auf welchen Namen. Dann halte ich mein Händchen schützend über seinen genialen Fälscherkopf, und ihm passiert nichts, wenn er sich nur aufs Fälschen konzentriert. Was auch geklappt hat. Bis ich mich zur Ruhe setzte und hierher zog. Damals hat er mit der Fälscherei aufgehört und sich auf sein Hobby konzentriert. Diesen Job macht er mir zuliebe.«
»Aber die Liste mit den offensichtlich geklauten Pässen und Führerscheinen? Mit dazugehörigen Namen und Daten? Die scheint mir aktuell.«
»Ist vermutlich steinalt. Aber keine Bange – er macht dir mit den alten Daten neue, aktuelle Papiere. Bobby ist der Beste. Der lässt seine Papiere weiterleben, sobald er sie bekommt; mit den Führerscheinen zahlt er Strafbescheide, die Pässe lässt er

durch Flughafenscanner laufen, die Sozialversicherungspapiere werden durch schriftliche Anfragen bei der Behörde immer wieder aktenkundig. Da ist er einmalig, der Kleine. Du bekommst eine Auswahl erstklassiger Dokumente, die jeder Routineüberprüfung standhalten. Da hat er seinen Stolz. Deswegen war es mir so wichtig, ihn an Land zu ziehen. Wir haben nie jemanden aufgrund von Bobbys Papieren verhaftet oder auch nur aufgespürt. Sein Zeug war schon immer erstklassig.« Man hörte richtig seinen Stolz auf den Mann. »Übrigens macht er diesen Job für mich aus alter Freundschaft. Kostet dich keinen Roten.«

»Wo wäre ich ohne dich?« Er nickte. Stimmt. Ich meinte die Frage ernst. Wo wäre ich ohne diesen selbstlosen ehemaligen Cop?

Gegen Abend klingelte Ignacios Telefon. Er hob ab, horchte und sagte, dass wir gleich kämen.

Bobby saß vor einem aufgeräumten, penetrant sauberen Tisch. Vor ihm lagen vier Stapel Papier. Er schob mir den ersten zu. Ich konnte es nicht fassen. Ein abgegriffener Führerschein mit meinem Foto und dem dazugehörigen Vermerk »Brillenträger«. Dazu eine alte, wegen eines seinerzeit abgegriffenen Farbbandes kaum lesbare Geburtsurkunde auf billigem gelbem Behördenpapier. James Dutton, männlich, Sohn von Eva-Lynne Dutton, Bend, Oregon, 1961. Social-Security-Ausweis, drei Stromrechnungen und eine Mietquittung vom vergangenen Vierteljahr für eine Wohnung in Topeka, Kansas.

Die anderen drei Päckchen waren genauso gut. Ich war wirklich von den Socken. Also gab ich ihm vier Hunderter aus meinem Brustbeutel, die er etwas eingeschnappt ablehnte. »Ist ein Freundschaftsdienst für Ignacio. Das schulde ich ihm schon lange. Behalte dein Geld – du wirst es brauchen.«

»Kennst dich mit deinen Kunden aus«, meinte ich, denn er hatte recht.
Er nickte und schaute mich groß an. »Ist immer so. Kauft sich doch keiner ein neues Leben, wenn das alte in Ordnung ist.«
Wir tranken noch einen Kaffee in der Küche. Aus reiner Freundlichkeit fragte ich Bobby, wo er wohnt. »Hier in der Gegend«, meinte er. »Nicht weit. Hab schon immer in der Nähe gewohnt. Mit kurzen Ausnahmen. Mir gefällt's hier.« Er sah auch sehr zufrieden aus.
»Ignacio sagt, du lebst nur noch von deinem Hobby. Wie schön – das wünsche ich mir auch eines Tages. Was machst du denn?«
»Malen. Ich male Ölschinken. Alle möglichen Stile.« Dabei schaute er Ignacio an. Der drehte den Kopf mir zu und sah hilfesuchend zu seinem Boss hoch. Ich muss wohl ziemlich erschrocken geschaut haben, denn Bobby winkte ab. »Nicht, was du denkst. Keine Rubens, keine Rembrandts, keine Goyas. Nur weniger bekannte Klassiker; aber Klimt ist meine ganz große Leidenschaft.« Und im Handumdrehen zeichnete er die Umrisse der 1945 im Feuer verlorenen »Freunde«.
Die Katze lässt das Mausen nicht. Ignacio schaute verschämt zu Boden. Zur Konkurrenz?
Ich konnte nicht aufhören, über die Großzügigkeit und die Hilfsbereitschaft zu staunen, die ich den letzten Wochen genossen hatte. Eine Selbstlosigkeit von Menschen, denen man außer Altruismus alles zutraute. Bei Gelegenheit, wenn sich meine Situation beruhigt hatte, musste ich mal über mein eigenes Verhalten nachdenken. Ehrlich nachdenken. Denn ich war beeindruckt von der Uneigennützigkeit. Vielleicht war ich selbst so. Wenn nicht, würde ich's gern werden.
Meine Papiere sahen wirklich gut aus. »Was sollte ich mit

diesen schicken Sachen lieber nicht machen? Pass beantragen? Steuern zahlen? Sag's mir.«

»Im Prinzip kannst du mit ihnen alles machen. Sie sind alle aktuell, sie waren alle echt, und sie haben genügend Daten hinterlassen, um jedem Datenvergleich standzuhalten. Selbst das Finanzamt merkt nichts; du kannst mit denen ruhig deine Steuererklärung einreichen, ohne dass einer fragt, warum du seit Jahren keine mehr abgegeben hast. Nur Hundertprozentiges für Bruder Ignacio.« Er war stolz auf seine Arbeit. Ich war glücklich.

Wir halfen, das viele Handwerkszeug im Kastenwagen zu verstauen. Er fuhr gegen Mitternacht wieder nach Hause – »ist ja nicht weit, nur eine gute Stunde oder so« –, und wir tranken noch ein Bier im Garten. Es war eine ruhige, helle Nacht, wie gemacht fürs Geschichtenerzählen oder einfach zum Zusammensitzen.

»Warum bist du Franziskaner geworden?«

»Weil ich nicht mehr Polizist sein wollte. Zu viel Blut, zu viel Beschiss und zu wenig Menschlichkeit. Ich habe das über zwanzig Jahre gemacht und war reif für den Schaukelstuhl.«

»Was ich verstehe«, sagte ich, obwohl ich nicht verstand. »Aber ausgerechnet Mönch? Ist ja das genaue Gegenteil von dem, was du gemacht hast.«

»Was aus mir wurde, hättest du sehen können. Denn man ist, was man tut. Klischees beruhen auf Wahrheit. Ich habe gemerkt, wie ich von Jahr zu Jahr gefühlloser wurde, wie mir der ganze Sumpf zur Norm wurde, wie wenig mir die Menschen bedeuteten, mit denen ich beruflich zu tun hatte – und auch die, die mir mal wichtig waren. Man stumpft ab. Ärzte stumpfen ab, Polizisten und Richter stumpfen ab, selbst Priester stumpfen ab. Ich bin Polizist geworden, weil ich dachte, damit die Welt verbessern zu können. Reiner Idealismus. Der Schritt hierher lag also nahe. Noch bin ich nicht gebunden. Ich habe erst mein vorläufiges Gelübde abgelegt, aber in zwei oder drei Jahren wird man mich auffordern, mich zu entscheiden, und dann werde ich mit Leib und Seele Franziskaner. Kein vorläufiger mehr, kein halber, nicht mehr einer, der jederzeit zurückkann. Das Gelübde fordert Armut, und völlige Mittellosigkeit bedeutet Gebundenheit. Ausweglosigkeit, wenn du willst. Für mich heißt es, die Entscheidung nie zu bereuen, sondern jeden Tag alles wieder zu verschenken. Alles, was man ansammelt. Liebe, Wissen, Erkenntnis. Alles wieder unters Volk, so schnell man kann. Denn die Welt darbt, und wir können ihr helfen.« Er lehnte sich in den Stuhl zurück, sah erschöpft aus, völlig fertig. Das Mondlicht, vielleicht. Ich hielt ihm noch eine Flasche Bier hin, aber er schüttelte nur den Kopf.

Nichts für mich, so ein Leben. Eine Zeit lang ja, aber auf Dauer? Man musste schon ordentlich fertig sein, um das als Aufgabe zu sehen, als wünschenswerte Aufgabe. Bewundernswert.

Am nächsten Morgen hatte ich keine Ausrede mehr. Entweder ich blieb mein Leben lang in den vier Wänden der Mission, oder ich wagte mich mal wieder unter die Leute. Also sagte ich Ignacio, was ich vorhatte, und stieg ins Auto. Er meinte, es sei ratsam, ab und zu anzurufen und einfach zu erzählen, wo ich bin und was so läuft. Logisch. Mache ich.

Ich fuhr nach Süden. An San Luis vorbei, an Pismo, an Nipomo. Dann hinten rüber, über den Tepusquet Peak und ins Santa Maria Valley.

Als ich in fast einem Kilometer Höhe durch den Wald fuhr, suchte ich eine Parkgelegenheit, eine Aussicht über das weitläufige Tal. Die Laubbäume des zwölfhundert Meter hohen Tepusquet halten die obere Hälfte des Berges kühl; wenn im

Hochsommer die Hitze zwischen Meer und Stadt steht, wenn sich keine Brise regt und kaum Schatten zu finden ist, dann fährt jeder hier hoch, der ein Ferienhäuschen oder ein Grundstück im dichten Wald hat. Einige Dutzend Hütten und Wohnwagen standen am massiven Berg. Und die Straßenverwaltung hatte tatsächlich an besonders hübschen Stellen kleine Ausbuchtungen gebaggert, hatte sie mit Schotter befestigt und als Aussichtspunkte gekennzeichnet. Ich fand eine Stelle, wo ich mein Auto im Laubwald verstecken konnte und von der Straße aus einen ungehinderten Blick bis zum Meer hatte. Dort stand ich eine gute Stunde und sah mich um. Orientierte mich, machte einige Fotos, damit ich das Plätzchen wiederfand, und genoss ganz einfach die Aussicht.

Hier oben fühlte ich mich frei, besonders nach der Heidenangst, die ich in den vergangenen Tagen auszustehen hatte. Ich war nicht mehr der Jüngste: worüber ich vor zehn Jahren noch gelacht hätte, lässt heute den Schweiß fließen.

22 Avila

Die drei Drogencops waren mir ein Rätsel. Ich hatte in der Mission viel über mich und meine Gegenspieler nachgedacht. Dass Drogenhändler ihr Geschäft aus Habgier betreiben, ist klar. Keine Frage. Also verstand ich Moreno und Genossen, kannte ihre Motivation und konnte mich demzufolge einigermaßen schützen. Aber die Bullen waren mir ein Enigma. Warum benahmen sie sich wie ein Rollkommando? Was führten sie im Schilde? Dass sie mich für besonders gefährlich hielten, musste ich nach den Horrorwochen seit meinem unseligen Zusammentreffen mit dem menschlichen Seehund am Strand von Pismo anerkennen, aber ich kam mir vor wie ein kleiner Junge, der sich in die Ecke stellen muss. Und nicht weiß, warum.

Mein Fernglas kam mir wie gerufen. Eigentlich hatte ich das Ding aus einer Laune heraus gekauft. Aber nun machte es sich bezahlt. Ich konnte nämlich von hier oben aus das gut zwei Meilen entfernte Restaurant sehen. Wegen des verflixten Smogs von den Ölfeldern her nicht sonderlich klar, aber deutlich genug, um Autos auf dem Parkplatz erkennen und Bewegung auf dem Hof verfolgen zu können. Und ich schätzte, dass das bei Dunkelheit noch einfacher würde. Also hatte ich mein Plätzchen gefunden.

Natürlich rief ich Rick an, der sich freute. »Mensch, ich hab schon gedacht, dir sei was passiert.«

»Nur Gutes«, versicherte ich ihm, womit er natürlich nichts anfangen konnte. »Was macht deine Suche?«
»Klasse. Einwandfreie Ergebnisse, viel Arbeit kommt da auf uns zu, aber ich meine, es lohnt sich.« Mit Hintergedanken, mein Lieber: Lohn. Gut so.
»Wo wollen wir uns treffen. Und wann?«, wollte ich wissen.
»Kannst du heute?« Klar kann ich.
»Weißt du noch, wo wir mal vor vielen Jahren standen, Fahnen in der Hand und ein Lied auf den Lippen? Vorsänger war damals dieser Folkrocker, der bei Santa Barbara auf dem Hügel wohnt.«
Natürlich erinnerte ich mich. Vor zwanzig Jahren, am Tor des Diablo-Canyon-Atomkraftwerkes. Jackson Browne spielte Gitarre, wir hielten Amifahnen mit dem Sternenfeld nach unten und sangen Protestsongs, was die Bullen noch mehr in Rage brachte, bis sie zuschlugen und wir hundert Friedensfritzen in alle Richtungen abhauten.
»Gute Idee, mein Lieber. Da ist doch ein Café in der Nähe, gleich zweihundert Meter Luftlinie. Ich treffe dich auf der Terrasse. Um halb vier?«
Fand er gut. Also.
Mein Bart kratzte. Er war erst vier Tage alt, und ich kam mir vor wie einer dieser Europäer, die bei uns unrasiert herumlaufen. Das halten die für schick. Schick war's hier vor dreißig Jahren, als Dylan, der mit Songs über arme Leute Millionen verdiente und sich deshalb vermutlich schämte, plötzlich unrasiert auf der Bühne stand. Fehlt mir nur noch der Cowboyhut. Dann wäre der Eurotourist komplett. Ganz schlimm.
Rick saß schon da, als ich die Stufen zum Pelican Café hochging. Er trank Bier, bei der Hitze höchst vernünftig. Ich holte mir gleich am Tresen eines und ging raus auf die Veranda.

»Junge, gut, dass du da bist. Ich habe mir wirklich Sorgen gemacht.« Er glotzte mich an und druckste herum.
»Was ist?«
»Nix«, meinte er hastig. Aber irgendwas hatte er. »Nun sag schon.«
»Ach, nur so«, murmelte er verschämt. »Du siehst aus wie einer von diesen europäischen Touristen, die hier mit Dreitagebart und Cowboyhut herumrennen.«
»Mein neuestes Incognito,« erklärte ich ihm. Er fand das clever.
»Unsere Verabredung in Vegas« – nahm ich den Faden wieder auf – »wurde leider durch mein vorzeitiges Ableben verhindert.« Er lachte – natürlich hatte Rick auch die Fernsehnachrichten gesehen, und er wusste ja, dass die Meldung eine Ente war. Wir hatten telefoniert, als ich angeblich schon im Hoover-Damm Strom erzeugte. »War etwas happig zwischendurch, aber jetzt bin ich wieder ganz in Ordnung. Was hast du erfahren?«
Er erzählte. Und hörte nicht mehr auf. Da fielen Zahlen, dass es mir ganz schummrig wurde. Viel zu große Zahlen.
»Mensch, wie sollen wir solche Beträge nur bewegen? Ich sehe da ein echtes Problem.«
Nein, sah er nicht. Er war zuversichtlich. Erzählte mir was von irgendwelchen Programmen und Servern, die umgangen oder eingespannt werden müssten, von böhmischen Dörfern, was ihm nach einer Weile wegen meines stillen Staunens auch auffiel. »Mann, das hat meine Alte schon zur Weißglut gebracht. Sorry, Knabe, aber ich fange immer an zu fachsimpeln, wenn's um Computer und World Wide Web geht.«
»Na, deswegen bist du ja dabei. Du kennst dich aus. Also mache deine Sache im Cyberraum, und ich werde hier auf dem Boden weiterschnüffeln, in den nächsten paar Tagen. Treffen wir uns am Wochenende wieder. Aber diesmal wirklich ohne

jedes Risiko. Ich schlage vor, wir verabreden gleich Ort und Zeit.«

Fand er auch. Wir einigten uns auf den Starbucks Coffee Shop auf Ventura Boulevard in Sherman Oaks. Drei Uhr am kommenden Sonntag. Am Wochenende waren die Los-Angeles-Vorstädte immer gut besucht, was das Entdeckungsrisiko noch mal mindert.

In den beiden Tagen dazwischen hatten wir noch Gelegenheit, einiges zu erfahren. Ich hatte ohnehin vor, mich nachher auf die Lauer zu legen und den Rest des Tages nur den Handelsbetrieb zu beobachten. Sollte sich eine Gelegenheit ergeben, würde ich schon mal aktiv werden, aber im Prinzip wollte ich so viel Routine wie möglich im gegnerischen Lager sehen.

Wir tranken noch einen und schauten auf den Hafen von Port San Luis, der uns schon immer gefiel. Ein richtiger Arbeitshafen, kein Schickihafen mit Jachten und kostümierten Fettsäcken, sondern hauptsächlich authentische Fischer und Seeleute. Mit den entsprechenden Fahrzeugen. Die Kutter waren bunt vor Rostschutz, Farbe blätterte überall ab, und kein Messing glänzte in der Sonne. Dafür wurden riesige Netze voller Fische am Pier entladen, wo der Fang von Fischgroßhändlern gleich verarbeitet und verkauft wurde. Ein ordentliches Restaurant bot zwei Häuser weiter Fischgerichte mit Blick auf Meer und Meeresbewohner – Glastische standen über ausgesägten Gucklöchern, damit man beim Essen schwimmende Seelöwen und sich festkrallende Seesterne beobachten konnte –, die Hafenpolizei hatte ein Büro im zweiten Stockwerk, daneben war die Küstenwache untergebracht, und ein Kleinunternehmer mit Humor hatte sein Motorboot in Yellow-Cab-Taxifarben bemalt, mit dem er die paar Luxusschiffsbesitzer zu ihren in der Bucht vertäuten Dollargräbern transportierte. Hinter den Hügeln, die aus dem Meer ragten, stand das verhasste Atomkraftwerk Diablo Canyon mitten auf einer aktiven Erdbebenspalte. Man bestaunt noch immer die Weisheit der Behörden und den Mut der Erbauer, die sich diese Eulenspiegelei leisteten. Unter dem Ding kann sich jederzeit der Boden öffnen, aber die Betreiber beruhigen auf Anfrage immer, dass so ein Atomkraftwerk »nicht in die Luft gehen kann«. Schon mal was von Tschernobyl gehört?

Wir gingen zum Landungssteg, spazierten zweihundert Meter über Brecher und Meer bis zum Restaurant und kehrten wieder um. Der Fischfritze hatte gerade einen Fang abgeladen, und über seiner Annahmestation am Rand des Piers kurvten, schrien und schissen hunderte Möwen, Pelikane und Reiher. Im Wasser bellten sich Seehunde heiser, daneben tauchten Otter, die sich auf den Rücken legten und mit Steinen so lange auf ihre Muschelbeute einschlugen, bis die Muscheln aufplatzten. Dann fraß der Seeotter, ließ Muschelschale und Stein von der Brust ins Wasser fallen, drehte sich um und tauchte erneut.

Über den Hügeln Pismos wuchsen schneeweiße Hitzewolken in den tiefblauen Himmel. Pismo Pier wurde von einer Landzunge verdeckt, aber allein das Wissen, dass er da lag, ließ mir das Heimweh in die Augen steigen. Ich verfluchte innerlich mein Pech, die Zufälle, die mich hatten auflaufen lassen. Ich hätte alles gegeben, die wacklige Aluminiumtür meines kleinen Mobilheimchens wieder hinter mir zuknallen zu hören. Warum mussten mir solche Dinge passieren? Wie damals, als ich noch zur Schule ging, einen Haufen Freunde hatte und sich der private Teil meines Lebens im Wasser oder auf den Rücksitzen von Autos abspielte. Musste mein Alter mir mit seiner dämlichen, ungezügelten Geilheit das bisschen Sicherheit rauben, das mein Lotterleben unterbaute. Das verzieh ich ihm nie. Bis

heute nicht. Man buddelt seine Höhle, man schafft sich Sachen an, man arbeitet, um sich gegen Widrigkeiten abzusichern, hängt sich an Leute, damit die sich an einen hängen können. Der Glaube, nun ein gutes Fundament geschaffen zu haben, wird im Nu zerstört, ohne Vorankündigung, ohne einen Sinn zu ergeben, zufällig, gedankenlos. Dazu reicht es schon, am Strand über Leichen zu stolpern.
Es gibt keine Sicherheit. Es gibt Versprechen, aber die werden, ohne mit der Wimper zu zucken, gebrochen. Es gibt keine Gemeinschaft, keinen Gruppenbeistand. Eine Erfindung der drei Musketiere, aber keine Realität. Es gibt nur das Ich und Du. Der Mensch ist allein, aller Behauptungen und guter Vorbilder zum Trotz. Zweisamkeit ist nur vorübergehend. Einer geht, verabschiedet sich aus der Zweierbeziehung. Einer bleibt allein.
Seit Wochen habe ich Angst. Besonders nachts überfällt sie mich, die lähmende Angst aus Kindertagen. Wenn das Licht ausgeht und die kleinen Geräusche beginnen. Wenn es knackt und sich Tritte ins Bewusstsein drängen. Ins immer wache Unterbewusstsein. Die Zeit, die Geister gebiert, ist die Zeit, vor der ich mich fürchte. Wie damals.
Ricks Schritt klang hohl auf den Bohlen des Anlegestegs. Er setzte seine Füße mit Bestimmtheit auf, zielstrebig, selbst beim Spaziergang. Er legte eine Entschlossenheit an den Tag, die mir lebenslang fehlte. Er wusste, was er wollte. Ohne Schnörkel, geradeaus. Das genaue Gegenteil von mir.
»Warum ist deine Frau abgehauen?« Interessierte mich.
Er schaute mich eher gelangweilt an. »Weil ich angeblich nie Zeit für sie hatte. Dabei dachte ich, dass alles in Ordnung ist. Ich meine, ich habe einen guten Job, bringe ein ordentliches Gehalt nach Hause, trinke nicht übermäßig, rauche schon lange nicht mehr, war ihr treu. Aber sie meinte, ich hätte nur für

Computer und Telefonanlagen Augen, würde sie nur als bessere Haushaltshilfe sehen und sei überhaupt zu oft abwesend. Obwohl ich ja immer zu Hause war. Na, und eines Tages ist sie auf und davon. Hat unser gemeinsames Konto geleert, hat das Auto mitgenommen und war weg. Ich hab lange nicht gewusst, was ich machen soll. Aber dann habe ich auf eine Anzeige hin Marisol gefunden, und die kommt dreimal die Woche und macht mir die Bude sauber, wäscht, kocht, bügelt und hat ab und zu nichts dagegen, mit mir in die Falle zu steigen. Also habe ich's jetzt bis auf die Steuerklasse besser als vorher. Hab meine Ruhe, esse gut und lebe in einer netten, aufgeräumten Umgebung.«

Mann. So genau wollte ich's ja gar nicht wissen. Aber schon toll, wie sich so was löst. Eigentlich immer zum Guten, wenn man von vornherein beherzigt, dass jede Zweisamkeit scheitern muss.

»Und du hattest doch ein ziemlich festes Ding mit der Patricia Newell. Was ist daraus geworden?«

»Patty und ich haben uns gestritten. Sie säuft inzwischen wie ein Loch, und sie ging mir schon lange auf den Wecker. Laut, unverschämt und mit ihrem vielen Geld immer der Meinung, ihr gehört die Welt und wir anderen müssen uns fügen. Also hab ich mich abgeseilt.« Von Julie sagte ich nichts. Er kannte sie – ich hatte ihn gebeten, die Nachricht meines Todes richtig zu stellen. Je mehr ich über Julie nachdachte, umso schmerzlicher fehlte sie mir. Worüber ich mich wieder schämte. Denn wenn man's genau nahm, war ich mit Ausnahme der fehlenden Heiratsurkunde keinen Deut besser als mein Alter. Hatte Misty und gierte nach Julie. Schwein.

Rick und ich tranken noch ein Bier und trennten uns.

»Also Sonntag.«

»Abgemacht.« Er fuhr einen älteren weißen Chevrolet Pickup-Truck, so einen, der gern von jungen Surfern zum Transport der Bretter genommen oder von Älteren als Allround-Haus- und Hofmobil geschätzt wird. Der Chevy verschwand in der Biegung der Küstenstraße, als ich schon Julie am Telefon hatte.
»Nein, schau an – dich gibt's auch noch! Finde ich klasse, dass du dich meldest. Wo bist du?«
»Ganz in der Nähe. Ich würde zwar gern vorbeikommen, aber das geht momentan wirklich nicht. Was machst du?«
»Wenn du mir sagst, wo wir uns treffen, bin ich so schnell ich kann da.«
»Also – Avila, Hauptstraße. Parke dort. Ich komme.«
Eine Viertelstunde später brauste ihr kleiner königsblauer Honda die Strandallee entlang und kurvte mit quietschenden Reifen in einen der wenigen freien Parkplätze vor dem hüfthohen Mäuerchen, das den Bürgersteig von Strand trennt. Ich wartete noch kurz, um zu sehen, ob ihr jemand gefolgt war, aber auf der ruhigen Straße fiel nichts auf. Sie stieg aus und schaute sich um. Ich stand im Schatten von Antonio's Pizzeria und freute mich auf sie.
Als sie mich sah, begann sie zu laufen. Sie warf sich regelrecht in meine Arme. So sauber schmeckte sie, so rein. Meine Stimmung stieg, und nicht nur die, was sie mit Wohlgefallen bemerkte.
»Ich auch. Seit Tagen bin ich nicht zu halten. Wenn ich an dich denke, muss ich Hand anlegen, sonst drehe ich durch.« Sie griff meine Hand und marschierte zielstrebig zum Avila Surf, dem dreistöckigen roten Backsteinhotel am Südende der Straße. Ich ließ mich gern ziehen.
Fast zwei Stunden später wachte ich schweißgebadet auf. Ich hatte wohl ein halbes Stündchen gepennt. War aber auch an-

strengend gewesen. Mein lieber Mann. Sie hatte schon im Aufzug angefangen, mich auszuziehen. Was der alten blauhaarigen Dame peinlich war, die vor der Lifttür im dritten Stock stand, als wir oben ankamen. Sie packte ihren Pudel und wich entsetzt vor uns zurück. Kaum hatte Julie die Zimmertür mit dem Fuß zugeknallt, als sie mir schon die Juwelen aus dem Beutel holte. Und mich eine volle Stunde nicht zur Ruhe kommen ließ. Sie kratzte, sie biss, sie keuchte und grunzte, sie schrie und sie leckte. Sie hatte sich wohl vorgenommen, mich den Traumtod der Pubertierenden sterben zu lassen. Totgefickt. Mein Gott.
Als sie einsehen musste, dass auch die ernsthafteste Bemühung nichts mehr brachte, ließ sie mich ruhen. Ich schlief sofort ein. Und wachte auf, weil sich wieder was rührte. Ich schaute an mir hinunter, sie schaute zu mir hinauf. Na, denn.
Wir blieben bis Freitagmorgen. Sie rief im Amt an, und als sie auf dem Klo saß, rief ich Ignacio an. Er war stocksauer, weil er von mir nichts gehört hatte.
»Ich konnte nicht, Ignacio. Habe jemanden getroffen, die ich seit damals nicht mehr gesehen hatte, und wir haben Wiedersehen gefeiert.«
Das verstand er. »Setz dich gleich mal mit Sammy in Verbindung. Der hat hier schon ein paarmal angerufen und wollte unbedingt mit dir sprechen. Ich habe ihm übrigens gesagt, dass du richtig gute Sachen bekommen hast. Er weiß also, dass er den Einkauf abhaken kann.«
Gut. Ich sei wahrscheinlich gegen Abend wieder da, versprach ich. Und wenn nicht, rufe ich auf alle Fälle gegen sechs an, und danach alle drei Stunden. Was ihn wieder milde stimmte.
Julie wollte noch bis Montag früh bleiben, aber ich konnte nicht. Hätte ich nie durchgehalten, und außerdem musste ich schnüffeln gehen. Was ich ja gestern schon tun wollte und nicht

konnte. Wir liebten uns also noch mal, womit ich ohnehin ausgepowert war. Heute würde damit nichts mehr werden, und es war fraglich, ob ich ihn in den nächsten vierundzwanzig Stunden noch mal in Kampfstellung bringen konnte. Glaubte ich eigentlich nicht. Obwohl sie da einige Tricks auf Lager hatte.

Sie schmeckte ganz einfach gut. Wir spielten noch ein Weilchen herum und gingen dann frühstücken. Im Frühstücksraum saß die alte Blauhaarige und fütterte ihren Köter mit Leberwurst. Als sie uns sah, rümpfte sie die Nase und stieß gleichzeitig einen hörbaren Luftstrom aus. Julie grinste sie an und machte mit beiden Händen die internationale Bumsbewegung. Die Alte schnappte nach Luft, sprang auf, griff Struppi und rauschte hinaus. Ihr Tee dampfte verlassen vor sich hin.

Die Sonne schien grell und ließ die Schaumkronen auf den Brechern glitzern. Surfer standen auf ihren Brettern und freuten sich über die frühe Flut, Kinder spielten im Sand, Eltern saßen in bunt bezogenen Klappstühlen und lasen Zeitung oder dösten vor sich hin. Um die Landzunge zog eine schneeweiße Motorjacht mit einem diagonal angebrachten, doppelten roten Rennstreifen einen weiß schäumenden Strich auf den blauen Pazifik.

Wir holten uns Kaffee und viel zu süßes Blätterteiggebäck und gingen damit vor die Tür, wo vier Bistrotischchen die Vorbeispazierenden auf die Fahrbahn zwangen. In der Sonne ließ sich's aushalten. Ich schaute auf die Armbanduhr und erschrak: halb elf. Schon fast Mittag.

»Was machst du heute?«

Sie schaute mich an. »Wahrscheinlich heimfahren, wenn du gehst. Willst du mir nicht sagen, wo ich dich erreichen kann? Ich will nicht wieder herumsitzen und mich nicht trauen, den Fernseher anzumachen.« Ihr Mundwinkel zitterte. Sie tat mir leid, und ich hätte ihr zu gern gesagt, wo ich mich aufhielt, aber das ging nicht. Wegen der drei Brutalos, die so etwas in Minuten aus ihr herausquälen würden, aber auch wegen Misty. Ich schämte mich wieder ein bisschen. Der Apfel fällt nicht weit vom Roß. Zwei Frauen gleichzeitig war nicht mein Ding. Mein Gewissen hielt so was nicht aus.

»Ich würde gern, aber ich kann nicht. Aber wenn du mich anmailst, kann ich immer in irgendeiner Stadtbibliothek deine Message abrufen und antworten, was allerdings mal ein paar Tage dauern kann. Aber das wäre doch trotzdem was, oder?«

Sie schrieb meine Mailanschrift auf und steckte den Zettel hinter ihren Führerschein. »Klar, mache ich. Aber wie soll es mit uns weitergehen? Wenn du verschwinden willst, gehe ich gern mit. Macht mir nichts aus, irgendwo anders wieder anzufangen. Hier hält mich nichts.« In ihren Augen sah ich, dass mein künftiges Leben nicht einfach sein würde. Ich wollte ihr aber auch nicht sagen, dass ich mit Misty jemanden gefunden hatte, die ich schon ewig suchte, es nur nicht gewusst hatte. Julie war klasse, die typische Surferfrau von der Küste. Sie brauchte Sonne, Meer, das legere Leben am Rande des Kontinents. Sie wäre in Texas verloren, in Kansas todunglücklich, in New York reif für die Anstalt. Und ich glaube, dass sie das insgeheim auch wusste.

Ich winkte also ab. »Kann ich nicht, Julie. Und will ich nicht. Denn wenn ich jetzt laufe, höre ich nie wieder auf. Die lassen nicht locker. Entweder mir fällt eine Lösung ein, oder sie erwischen mich. Du hast ja gesehen, was sie alles können. Auf keinen Fall will ich dich da mit hineinziehen.«

Dieser Blick! Manche tragen ihre Emotionen in den Augen öffentlich mit sich herum. Sie zeigte ihren Schmerz deutlich. Ich musste wegschauen.

23 Nackte

Nach dem Frühstück spazierten wir zum Strand hinunter und schauten zu, wie die Jacht in der Bucht ankerte. Zwei Männer in T-Shirt und Shorts ließen ein Gummiboot zu Wasser, stiegen über eine Heckleiter in ihren Hafenkreuzer und brausten zum Anlegesteg hinüber.
Sofort meldete sich mein Gefahrensensor. Ich zog Julie an der Hand über den Strand und lief mit ihr die hundert Meter zum Auto.
»Steig ein, fahr sofort los und dreh dich nicht um. Ich rufe dich nachher zu Hause an.« Ich küsste sie kurz, schlug die Fahrertür zu und rannte los. Ich keuchte die Parallelstraße zur Strandallee entlang und lief ins öffentliche Klo an der Straßenecke hinterm Avila Surf. Ich stellte mich auf die hinterste Kloschüssel und schaute durch den winzigen, unterm Dach eingelassenen Lüftungsschlitz.
Zu sehen war nicht viel. Der Teil der Straße in meinem Sichtfeld lag ruhig da. Ich hörte nichts, was auf Eile schließen ließ. Nur ein Reifenquietschen von der Umgehungsstraße her. Doch da wird den Pferden immer freier Lauf gelassen, durchdrehendes Gummi war also eher an der Tagesordnung.
Ich schimpfte mich übervorsichtig, doch die Situation sah wirklich bedrohlich aus. Wenigstens hatte ich mich ohne große Abschiedsszene aus der Affäre gezogen, was auch seinen Vorteil hatte. Schön war's. Aber ich glaubte nicht, dass ich Julie noch

mal sehen wollte. Irgendwie war mir die Kleine zu anstrengend. Außerdem hatten wir keine Zukunft. Ich konnte mich nicht in zehn Jahren neben Julie sehen, irgendwo in der Prärie, mit einem Scheißjob, den ich nie wieder loswerden würde. Und immer in Angst. Jeden Tag Angst, jede Nacht herumwälzen. Nichts für mich.

Jemand kam ins Häuschen. Ich hielt die Luft an und versuchte, kein Geräusch zu machen. Ich stand auf dem letzten der drei nebeneinander angebrachten Töpfe und hörte, wie die Tür nebenan aufgemacht wurde. Ein Rascheln, ein Klirren auf den Fußbodenfliesen und dann noch eines. Ich staunte. Es wurde geflüstert, gleich danach unterdrückt gekeucht. Oh, shit! Schon ging's los, das rhythmische Klatschen. Die vögelten eindeutig. Nun stöhnten beide. Entweder hatte die Dame einen ausgesprochenen Bass oder die Dame war keine. Ich hörte rubbeln und grunzen, also beugte ich mich zur Tür hinunter, drehte die Schließvorrichtung auf und sprang von der Schüssel. Im Hinauslaufen hörte ich verzweifeltes Werkeln; Hosen hoch, Reißverschlüsse zu.

Ich trabte um die Ecke zum Hotel hinunter. Das reine Erosparadies, dieses Avila.

Die schneeweiße Jacht mit dem doppelten roten Rennstreifen zog mit hoch erhobenem Bug schon wieder einen Streifen übers Wasser, diesmal in umgekehrter Richtung. Das Gummiboot dümpelte noch immer am Pier. Von den beiden Männern war nichts zu sehen.

Ich spazierte die Straße entlang an meinem abgestellten Caddy vorbei. Hundert Meter weiter setzte ich mich auf das Strandmäuerchen und schaute gelangweilt umher. Zwei, drei Minuten lang tat sich überhaupt nichts. Dann kurvte ein Station Wagon voller Jungbürger auf die Straße, raste dumpf rapdonnernd an mir vorbei und quietschte am Hotel um die Ecke. Die hatte

ich vorhin wohl gehört. Ich ging zum Auto zurück, stieg ein und fuhr die drei Meilen zum Freeway.
Kurz vor Pismo war ein Stau. Kommt oft vor, besonders im Sommer, weil sich die Autobahnverwaltungen auf der ganzen Welt einig sind, dass nur zur Reisezeit durch Ausbesserungsarbeiten ein Verkehrskollaps garantiert wird. Ich fuhr also im Schritttempo um die lange Rechtskurve, von deren Höhe aus der ganze lange Pismo-Strand zu sehen ist. Wenn ich mich anstrengte, konnte ich sogar bis zu meinem Mobilheim schauen. Vom Vorplatz aus sah ich nämlich diesen Freeway-Abschnitt und hörte ihn nachts, besonders wenn die schnellere I-5 im Inland vernebelt war und viele Lastwagen von Los Angeles nach San Francisco meinen Küsten-Freeway entlangfuhren. Dann donnert und zischt der Verkehr die ganze Nacht. Eine Zehnbiernacht nannte ich so was, denn mit weniger Stoff im Bauch konnte ich solche Nächte nicht schlafen.
Drei dunkelbraun gebeizte Herren arbeiteten am Rand des Freeway. Drei orangefarbene Lastwagen standen auf der abgesperrten Überholspur, und von den drei Männern in orangefarbenen Warnwesten stocherte einer mit einem langstieligen Werkzeug am Straßenrand herum, während ihn seine Kollegen berieten. Danach war wieder freie Fahrt, und ich war zwanzig Minuten später im Santa Maria Valley.
Die Weinstöcke trugen nun winzige Rebenansätze, von mexikanischen Feldarbeitern sorgfältig gehegt. Über dem breiten Tal kreisten Raubvögel. Bezeichnend, ging mir durch den Sinn. Große schwarze Vögel mit gewaltigen Krallen, axtartigem Schnabel und völlig ohne Gewissen.
Der Cadillac trug mich am Restaurant vorbei, auf dessen Parkplatz bereits einige Autos standen. Mittagszeit. Ich hatte Hunger, trotz der schmackhaften Julie und dem anschließenden

Plundergebäck, aber natürlich kam das Stage Coach Inn nicht in Frage. Ich holte mir in der winzigen mexikanischen Tienda am Fuß des Tepusquet Tortillachips und zwei Einweckgläser voller selbst gemachter Salsa, eine Sechserpackung Cola und zwei Tafeln Schokolade für alle Fälle. Dann fuhr ich die kurvenreiche, schmale Straße hinauf, bis ich zu »meiner« Aussichtsstelle kam. Ich stellte den Cadillac wieder im Wald ab und überquerte die Straße, kletterte ins mittlere Geäst einer am Abhang wachsenden Eiche und machte es mir in einer breiten Astgabel bequem.

Unsere kalifornischen Goldeichen sind vor achtzig Jahren nur mit Glück der Ausrottung entgangen. Die kleinen Bäume mit den breiten Stämmen und Ästen und der dichten Krone waren zur Mangelware geworden, weil ihr goldfarben leuchtendes, hübsch gemasertes Holz den Grundstoff der Missionsmöbelmode lieferte. Die klobigen Sessel und Tische – hundertjährige, von Indianern handgezimmerte Möbel in den Missionen nachempfunden – waren zehn Jahre lang der letzte Schrei, und die gewaltigen Eichenwälder Kaliforniens mussten dran glauben. Als Holzfäller sich auch an abgelegene, schwer zugängliche Wäldchen machten, änderte sich die Mode: Die Moderne wurde modern. Und kein Mensch wollte mehr Goldeichenmöbel. Gott sei Dank. Denn unsere Eichen, die paar alten überlebenden und die neuen nachgewachsenen, sind einfach wunderschöne Bäume. Ducken sich in den Wind, werfen mit ihren ausladenden Ästen gewaltigen Schatten und stehen gluckenhaft über Wildblumen und hoch wachsendem Gras, das unter ihrem Schutz gedeiht.

In solch einer Eiche saß ich nun, den Feldstecher umgehängt, auf jeder ebenen Stelle eine Tüte mit Junkfood, und schaute auf die Stage Coach Inn, die in der Hitze waberte.

Gegen halb drei kam das erste Auto. Eine dunkle Limousine, die am Restaurant vorbeifuhr und auf dem Hof nach rechts bog. Ohne anzuhalten, verschwand sie in der Scheune. Knapp zehn Minuten später tauchte sie wieder auf dem Hof auf, fuhr gemächlich zur Straße zurück und nahm Geschwindigkeit auf. Gleich darauf wiederholte sich das, und so ging es den ganzen Nachmittag. Mir war eine gewisse Gleichmäßigkeit aufgefallen. Alle fünfzehn Minuten war ein neuer Wagen da, fast auf die Sekunde genau. Entweder unglaublicher Zufall oder beeindruckende Logistik.

Ich zählte sieben Autos in ebenso vielen Viertelstunden. Dann riss die Kette ab. Ich saß eine Stunde da, ohne dass jemand gekommen wäre. Ich war kurz vorm Einnicken – Julie hatte mich doch verdammt mitgenommen –, als ein Auto aus der Scheune herausfuhr, das nicht hineingefahren war. Jedenfalls nicht in den letzten Stunden. Es fuhr auch bis zur Straße, bog dort aber nach links, statt wie die anderen nach rechts, ab. Und kam in meine Richtung.

Das Schöne am Santa Maria Valley, oder Tepusquet Canyon, wie es hier vorne heißt, ist, dass nur eine Straße durchführt. Dreihundert Meter hinter dem Stage Coach Inn geht zwar ein besserer Feldweg von der Straße ab und mäandert durch ein trockenes Flussbett und über Weinberge nach Süden, in Richtung Foxen Canyon, von wo aus man auch nach Santa Maria gelangt, aber nur nach zeitraubendem Umweg. Das Auto fuhr an der einzigen Abzweigung nach rechts vorbei und dann weiter Richtung Berg. Es würde hier entlangkommen, falls es nicht vorher irgendwo in eines der Waldverstecke fahren würde. Also schnappte ich meine inzwischen leeren Tüten, meine paar Coladosen und das Kissen, das meinen Hintern vorm Einschlafen bewahrt hatte, und stieg vom Baum herunter. Ich hörte das

Auto näher kommen. Es war erst auf halber Höhe, aber der Motor des schweren Wagens strengte sich ordentlich an. Ich lief geduckt hinters Gebüsch zum Cadillac, warf alles auf den Rücksitz und kauerte mich hinter einen ausladenden graugrünen Manzanita-Strauch, durch dessen Zweige ich die Straße sah.
Ein schwerer schwarzer BMW mit dunklen Scheiben kam ins Blickfeld und verschwand sofort wieder. Nur sein Reifengeräusch verriet, dass er noch auf der Straße war. Er fuhr mit viel zu hoher Geschwindigkeit über diese schmale, kurvenreiche Strecke, auf der Familien ihre Sonntagsausflüge machen. Wenn da einer entgegenkam, gab's Tote.
Ich lief zum Caddy und folgte. Nicht zu schnell, denn das arme alte Auto hätte das Tempo nie durchgehalten, ohne zu kochen, und gelegentlich anhaltend und horchend. Der Rennstil verriet, wo sich der BMW gerade befand. Derjenige, der fuhr, hatte keine Angst vor Verfolgern. Umso besser.
Ich machte also mein Bergauf-stop-and-go, bis es vor mir still wurde. Irgendwo war er abgebogen. Ich fuhr im Touristentempo weiter, etwa eine halbe Meile, und sah den Rest einer fast verflüchtigten Staubwolke über einer Einfahrt stehen, als ich kurz vor dem Gipfel des Tepusquet um eine Haarnadelkurve bog. Dort hinein war er gefahren. Ich schaute weiter geradeaus, fuhr in gleichbleibendem Tempo an der Einfahrt vorbei und merkte mir, wo sie war, dann über den Gipfel und die ersten Meter bergab. Dort stellte ich das Auto wieder etwas abseits ab, nahm meinen Rucksack auf den Buckel und machte mich auf den Fußmarsch zurück.
Sämtliche Sinne waren angespannt, ich horchte, roch, ließ den Blick in die Runde schweifen und war darauf gefasst, entdeckt zu werden. Jemand musste doch spitzkriegen, dass ich hier

herumschnüffelte. Schon der Instinkt sagte mir, dass was im Busch ist. Aber niemand rief, keiner griff mich an, ich wurde weder beschossen noch angefallen. Die Geräusche, die ein Wald macht, kamen mir überlaut vor. Kleingetier raschelte, windbewegte Blätter knallten gegeneinander, sogar die Überreste weit entfernten Verkehrslärms drangen bis auf die Bergspitze, und der Linienflieger von Los Angeles nach San Francisco hörte sich zehntausend Fuß niedriger an, als er war. Irgendwo stieß Metall auf Stein.

Ich schreckte zusammen, als sich das Geräusch wiederholte. Irgendwer arbeitete. Eigentlich logisch, dachte ich. Hier oben wohnen am Wochenende ein Haufen Leute, und einige sind sicher auch während der Woche hier. Da wird einer seinen Garten umgraben.

Im Juli?

Also nicht. Ich war auf der Kuppe und ging lieber nach links in den Wald als noch weiter neben der Straße her. Die Einfahrt konnte nicht weit weg sein. Ich hielt mich an die generelle Richtung, die ich mir eingeprägt hatte, strich mir immer wieder Spinnweben und Laub aus dem Gesicht und war bei jedem Schritt verdammt vorsichtig. Als die Arbeitsgeräusche lauter wurden, konnte ich mich einfacher orientieren. Ich ging immer den dumpfen Schlägen nach.

Unvermittelt stand ich im Freien. Einen Schritt noch, und ich wäre einen grasbewachsenen Hang hinuntergepurzelt und demjenigen in den Rücken gefallen, der so hingebungsvoll eine Hacke schwang. Ich verzog mich sofort ins Gebüsch, zumal ganz in der Nähe ein Köter furchtbar zu bellen anfing.

»Halt's Maul, Jake«, rief der Mann. Der Köter dachte nicht daran. Im Gegenteil – er geiferte und kläffte, knallte gegen irgendwas, denn einem metallischen Schlag folgte ein spitzes Jaulen, um dann wieder ins Stakkato heiseren Bellens zu verfallen. Der Mann warf die Hacke vor sich hin, ging zum Auto, das um die Ecke des Wohnanhängers parkte, riss die Tür auf und klatschte dem Hund eine. Der jaulte wieder jämmerlich, aber er ließ das Bellen. »Shut the fuck up!«, drohte der Hundefreund noch mal und warf die Tür wieder zu. Er kam zurück in den Gemüsegarten, blieb stehen, schaute in die Runde und marschierte langsam zum Rand der Lichtung. Dann inspizierte er sorgfältig den Waldrand. Er machte einen großen Kreis um das offene Gelände. Ich holte sicherheitshalber meine Digitalkamera aus dem Backpack und steckte das 35-210-mm-Zoomobjektiv drauf.

Er war groß und stark. Das war mein erster Eindruck. Wie ein Basketballspieler, dieser Riesenwuchs, der Millionen garantiert. Ein Weißer, bärtig, mit sehr kurzer Frisur und einer ausgesprochen gesunden Gesichtsfarbe. Ein Oberkörper, den es nur gibt, wenn täglich mehrere Stunden lang Gewichte gehoben werden. Kein Schwerarbeiteroberkörper, sondern ein Mister-Universum-Gestell. Schmale Hüften, gewaltige Oberarme, riesige Schenkel und Einzelkämpferwaden. Die ganze Pracht war so gut zu bewundern, weil der Kerl splitternackt war. Völlig blank. Kein Fetzen an ihm, nicht mal Sandalen gegen den Giftsumach, der hier oben überall wächst. Ein Schwengelchen, das im Vergleich zum durchtrainierten Rest eher mickrig aussah. Männer sehen so was auf Anhieb. Ich freute mich, dass ich in der Abteilung einiges mehr zu bieten hatte.

Er beugte sich wieder vor – hoppla! Meine Klonachbarn von vorhin hätten sich gefreut! –, nahm die Hacke auf und schlug weiter auf den harten, ausgetrockneten Boden ein. Der Köter begann erneut zu winseln. Mich fröstelte trotz der Nachmittagswärme.

24 Verbuddeltes Vermögen

Er grub wohl eine gute Stunde. Ruhte sich immer wieder aus und machte anschließend mit Hacke und Spaten weiter. Das Loch, das er aushob, wurde immer tiefer, so dass er sich hineinstellen musste. Bis zur Hüfte war er drin, buddelte fleißig, schwitzte wie ein Schwein und legte ein unglaubliches Tempo vor. Denn der Boden war nicht nur steinhart, sondern auch steinig. Immer wieder klirrte Metall auf Stein, und er musste sich wiederholt bücken und kindskopfgroße Brocken herauswuchten, ehe er weitergraben konnte. Ich hob gelegentlich die Kamera ans Auge und fotografierte ihn bei der Arbeit.

Es war kurz nach sieben, als er aus dem nun eineinhalb Meter tiefen Loch stieg. Ich war gespannt, wen er darin beerdigen wollte. Das Loch war einen guten Meter breit, wahrscheinlich noch etwas mehr. Eine Leiche würde bequem dort Platz haben. Besonders, wenn sie in der Indianerstellung begraben wurde, mit angezogenen Knien und über der Brust gekreuzten Armen. Er ging zum Gebäude, schloss es auf und holte sich erst mal etwas zu trinken. Während er trank, rückte ich nach rechts, damit ich Heck und Rückscheibe des Autos sehen konnte. Der Köter entdeckte mich und bekam erneut einen Tobsuchtsanfall. Ich zog mich weiter ins Gebüsch zurück, was Bello nicht im Geringsten beruhigte.

Der Muskelprotz öffnete den Kofferraum des BMW und hievte zwei Metallkisten heraus. Sie waren schwer – das Auto seufzte förmlich, als er die erste Kiste hob, und es stand lange nicht mehr so tief wie vorher, als er den Kofferraum wieder schloss.

Ich an seiner Stelle hätte die schweren Kisten gezogen, aber nicht Mister Universum; er schnappte eine, sagte »uff«, als er sie vor die Brust hob, und wankte zum Loch. Er stellte sie an den Rand und holte die zweite. Dann stand er auf und ging noch mal den Rand der Lichtung ab, in der sich Wohnwagen, Auto, Schuppen und Gemüsegarten befanden. Er schaute in den Wald, richtete den Blick in Bäume, trabte plötzlich hinter eine Reihe Sträucher und kam auf der anderen Seite wieder hervor. Zwischendurch pinkelte er einen ordentlichen Strahl – muss ich auf Cola auch immer – und kehrte offenbar zufrieden zu seinem Loch und seinen Kisten zurück. Er ging vor den Metallbehältern in die Hocke und öffnete sie nacheinander. Ich schwöre, so was habe ich in meinem Leben noch nie gesehen. Beide Kisten waren randvoll mit Geldscheinen. Nicht halb voll, nicht durcheinander geworfene Kohle, sondern sorgfältig gebündelte, sauber aufgeschichtete Scheine. Mit Banderole, wie ich von hier oben aus sogar durch das Teleobjektiv der Kamera sah.

Der Typ schaute auf sein vieles Geld. Zwischen seinen Beinen tat sich etwas. Er setzte sich mit einem gewaltigen violetten Ständer ins Gras und holte sich erst mal einen runter. Dann stand er auf, packte die erste Kiste und stellte sie vorsichtig auf die schwarze Kunststoffplane, mit der er das Loch ausgeschlagen hatte. Die zweite kam obendrauf. Er legte die Enden der Plane übereinander, setzte einen der schweren Steine darauf und begann, das Loch wieder aufzufüllen.

Eine halbe Stunde später war er fertig. Hatte das Loch dicht gemacht, den überschüssigen Aushub in schwarze Abfallbeutel geschaufelt und den Abhang hinuntergestoßen. Er legte eine Schicht bewachsener Erde, die er wohl vorher ausgestochen hatte, wieder über die aufgerissene Stelle und harkte sorgfältig alle Zeichen seiner Arbeit weg. Dann schaute er noch mal um sich, wusch sich mit dem Gartenschlauch, zog sich wieder an und fuhr auf die Straße. Ich hörte noch, wie er im Racingstil bergab brauste.

Ich saß im Grünen und schaute verdutzt auf die Stelle, wo einer ein Vermögen verbuddelt und die Stelle mit Sperma markiert hatte, wie ein Pirat im Schatzinsel-Porno.

Die Sonne stand schon sehr tief. In zwanzig Minuten würde es dunkel sein. Ich schaute mich um, merkte mir einen besonders hohen, schönen Baum zur Orientierung und stieg zum Garten hinab. Sehr vorsichtig ging ich zum Wohnwagen und machte erst mal ein Foto vom Gelände zwischen der Rückwand und dem Abhang, von dem aus ich alles gesehen hatte. Dann ging ich in den Garten, fotografierte die Grabstelle – denn als das hatte ich sie in unauslöschlicher Erinnerung – aus allen möglichen Entfernungen, bis ich über ihr stand. Das große Display auf der Kamerarückwand zeigte den Ausschnitt, den ich fotografiert hatte, und so, wie sich das Bild darbot, so wollte ich es haben. Da brauchte ich nicht lange suchen, wenn der große Tag kam.

Inzwischen war es fast dunkel, also ging ich wieder durch den Wald zu meinem Beobachtungsposten, von dort aus zum Auto, und fuhr wie in Trance bergab zum Highway 166, um nicht durch das Santa-Maria-Tal zu müssen. Ich fuhr einen gewaltigen Bogen, der mich erst nach New Cuyama brachte, von dort aus über dreißig Meilen unbefestigte Schotterstraße durch die menschenleere Wüste des Carrizo Plain bis zum knochenweißen, knochentrockenen Soda Lake. Dann ging es auf der Bitterwater Road nach Cholame, wo James Dean vor fast einem halben Jahrhundert sein Nirwana fand. Dreißig Minuten später klopfte ich an die Missionstür.

Ich hatte von unterwegs angerufen und Ignacio gesagt, wann ich etwa eintreffen würde. Er versprach, mit dem Essen auf mich zu warten. Wir setzten uns in die geräumige geweißelte Küche und aßen mexikanisch. Ignacio hatte Burritos vorbereitet, im Kühlschrank waren noch Tamales, auf denen die Church Ladies des Ortes sitzen geblieben waren. Die Church Ladies hatten nämlich den ganzen Tag lang Selbstgemachtes im Ort verkauft, um das nötige Geld für die Anschaffung einer neuen Our-Lady-of-Guadalupe-Heiligenfigur zusammenzubringen. Sie hatten sich darauf versteift, eine der Wunder wirkenden Maria Guadalupes aus dem mexikanischen Bergdorf Tolpetlac zu kaufen, in dessen Nähe die Mutter Gottes an einem Sonnabend im Jahr 1531 dem Indio Juan Diego erschienen war. Die geschnitzten Marien aus Tolpetlac führten weltweit die Bittgebet-Erfüllungsstatistik, und so eine musste her. Die Holzschnitzer im Bergdorf handelten nach den Grundzügen des Kapitalismus; ihre Preise richteten sich nach der gerade existierenden Nachfrage. Als eine große amerikanische Publikumszeitschrift die Wunder wirkenden Marien entdeckt hatte und seither regelmäßig darüber berichtete, schossen die Stückpreise ins Unermessliche. War vorher eine bunt lackierte, lebensgroße Pinienholz-Maria für dreihundert Dollar zu haben, kostete das erfolgreiche Modell nun vierundvierzigtausend. Da mussten viele Church Ladies viele Tamales wickeln und kochen. Aber das taten sie ja gern.

Er wollte wissen, wie mein Tag war. Ich log irgendetwas

zusammen, denn ich konnte ihm ja wirklich nicht die reine Wahrheit sagen. Nicht über den Tagesanfang, nicht über den Mittelteil und besonders nicht über den Abend.
Wir tranken noch ein Bier zusammen und verabschiedeten uns dann. Ich musste am Morgen wieder nach Santa Maria, und das neue Datum war schon längst angebrochen.
Als ich wieder hintenherum über den Tepusquet fuhr, traute ich mich nicht, anzuhalten und nachzuschauen, ob »mein« Geld noch da war. In jedem Wohnwagen, der irgendwo steht, wohnt irgendwann jemand. Und diesem Jemand wollte ich nicht in die Quere kommen. Ich fuhr also an der Einfahrt vorbei, hielt hinterm Gebüsch gegenüber meines Aussichtsbaumes und setzte mich wieder ins Geäst. Ich hatte ein Buch dabei, hatte mir in Paso noch Dauerwurst und Bier geholt und saß nun herum, las, trank, aß und langweilte mich. Nichts war los.
Zwei Stunden hockte ich herum, als der erste Mittagsgast auftauchte. Und bald darauf der erste Gast, der nicht auf dem Parkplatz hielt. Here we go again. Wie gestern. Rein. Raus. Jede Viertelstunde.
Bis halb acht zählte ich einundzwanzig Autos. Zwischendurch war wieder mal Pause, immer zu der Zeit, wenn auch im Restaurant Flaute war. Die hatten ihren Verkehr auf die Stoßzeiten des Küchenbetriebes abgestimmt. Eindeutig. Also war das Gebäude im Wirtschaftsteil des Hofes nicht nur zufällig Drogenumschlagplatz, sondern der Kneipier steuerte beide Geschäfte.
Ich stieg von meinem Ausguck herunter, zum wievielten Mal heute weiß ich nicht mehr, denn der Hintern schläft beim Baumsitzen ein. Unweigerlich. Und nur durch emsiges Auf-und-ab-Hüpfen fließt das Blut wieder. Der Caddy war noch heiß von der Tagesglut, und ich schaltete erst mal Air Conditioning ein, damit das lederbezogene Innere einigermaßen erträg-

lich wurde. Inzwischen holte ich meinen Laptop aus dem Kofferraum und ging ins Internet.

Ich suchte Jeff Moreno, und ich fand ihn. Die Webseiten seines Restaurants, natürlich, und die verschiedenen Firmeneinträge, die ich ja schon kannte. Aber ich wollte ein Foto, was ich der Suchmaschine auch eingab, und ein hervorragendes Zeitungsfoto belohnte meine Mühe. Ein gut aussehender Mittdreißiger, sagenhaft geschnittener Anzug, strahlendes Lächeln, für das er allein einen meiner Jahreslöhne hingelegt hat, und eine schicke, moderne Superkurzfrisur. Passte auch zur Mister-Universum-Figur, zum gewaltigen Oberkörper und den Ärmel füllenden Bizeps. Mein Totengräber. Mein Wichsheld. Mein Moneyman. Dachte ich's mir doch.

Nun gut. Ich würde mich morgen mit Rick treffen und einen genauen Plan ausarbeiten. Einen Plan, wie wir an das Geld des Muskelmannes kommen, während er und seine Freunde gleichzeitig unschädlich gemacht werden. Nicht einfach, aber es ging um einen großen Haufen. Einen Teil des Haufens hatte ich ja selbst gesehen.

Erst mal fuhr ich ins Tal. Ich sah aus wie das Foto auf meinem neuen alten Führerschein – Haare ziemlich wirr und über den Ohren, die dicke Hornbrille störte mich noch, aber sie zog den Blick auf sich und lenkte ihn daher vom Gesicht ab. Fälscher Bobby hatte genial gearbeitet – so, wie der mich geschminkt und mit strategisch eingesetztem und angeklebtem Haar verändert hat, so sah ich wirklich aus, und so konnte ich auch mühelos bleiben. Ohne angeklebt und eingesetzt. Zum Glück wachsen meine Haare noch überall.

Mich würde also keiner auf den ersten Blick erkennen. Ich wurde mutig und verlangsamte vor der Einfahrt zum Stage Coach Inn die Fahrt, bog auf den Parkplatz ein und hielt an. Warum

nicht auf ein Bier reingehen? Ich wollte die Autotür gerade öffnen, als ein Auto aus dem Hof kam. Also blieb ich sitzen. Er fuhr keine drei Meter an mir vorbei, langsam, damit er abbiegen konnte. Der Wirt, Mister Universum. Er fuhr nach Santa Maria, und ich fuhr hinterher.
Eine Meile vor der Stadteinfahrt verläuft der Freeway nach San Francisco, und wo sich Freeway und Landstraßenüberführung treffen, steht ein Truck Stop. Mammuthafte Überland-Trucks tanken dort, hinter der Waschanlage stehen Betten in einem Saal, wo der müde Fahrer ein paar Stunden schlafen kann, während am Truck gearbeitet wird, und nebenan macht ein Restaurant rund um die Uhr gute Geschäfte. Jederzeit Riesenfrühstück, jederzeit Steak und Kartoffeln, Apple Pie und Ice Cream Soda, und das seit fünfzig Jahren. Die Bude stinkt noch immer nach Zigarettenqualm, obwohl seit Jahren in unseren Restaurants nicht geraucht werden darf, die Kellnerinnen waren frisch, als das Restaurant eröffnet wurde, und sie laufen noch immer mit blondierter Turmfrisur durch die Gänge. Aus dem roten Kunstleder der Sitzbänke quillt Schaumstoff, aus der Küche ertönen Klappern und Flüche. Trotzdem ist es verdammt schwierig, einen Platz zu bekommen. Nicht nur Trucker fühlen sich in der Schmuddelkneipe wohl, sondern auch Menschen, die mit Industriehamburger und fetttriefenden Pommes aus angerührtem Kartoffelpulver nichts anfangen können. Dorthin lenkte der Nobelkneipier aus dem Weingebiet Santa Marias seinen deutschen Nobelkarren, setzte sich zu zwei Herren, die offensichtlich auf ihn gewartet hatten, und sie steckten über den Tisch hinweg die Köpfe zusammen.
Ich hatte nach kurzem Warten einen Platz an der Theke bekommen. Ich ließ mir einen Milkshake bringen und eine Portion gebackene Leber mit Apfelringen und Speckstreifen und

schaute im Wandspiegel hinterm Tresen dem bunten Treiben meines Geldverbuddlers und seiner Freunde zu.
Die beiden Latinos stopften sich voll mit den sagenhaften Chimichangas, die den Ruf der Kneipe begründeten. In der Fritteuse ausgebackene Burritos mit viel Käse und saurer Sahne serviert, sind diese Kalorienbomben das Fastfood-Ähnlichste, was die amerikanisch-mexikanische Küche zu bieten hat. Weshalb sie wohl auch eine Lieblingsspeise übergewichtiger Kalifornier sind. Unser Mann mit dem Spaten stocherte dagegen auf einer Salatplatte herum. Sie alle konnten gleichzeitig essen und reden, eine beliebte Übung, die mir immer den Magen umdreht. Aus den beiden Dicken flogen feuchte Krumen, der Salatfan zeigte bei Vokalen Grün, und außer mir schien sich niemand daran zu stören.
Aus dem Augenwinkel hatte ich den Tisch im Blickfeld, während ich aß. Wir wurden gleichzeitig fertig. Einer der Mexikaner streckte die Hand über den Kopf und ließ sie kreisen, was die erfahrene Bedienung sofort sah und sofort woandershin eilte. Ich verlangte die Rechnung und flitzte zur Kasse am Ausgang. Als ich endlich mein Wechselgeld bekam, standen die drei auf. Ich wartete im Auto.
Sie kamen auf den Parkplatz und begleiteten Moreno zu seinem BMW. Er schloss den Kofferraum auf und ließ einen der Herren einen Koffer herauswuchten. Einen schweren Koffer. Die beiden schüttelten nacheinander seine Hand und schleppten zusammen den Koffer zu einem Chevrolet Blazer, der zwischen Truck Stop und Restaurant abgestellt war. Mister Moreno fuhr wieder nach Hause. Die zwei Männer fuhren im hochbeinigen Geländewagen an mir vorbei, bogen auf die südliche Freeway-Auffahrt und zeigten mit ihrer gleichmäßigen Fahrweise, dass sie den Aufpreis für den Tempomat nicht gescheut hatten.

Sie fuhren konstant zwei Meilen unter der Geschwindigkeitsgrenze. Ich hatte zu tun, hinter ihnen zu bleiben. Dreiundsechzig Meilen pro Stunde ist nicht mein Ding. Ich bin risikofreudiger. Vierundsiebzig ist meine Reisegeschwindigkeit. Ab fünfundsiebzig wird's teuer.
Ich wollte wissen, wohin die beiden fuhren. Hoffentlich nicht nach Mexiko. Die nächsten drei Stunden würde ich dranbleiben – auf alle Fälle bis Los Angeles, falls sie dorthin wollten. Denn dort musste ich in ein paar Stunden sowieso hin.
Nicht zu fassen, wie viele Leute nachts durch die Gegend fahren. Hinter Santa Barbara wurde der Verkehr dicht. Viertel vor elf, und keine Ruhe auf der Autobahn. Der Chevrolet brummte einen halben Kilometer vor mir, rings um mich wuselten Familienkutschen und Fernlaster, ich konnte nicht schneller fahren als die beiden vor mir und wurde somit zum rollenden Verkehrshindernis. Egal. Dranbleiben.
Bei Ventura bogen sie auf den Santa Paula Freeway. Hier war der Verkehr, wie es sich für eine anständige Straße kurz vor Mitternacht gehört: dünn. Ich hielt mich zurück und ließ ihnen einen hübschen Vorsprung.
Santa Paula ist Erdöl-Country. Die großen Funde der Jahrhundertwende hatten auf dem Land eine Förder- und Raffinerie-Industrie entstehen lassen, die achtzig Jahre lang auf Volldampf lief. Doch in den letzten Jahren hat sich alles verlangsamt, die Pumpen brachten nur noch die letzten Reste eines einst gewaltigen Reservoirs hoch, die Raffinerien waren zu alt und zu ausgelutscht, um auf den neuesten, gesetzlich vorgeschriebenen Stand gebracht zu werden, also verkümmerte das Feld. Die größte Ölfirma hatte ihre alten Anlagen zu einem Ölmuseum umgebaut, was steuerlich empfehlenswert war und der Öffentlichkeitsarbeit der Industrie einen netten Schub in die richtige

Richtung gab. Denn das Museum lockte Touristen ins sterbende Dorf. Den örtlichen Geschäftsleuten war jedes bisschen zusätzlicher Umsatz hochwillkommen.
Sie verließen den Freeway, und ich sah aus der Ferne die Scheinwerfer durch Avocadoplantagen leuchten. Vorsichtshalber schaltete ich das Licht meines Autos aus, als ich bewohntes Gebiet verließ. Es war einfach, sie im Auge zu behalten. Wir waren die Einzigen, die noch in diesen Hügeln herumfuhren, sie beleuchtet, ich nicht.
Zwei Meilen außerhalb Santa Paulas bogen sie von der schmalen Schotterstraße ab. Als ich zu der Stelle kam, wo sie im Gelände verschwunden waren, deutete ein verblasstes Metallschild auf eine Spur, die laut Aufschrift zum South Mountain Field führte. Sie waren also im Erdölgelände, mitten im Ölfeld. Ölpumpen nickten im Mondlicht, Förderpumpen, die nie aufhören, das schwarze Gold aus dem Erdreich zu holen. Wie eine Druckerpresse, die Tag und Nacht Geldscheine druckt.
Ich schob den Schalter der Innenbeleuchtung auf die Aus-Position und öffnete vorsichtig die Tür. Oben am Hügel war der Chevrolet zu hören. Gelegentlich ging das Brummen des Chevrolet-Motors in ein Kreischen über. Dann hatte eines der treibenden Räder den Kontakt zum Untergrund verloren, und der Fahrer musste Gas wegnehmen, damit das schwere Auto wieder über die aufgewühlte Erde fahren konnte.
Der Motor wurde leiser und veränderte seine Frequenz. Kurz darauf schien es, als komme er erneut von vorn. Vermutlich fuhr er um den Hügel herum und war fast auf der Kuppe angekommen, denn auf einmal war wieder ein Lichtstrahl zu sehen. Nur kurz, dann erstarb das Motorengeräusch, und gleich darauf wurde das Licht ausgeschaltet. Ich freute mich über die

sorgfältige Schalldämpfung des Cadillac-Achtzylinders; eher hörte man unter den Reifen Steinchen knirschen als den Motor. Ich ließ das Auto den Weg zurückrollen, bis ich wenden konnte, ohne auf meine Anwesenheit aufmerksam zu machen. Dann fuhr ich nach Los Angeles.

25 Bratwurst, Bier und Spätzle

Nachts um zwei ein Zimmer zu bekommen ist selbst in L. A. ein Kunststück. Stundenmotels und Flughafenherbergen vermieten noch um die Zeit, aber kein anständiges Hotel. Ein Puff reizte mich nicht, und die dreißig Meilen bis zum Flughafen wollte ich auch nicht mehr fahren. Also stellte ich das Auto in eine Einbuchtung am Mulholland Highway, wo er durch die Ortschaften im äußersten Westen der Stadt führt, ließ die Sitzlehne in Liebesstellung gleiten und verschlief den Rest der Nacht.

Um sechs Uhr war ich schon wieder wach. Da klopfte nämlich einer an die Seitenscheibe. Ich schreckte auf. Ein altes Ehepaar schaute mich besorgt durchs Fenster an. Ich gähnte und ließ die Scheibe herunter.

»Guten Morgen! Sind Sie in Ordnung? Fehlt Ihnen was?«, wollte der knorrige Alte wissen, und seine winzige, straff geliftete Frau versteckte sich sicherheitshalber hinter ihm. Der Köter, den er an der Leine führte, knurrte. Gott sei Dank hatte ich die Tür nicht aufgemacht.

»Alles okay, danke. Ich bin nur furchtbar müde geworden – nachts auf dem Freeway, auf der Fahrt nach San Diego, und da habe ich gedacht, ruh irgendwo aus, wo du keinen störst. Muss wohl eingeschlafen sein. Man wird nicht jünger.« Das verstanden sie. Beide lächelten mich mit elfenbeinernen Drittzähnen an, wie man Massenmörder anlächelt, die sich für eine unsichere Friedlichkeit entschieden haben. Dann winkten sie und spazierten schnell weiter. Fremde Menschen, die im Auto schlafen, lässt man gemeinhin in Ruhe. Diese Leute hier meinten es gut, und ich war ihnen dankbar. Ein Cop hätte erst mal meine Personaldaten in seinen Bordcomputer eingegeben, worauf ich trotz der Versicherung des Mönches und seines Fälscherfreundes nicht scharf war.

Ich fuhr also zurück zum Freeway und suchte mir ein Denny's Restaurant, wo ich frühstücken konnte. Zum Glück musste ich nur fünf Minuten fahren. Denn nicht nur mein Magen meldete freudig den neuen Tag, Darm und Blase taten dies noch viel nachdrücklicher.

Gesättigt und entleert fuhr ich weiter. Mir blieben noch fast acht Stunden bis zu meiner Verabredung mit Rick am Ventura Boulevard. Und die Central Library schloss nie. Womit klar war, wo und wie ich meine Zeit verbringen würde.

Vor fast zwanzig Jahren hat mal ein Verrückter die alte Stadtbibliothek angezündet, weil er der Meinung war, das sie der Sitz des Teufels sei. Alle drei Stockwerke wurden in Mitleidenschaft gezogen, und viele der fünfzigjährigen Statuen und Wandgemälde gingen in Rauch auf. Aber dann hat sich einer der tonangebenden Politiker der Millionenstadt an die herrlichen Jahre erinnert, die er als Kind dort verbracht hatte, und wurde zum Kulturlobbyisten. Das Resultat der Arbeit ist ein original wiederaufgebauter Mittelteil und zwei neue Flügel, die unter- und oberirdisch auf acht Stockwerken Lesestoff bieten.

Ich stellte den Cadillac im Parkhaus an der Hill Street ab und ging um die Ecke zum Bibliothekseingang in der Fifth Street. Es war sehr schön wiederaufgebaut – ich kannte nur die alte Bücherei vor dem Feuer, und war begeistert. Ich suchte die kartografische Abteilung, fand sie im zweiten Stock des alten Mittelbaues und begann die Suche nach Ölfeldern in Santa Paula. Was nicht schwierig war. Ölfirmen müssen seit Beginn der kommerziellen Exploration genaue Bohrkarten erstellen, und sie sind gehalten, geologische Aufzeichnungen anzufertigen und der Öffentlichkeit zugänglich zu machen. Sämtliche Unterlagen waren da. Sauber nach Ortschaften geordnet, geografisch, vom südlichsten Kalifornien bis in den Norden. Riesige, muffige alte Karten, übermannsgroße Folianten, und was nicht mehr im Original vorhanden war, konnte auf digitalen Kartenlesern und Mikrofilm nachgeschaut werden. Ich machte mir Notizen, druckte vieles aus, und nach wenigen Stunden wusste ich, was ich wissen wollte.

South Mountain Field war eines der ersten Ölfelder in der Umgebung Santa Paulas, und es blieb eines der ergiebigsten bis vor etwa dreißig Jahren. Damals mehrten sich die Anzeichen für eine Austrocknung der Ölfelder: vermehrt Schlamm im geförderten Öl, ansteigende Sulfitwerte und gelegentliche, unerklärliche Stockungen im Ölfluss. Und da der fördernde Ölmulti viele Finger in vielen Löchern auf der ganzen Welt hatte, verzichtete er gern auf das immer aufwendigere Pumpen in Santa Paula. Also wurden die Bohrungen gekappt, teures Fördergerät abgebaut und die Altlasten einfach stehen gelassen. Damals war der Begriff Ökologie nur wenigen Spezialisten und Linguisten bekannt. Umweltschutz bedeutete Aufrüstung, um die Umwelt gegen Russen und sonstige üble Kommunisten zu schützen.

Die Detailkarte des Abschnitts 13A zeigte diverse verschlossene Bohrungen, die den Hügel N144/35/13/A spiralförmig durchstießen. Kurz vor der Hügelkuppe war ein bewegliches Werkstattgebäude eingezeichnet, dem ein ebenfalls mobiles

Teilelager angeschlossen war. Darüber stand eine Tank-Farm: eine Reihe gewaltiger Stahltanks, in denen das geförderte Rohöl bis zum Abtransport gelagert wurde. Die Tanks waren schon lange entfernt worden, die sie umringenden Erdwälle waren aber eingezeichnet. Und die Gebäude standen noch. Die Karte bezeichnete sie als »verlassen«, mit einem Grundbuchhinweis.
Ich nahm meine Notizen und ging zur Grundbuchabteilung hinüber. Unter Santa Paula fand ich zwei Großgrundbesitzer; eine Ölfirma, die schon seit der Jahrhundertwende alles aufkaufte, was möglich war, und den Rest pachtete. Und ein in Kansas ansässiger Lebensmittelverarbeiter, dessen Agribusiness-Firma in Santa Paula aktiv war. Sie betrieben Avocado- und Zitrusplantagen, und ihre neue Weinbaugründung hatte der Ölfirma einige tausend Acres abgekauft. Aufgegebenes Ölland, für den Pflug ungeeignet, aber Wein gedieh dort prächtig. Ihr Besitz umschloss den Hügel N144/35/13/A, gehörte ihnen aber nicht. Er gehörte einem Weingroßhandel namens Tepusquet Cellars, und der gehörte zur Santa Maria Inn, Incorporated. Die wiederum war im Alleinbesitz unseres Masturbaten Moreno. Und seiner Gattin, natürlich, aber ich hatte schon kürzlich den Eindruck gewonnen, dass sie nur aus Haftungs- und vielleicht Steuergründen mit dabei ist.
Da ich schon mal hier bin, kann ich wenigstens noch schnell meine Heimat betrachten. Wann geht man schon zum Amt, um in Grundbüchern zu schnüffeln? Wann lässt man sich zu Hause die geologischen Karten zeigen, um zu sehen, wo das nächste Bohrloch ist? Also.
Moreno gehörte mehr vom Santa Maria Valley, als ich für möglich gehalten hatte. Die Santa Maria Fine Wines And Dining war wohl die Holding, denn dieser gehörte viel Land,

das wiederum an Betreiberfirmen verpachtet war. Sunrise Cellars, beispielsweise, hatte 440 Acres östlich des Stage Coach Inn gepachtet (die zu SMFWAD gehörte) und ließ sie von der Blue Thumb Winery bebauen. Dies war ein Tochterunternehmen der Consolidated Food And Drink, deren alleiniger Anteilseigner – na, wer schon war? Genau. LandandSea Transports verpachtete einige Quadratkilometer Weinberge an verschiedene Kleinbetriebe – und alle gehörten gemäß meiner Liste den Morenos.

Es war alles da. Sah denn das keiner?

Der Kneipier und seine Angetraute hatten Land, dass es kaum zu glauben war, mit welchen Gewinnspannen so eine Fresskneipe kalkuliert. Ich war mal gespannt, was Rick herausfand. Denn wir waren dem Kerl nicht nur auf den Fersen, wir hatten schon fest zugebissen. Er wusste es nur noch nicht.

Ich verbrachte noch einige Stunden in der Bibliothek – wobei auch das Grundbuch der Barstower Gegend Erstaunliches über meine Freundin Misty lieferte, die erheblich wohlhabender war, als sie zugab – und machte mich um halb drei auf die Socken. Über das Downtown-Kleeblatt, zehn Minuten auf dem Hollywood Freeway in die Filmstadt und über den Berg nach Sherman Oaks. Um drei Uhr hatte ich das Auto abgestellt und stand an der Ecke der Van Nuys und Ventura Boulevards. Von dort aus schaute ich Rick zu, wie er mich vergeblich suchte und sich dann an einen der Tische vor dem Café setzte. Ich gab ihm und seinem Schatten zehn Minuten, aber da nichts Unvorhergesehenes geschah – Rick machte keinen Anruf, unterhielt sich mit niemandem, zog sich nicht mal am Ohrläppchen –, schlenderte ich zum Café hinüber. Er schaute auf und sah mich über die Straße kommen. Er schaute mich ziemlich konsterniert an, worüber ich erschrak und schon wortlos an ihm

vorbeigehen wollte, aber er rief: »Junge! Hab dich erst gar nicht erkannt. Seit wann trägst du Brille?« Na klar. Gut so. Bisschen laut, aber in Ordnung.
»Seit ich mich wieder regelmäßig rasiere.«
»Und keinen Cowboyhut.« Manchmal verblüffte mich sein Humor.
Der Cappuccino tat gut, trotz Styroporbecher. Wäre aus einer Ton- oder Porzellantasse noch besser gewesen, aber man kann ja nicht alles haben. Ich streckte die Beine aus, machte mir keine großen Sorgen über Stolperer und wollte von ihm hören, was er getrieben hatte.
»Jede Menge Telefongespräche aufgenommen, aber sie sind alle noch im Rohzustand. Ich konnte mich nicht dranmachen, weil ich einfach zu viel anderes zu tun hatte. Ich habe gute eineinhalb Stunden auf Band, und mit dem, was heute und morgen noch aufgenommen wird, dürften locker vier Stunden zusammenkommen. Aber ich habe dir schon mal eine Probe auf Kassette gezogen.« Er strahlte und holte eine Fünfzehnminutenkassette aus der Hosentasche. Ich steckte sie ein.
»Spitze. Meinst du, da ist was Brauchbares dabei?«
»Nicht nur Brauchbares – Sagenhaftes. Wie man so sorglos am Telefon reden kann, ist mir schleierhaft. Die sprechen davon, dich umzubringen. Kaum verschlüsselt. Na, du wirst es ja hören.«
Wollte ich eigentlich nicht. Verdammt. »Und was hast du im Web rausgefunden?«
»Unglaubliche Sachen. Unwahrscheinlich viel. Wenn ich mal Geld habe, bin ich sehr, sehr vorsichtig, wo ich es aufbewahre«, versprach er. »Banken und Broker sind ja so einfach knackbar, so durchsichtig, dass man's nicht glauben will. Verblüffend, wie leichtsinnig die mit den Daten anderer Leute umgehen.«

Moreno war ein steinreicher Mann. Seine Hauptkonten bei der Santa Maria Coastal Bank waren allerdings relativ klein. Girokonten mit Guthaben von einigen tausend Dollar, kaum mal im Soll, und wenn, dann nur geringe Beträge, die einen oder zwei Tage standen. Ein Familienkonto, auch Giro, mit einem Durchschnittsguthaben von zwanzigtausend Dollar. Ein Sparkonto mit viertausenddreihundert drauf. Sie hatte ein als »Suzie-Home« bezeichnetes Konto, von dem wiederkehrende Rechnungen fürs Privathaus beglichen wurden: Strom, Gas, Wasser, Versicherung. Also reine Kleingewerbebeträge. Und dann legte Rick den letzten Dreimonatsauszug eines Wertpapierbrokers auf den Tisch. Umsätze im Wert von über einer Million, Maklerprovision dreiunddreißigtausend Dollar, Nennwerte hundertsiebzigtausend, Kurswert per vorgestern knapp eineinhalb Millionen Dollar. »Aus dem Internet ausgedruckt«, erklärte er strahlend. Mir stand der Mund offen. Dann eine Umsatzabrechnung eines Maklers aus Bolivien. Umgerechnet eine Viertelmillion. Dollar, nicht etwa Inflationsbolivianos mit den vielen Nullen, sondern US-Greenbacks, und einen Kurswert von fast einer halben Million. Der Kontoauszug der Bank of the Islands in Nassau, Bahamas: Vierhundertsiebenunddreißigtausend Bahamian Dollars, die 1:1 mit US-Dollars getauscht werden. Hatte Rick alles am Rand notiert. Aruba – wo, zum Teufel, ist Aruba? Kredietbank van Aruba. Eine Million siebenhundertvierundvierzigtausend Florin. Also fast eine Million US-Dollar.
Mein lieber Mann! Mir wurde angst und bange.
Er hatte seinen Palm Pilot dabei, also fingen wir an, Beträge zusammenzuzählen. Die Kontenstände von vor drei Tagen, die Rick gefunden hatte, betrugen gute dreieinhalb Millionen Dollar. Und das war erst der Anfang. »Meinst du, du findest noch

was?« Mir hätte es gereicht, aber Rick meinte stolz, dass er erst die Oberfläche angekratzt habe. Von den Transfers, die er bis jetzt gefunden habe, könne man beruhigt auf eine ganze Anzahl weiterer Konten schließen. Überall auf der Welt. Wofür sich übrigens das hiesige Finanzamt sehr interessieren würde, meinte er. Vielleicht könne man die Kohle teilen – die größere Menge auf vielen, nicht nachvollziehbaren Umwegen auf unsere Konten leiten, ein ordentlicher Rest an die Finanzfritzen. Für Steuerhinterziehung gab's nach wie vor empfindliche Zuchthausstrafen. Womit Moreno auf Jahrzehnte ausgeschaltet wäre. »Wie Al Capone«, warf ich ein. »Den sie ja auch nur wegen hinterzogener Einkommensteuer verknacken konnten – nie wegen Mordes, Erpressung und seiner Mafiageschäfte.«
Wir schauten uns an und lachten. Die Alte mit dem strassbesetzten Brillenhalter um den Hals am Nebentisch guckte verstört. Ich warf ihr einen Luftkuss zu.
»Und ich habe einiges über Immobilien gelernt«, ließ ich ihn wissen. »Über Firmenrecht, Steuerrecht und allgemeine Haftungsregeln. Was wie gerufen kam, als ich mir die verwinkelte Geschäftswelt unseres Freundes näher anschaute.«
Er nickte. Ich hatte ihm vor wenigen Tagen einige Webadressen der Moreno-Firmen geschickt. »Die habe ich mir angeguckt – imponierend. Aber ich habe mich erst mal um Bares gekümmert.« Logisch. War ja auch sein Teil der Vorarbeit.
Ich erzählte, und Rick staunte.
Wir einigten uns auf das Löwenbräu zum Abendessen. Das einzige deutsche Restaurant im Großraum Hollywood war immer gut besucht, und ich war schon seit Jahren auf die Bratwurst scharf. Die machen eindeutig die beste Bratwurst in Südkalifornien, servieren sie mit Spätzle oder Röstkartoffeln und sind schon allein deshalb einen Besuch wert. Denn Spätzle gibt

es so selten, dass sie zu Recht als exotisch gelten, und Röstkartoffeln sind eben doch keine »hash browns«. Er folgte mir in seinem Truck über den Berg nach Hollywood, wir stellten die Autos auf den noch leeren Parkplatz und belegten einen Tisch in der dunklen, hinteren Ecke des oberen Speisesaals.
Beim Essen kommen einem bekanntlich die besten Ideen, und darauf hoffte ich. Denn wir hatten so viele Informationen gesammelt, dass wir aktiv werden konnten. Ich brachte es zwar immer noch nicht übers Herz, ihm vom verbuddelten Geld zu erzählen, aber das würde noch werden. Und wenn nicht, dann nicht.
Er hatte eine Art Stammbaum der verschiedenen Konten und Institute erstellt. Die Verästelungen führten alle wie ein rückwärts fließender Mississippi zum Stammhaus zurück, zum feinen Landgasthof, zum Weingut, wie Europäer solche Raubrittergründungen gern großspurig nennen. Zum Ehepaar Moreno, das sämtliche Fäden in der Hand hielt, wie man's auch drehte und wendete. Ich war auf Suzanne M. gespannt. Irgendwann würde die mir sicher auch mal über den Weg laufen. Ob die genauso seltsam war wie ihr Jeff? Ob sie sich auch einen runterholte, wenn sie größere Beträge sah? Interessant. Ich habe einige Surfer gekannt, die bei jeder besseren Welle eine Beule in der Gummihose hatten, aber man muss wahrscheinlich Bankmensch oder Schotte sein, um bei Geld eine Erektion zu bekommen. Sehr seltsam. Ich stocherte in meinen Spätzle herum, die heute matschig waren. Vielleicht müssen die so sein. Wer weiß, wie das Zeug aussehen muss. Germans.
Rick erklärte irgendwas von Anonymizern und Mixern. Mit denen konnte man offenbar seine elektronische Spur verschleiern und konnte – wie der Name schon ahnen lässt – unerkannt im Internet herumsurfen und seinen Unfug treiben. Hoch-

interessant, aber ich wusste nicht, was das sollte. Ich spürte plötzlich ein Kribbeln in der Hose. Hatte immer wieder an Julie gedacht, während Rick fachsimpelte. Das kommt davon.

»Junge, ich kapiere nur Bahnhof. Was soll das mit dem Anonymus und mixern?«

»Noch mal – sorry. Ich verliere mich gelegentlich in solchen Feinheiten. Im Prinzip läuft das so: Wenn du anonym bleiben willst, also nicht zurückverfolgt werden willst, schaltest du einen oder mehrere Proxy-Server zwischen deinen Computer und den Rechner, in dem du gerade herumwühlst. Beispielsweise, wenn du dem Bankcomputer in Bolivien einen Überweisungsauftrag auf unser Konto in, sagen wir mal, Zürich gibst. Wenn man das direkt macht, ist es ein Kinderspiel, den Computer des Auftraggebers zu finden. Also unseren. Wenn ich aber ein Anonymizer-Programm benutze und in verschiedenen dazwischengeschalteten Computern ver- und entschlüsseln lasse, kann mich keiner finden. Der kommt dann nur bis zum letzten Mixer, also zum letzten Computer in der Kette, und bleibt da stecken. Weil der elektronische Auftrag in einem der Mixer verschlüsselt wurde, dann weitergeleitet, im nächsten Rechner wieder entschlüsselt und noch mal anders verschlüsselt, bis er an den Bankcomputer gerät. Verquirlt. Verstehst du?« Ich verstand. Sehr clever.

»Und die Betreiber der zwischengeschalteten Computer lassen dich einfach dort rein?«

»Die wissen nicht unbedingt, dass du sie benutzt. Und einige Organisationen, Unis und Privatleute stellen ihre Anonymizer jedem zur Verfügung, der sie findet. Das funktioniert so ähnlich wie eine Abzweigung im Straßenverkehr. Du fährst von A nach D und musst dabei B und C durchfahren. Wenn B und C jeweils einen Anonymizer oder einen Mixer haben, kann in

D niemand sagen, woher du kommst. Aus C, klar, aber nicht die Stationen vorher.«

»Und das darf man?«

»Das kann man. Einige Länder wollen das Verfahren zwar verbieten, aber Polizeistaaten laufen ja gegen das Internet voll auf. Wie man weiß. Zum Glück. Verbieten kannst du, aber nicht verhindern. Ich kann heute jede Nachricht senden, die ich will, und bleibe dabei garantiert unerkannt. Selbst das FBI, das sich schon lange auf Webkriminalität spezialisiert hat, schafft es nicht, mich zu finden, wenn ich es richtig anstelle. Und die haben ja einige der besten Hacker auf ihrer Gehaltsliste. Wenn wir also plündern wollen, dann können wir das ohne weiteres tun. Schwierig wird's nur bei der Empfangsbank. Der muss es entweder egal sein, woher das Geld kommt, oder es muss aus einwandfreier Quelle kommen. Oder wir müssen ein ähnliches Geldanonymizer-System schaffen, was fast unmöglich ist. Denn die Finanzämter und das Schatzamt achten darauf, dass anonymer Geldverkehr ein Traum der Geldwäscher bleibt.« Klar. Kann man sich denken.

»Das heißt, auch wenn wir die Kohle klauen können, behalten können wir sie nicht?«

»Doch, können wir. Aber wir müssen schnell sein. Schneller abheben, als die merken, dass was faul ist. Denn sobald nur einigermaßen begründeter Verdacht aufkommt, dass geplündert wird, stornieren die. Und die Empfangsbank stoppt jede Direktbuchung und jede Auszahlung. Die machen das Konto erst mal dicht. Also müssen wir einen genauen Zeitplan erstellen und uns daran halten. Denn auch der bestechlichste Banker kann nichts machen, wenn die Sirene heult. Dann ist's vorbei.«

»Müssen wir uns anstrengen.«

»Müssen wir. Und ganz planmäßig vorgehen. Mir wird schon was einfallen.«

Hoffen wir's. So viel Geld, und nicht drankommen? Geht nicht.

Er wollte mir noch genau erklären, wie das alles abläuft, kam vom Hundertsten ins Tausendste, aber irgendwo in mir drin wurde wieder ein Schalter umgelegt, und ich dachte nur noch an Julie.

Verblüffend, wie Bratwurst, Bier und Spätzle die Libido beflügeln.

26 Schokoladenkekse und Slot Canyons

Rick verabschiedete sich, als die Fernsehnachrichten in der deutschen Kneipe über den Bildschirm flimmerten. Channel 5 begann die Sonntagabendsendung wieder mal mit einer Autojagd durch South Central. Seit Jugendbanden ihren Mitgliedsaspiranten zur Auflage machten, als Aufnahme-Gesellenstück etwas Spektakuläres zu liefern – einen von Überwachungskameras gefilmten Raub, ein Drive-by-Shooting in Polizeireviernähe, einen Überfall auf einen Geldtransporter –, entschieden sich immer mehr Jünglinge dafür, abends gegen dreiviertel zehn ein Auto zu klauen, möglichst komplett mit Insassen, einen der Fernsehsender zu benachrichtigen und loszubrausen. Damit war garantiert, dass bei Sendebeginn um zweiundzwanzig Uhr die Jagd in schönstem Gange war und halb Kalifornien dabei zugucken konnte. Die Verfolgten wurden immer eingeholt – meist gegen halb elf, so dass dem Sender noch eine halbe Stunde Zeit blieb, das weniger Interessante aus aller Welt im Eilschritt abzuhaken. Und weil gelangweilte südkalifornische Jugendrichter der Übung inzwischen nur wenige Punkte gaben, kassierte der Gangsternachwuchs allenfalls drei Jahre.

Anschließend waren die Prime-time-Ganoven gemachte Leute, brauchten nichts mehr zu beweisen und bekamen von der Bande zur Belohnung ihre eigene Straßenecke zugewiesen,

von wo aus sie ihren Drogeneinzelhandel lenkten und reich wurden.
Wir schauten uns noch die ersten fünf Minuten Livesendung aus dem Hubschrauber an und verabschiedeten uns dann auf dem Parkplatz. Rick fuhr wieder nach Pismo, und ich wäre trotz der späten Stunde am liebsten nach Barstow gefahren. Ich rief also in der Tanzakademie an und erwischte eine der Elevinnen, die an der Abendkasse saß. Die wusste gleich, wer dran ist – manchmal ist so eine Radiostimme doch zu etwas gut –, und bat mich, zu warten, während sie den Zweitanschluss im Haus anwählte.
»Mein Kleiner. Wo bist du? Du fehlst mir.«
»Du mir auch. Ich wollte noch hochkommen, aber ich weiß nicht so recht – um die Zeit? Ist immerhin ganz schön weit bis zu dir. Ich bin in der Großstadt.«
Sie wusste, wo. »Wenn du die Stunde fährst, könntest du noch was zu naschen haben«, lockte sie. Was natürlich stimmte.
»Meinst du, bis dahin tut sich noch was?«
»Bei mir oder bei dir?«, wollte sie wissen.
»Na, wenn ich die halbe Nacht fahren muss. Weiß nicht, ob der da mitmacht«, schäkerte ich.
»Ich wette einen Tausender, dass er's tut. Nach spätestens fünf Minuten. Wenn nicht, bekommst du den Tausender. Wenn ja, behalte ich ihn. Den Tausender.«
Ihr Tausender war nie in Gefahr. Sie drückte auf die Stoppuhr, dann legte sie los, und nicht mal zwei Minuten dauerte es …
Die Anstrengung und die vorhergehende Nacht im Autositz waren wohl schuld daran, dass ich erst um zehn herum aufwachte. Aus der Küche war Klappern zu hören, im Hof gackerte irgendwas, und jemand schlug eine Wohnwagentür zu. Ich schaute hinaus und sah, dass die Sonne schon hoch stand. Aber

windig war's – die Fächer der niedrigen Palmen hinter dem Wohnwagenpark wedelten im Wind, und in der Wüste dahinter übten Sandteufelchen Wirbelsturm. Auf der obersten Treppenstufe einer der Alubüchsen stand ein Radio, aus dem JJ Cales »Cajun Moon« erklang. Davor drehte sich mit erhobenen Armen die gleiche Hübsche, die ich kürzlich nachts beobachtet hatte. Sie war barfuß und trug ein dünnes, fast bodenlanges Trägerkleid. Fast noch verführerischer als nackt.

»Kleiner – gut geschlafen?« Ich wusste nie, wann sie mich auf den Arm nahm.

»Habe ich. Und du?« Misty war zum Anbeißen. Nicht niedlich, sondern schön. Ganz Frau. Begehrenswert. Ich musste sie anschauen, wie sie in ihrer Küche stand, im Sonnenlicht, das durch das große Fenster überm Küchentresen fiel, mit einer Schüssel im Arm und einem Holzlöffel in der Hand. Sie rührte irgendetwas an. Auf dem Küchentresen stand ein Mixer, eine dieser Küchenmaschinen, die rühren, schlagen und verquirlen können, dem Preis nach alles gleichzeitig.

»Was machst du?«

»Chocolate Chip Cookies. Feine Kekschen, damit du wieder zu Kräften kommst.« Also war sie doch zum Scherzen aufgelegt. Ich grinste sie an und schenkte Kaffee ein.

Die Dinger rochen verdammt gut. Zwölf Minuten auf dreihundert Grad Celsius, und dann eine halbe Stunde abkühlen lassen. Das war die Qual beim Keksebacken. Schon immer gewesen. Ich erinnere mich an meine Ungeduld, wenn bei uns zu Hause Kekse gebacken wurden. Was nicht allzu oft vorkam. Meine Mutter weigerte sich, die Küche überhaupt wahrzunehmen, und die Mehrzahl der mexikanischen Hausgehilfinnen konnte nicht backen. Aber kochen konnten sie alle. Sagenhaft. Daher stammt vermutlich meine Vorliebe für mexikanisches

Essen. Ab und zu hatten wir eine, die backen konnte und wollte. Dann gab's Kekse, und ich stand davor und wartete. Und oft konnte ich nicht warten. Dann fraß ich die Dinger heiß in mich hinein, woraufhin ich regelmäßig einen gewaltigen, hauserschütternd knallenden Durchfall bekam. Aber ich kannte das Risiko, und oft war mir eine Ladung heißer, frischer Kekse die anschließende stundenlange Tortur wert.

Schokoladenkekse waren mir schon immer die liebsten.

Während wir darauf warteten, dass das erste Blech voll Kekse abkühlte, besprachen wir den kommenden Tag. Ich wollte wissen, was nach ihrer Verhaftung passiert war, aber ich wollte nicht hier im Haus davon anfangen. Und sie war genauso auf meine Erzählung gespannt. Also beschlossen wir, nach dem Brunch spazieren zu gehen.

Ich zog eine daunengefütterte Windjacke an, die sie »zufällig« bei sich im Wandschrank fand. Ich holte meinen Ballermann aus dem Rucksack, entlud ihn, prüfte, ob er funktioniert, schob das Magazin wieder in den Griff und steckte ihn in den Schulterhalfter. Sie schaute mir wortlos zu. Dann packte sie einen kleinen Rucksack mit Wasser, zwei Literflaschen Bier, Keksen, einem Metzgermesser und einer halbmeterlangen Salami, die sie aus ihrer gekühlten Vorratskammer holte. Spitzenkombination.

Der Wind blies aus dem Süden. Stark, gleich bleibend, wehte Fahrgeräusche vom entfernten Highway bis zu uns herab, trieb Sandkörner in die Haare und zwang dazu, die Augen zu Schlitzen zu verengen. Wir gingen untergehakt über ihren verlassenen Hof, bogen hinter den Wohnwagen nach Nordosten ab und hatten nun den Wind im Rücken.

Sie kannte ihre Ranch. Ich fand, dass alles gleich aussah – überall Sand und graues kniehohes Kroppzeug –, aber sie zeigte und erklärte die verschiedenen Sträucher und Kakteen, wies an windgeschützten Stellen auf Pfotenabdrücke hin, die Kojoten, Wildkatzen und Schildkröten hinterlassen hatten, und zeigte mir anhand der niedrigen Erhebungen am Horizont, wie man sich in dieser Einöde orientieren konnte. Interessant. Ich begann, die Faszination zu verstehen, die von der Wüste ausging. Sie hatte viel mit dem Meer gemeinsam. Die Endlosigkeit und vermeintliche Langeweile des Immergleichen, die sich bei näherer Betrachtung als lächerliches Vorurteil erweist. Schön hatte sie es hier. Konnte man sich dran gewöhnen.

»Ich glaube, es wäre an der Zeit, meine Betriebe zu verkaufen«, sagte sie unvermittelt. Ich blieb stehen.

»Wegen mir?«

»Nein, Blödmann, nicht wegen dir. Wegen mir. Und wegen Winston, und weil wir eine sagenhaft lange Zeit ungestört unseren Geschäftchen nachgehen konnten. Aber der verdammte Cop in Laughlin hat mir einen gewaltigen Schrecken eingejagt. Weil er, wie einige andere dort, seit Jahren von uns Schutzgeld kassiert und uns jetzt auf einmal nicht mehr schützt. Da ist was ganz Übles im Busch. Ich will raus, ehe es zu spät ist.« Sie stiefelte entschlossen über ihre Prärie, vom Wind getrieben, und wischte sich die Augen ab. »Sand«, behauptete sie.

»Was sagen Winston und Sammy dazu?«

»Verkaufen. Beide. So schnell wie möglich. Ich glaube, ich könnte den Laden in Laughlin an Sammy verscheuern. Der würde das nie vorschlagen, weil ich schließlich seine Mandantin bin, aber ich weiß, dass er schon lange ein Auge darauf geworfen hat. Und Winston will wieder nach Jamaica zurück, hat genug von Kalifornien, von Amerika. Hat dauernd Heimweh. Also dürfte ein Verkauf, wenn wir uns dazu entschließen, ziemlich schnell über die Bühne gehen.«

»Und hier – die Ranch? Die willst du doch wohl nicht verkaufen?«
»Nein, die Ranch nicht. Aber die Wohnwagen müssen weg. Ich habe allmählich ein schlechtes Gefühl. Wenn ich nämlich hier hochgehe, gibt's Knast. Und nicht zu knapp. Denn du weißt ja: In Kalifornien werden die Moralgesetze rücksichtslos angewandt. Ich zahle mich hier zwar dumm und dämlich, aber ich fühle mich nicht mehr sicher.«
Es stellte sich heraus, dass einer der Kreisräte, dem sie jeden Monat ein kleines Vermögen zusteckte, nach ihrer Verhaftung bei Sammy angerufen hatte und Andeutungen über eine FBI-Untersuchung machte. Vor allem regte er an, dass Misty schleunigst ihre Geschäftsunterlagen auf Verbotenes und Peinliches durchschauen soll. Und möglichst viel vernichten. Dem Provinzfürsten, berichtete der Anwalt, ging der Arsch auf Grundeis. Was Sammy natürlich sofort dazu bewegte, Kontakt mit einem seiner vielen Freunde in Washington aufzunehmen. Dieser hatte sich nun zurückgemeldet, und Sammy hatte sie heute Morgen kurz vor meinem Auftauchen in der Küche angerufen.
»Sieht nicht gut aus, sagt er. Sein Gewährsmann konnte oder wollte nichts Genaues sagen, aber offenbar läuft irgendeine Untersuchung. Die stürzen sich ja immer wie die Hyänen auf bestochene Politiker. Das ist so ein FBI-Hobby. Und sie bereiten hier irgendwas vor, meinte Sammys Freund.«
Wir schwiegen uns an. Der Sand knirschte unter meinen Schuhsohlen, der Wind pfiff unablässig. Nur Schritte entfernt saß ein Geier mit sturmzerzaustem Gefieder und rupfte an einem Badewannenvorleger. Als wir auf ihn zugingen, stieg er auf, und der Vorleger erwies sich als ein zerfetztes Pelztier.
»Raccoon?«
»Kann sein. Oder ein alter Kojote.«

Misty steuerte auf die Hügel zu. Rings um uns wuchsen Joshua Trees, diese übermannshohen »Bäume«, als deren engste Verwandte ein Jahrhundert lang ausgerechnet Lilien galten. Seltsam, denn Joshua Trees sind »hässliche Kerle, deren Kleidung voller Degen und Messer steckt, die abgerissen und zerlumpt daherkommen und dem Christenmenschen Furcht einflößen«, wie ein früher Wüstendurchquerer halluzinierte. Ihre verholzten Stämme haben Arme, die sich zum Himmel recken. Deshalb wurden sie von Mormonen, die das unwirtliche Gebiet auf der Suche nach dem Paradies durchquerten, nach dem Propheten Josua benannt. Von ferne wirken sie eher wie eine Haderlumpenbande aus dem morgenländischen Märchenangebot.

Misty kannte eine Felsspalte im Gestein des Hügels, ein sich nach oben verjüngendes Tal. Ich zwängte mich hinter ihr in den engen Slot Canyon – ein schmaler Einschnitt im Sandstein, der vor Jahrmillionen als Meeresboden begann und durch Wasser und Wind seine typischen fließenden Konturen bekommen hat. Der nackte Canyon wand sich in den Berg hinein, Sonnenstrahlen reichten hier und da bis auf den Grund. Rote, gelbe und braune Sandsteinschichten glühten, als seien sie noch immer überglücklich, endlich vom Wasser befreit zu sein.

Wo sich Wasser gestaut hatte, bildete der Weg einen Halbkreis. Am äußeren Rand der Biegung war der Sandstein unterspült und eine Höhle geschaffen worden, in der ich stehen konnte. Von dort war der Zugang zum Canyon sichtbar, ich konnte an den Joshua Trees vorbeischauen und weit in die wellige Wüste hinein. Misty setzte sich auf den kühlen Stein, ich ließ mich neben sie fallen.

Erst mal packten wir Mistys Rucksack aus und aßen. So ein Marsch über Dünen und durch steinige, trockene Flussläufe macht hungrig. Und durstig. Ich hatte im Nu mein Bier getrunken und gierte nach ihrem, aber sie blieb hart und trank es selbst. Wenn schon kein Bier mehr da ist, kann man wenigstens ein bisschen bumsen, oder? Fand sie nicht, obwohl ich meine Finger überall hatte. Sie schlug drauf, traf die Linke an einer recht empfindlichen Stelle, und ich zog sie beleidigt zurück. Na gut, dann nicht.

Ihre Reaktion tat ihr wohl leid, denn sie nahm meinen Kopf und drückte ihn an ihre Brust. Streicheln hat mich schon immer mild gestimmt. Ich hoffte, dass es bei ihr eine ähnliche Wirkung zeigte. Aber denkste. Sie wollte reden.

»Schatz, ich habe gedacht, wenn ich liquidiere, könnten wir zusammenbleiben. Was meinst du?« Sie schaute wirklich sehr besorgt. Ich streichelte zurück. Sie hatte es nötiger als ich.

»Wäre schön. Ich weiß nur nicht, wie wir das machen wollen. Ich kann nicht hier bleiben – ich sollte eigentlich schon längst in Mexiko sein, oder in Kanada. Irgendwo, wo ich in Ruhe leben kann.« Den Stolperstein brauchte ich nicht zu erwähnen – sie wusste auch, dass man ohne Geld nirgendwo lange in Ruhe leben kann. Und ruhige Anonymität war besonders teuer.

»An Mexiko dachte ich auch«, sagte sie überraschend. »Ich träume schon ewig von Baja California. Die Leere, die Wüste – genau wie es hier war, als ich herkam. Wir könnten uns dort unten etwas Neues kaufen und von dem, was ich hier bekommen kann, gut leben.« Sie schaute mich aufmunternd an. Natürlich war ihr klar, dass wir uns hier auf dünnem Eis bewegten, denn ich würde mich auf keinen Fall aushalten lassen.

»Misty, lieb von dir. Würde ich auch gern, zumal es sich da unten sagenhaft surfen lässt. Aber ohne eigenes Geld gehe ich nicht. Ich bin zu alt, um ganz von vorn anzufangen. Mit Radio ist es da unten in Mexiko nichts, und meine Sendung bringe

ich hier nicht mehr an. Die ist tot, und ich komme im heutigen Radiomarkt nicht mehr rüber. Zu alt, meine Liebe.«
Sie wurde sauer. Stocksauer. »Ich kann mir denken, was du vorhast. Und ich sage dir – wenn du dich mit denen anlegen willst, mache ich nicht mit. Das sind Killer, die nehmen dich vorm Frühstück auseinander.« Sie stand auf und ging zur gegenüberliegenden Höhlenwand. Ein Sonnenstrahl erleuchtete die Ecke, und sie stellte sich direkt darunter. Sah aus wie eine Heilige, von oben bestrahlt.
»Sind sie, das ist mir auch klar. Aber ich kann nicht dauernd davonlaufen. Denn die geben nicht auf, solange ich nicht tot bin. Mein größter Fehler war, Dickie die Datei geschickt zu haben, die Tonaufnahme des Mordes an John McHugh. Verdammt. Als ich auf die Sendetaste drückte, wollte ich es schon wieder rückgängig machen. Deswegen ist Dickie umgebracht worden. Ich habe Scheiße gebaut, und ich werde das bis an mein Lebensende bereuen. Was ziemlich bald sein kann, denn die lassen nicht locker, bis ich auch kaputt bin, und auch alle anderen, denen ich was erzählt haben könnte. Die Befürchtung habe ich. Und du bist ebenso gefährdet wie ich. Deshalb muss ich mich wehren. Ich könnte nicht mehr leben, wenn ich jetzt davonlaufen würde, und dir passiert was.«
Sie machte einen schmalen Mund. Keine Lippen. Schlechtes Zeichen. »Sammy schwört, dass die Typen, die dir an den Kragen wollen, für meinen Ärger verantwortlich sind. Dass die mich dadurch fertig machen wollen.« Aber da winkte ich ab.
»Unmöglich. Wenn die wüssten, dass wir uns kennen, würden die nicht so lange fackeln oder auf Umwegen arbeiten. Die würden hier auftauchen und alles kurz und klein schlagen. Da ist Sammy auf dem falschen Dampfer.« Blödsinn. Die hatten ja keine Ahnung.

Sie ließ nicht locker. Sie hatte sich ihre Meinung zurechtgelegt, und sie wollte mich davon überzeugen, dass wir alle besser dran wären, wenn ich die ganze Sache vergessen und mit ihr abhauen würde. Wenn sie Zeit habe, ihren Besitz flüssig zu machen, sei es doch egal, ob sie oder ich das Geld einbringe. Vielleicht stimmte ihre Überlegung sogar. Aber Männer sind selten so pragmatisch wie Frauen. Wir haben viertausend Jahre Machismotraining hinter uns. So was lässt sich nicht einfach abschütteln.

»Auf alle Fälle ist es viel zu gefährlich. Was willst du denn machen? Mit deinem Pistölchen zu denen reinmarschieren und drauflosballern?« Misty war auf hundert. Sie schaute mich an, als sei ich gerade aus einem Hundearsch gefallen. »Auf Bullen? Sogar Bundescops? Du bist ja wahnsinnig. Die stehen unter besonderem Schutz, das weißt du genau. Wer auf einen Bundesbullen schießt, bekommt ›lebenslänglich‹. Wenn du einen umlegst, braten die dich, und wenn der Bulle noch so krumm ist. Glaube mir, mit krummen Cops kenne ich mich aus.«

»Hast recht. Deshalb habe ich auch nicht vor, auf die zu schießen. Das Ding schleppe ich nur mit mir herum, weil ich keine andere Wahl habe. Ich will mich nicht unbewaffnet überfallen lassen. Und ich will auf keinen Fall von denen gegriffen werden.«

Sie schnaufte verächtlich. »Du klemmst dir eine Pistole unter den Arm und willst nicht damit herumfuchteln, wenn's eng wird?« Dieser Tonfall. Diese Stimme, die ich als Erstes von ihr kennen gelernt hatte. Wie lange war das her? Nicht mal drei Wochen. »Erzähle doch keine Märchen«, keifte sie. »Du schießt, und wenn du es tust, ist es aus mit uns beiden. Denn die Bullen kriegen dich. Keine Frage. Ich will nichts damit zu tun haben. Das ist der sichere Selbstmord.«

Wie schön sie eine Situation auf den Nenner bringen konnte. Knapp und elegant. Selbstmord. Stimmt.

27 Bullenbesuch in Barstow

Wir schwiegen uns an. Was soll man dazu auch sagen? Ich wusste nicht, wie viel ich ihr erzählen sollte, inwieweit ich sie einweihen konnte, denn ich hatte zwar Pläne oder Umrisse von Plänen, aber noch lange nichts Greifbares.

»Misty, ich bin momentan wirklich nur damit beschäftigt, den Kopf einzuziehen und mich von denen nicht erwischen zu lassen. Ich habe mir Gedanken gemacht, und ich bin mit meinem Kumpel in Verbindung, mit dem, den Winston auch kennen gelernt hat, aber ich habe keine konkreten Pläne. Ignacio hat mir sehr geholfen, hat mich nicht nur aufgerichtet, sondern mich dazu ermuntert, mein Selbstvertrauen wiederzufinden. Ich habe etwas Bestimmtes vor, und wenn es klappt, können wir hin, wohin wir wollen. Keine Probleme mehr. Aber erst muss es reifen.«

Sie schaute mich prüfend an, wie einen, mit dem sie ein Geschäft abschließen will und dessen Dämlichkeitsfaktor sie einschätzt, damit sie ihn auch richtig übers Ohr hauen kann. Sie schüttelte schweigend den Kopf und ging allein in den Slot Canyon. Als ich mich erhob und ihr folgen wollte, winkte sie ab, ohne sich umzudrehen. Ich setzte mich wieder in den Sand.

Sie blieb lange weg. Eine Stunde oder länger. Als sie zurückkam, nahm sie wortlos ihren Rucksack auf, steckte die leeren

Flaschen und Packungen hinein und ging auf den Weg, der aus dem Canyon hinausführte. Ich tappte hinterher.

Sie sagte keinen Ton, bis wir über den Vorplatz der Tanzschule gingen. Drei ihrer Schülerinnen saßen vor ihren Wohnwagen beim Kartenspiel und grüßten mich freundlich. Misty beachteten sie nicht, und sie kannten wohl ihren Gesichtsausdruck. Ich grüßte zurück und folgte Misty ins Haus.

»Winston, was ist mit Carol, Danny und der Tätowierten, der Mexikanerin – ich weiß nie, wie die heißt«, rief sie die Treppe hoch. Winston streckte den Kopf übers Treppengeländer und meinte, sie solle mal hochkommen. Sie müssten sich unterhalten. Mir nickte er nur zu. Nicht allzu freundlich, schien mir.

Sie ging also die Treppe hoch, während ich zur Küche spazierte und mir ein Bier aus dem Kühlschrank holte. Nach dem Theater auf dem Rückweg hatte ich einen ausgesprochenen Durst. Wenn ich irgendwas nicht ausstehen kann, dann ist es Anschweigen. Dieses tödliche Nichtbeachten. Bringt mich schon seit meiner Kindheit auf die Palme.

Winston und Misty kamen in die Küche, als ich gerade die dritte Flasche öffnete. Sie schaute mich nur von der Seite an, und Winston tat, als sei ich nicht vorhanden. Mein lieber Mann!

»Also raus damit – was habe ich verbrochen?« Lieber mit der Tür ins Haus, als dass das Haus auf einen fällt.

»Nichts …«, wunderte sich Misty, und Winston grinste nur.

»Dann könnt ihr ja so tun, als seien wir dicke Freunde. So wie ihr gestern getan habt, und letzte Woche. Braucht mich nicht für dämlich zu halten. Irgendwas stinkt euch, und ich will wissen, was.« Ich wurde jetzt richtig pampig. Nicht mit mir, mein Lieber!

Winston nahm die drei Meter zwischen sich und mir in zwei Schritten. So schnell hat mir noch nie jemand ans Hemd gegriffen und mich an sich gezogen. Wie im Comic hing ich unter seiner Nase.

»Wenn du darauf bestehst – du störst im Moment. Bist ein netter Mensch, aber gerade jetzt können wir dich nicht brauchen. Und Misty hat mir erzählt, wie du dich anstellst. Willst nur nehmen, aber wenn sie dich mal braucht, bist du ganz schnell weg, was? Ich hätte dir ja eins auf die Schnauze gehauen, aber sie war dagegen. Leider.« Er schaute mich angeekelt an und ließ mich fallen. Als ich den Mund aufmachte, um höflich zu fragen, was ich denn gemacht habe, griff er wieder nach mir. Ich klappte den Mund zu und floh durch die Küchentür.

Scheiße! Fehlt mir gerade noch. Eine Hysterische und ein Schläger. Ich war mir keiner Schuld bewusst, hatte nicht die geringste Ahnung, was Winston meinte, und konnte mich nicht verteidigen. Scheißsituation. Auf dem Weg nach draußen griff ich meine Jacke vom Kleiderhaken und zog sie über.

Die drei Hübschen saßen noch immer beim Kartenspiel und schauten zu mir herüber. Ich stellte mich hinter die Blonde, linste ihr in den Ausschnitt und grüßte freundlich. Zwei nickten höflich, die Mexikanerin stand auf und winkte mir, ihr zu folgen. Sie drehte sich am Wohnwagen um und wartete, bis ich bei ihr war. Dann legte sie ihre Hand auf meine Schulter, zog mich noch näher an sich heran und flüsterte mir ins Ohr.

»Gestern Abend, nach der Vorstellung, habe ich noch jemanden mit zu mir genommen. Aber der wollte keinen Quickie, sondern fing an, mich nach dir auszufragen. Ob ich dich kennen würde und ob du schon mal hier gewesen bist. Wollte wissen, was Misty für einen neuen Freund hat. Weiß ich doch nicht, habe ich ihm gesagt. Der kennt dich gut, habe ich den Eindruck. Ein junger Typ, um die fünfundzwanzig, hübsch und viel besser angezogen als unsere üblichen Gäste. Ich habe bei ihm ein komisches Gefühl gehabt und gesagt, ich kenne dich nicht. Keine Ahnung, ob er's glaubt. Er hat mir eine Telefonnummer dagelassen, die ich anrufen soll, wenn du hier auftauchst. Und falls du der bist, den er meint, gibt's einen Tausender auf die Hand.« Sie rieb ihre Handfläche und lächelte erwartungsfroh. Ich schwitzte, was das Zeug hielt. »Hast du's Winston schon gesagt?«

»Ja, vorhin. Der sagt, ich soll es für mich behalten, aber dich hat er ja sicher nicht gemeint.«

Ich würde mich darum kümmern, dass sie nicht zu kurz kommt. Das freute sie ungemein. »Falls ich mal für dich was tun kann …« Sie deutete vage feuchte Freuden an.

Das war's also. Die beiden hatten Muffe, dass es wegen mir auch ihnen an den Kragen geht. Verstehe ich. Also marschierte ich wieder ins Haus.

»Hat sie dir gesagt, was los ist?« Misty saß mit Winston am Tisch und trank Whiskey. Habe ich sie noch nie trinken sehen. Ich holte mir ein Bier und setzte mich dazu.

»Hat sie. Deshalb seid ihr zwei plötzlich aus Eis, was?«

»Na ja, zu meinem Ärger jetzt noch das – das könnte uns die ganze Zukunft versauen«, sagte sie. Sie hatte recht.

»Da gibt's nur eines: Ich haue heute noch ab. Sobald's dunkel ist, bin ich weg.«

»Aber nicht mit deinem Auto«, brummelte Winston. »Kann sein, dass die's schon kennen – oder zumindest ahnen, dass es deines ist. Der hat gestern garantiert erst mal sämtliche Nummernschilder durchgegeben. Das Ding ist zwar auf Misty zugelassen, zum Glück, aber du kannst es nicht mehr fahren.«

»Nimm den Jeep, wenn du willst«, schlug Misty vor.

»Aber den kennen sie auch. Der Indianer ist ihm gefolgt«, sagte ich.

»Stimmt. Scheiße. Was machen wir?«, fragte sie Winston. Der überlegte eine Weile und schlug vor, mich nach dem Abendessen mit seinem Auto nach Laughlin zu fahren. »Er kann doch bei der Sandy bleiben. Die hat genügend Platz. Braucht er nicht mal raus. Sollte er sowieso nicht.«

Aber Laughlin kam nicht in die Tüte. Wenn die dortigen Bullen mich erkannten, war ich dran.

»Ich gehe zu Ignacio. Da bin ich am besten dran. Und ich nehme den Jeep, wenn es dir recht ist, Misty. Von der Sorte gibt's so viele, dass er nicht auffällt. Außerdem hat Winston ihn so schön schwarz lackieren lassen, dass er wie ein neuer aussieht. Den erkennt auch der Indianer nicht wieder.«

Sie überlegten kurz und stimmten zu. Misty wollte im Kloster anrufen, aber Winston war strikt dagegen. »Wenn die uns auf der Pelle hocken, können wir nichts riskieren. Die Cops hören zu gern ab – legal oder illegal ist denen doch scheißegal.« Er musste selber über seinen Spruch aus den Haschisch-Sechzigern lachen. Die Stimmung taute etwas auf.

Ich entschuldigte mich vorsichtshalber für die Unannehmlichkeiten, die ich ihnen ins Haus gebracht hatte. Aber da wehrten beide entrüstet ab. Nee, nee, so war's ja nicht gemeint. Na schön.

Misty half mir beim Packen. Dabei blieb's natürlich nicht. Obwohl mir der Sinn wirklich nicht nach Ständer stand. Aber sie drängelte und werkelte, bis sich meine Ausreden als erstunken und erlogen herausstellten. Der Gegenbeweis glotzte im linksgeknickten Steilwinkel einäugig vor sich hin.

Ich war also erst um halb elf fahrbereit. Winston meinte, ich solle mein Telefon einschalten und auf seinen Anruf warten. Er würde den Caddy nehmen und zur alten Route 66 rüberfahren, nach Barstow hinein und irgendwo in der Stadt aussteigen.

Dann ruft er an, und wir können besprechen, wie ich am besten auf den Freeway komme.
Also abgemacht.
Er war keine zehn Minuten weg, als das Telefon schrillte. Ich drückte den Empfangsknopf, und Winston sagte mir sehr ruhig, dass sie hinter ihm her seien. Ein Polizeiwagen habe auf der Route in Sichtweite der Einfahrt gewartet und sei ihm gefolgt. Im Vorbeifahren habe er ins Auto schauen können – er habe niemanden erkannt, aber im Auto saßen vier Personen, davon zwei Uniformierte. Da sei er sicher.
»Jetzt fahre ich genau sechzig, damit die mir nichts anhaben können. Ich bin mal gespannt, ob noch jemand dazukommt. Wenn ja, fährst du nach links, übers Gelände. Weißt schon, wohin. Und von dort aus nicht mehr zurückschauen, bis du am Ziel bist.« Ich gab das Telefon an Misty weiter, nickte ihr zu, dass sie ihm antworten soll. Ich sagte leise »okay«, und sie sagte es in den Hörer. Dann hörte sie ein paar Sekunden zu und reichte mir den Apparat. »Da sind sie«, sagte Winston. »Von rechts ist ein Auto dazugekommen – kann ein Chevy sein. Ich bin kurz vor Barstow – noch zwei Meilen, und dann …« Ich hörte einen Moment nur Fahrgeräusche, dann gellte eine Sirene. »Jetzt halten sie mich an. Hau ab! Sofort.« Er legte auf.
Ich sagte Misty, was ich gehört hatte, und sie griff zum Telefon, um Sammy anzurufen. Ich gab ihr einen schnellen Abschiedskuss und rannte zur Tür hinaus. Wir hatten ihren Jeep schon reisefertig gemacht, Wasser, Öl und noch einen Kanister Sprit nachgefüllt, mein bisschen Gepäck festgebunden und das Auto warm laufen lassen. Nun sprang ich hinein und schoss an den Puffmobilen vorbei. Ab in die Wüste.
Der Mond schien hell genug, um ohne Licht fahren zu können. Ich wurde gewaltig durchgeschüttelt, aber der Freeway war

nicht allzu weit weg. Zehn Minuten Geländefahrt, und ich konnte auf einen leeren, breiten Freeway abbiegen. Eine Stunde später fuhr ich windzerzaust aus der Wüste in Richtung Los Angeles. Und um vier Uhr zuckelte ich an Pismo vorbei. Nachts lässt es sich gut fahren. Außer in Los Angeles. Da ist der Verkehr zu jeder Zeit eine Katastrophe.

Ich wollte nicht noch mal in die Mission ziehen. Sie kam mir wie eine Falle vor, eine Mausefalle, und ich war die Maus. Blöd, ich weiß, aber ich hatte Angst davor, mich jetzt noch mal in San Miguel niederzulassen. Also fuhr ich dran vorbei. Einfach so. Die nächste Abfahrt nördlich von San Miguel ist eine winzige Behelfsausfahrt namens River Road, die ins gleiche Tal führt, durch das ich vor einigen Wochen schon mal fuhr. Also bog ich vom Freeway ab, überquerte knapp oberhalb San Miguels den Salinas River und donnerte ins Ranchito Canyon.

Jetzt war ich schon wieder hier, am Arsch der Welt, und war keinen Schritt weitergekommen, wenn man's genau nahm. Ich war noch immer auf der Flucht, hatte noch immer keinen entscheidenden Schlag gelandet – nicht mal zum Schlag ausgeholt – und ließ eine ausgewachsene Paranoia mein Leben bestimmen. Wenn sich nicht bald was tat, würde ich die Segel streichen. Ich kenne mich. Entweder gibt mir irgendwas Entscheidendes Auftrieb, oder mir wird alles scheißegal. Und dann haben sie mich. Ich machte mir keine Illusionen.

Ich tuckerte durchs nachtschlafende Tal. Bis Buttonwillow wollte ich nicht fahren, war mir zu weit. Also bog ich kurz hinter den Cholame Hills halblinks ab und fuhr die drei Meilen nach Parkfield. In Sichtweite des Dorfes hielt ich am Straßenrand und legte mich auf das Brett, das sich Rückbank nennt. Ich schlief sofort ein.

28 Erdbeben

Die Pennerei im Auto kann einem alten Typen wirklich den Tag versauen. Ich wachte wie gerädert auf. Die Scheißrückbank taugte schon zum Sitzen nicht, wie soll man darauf schlafen können? Ich pinkelte erst mal eine Ladung ins Unkraut am Straßenrand, dann lief ich bis zum Wald und wieder zurück. Wach war ich noch immer nicht, aber nicht mehr so gelenksteif und kalt.

Zeit, meine Telefonrunde zu machen. Ich rief Rick an, der trotz der frühen Stunde ausgeschlafen und frisch klang. Kurz nach acht.

»Mann, gut, dass du anrufst. Ich muss unbedingt mit dir reden. Wann und wo?« Scherzkeks. Ich werde ausgerechnet am Mobiltelefon Verabredungen treffen. »Ich melde mich«, versprach ich. Dann kam Sammys Kanzlei dran. Die dämliche Telefonistin wollte Schwierigkeiten machen, aber Sammy kriegte spitz, dass ich es war, und nahm ab.

»Sam, ich habe mich entschieden. Ich mache jetzt doch, was ich vor ein paar Tagen andeutete. Und zwar bald, sehr bald. Ich schreibe noch mal ein paar Stichpunkte auf und maile sie dir zu.«

Sammy Sheerstein war begeistert, dass er seiner arroganten Telefontante einen Strich durch die Rechnung gemacht hatte. Würde ein profitabler Auftrag werden, wenn er tatsächlich kommt. Er rieb sich die Hände. Feine Sache, Anwalt zu sein. Sein Vater, Gott hab ihn selig, hatte es ja immer gesagt. Da kann man krumme Dinger in die Wege leiten, kann von beiden Seiten Provision kassieren, und das Anwaltsgeheimnis breitet schützend seine Decke über den moralischen Ausrutscher. Anwalt Sheerstein lehnte sich ins dunkelrote Marokkoleder seines Wirtschaftslenkerthrones, ließ die Beinchen baumeln und freute sich.

Die Dorfbewohner waren im Parkfield Café versammelt. Vermutlich vollständig. Achtzehn Leute saßen beim Frühstück, und ich wartete gute zehn Minuten, bis sich die Bedienung zu mir bequemte. Hi, I'm INGA, verkündete das Namensschildchen auf ihrer linken Brust. Dass INGA lange, aufgeklebte Fingernägel hatte, von denen der schwarze Lack abblätterte, störte mich weniger. Dass sie schmatzend Kaugummi kaute und alle naselang sich in den Mund griff, um die bonbonrosa glänzende Masse durch ihre Strichlippen in die Länge zu ziehen, ekelte mich an. Vor allem das nasse Klatschen, wenn das chewing gum wieder gegen die Vorderzähne schnalzte. Ich bestellte also nur Kaffee, was ihrer Stimmung nicht gerade den überfälligen Aufmunterungstritt versetzte. Sie wackelte davon.

»Mach dir nichts draus.« Meine Thekennachbarin beugte sich zu mir herüber. »McFarlane, der Besitzer dieses Etablissements, sucht sie immer nach ihren pneumatischen Eigenschaften aus. Dann kommt so was raus, und er wundert sich, warum sein Pfannkuchenumsatz plötzlich einbricht.« Mein Kontrollblick über den Tresen bestätigte, dass pneumatisch der richtige Ausdruck war. Sie hatte ausgesprochen aufgeblasen aussehende sekundäre Geschlechtsmerkmale. Ich grinste meine Nachbarin an, deren leichte Sommerbluse ebenfalls hübsch Handfestes unzureichend vor Sonnenbestrahlung schützte. »Meine sind echt«, beantwortete sie meine unausgesprochene Frage und meinen Blick, der wohl nicht verstohlen genug war. Ich nickte

und schaute noch mal schnell die Pracht an. Wirklich griffig. Good morning, Mister Gutman.
Sie hatte eine geologische Fachzeitschrift vor sich liegen, in der sie lustlos blätterte.
»Bist du Ingenieurin?«, wollte ich wissen.
Sie zuckte die Schultern und streckte ihre Handflächen nach oben. »Was sonst in diesem gottverlassenen Kaff? Obwohl ich mit der Ausstattung immer auf Bedienung zurückgreifen kann.« Was ich nur bestätigen konnte.
Der Kaffee war so heiß, wie die Bedienung es gerne wäre. Ich trank die erste Tasse auf die Schnelle und ließ wieder nachfüllen. Meine Sitznachbarin streckte ihre leere Tasse auch hin.
»Irgendwas mit Erdbeben?«, fragte ich.
Sie nickte. »US-Geologic Survey – wir sind hier stationiert. Ganzjährig, was einem auf den Keks gehen kann.«
»Kann ich mir denken. Stimmt es eigentlich, dass Parkfield die seismisch aktivste Gegend Amerikas ist?«
»Nicht unbedingt Amerikas – es gibt noch einige Landstriche, die ebenso aktiv sind, aber weniger gut eingeführt. Die Presse stürzt sich immer dann auf Parkfield, wenn das Thema Erdbeben aktuell ist. Weil der San-Andreas-Graben mitten durchs Dorf führt, weil es genau zwischen San Francisco und Los Angeles liegt und weil kein Mensch freiwillig nach New Madrid in Missouri fährt, wo das stärkste, je gemessene Beben Nordamerikas den Mississippi minutenlang bergauf laufen ließ. Also ist Parkfield richtig berühmt.«
Sie war nett. Hübsch und nett, ungefähr mein Baujahr. Bisschen knuddelig, aber ich stand noch nie auf extrem dünn. Noch mal good morning, Mister Gutman. Vielleicht lässt sich was machen.
»Wie viele Erdbeben messt ihr denn hier so im Jahr?«

»Dreißigtausend in ganz Kalifornien, etwa ein Drittel hier im Gebiet.«
»Zehntausend Erdbeben? Dreißig am Tag?«
»Klar. Die meisten spürt man nicht, aber es sind Erdbewegungen. Knapp hundert sind echte Wackler. Weil Parkfield so aktiv ist und deshalb hier die erste Erdbebenvoraussage möglich sein wird, sind wir hier.«
Mein lieber Mann! Kein Wunder, dass das Dorf einen verlassenen Eindruck macht. Wer will sich schon dauernd durchschütteln lassen?
»Am Ortseingang bin ich sehr vorsichtig über eine schief stehende Brücke gefahren, deren Beton sichtbar bröckelt. Vom Erdbeben?«
Ja. »In den vergangenen fünfzehn Jahren haben sich die beiden tektonischen Platten um etwas über siebzehn Zentimeter gegeneinander verschoben. An alten Weidezäunen kann man's sehen. Die werden alle paar Jahre von den Ranchern mit Draht und Holzpfählen wieder einander angepasst. Ein Eldorado für Landvermesser – hier werden Grundstücksgrenzen dauernd neu gezogen.«
Nicht zu fassen! Und ich meinte immer, wir Kalifornier hätten außer Tod, Steuer und dem Elektrizitätsmonopol nichts zu fürchten.
»Zäune«, erzählte sie etwas gelangweilt weiter, »die den San-Andreas-Graben überqueren, sind alle in Nord-Süd-Richtung geflickt, ganz alte um Meter versetzt. Das Neunzehn-sechsundsechziger-Beben zerriss den Highway und versetzte den westlichen Teil um zehn Zentimeter.« Wow. Man weiß wirklich nicht, was um einen herum alles passiert. Und hübsch war sie auch. Oder habe ich das schon erwähnt?
Wir tranken unseren Kaffee in aller Frühmorgenruhe. Sie hieß

Cherie, was sie Cherry aussprach. Ich hieß Jon. Fuhr mir so raus, und ich hätte mir die Zunge abbeißen können, aber was soll's. Passiert ist passiert.

Als sie aufstand, legte ich Trinkgeld neben die Kaffeetasse und hob meinen Hintern vom Hocker. Wir gingen durch die Kneipe, was hier wohl als Sensation aufgefasst wurde, denn kaum hatte sie ihre Füße auf den Boden gestellt, kehrte Totenstille ein. Sie marschierte tapfer an den Gaffern vorbei. Ich hielt ihr die Tür auf, wofür sie sich mit einem Kopfnicken bedankte. Wir gingen nebeneinander über den Parkplatz.

»Ich muss meine Instrumentenrunde machen – und anschließend habe ich eigentlich nicht viel zu tun. Kommst du mit? Ich kann dir zeigen, was wir hier so machen. Ist ganz interessant.«

Folgt auf Blitz Donner? Ist der Papst katholisch? Natürlich kam ich mit. Ich ließ den Jeep stehen und stieg zu ihr ins Auto. Sie hatte einen kleinen Japaner, von dem sie behauptete, der führe dorthin, wo ein Jeep schlappmacht. Nun habe ich ja keine Markentreue zu einem Auto, das ich seit nicht mal einem Tag fahre, aber das bezweifelte ich doch.

Sie bog also auf freier Strecke mit Volldampf von der Straße ab und donnerte einen grasbewachsenen, eichenbeschatteten Hang hinauf. Ich hielt mich mit beiden Händen am mickrigen Sitz fest. Die Kiste, breiter als lang und höher als breit, zögerte keinen Augenblick. Im Nu waren wir auf der Hügelkuppe und sausten über eine Wiese ins Tal. Eine Kuh flog staunend an meiner Seitenscheibe vorbei, eine ihrer Weidegenossinnen lief euterschwingend dem verrückt gewordenen Kamikazekarren aus der Schussbahn. Der Dreizylinder jubelte zufrieden vor sich hin, Cherie lachte aus vollem Hals, und ich verfluchte meine Geilheit.

Es stellte sich heraus, dass sie jeden Tag die gleiche Strecke fährt. Über den Hügel zur Messstation und von dort aus zur nächsten, den ganzen Vormittag. Man glaubt nicht, wie viele Laservorrichtungen, Sonaranlagen und hundsgewöhnliche Optiken die hier im zivilisatorischen Niemandsland aufgestellt haben. Sie zeigte mir, wie ein Geodimeter funktioniert – ein zweifarbiger Laserstrahl, der auf einer Messstrecke von neun Kilometern eine Abweichung von einem Millimeter zeigt. Verblüffend. Die Blockhütten, in denen die Anlagen untergebracht waren, standen auf Feldern, in Wiesen, im Wald und an der Straße. Ganz so, als ob nicht Präzisionsinstrumente im Wert von vielen Millionen Dollar darin untergebracht seien. Unbewacht. Nicht zu fassen.

Sie hatte gegen halb eins ihre Runde fertig und fragte, ob ich Lust habe, bei ihr im Garten ein Steak zu grillen.

Wir waren beide ausgehungert. Ich wunderte mich über mich selbst – ich hatte in den letzten Wochen mehr Zeit in fremden Betten verbracht als im ganzen Jahr zuvor. Aber der Appetit kommt wohl wirklich beim Essen.

Sie ließ nichts anbrennen. Sobald ich richtig schlapp war, ließ sie mich einschlafen, nur um zehn Minuten später meine Messvorrichtung erneut zu justieren. »Dich hat Gott geschickt«, meinte sie, was mir ungemein schmeichelte. Normalerweise höre ich nur: »Was? Das war's etwa schon?« Aber nicht unsere Cherry. »Die Bauern hier lassen mich kalt, und das einzige Wackeln, das die Mehrzahl der hiesigen Herren Kollegen noch aufrichtet, ist das vom San Andreas. Hierher kommt selten mal so einer wie du. Was meinst du, wie ich mich gefreut habe, als du heute Morgen so zielstrebig ins Café marschiertest.«

Nach solch einer Feststellung darf man als Mann ruhig mal schlappmachen. Sie verstand, dass momentan nichts mehr zu machen war. Also duschten wir, zogen uns an und gingen in

den Garten, wo die Grillkohle ebenfalls ihren Höhepunkt hinter sich hatte.
Die Sonne stand schon sehr schräg über den Hügeln im Westen, als unser Mittagessen endlich auf dem Grill brutzelte. Sie hatte mich doch tatsächlich noch mal im Gras verführt. Etwas schlaff meinerseits, muss ich zugeben, aber als Ingenieurin verstand sie die Grundzüge der Statik. Und als Genießerin konnte sie auch mit kleineren Portionen noch etwas anfangen. Ein allseits befriedigendes Nachmittagserlebnis. Wir machten uns nicht die Mühe, noch mal unsere Kleidung anzuziehen. »Komm nur nicht zu nah an den Grill«, warnte sie. Aber ich sah mich schon vor.
Verblüffend, wie attraktiv ein paar Extrapfunde sein können. Cherie sah aus, als genieße sie jeden Augenblick ihres Lebens. In ihrer Nacktheit bewegte sie sich völlig natürlich durch ihren Garten, brachte Geschirr und Besteck, holte Fleisch und Saucen, deckte den Picknicktisch, den Mittelpunkt ihrer weitläufigen Wiese. Ich schaute gelegentlich ängstlich nach irgendwelchen imaginären Leuten, aber sie kümmerte sich weder um Nachbarn noch um Tiefflieger. »Beide gibt's hier nicht«, lachte sie, als ich, Hand wieder mal vorm Gerät, mich entsprechend sorgte. »Und wenn – meinst du, die würden mich stören? Ich bin ich, und die Dörfler haben gelernt, damit zu leben.«
Wir zogen uns dann doch an. Nach dem Essen gingen wir Hand in Hand die Dorfstraße entlang, hielten vor Häusern und unterhielten uns kurz mit Menschen, die in ihren Gärten arbeiteten oder auch grillten, und streichelten mehr Hunde, als ich je auf einem Haufen gesehen hatte. Ein dicklicher Herr mit Stirnglatze und einer knielangen Hose schaute uns zwar böse an und knallte seine Haustür hinter sich zu, als er sah, dass wir an seinem Garten vorbeigehen würden, aber Cherie rief: »Hallo,

Bob – schöner Abend, was?«, hinter ihm her und lachte befreit. »Du hast mich davor gerettet, ihm die lächerlichen Surfershorts herunterzureißen«, sagte sie. »Ich war so verzweifelt, dass ich ihn heute oder morgen vergewaltigt hätte. Er will mir schon lange an die Wäsche, und bisher hatte ich eigentlich keine Absicht, seine von innen sehen zu wollen. Aber die letzten Tage hab ich's mir doch überlegt.« Sie drückte sich fest an mich, und ich legte im Gehen meinen Arm um sie.

Unbequemer lässt es sich nicht herumspazieren. Aber für Bob hinter der Gardine war mir das bisschen Kreuzschmerzen wert. Die Sterne waren so klar wie im Big Sur. Wir saßen auf einem umgefallenen Baumstamm, ließen die Beine baumeln und schauten hoch. Wunderschön war es. Ein mitternachtsblauer Himmel, grellweiße Sterne, Konstellationen, die an der Küste nur geahnt werden können, und verdammt viele Sternschnuppen. »Sind wir etwa schon in den Pleiaden?«, wollte ich wissen. Als Akademikerin kennt man sich auch mit Astronomie aus.

»Was sind denn Pleiaden?«

Denkste.

»Sieben Göttertöchter, die als Sterne in den Himmel gestellt wurden. Und im Sommer fallen tausende Meteoriten aus der Himmelsrichtung, in der sie stehen. Ich weiß nur nie, wann das ist.«

»Ach so, das. Ja. Im August. Da sitze ich oft hier oben und schaue die halbe Nacht zu. In den Fernsehnachrichten meldet die Wettertante, wenn's wieder so weit ist.«

Schön war es, dort oben auf dem Hügel. Der Stamm war morsch – der lag wohl schon lange hier am Waldrand. Wenn mein Absatz dagegenschlug, hörte man das Holz knistern, und der dumpfe Schlag ließ darauf schließen, dass er hohl war.

Auf der Landstraße nach Parkfield brummten zwei Scheinwerfer, aber sonst war kein Geräusch zu hören. Die Nacht war kühl, wie Sommernächte in Mittelkalifornien nun mal sind, und ich legte meinen Arm um sie.

»Bist du eigentlich verheiratet?« Sie fragte das eher lakonisch.

»Nein. Du?«

»Ja, sicher. Seit fast zwanzig Jahren.«

Irgendwie schockte mich das. »Und wo ist dein Mann? Habt ihr euch getrennt?«

»Um Himmels willen, nein. Wir verstehen uns sogar prächtig. Kein Spur von Trennung. Er arbeitet für die Regierung als Raumfahrtingenieur, ist in Vandenberg stationiert, an der Küste, und muss oft monatelang nach Florida. Dort ist er jetzt seit März, und wahrscheinlich kommt er nicht vor Ende August wieder hierher.« Sie bückte sich und riss einen langen Halm ab. Dem knipste sie dann in aller Ruhe jeweils einen Zentimeter ab, bis er nur noch ein Stummelchen war. Das warf sie weg und grinste mich an. Ich hatte kein Wort gesagt. Irgendwie gefiel mir das nicht.

»Komm, wir bumsen noch schnell. Und dann bringst du mich heim«, schlug sie vor.

Aber diesmal dauerte es fast eine Stunde, bis sie ihn so weit hatte. Gefiel mir wirklich nicht.

Ich lag lange neben ihr und hörte ihr zu. Sie erzählte mir viel zu viel – Privates, Sachen, die einen Fremden nichts angehen, Storys aus ihrer Jugend. Was ich ihr dann auch sagte. Woraufhin sie einschnappte. Was ich nicht ausstehen kann.

Sie wollte sich vor ihrer Haustür von mir verabschieden, aber sie merkte wohl, dass ich stocksauer wurde.

»Kannst mich doch nicht einfach wegschicken – ich müsste wieder im Auto pennen, und dazu habe ich wahrlich keine Lust. Lass mich wenigstens auf deinem Sofa schlafen, wenn du schon nicht dein Bett mit mir teilen willst.«

So hatte sie es ja nicht gemeint, und sie habe gedacht, dass ich vielleicht doch eine Freundin habe oder so was, zu der ich wollte.
»Nein, nicht in der Nähe. Und ich verspreche, dich in Ruhe zu lassen, wenn du mich mitnimmst.« Ausgerechnet von mir, der schon den halben Tag nicht in Ruhe gelassen wird. Sie musste lachen und hielt mir einladend die Tür auf.
Sie wollte wirklich nichts von mir. Lag neben mir und erzählte. Als sie sich auszog, machte sie sogar die Badezimmertür zu. Und duschte allein. Verstehe einer die Frauen. Ich grinste über Opas Spruch, der mir so glatt ins Hirn kam.
»Harold und ich haben geheiratet, weil er nicht allein sein wollte. Seine Frau hatte ihn sitzen lassen, ist mit einem ihrer Studenten nach Hawaii gezogen, und wir zwei hatten auf einmal das Haus für uns – keine heimlichen Besuche mehr, sondern ich zog buchstäblich über Nacht bei ihm ein.« Schon wieder Privates, aber diesmal war ich interessiert. Ist schon verblüffend, wie sich Leute arrangieren. »Mimte die Frau Professor, obwohl ich bei ihm studierte – unter ihm, wenn man so will. Meine Kommilitoninnen kamen zur Sprechstunde, ich servierte Cola und Tee und musste ihm zwischen den Terminen das Ding melken, sonst hätte er mich mit jeder betrogen.«
»Und du lässt ihn monatelang weg sein?« Sachen gibt's.
»Leider hatte Harold einen kleinen Unfall. Einer seiner Studenten hat ihm seinen Apparat abgeknickt – der war wohl etwas weniger breitärschig, als sich unser Harold das gewünscht hatte. Und prompt brach ihm der Schwengel. Hast du nicht gewusst, dass das Ding abbrechen kann, was?«, lachte sie. »Heißt Penisfraktur, findet meist mit einem Knall statt und ist ausgemacht schmerzhaft. Harold sagt, er läuft blau an und füllt sich schlagartig mit Blut. Dann sollte man ihn fest umfassen, kühlen

und hoffen, dass der Arzt bald kommt. Und sich auskennt. Seiner kannte sich nicht aus.«

Ich war wieder empört. Erst über den Ehemann auspacken, und dann solche Schauermärchen. Doch sie schwor, es sei die reine Wahrheit. Seither ist Harold wohl nicht mehr begeistert, weder von ihr noch von anderen Lebewesen. Seither, sagt sie, führen Harold und sie eine Musterehe, sind ein Herz und eine Seele, und wenn Harold nicht zu Hause ist, holt sich Cherie was fürs Herz. Ohne dass sich Komplikationen einstellen. Manchmal, grinste sie, filme sie die Aktion im Bett und schaue sich das Theater mit Harold zusammen an. Das mag er am liebsten.

»Mit mir etwa auch?«

»Ach was, Kleiner. Dich liebe ich, aus dir mache ich doch keinen Pornostar.« Sie nahm meine Hand und führte sie zur Nachttischlampe. »Mach die Lampe mal an«, befahl sie. Ich drückte auf den winzigen Schalter, und das Licht leuchtete grell. Sie zeigte in die Zimmerecke, wo hinter einer Hängepflanze unter der Decke ein winziges rotes Lämpchen glühte. Dann schnappte sie die Fernbedienung, und der Fernseher wurde hell. Mitten im Bild lag sie, ich daneben, mit einer Weitwinkelkamera von schräg oben aufgenommen. Genau von dort, wo das Lichtlein blinkte. Du kriegst die Tür nicht zu.

»Also bin ich so eine Art lebender Dildo?«

Sie lachte schallend. »Du nicht, Herz. Aber ich habe schon einige lebende Dildos ausprobiert. Nach dem ersten Mal nicht mehr zu gebrauchen, die Herren Dildo. Auch nicht fürs Showbusiness.« Sie beugte sich zu mir rüber und pflanzte einen Kuss auf das zum Gesprächsobjekt hochstilisierte Würstchen. Was das Würstchen und mich sofort wieder ein wenig aufrichtete.

29 Information, please

Sie musste wieder früh raus und lud mich ein, mit ihr im Café zu frühstücken. Was ich gern tat.

»Meinst du, ich könnte von dir aus noch ein paar Anrufe machen?«

»Klar – keine Frage. Wenn ich nachher meine Runde mache, kannst du gern ins Haus und so viel telefonieren, wie du willst. Ich komme gegen eins wieder, wie gestern. Wenn du dann noch da bist, können wir gern was essen gehen – oder wieder grillen.«

Gut. Also gingen wir erst ins Café hinüber und bestellten Kaffee. Heute hatte die Kaugummiqueen frei, und ihre Kollegin sah ausgesprochen sauber und adrett aus. Ich bestellte das Hungry-Man-Frühstück mit Eiern und Speck, Toast, Butter und Marmelade, Cornflakes und Milch. Wenn das nicht vorhielt.

Sie fragte mich, was ich beruflich so mache. Ich sagte ihr, dass ich bisher Radiofritze war, aber gerade dabei sei, mir was Neues zu suchen. Was sie nicht sonderlich interessierte.

»Und du bist schon immer Erdbebenforscherin gewesen?«

»Bin ich. Außer Bedienung und Kinoplatzanweiserin während des Studiums habe ich nie was anderes gearbeitet.«

»Und – würdest du nicht gern was anderes machen?«

Sie schaute mich verständnislos an. »Nein. Ich bin auf Erdbeben spezialisiert. Was soll ich denn anderes machen? Lehren?

Dazu habe ich keine Lust. Und das wär's dann schon mit der Auswahl.«

»Nein, nein, ich meine was ganz anderes. Einen Geschenkwarenladen führen oder eine Kneipe aufmachen. Wissenschaftliche Artikel schreiben oder Reisebegleiterin werden. So was. Irgendwas, woran du Spaß hast.«

Das war ihr zu hoch. Sie schüttelte den Kopf und kräuselte ihre Mundwinkel. Was so viel hieß wie: »Bist süß, aber dämlich«, wie ich erfahren hatte. Womit also mein Smalltalk-Versuch gestrandet wäre. Ich legte Geld auf den Tresen und stand auf.

»Bis heute Mittag. Ich gehe jetzt ein bisschen zum Telefonieren, und dann bereite ich uns irgendwas vor. Und heute Nachmittag fahre ich weiter.«

Sie versprach, um eins wieder zu Hause zu sein.

Der Jeep sprang sofort an, was mich wunderte. Ich habe immer Ärger mit alten Autos. Ich ließ ihn eine Minute warm laufen, schob krachend den ersten Gang ein und fuhr die fünfhundert Meter bis zu Cheries Haus. Das Auto stellte ich in den Schatten einer breitkronigen, verschwenderisch blühenden Magnolie und ging zur immer offenen Küchentür hinein.

Ich nahm Cheries Telefon mit auf die Veranda, setzte mich in die Hollywoodschaukel und wählte Mistys Betrieb in Barstow an. Sie meldete sich sofort.

»Alles in Ordnung?«

»Wo bist du?«

»Nicht bei unserem Freund – war mir zu unsicher, also bin ich ein Stück weitergefahren.«

Sie versuchte, ruhig zu bleiben, aber sie wurde immer aufgeregter. »Winston sitzt schon wieder. Seit vorgestern Abend. Angeblich hat er einen Polizisten bedroht, was totaler Quatsch ist. Aber er ist im Stadtknast von Barstow, und Sammy meint, vor

Freitag paukt er ihn nicht raus. Bis dahin ist irgend so ein Negerfresser Richter, und der lässt nicht mit sich handeln.«
»Und du? Wie geht's dir? Was war denn los?«
»War so, wie du dachtest. Das waren keine Hiesigen, die Winston anhielten. Die Uniformierten schon, aber die anderen wollten nur herauskriegen, was er weiß. Er tat natürlich doof, was die so sauer machte, dass ihm der Indianer eine feuerte. Winston hat ihm natürlich ganz ruhig gesagt, dass er ihn kastriert, sobald er ihn findet, aber das war ein Fehler. Die Uniformierten haben ihn zu dritt verdroschen, nachdem sie ihn gefesselt hatten, und gleich noch Verstärkung angefordert. Die haben mir auch mit Verhaftung gedroht, als ich dort ankam, und haben Winston sofort in den Knast gebracht. Ich habe natürlich Sammy angerufen, aber der meinte gleich, dass Winston denen voll ins offene Messer gelaufen ist. Kann man nichts machen. Beide lassen übrigens schön grüßen.« Um mich, sagte sie, habe sie sich keine großen Sorgen gemacht, denn sie habe ja gewusst, wo sich die Typen aufhalten.
»Gibst du der Mexikanerin den Tausender?« War mir wichtig. Ich wollte nicht, dass sie mich doch noch verpfiff.
»Mache ich. Wann und wo sieht man dich wieder?«
»Weiß ich noch nicht. Momentan bin ich gut aufgehoben. Möglich, dass ich ein paar Tage bleibe. Hast du sonst von jemandem gehört?« Nee, hatte sie nicht. Beide flöteten wir ein paar liebevoll gemeinte Floskeln und hängten dann gleichzeitig ein. Ich brauchte den Franziskaner nun doch. Allein wurde ich mit der Misty-Situation nicht fertig. Er hatte wenigstens Ideen, die aus langjähriger Erfahrung stammten. Ich rief ihn also an und machte einen Termin mit ihm aus.
Dann holte ich meinen Laptop aus dem Jeep, stellte ihn auf den Picknicktisch und wählte das Net an. E-Mails warteten, aber

nichts Lesenswertes. Nur Mist, der täglich in Millionenauflage verteilt wird. Der elektronische Briefkasten wird mit mehr Scheißdreck vollgestopft, als es der Hausbriefkasten jemals war. Keine Ahnung, wer die angebotenen Verjüngungscremes und Wunder wirkenden Diätkapseln kaufen soll – vielleicht die, an die sich das Angebot knackiger Jungfrauen (»garantiert echt, noch unberührt. Nur $ 25 pro Monat, täglich neue Fotos«) und schwuler Zeitvertreiber (»junger Boy sucht Dich! Schreibe mir, ich bin megageil!«) richtet. Nicht zu fassen, wie viel Unanständiges, Unverlangtes und Unerwünschtes sich auf einmal in die Privatsphäre drängelt. Ich drückte den Dreck ungelesen in den elektronischen Mülleimer. Dann kümmerte ich mich endlich wieder um meine hochaktiven Freunde im nahen Tal.

Die kannten keine Scham. Ich staunte, wie öffentlich sie ihr Geschäft abwickelten. Immerhin pushten sie harte Drogen, was in unserer Gesellschaft als ebenso verwerflich gilt wie Mord und Zuhälterei. Und hier, für jeden, der sehen wollte, deutlich erkennbar, war eine ganze Bestell- und Verteilungsmaschinerie, die man nur zu bedienen brauchte, um Lieferungen entgegenzunehmen, Geld abzuliefern und unter Umgehung aller inländischen Bankgesetze sicher anzulegen. Jedenfalls war mir, als sei das, was ich mit Rick Cavanaughs Hilfe gefunden hatte, der Sinn der Sache. Sehr deutlich, wenn man alles zusammenzählte.

Rick hatte mir eine lange Mail geschickt, die einige URLs enthielt, und auch seine Deutung der elektronischen Vorgänge auf den Seiten, zu denen die Uniform Resource Locators führten, diese Internetadressen mit der unaussprechlichen Gattungsbezeichnung. Wenn man Ricksches Augenmaß anlegte, kam eine kriminelle Energie zutage, die mir nie aufgefallen wäre.

Erst mal fand er eine Homepage, die in den einschlägigen Suchmaschinen fehlte. Er hatte sie aufgetan, indem er einfach über

die uns bekannte Telefonnummer den dazugehörigen Internetanschluss behackte, was zur besagten Seite führte, die irgendwas über Weine aus dem Santa-Maria-Tal faselte. Aber wenn man auf eines der Weinbergbilder mausklickte, öffnete sich eine weitere Seite. Die wies nur ein paar leere Kästchen auf. Tippte man Zahlen oder Buchstaben in sie hinein, wurde ein Schema deutlich. Ein Kästchen wies alles Nichtnumerische zurück. Das andere Kästchen wollte Schrift sehen, das dritte einen numerischen Wert mit vorangesetztem Dollarzeichen. Rick hatte kurz dazugeschrieben, dass er einfach die Seite auf seine Festplatte kopiert und dort ausprobiert habe. Außer dass jemand dort anklickte und etwa zehn Sekunden drin war, konnten die Seitenbetreiber nicht ersehen, dass sie beschnüffelt wurden. Und er hatte sich natürlich abgesichert. Da kannte sich unser Rick aus.
Ich las weiter. Er hatte also ausprobiert, was auszuprobieren war, bis er einen Volltreffer landete. Die Seite war einfach aufgebaut: Menge in metrischen Einheiten, Dollarbetrag, Datum und Uhrzeit, Ort. Um die Information zu senden, musste ein Passwort eingegeben werden. Ich konnte mir vorstellen, wie sich Rick über den einfachen Aufbau der Seite freute. Er schrieb, es habe keine drei Minuten gedauert, bis er ein funktionierendes Passwort hatte. Und dann habe er eine Probeseite auf die Reise geschickt. Ohne Werte, ohne Angaben und mit sofortiger Selbstlöschung bei Ankunft im Empfangscomputer. Alles Ricks Handarbeit. Er hatte den Weg seiner Mail verfolgt, hatte sich auch wieder über alle möglichen Fake-Adressen in Dritte-Welt-Ländern abgesichert und wusste eindeutig, wo der Empfangscomputer stand: im Schuppen bei den Morenos. Um sicherzugehen, stieg er hochoffiziell auf einen der dorthin führenden Telefonmasten und zapfte einen Tag lang die Leitung

an. Die gleichen Meldungen, die gleiche numerische Anschrift. Kein Zweifel. Großhandelszentrale war der Schuppen hinter dem erfolgreichen Restaurant.
Hätte ich ohne meinen in der Kindheit arrogant verachteten Freund nie geschafft. Clever, der Junge.
Es gab noch eine zweite Seite, eine, von der die Besteller garantiert nichts ahnten. Auf der machten die Morenos ihre Finanzbuchhaltung. Eingänge, Ausgänge, Anlagen, Konten, Zwischenkonten, alles da. Elektronischer Geldverkehr über Transferhäuser im Ausland, über Konten auf tropischen Inseln und durch Wechselstuben auf Curacao. Mit Postanschriften, mit Kontonummern, mit Namen von Bankmenschen und Aktienbrokern. Mit Namen von Abnehmern, mit Mengen und Daten. Ein Adressverzeichnis, das sich bei näherer Betrachtung als Aufstellung verschiedener Grundbriefe erwies; eine Zusammenfassung des Morenoschen Grundbesitzes in verschiedenen Bundesstaaten, sogar in Mexiko und in der Karibik, leichtsinnig auf einer von überall her zugänglichen Webseite zusammengefasst. Fehlten nur noch ein paar Formalitäten, ein paar Bestätigungen der offen liegenden Fakten und die Anklage der Staatsanwaltschaft, und die Morenos wären lebenslang im Loch.
Rick wusste wohl, dass er sich auf Glatteis bewegte, aber er schickte die gesamten Informationen trotzdem los. Ich war ihm dankbar. Erst mal machte ich von allem eine Diskettenkopie, die ich in gepolsterte Kuverts steckte, adressierte und am Nachmittag irgendwo zur Post bringen würde. Ignacio würde sie morgen haben. Ich hatte noch einen Brief beigelegt mit der Bitte, die Dinger einfach irgendwo sicher zu lagern, bis ich sie abholen konnte. Dann baute ich die Festplatte aus meinem Laptop, steckte sie in einen Plastikbeutel und klebte ihn über

den Benzintank des Jeeps, zur Megagigabyte-Festplatte aus Johns Studiorechner. Der entbeinte Laptop-Computer kam in meinen Seesack.
Als ich meinen Seesack wieder im Auto verstaute, rief ich noch mal Rick an. Vom Handy. Er war nicht zu Hause, also hinterließ ich die Nachricht, dass ich angerufen hätte und etwas später noch mal anrufen würde. Das Telefon setzte ein paarmal aus, während ich sprach, also schob ich es ins Ladegerät und schloss es am Zigarettenanzünder des Jeeps an. Dann ging ich wieder ins Haus zurück.
Ich hatte mir Notizen gemacht, die ich nun faltete und in die Jackentasche schob. Nach dem Essen würde ich wieder nach Santa Maria fahren, eine neue Festplatte kaufen und noch ein paar Kleinigkeiten, dann meinen Platz auf dem Berg wieder einnehmen und während des Beobachtens die Festplatte einbauen und die Software laden. Und heute Abend, spät am Abend, wollte ich mich noch mit Rick treffen. Wir mussten uns auf eine Vorgehensweise einigen. Die Zeit wurde knapp. Winston verhaftet, Misty mit einer ausgemacht ungewissen Zukunft, und wenn sich Rick oder ich einen Ausrutscher leistete, hatten wir ausgespielt. Deshalb wollte ich auch nicht noch mal in die Mission ziehen – die Gefahr, dass sie uns auf die Schliche kommen könnten, wuchs mit jedem Tag. Zu viele Leute wussten, dass ich dort gewesen war, zu viele Leute waren dadurch selbst gefährdet.
Cherie benahm sich, als sie endlich heimkam. Sie hatte eine der Anlagen von Grund auf neu einstellen müssen und war rechtschaffen müde. Ich tischte ein gewaltiges Filet auf, schnitt einige dicke Scheiben herunter und stellte ihr Salz, Pfeffer, ein Schälchen Salsa und eine Flasche A1-Sauce hin. Jedem ein Bier aus dem Kühlschrank, und dann herrschte erst mal Stille.

Ich fuhr um halb drei los. Vorher hatte ich von ihrem Garten aus noch mal Rick angerufen, aber der war noch immer nicht da. Cherie und ich hatten ein Treffen verabredet. Noch diese Woche wollten wir wieder zusammenkommen, entweder in Parkfield oder irgendwo an der Küste. Ich konnte ihr keine Telefonnummer geben, schrieb ihr aber meine E-Mail-Anschrift auf. Dann zockelte ich los. Durchs Cholame Valley bis zum Highway 41, rüber nach Paso und auf der 101 nach Süden. Um kurz vor vier war ich in Santa Maria.

Der Office Boy hatte eine 1,3-Gigabyte-Festplatte im Sonderverkauf. Ich legte also die neunundneunzig Dollar auf den Tisch, kaufte noch vierundsechzig Megabyte-RAM-Arbeitsspeicher dazu und fuhr weiter auf den Berg, hinter den Busch, auf den Baum. Alles wie gehabt. Mit Laptop, den paar Werkzeugen, die man eigentlich nur zur eigenen Beruhigung braucht, und den neuen Teilen. Plus Kamera, Objektive, Feldstecher, Cola und Donuts. Zum Glück war's eine große Eiche, eine mit ausladenden Ästen, deren Gabelungen richtige Ablagen bildeten. Da passte alles drauf.

Das Laufgeschäft begann wieder mit dem Restaurantbusiness kurz vor sechs Uhr. Im Viertelstundentakt. Das lief mit militärischer Präzision ab. Ich bewunderte ihre Planung. Schon deshalb könnte ich in dem Geschäft nie was werden.

Ich bastelte, guckte, fotografierte und schwitzte. Die Bastelei am Laptop dauerte gute drei Stunden, bis die Hardware sicher eingebaut und die Software geladen war und beides den Funktionstest bestand. Im Prinzip fing ich mit frischen Programmen an, ohne Inhalte, ohne meine Notizen und Ricks Hinweise. Ohne die verräterischen URLs, die sicher auf der deponierten Festplatte und den Disketten gespeichert waren.

Das Geschäft dort unten ruhte nicht einen Augenblick. Ich

staunte über die Betriebsamkeit – der Restaurantparkplatz war trotz des normalerweise im Gastgewerbe stillen Donnerstags voll, und die anderen Businessleute kamen und fuhren alle Viertelstunde. Kein Wunder, dass der Kerl auf der ganzen Welt Grundbesitz hat. Aber wie konnte er so unbekümmert seinem Drogengeschäft nachgehen? Das ließ mir keine Ruhe. Logisch, dass die Bullen Dreck am Stecken hatten. Ging gar nicht anders.

Als ich so überlegte, verließ die schicke Bayernlimousine die Scheune und bog auf die Straße ab in Richtung Berg. Ich beobachtete Moreno, bis er unter den Bäumen am Fuß des Tepusquet verschwand. Von dort aus war er nur noch sporadisch zu sehen, aber immer besser zu hören. Ich holte mein Zeug vom Baum, verstaute alles im Jeep, nahm trotz der einsetzenden Dunkelheit wieder meine Kamera und marschierte durch den Wald zu der Stelle, die ich bei seinem letzten Besuch hier oben gefunden hatte. Hinterm Gebüsch. Wo zwar der Hund wusste, dass ich dort war, aber Herrchen nicht.

Und schon bog er auf dem unbefestigten Weg zu seinem Grundstück ab. Das Auto jammerte auf der zerfurchten Zufahrt, die teilweise nur im ersten Gang befahrbar war. Ich schaute zu, wie die Scheinwerfer des Autos sein Näherkommen anzeigten, wartete geduldig, bis er es abstellte und vom Fahrersitz aus die Gegend mit einem starken Scheinwerfer ableuchtete, ehe er ausstieg und den Wohnanhänger öffnete. Den Kläffer hatte er zu meiner Erleichterung zu Hause gelassen. Jeff kam nach wenigen Minuten wieder heraus, eine Schaufel in der Hand, ein Handtuch über der Schulter und kein Fetzen Kleidung am braun gebrannten, fitten Körper. Geld zu verstecken schien für ihn ein sexuelles Vergnügen zu sein. Die Vorfreude stand unübersehbar trotz der Dämmerung.

Moreno grub wieder, bis ihm der Schweiß vom Körper perlte. Immer öfter benutzte er das Handtuch, das er aus dem Anhänger mitgebracht hatte. Und immer öfter machte er eine Pause. Die Erde war trocken und steinhart. Er warf kindskopfgroße Brocken aus dem Loch, bückte sich und zog an Wurzeln, zerschnitt sie mühsam mit der Spatenkante und buddelte weiter.

Trotz der miesen Beleuchtung machte ich noch ein paar Fotos. Das Schöne an Digitalkameras ist ihre Fähigkeit, auch bei miserablem Licht noch Brauchbares aufzunehmen. Denn das entstandene Foto mag bis zur Unkenntlichkeit dunkel sein, aber eine Aufhellung im Computerprogramm wirkt wahre Wunder. Gute Digis können die Nacht zum Tag machen. Das Resultat würde zwar keine Fotoausstellung zieren, aber den aufgenommenen Gegenstand deutlich zeigen. Mehr wollte ich nicht.

Er grub, bis er kaum noch aus dem Loch schauen konnte. Déjà vu. Alles wie gehabt. Dann krabbelte er heraus, holte die Kiste aus dem Auto, machte sie auf, holte sich angesichts der vielen Scheine einen runter und vergrub die Kiste. Ich freute mich wie ein Kind, freute mich unbändig über meine eigene Geduld, ohne die ich niemals die vielen Stunden im Wald und auf dem Baum ausgehalten hätte. Und ich freute mich, dass ich auch mal Glück hatte. Nach viel, viel Pech.

Gott sei Dank musste ich weder niesen noch furzen. Davor hatte ich zwischendurch mal Angst. Der Mensch ist ein seltsames Wesen.

Als er die Spuren seiner Arbeit so gut es eben ging verwischt, sich im Anhänger den Dreck vom Körper gespült hatte und den miserablen Weg wieder zurückgefahren war, spazierte ich den Hang hinab, Kamera in der Hand. Wenn ich noch ein paar Augenblicke warten würde, könnte ich blitzen. Bis dahin würde er schon halb den Berg hinunter sein. Ich marschierte also unbekümmert über das Gras des Abhangs, war schon fast unten, als ich etwas hörte. Mucksmäuschenstill ließ ich mich aufs Gras gleiten, legte mich quer zum Hang auf den Bauch und horchte.

Ein Geräusch? Eine Stimme? Ich hatte auf ein Signal aus dem Unterbewussten reagiert. Ich horchte angestrengt, schaute in die Richtung, aus der ich glaubte, etwas gehört zu haben, aber weder hörte ich etwas, noch war außer den tiefdunklen Umrissen des Waldes etwas zu sehen. Mondlicht gab es nicht; am Fünften war Vollmond, und heute war die dunkelste Nacht des Monats. Mein Glück. Denn gerade als ich wieder aufstehen wollte, sagte einer laut und deutlich: »Scheiße.«

»Hörst du wohl auf, hier herumzubrüllen, du Arschloch. Konzentriere dich lieber auf den Weg«, zischte jemand böse.

30 Planung

Die Stimmen kamen von der Zufahrt. Ich robbte also rückwärts den Abhang hoch, die Augen unverwandt auf den Teil der Dunkelheit gerichtet, in dem ich den Weg vermutete, und erreichte doch tatsächlich das Gebüsch, ohne gegen irgendwelche Steine zu stoßen. Allerdings war ich körperlich völlig fertig. Rückwärts robben, mein Lieber!

Schritte waren zu hören, tastende Schritte, denn die zwei dort unten sahen genauso wenig wie ich. Einer räusperte sich. Dann klirrte etwas. Ein Krach hier, wie in der Großstadt.

»Was ist denn nun schon wieder?«, fragte einer unwirsch. Mich fröstelte. Der Indianer.

»Ich habe die verdammte Taschenlampe fallen lassen«, sagte der Jüngling, und viel zu schnell zischte einer: »Ruhe!« Da waren sie, alle drei, und ich war geliefert. Meine Hände fingen an zu zittern. Unkontrollierbar. Ich hoffte, dass ich mir nicht in die Hose machen würde.

Stille. Nichts rührte sich. Ich hörte meinen Puls dumpf schlagen wie eine Pumpe im Bergwerk. Das musste doch übers ganze Grundstück zu hören sein. Meine Ohren waren auf einmal verstopft.

Sie waren irgendwo stehen geblieben, denn ich hörte kein Geräusch. Sicher eine Minute verging, ohne dass die Stille gebrochen wurde. Dann scharrte wieder einer, und ein Lichtstrahl leuchtete kurz auf. Sie standen vor dem Wohnanhänger.

Ich hörte, wie sie sich der Anhängertür näherten. Sie benutzten die Wohnwand als Führung, strichen mit der Hand am Aluminium entlang und erreichten so die Tür. »Third, wo bist du?«, flüsterte deutlich hörbar der Indianer, und Harold Lauterbach III. sagte recht laut: »Hier.« Er hatte wohl erkannt, dass sie allein waren, denn nun schaltete er die Taschenlampe wieder ein und rumorte an der Tür herum. Ich konnte nur den Lichtstrahl sehen, da ich auf die Rückseite des Mobilheimes schaute.
Die drei fühlten sich sicher, machten die Tür auf, und einer knipste die Innenbeleuchtung an. Ich schaute auf meinen rechten Unterarm, der sich im Lichtstrahl des Fensters wunderschön vom graubraunen Gras abhob, und zog die Pranke blitzartig zurück.
Sie machten nun einen ordentlichen Lärm, rückten und verschoben schwere Sachen, und einer drehte den Wasserhahn auf. Das Klo rauschte, und die Fenster wurden nacheinander auf- und wieder zugemacht. Die Tür knallte, jemand war herausgekommen und beleuchtete mit der Taschenlampe die Kriechfläche unterm Anhänger. Eine Viertelstunde war emsiges Arbeiten zu hören. Dann wurde das Licht ausgeschaltet, die Tür geöffnet und wieder geschlossen, und die beiden älteren Drogencops kamen um die Ecke. Der Indianer trug die Lampe, der Dicke schob seinen Bauch hinter ihm her. Sie richteten den Lichtstrahl auf den Boden und suchten ihn ab. Ich sah schon mein schönes Geld über alle Berge verschwinden. Das hatte mir gerade noch gefehlt.
Der junge Lauterbach III. kam dazu und schaute ebenfalls auf den Boden. Sie stapften hintereinander über die Stelle, die Jeff vor knapp einer Stunde so sorgfältig geglättet und gefegt hatte, sie marschierten über die Aushebung, die nun schon fast eine

Woche alt war, und sie sahen in der nur spärlich erhellten Dunkelheit weder Spuren der Morenoschen Arbeit noch mich.

Es war zehn nach elf, als sie endlich den Weg wieder hinuntergingen. Am Licht sah ich, wo sie waren, das startende Auto bedeutete, dass ich jetzt außer Hörweite war, am pochenden Herzen merkte ich, dass ich mir noch zehn Minuten Ruhe unter meinem Gebüsch gönnen sollte. Also war ich erst um halb zwölf am Auto.

Ich hatte noch durch die Wohnwagenfenster geguckt, aber nichts gesehen. Absolute Dunkelheit. Ich meinte jedoch, die drei hätten aufgeräumt – ich war ziemlich sicher, dass sie dafür gesorgt hatten, dass keiner merkt, dass sie da gewesen waren. Am Türschloss war nichts zu sehen – sicherheitshalber schoss ich ein Foto vom Schloss und hatte den Red-Eye-Vorblitz eingeschaltet. Der zeigte, dass das Schloss einwandfrei in Ordnung war. Ich sah weder Kratzer noch Beschädigung. Echte Fachleute. Mein Einbrecher war da weniger sorgfältig. Vielleicht war er deshalb tot.

Mir schlug das Herz im Hals, bis ich auf der Ostseite des Berges war. Ich fuhr zehn Minuten Richtung Santa Maria, stellte das Auto auf dem Bergrücken ab, ein Stück weit weg vom Highway, und rief Rick an. Er antwortete sofort.

»Du schläfst wohl auch nicht mehr?«

»Nee, zur Zeit nicht«, bedauerte er mit hellwacher Stimme. »Hör mal – ich lasse die Leitung über den Abhördetektor laufen, also haben wir erst mal gute zwei Minuten, ehe einer so weit kommt. Du weißt, dass du übers Radio gehört werden kannst?«

»Klar. Deshalb schnell – wir müssen uns treffen. Heute noch.«

»In Ordnung«, sagte er, »ruf mich gleich noch mal an«, und legte auf.

Ich wartete fünf Minuten und drückte die Wahlwiederholungstaste. Er nahm sofort ab.

»Dort, wo wir Kinder aus dem Dorf die Sommerferien verbrachten?«

»Geht klar.« Ich war einverstanden. Er meinte natürlich den Campingplatz in Oceano, direkt am Düneneingang, der um diese Jahreszeit bis auf den letzten Platz ausverkauft war. Besetzt von Lowlifes aus dem Central Valley, von Bodensatz aus der Wüste und von Schrott aus den Slums der südlichen Großstädte. Ideal. Dort hatten wir Kids zur Freude unserer Eltern Zelte aufgebaut, und viele von uns sind während der Ferien nur zum Lebensmittelklauen nach Hause gegangen. Ich erinnerte mich, dass ich Rick damals mit Zeitungen unterm Arm dort gesehen hatte.

»Hast du im Sommer Zeitungen verkauft?«

»Habe ich. An die Touris. Jeden Tag fast fünf Dollar verdient.«

Hatte ich nicht nötig. Gott sei Dank.

»In einer Stunde treffen wir uns«, sagte ich und schaltete das Handy ab.

Eine Dreiviertelstunde später saß ich schon am Zugang zum Zeltplatz. Er war auf die Minute pünktlich. Ich stieg zu ihm ins Auto und dirigierte ihn in das kleine Strandpinienwäldchen, in dem ich meinen Jeep abgestellt hatte.

Wir gingen auf dem Sandweg ins Dorf zurück.

Oceano schlief um diese Zeit tief und traumlos, aber einige Buden kannten keinen Feierabend, solange durstige Besucher, Lichtscheue und Einsame in der Nähe herumstrolchten. Ich wollte ins Eight-Ball, eine Billardpinte, die für ihren Wanderarbeiterpuff im Hinterzimmer berühmt war. Der reine Familienbetrieb – vorn schenkte Papa den Schnaps aus, ein stämmiger Junior schleppte Getränke, hielt gleichzeitig die Wetteinsätze und die Gäste in Schach, und hinten boten Tochter und Cousine des schnauzbärtigen, schmerbäuchigen Eigentümers ihre Fünfdollarquickies an. Jedenfalls erzählte man sich das. Freitags, wurde im Dorf gemunkelt, kamen freie Mitarbeiterinnen dazu, weil die beiden Molligen den Andrang nicht schafften. Freitags wurde der Wochenlohn bezahlt, und dann verdiente Papa an der Theke doppelt – am Schnaps und an den Wuchergebühren, die ihm fürs Scheckeinlösen zuflossen. Denn die Mehrzahl der Wanderarbeiter ist illegal im Land, und Illegale haben keine Bankkonten.

»Warst du schon mal hier drin?«, fragte Rick etwas ängstlich.

»Nee. Du?«

Er auch nicht. »Was soll's – dann erkennt uns keiner.«

Dachte er auch.

Die Vorderfront des Etablissements war in Dunkel gehüllt. Wir überquerten den ruhig daliegenden Highway One und gingen ums einstöckige Holzgebäude herum. Eine nackte Vierzigwattbirne brannte über der Hintertür. Wir klopften.

Ein Augenpaar schaute uns durch die winzige Öffnung böse an. Die Klappe in der Stahltür wurde schon wieder zugeschoben, als ich leise sagte, dass wir Clubmitglieder werden wollten. Der Schieber wurde wieder geöffnet, er schaute noch mal und sperrte die Tür auf.

»Woher seid ihr beiden denn?« Der Typ hatte einen Oberkörper, gegen den Moreno wie ein Waisenknabe wirkte. Er trug schon das größte Hemd, das ich je an einem Kerl gesehen habe, aber es spannte über Brust und Oberarmen. Mit dem wollte ich mich nicht anlegen. Ich zog die Rübe ein und ließ Rick den Vortritt.

»Ich wohne in Pismo«, sagte Rick, »und mein Freund ist aus dem Norden zu Besuch. Wir wollen noch nicht nach Hause,

wollen noch ein paar Drinks, und ich habe schon oft gehört, dass es bei euch lustig ist. Ich bin Telefonaffe – ich klettere auf die Masten und zapfe Leitungen an«, grinste er. Der Muskelbepackte fand das auch lustig. Er hielt die Hand auf und verlangte einen Hunderter. »Für uns beide?«, fragte der naive Rick.
»Nee, für jeden.« Was soll der arme Kerl auch antworten? Rick zog zwei Scheine aus der Hosentasche, und der Türsteher wurde sehr freundlich. »Wenn ihr Bullen seid …«, sagte er und beendete den angefangenen Satz mit einem Fragezeichen. Rick schüttelte heftig den Kopf, während ich lachte. »Sind wir nicht, aber wenn welche kommen, laufen wir als Erste.« Er nickte mit Pokermiene und hielt uns die zweite Eingangstür auf.
Es war stockfinster. An den Wänden sorgte funzelige Notbeleuchtung dafür, dass sich die Kakerlaken nicht verirrten, über zwei Billardtischen brannten rote Christbaumbirnchen. Nur hinterm Tresen leuchtete eine ordentliche Birne, damit der Fettsack die Geldscheine unterscheiden konnte. Aber die Bude war voll. Sah aus wie die Kneipenszene in Star Wars. Lauter Unschöne. Sogar die Frauen waren seltsam hässlich. Wir suchten uns einen Tisch an der Wand, einen Zweiertisch, über dem eine Winzelbirne schwaches gelbes Licht verbreitete. Wir setzten uns, und Rick drehte das Birnchen erst mal aus der Fassung, was ich als überflüssig empfand. Kein Unterschied im Sehvermögen.
Wir bestellten Bier. Zwei Bier. Die kosteten zehn Dollar, als sie auf den Tisch gestellt wurden. Rick fragte nicht mehr, ob das pro Bier oder insgesamt sei. Der reichte dem Muskelprotz einen Zehner, was der wohl als ausreichend empfand, denn er steckte ihn in die Tasche und eilte in die gegenüberliegende Ecke, wo einer einem anderen eine gelangt hatte. Über den Tisch hinweg. Was den Geschlagenen dazu brachte, blitz-

schnell ein gewaltiges Bowiemesser aus dem Stiefelschaft zu ziehen und sich, gebückt hüpfend, mit ausgestrecktem Messer seinem Peiniger zu nähern.

Der Wirtssohn trat ihm das Messer aus der Hand und schlug ihm die Handkante ins dargebotene Genick. Batsch. Der Messerheld lag flach, und sein Kontrahent streckte dem Ruhestifter dankbar die Hand hin. Der nahm sie und drehte sich um die eigene Achse. Wir hörten das Splittern der Knochen bis hierher.

Die Geschäftsleitung war konsequent. Erst wurden beide Streithähne zur Hintertür hinausbefördert, der stille und der vor Schmerz brüllende, dann trat der Herr Filius in den Saal und fragte in die Stille hinein, ob sich noch jemand streiten möchte. Ein allgemeines Gemurmel konnte wohl als Verneinung aufgefasst werden. Der Wirt schaltete die Jukebox wieder ein, die ersten Gläser klirrten, Gespräche kamen auf, und eine Frau lachte.

Rick und ich rückten unsere Stühle näher zum Tisch, beugten uns darüber und begannen zu reden.

31 Cherie

Es war hell, als wir aus dem Billardpuff kamen. Auf der Straße war Hochbetrieb, der Donutbäcker zwei Häuser weiter hatte seinen Laden voll, und vom Flugplatz her, auf der Strandseite der Eisenbahnschienen, dröhnten alte Kolbenmotoren. Am Wochenende war Flugtag, und seit einer Stunde kamen Teilnehmer aus allen Richtungen angeflogen. Oceano ist einer der wenigen Kleinstadtflughäfen, deren Start-und-Lande-Bahn direkt über den Strand führt. Und über den Zeltplatz. Deswegen waren ab sechs Uhr Touristen in die Kneipe gewankt. Durch die Vordertür, die während der offiziellen Ausschankzeiten geöffnet war und ohne Mitgliedsbeitrag benutzt werden durfte.

Rick und ich hatten Nägel mit Köpfen gemacht. Jetzt, am hellichten Tag, hatte ich Bedenken. Er offensichtlich auch, denn wir stapften schweigend den Sandweg hoch zum Wald. Als wir am Auto ankamen, fragte er mich unvermittelt, ob wir uns wirklich an unseren Plan halten würden. »Sobald es angefangen hat, gibt's kein Zurück mehr. Ist dir wohl klar.«

»Mir ist seit ein paar Wochen vieles klar«, sagte ich zu ihm. Und zu mir selbst. Ich konnte mir nicht oft genug in Erinnerung rufen, dass es für mich schon lange kein Zurück mehr gab. »Mein ganzes bisheriges Leben ist im Arsch, und inzwischen sehe ich das als Geschenk des Himmels, mein Lieber. Ein Gottesgeschenk. Denn ich war so festgefahren, dass ich nie wieder von meinem Gammelleben losgekommen wäre. Gesoffen, ab und zu gehurt, große Pläne und keine Energie, auch nur den einfachsten auszuführen. Und dir ging's wohl nicht anders. Mir ist klar, dass wir entweder dabei draufgehen oder steinreich am Strand in Mexiko sitzen werden. Und ich habe nicht die Absicht, draufzugehen.«

Mir war fast die Puste ausgegangen. Eine Grundsatzerklärung nach solch einer Nacht. Mein lieber Mann!

Er stand an seiner Fahrertür und schaute mich übers Autodach hinweg an. Eine ganze Weile. Ich wunderte mich schon. Dann verzog sich sein Mund. Ganz allmählich. Er lächelte, und dann grinste er breit. Ich fand das ungeheuer lustig und fing an zu lachen. Rick auch. Wir standen auf dem Waldparkplatz, hielten uns am Auto fest und lachten.

Er wartete, bis ich den Jeep angelassen hatte. Dann fuhr er nach Pismo. Ich lenkte zum Freeway und rollte gemächlich nach Norden. Bruder Ignacio wartete auf mich. Wir hatten gestern am Telefon ausgemacht, dass wir uns heute zum Kaffee treffen in der Kneipe, in der ich auf dem Weg von Big Sur nach San Miguel gefrühstückt hatte, an dem seltsamen Morgen, an dem ich die Drogencops gesehen und gleich den ersten richtigen Eindruck vom Franziskaner bekommen hatte.

Ich war noch nicht in San Luis, als mein Telefon klingelte. Ich drückte auf den Empfangsknopf und hörte Ricks Stimme. Er sagte: »Mrs. Macarthur«, und legte auf. Mrs. Macarthur. Dass er sich an die erinnerte. Meine erste »richtige« Lehrerin, die uns lesen und schreiben beigebracht hatte. Rick saß damals in der letzten Bankreihe, ich war vorn. First Row Center heißen die guten Konzertplätze. So einen hatte ich im ersten Schuljahr.

Rick wollte, dass ich meine E-Mail lese. Logisch, oder? Ich fuhr

durch San Luis, brummte den steilen Cuesta Grade hoch und hielt auf der anderen Seite im Tal vor Santa Margarita.
Er hatte nur kurz geschrieben. »Besuch bei mir – ich fahre weiter« stand da. Ich antwortete mit: »The Big Seal?« Sofort kam ein »sofort« zurück. Mein Radioprogramm lief jahrelang bei einem Rocksender namens K-SEL im winzigen Cambria, an der Küste kurz vor Big Sur. Rick war ein gewaltiger Fan, sagte er mir, und er bedauerte es, als der Sender seine Klangfarbe vom fetzigen Blues und Rock zum einträglichen Mellow Rock wechselte. Aus »The Seal« war »The Sail« geworden, und mit der Namensänderung war auch die alte Hörerschaft woandershin gesegelt. Was dem Eigentümer nur recht war. Seine Hörer galten bei werbetreibenden Geschäftsleuten in der Gegend als Totalpenner, als Tagediebe und Langhaarstrolche. Die Bude war als Armeleutesender verschrien, als Junkie-Musikbox. Solche Typen lassen kein Geld liegen, war die einhellige Meinung der Werbefritzen, also hatten wir uns jahrelang am Existenzminimum herumgeschlagen. Nun hörten Hausfrauen und Büromannschaften zu, der Sender dudelte in Läden und den wenigen Fahrstühlen im ländlichen Landkreis und verdiente sich dumm und dämlich.
Ich war eine halbe Stunde nach unserer E-Mailerei dort und setzte mich mit Senderboss Brad in den Empfangsraum. Nicht mehr unser schwacher Automatenkaffee stank stundenlang vor sich hin, sondern eine italienische Espressomaschine bot die Wahl zwischen Espresso, Cappuccino und Cuban Blend, was immer das sein mochte. Die Oma, die uns bei der Stange gehalten hatte, war von einer geschnürten, miniberockten Rothaarigen abgelöst worden, der ich meine gerne zum Halten hingestreckt hätte.
Brad hatte Bauklötze gestaunt, als ich in sein Büro marschierte.

Ich war immerhin seit Wochen offiziell eine Leiche, und er klopfte und fummelte, bis jeder Zweifel an meiner Vitalität ausgeräumt war.

»Da hat jemand dem Publikum einen gewaltigen Bären aufgebunden«, staunte er. »Ich habe dich selten gesünder gesehen.«

»Gesund, ja. Fragt sich nur, wie lange.« Ich erklärte ihm kurz die Umrisse meines Problems; er verstand. Ich wusste, dass er nie quatschen würde. Immerhin war er meine Connection, als ich Dealer gewesen war. Er hatte einen Haufen Schüler beliefert. Und er hatte den Erlös nicht wie ich versoffen, sondern in Sender und winzige Zeitungsverlage angelegt. Und war heute steinreich. So was verbindet. Wir konnten uns noch immer aufeinander verlassen.

Rick kam bald darauf durch die Tür.

»Kennst du Rick eigentlich noch?«

Brad schaute ihn an, aber sie hatten sich in der Schule wohl nicht gekannt. »Setz dich«, lud er ihn ein, und wir schlürften unseren feudalen Eurokaffee. Dann schaute Brad auf die Jaeger-Le Coultre, die er ums Handgelenk trug, und staunte. »Mensch, ich soll schon seit einer Viertelstunde unten im Dorf sein. Macht's euch gemütlich, bleibt, solange ihr wollt. Setzt euch ins Verkaufsbüro, wenn ihr arbeiten wollt – Lovey, lass die beiden hin, wohin sie wollen, und sieh zu, dass sie keiner stört. Hörst du?« Sie wippte mit der Brust. Das hieß hier wohl »okay, Boss«. Brad schoss zur Tür hinaus und trabte die Straße ins Dorf hinab. Ich führte Rick um die Ecke, machte die Tür zum Verkaufsbüro auf und wusste vorher schon, dass es leer war. Nichts war schlimmer für Brad, als während der Geschäftsstunden einen Verkäufer im Haus zu sehen. Da wurde er fuchsteufelswild. Ich kannte die Bande. Saß in Harmony in der Bar und soff. Und machte per Mobiltelefon und Laptop ihr Geschäft. Wie ich zur Zeit ebenfalls.

»An der Straßenecke in der Nähe meiner Bude stand der Chevy, vor dem du mich gewarnt hast, und ich hatte so ein seltsames Gefühl, als ich am Haus vorbeifuhr. Also bin ich weiter, bin den Berg hoch und schaute vom Supermarkt-Parkplatz zu mir hinunter. Die Scheinwerfer dort oben machen mich seit Jahren wahnsinnig – deshalb weiß ich, dass man von dort aus einen ungehinderten Blick auf mein Häuschen haben muss. Na, keine fünf Minuten war ich dort, als einer ganz locker meine Tür von innen aufmacht und herausspaziert. Der Junge, von dem du erzählt hast. Der Dritte, oder wie er sich nennt. Was also für mich auch klarstellt: Ich kann dort nicht mehr hin.«

»Und dein Zeug? Meinst du, dass du unseren Plan ausführen kannst? Mit dem, was wir sowieso haben?«

Er lächelte. »Ich habe doch alles digitalisiert. Ist alles im Web. Gut versteckt. Und wenn ich mich nicht täusche, haben die hier einen Haufen Audiozeug herumstehen – die ganze Aufnahme- und Schnitttechnik, die wir brauchen, dürfte hier sein.«

»Dann ist ja alles in Ordnung. Wir können hier arbeiten – Brad schuldet mir noch einige Gefallen. Also sollen wir anfangen?«

»Los. Auf geht's.« Er war Feuer und Flamme. Ich zeigte ihm das Aufnahmestudio. Der Belegungskalender hatte eine Menge freier Stunden – Brad hatte schon immer einen Tick mit Technik, die er inzwischen kaum noch brauchte, denn seine Programme wurden alle angeliefert. Die Ansagen – alles Konserven. Ein einziger Techniker saß im Sendestudio herum und spielte gelegentlich eigene Werbeblöcke ein – ansonsten kam alles über Digitalleitungen von irgendwoher. So was nennt sich *local radio.* Ich werde stocksauer, wenn ich solche Sender höre. Rick hatte seinen Laptop dabei, ich hatte meinen, und wir schleppten beide einige Festplatten mit uns herum. Er baute alles vor sich auf, während ich mich mit dem Busenwunder ins Benehmen setzte.

»Hör zu, Schatz, ich muss dringend mit Brad sprechen. Sofort. Sag mir, wo er ist.«

»Kann ich nicht. Er ist bei einem Kunden. Da darf ich nicht stören.«

»Musst du aber. Denn ich kenne ihn mindestens genauso gut wie du. Und ich weiß, dass er vorm Essen irgendwohin geht, um eine zu bumsen. Also sag mir, wer seine Derzeitige ist, und ihre Telefonnummer.«

»Darf ich nicht. Der wirft mich hochkant raus. Er behauptet immer, ich sei eifersüchtig. Bin ich doch gar nicht. Aber ich rufe ihn nicht an.«

»Sweetheart, dann fliegt die Bude in die Luft. Denn ich habe hier eine richtige Notsituation, und ich muss mich mit ihm unterhalten.«

Sie blieb stur. Gab keinen Zentimeter nach. Knallhart. »Er ist in zehn Minuten wieder da. Der Notfall wird so lange warten müssen.« Sie schaute sicherheitshalber noch mal auf die Wanduhr und zählte im Geiste mit. Ihre Lippen bewegten sich dabei kaum.

»Wo bist du zum College gegangen?«, wechselte ich das Thema.

»Santa Barbara«, sagte sie. »Psychologie. Aber im zweiten Semester habe ich dann doch lieber Kommunikation genommen. War einfacher.« Sie lachte mit viel zu perfekten Zähnen. Entweder war Papa reich, oder sie hatte sich einen reichen Papa gesucht. Hübsch.

Ich wartete, bis die zehn Minuten vorbei waren, und ging langsam die Straße ins Dorf hinab. Er kam mir entgegen, jugendfrisch, beschwingt und nach Sperma stinkend. Sein Lächeln war weniger weiß, aber dafür echt.

»Mann, Jon, was für ein starkes Meeting. Ich war bis jetzt drin.«

»Man riecht's. Bist noch immer der gleiche Bock, was?«

Er lachte und nahm es nicht übel. Verspielt schlug er mir auf die Schulter und ließ die Hand gleich dort liegen. »Trinkst du einen mit?«, wollte er wissen.

»Ich kann nicht, aber trotzdem danke. Mein Freund ist da, und er braucht dein Aufnahmestudio. Wahrscheinlich den ganzen Tag. Meinst du, dass das in Ordnung geht?«

»Klar, Mann, überhaupt kein Problem. Macht mir nur nichts Verbotenes.« Brad wackelte mit dem Zeigefinger und schlug mir noch mal auf die gleiche Stelle. Ich werde noch blaue Flecken von seiner guten Laune kriegen.

Der Senderbesitzer wollte nicht wissen, was wir machen. Ausdrücklich nicht. »Weißt ja, je weniger einer weiß, umso länger hält die Freundschaft. Macht nur. Lasst mich damit in Ruhe. Und hängt mein Do-Not-Disturb-Schild davor. Dann klopft keiner. Heute ist sowieso ein ruhiger Tag.« Er verabschiedete sich, als wir zum Sender zurückkamen. »Muss noch mal wohin. Macht's gut.« Er winkte und ließ den Mercedes leise davonrollen. Früher, als ich noch für ihn arbeitete, war es immer ein einheimischer Achtzylinder für ihn – Cadillac oder Chrysler. Seit der Umstellung auf Dudelfunk machte er's nicht unter der Langversion deutscher Protzmobile. Fortschritt.

Ich ging zurück ins Studio und sagte Rick, dass er machen soll, was er machen muss, und zeigte ihm noch, wo die Kopfkissen und Decken aufbewahrt werden. Die dürfen in keinem Tonstudio fehlen. Dann ging ich noch mal ins Vorderhaus, schäkerte ergebnislos mit der abgebrochenen Psychologin und haute ab nach San Miguel.

Bruder Ignacio wartete schon auf mich. Ich hatte ihm gesagt, dass ich den Elfuhrtermin eventuell nicht schaffen würde, aber er meinte, er bringe ein Buch mit. Außerdem komme er viel zu selten dazu, einfach in der Sonne zu sitzen, einen Kaffee zu trinken und zu lesen. Also war es wohl auch nicht schlimm, dass ich fast zwei Stunden zu spät dran war.
Er schob den leichten Gartenstuhl zurück und umarmte mich. Seine Soutane nahm sich in der touristischen Umgebung seltsam konservativ aus. Wir folgten dem uralten Männerritual des gegenseitigen Rückenklopfens. Er freute sich wirklich, mich zu sehen. Und ich mich über ihn. Er war ein netter Kerl.
Ich bestellte bei der viel zu jungen Bedienung einen Cappuccino, da mir Bier irgendwie unflätig vorkam in der Öffentlichkeit, in Gesellschaft eines Kirchenmannes. War auch besser für mein Befinden. Ich bemerkte überhaupt mit Staunen, dass sich mein Alkoholkonsum erheblich verringert hatte, seit ich bis zum Hals in der Scheiße steckte. Wenigstens ein Gutes.
Wir redeten die ersten zehn Minuten um den heißen Brei herum. Und dann wollte er wissen, wie es um mich stand. »Genau, bitte, nichts auslassen.«
Also erzählte ich. Natürlich nicht alles, aber die Highlights. Was ja erschreckend genug war. Als ich zur Misty-Verhaftung und der Einbuchtung ihres langjährigen Freundes und Mitarbeiters Winston kam, lief der Bruder rot an. Ich schwör's! Stocksauer war er.
»Ich kann nicht einfach dasitzen und Däumchen drehen. Ich werde mich doch einmischen müssen – obwohl ich Misty hoch und heilig versprochen habe, mich rauszuhalten. Aber so geht's natürlich nicht. So käuflich wie die Dreckspatzen sind nicht Polizisten, sondern Huren. Ich werde mal ein paar Leute anrufen. War nicht umsonst so lange bei dem Verein.«

Na ja, ich erzählte dann doch mehr, als ich eigentlich wollte. Von Cherie und ihrem ereignislosen Landleben, von der Flucht aus Mistys Ranch, von der Entscheidung, nicht wieder bei ihm und seinen Ordensbrüdern anzuklopfen.
»So was Dämliches habe ich lange nicht mehr gehört. Ich und gefährdet? Du spinnst total, und dass Misty da mitmacht, das nehme ich ihr übel.«
Ich packte aus. Es sprudelte nur so aus mir heraus. Wenn ich ihm nicht trauen konnte, wem dann? Ich erzählte ihm fast alles. Meine Befürchtungen, meine ständige Angst vor den drei Geiern und ihren vielen Drogenverbündeten. Meine Panik von gestern Abend, als sie den Weg zum Wohnwagen hochkamen. Es fiel mir verdammt schwer, nicht loszuheulen. Ich merkte am Druck in den Augen und am zugeschnürten Hals, wie nahe ich dran war. Aber ich konnte es unterdrücken. Mein Alter wäre auf mich stolz gewesen.
Natürlich erzählte ich nichts vom Geld. Natürlich nicht, wo das alles stattfand. Nur ungefähr. Nicht genau. Wollte er auch gar nicht wissen.
Und als ich aufhörte, als ich dachte, jetzt weiß er alles, fragte er mich einfach, was ich nun vorhabe. »Denn dass du irgendwas unternimmst, ist logisch. Tust du nichts, läufst du so lange weg, bis sie dich erwischen. Und sie erwischen dich. Überhaupt keine Frage. Also hast du einen Plan, der sie dir vom Hals schaffen soll und dich gleichzeitig in die Lage versetzt, hier abzuhauen und dich irgendwo niederzulassen, wo du neu anfangen kannst. Wozu du in deinem Alter eine Menge Geld brauchst. Ich konnte ohne, weil ich die Kirche habe. Aber du nicht, weil dir die Kirche fehlt. Also – wenn du es mir sagen willst, ist es gut. Wenn nicht, kann ich's verstehen. Aber vielleicht kann ich dir helfen. Ich kenne noch viele Leute. Und viele Tricks.«

»Ich weiß, wo ich was holen kann. Wenn ich mich mit denen anlege und das zu meinen Gunsten ausgeht, gibt's automatisch Kohle. Keine Angst, Padre.«

»Das heißt also, wenn es nicht so geht, wie du dir das vorstellst, dann pfeifst du sowieso aufs Geld?«, grinste er. Galgenhumor.

»So ungefähr. Aber lass mal – wir haben uns das schon genau zurechtgelegt. Ich meine, da kann nichts schief gehen.«

Woraufhin ich mir eine halbe Stunde lang anhören musste, was alles schief gehen kann. Polizeistorys. Da läuft es einem kalt den Rücken runter. Mir wurde immer schummriger.

»Also hör auf mich. Wenn du Hilfe brauchst, und du wirst sie brauchen, ruf mich an. Egal, wann. Nachts oder tagsüber, egal. Ruf an!« Er gab mir noch eine Durchwahlnummer im Kloster, die direkt zu ihm führte. Und er gab mir seine Handynummer. »Die ich eigentlich nicht haben dürfte. Aber gelegentlich muss man Dinge verheimlichen. So wie mein Handy. Ich werde mein Leben lang nicht vergessen können, dass ich mal Bulle war, dass ich Typen weggesteckt habe, die seit zwanzig Jahren darauf warten, mich dafür auseinanderzusäbeln. Ich weiß, wie schnell manche mit dem Revolver oder Messer sind. Streck den Kopf nicht unnötig vor, und sei lieber zweimal zu oft vorsichtig als einmal zu wenig. Und ruf mich an. Ich kann und werde dir helfen. Dass ich dafür nichts will, muss ja nicht betont werden.«

Ich schämte mich. »Logisch«, murmelte ich und kam mir vor wie ein Schwein, weil ich ihm zugetraut hatte, mich zu linken. Wir zahlten und gingen noch ein paar Schritte den Highway entlang. Er wollte wissen, was die Drogenbullen machen. Ich sagte ihm, dass ich sie seit Tagen nicht aus dem Kopf bekomme. Bei Misty in der Gegend waren sie gewesen – das wusste er –, bei Rick und am Tepusquet. Scheiße! Ich hätte mir die

Zunge abbeißen können, als ich es sagte. Er horchte auf, sagte aber nichts.

»Wir sind einander viel näher gekommen, als wir es wohl wollten«, vermutete ich. »Ich glaube, denen bin ich genauso ein Dorn im Fleisch wie sie mir. Denn ich bin die Unbekannte in ihrer Businessgleichung. Ich mache jede Wette, dass sie mit den Drogentypen unter einer Decke stecken. Und da will ich sie auch schlagen.«

»Was habt ihr vor?«, meinte er sachlich. Ich schaute ihn an. »Du hast vorhin gesagt, ihr hättet einen Plan. Und da du dich nicht doppelt siehst, hast du noch einen, der dir hilft. Winston?«

»Nein, nicht Winston. Ein Freund aus alten Tagen. Dem es inzwischen genauso geht wie mir. Dem sie auf die Schliche gekommen sind. Der nicht mehr nach Hause kann.«

»Wird er dir wirklich helfen, oder ist er nur ein Klotz am Bein?« Er redete nicht lange um Tatsachen herum. Er griff gleich beherzt zu.

»Der hat Ahnung vom Computer, ist ein exzellenter Hacker und von Beruf Elektroniker. Und Telefone kennt er wie kein Zweiter. Ich habe volles Vertrauen.«

»Hoffentlich auch zu mir. Wenn man ein ganzes Arbeitsleben Cop war, sammelt sich so manches an. Denn Menschen sind Menschen. Heilige sind alle gestorben, und die waren so selten, dass Tage nach ihnen benannt werden. Du bist ein armes Schwein, dem gerade passiert, was keiner seinem ärgsten Feind wünschen sollte. Und die drei Typen, die zwischen den Guten und den Bösen stehen sollen, die drei sind derartige Drecksäcke, dass ich denen schon früher an den Kragen wollte. Und nicht durfte, weil einer meiner Vorgesetzten ihr größter Fürsprecher war. Sie sind ein Teil der korrupten Polizeikultur, die ich nicht mehr ausgehalten habe und die mich in den vorzeitigen Ruhestand getrieben hat. Wenn ich dir also helfen kann, helfe ich mir selbst, indem ich mir einen lang gehegten Wunsch erfülle.«

Na ja. Das war ein Wort. Ich dankte ihm und versprach, mich bei Bedarf sofort zu melden.

Kurz nach zwei Uhr. Der Tag konnte lang werden. Ich stieg in den Jeep und folgte seinem alten, nach Öl stinkenden und für moderne Verhältnisse furchtbar knatternden, luftgebläsepfeifenden Käfer ins Dorf. An der Kreuzung hoppelte er winkend links zur Mission ab, ich fuhr geradeaus und tuckerte gemächlich nach Parkfield. Noch einen kurzen Besuch, ehe das Theater losging und ich kaum Zeit und Muße haben würde. Ich freute mich schon auf Cherie und ihr breites, bequemes Bett mit den vielen verschieden großen, festen Kopfkissen, die wunderbar unter diverse Körperteile passten und die trotz der maßlosen Übertreibung des Kamasutra überschaubare, gut zu merkende Grundstellungen wesentlich bereicherten.

Ich wollte noch ein paar Flaschen Bier holen, ehe ich bei Cherie auftauchte, also lenkte ich den Jeep zum dunklen Dorfladen in der einzigen Seitenstraße Parkfields und stellte ihn im Schatten eines riesigen alten Baumes ab. Die Alte hinterm Tresen nannte mir einen unverschämt hohen Touristenpreis – Einheimische würden wohl kaum das Dreieinhalbfache des Normalpreises zahlen. Lautstark schimpfend warf ich den geforderten Betrag auf den Tresen, schnappte meine Sechserpackung und ging die paar Meter zu Fuß um die Ecke. Cherie wohnte am Ende der Gasse, dort, wo ein mitternachtsblauer Chevrolet unter der gewaltigen cremeblütigen Magnolie stand.

Ach, du meine Scheiße!

Ich drehte auf dem Absatz um und verpisste mich um die Kur-

ve. Scheiße, Scheiße, Scheiße. Wie hatten die sie nur gefunden? War doch nicht möglich. Ich habe keinem erzählt, dass ich hier jemanden kenne.
Das Telefon. Ich hatte Rick angerufen. Und sie warteten am Tag darauf bei Rick in der Wohnung. Die hatten mein Handy geknackt. Und von Rick aus verfolgten sie den zweiten Anruf zur Cherie nach Parkfield zurück. Nur so konnte ich mir das vorstellen. Scheiße.

32 Lustmord

Erst mal stellte ich meine Sechserpackung ab. Dann schwang ich mich auf eine der dicht belaubten, niedrig wachsenden Eichen, die auf der Weide standen. Von hier aus konnte ich Cheries Bude im Auge behalten, sah den Chevrolet und wurde selbst nicht gesehen. Ich hätte alles darum gegeben, Rick Cavanaugh anzurufen, aber ich konnte unmöglich mein Telefon benutzen. Und zur Kneipe rüber wollte ich auch nicht. Was, wenn sie in der Zwischenzeit herauskamen und wegfuhren? Oder schlimmer, wenn einer zurückblieb, während die anderen wegfuhren? Dann war ich geliefert. Also hierbleiben.

Ich blieb. Sosehr ich mich auch anstrengte, es war nichts zu hören. Und zu sehen gab's auch nichts. Völlige Stille, während die Sonne übers Firmament marschierte und mir den Schweiß in Hemd und Hose trieb. Ich weiß, dass es so was nicht gibt, aber ich schwöre, dass ich mir einen Wolf gesessen habe. Mir brannte die Arschkimme. Ich hatte einen Jesusdurst und traute mich nicht, herunterzuklettern und mein Bier zu holen. Ich fürchtete mich. Cherie tat mir leid. Die erzählten ihr sicher einen Haufen Scheiß, was sie mit ihr machen würden und so, nur um sie zum Reden zu bewegen. Dabei kannte sie außer Schwanzlänge und Standhaftigkeit, Vornamen und ehemaligem Beruf nichts von mir und hatte keine Ahnung, wo ich mich aufhielt. Aber das würden sie nie glauben.

Kurz nach vier kam eine leichte Brise auf, die den Parkfielder Backofen etwas abkühlte. Mich störte schon seit vielen Minuten eine gewaltige Fliege, die beharrlich versuchte, mir den Schweiß vom Hals zu lutschen. Ich war ausgesprochen unglücklich. Und dann kamen sie zur Haustür raus. Erst der narbengesichtige Indianer, dürr und klapprig. Sein Anzug schlotterte um seinen ausgemergelten Körper. Er grinste, als habe er einen guten Witz gehört. Dahinter wackelte Mister Wie-hieß-er-noch-mal? Der dicke Kourakos, Mister Konstantin Kourakos, im weißen Dreiteiler und mit weißem Panama, braunweiße Slipper an den Watschelfüßen und eine glitzernde Goldkette ums Armgelenk. Der Dritte zog die Tür hinter sich zu und prüfte, ob sie auch geschlossen war. Irgendwas stimmte nicht mit ihm. Seine Haare klebten nass am Kopf, die Haut glänzte – der Cop sah frisch geduscht aus. So stark schwitzt keiner. Dann stiegen sie ins Auto und fuhren an mir vorbei. Ich schaute weg, als sie sich näherten. Ich konnte sie nicht anschauen, aus Angst davor, dass mir schlecht würde und ich vom Baum fiele.

Ich hörte das Auto die Dorfstraße hinunterfahren, hörte, wie es über die vom Erdbeben verschobene Brücke bollerte. Es war noch kurz in der Waldlichtung zu sehen, ehe es in Richtung Paso verschwand. Also wartete ich noch mal fünf Minuten, um ganz sicher zu sein. Dann ging ich zu Cherie und klopfte.

Sie machte nicht auf. Das Radio spielte leise. Vielleicht hörte sie mich nicht klopfen. Oder sie war in der Badewanne. Oder in der Küche und hatte die Tür zugemacht. Oder vielleicht war sie gar nicht da gewesen, und die drei Horrorbullen hatten umsonst gewartet.

Ich ging also ums Haus, unter den Schatten spendenden Bäumen und an der efeubewachsenen Hauswand entlang zur Hintertür. Wie üblich stand die Tür halb offen. Ich drückte sie

leise weiter auf und horchte in die kühle Küche hinein. Nichts. Nur das Radio. Wilson Phillips, You're in Love. War im Frühsommer 91 mal in den Top Ten. Ich kann's nicht mehr hören.
Sie hing in der schummrigen Ecke neben dem Kühlschrank. Die Schweine hatten sie ausgezogen und ihr die Kehle durchgeschnitten. Sie hatten sie mit einer dunkelbraunen Verlängerungsschnur aufgeknüpft, ein Ende der Schnur über den Deckenbalken geschlagen und sie daran hochgezogen. Während sie ausblutend um sich trat, wurde die Schnur fein säuberlich geknotet. Unter ihr hatte sich eine riesige Blutlache gesammelt, die sich durch Rinnsale zur Zimmermitte hin verbreiterte. Das spritzende Blut hatte die weiße Emaillewand des altmodischen Kühlschranks rot gefärbt, und Blut tropfte halb geronnen von ihren nackten Beinen. In einem letzten zufälligen Akt der Scham hatte sie dem Entdecker ihrer Pein die von Messerhieben verwüstete linke Körperhälfte zugewandt. Mir wurde furchtbar übel. Ich floh die Küchentreppe hinab und kotzte ins Kräuterbeet.
Mein lieber Mann. So hing man nur ein Mal vom Küchenbalken. Ich hatte zwar ihre Augen nicht gesehen – bewusst nicht hingeschaut, weil mich der Anblick lebenslang verfolgt hätte –, aber die tiefen, klaffenden Wunden sagten alles. Und das viele Blut. Verblüffend, wie viel Blut aus einer vollschlanken, lebenslustigen Frau ausläuft. Literweise Blut, und es tropfte noch immer, was schrecklich deutlich wurde, als ich noch mal in die Küche schaute.
Mein Gott. Erst John, dann Dickie. Curt hatte ich auf dem Gewissen, und nun Cherie. Die arme Cherie, die außer etwas Liebe nichts vom Leben wollte.
Das Zittern begann wieder. Ich musste mich auf den Rasen legen. Ich zitterte überall. Außen, innen. Knie, Hände, alles

schlotterte. Wie soll ich überleben? Wie soll ich jemals wieder glücklich werden, mit solcher Schuld? Wie soll ich weiterleben? Aufgeben, aufhören, Schutz suchen und alles zugeben, schrie es in mir. Den Kopf in den Sand, nichts mehr hören und sehen wollen. Weg, weg, weg.
Zum Glück hielt das Selbstmitleid nur kurz an. Ich musste hier wirklich weg, sonst war ich geliefert. Ich konnte mich nicht erinnern, irgendwas bei ihr liegen lassen zu haben. Ich überlegte, aber ich hatte meine paar Sachen wieder mitgenommen, als ich ihr Haus verließ. Laptop und Telefon, und sonst hatte ich ja nichts dabei. Mein durchgeschwitztes Hemd hatte ich in den Rucksack gestopft, wo es jetzt noch steckte. Socken trug ich selten, und das andere Zeug hatte ich an. Die Bullen konnten mir also nichts anhängen. Dass mich das halbe Dorf mit ihr gesehen hatte, das ließ sich nicht rückgängig machen. Sie war nach eigenen Worten sowieso dauernd mit anderen zusammen, also war ich einer von vielen. Ich glaubte nicht, dass sie mir das Ding in die Schuhe schieben konnten. Abgesehen davon, dass es mich nicht mehr gab. Nur einen leicht abgerissenen Alten, der einige Pfunde zu viel drauf hatte. Ich erinnerte mich, meine Jeansjacke erst bei ihr zu Hause ausgezogen zu haben. Im Dorf konnte mich keiner genau beschreiben.
Erst mal weg. Jeder Schritt war eine Qual, als ich zum Jeep zurückspazierte. Locker, als sei nichts geschehen. Die Ladeninhaberin glotzte durchs Fenster. Als sie mich sah, eilte sie vor ihre Wucheranstalt und keifte, dass ich ihren Scheißparkplatz für richtige Kundschaft freimachen soll – und wenn ich das nächste Mal zur Nutte ginge, soll ich wie alle anderen vor ihrem Haus parken. Ich winkte angewidert ab. Scheiße war's mit der Anonymität. Die würde den Bullen genau erzählen, wie der Hurenbock ausgesehen hat, die alte Hexe.

Ich fuhr langsam auf der Hauptstraße zum Dorf hinaus. Aber nur einen Kilometer weit, dann bog Vineyard Canyon rechts ab, ein Strässchen, das nach endlosen Windungen und Richtungswechseln endlich in San Miguel endet. Die Killercops waren garantiert die Hauptstraße weitergefahren. Ich zockelte über Land. Der Jeep fiel hier überhaupt nicht auf. So einen fuhr jeder Bauer.

Unterwegs hielt ich noch mal kurz und kotzte in den Graben. Großer Gott! Die machten Ernst. Blutigen Ernst. Mein lieber Mann.

Bruder Ignacio saß mit seinen Kollegen beim frühen Abendessen, als ich an die Tür klopfte. Ich lehnte dankend den angebotenen Stuhl ab und sagte ihm, ich würde draußen auf ihn warten. Er kam nach wenigen Minuten in den schattigen Garten, in jeder Hand eine Bierflasche.

»Erzähle. Was ist passiert? Du siehst furchtbar aus.«

Ich erzählte.

Er holte anschließend eine Sechserpackung. Und dann musste ich noch mal erzählen. Alles. Zwischendurch heulte ich wie ein Schlosshund.

»Du hast ja sicher die Türklinke angefasst? Und sonst noch irgendwas in der Küche?«

»Nicht dass ich wüsste. Natürlich habe ich die Tür aufgemacht, aber ich habe sie, soweit ich mich erinnere, nicht mit der Hand angefasst. Als ich mich am Türrahmen abstützen wollte, habe ich sie gesehen und bin vor Schreck erstarrt.«

»Meinst du, die Ladeninhaberin könnte dich beschreiben, wenn du dich rasierst und ein wenig pflegst?«

»Wahrscheinlich nicht. Ich habe vorgestern Nacht im Auto gepennt, und als ich in die Kneipe kam, sah ich so vergammelt aus, wie ich mich fühlte. Außerdem trug ich die ganze Zeit meine Jeansjacke, und die ist wahnsinnig weit, Größe Triple-X. Und heute hatte ich meine Sonnenbrille auf. Also nur Jeans, Haare und Brille.«

Er reichte mir noch ein Bier und trank selbst noch eines. »Wenn wir Bobby noch mal bemühen und dich hier etwas verwöhnen, dürftest du aus dem Schneider sein.« Über das Verwöhnen musste ich trotz allem grinsen. Man kennt ja die Storys über Mönche und andere Zölibatäre.

»Und noch was«, meinte er. »Die Tante Emma in Parkfield sagte was über Nutten – meinst du, sie hat die drei aus Cheries Haus kommen sehen?«

»Nicht aus dem Haus, weil es als einziges hinter der Straßenbiegung steht. Aber eben als einziges – wenn jemand am Laden vorbeifährt, dann kommt er von Cherie.«

»Also hat sie zumindest das Auto gesehen. Neugierig scheint sie ja zu sein und nicht gut auf die Tote zu sprechen. Ist doch schon mal was.« Er überlegte. Dann stand er auf und ging schwerfällig ins Gebäude. Er kam mit einem Notizblock in der Hand wieder zurück.

»Also – schreiben wir mal auf, was zu unternehmen ist. Ich rufe erst mal Bobby an, und du überlegst noch mal den genauen Hergang. Nichts ist unbedeutend, nichts ist unwichtig. Versetze dich wieder in deinen Baum – oder besser noch, beginne damit, dass du ins Dorf fährst.«

Was ich auch tat. Verdammt. Es waren erst ein paar Stunden vergangen, und ich konnte mich an das meiste nicht mehr erinnern. Wie machen das Zeugen im Film nur, dass die immer wissen, wann sie am Dienstag vor einem halben Jahr das Haus verlassen haben?

»Also noch mal«, sagte Ignacio, nachdem er mir erzählt hatte, dass Bobby um halb elf morgen früh herkäme. »Du fährst also ins Dorf hinein. Es ist Nachmittag, heller, strahlender Sonnentag, vor dir der Schatten deines Autos. Und dann?«

»Dann bin ich über die Brücke, links ins Dorf hinein und dann rechts abgebogen. Aber ich habe eigentlich nicht viel gesehen, weil ich die ganze Zeit an ihr Bett und ihre Kissen gedacht habe. So eine Art Tagtraum. Vorfreude, verstehst du?« Er nickte. Klar. War ja erst seit kurzem Berufskatholik.

»Und dann habe ich das Auto abgestellt, bin zu der Alten rein und habe für neun Dollar achtzig plus Steuer und Pfand eine Sechserpackung Bud gekauft, worüber ich mich mächtig aufregte. Und die Alte sich dann über mich. Ich bin fluchend wieder raus, und weil ich nicht das Bier abstellen und den Schlüssel aus der Tasche ziehen wollte, bin ich zu Fuß um die Ecke gegangen. Sind ja nur hundert Meter. Und da sah ich den Chevrolet von dem Pack stehen, unter der Magnolie, wo es schön schattig und kühl ist. Ein dunkelblauer, fiel im Schatten kaum auf, aber ich habe ihn sofort gesehen und erkannt, habe mich umgedreht und bin zur Eiche gegangen. Bin raufgeklettert und habe gewartet.«

»Mit deiner Packung Bier?«

»Nee, das habe ich neben den Baum gestellt.« Au, Scheiße! Da würden es die Bullen finden. Die Mordkommission. Mist. Er sah, dass mir ein Licht aufgegangen war.

»Und auf der Packung sind überall deine Fingerabdrücke.«

Scheiße.

»Komm. Steh auf. Wir fahren nach Parkfield.« Ich schaute ihn an, als würde er spinnen. Da kriegen mich keine zehn Pferde mehr hin.

»Wir nehmen mein Auto, stellen es irgendwo am Dorfeingang ab und gehen zu Fuß dorthin. Führt ein Weg zu ihrem Haus, der nicht durch die Dorfmitte geht?«

Ich erinnerte mich an die lange, topfebene Wiese, dahinter der Wald, die Lichtung und die Straße. Ich stand am Grill und habe zugeschaut, wie die Sonne untergeht. Ich saß heute im Baum und sah die Drogenkiller, als sie an der Lichtung vorüberfuhren.

»Klar. Und ich weiß, wo. Wir brauchen nicht mal ins Dorf hineinfahren.«

Ignacio ging, um sich etwas Warmes anzuziehen. Ich wartete. Ich erkannte ihn fast nicht. Er trug einen langen schwarzen Staubmantel, eine Strickmütze und einen Schal um den Hals. Mir hatte er einen Regenmantel und ein Paar Handschuhe mitgebracht. Ich folgte ihm aus dem Garten, wartete, als er in den Geräteschuppen ging und mit zwei Paar Gummistiefeln wieder herauskam, und ging mit ihm um die Kirche zum Parkplatz.

Als Erstes brachten wir mein Auto weg. Ignacio machte eine der alten Remisentüren auf, und ich fuhr den Jeep in den muffig riechenden Holzanbau. Falls sich die Alte daran erinnerte, wenn die Bullen sie fragen. Ich würde ihn ein Weilchen wohl nicht mehr fahren. Wir deckten eine Plane darüber.

Ignacio fuhr sein bockiges Museumsauto bis kurz vor Paso. Von dort aus, meinte er, sollten wir auf direktem Weg nach Parkfield fahren, das wäre weniger auffällig, als um diese Zeit über Nebenwege zu schleichen. »Außerdem sehen wir dann gleich, ob sie schon gefunden wurde. Wenn ja, wimmelt es auf dem Strässchen vor Bullen.«

Der frühe Abend war lau. Was gut war, denn die Käferheizung war schon vor Jahrzehnten wegen Nichtgebrauchs eingerostet. Unangenehm war nur, dass beide Seitenfenster nicht mehr hundertprozentig schlossen. Ignacio vermummte sich mit seinem Schal. Mir pfiff der Fahrtwind um die empfindlichen Radiomoderatorenmandeln.

Schon von weitem machte sich Parkfield durch den Rauch, der von vielen verstreut liegenden Holzkohlengrills aufstieg, bemerkbar. Zwanzig nach sieben. Da waren alle beim Essen im Garten.

Ignacio stellte den Käfer in eine Haltebucht an der Straße. Er nahm meine Kamera an sich. Ich erklärte ihm kurz, wie sie zu handhaben war. Dass mir dabei mein Gespräch mit Cherie wieder einfiel, war reiner Zufall. Die Kamera brachte mich darauf – auf ihren Tick mit der Überwachungskamera im Schlafzimmer. Ich erzählte ihm kurz davon. Er schaute mich lange an.

Wir gingen über die Lichtung, von der aus im Abendlicht Cheries Haus zu sehen war, über die Wiese und zwischen den locker gespannten Drähten ihres Grundstückszaunes hindurch. Ich ging voraus und hielt den oberen Draht hoch, damit es Ignacio leichter hatte. Niemand war zu sehen, kein Mensch zu hören. Wir gingen bis zur Hintertür, die noch immer offen stand. Drinnen brummte es. Mir wurde schon wieder schlecht.

»Bleib du hier. Ich gehe hinein. Sobald es etwas dunkler ist, holen wir deine Sechserpackung Bier.«

Mir war es recht.

Mit dem Ellenbogen stieß er die Tür ganz auf. Das Brummen wurde penetrant. Ich hörte ihn fluchen, als er gegen irgendetwas stieß. Die niedrig stehende Sonne schien auf eine der Küchenscheiben, färbte sie orange, Wolken und Himmel spiegelten sich in ihr. Die Küche war heller als tagsüber, wenn die dichten Baumkronen ihren kühlen Schatten spenden.

Es blitzte im Haus. Und noch mal. Ich nahm an, dass er die Schweinerei da drin fotografierte.

Er kam nach zwanzig Minuten wieder heraus und winkte mir.

Ich stand von der Bank auf und folgte ihm ums Haus.

»Du bist ziemlich bleich.«

Er schaute mich nur an. »Kein Wunder. Ich habe so was ja seit ein paar Jahren nicht mehr gesehen. Und nicht mehr gerochen. Brutal.« Mehr sagte er nicht. Brauchte er auch nicht. Deswegen hatte ich mich ja auf die Bank beim Grill in der Gartenmitte verzogen. Wegen des Gestanks, der aus der offenen Küchentür kam.

Wir gingen über die Straße und zu dem Baum, der mir als Ausguck gedient hatte. Dort stand die Sechserpackung, am Stamm, wo ich sie hingestellt hatte. Ich zeigte von der Straße aus auf sie.

»War also keiner hier. Das hätte jeder gesehen, der hier vorbeikommt. Vor allem Kinder.«

Stimmt. Gott sei Dank.

Wir gingen wieder durch ihren Garten, über ihre Wiese und den benachbarten Wald zum VW. Dann drehten wir um und fuhren diesmal den Schleichweg entlang, auf dem ich nach San Miguel gefahren war.

Ignacios Arbeitszimmer bot die Ruhe, die es nur im Kloster geben kann. Er nahm die Kamera aus seiner Manteltasche, stellte sie auf den Tisch und zog danach ein in ein Tuch gewickeltes Päckchen hervor. Als er das Tuch aufwickelte, sah ich, dass es drei Videokassetten waren. Er legte sie auf den Beistelltisch, während ich meinen Laptop einschaltete. Dann schloss er die Kamera an, und ich begann, die von ihm aufgenommenen Bilder ins Computerprogramm zu laden.

Das waren knallharte Fotos. Cherie hing leblos von der Decke, Blut war geronnen, aber irgendetwas war an der Blutlache faul. Ich schaute zu ihm hoch, und er sagte »Hund.«

Ich verstand nicht.

»Ein Hund muss in der Küche gewesen sein. Entweder ein mittelgroßer Hund oder ein Racoon. An die Leiche konnte das Viech nicht, aber es hat Blut geleckt.«

Der hatte für so was den richtigen Magen. Ich nicht. Mir kam der Saft schon wieder die Kehle hoch. Beim Hinauslaufen schluckte ich mannhaft.
Ich lud siebenundzwanzig Digitalfotos in den Computer. Viele glichen sich, manche waren überraschend. »Einer muss geduscht haben; ich nehme an, derjenige, der sie umgebracht hat«, erklärte Ignacio zum Foto der nassen Duschzelle und der herumliegenden Badetücher. »Entweder der Dritte oder der Indianer. Ist im Prinzip auch egal.« Widerlich war das Foto vom Fernsehapparat. In dem – gut aufgenommen, fast ohne schwarze Querstreifen – man den nackten Hintern eines sehr dürren Menschen sah, der sich auf jemandem breit machte. Als ich den Ausschnitt vergrößerte, wurde der Indianer deutlich, der sich auf der offensichtlich noch lebenden Cherie vergnügte. Die sah direkt in die Kamera. Zu beiden Seiten des Bettes stand jemand und schaute zu. Ein Dicker im altmodischen Dreiteiler, ein Stenz mit der Hand in der Hosentasche. Ich guckte Ignacio verblüfft an.
»Bingo«, sagte der. »Volltreffer. Damit sind sie geliefert, die Schweine. Für alle Zeiten kaputt. Das Foto habe ich nur zur Sicherheit aufgenommen. Auf den drei Kassetten findest du alles. Auf einer ganz besonders, aber die willst du nicht anschauen. Glaub's mir.«
Ich guckte wieder auf die Computermattscheibe. Ich weine nicht gern vor Leuten. Ist ein Generationsding. Meine Eltern haben mich gelegentlich wissen lassen, dass Jungen nicht weinen. Nur Mädchen.
Es dauerte ewig, aber endlich waren die Fotos doch auf die Festplatte geladen. Ich schickte sieben von ihnen, die sieben grässlichsten, die sieben aussagefähigsten, in mein öffentliches Fotoalbum auf dem Yahoo!-Server und sperrte vorläufig den

Zugang zum Album durch ein Passwort. Das sagte ich Ignacio, der nicht so recht wusste, was er damit anfangen soll.
Nachdem die Fotos gesichert waren, mailte ich Rick das verabredete Wort: Unseren Startschuss, der den Beginn unserer Aktion anzeigte. Damit war der sorgfältig vorbereitete und hochseiltänzerisch gewagte Ablauf unseres Raubzuges nicht mehr rückgängig zu machen.

33 Bobby

Genau um halb elf Uhr vormittags am Sonnabend klopfte Bobby an die Tür. Ich machte ihm auf. Er hatte ebenso viel Zeug dabei wie kürzlich, also half ich ihm, alles ins Gebäude zu bringen.

»Wieder wie das letzte Mal?«

»Klar, Bobby, genau das Gleiche. Nur, dass noch einer herkommt. Für den machst du auch ein paar schöne Dinger.«

Er guckte belämmert. »Mensch, ich kann doch keine Massenfabrikation hier aufmachen. Noch dazu in der Kirche.«

Ich sagte ihm, dass die Papiere dieses Mal nicht so eilig sind. Drei Tage könnte er haben, bis Dienstag früh. Dann bräuchte ich sie.

Er wollte wissen, was wir denn haben müssten und wie es verwendet werden sollte.

»Ich denke, dass dich das einen Scheißdreck angeht«, sagte ich verwundert und wurde sauer. Was soll denn die Fragerei? Ich sage ihm doch nicht, was ich vorhabe.

Er winkte schnell ab. »Sorry. Meine Schuld. Das meine ich natürlich nicht. Ich muss nur wissen, ob das Zeug einem Bullen auf der Straße gezeigt werden soll oder ob es einer genauen Prüfung im Präsidium standhalten soll, verstehst du? Es gibt da gewisse Unterschiede, die ganz furchtbar ins Geld gehen können.«

»Ach so. Tut mir leid«, entschuldigte ich mich. »Ich habe einen beschissenen Tag hinter mir, also bin ich etwas empfindlich.«

Fand er ganz in Ordnung. »Nee, Bobby, es soll nur bestätigen, wer wir sind – am Flugschalter, sagen wir mal, oder beim Grenzübertritt nach Mexiko.«
Okay, nickte er und notierte, was ich bestellte.
Mitten in meiner Aufzählung kam Ignacio zur Tür herein und ging mit ausgestreckter Hand auf Bobby zu.
»Hochwürden, habt ihr vor, reihenweise Banken auszunehmen?« Bobby schaute bekümmert, Ignacio grinste, und mir fiel das Herz in die Hose.
»Dein Wunschzettel ist für Bobby so eine Art Generalplan. Der sieht, was ihr braucht, und er weiß aus Erfahrung, wozu. Logisch, dass ich mich damals an ihn ranmachte. War immer informiert, wer was vorhatte. Nicht übel, was?«
Ich konnte es nicht fassen. Das unerkannte Sicherheitsloch in unserem Plan war ja riesengroß.
»Und weil Bobby so viel weiß, ist die Zusammenarbeit mit ihm so gut. Denn auch der Dämlichste kapiert, dass Bobby wie ein Grab schweigen muss, wenn er überleben will. Und das will er. Wozu würde er sonst solch exorbitante Preise verlangen und auch bekommen. Stimmt's, Bobby?«
Der nickte nur und schaute mich etwas betreten an. »Sorry, Junge. War nur ein blöder Witz. Ich habe gedacht, du kennst dich aus.«
Ignacio klopfte ihm auf die Schulter. »Lass es gut sein, Alter. Du beendest heute deine Karriere mit einer guten Tat. Und zur Belohnung bekommst du von mir, was du schon lange haben willst.«
Bobby schaute ihn ungläubig an und fragte ehrfurchtsvoll: »Ehrlich?«
»Ganz ehrlich«, versprach Ignacio. Der Fälscher umarmte ihn und küsste ihn überraschend auf die Wange. Dann ging er

pfeifend daran, seinen Arbeitsplatz aufzubauen. Ignacio lief rot an und grinste verschämt.

Rick kam gegen elf. Ich hatte ihn noch nach Mitternacht über die Direktleitung im Studio angerufen und ihm gesagt, wo und wann wir uns treffen. War ein Risiko, aber ich hielt Rick für so fest eingespannt in unser Vorhaben, dass ich ihm einfach vertrauen musste. Ich meine, man kann Paranoia auch auf die Spitze treiben.

Wir ließen uns also fotografieren. Ignacio schleppte allerlei Jacken an, weiße Hemden und Schlipse, Bobby hatte seine übliche Auswahl Perücken, Bärte und Brillen dabei.

»Wenn irgendwas fehlt, kann ich das Foto im Computer nachträglich bearbeiten«, versprach er und meinte, wir sollten uns einen Look aussuchen, mit dem wir uns wohl fühlen.

»Könntest du mir im Computer einen wirklich gut sitzenden schwarzen Anzug verpassen?«, fragte ich. »Denn dieses Ding ist mindestens zwanzig Jahre alt und sieht noch immer nach Bullenkostüm aus.«

Ignacio tat beleidigt, Bobby freute sich, weil er sich nicht getraut hatte, die glänzenden Kunstfaserklamotten des einstigen Widersachers abzulehnen, und Rick wunderte sich offensichtlich über meine Bekannten. Ich sah es an seinen Blicken.

»Ich erzähle dir die Story mal, wenn wir in Acapulco am Strand sitzen«, raunzte ich ihm ins Ohr. Da musste er grinsen.

Wir blieben den ganzen Sonnabend zusammen. Nachdem der Fälscher seine Vorbereitungen getroffen hatte und uns aus dem Zimmer jagte, gingen wir zu Ignacio. Rick wollte mir vorspielen, was er gestern zusammengesetzt hatte. Wir folgten dem Bruder zu seinem Zimmer, und Rick deutete mit fragendem Gesichtsausdruck auf dessen Rücken. Ich nickte stumm. Alles klar mit ihm. Was er durch ein emphatisches Zurücknicken bestätigte.

Ich hatte Ignacio erzählt, was Rick mit der Geschichte zu tun hatte, also konnte er ihn einordnen, aber Rick konnte mit dem Ordensbruder nichts anfangen.
»Rick, Ignacio hat mir hier Unterschlupf gegeben, hat mich mit Leuten in Verbindung gebracht, die mir sehr geholfen haben, und ist genauso sauer auf die drei Drecksbullen wie wir«, erklärte ich die Lage, als wir uns hingesetzt hatten und Ignacio Bier in Gläser goss. »Denn Ignacio war lange selber Cop. Bis er genug davon hatte und sich hierher verzog, um den zweiten Lebensabschnitt etwas besinnlicher zu begehen.« Die beiden reichten sich förmlich die Hand.
»Und er weiß im Groben, was wir vorhaben. Du weißt allerdings noch nicht, dass die drei Cops gestern eine Frau kaltblütig geschlachtet haben, mit der ich vorgestern noch im Bett lag« – Rick wurde schneeweiß – »und dich von ihr zu Hause aus angerufen habe. Ich bin durch meine Dämlichkeit also an ihrem Tod schuld, und das macht mir verdammt zu schaffen. Natürlich auch daran, dass du nicht mehr heim kannst.« Zum Glück machte niemand Ach-lass-mal-gut-sein-Geräusche. Das hätte mir gerade noch gefehlt. Sie nahmen meine Gefühle ernst. Ich wollte die Sache nicht durch die Videobänder komplizieren, also sagte ich nichts. Je weniger davon wussten, umso sicherer waren wir alle. Ignacio hatte mir recht gegeben, als wir uns vor Bobbys Eintreffen kurz unterhielten.
Rick legte die Kassette ein, die er im Rundfunkstudio geschnitten hatte. Tonband Nummer eins stand darauf. Wir hörten, wie jemand den Telefonhörer abnahm und »Ja?« sagte. Eine bekannte Stimme. Die des Drogenwirtes, des Methamphetaminkoches: Herr Moreno. Eine ebenfalls bekannte Stimme sagte bedrohlich leise: »Also – heute Nacht um zehn vor Mitternacht. Auf der Landstraße nach Pismo. Er kommt im schwarzen

Cadillac, einem ungepanzerten. Wir warten auf ihn und jagen ihm eine Salve in die Kiste, wenn er vorbeifährt. Dann rufe ich wieder an.« Beide hängten ein.
Erneutes Abheben, wieder ein »Ja?« Und der Dicke sagte: »Erledigt. Der Indianer hat ihn mit einer vollen Ladung erwischt. Erst Glock, dann Plastique.« – »Hab den Krach bis hierher gehört«, sagte Moreno. Und der Drogencop bat um kleine Scheine, nicht wieder Hunderter wie beim letzten Mal. »Gebrauchte Scheine, Zwanziger und Fünfziger. Kein Drogengeld, kein Rückstand auf den Scheinen. Und der neue Auftrag mit deiner Alten geht klar. Wir gehen sie Montag oder Dienstag besuchen.« Wieder keine Abschiedsfloskel, sondern abruptes Einhängen.
Rick schaute uns stolz an. »Wie hast du denn das aufgenommen?«, wunderte sich der alte Detective. »In zwei Wochen«, grinste Rick. »Und so angepasst, dass keine Modulationsunterschiede oder Schnittstellen feststellbar sind. Nicht mal elektronisch. Hab alles noch mal überprüft, aber es passt haargenau – eindeutig ein zusammenhängend aufgenommenes Gespräch.«
Ignacio schaute mich mit neuem Respekt an. »Ihr scheint ja zu wissen, wie man's macht«, sagte er. Rick nickte nur. Klar wusste er, wie man's macht.
Er wechselte Kassetten. Nun waren die drei Bullen zu hören, wie sie Geld zählten. »Ich habe bald die Schnauze voll«, sagte der Indianer. »Ich will mich endlich zur Ruhe setzen. Wozu habe ich die viele Kohle, wenn ich mir nichts kaufen kann?«
»Würde dir so passen«, schnauzte der Dicke. »Wir müssen mindestens noch drei Jahre ran, ehe Taubenfüttern im Park angesagt ist. Ich will mit zehn Millionen auf die Insel, keinem Cent weniger. Und bei den heutigen Bankgebühren ist das ein Hau-

fen Arbeit. Außerdem macht's Moreno nicht mehr lange. Der Prozess rückt immer näher, und wenn er erst mal ausgesagt hat, ist es mit dem Geschäft vorbei. Nach wie vor sage ich: Weg mit dem Drecksack, und die Kohle unter uns aufteilen.«

»Von wegen«, näselte der feine Lauterbach III. »Ich muss an meine Schwester denken – das habe ich euch damals schon gesagt. Ich kann Moreno auch nicht ausstehen, aber ich will Suzie doch nicht arm machen. Wir haben uns darauf geeinigt, ihn aussagen und danach verschwinden zu lassen. Weil sich hinterher keine Sau mehr um ihn kümmert. Aber vorher. Da kann er nicht behutsam genug behandelt werden. Nach Prozessende kann meine Schwester weitermachen und braucht sich von dem Scheißer nichts mehr gefallen lassen. Aber nicht einfach abknallen. Der Verdacht fällt doch sofort auf sie. Außerdem wisst ihr genau, dass die niemals spitzkriegt, wie viel Kohle er weggebaggert hat. Das Geld gehört uns – das geht meine Schwester nichts an. Aber ihr Geschäft muss ihres bleiben.« Die beiden anderen wiegelten ab. Sei ja schon gut, und man unterhält sich doch nur. Scheiße, wenn man mit einem zusammenarbeiten muss, der sogar auf einem Tonband als pathologischer Killer zu erkennen ist.

Dann kam das dritte Band. Auf ihm sprach Moreno spanisch, mit einem Herrn, der offensichtlich in Mexiko lebte. Und im gleichen Gewerbe tätig war. Die beiden schmeichelten einander, wie ich mit meinem Schulspanisch verstand, und dann sagte Moreno klar und deutlich: »... und wann, Señor, kommen Ihre Männer und erledigen die drei Federales?« – »Geduld, lieber Freund«, riet sein Gesprächspartner. »Sie genießen deren Schutz, und den sollen Sie möglichst lange genießen. Wenn wir vereint zuschlagen, rufen wir sofort die DEA auf den Plan. Erst dann müssen die drei Cops ohne großes Aufheben

weg – das verlangt auch mein Gewährsmann in der Drug Enforcement Administration. Lassen wir sie bis dahin leben.«
Der Restaurantbesitzer quengelte. »Señor, mich kostet jeder von denen jede Woche zehntausend Dollar. Das ist auch für mich ein Haufen Geld. Und wert sind sie's schon lange nicht mehr. Seit ich im Zeugenprogramm bin, ist mir die Bullenfürsorge sogar manchmal lästig. Da brauche ich keine eigenen Drogencops, die mich auf dem Laufenden halten.«
»Doch, Verehrtester, brauchen Sie. Erinnern Sie sich an den Scheißkerl, der sich in Ihre Organisation schlich? Sie haben ein Jahr lang nichts gemerkt, bis Ihnen die drei Cops steckten, dass Ihr wertvollster Mann ein FBI-Spitzel ist. Und ihn netterweise gleich entsorgten, sozusagen. Peinlich nur, dass sie ihn ins Meer warfen, wo er wieder angeschwemmt wurde. Trotzdem – kümmern Sie sich doch nicht um ein paar lumpige Scheine, vergessen Sie solche Beträge. Sie verdienen das Zehnfache, das Zwanzigfache. Und glauben Sie mir – die drei sind wichtig, jedenfalls noch die nächsten sechs Wochen. Die halten Ihnen wirklich den Wolf von der Tür. Bis dahin lassen Sie alles beim Alten, seien Sie freundlich zu denen, und wenn der Zeitpunkt kommt, schenke ich Ihnen denjenigen der drei Bullen, der Sie am meisten aufregt. Den dürfen Sie dann auf Ihre eigene Weise kaltmachen.« Schenkender und Beschenkter lachten erwartungsfroh. Mir wurde wieder schummrig. Ich tauge für so was nicht. Auch Ignacio schaute etwas irritiert drein.
Wir sprachen verdammt lange nichts. Brutal, was der Rick da zusammengeschnitten hat. Beeindruckend. Das sagte ich ihm auch endlich. Er freute sich. »Die ersten zwei waren ziemlich aufwendig, das dritte flutschte nur so.«
Ignacio schaute ihn erschrocken an.
»Klar. Das ist echt«, freute sich Rick. »Das brauchte ich nur ein

wenig säubern und fertig. Das ist das Härteste. Und das mit großem Abstand Echteste.«

Der Franziskaner fragte, wer noch ein Bier will. Oder einen Wein. Wir lehnten beide ab. Er schlurfte über den Gang in die Küche und ging zum Kühlschrank. Ich hörte, wie er die Kühlschranktür zuschlug.

Er hatte sich zwei Flaschen mitgebracht. Die eine stellte er in die Ecke, die andere trank er in einem Zug aus. Er rülpste und wischte mit dem Handrücken den Schaum vom Mund. Dann knallte er die leere Flasche auf den Tisch.

»Ich helfe euch. Mit dem Geld will ich nichts zu tun haben, aber ich helfe euch, diese Bande aufzumischen. Ich habe da ein paar Ideen, die noch von früher stammen. Sagt mir, wie ihr euch die nächsten Tage vorstellt.«

Ich schlug vor, dass wir in die Hügel beim Militärgelände fahren und dort spazieren gehen. Sicherheitshalber. Beide waren einverstanden. Wir fuhren also über Fort Hunter Liggett ins Big Sur Backcountry, stiegen in der Waldeinsamkeit des Bergrückens aus und gingen hintereinander über den Wanderweg. Zehn Minuten marschierten wir in völliger Stille. Kein Mensch begegnete uns, wir hörten niemanden und nichts. Endlich kamen wir zu einer Anhöhe, einer Felsenanhäufung auf der Landseite des Weges. Dort bot sich ein uneingeschränkter Blick auf den Weg, auf die Täler zu beiden Seiten und den Abhang bis zum Meer hinunter. Wir setzten uns aufs braune Gras, genossen die Aussicht über die Unberührtheit, und ich begann mit meiner Zusammenfassung.

»Rick und ich haben die Bankkonten der Wirts- und Drogenfamilie Moreno ausfindig gemacht, haben eigene Auslandskonten eingerichtet und haben uns intensiv mit Online-banking beschäftigt. Was nicht so einfach war, denn das gibt es in Europa zwar schon lange, bei uns steckt es aber noch in den Kinderschuhen.« Ignacio nickte – neuerdings las man immer öfter von gewaltigen Summen, die elektronisch gewaschen und an der Inlandssteuer vorbeigeschoben wurden. Was ihn noch immer beruflich interessierte, wie sich ein Rentner eben für Neuentwicklungen in seinem ehemaligen Beruf interessiert.

»Was wir uns zunutze machen, denn die Aufsicht ist lange nicht so streng und eingefahren wie bei herkömmlichen Banken. Und wir brauchen die ja nur kurze Zeit, in einigen Fällen nur übers Wochenende.« Ignacio hörte aufmerksam zu, Rick hatte einen Notizblock aus der Hosentasche gezogen und hakte ab, während ich erzählte.

»Donnerstagabend fliegt Rick nach Tijuana und bringt am Freitag ein Tonband auf die Post. Tonband Nummer drei. Das geht an unsere drei Freunde. Am Sonnabend bringe ich irgendwo in Kalifornien drei verschiedene Expresspakete auf die Post. Tonband Nummer eins geht an Frau Wirtin, Tonband Nummer zwei geht an Moreno, und Kopien aller drei Bänder gehen an den Behördenchef der feinen Polizisten.«

Ignacio verstand. »Nicht vergessen, ich habe auch noch was zum Angucken«, sagte er, aber damit wollte ich warten. »Bis die auf meine Sendung reagieren. Denn das glaubst du doch wohl – sobald sie sich das Band aus Tijuana übersetzen lassen, sind sie wie die Wilden hinter Moreno her. Der wiederum wird am Montag zur gleichen Zeit das getürkte Band haben. Und seine Alte hört sich ihres an und wird entsprechend disponieren. Mit etwas Glück nehmen die uns gegenseitig einen Teil der Arbeit ab. Darauf bauen wir. Darauf, dass die einander nicht mehr über den Weg trauen. Dass sie das, was sie hören, sofort für bare Münze nehmen.«

»Könnt ihr auch«, meinte Ignacio. »Das ist zwar der älteste Polizeitrick der Welt, aber die fallen immer wieder darauf rein. Kriminelle trauen anderen nämlich jeden Betrug zu, weil das die Grundlage ihres Berufes ist. Bis hierher klappt's; dafür lege ich die Hand ins Feuer.«

Schön, dass es der Fachmann so sah. Rick schaute auch recht zufrieden drein. Ich fuhr fort: »Rick bleibt ab Donnerstag im Hotel, kümmert sich nur noch um die Konten, bereitet Transfers vor, weil alles am Montag aktiviert wird. Und dann muss alles Schlag auf Schlag gehen, weil dann innerhalb weniger Stunden einer bettelarm wird, und zwei steinreich.« Wir schauten uns an und grinsten. Alle drei.

»Würdest du uns einen Gefallen tun?«, fragte ich Ignacio.

»Natürlich. Alles. Was brauchst du?«

Ich sagte ihm, was ich brauchte. Er schaute skeptisch, versprach aber, sofort anzurufen.

Rick und ich beugten uns noch mal über unseren Plan. Der sah aus wie eine Eiche, oben breit und nach unten stark verjüngt. Wir fingen oben an, und unten kam das trichterförmige Ende des Abenteuers. Allerdings hatten wir uns die Mühe erspart, alle möglichen Ergebnisse einzuzeichnen. Nur eines interessierte uns – das Ergebnis, das uns am Ende reich und gesund zeigt. Alles andere wäre Defätismus.

Ignacios tiefe Stimme murmelte beruhigend im Hintergrund, aber urplötzlich wurde sie von einem hellen, metallischen Kreischen übertönt. Rick und ich schauten zu dem Franziskaner rüber. Der guckte mich traurig an.

»Misty will mit dir sprechen.« Er hielt mir das schnurlose Klostertelefon hin. Ich zog fragend die Augenbrauen hoch. Er hielt die Hand über die Sprechmuschel und flüsterte, dass er es ihr gesagt habe. Aber er zog dabei den Kopf ein und machte einen schiefen Mund.

»Schatz!«

»Schatz mich nicht, du Schwein. Ignacio will mir ins Ohr säuseln, dass nun alles in Ordnung ist, dass du nur noch ein paar Besorgungen machen musst, und dann können wir alle nach Mexiko. Bullshit! Und dann fällt er mit der Tür ins Haus. Erzählt mir ganz locker, dass du von mir sofort hunderttausend Dollar brauchst.«

Was soll man dazu sagen?

»Na ja, deswegen bat ich ihn ja, dich anzurufen. Weil ich die Kohle wirklich brauche, und zwar ziemlich bald.«

Sie schluckte trocken.

»Das ist Chuzpe – mein lieber Mann, das ist ein dickes Ding. Lässt mich hier schmoren, rufst nicht mal an und willst hunderttausend Dollar von mir?«

Ich fing an, ihr zu erklären, warum ich das Geld haben muss, aber sie legte so plötzlich los, dass ich erschrocken den Hörer vom Ohr riss und ihn nur verblüfft angucken konnte. Sie schrie so laut, dass selbst die beiden Männer im Zimmer, die so taten, als hörten sie nicht mit, zurückfuhren und peinlich berührt aussahen.

»… das könnte dir so passen; darauf zielte das ganze Getue wohl ab, was? Damit du an mein Geld kommst. Und dazu noch den Ignacio hinters Licht führen, ausgerechnet meinen ältesten Freund, du Schwein, einen, der die Güte selbst ist. So eine Drecksau, so ein fieser Kerl, so ein Schwein wie du, ist mir noch nie über den Weg gelaufen …«

Ich bekam kein Wort dazwischen. Nach einigen Versuchen sagte ich ihr mitten in den Satz, dass ich jetzt auflegen werde. Das wirkte.

»Ich bat Ignacio, dich anzurufen, weil ich wirklich dringend deine Hilfe brauche, und er weiß auch, warum«, verdeutlichte ich langsam und in beruhigendem Tonfall. »Meinst du, er würde sich für mich einsetzen, wenn ich krumm wäre? Meinst du, er ginge mir auf den Leim? Da kennst du deinen ›ältesten Freund‹ aber schlecht.« Ich wurde lauter. War aber auch ein blödes Benehmen von ihr. Man wird ja wohl noch fragen dürfen. »Und machst mich hier an, als seien wir schon ewig verheiratet.« Es kam so wütend raus, wie ich inzwischen auf sie war. »Scheiß drauf! Ich kann auch ohne dich! Lass dir das gesagt sein!« Ich war wirklich stocksauer. Ab und zu motzen ist ja ganz in Ordnung, aber so ein Benehmen, wie sie es an den Tag legte, war zu viel.

Sie wurde plötzlich kleinlaut. Wie ausgewechselt. Es täte ihr ja so furchtbar leid. Und natürlich ginge das. Sie müsse nur überlegen, wo sie auf die Schnelle das Geld herkriege.

»Na, lass mal gut sein. Diese Leitung ist nicht die sicherste. Lass mich gleich noch mal auf deinem Lieblingstelefon anrufen.« Ich drückte die Killertaste und rief das Computertelefonprogramm auf. Der Bildschirm wurde zum Telefon, über die Lautsprecher zu beiden Seiten des Monitors wurde gehört und in ein um den Hals getragenes Kondensatormikro gesprochen. Abhören war gar nicht so einfach, weil die Leitung ständig wechselte. Das Internet leitet Verbindungen ja immer über den gerade am wenigsten belasteten Kanal, und das können tausend verschiedene sein. Erst mal muss man überhaupt darauf kommen, dass auch hundsgewöhnliche Leute übers Internet telefonieren, nicht nur Schotten, Schwaben und sonstige Pfennigfuchser.

»Ignacio wollte dir auch sagen, dass es hier jetzt losgeht. Aber du hast ihn ja nicht ausreden lassen. Und ich wollte dir sagen, dass wir uns bald dort treffen können, wovon du schon so lange schwärmst. Was machen deine Pläne?«

»Ich habe tatsächlich ein Angebot von dem, den ich im Auge

hatte. Wahrscheinlich zum Monatsende. Unser Freund ist übrigens draußen und sofort zu sich nach Hause gefahren – nicht endgültig, sagt er, aber ich weiß nicht. Ansonsten alles klar. Ich habe dem Mädchen gegeben, worum du mich gebeten hast.«

»Und du bekommst es von mir zurück. Übernächste Woche hast du's. Und jetzt brauche ich auf die Schnelle hunderttausend. Kannst du mir die leihen?«

Ignacio beugte sich zu mir und sprach ins Mikrofon. »Misty, hör gut zu. Ich kann mithören – er hat auf Lautsprecher gestellt. Ich weiß, wofür er es braucht, und ich sage dir, dass er es haben muss, wenn alles klappen soll. Und dass du es nach menschlichem Ermessen auch zurückbekommst.«

Ich sagte ihr, sie solle sich das überlegen, aber nicht zu lange. Und in dreißig Tagen hat sie das Geld zurück, mit zehntausend Dollar Zinsen dazu. Adieu. Ich schaltete aus.

So. Rick schaute mich an – außer mich kannte er ja niemanden in dieser Geschichte –, Ignacio schaute an die Decke, ich glotzte den schwarzen Computerbildschirm an, und Bobby klopfte an die Tür. Als niemand antwortete, steckte er den Kopf herein und fragte ängstlich, ob der Reisepass der Dame für eine Rothaarige ausgestellt werden dürfe. Das sei ja heute kein Thema mehr, Haarfarbe, aber er dachte, vielleicht ist die Dame pingelig.

»Es ist die, mit der ich gerade gesprochen habe.«

»Na, dann ist es ja gut, dass ich frage.«

»Mach sie rothaarig oder geb ihr eine Glatze – ist mir scheißegal«

Aber da war er schon zur Tür draußen.

Gegen abend saß Rick an meinem Laptop, ich schaute zum hundertsten Mal auf unser Vorhaben und suchte Fehler, neben

mir saß Ignacio und konnte auch nichts Gravierendes finden, als Bobby noch mal klopfte. Diesmal strahlte das Gesicht, das im Türspalt erschien. »Darf ich reinkommen?«, fragte er höflich. Ich winkte ihn herein.
Er kam an unseren Tisch und legte eine Ziehharmonikamappe hin. Ich wickelte die Verschlussschnur vom Pappanker und machte die Mappe auf. In jedem Fach waren Papiere, jedes ein Produkt höchster Sorgfalt und bewundernswerten Könnens. Ich reichte Rick einen seiner neuen Pässe über den Tisch, und ihm klappte die Kinnlade herab.
»Sagenhaft«, flüsterte er. Ignacio gab ihm recht. Sagenhaft. Er schaute sich einige Unterlagen an – Geburtsurkunden, Reisepässe, beglaubigte Handelsregisterauszüge, vom Finanzamt bestätigte Kopien verschiedener Einkommensteuererklärungen, Kontoauszüge in- und ausländischer Banken, Immobilienverträge und notarielle Benachrichtigungen über demnächst stattfindende Grundbucheinträge.
»Unwahrscheinlich gute Arbeit, Bobby, ganz sauber«, meinte der ehemalige Polizist, der gute Fälscherarbeit zu schätzen wusste. Bobby dankte mit Hundeblick. Ich war auch völlig von den Socken.
»Meinst du, dass die als echt gelten werden?«, fragte ich Ignacio. Der schüttelte nur den Kopf. »Die Dinger sind besser als Originale. Unglaubliche Arbeit, Bobby, die belohnt werden muss.«
Er ging zu seinem Bett, zog es von der Wand weg und klopfte gegen die Holztäfelung. Er lockerte ein Paneel und nahm es aus seinem Rahmen. Dahinter kam eine tellergroße runde Panzerschranktür zum Vorschein.
Bobby machte große Augen. Ignacio zog die Tür auf und griff in die Röhre. Er holte einen braunen, übergroßen Behörden-

umschlag heraus, den er Bobby reichte. Bobby zog sich in die Ecke zurück, öffnete die versiegelte Klappe und bog die Lasche nach hinten, um hineinschauen zu können. Mit den Fingern blätterte er offenbar Papiere durch, schaute sie an und verschloss den Umschlag wieder. Mit leuchtenden Augen ging er auf Ignacio zu, umarmte ihn und murmelte etwas in sein Ohr. Dann ging er zu Rick und mir, schüttelte uns die Hand und verließ die Klause. Er hatte Tränen in den Augen, und er schämte sich ihrer. Aber er war der glücklichste Fälscher, der mir jemals begegnet ist. Damals wie heute.

»Ich hatte etwas, das ihn lebenslänglich weggesperrt hätte, wäre es bekannt geworden. Er wusste, dass ich's hatte, weil ich ihn damit zur Ehrlichkeit zwang. Jetzt hat er den letzten Beweis für sein vergangenes Lotterleben in der Hand und ist nicht mehr erpressbar.« Ignacio nannte sein eigenes Verhalten beim Namen.

Ich freute mich für Bobby, wusste aber nicht so recht, ob das im Sinne der Kirche und der Gesellschaft war. Ignacio bemerkte, dass ich zweifelte.

»Ich will dir nicht sagen, was er gemacht hat. Aber du weißt, dass wir in Kalifornien dieses Three Strikes Law haben, das Gesetz, das Richter zwingt, bei der dritten Gefängnisstrafe auf ›lebenslänglich‹ zu erkennen. Angeblich wollten die Wähler damit Berufskriminelle aus dem Verkehr ziehen, aber sie haben dafür gesorgt, dass Warenhausdiebe nun lebenslang sitzen, dass einer, der ganz friedlich Autos klaut, sich der dritten Verhaftung durch Schusswaffengebrauch entzieht, dass jeder, der schon zweimal verurteilt worden war, sich gegen das dritte Mal mit Maschinenpistolen wehrt, weil's sowieso egal ist. Wenn Einbruchdiebstahl genauso bestraft wird wie Mord, dann wird gemordet. Denn dann besteht wenigstens die Möglichkeit, dass

der Mörder nicht erwischt wird. Jedenfalls drohte Bobby die dritte Verurteilung. Er hat einer Nachbarin, die wegen Sozialhilfebetrugs brummen sollte, schnell einen Gefallen getan. Und ich hab die Sache in die Hände bekommen. Weil die schon zweimal vorbestrafte Nachbarin trotz des entlastenden Dokuments von Bobby dann doch lieber nachts über den Freeway rannte, als sich noch mal dem Richter zu stellen. Und mausetot war. Seither benimmt sich Bobby vorbildlich. Und inzwischen ist er lange genug aus dem Geschäft, um nicht mehr diesen Ruf zu haben, der ihn zwang, weiterzuarbeiten, auch wenn er nicht wollte. Deswegen hat er jetzt seine Freiheit.«
Nicht schlecht. Jeder Bulle sollte so menschlich sein. Erst erpressen, dann belohnen.

34 Barbacoa

Wir halfen dem Fälscher, seine Sachen ins Auto zu bringen. Er schleppte seinen Computer mit, seine Fotoausrüstung und seine Lupe. Aber Ignacio schob das Werkzeug, die imponierende Stempelsammlung und den Koffer mit den Vordrucken und geklauten Pässen in die Zimmerecke. Bobby schaute sein ehemaliges Leben traurig an, zuckte die Achseln und verließ vor uns den Raum. Ignacio schloss ab.
Der Franziskaner holte jedem noch ein Bier aus dem Kühlschrank. Wir standen in seiner Klause und tranken, jeder auf seine Weise glücklich. Dann begleiteten wir Bobby auf den Parkplatz. Er fuhr nach Hause, wir stiegen in Ignacios Schrottkäfer und brummten Richtung King City. »Da gibt's das tollste Barbacoa aller Zeiten – mexikanisches Barbecue, Wahnsinnssachen vom Grill, von Illegalen für Illegale. Ihr werdet sehen.«
Der Freeway war fast leer, als wir die vierzig Meilen nach Norden fuhren. Nur Dreißigtonner donnerten über die Betonplatten des alten Highway, deren Fahrer normalerweise die gesetzlich geregelten Pausen einlegen, es sei denn, sie haben es eilig. Denn sie werden nach gefahrenen Meilen bezahlt, haben verbindliche Termine einzuhalten und sind dazu noch meist selbstständig. Also wird durchgefahren. Mit Hilfe kleiner weißer Pillen. Bennies, Benzedrin. Im Prinzip das gleiche Zeug, das von Moreno verscheuert wird. Speed. Uppers.
Wir bogen rechts auf Mesa Verde Road ab und fuhren zehn

Minuten über staubige Verbindungssträsschen. Eine schmale Spur führte um einen Hügel, und dort, von der Straße nicht einzusehen, lagen ein Farmhaus, eine von Tribünen umgebene Arena, die offensichtlich für verbotene Stierkämpfe benutzt wurde, ein Palmenhain und in dessen Schatten ein lang gestrecktes Bunkhouse, eine Cowboy-Schlafbaracke. An Picknicktischen saßen Mexikaner mit Cowboyhüten auf dem Kopf und gewaltige Fleischportionen auf dem Teller. Frauen kochten, Kinder spielten, Hunde bellten. Einige der Herren winkten freundlich, als sie Ignacio erkannten, der sich freute und kräftig zurückwinkte.

Wir stellten den Käfer neben einer trockenen, braun gewordenen Weide ab und schlenderten zur Fete hinüber. Ignacio zupfte seine Soutane zurecht, machte sein Kirchengesicht und badete förmlich in der Menge. Von überall kamen sie her, knicksten, hielten ihm Kleinkinder hin. Männer nahmen den Sombrero ab und näherten sich schüchtern, steckten dem Bruder Geldscheine zu, bekreuzigten sich und schienen sehr zufrieden, dass die Feier nun unter höherem Schutz stand.

Wir wurden zu einem Tisch am Kopfende des Geschehens geführt. Eine Damastdecke wurde für unseren Teil des Tisches gebracht, glatt gestrichen, Servietten und Porzellan, Silberbesteck und Gläser wurden aufgedeckt, und aus dem Picknick wurde ein Abendessen.

Das Barbacoa war wirklich sagenhaft. Hauptsächlich Rind, Stücke von den beiden Ochsen, die sich über einem gewaltigen Feld glühender Holzkohle drehten, aber auch Köstliches von einem in Palmenblätter eingewickelten Schwein, das im Morgengrauen in einer Grube, auf rot glühendem Lavagestein gebettet, zugeschüttet wurde und erst vor Minuten wieder ausgegraben – köstlich durchgebacken, mundwässernd duftend, nach altem Inkarezept zubereitet und von den Hawaiianern ebenfalls für sich reklamiert. Als Luau. Wie man es auch nennen wollte, es war sagenhaft. Ich habe noch nie ein solch schmackhaftes Luau gegessen. Unglaublich.

»Ihr müsst euch ans richtige mexikanische Essen gewöhnen, wenn ihr dorthin wollt. Nicht Burritos und Tacos, sondern so was.« Ignacio war in seinem Element.

»Bist du Latino?«

»Na, klar doch. Seit wann heißen Anglos Ignacio?«

Ich hatte mich schon ein paarmal über sein ausgezeichnetes Spanisch gewundert. Wir sprechen in Kalifornien alle etwas Spanisch, aber seines klang nicht wie verhunztes Englisch. Er hatte die richtige Aussprache intus, konnte deklinieren, und die unzähligen unregelmäßigen Verben, deren Fehlen meinem Spanisch etwas Kleinkindhaftes gab, machten ihm nicht die geringste Schwierigkeit. Natürlich hilft es, dass zwei Drittel seiner katholischen Schäfchen mexikanischer Herkunft sind. Da kommt der Priester nicht mehr ohne Umgangsspanisch aus.

Woher? fragt man bei uns eigentlich nicht, aber mich interessierte, woher er stammte. Wer weiß, ob wir nicht in die Nähe seiner alten Heimat ziehen?

»Monterey«, sagte er mit vollen Backen.

»Monterrey im Bundesstaat Nuevo Leon in Mexiko?«

»Nein, Monterey im Bundesstaat Kalifornien, in den USA«, erwiderte er lachend.

Deshalb fragt man bei uns lieber nicht.

Diese Flussebene in der kalifornischen Prärie war bei Sonnenuntergang noch immer bestialisch heiß. Ich schwitzte über meinem Teller, aß, trank, nickte nach links und rechts und schwitzte noch mehr. Rick ebenso. »Wir werden tolle Mexikaner sein, was?«

Er nickte, nicht sehr begeistert. »Schiss?« Er schaute mich nur an. »Klar«, sagte er. »Du etwa nicht?«
Logisch. Aber nicht vor der Hitze.
Ich glaube, ich habe selten so viel gegessen wie an dem Abend unter Palmen, mit dem Schwein aus der Grube und dem Ochsen am Spieß. Als die Sonne endlich unterging, stöpselte sich eine mexikanische Band in ihre Elektronik ein und spielte Norteños. Dann wurden die Torten aufgetischt – grellbunt wie die Christbaumlampen, die an Girlanden von den Dachtraufen der Farmgebäude hingen. Rosa und hellblauer Tortenguss, weißer und gelber, irisches Frühlingsgrün, Blutrot und Violett in allen Schattierungen der Mischfarbe. Irgendjemand hatte ein kreatives Graubraun dazugepanscht. Einige hatten eine Art-déco-Farbgebung bevorzugt – gedämpft stieß auf neonaufdringlich, Primärfarben komplementierten Ausgebleichtes, und über der ganzen daheim gebackenen und mitgebrachten Pracht hing ein halszuschnürender süßer Duft. Das ist genau mein Ding – ich bin schließlich mit Valentine Twinkies großgeworden, katzenkopfgroßen, sahnegefüllten Kugeln, in schweinchenrosa gefärbten Kokosraspeln gewälzt, die garantiert die Kehle zukleben.
Ich trank also mannhaft Rotwein zur Torte und konnte nach dem vierten Glas und ebensovielten Stück Torte nicht mehr sagen, ob ich nun zuerst kotzen oder scheißen soll. Ich wankte zum Klo und tat beides.
Danach ging's mir besser. Die hübsche, mollige Wirtin hatte sich meine Abwesenheit zunutze gemacht und sich neben den Priester gesetzt. Sie erzählte ihm das Neueste, was er aufmerksam anhörte und sich sogar gelegentlich Notizen machte.
»King City gehört noch zu unserem Kirchenkreis. Ich bin also recht oft hier oben, denn man kann diesen Menschen

kaum zumuten, an ihrem einzigen freien Tag in der Woche vierzig Meilen zur Kirche und vierzig wieder nach Hause zu fahren. Na ja, da ist es immer gut, wenn man die Neuigkeiten aus dem Leben seiner Schäfchen erfährt.« Er sah aus wie ein Kirchenmann aus dem Bilderbuch. Die Soutane spannte über dem Bauch, die Hände hatte er gefaltet und sich in den Stuhl zurückgelehnt, und er lächelte das angedeutete Berufslächeln der Vertrauensperson. Wie ein Nachrichtensprecher, Bankvorstand oder Großbetrüger.

Ich bin, wie man sicher schon bemerkte, kein ausgesprochen religiöser Mensch. Obwohl ich natürlich zu Ignacio eine ganz besondere Beziehung hatte. Aber die hatte nichts mit organisierter Religion oder ihren Riten zu tun.

Die Besitzerin dieses Etablissements wollte wissen, ob wir auch *padres* seien. Als ich verneinte, hoffte sie, dass wir wenigstens *practicantes* sind, regelmäßige Kirchgänger. »Sí«, sagte Bruder Ignacio, »son practicantes.« Woraufhin wir in den Kreis gottesfürchtiger Freunde des Hauses aufgenommen wurden. Sie sagte dem Padre irgendetwas Kompliziertes, mit vielen »es sei denn« und »im Falle dass«, woraufhin Ignacio übersetzte. »Señora Gonzales bietet ihr Fremdenzimmer an, falls einer oder beide Hombres gern mal ein paar Tage auf dem Land wohnen würden. Was sie natürlich mir zuliebe tut. Die Gute deutet schon die ganze Zeit zart an, dass ihre nächste, überfällige Beichte ein paar dicke Sünden beinhaltet.«

Ich schaute Rick an und der mich. »Klar – wenn Rick bis Donnerstag hier bleiben könnte, wäre uns sehr geholfen. Fragst du sie mal?«

Was er tat. Sie sprang erfreut auf und umarmte Rick. Dann zog sie ihn zum Haupthaus.

»Mann, wenn alles so reibungslos liefe! Das ist ja ein sagenhafter Glücksfall.« Ich war begeistert. Er hätte sonst in der Mission schlafen müssen, und das war mir peinlich. Man kann sich als Gast viel zu schnell unbeliebt machen, vor allem dadurch, dass man mehr Gäste anschleppt.

»Willst du noch einen sagenhaften Glücksfall?« Er grinste mich an. »Klar.« Was kann ich schon verlieren?

Ignacio schaute zum Nachbartisch hinüber, und als derjenige, den er auf uns aufmerksam machen wollte, beharrlich wegschaute, zeigte er auf ihn. Ein Tischnachbar klopfte dem Cowboyhutträger auf die Schulter und deutete mit dem Kinn auf uns. Der Typ zog seinen Hut fester auf die Ohren, schwang die Cowboystiefel über die Sitzbank und stand auf langen Beinen, die durch die hautenge Jeans noch dürrer aussahen, als sie es ohnehin waren. Er zentrierte erst mal seine untertassengroße, aus massivem Silber gearbeitete Gürtelschnalle, hakte beide Daumen in den Gürtel ein und schaukelte zu uns herüber.

»Sieht aus wie John Wayne in seinen Anfangsjahren.«

»So schießt er auch, wenn man seinen Freunden glauben kann.«

Der Mensch ließ sich neben den Franziskaner plumpsen und murmelte ein trotziges »Padre?«

»Cutberto, ich brauche für meinen Freund einen Gefallen. Kannst du ihm ein Telefon verkaufen, das garantiert noch für zehn Tage gut ist?«

Cutberto wollte gerade zum empörten Protest ansetzen, als Ignacios Hand vorschnellte. Er packte eine Hand voll lilaglänzendes Samthemd und zog daran. Der unterernährte Cowboy rutschte ihm bis vor die Nase.

»Du wirst doch keinen Diener Gottes anlügen?«

»Nein, Padre, ich doch nicht.« Er war die Höflichkeit selbst. Direkt unterwürfig. »Natürlich kann ich Ihrem Freund ein Telefon verkaufen. Wohin will er denn telefonieren?«

»Nur in Kalifornien umher und vielleicht nach Tijuana. Weiter nicht«, sagte ich.
Er zog ein hübsches Nokia aus der Westentasche und reichte es mir über den Tisch. »Garantiert bis zum sechsten Juli in Ordnung, danach noch mal vierzehn Tage, aber vielleicht mit Unterbrechungen. Ich würde es nach dem Sechsten nicht mehr benutzen. Und wenn Sie danach noch mal eines brauchen, kommen Sie her.«
Es sah gut aus. Wie meines, nur von einer Konkurrenzfirma.
»Quanto?«, wollte ich wissen.
»Para un amigo de nuestro padre, ciento, Señor«
Ignacio legte ihm mein Telefon hin und sagte »Cincuenta«. Der bunte Cowboy steckte es ein und nickte. Ich gab ihm den Fünfziger.
»Und noch eines für seinen Freund. Noch mal fünfzig Dollar«, versprach Ignacio.
Der Telefonmann sagte, er sei gleich wieder da, und kam auch ein paar Minuten später mit einem schicken Telefon, das er einem Patrioten geklaut hatte. Es trug noch ein Gehäuse in Farbe und Muster der US-Fahne.
»Da wird sich Rick aber freuen.«
Das meinte Ignacio auch.
Rick war von dem Zimmer begeistert, fand die Farm überhaupt spitze und die Señora auch richtig nett, wie er sagte. Der Padre beschrieb daraufhin den heute abwesenden Señor Gonzales, eine Beschreibung, die Rick sofort weniger enthusiastisch stimmte. Aber trotzdem; hier wird er Ruhe haben, hier kann er sich der Informationsbeschaffung und der Ausführung unseres Planes widmen. Das versprach er.
Ich steckte ihm noch ein paar Scheine zu, denn er war völlig blank, wie sich herausstellte. Kein Wunder. Ist ja Hals über

Kopf abgehauen. Hätte ich auch dran denken können, aber ich habe leider nicht so weit gedacht.
Mir ging Cherie nicht aus dem Kopf. Mann, so wie die da hing! Ich musste immer wieder an sie denken. Diese Drecksäcke. Ich war ja kein gewalttätiger Mensch, aber ich traute mir zu, jedem von denen mit meinem Ballermann einen zu verpassen. Wenn es denn sein musste.
Ich fühlte mich doppelt miserabel, weil ich genau wusste, dass sie wegen meiner Dämlichkeit sterben musste. Wie konnte ich nur von ihrem Haus aus telefonieren? Dass die Drogencops den besten technischen Apparat zur Verfügung haben, weiß jedes Kind. Die DEA-Bullen haben bei uns einen Stellenwert, der den des Papstes in den Schatten stellt. Verteidiger der Freiheit und des American Way of Life. Stehen mutig zwischen den gottlosen Dealern, meist gewissenlosen Ausländern, und den zwanzig Millionen Amerikanern, deren Stimmung, Wohlbefinden und Arbeitskraft täglich von ihrer Ware abhängt.
Und denen willst du an den Kragen? Mein Mut verpuffte wieder mal. Meine Stimmungslage war zur Zeit wie eine Achterbahn. Gott sei Dank war die Alternative total beschissen. Eine echt Darwinsche Lage – fressen oder gefressen werden. Die oder ich. Es gab keinen friedlichen Ausweg, nicht wenn ich leben wollte. Rick und ich. Nie vergessen, was sie Cherie angetan haben, und mit welch bestialischer Grausamkeit. Keine Wahl. Ich musste, Mut oder nicht. Mir blieb keine Wahl.
Ignacio und ich gingen um Mitternacht. Frau Gonzales nahm Rick fürsorglich am Arm, um ihn sicher über ihren leer gewordenen Hof zu führen. Mein letzter Eindruck beim Zurückschauen war, dass sie ihn schön warm zudecken würde, damit er auch gut schläft.
Kurz vorm Freeway rief ich Ricks neue Mobiltelefonnummer

an. Er nahm ab und fragte: »Ja?«, während ganz in der Nähe Frau Gonzales kicherte. Ich lachte und wünschte ihm eine gute Nacht.

Sonntagvormittag ist bekanntlich Großkampftag im Priesterleben. Da wird gearbeitet. Ich ging früh durchs Dorf, hatte meinen Laptop unter den Arm geklemmt und setzte mich an den Waldrand. Von dort aus konnte ich die Mission und ihren gut belegten Parkplatz im Auge behalten und gleichzeitig arbeiten.

Ich prüfte noch mal die Online-Banken, auf die wir uns geeinigt hatten. Irgendwann kurz vor Mitternacht würde ich vier oder fünf Konten gleichzeitig beantragen und würde morgen Geld darauf überweisen – wenn Misty die Kohle rüberschob, würde das kein Problem werden, wenn nicht, mussten wir uns schnell was einfallen lassen. Im Notfall wusste ich ja, woher ich auf die Schnelle Bares bekam. Obwohl das die Sache erheblich komplizieren würde, denn das Geld könnte ja nicht auf die Konten überwiesen werden, sondern müsste zeitraubend bei Postämtern und Finanzdienstleistern gegen bestätigte Überweisungen einbezahlt werden – jeweils in Beträgen, die deutlich unter zehntausend Dollar pro Transaktion lagen, denn ab zehn Mille besteht Meldepflicht sowohl für die überweisende wie die Empfängerbank. Keine gute Aussicht. Nur die allerletzte Notlösung.

Ich konnte mir außerdem kaum vorstellen, Jeffs sorgfältig verbuddelte Kisten auszurauben. Jetzt noch nicht. Was würden wir tun, wenn er's herausbekäme? Dann wäre es aus mit der großen Kohle. Dann müsste genügen, was dort im Garten versteckt war. Und das war ein viel zu geringer Preis für meinen notgedrungenen Verzicht auf mein bisheriges Leben. Das reichte bei weitem nicht.

Die Einzahlungen von Misty würden Vertrauen schaffend einige Tage auf den neuen Konten liegen, bis ich am Donnerstag begann, sie auf »richtige« Banken zu verteilen. Überweisungen nach Liechtenstein, auf die Bahamas und eventuell in die Ukraine. Die Bank in Kiew wollte ich möglichst vermeiden, denn ich traute den Brüdern nicht.

Und am Montag würde wieder eine Überweisungsrunde stattfinden. Erst von einigen fremden Konten auf unsere Online-Konten, von dort auf »feste« Auslandskonten, dann auf wieder andere. Zwischendurch passierte das Geld sogenannte blind accounts, Sammelkonten bei ganz bestimmten Instituten, die darauf spezialisiert waren, die Herkunft des Geldes unkenntlich zu machen. Was ein Schweinegeld kostete, aber was ist im Leben schon umsonst?

Sammy Sheerstein hatte uns die Transferbanken besorgt, hatte den Weg aufgezeichnet, den das Geld nehmen würde, und würde als Mittelsmann einen schönen Batzen verdienen. Ich bin ja von Natur aus ein Geizhals, und mich ärgerte furchtbar, dass einer für das bisschen Arbeit so viel Geld bekommen würde, aber ohne Sammy hätte unser Geldtransfer nicht geklappt. Jedenfalls nicht, ohne Spuren zu hinterlassen. Und das war wichtig. Wenn wir nicht in ein paar Jahren aus dem Schlaf geschüttelt werden und in FBI-Kanonen gucken wollten. Das war die zwanzig Prozent Gesamtprovision schon wert.

Ich verbrachte also den Vormittag mit Tagträumen, richtiger Arbeit, sonnte mich äußerlich am Waldrand und innerlich im Gedanken an das viele Geld und die Freiheit, es auf den Kopf zu hauen. Die Konten schienen in Ordnung zu sein, die Auskünfte über die Banken auch, und für sonstige Aktionen war die Zeit noch nicht reif. Also schloss ich die entsprechenden Seiten wieder, holte meinen Kopfhörer mit dem Mikro aus der Tragetasche, feuerte die Telefon-Software an und wählte Mistys Nummer.

»Na, meine Süße, was machen die Geschäfte?« So einen dämlichen Spruch hatte ich schon lange nicht mehr losgelassen.
»Du solltest dich schämen, mir mit solchen Vertretersprüchen zu kommen.« Sie hatte recht. Das sagte ich ihr auch.
»Was meinst du zum Slot Canyon. Wenn ich um sechs dort bin?«
»Du meinst, wo wir kürzlich …?« Man hörte selbst über die miese Internetleitung ihre Begeisterung.
»Genau. Wenn du mich heute etwas freundlicher behandelst, könnten wir uns ja ein wenig austauschen.«
»Flüssigkeiten?«
»Ja, auch Flüssigkeiten. Wenn du welche in der Flasche mitbringst, bringe ich welche im Beutel.«
»Um sechs.«
»Um sechs.«
Na ja. Ich glaubte nicht, dass sie abgehört wurde. Und wenn, war unser Geplänkel reichlich unverständlich. Wie die vielen Anrufe, die an ihre Adresse gingen, die alle etwas kryptisch waren. Die aber alle mit Sex zu tun hatten.
Ich ging also gemächlich zur Mission zurück. Die Messe war gerade vorüber, der Parkplatz voller Leute, die sich alle voneinander verabschieden mussten, die den Priestern hinterherliefen, um noch das eine oder andere Wichtige zu sagen, die sich einfach freuten, unter so vielen Gleichgesinnten zu sein. Wenn es auch nur ein Mal die Woche war. Vielleicht gerade deswegen.
Ich packte ein frisches Hemd, Socken und Unterhosen in meinen Rucksack, warf einige Papiere dazu und verstaute den Laptop in seiner Reisetasche. Telefon, Geld, Kreditkarten, die neuen Personalpapiere – alles dabei. Ignacio klopfte und kam herein.

»Ich fahre zu Misty. Bin morgen Nachmittag oder Abend wieder hier. Soll ich ihr was ausrichten?«
»Sage ihr, dass ich ihr die Daumen drücke. Ich habe vorhin noch mit Sammy gesprochen, und es sieht ja alles recht ordentlich aus. So wie er's erzählt, jedenfalls.«
»Will er nicht bald katholisch werden?«
»Probiere ich schon seit Jahren, aber Sammy ist ein harter Fall. Er will nicht, und ich meine, das ist gut so. Denn Sammy ist trotz seines Berufes ein ehrlicher Kerl, ein rechtschaffener Mensch und ein guter dazu.« Hat er sich wohl nicht verkneifen können, das »trotz seines Berufes«; zwischen Bullen und Rechtsverdrehern ist meist wenig Liebe zu finden. »Da ist egal, in welche Religion jemand hineingeboren wurde. Wenn das Menschliche stimmt, ist jeder Glaube in Ordnung. Sogar Atheisten haben eine Daseinsberechtigung.« War wohl auf mich gemünzt.
Aber es stimmte schon, was der Padre sagte. Den Eindruck hatte ich auch von Sam. Ich hoffte, dass wir uns kurz sehen konnten. Ich hatte noch einige Fragen an ihn, und über einen Tisch hinweg verstand man sich viel klarer als elektronisch.
Ich donnerte also los, über Ventura und Simi Valley, durch Mojave nach Barstow, wo ich meinen Jeep abstellte und einen ziemlich neuen mietete. Sahara hieß das Ding, war natürlich sandfarben und lief wie der Teufel. Automatikgetriebe, Servolenkung und Power Brakes, jeder Komfort. Sogar Fenster hatte das Luxusauto, solche zum Hochkurbeln. Der höchste Komfort. Die fünfzig Dollar pro Tag war's mir wert, unauffällig durch die Gegend zu sausen. Ich fürchtete, dass zu viele Leute hier oben Mistys alten Jeep kannten.
Hat Spaß gemacht, plötzlich quer über den kaum befahrenen Freeway zu brummen und ohne Übergang im Gelände zu sein.

Da bin ich vor ein paar Tagen hochgebraust, nun fuhr ich in die entgegengesetzte Richtung. Es war halb fünf, also noch eine gute Stunde, ehe Misty auftauchte. Ich wollte die Zeit nutzen, ganz sicher zu sein, dass uns niemand überraschen wollte. Ich fuhr also den Jeep unter einen auch aus der Nähe nur schwer auszumachenden Gesteinsvorsprung, ließ ihn im Schatten des Berges stehen und schleppte mein Zeug die dreihundert Meter bis zum Eingang des Slot Canyon. Kein Mensch zu sehen, weder in der weitläufigen Wüste noch im Canyon. Ich ging so weit hinein, wie ich nur konnte, aber niemand war zu sehen, zu hören oder zu riechen. Wer hier in der Wüste rauchte, fiel sofort auf. Das hatte ich bei meinem letzten Besuch festgestellt, als Misty plötzlich abhaute. Ich roch ihre Zigarette, obwohl sie sicher einen Viertelkilometer von mir entfernt war.

Nichts. Die Armbanduhr zeigte Viertel nach fünf, als ich meinen Computer einschaltete, und fünf Minuten später rief ich Sammy an.

»Können wir uns morgen Vormittag treffen?«

»Klar. Sag mir wo, und ich komme hin.«

»Wie wär's halbwegs? Wo ich mein schwarzes Auto gekauft habe und dann noch vierzig Meilen. Die Oase.«

»Ich fahre früh weg. Ist halb sieben zu früh?«

»Halb sieben in der Oase.«

Also abgemacht. Bis zur neuen Tankstelle in Fenner war es von Misty aus etwas über eine Stunde. Wenn ich um fünf wegfuhr, hatte ich genügend Zeit, noch die Umgebung der Raststätte zu erkunden.

Ich schaute wieder nach, ob unsere Konten in Ordnung waren. Natürlich waren sie es.

Gute zehn Minuten lang beobachtete ich sie, bis sie ins Tal kam. Sie stapfte wie ein Wüstenkämpfer durch den Sand, ohne

sich umzuschauen, verbissen. Das musste man Misty lassen; sie war zielstrebig. Entschlossen. Sie war hart. Am Gang wurde es deutlich, an diesem schnurgeraden, durch nichts vom Weg abzubringenden Gang. Ich freute mich auf sie.
Und sie sich auf mich. Wir schafften es nicht mal zu meiner kleinen vorbereiteten Stelle im weichen, noch warmen Sand. Sie zog mich aus, während ich an ihrer Kleidung herumfummelte. Dann begrüßten wir uns erst mal richtig.

35 Sammys Problem

Es wurde langsam kühl, als wir wieder Vernunft annahmen. So alt und noch so verspielt. Es war schön, nackt im Sand herumzuliegen, sich vom Wüstenwind streicheln und einfach gehen zu lassen. Schön, und viel zu selten.

»Misty, wenn diese Woche alles klappt, dann können wir das hier ein Leben lang machen.«

Sie schaute schon wieder düster. »Und wenn nicht, kann ich mich ein Leben lang erinnern, dass wir's vorhatten.« Spielverderber. »Allerdings muss ich mir dann nicht jeden Tag Sand aus der Kimme kratzen. Aus den Kimmen«, setzte sie, um Genauigkeit bemüht, hinzu.

Ich lachte und tastete beidhändig nach dem angeblichen Sand.

»Es klappt. Ignacio ist eingeweiht, und er hält den Plan für machbar. Er meint auch, dass mir nichts anderes übrig bleibt. Die sind darauf angewiesen, mich möglichst bald loszuwerden, also werden sie nie Ruhe geben, bis ich bei den Fischen schlafe. Oder was die auch immer für mich geplant haben.«

Ich legte mich auf den Rücken und streckte die Beine von mir, wodurch wohl ein Muskel besonders gestrafft wurde. Nur so kann ich mir erklären, warum das Ding schon wieder ausgefahren war.

Wir sprachen nicht mehr darüber. Ich fragte sie, ob sie mit nach Fenner wollte, und sie freute sich auf die Fahrt. Nach dem Abendessen richtete ich meine Online-Bankkonten ein. Dann

gingen wir früh ins Bett und schliefen drei oder vier Stunden, ehe wir aufstehen mussten, weil die ersten blutroten Streifen am Himmel erschienen.
Sammy war genauso früh dran wie wir. Er lachte sich schief, als er uns sah, und wir mussten auch grinsen. Man traut sich ja nicht mehr allein über die Straße zu gehen. Er umarmte Misty und beehrte mich mit einem viel zu festen Händedruck. Ich ließ seine Hand los und umarmte ihn. Er küsste mich auf den Mund, jetzt konnten wir uns auch duzen.
»Da kann man nur einen schönen warmen Morgen wünschen«, grinste Misty, und ich gab dem Anwalt einen freundschaftlichen Klaps auf den Po. Zu dritt untergehakt gingen wir in die Kneipe, die um diese Stunde enorme Umsätze machte. Alles Trucker. Einige der Cowboynachfahren hatten uns wohl auf dem Parkplatz beobachtet. Je nach Herkunft und Humor schauten sie giftig oder grinsten. Die meisten grinsten. Wir winkten dankend in die Runde, und der dicke Sammy mimte trotz Anzug und mit schwingender Lederaktentasche einen Bauchtanz. Hinten in der Ecke pfiff und klatschte einer. Die Stimmung stieg.
Wir setzten uns an einen Tisch am Fenster und lasen die Speisekarte. Ich weiß nicht, wie man frühmorgens so einen Appetit haben kann, aber wir drei hatten einen Mordskohldampf. Also begann unser Tag mit Speckeiern – Sammy bat um Truthahnspeck –, Waffeln, Brot, Marmelade, genügend Butter, um das Herz akut zu gefährden, und einem ordentlichen Schuss Ahornsirup.
Und natürlich Kaffee. Diese sehr amerikanische Erfindung, die im Rest der zivilisierten Welt aus der Tasse gelacht würde. Wir trinken ihn literweise, was besonders morgens zum häufigen Pinkeln zwingt. Also ist beim hiesigen *working breakfast* meist

einer gerade nicht anwesend, was dem Gesprächsverlauf zugute kommt. Man braucht nie nach einem Vorwand zu suchen, um sich mit dem Mitstreiter abzusprechen, sondern Blasenkontrolle üben. Irgendwann hat man die drei Minuten, die man braucht, um Strategie und Taktik abzustimmen.

Als Sammy rennen musste, flüsterte Misty mir zu, ich solle ihn fragen, wann er ihre Geschäfte übernehmen wolle – sie hätte mir gesagt, dass sie sich mit ihm geeinigt habe. Okay, sagte ich, und sie soll gut zuhören, während Sammy und ich meine Sache besprachen, denn sie kannte noch keine Einzelheiten. Aber es wurde Zeit. Fand sie auch, denn sie wollte weg. Wollte die Unsicherheit vom Buckel haben, wollte endlich wieder vergnügt in den Tag schauen können. Ich stimmte ihr von ganzem Herzen zu. Wollte ich ja auch.

Sam ließ die Tür zum Ausgang hinter sich zuknallen und machte ein großes Aufheben davon, dass er »vergessen« hatte, seinen Reißverschluss hochzuziehen. Er packte also mit der Linken seine Hose, suchte mit der Rechten den Zipperzug und zog ihn hoch, während er breitbeinig wippte. Die Unrasierten lachten, weil man in solchen Läden selten kleine, dicke Herren im Tausenddollaranzug sieht, die eine derartige Schau abziehen. Zwischendrin tat er noch so, als habe er etwas Empfindliches eingeklemmt, rollte mit den Augen und spitzte die Lippen, während er den Hintern rausstreckte und mit der Hand wedelte.

»Sammy hätte Komiker werden sollen.«

»War er mal. Trat als Stand-up-Komiker in den Catskills auf, als Student. Verdiente sich mit Schtetlwitzen und Rabbinerjokes im sogenannten Borscht-Belt sein Studium.«

»Wie Woody Allen auch.«

»Genau«, sagte sie. Wie Woody Allen auch. Kein Wunder, dass er hart im Nehmen war. Wer die New Yorker Sommerfrischler unterhalten kann, der kommt bei jedem Publikum an. Denn der Borscht-Belt besteht aus superkritischen Zuhörern, die Mittelmäßiges sofort von der Bühne pfeifen. Starker Sammy.

Er setzte sich – eigentlich ließ er sich auf das rote Kunststoffpolster der Bank plumpsen –, und ich entschuldigte mich, weil sich jetzt plangemäß mein Kaffee meldete.

Ich kam zurück und spürte Spannung. Der Humor von vorhin war verflogen.

»Was gibt's?«, wollte ich wissen. Harmlos.

»Ich höre jetzt erst, dass du größere Transaktionen vorhast«, sagte Misty bissig.

Sammy schwitzte. »Jon, ich schwöre dir, ich habe gedacht, sie weiß Bescheid. Ich habe doch keine Ahnung gehabt, dass ihr euch nicht darüber verständigt habt. Ich würde doch nie Vertrauen missbrauchen. Aber ich habe nur gesagt, dass ich mich freue, endlich mal wieder einen richtigen saftigen Deal zu vermitteln, und sie springt mir mit dem nackten Arsch ins Gesicht.« Er schaute sie von der Seite an. Sie sah wirklich böse aus.

»Ich habe dir doch, verdammt noch mal, gesagt, wir würden uns jetzt darüber unterhalten.« Manchmal ging mir der Gaul durch. »Für den Deal brauche ich deine Hilfe, und Sammys. Deshalb sitzen wir hier.« Nicht zu fassen. Manchmal sind die Leute wirklich schwer von Begriff. Erst hat man den ganzen Ärger mit Typen, die einem den Kragen umdrehen wollen, und dann mucken die eigenen Verbündeten auch noch auf. Aus völlig heiterem Himmel.

Sie schob sich mit beiden Händen vom Tisch weg und verschränkte die Arme vor der Brust. Meine Lieblingshaltung.

»Also los, Sammy, erzähl du, was ich dir erzählt habe. Ohne dass ich dich unterbreche. Und du auch nicht, Misty. Lass Sammy erzählen.«

Also erzählte er. Das gefällt mir so an Anwälten – die reden nicht um den heißen Brei herum, die erklären auf kürzester Strecke, was anliegt. Und das tat er.
Misty hörte gespannt zu. Gelegentlich machte sie sich Notizen. Als er alles berichtet hatte, fragte sie: »Warum kann er nicht einfach Geld auf sein Konto überweisen lassen, es abheben und verschwinden?«
»Weil die Banken untereinander verwandt und verschwägert sind. Weil die alles dransetzen, solche Transaktionen wieder rückgängig zu machen. Denn wenn geklaut wird – auch wenn es nicht ihr Geld und nicht ihre Schuld ist –, stehen die Banken in schlechtem Licht da. Also ist es keineswegs damit getan, Geld abzuheben und abzuhauen. Wenn irgendwo irgendwann wieder eingezahlt wird, kann die Bank das Geld einbehalten und das Konto gesperrt werden. Dann muss geklagt werden. Das kann und will er sich nicht leisten. Und die Unsicherheit würdest du auch nicht wollen.«
Das verstand sie. »Warum Ukraine, Bahamas und die anderen Inseln und Dritte-Welt-Länder. Warum nicht richtiges, kultiviertes Europa? Oder Lateinamerika?«
»Weil die meisten Länder von Washington unter Druck gesetzt werden, den Drogenhandel zu bekämpfen. Und der erste Ansatzpunkt ist immer das Drogengeld. Denn ohne Geld kein Drogenhandel. Wer riskiert schon sein Leben, wenn die Kohle nicht so verlockend wäre? Also haben unsere Drogenbehörden Banken auf der ganzen Welt am Gängelband. Wenn die nicht mithelfen, Geldwäsche auszumerzen, dürfen sie hier keine Geschäfte machen. Und was will eine Großbank, die nicht an der Wall Street mitmischen darf, die keine amerikanische Filiale oder zumindest Korrespondenzbank hat? Das Problem haben nur wenige Banken nicht. Sie existieren entweder in einem poli-

tischen Klima, das vom Amihass lebt, oder sie gehören selbst Gaunern, die das tun, was Geld bringt – je mehr schnellen Profit, umso lieber. Und wenn die Quelle versiegt, wenn die Auftraggeber nicht mehr können oder sich die Lage ändert, werden sie verkauft, oder sie gehen mit Pauken und Trompeten unter.«

Misty kapierte. »Macht er sich nicht strafbar, wenn er von hier aus Geld in alle Welt verschiebt?«

»Würde er, tut er aber nicht. Er beobachtet nur, wo fremdes Geld ist und was es tut. In Tijuana sitzt einer, im mexikanischen Ausland, und der überweist. Und wenn es als sein Geld auf einem einheimischen Konto landet, dann bleibt es ja im Lande. Stimmt's?«, fragte er zu mir rüber. Ich nickte bestätigend.

Misty lehnte sich zurück und überlegte. Dann schaute sie mich an und sagte: »Jetzt frage ihn aber, wann er meine Geschäfte endlich übernehmen will.«

Also fragte ich. Sammy sagte: »Am liebsten heute.« Woraufhin Misty meinte, dass sich das doch machen ließe. Ich fiel fast von der Polsterbank.

»Wollen wir heute?«, fragte Sammy. »Ich habe nämlich das Geld noch nicht. Am Monatsende habe ich's – früher, wenn die Sache mit deinem Freund hier glatt über die Bühne geht.«

»Wenn du willst, dann machen wir heute alles klar, und du zahlst, wenn du das Geld hast. Kein Problem.« Sie wollte wirklich aus dem Business raus.

Sammy war Feuer und Flamme. »Gut. Prima. Spitzenklasse. Machen wir. Heute, jetzt gleich. Ich kann nach Barstow mitkommen, wir gehen dort zum Notar und überschreiben. Allerdings will ich, dass meine Provision von Jons Auftrag direkt an dich geht, und ich will vertraglich festlegen, dass dir eine

Hypothek eingeräumt wird, bis alles voll bezahlt ist, weil sich sonst zu viele Unannehmlichkeiten ergeben können und ich sogar wegen Übervorteilung meine Zulassung verlieren kann. Wir machen das schon richtig«, freute sich der Anwalt.

»Sag mal, was machst du, wenn du die Geschäfte hast? Hörst du mit der Kanzlei auf?«

Er schaute mich verwundert an. »Junge, sehe ich so aus? Um Himmels willen, nein. Ich habe nur einige Leute, die ich unterbringen muss. Meine beiden Töchter, meine Freundin, einen Sohn, der zwar Jurist ist, aber überhaupt nicht dazu taugt. Nein, ich will damit nichts zu tun haben. Ich gebe die Geschäfte weiter, und was meine Lieben damit anfangen, soll deren Sache sein. Ich mache das, weil das meine Pflicht ist. Danach gibt's keinen Roten mehr vom Sammy. Dann bin ich nur noch für mich verantwortlich. Gott sei Dank. Seit dreißig Jahren hält jeder die Hand auf. Jetzt ist damit Schluss.«

Clever. So muss man's machen. Das gefiel mir.

Ich wollte von ihm noch mal genau wissen, wie die Sache mit meinen Konten abläuft. Sammy erklärte es erneut. Ich traute ihm. Warum auch nicht?

»Und wie soll ich die hunderttausend überweisen?«, wollte Misty wissen.

»Mache ich für dich«, sagte Sammy, der einen Teil ihres Geldes verwaltete und den Betrag ohnehin freistellen musste.

»Heute noch?«

»Heute noch. Später, wenn wir bei dir sind. Kann ich übers Internet machen. Geht in ein paar Minuten.«

Na also. Klappt ja alles bestens.

Sammy erzählte ihr noch, welchen Ärger er gehabt hatte, bis Winston endlich frei war.

»Ein Theater mit dem Richter, du glaubst es nicht«, motzte er.

»Und Winston war auch nicht gerade hilfreich, mit seinem Gerede von wegen Kerl aus dem Auto ziehen und totschlagen.«
»Was er nicht so meint – du kennst ihn doch.«
»Klar kenne ich ihn«, brummelte Sammy, »und der Richter kennt ihn auch. Weil der alte Sack seit Jahren Kunde deines Hauses ist. Aber vermutlich war er deshalb so renitent. Wollte Winston nicht rauslassen, ehe nicht eine Halbmillionenbürgschaft vorliegt. Na, ich habe ihn auf hunderttausend runtergehandelt, und die hat Winston von einem Bondsman bekommen. Kostet ihn gesunde zehn Mille, aber dafür braucht er nicht in den Knast.«
Mein lieber Mann. Die werfen mit Zahlen um sich. Der alte Spruch stimmt wohl doch – gesoffen, gevögelt und gestritten wird immer. Und daran kann man sich dumm und dämlich verdienen.
»Sammy, wir sind im Prinzip klar«, schloss ich unser Gespräch ab. »Ich sehe zu, dass wir am Montag anfangen, Rick überweist die zweite Runde von Mexiko aus, und du holst uns das neue Geld auf die beiden Konten, deren Daten du hast.«
»Geht klar, Junge. Ich habe mir Montag und Dienstag freigehalten, damit da nichts schief läuft.«
Die Einzelheiten würden wir noch auf dem Weg nach Barstow besprechen. Misty stieg in den Jeep und fuhr voraus, wir zwei saßen im Sheersteinschen Mercedes und quatschen den ganzen Weg durch die Wüste. Sammy war wirklich ein lustiger, netter Kerl. Ich war heilfroh, dass ich ihn hatte.
Sie bestellte beim örtlichen Pizzafritzen drei ordentliche Dinger, die auch prompt geliefert wurden. Der Bote in seiner rot-weiß-blauen Patriotenuniform verkaufte uns noch ein paar Sechserpackungen Bier aus eigenem Vorrat, weil die Pizzakette wegen ihrer bekannten Familienfreundlichkeit kein Bier ver-

scherbelt. Die Heuchler taten so, als wüssten sie nicht, dass ihre Fahrer alle ihren eigenen Vorrat dabeihatten und den zu gigantischen Preisen an die durstige Pizzakundschaft verkloppten.

»Wäre auch ein Geschäft, so ein Pizzadienst«, überlegte Sammy, aber er hielt nichts von meinem Vorschlag, die Pizzen von Nutten an die Tür bringen zu lassen. So könnte man wenigstens an Essen, Trinken und Nachtisch verdienen, dachte ich.

»Und die anderen Pizzen im Auto werden kalt«, sprach der vorausschauende Geschäftsmann und hatte recht.

Wir aßen, tranken, erzählten uns gegenseitig die tollsten Geschichten und überwiesen dann, als Höhepunkt meines Vormittags, locker hunderttausend Dollar auf eines meiner neuen Konten. Ohne dass ich Misty einen Vertrag oder auch nur eine Quittung unterschrieben hätte. Vertrauen, Freunde! Vertrauen.

Der Notariatstermin war um halb zwei. Kurz vorher fanden sich Misty und Sammy in der Kanzlei ein, während ich im Kaufhaus gegenüber einen Kaffee trank und einen Krimi las. Ich hatte schon lange mehr keinen Roman zur Hand genommen, war in den letzten Wochen nur noch mit meiner Situation beschäftigt gewesen, und ein paar Seiten lesen tat richtig gut. Ich schlürfte meinen Cappuccino, bestellte mir noch ein paar Plunderstücke und las.

Sie kamen gegen vier ins Café und schienen glücklich. Misty, weil sie endlich die Betriebe vom Hals hatte, Sammy, weil er zwei neue Unternehmen besaß, die ein Heidengeld abwarfen und ihm die Kinder fern, aber warm hielten.

»Winston hat seinen Anteil auf der Bank«, sagte Misty, deren überschwängliche Begeisterung im winzigen, engen Café fehl am Platz war. Sie brauchte Weite, Luft und Licht. Wir holten also das Auto aus der Tiefgarage, fuhren in die Tanzschule und

besorgten uns Sekt und Kekse. Dann marschierten wir drei tapfer über Stock und Stein bis zum Slot Canyon. Dort setzten wir uns, sahen zu, wie der Tag in den Abend überging, und waren zum letzten Mal im Leben zusammen glücklich.
Wenn man alles vorher wüsste.

36 Gonzales

Misty überraschte mich. Als wir heimkamen, ging sie ins Schlafzimmer und begann, Kleidung in einen Koffer zu packen. Ich fragte, ob sie verreist.

»Ja, Schatz«, meinte sie mit liebem Lächeln. »Mit dir.«

»Was?« Ich wusste nicht, was das sollte.

»Na, ich habe heute schließlich meine Ranch an Sammy verkauft, und ich werde ihm doch nicht zur Last fallen. Ein Haus kaufen und gleich Gäste? Kaum. Also fahre ich mit dir nach San Miguel und bleibe in der Mission. Ignacio weiß Bescheid und freut sich schon.« Sie schaute mich strahlend an. Verdammt. Und wenn sie was von Cherie erfährt? Wird sich ja wohl kaum vermeiden lassen.

»Ich will nicht, dass du dich wegen mir irgendwie eingeschränkt oder verpflichtet fühlst«, kam sie mir zuvor. »Ich bleibe bei Ignacio, werde mich um ein paar Sachen kümmern, die erledigt werden müssen, und du machst, was du machen musst. No problem, mein Lieber.«

Schön. Was soll ich da sagen? Machen kann man dagegen nichts. Aber warum auch nicht? Sie war unter Ignacios Schutz bestimmt weniger gefährdet als allein in ihrem Puff hier in der Wüste. Oder gar mit Sammy, der vermutlich die Hilflosigkeit selbst war, wenn es brenzlig wurde.

Ich half ihr, während Sammy sich draußen mit den Damen unterhielt, was mit viel Gequietsche und sonorem Lachen verbun-

den war. Als ich vor die Tür ging, um ein wenig frische Luft zu schnappen, hatte jemand das Radio aufgedreht, und Sammy tanzte mit der Mexikanerin einen Cumbia. Wie in Cuba – Originalbewegungen, den diffizilen Rhythmus, alles hatte Sammy drauf. Die Damen liebten ihn. Prima.
Ich schaute mir die spontane Fete ein paar Minuten an, bis Misty rauskam. »Komm, hauen wir ab«, befahl sie. Ich kam kaum hinterher, wollte ihr den Koffer abnehmen, aber sie meinte, das ginge schon.
»Und dein Rolls?«
»Den habe ich Sammy geschenkt. Dafür zahlt er die Rechnungen, die noch fällig werden. Ich will ihn nicht mehr. Ich will neu anfangen, und dazu gehört kein Rolls-Royce.«
Wow. So was nenne ich radikal. Was mit gut gefiel. War schließlich ihr Geld, und sie scheute sich nicht vor Entscheidungen.
Wir stiegen in den Leihjeep, klappten das Verdeck hoch, winkten den Feiernden zu, was wir uns hätten sparen können, so wenig fiel unser Abschied auf, und brummten los. Wieder durch den Hinterausgang, über die Wüste und auf den Freeway.
Von unterwegs rief sie Ignacio an. Er wollte auf uns warten. Um halb zwölf kamen wir in San Miguel an, um halb eins waren wir drei gut voll. Ich vor Muffenbier, die beiden vor Freude. Schön war's, zusammen zu sein.
Am Dienstag schliefen wir aus und frühstückten ausgiebig mit Ignacio. Seine Kollegen hatten schon längst ihre Tagesarbeit begonnen, aber er genoss ja noch Sonderstatus – noch war er nicht Mönch, noch hatte er sich nicht unwiderruflich entschieden, noch konnte er theoretisch seinen Entschluss folgenlos rückgängig machen.
»Und – ist das eine Möglichkeit?«

»Nein. Ganz entschieden nein. Der Orden will mir Zeit geben, damit ich mir über meine Zukunft klar werde, aber ich brauche keine Zeit. Ich weiß genau, dass ich hier bleiben will, beim Orden, nicht unbedingt in diesem Gebäude. Aber nein, Misty, ich lasse mir selbst keine Möglichkeit, wieder auszutreten.«

Ich verstand ihn gut. Er war der richtige Mann für einen solchen Job. Er hatte im Sumpf gelebt, also konnte er denjenigen helfen, die sich aus Sümpfen befreien wollen. Ich verstand ihn nur zu gut, denn er hatte die Ruhe, die ich nie haben würde.

Ich wollte Rick besuchen. Der Zeitpunkt unseres Rundumschlages rückte immer näher, und ich musste sicher sein, dass wir nichts vergessen hatten. Klar käme sie mit, sagte Misty, also nahmen wir ihren alten Jeep und fuhren nach King City.

»Ich sollte mal ins Internet«, sagte sie, »und sehen, was es so zu kaufen gibt.«

»In Baja?«

»Sicher, in Baja. Will ich unbedingt hin. Hundert Acres oder die entsprechende Anzahl Hectares, wie viele das auch sein mögen. Paar Quadratkilometer Wüste eben. Mit Haus, vielleicht am Meer oder in Meeresnähe. Mit einer Obstplantage oder einem kleinen Bauernhof, den man verpachten kann. So was stelle ich mir vor.«

»Bin ich noch immer dabei?«, wollte ich wissen. Man weiß ja nie. Außerdem hört man gern, dass man's ist.

»Logisch, Kleiner. Du und ich. Ist doch klar.«

»Du, ich, Winston und Rick, denke ich. Denn ich nehme an, dass Winston nicht lange in Jamaica bleibt. Und Rick will mit runter. Genau genommen muss er mit runter. Hier kann er nicht bleiben.«

»Was für ein Typ ist er denn? Du kennst ihn schon lange, oder?«

»Seit meiner Kindheit. Ein netter Mensch, ehrlich, vertrauenswürdig und ein Genie, was Computer angeht. Was will man mehr?« Sie stimmte mir zu. Ohne Computer ist man aufgeschmissen. Besonders in der Einsamkeit der niederkalifornischen Wüstenhalbinsel.

»Hört sich gut an. Schön, wenn man Freunde hat.«

»Und dieser ist einer, der mich nicht bescheißt. Rick ist in Ordnung. Bisschen schüchtern, weil er Einzelgänger ist, aber eine ausgesprochen treue Seele.«

War hübsch, die sonnenbeschienene Landschaft am Freeway. Links die Küstenberge, rechts das weite Tal des Salinas River, am Horizont die Cholame Hills, die in die Gabilan Range übergingen, und dazwischen saftige Felder, eine Landwirtschaft, die ihresgleichen sucht. Ab und zu nickte auf freiem Feld eine Ölförderpumpe, denn diese geologisch uralte Riftzone steckt voller Öltaschen. Wir kurvten über Land, ließen uns Zeit und kamen gegen Mittag bei der mexikanischen Grillkneipe an, wo es uns so gut geschmeckt hatte.

Als ich in den Hof hineinfuhr, hörte ich schon das Gebrüll. Misty schaute mich an, und ich zuckte die Achseln. Keine Ahnung. Ich half ihr aus dem Jeep, und wir gingen um die Ecke zum Eingang des Hauses.

Davor stand ein stämmiger, dunkelbrauner Kerl und schrie aus Leibeskräften Frau Gonzales und meinen Freund Rick an. Die verstrubbelte Wirtin hielt die Hände vors Gesicht und weinte offenbar bitterlich, und der nur mit einer Jeans bekleidete Rick brüllte zurück. Was wenig Sinn ergab, denn der Herr tobte auf Spanisch, Rick hingegen versuchte, ihn englisch niederzuschreien. Nichts half. Der kleine Herr wurde immer wütender, Frau Gonzales stieß hohe Klagelaute aus, und Rick schaute erschrocken zu uns rüber. Er sah Misty und mich, strahlte, rief:

»Sweetheart«, und dann spurtete der Freund, in dessen Hände ich mein Leben gelegt hatte, zu uns herüber, schnappte Misty und küsste sie herzhaft. Der Braungebrannte hielt abrupt mit seinem Geschrei inne, Frau Gonzales nahm die Hände von den Augen, damit sie besser sehen konnte, was hier vorging, ich bekam den Mund nicht zu, und Rick verkündete stolz, dass seine Espósa, die Señora Rick, soeben eingetroffen sei. Mit seinem Freund, Señor Jon, den die Frau Gonzales ja kürzlich kennen gelernt habe, als der gemeinsame Freund, el Hermano Ignacio, sie hergebracht habe. Weil die Gonzales als zuverlässige, gottesfürchtige Menschen bekannt seien, die einem Künstler wie ihm die nötige Ruhe verschaffen konnten, um die Vorbereitungen zum demnächst von ihm zu schreibenden Buch zu treffen.
Die Gesichtsfarbe des kleinen Herrn wechselte von Zornesbraun zu Peinlichrot, Frau Gonzales freute sich mit ausgestreckter Hand, die Bekanntschaft der Gattin des Gastes zu machen, der so viel von ihr erzählt habe, und Misty tat, als sei Rick ihr lange verschollener Ehemann. Sie hing an seinem Hals, pflanzte kleine Küsschen auf meinen Freund und streichelte mit der freien Hand seinen nackten Bauch.
Ihr war wohl auch klar, was mir sofort auffiel – Herr Gonzales war unerwartet heimgekehrt und hatte nicht nur die Gattin, sondern auch einen ihm nicht bekannten, kaum bekleideten Herrn angetroffen. Und dass die penible Frau Gonzales mit aufgelöster Frisur herumlief, das fuchste ihn mächtig. Dazu der halbnackte Blanco, der auf seinem Stuhl an seinem Tisch saß und von seinem Teller fraß! Das schlug dem Fass den Boden aus.
Wir gingen, über das gewaltige Missverständnis lachend, ins Haus. Herr Gonzales erzählte in gebrochenem Englisch, dass er

einige Tage in Mexiko gewesen sei, dass er gerade zurückgekommen sei, und wie schön es doch war. Es ginge nichts über Mexiko, meinte er, worin wir ihn bestätigten. Schöne Gegend, alte Städte, nette Leute, la cultura sei unübertroffen und la comida vom Feinsten. »Was Ihr Restaurant täglich aufs Neue beweist«, schmeichelte ich ihm, und Rick stimmte begeistert zu. »Solch zarte Hühnchen habe ich selten gegessen, und die Mole dazu – unglaublich!« Der kleine Herr strahlte und sagte, das habe er alles seiner Frau zu verdanken. Verarschte er uns? Ich suchte im Geiste seinen kahlen Kopf nach sprießenden Hörnern ab.

Als Freunde des Priesters und neuerdings Freunde des Hauses bekamen wir nur vom Feinsten. Die Gattin hatte einen Schweinebraten gemacht, hatte ihn – wie ihre Hühner – in der traditionellen, Mole genannten Schokoladensauce gegart, und ich traute meinem Gaumen nicht. So etwas Feines gibt's sonst nur zwischen Bettlaken. Wir hauten alle rein, dass die Schwarte krachte. Im wahrsten Sinne.

Frau Gonzales servierte und benahm sich, Rick unterhielt sich mit Señor Gonzales, als seien sie die ältesten Freunde, ignorierte dessen Frau und streichelte gelegentlich Misty über den Unterarm. Sie ließ sich das nicht nur gefallen, sondern schäkerte herzhaft mit ihm. Na gut, sie hatte die Situation natürlich auf einen Blick kapiert – man musste ja blind sein oder mit ihr verheiratet, um nicht zu sehen, dass Frau G. in Windeseile von Rick heruntergehüpft war, als sie ihren Mann kommen hörte – und Misty hatte sofort mitgespielt. Wir wollten doch so kurz vorm Erfolg kein Ehedrama, das die Polizei und vielleicht sogar den Coroner auf den Plan gerufen hätte.

»Señora Gonzales, wie bekommen Sie nur die Mole so hin? Sie muss so sämig sein, aber mir gelingt sie nie so wunderbar.«

Die Wirtin lächelte Misty an. Natürlich war sie dankbar, dass sich die unbekannte Blondine als Ricks Frau ausgab, aber sie wusste nicht genau, ob die Hübsche nicht doch eine Rick-Freundin war. Wie auch immer – sie war mit knapper Not einem furchtbaren Schicksal entronnen, und dafür würde sie jede noch so unverschämte Frage einer Blanca beantworten. Denn sie kannte ihren Hausdespoten; der Kleine drohte gelegentlich, sie allein, ohne Habe und in Schande in ihr Bergdorf zurückzuschicken. Er kannte ihren Juckreiz, aber er ahnte natürlich nicht, wie oft und mit wem sie kratzte. Der alte Cabron.
»Es sind die gemahlenen Cacahuates, Señora. Wie sagen Sie – die Butter von Peanuts. Die Erdnussbutter. Ich blanchiere sie nicht, sondern kaufe un vaso de Jiffy – ein Glas Jiffy-Erdnussbutter – und rühre es mit der Schokolade in die Tomatensauce.« Sie strahlte. Hatte sie vermutlich selbst entdeckt, so wie sie tat. Ich habe von Kochen keine Ahnung, nur essen tue ich gern. Ach, meine kleine Küche in meinem Wohnmobil! Mir war schon wieder vor Heimweh und Zukunftsangst ganz anders. Am liebsten hätte ich geheult.
»Aber die drei verschiedenen Chilischoten, die Zwiebel, den Knoblauch und die anderen Zutaten, das kommt alles rein, wie üblich?«
»Sicher, Señora, bis auf die Mandeln. Die lasse ich weg, weil ich doch die schöne Erdnussbutter nehme. Aber Rosinen, Zimt, Anis, alles kommt rein. Ich habe immer einen Vorrat, weil ich sie im Truthahntopf mache. Dauert einen ganzen Tag, wenn ich einen Dreißiglitertopf koche. Soll ich Ihnen ein Glas mitgeben?«
Misty wehrte ab, wollte das großherzige Geschenk nicht annehmen, aber Frau Gonzales bestand darauf. Also schleppte sie ein Gallonenglas voller Mole an, und Misty konnte es gar nicht

fassen. Egal, ob Erste oder Dritte Welt – Frauen heucheln überall gleich gern und unverschämt gut.
Die Señora wollte wissen, woher Misty sich mit einer Spezialität wie Mole auskenne – die Gringos schätzen doch Schokolade am Huhn sonst nicht.
»Unsere Köchin auf der Ranch meiner Eltern machte sie oft – und ich konnte nie genug bekommen«, machte die blonde Misty mit der Buttermilchhaut klar, dass sie die landesübliche Einstellung zu Mexikanerinnen teilte, den von ihren Arbeitgeberinnen »Spanish Girls« genannten Hausgehilfinnen, denn man wollte sich nicht die Blöße geben, seine Mexikaner auch so nennen zu müssen.
»Und wir dachten, dass wir vielleicht mal nach Mexiko ziehen«, sagte sie und meinte offensichtlich mich mit ihrem »wir«. Herr Gonzales hob sofort witternd den Aztekenzinken und glotzte Misty an.
»Wir haben nämlich vor, mit Jon zusammen ein Hotel oder eine Pension aufzumachen«, erklärte der gewiefte Rick. Aha! Herr Gonzales lächelte. Wie schön, dass sich Freunde nicht trennen wollen. Und sein Mexiko sei doch ein ideales Land für solche Vorhaben. Wohin wir denn wollen?
»Ich dachte an Baja«, sagte Misty, »und zwar die Pazifikseite. Nicht unbedingt an den Golf von Kalifornien, sondern dort, wo der Tourismus schon angesiedelt ist.«
»Ah, Señora, da kenne ich zufällig jemanden, der altershalber etwas Land verkaufen will. An der Laguna Ojo de Liebre«, schwärmte der plötzlich feuchtäugige dicke Südländer. »Etwas nördlich von Guerrero Negro, in einem winzigen Dorf direkt am Pazifik. Und wie es der Zufall will, steht sogar ein kleines altes Hotel dort direkt am Hafen. Das ist zwar schon lange geschlossen, weil die Touristen alle nach Guerrero Negro fahren,

um dort die Wale zu beobachten, aber es wäre ein herrliches Stück Land für jemanden wie Sie«, lockte er. Herr Gonzales redete sich richtig warm, während die hinter ihm stehende Gattin meinem Rick Schafsaugen machte. »Sie könnten Ihre hiesigen Freunde schon mal als Kunden gewinnen«, schlug er vor, »und die würden dann weitererzählen, wie schön es dort bei Ihnen ist, und wie ruhig.« Hörte sich gut an. Er war ganz begeistert von seiner Überzeugungskraft.

»Und warum kommen die Touristen nicht in Ihr Dorf, Señor? Von dort aus könnte man doch sicher auch Wale sehen, oder ist es zu weit weg?«

Gonzales guckte traurig in die Ferne. »Nein, Señora, man sieht sogar sehr viele Wale direkt vor der Küste. Aber die Salzgewinnung in Guerrero Negro ist daran schuld. Weil die Leute dort sowieso ihre großen Motorboote haben und weil es im Schatten der Insel liegt, also die Brandung nicht so stark ist wie im Dorf Los Santos, von dem ich sprach.«

Misty nickte, und ich horchte auf. »Brandung, Mister Gonzales?«

»Ja, die Wellen kommen dort aus dem Nordwesten, und weil die Lagune so flach ist, mit einem Felsenriff einige hundert Meter vor der Küste, brechen die Wellen dort so hoch, dass sich viele nicht trauen, mit ihren Pangas dort hinauszufahren. Größere Schiffe hätten kein Problem, aber unsere Leute dort sind so arm, dass sie sich nicht mal zusammen ein entsprechendes Schiff mit flachem Boden kaufen könnten.«

Wenn ich so was höre, bleibt mir fast das Herz stehen. Was der Mann dort beschrieb, hörte sich verdammt nach idealem Surfstrand an. Elend langer Anlauf – zwischen Alaska und dem mexikanischen Strand gab es kein Land, das sich dem Seegang entgegenstellt –, ein Riff, ein ordentlicher Auslauf, auf dem sich die aufgestauten, endlich mit gewaltigem schneeweißem Kamm brechenden Wellen verteilen konnten und wo der Rückfluss trotzdem Widerstand bot, so dass sich der nächste Brecher durchkämpfen musste. Ich schluckte. So was Sagenhaftes! So was suche ich in Kalifornien schon mein ganzes Leben. Bislang vergeblich.

»Señor, meinen Sie, dass wir uns mal mit dem Besitzer unterhalten können? Vielleicht sogar in der nächsten Woche?«

Er schaute mich wieder etwas misstrauisch an.

»Ich investiere die Hälfte, also bin ich natürlich interessiert«, verdeutlichte ich.

»Sicher, Señor Jon. Ich kann ihn gern heute Abend anrufen und Ihnen morgen Bescheid geben.« Er roch Provision. Ich sah förmlich, wie er sich im Geiste die Hände rieb.

Hörte sich gut an. Wir waren ganz aufgeregt. Auf der Rückfahrt saß Rick hinten im Jeep, hatte die Arme auf die Vorderlehnen gestützt und quasselte wie ein Weltmeister. Er fand das unglaublich, irre, sagenhaft – wie sich Perspektiven eröffneten, an die er vor einem Monat noch gar nicht zu denken wagte. Besitz in Mexiko! In Baja! Am Meer, wo er vielleicht endlich mal das Motorboot kaufen könne, von dem er schon seit seiner Kindheit träumt. So ging's weiter, die ganze Fahrt in den Süden, nach San Miguel. Er hörte nicht auf, und er rückte der Beifahrerseite immer näher.

»Wie war Frau Gonzales?«, wollte ich wissen, mitten in einer Rickschen Zukunftsphantasie.

»Frau Gonzales? Sehr nett. Ich habe gut gegessen, und wir haben uns nett unterhalten. Ihr Mann kam heute gerade wieder nach Hause, also war die letzten paar Tage nicht viel los.«

»Haben wir gemerkt«, sagte Misty trocken. »Wenn mehr los gewesen wäre, wäre vermutlich nicht so viel los gewesen.«

Rick grübelte, ich lachte. Lauthals. Misty konnte manchmal Sachen knallhart auf den Punkt bringen.

»Rick, dass ihr kaum aus dem Bett gekommen seid, das hat auch ein Blinder gesehen. Nur der Ehemann wollte gern glauben, was Misty und du ihm vorgeführt habt.«

Er setzte zum Widerspruch an, aber wir beide guckten über die Schulter und fingen gleichzeitig an zu lachen. Rick fing an zu grinsen.

»Stark war's – sie hatte auch eine lange Dürre hinter sich, so wie ich. Sagenhaft.« Wobei er Misty anschaute. Ich würde mich mehr um sie kümmern müssen. Sie machte nämlich ein ganz interessiertes Gesicht. Das ist wohl das Reizvolle an Jungfrauen, entlassenen Zuchthäuslern und Geschiedenen – sie haben meist lange entbehrt, was der Mensch des anderen Geschlechtes nur zu gern gibt. Noch reizvoller dagegen scheint der spermastinkende Bock zu sein, dem man die Zügellosigkeit schon von ferne ansieht. Seltsam. Aber gerade Frauen, die sich angeblich nach Heim und Herd sehnen, verlieren jede Hemmung, wenn so ein Rubbelkünstler um die Ecke biegt.

Ich habe wohl etwas gewittrig geguckt, denn auf einmal fing Misty an, ihren nicht vorhandenen Rock glattzustreichen, während sich Rick räuspernd wieder auf die Mitte der Rückbank setzte. Fehlte nur, dass einer zu pfeifen anfing.

Er erzählte wie nebenher, dass er während seines Landaufenthaltes herausbekommen habe, wo Moreno seine Drogen kochen lässt.

»War nicht nur Zwischenmenschliches, sondern auch harte Arbeit vorm Bildschirm«, wollte er klarstellen.

»Sex, Drugs and Rock 'n' Roll, was?«, grinste ich, und Misty zog einen Flunsch. Verdammt, ich musste wirklich aufpassen.

»Ich will allerdings noch ein bisschen drüber nachdenken«,

meinte Rick, »denn ich will ganz sicher sein, dass wir keine falschen Schlüsse ziehen.«
Wir beschlossen, es dabei zu lassen. Wenn er sicher war, würde er uns einweihen.
Wir setzten uns gegen Abend vor den Computer und schauten uns an, was im nördlichen Baja California alles zu verkaufen war. Die hatten noch Vorkriegspreise, wie bei uns bis vor wenigen Jahren. Mein Alter hat für unser Haus auf dem Hügel in Striker Beach mal sechzigtausend Dollar bezahlt. Vor etwa dreißig Jahren. Heute bekäme die Mutter locker eine halbe Million dafür, vielleicht sogar sechshunderttausend. Die Ranchitos und Casitas, die die Immobilienmaxen aus Enseñada, Rosarita und San Felipe anboten, waren noch immer auf dem kalifornischen Preisniveau der späten Siebziger. Je später der Abend, desto größer die Freude.
Weshalb wir uns erst mal um unsere Konten kümmerten. Sammy hatte gute Arbeit geleistet; da dümpelte ein Vermögen. Mistys Vermögen zwar, aber immerhin auf unserem neuen elektronischen Bankkonto, erwirtschaftete 5,5 Prozent, während es auf den Einsatz wartete, und bald sollten noch mehr Großbeträge dazukommen. Wir machten mit Gewalt die erst vorhin besorgten Biervorräte nieder, rieben uns die Hände und schmiedeten Zukunftspläne.
Nach Feierabend setzte sich Ignacio zu uns. Wir waren schon ordentlich in Fahrt und hatten lauthals allerlei Blödsinn erzählt. Mistys Notizen lasen sich wie die Weihnachtswunschliste eines steinreichen Drogensüchtigen: eine Ranch in Nordmexiko, eine Finca am Pazifik, ein Privatflugzeug für weite Reisen, eine Motorjacht für den Trip nach Chile. Wir saßen da und kotzten die Angst vor dem eigenen Mut durch den Alkoholfilter auf Papier. Ignacio lachte nur.

»Feiert schön. Morgen früh werden wir eine hübsche Fahrt unternehmen, uns irgendwo still hinsetzen und zum letzten Mal den ganzen Plan besprechen. Aber bis dahin will ich euch nicht stören.« Er musste noch Besorgungen machen, also ging er, obwohl wir ihn drängten, sich doch zu uns zu setzen und erst mal einen zu trinken.
Um halb acht rief Señor Gonzales an.
»Mein Freund in Mexiko zeigt Ihnen sehr gern seinen Besitz – aber er sagt, dass er einen Interessenten aus San Diego hat, der Ende nächster Woche nach Guerrero Negro kommen will. Also meine ich, dass Sie so schnell wie möglich dorthin fliegen sollten. Nach Tijuana und dann mit dem Leihwagen die Tagesfahrt an die Lagune.«
»Würden Sie mitkommen, Señor?« Logisch, dass der Kneipenwirt eine Provision kassiert – also soll er auch was dafür tun.
»Wenn Sie mein Ticket bezahlen und mir den Aufenthalt vergüten, komme ich gern mit. Señor Rick fährt doch auch mit, oder?«
Ich grinste. »Señor Rick fährt auch mit. Wie würde Ihnen übermorgen gefallen? Wir haben noch in Tijuana zu tun, aber wir könnten Freitag nach Guerrero Negro fahren und uns anschauen, was Ihr Freund dort anbietet.«
Er überlegte einen Augenblick und stimmte zu. Ich sagte ihm, dass ich ihn am Donnerstagvormittag anrufen würde, um Einzelheiten festzulegen. Rick wollte mit dem Abendflug von Santa Barbara nach Tijuana, und wenn noch Platz frei war, könnten wir ja alle drei hinfliegen. Ich konnte nicht mitkommen, was ich aber dem misstrauischen Herrn Gonzales nicht auf die Nase binden wollte. Würde er schon merken, wenn sie sich trafen. Ich verließ mich auf Misty und Rick, sich umzuschauen und in meinem Sinn zu handeln.

Also freuten wir uns noch mehr, was zu erneutem Bierkonsum führte, bis wir drei einfach nicht mehr konnten. So dicht war ich seit Beginn dieser Geschichte nicht mehr, und die beiden neben mir wohl auch nicht. Wir kicherten nur noch.

37 Methlab

Am Mittwoch machten wir uns mit Ignacio einen schlauen Tag. Wir vier gingen früh raus, marschierten übers Feld und in den Wald, tranken unser Bier und den Rotwein, den Ignacio aus dem Keller geholt hatte, aßen Früchte und Nüsse, dümpelten ein wenig drahtlos im Internet herum, eigentlich nur, um zu sehen, ob sich etwas geändert hatte – es war alles beim Alten geblieben –, und machten uns keine Sorgen. Über den Punkt waren wir schon längst hinaus. Sorgen macht man sich wegen der Ungewissheit. Wir wussten, dass es entweder nach Plan klappen würde oder wir dabei draufgingen. Also wozu sich noch Sorgen machen?

Am Abend saßen wir unter den Sternen, freuten uns über die laue Nacht, alberten herum und soffen zu viel. Außer Ignacio. Der hatte auf Sprudel umgestellt, als er anfing, minutenlang zu kichern. Wird gut sein, dachte ich mir. Jede Gruppe braucht einen Nüchternen.

Donnerstagvormittag rief ich bei Gonzales an, um ihm zu sagen, wann wir losfliegen würden. Er war in der Stadt, und seine Frau war am Apparat.

»Werde ich ihm ausrichten. Er kommt auf alle Fälle mit, und ich soll Ihnen sagen, dass er Sie am Flughafen trifft. Um sechs Uhr also, in Santa Barbara. Und wie geht es Señor Rick?«

»Gut, Señora. Wollen Sie mit ihm sprechen?« Rick stand neben mir und winkte heftig ab. Sie traute sich wohl nicht, denn sie verneinte zögernd und bat mich, einen schönen Gruß auszurichten. Was ich gern tat.

Inzwischen nüchtern, besprachen wir noch mal die Einzelheiten der nächsten Tage. Ich hatte meinen Plan intus, hatte trotz intensiver Überlegung und strategischer Suche keine Schwächen gefunden und war überzeugt, dass alles klappen würde. Rick war auch zuversichtlich. Er würde seine Post am Freitagmorgen in Tijuana aufgeben und gleich darauf mit den beiden anderen losfahren.

»Warum gibst du die Päckchen nicht weiter südlich auf? Je weiter von der Grenze entfernt, umso authentischer wirkt es.«

»Aber Tijuana ist die Drogenhochburg. Ich meine, wir täten besser daran, uns dort unseren Poststempel zu holen.«

Kann sein, dass er recht hat. Wie auch immer – am Montag trifft das Zeug hier ein, und dann ist der Teufel los.

Ich besorgte mir noch eine Yahoo!-Voice-Mailbox, die es für Teilnehmer des entsprechenden E-Mail-Dienstes umsonst gibt. Durch Passwort und Code gesichert, kann sie jeder über eine kostenlose Rufnummer anwählen und dem Inhaber der Mailbox eine Nachricht hinterlassen, die durch Spracherkennungsprogramme entweder über reguläre E-Mail, also schriftlich, an den Teilnehmer weitergeleitet oder als Telefonnachricht abgehört werden kann. Die paar Tage bis zum Ende unseres kalifornischen Untergrunddaseins würde der Voice-Briefkasten kaum ein Entdeckungsrisiko darstellen. Er war einfach ideal, um von überall her in Verbindung zu bleiben. So eine Art elektronischer toter Briefkasten. James Bond hätte vermutlich lieber so was gehabt als den Aston-Martin mit eingebautem Raketenwerfer.

Ich gab Misty und Rick den Code zum Briefkasten, skizzierte mit Rick zusammen noch mal kurz den Ablauf der nächsten

Tage und brachte die beiden Reisenden nach Paso zum Autoverleih. Es war für mich viel zu gefährlich, nach Santa Barbara mitzukommen, also ließen wir das. Außerdem hatte ich vor, noch heute Abend meine abgebrochene Erkundung des abgelegenen Gebäudes auf dem Ölfeld in Santa Paula fortzusetzen. Rick suchte nämlich seit Tagen nach der Produktionsstätte des Drogenhändlers. Und er war während seines Gonzales-Aufenthaltes fündig geworden.

»Ich habe sämtliche Firmen- und Eigennamen mit dem kalifornischen Zentralregister abgeglichen, und von den dreiundzwanzig Immobilien, die zum Moreno-Imperium gehören, eignen sich nur drei als Methamphetaminküchen«, hatte er berichtet. »Eine Ranch in den Bergen oberhalb des Death Valley, die garantiert eine Menge ausstößt – aber sie ist zu weit entfernt, um als Hauptproduktionsstätte benutzt zu werden. Das sind gute acht Stunden Fahrt, bis man vom Santa Maria Valley dort oben in den Panamints ist. Laut kartografischem Dienst des Geologischen Instituts liegt es am Ende eines vierundzwanzig Meilen langen Weges, der vor hundert Jahren von Goldsuchern dort angelegt wurde. Ein Eselspfad, um genau zu sein. Die langen Transportwege sind für große Mengen einfach ungeeignet. Viel zu auffällig. Und die zweite Bude wäre geeignet, aber die ist vor einem halben Jahr mit einem solchen Knall in die Luft geflogen, dass die Nachbarn dachten, ein Flugzeug wäre abgestürzt. Die haben unvorsichtig gemischt, und du weißt ja, wie instabil die Rezeptur ist. Drei Tote und ein völlig zerstörtes Mietshaus auf dem Land.«

Interessant, wer der Eigentümer der Bude war. Morenos Grundstücksverwaltungsfirma in Santa Maria. Die Stücke fügten sich wirklich nahtlos ineinander. Sage mir einer, die Cops hätten nicht herausfinden können, was wir praktisch nebenher aufdeckten. Ohne besondere Technik, nur mit Ricks Fachwissen und zäher Beharrlichkeit.

Rick erzählte weiter: »Moreno gab zu Protokoll, dass sein Mieter gekündigt habe und beim Ausziehen war, was ein totaler Blödsinn ist. Aber es wurde nicht ermittelt. Und die dritte Möglichkeit ist ein Gebäude in der Nähe, in einer Stunde zu erreichen, mitten in einem ziemlich streng abgeschirmten Erdölfeld, zu dem allerdings Lastwagen Zugang haben, weil dauernd Teile für die Pumpen benötigt werden, und die sind schwer und sperrig. Also haben wir in einem bewachten, eingezäunten Ölgelände ein Haus, das von der Straße aus nicht gesehen werden kann, wo Lieferwagen voller Drogenzutaten nicht auffallen, wohin aber Besucher nicht vordringen. Und eine Stunde entfernt gibt es den drittgrößten Flughafen der Vereinigten Staaten, eine Flugstunde entfernt die mexikanische Grenze, dicht wie ein Sieb. Nebenan das Städtchen Santa Paula, vom Ölfeld und den Raffinerien an Faulgerüche gewöhnt. Mit eigenem erstaunlich großen Flughafen, der für die Ölbosse angelegt wurde und noch heute ein hohes Privatflug-Verkehrsaufkommen hat, weil er recht nah an den nördlichen Vorstädten Los Angeles' ist und eine im Verhältnis zur Stadtgröße riesige Landebahn hat – eben von damals, als die Bosse aus Texas einflogen und eine Stunde später wieder abhoben. Ideale Bedingungen also, um Jod und roten Phosphor, Ätznatron, Jodwasserstoffsäure und die anderen Methamphetamin-Rohstoffe aus Mexiko einzufliegen, Fertigprodukte auszufliegen, um nachts unbemerkt im menschenleeren Ölfeld stinkendes Meth zu produzieren und tagsüber abzupacken und die nächste Produktionsrunde vorzubereiten. Also kann die Fabrik nur in Santa Paula sein. Du bist denen damals nachgefahren, weil du wissen wolltest, wohin die das Zeug bringen. Was du nicht gewusst hast, ist, dass sie das

Zeug von dort nach Santa Maria schleppen, zur regionalen Verteilung vom Landgasthof aus. Ich habe mir alles noch mal durch den Kopf gehen lassen, und es kann nur so sein. Das Labor ist eindeutig in Santa Paula.«

Natürlich hatte er recht. Klar, dass hier das Zentrum ihres Drogenmonopols war. Und ideal wäre, wenn man alle dort versammeln könnte. Man müsste sich gut überlegen, ob das nicht zu machen wäre. Fand Rick auch.

Ich kam aus Paso zurück, legte mich in meiner Gästeklause noch zwei Stunden aufs Ohr, packte mein Zeug zusammen und startete den Jeep. Es würde eine lange Nacht werden. Ich fuhr nach Santa Paula.

Der aufgehende Mond gab wenig Licht. Zum Glück, denn die Ölexploration hatte die ehemalige Wildnis derart verschandelt, dass Dunkelheit in diesem Landstrich als Segen aufgefasst werden muss.

Den Jeep hatte ich unter ein Blechdach im hinteren Teil der Ölfeldzufahrt gestellt, zu anderen Fahrzeugen, die dort in der Nacht Schutz fanden. Dann lief ich über das Feld und um den Hügel, auf dem ich mein Beobachtungsobjekt wusste, und kam am östlichen Zipfel des Gebiets wieder auf Farmland.

Dort machte ich erst mal eine Pause, um mich zu orientieren und anhand der Gegebenheiten zu entscheiden, was ich hier tun würde. Ich setzte mich vor ein dichtes Manzanita-Gebüsch, den Mond im Rücken, und bestimmte mit dem GPS-Empfänger meine genaue Position.

Das Satellitensystem zeigte, dass die Hütte einen halben Kilometer südwestlich von mir war. Zwischen ihr und mir lag ein *wash*, ein im Sommer trockenes Flussbett, das nach den Winterstürmen reißende Wassermengen zum Meer trägt und alles auf seinem Weg niederwalzt. Von dort aus hätte ich einen ungehin-

derten Blick auf die Rückseite der Moreno-Hütte. Da wollte ich hin.
Die Uhr rückte auf elf, als ich die paar hundert Meter bis zum Flussbett hinter mir hatte. Ich bewegte mich langsam, nahm zum Schutz gegen die vermutlich verwendete Infrarotanlage meterhohe, furztrockene Tumbleweeds auf, diese russischen Disteln, die – wie ein Ball geformt – vom Wind über die Prärie geblasen werden. Ich schnappte einen kleinen Ast, der noch einen Haufen Blätter trug, und hoffte, dass dessen gespeicherte Tageswärme mich unsichtbar machen würde. Diese Heimanlagen waren ohnehin nicht gerade das, was man als Infrarotbild im Fernsehen sieht – die Dinger, die im Bauwaren- und Sicherheitsbedarfshandel verscherbelt werden, zeigen höchstens mal hellere Flecken gegen dunkleren Hintergrund. Aber gegen die Scheißköter war nichts zu machen. Jedes Mal, wenn ich einen Schritt tat, fing irgendwo einer an zu kläffen. Vermutlich auf dem Hügel, wahrscheinlich gehörte er zur Schutztruppe.
Im Haus brannte Licht. Die Fenster nach hinten raus, die ich im Blick hatte, waren hell erleuchtet, aber ich sah keine menschlichen Schatten auf den Stoffrollos, die die Sicht in die Bude versperrten. Niemand bewegte sich. Vielleicht schauten alle die hundertste Wiederholung von Survivor an oder den aus Europa importierten Big Brother. Sähe denen ähnlich.
Ich hatte nicht unbedingt die Absicht, dort hinaufzumarschieren. Wozu auch? Ich wollte nur wissen, was im Haus los war. Ob Ricks Vermutung stimmte. Aber als nach einer Stunde noch immer kein Lebenszeichen zu sehen war, bewegte ich mich doch näher an die Bude heran. Und wieder – bei jedem Schritt ein Kläffen. Bis mir die Erleuchtung kam, dass sie einen Bewegungssensor auf das Gelände gerichtet hatten. Einen, der statt Sirene oder Autohupe Hundegebell ertönen lässt, damit es

der dämliche Einbrecher mit der Angst zu tun kriegt. Ich lachte, richtete mich auf und marschierte flott den Berg hoch. Das Gebell nahm kein Ende. Bis die Hintertür plötzlich aufflog, ein Lichtkegel mich nur knapp verfehlte und jemand fast neben mir sagte, dass »die Scheißrehe schon wieder hier herumturnen. Eines Tages ballere ich mal auf die.«
»Logisch«, brummte sein Kumpel. »Mit der Glock. Damit die Typen aus dem Dorf endlich was zu erzählen haben. Scheiß dich nicht ein, du Arschloch. Komm rein und schalte die verdammte Anlage aus. Ist eh für 'n Arsch.« Und er ließ das Fliegengitter vor der Tür wieder zuknallen.
Ich bekam fast einen Herzstillstand. Den Typen mit der Taschenlampe konnte ich deutlich in dem bisschen Mondlicht sehen. Ich lag vielleicht zehn Meter von ihm entfernt.
»Mensch, Jorge, komm schon«, brüllte der aus dem Haus. »Das Zeug ist verladen. Wenn wir jetzt losfahren, können wir um drei wieder hier sein. Ich bin jetzt schon müde.« Jorge nörgelte irgendwas, drehte sich um und ging die wenigen Schritte zum Haus. Dann ließ auch er das Gitter knallen, drückte die Tür zu und drehte von innen den Riegel herum.
Ich wartete, bis die beiden zur Vordertür hinausgingen, in ihr Auto stiegen und von dort aus die Außenbeleuchtung einschalteten. Sie fuhren den Weg durchs Ölfeld hinab, während ich mich noch immer ins trockene, knisternde Gras drückte. Als ich sie auf der Straße unter mir beschleunigen hörte, stand ich vorsichtig auf und ging zum Haus. Ich legte das Ohr an die Wand, hörte aber nichts. Langsam umrundete ich die Bude, immer drauf gefasst, dass mich jemand anruft, aber nichts rührte sich.
Die Leuchtröhren, die den Hof taghell illuminierten, brummten furchtbar. Ich ließ das Indianerspielen an der Wand, denn

wenn jemand drin war, hatte er mich längst gesehen. Stattdessen ging ich zur Haustür und rüttelte daran. Logisch, dass abgeschlossen war. Die Hintertür ebenso – ich hatte ja gehört, dass der Riegel zuschnappte. Aber eines der Fenster auf der Rückseite stand halb offen, nur durch ein Fliegengitter geschützt. Also nahm ich den Aluminiumrahmen aus dem Fenster, lehnte das Gitter gegen die Wand und suchte etwas zum Draufstehen. Ein alter Klappstuhl, der hinter der Scheune stand, sah aus, als könnte man auf ihn steigen, ohne dass er gleich zusammenkrachte. Ich stellte ihn vors Fenster, stieg auf beide Armlehnen gleichzeitig, schob die Gardine zur Seite und schaute hinein.

So hatte es in meinem Mobilheim ausgesehen, als ich vor Jahren den furchtbaren Zoff mit Pattie gehabt hatte und einen Monat lang nur soff. So ein Durcheinander hatte ich damals auch. Leere Fischkonserven und zerdrückte Bierdosen, halb gefressene Brote, die schon Penizillin produzierten, Geschirr, das auf die Heinzelmännchen wartete, und drei viertel leere Weinflaschen mit Zigarettenstummeln. Und auf dem Herd der größte Topf, den ich je auf einem Herd gesehen habe, mit einer furchtbar stinkenden, abkühlenden Masse drin. Die Jungs arbeiteten auf Vorrat.

Ich machte Schränke auf und guckte aufs Klo. Ich hob die beiden Matratzen an und stieg aufs Mobiliar, damit ich an die schmalen Fächer zwischen Decke und Wand kam. Dort stopfte ich in meiner Mobilbehausung allerlei Unnützes hinein, das zu gut zum Wegwerfen war. Ich klappte die Sitzbänke auf und suchte die Hohlräume der Innenwände ab.

Und ich fand einen Haufen Zeug. Jede Menge Rohmaterial zur Methamphetamin-Herstellung, in Fünfpfundsäcke verpackt, und ich machte jede Wette, dass die Kriechfläche unterm Haus prall gefüllt war. Zettel wie Sand am Meer – einer von denen schrieb alles auf, was er nicht vergessen durfte. Dann vergaß er, die Notizen wegzuwerfen. Ich könnte wetten, dass er Tagebuch führt. Geld fand ich ganz hinten in der Trennwand zwischen Küche und Klo. Die Stelle kannte ich, denn da versteckte ich als dealender Schüler meinen Stash. Aber so viel Geld hatte ich nie gehabt – eine oberflächliche Zählung und Schätzung ergab mindestens zehntausend in kleinen Scheinen. Ich stopfte mir die Taschen voll, und es hinterließ in der Gesamtmenge nicht mal eine Beule. Und eine hübsche Telefonleitung fand ich, die von außen durch die Aluminiumwand nach innen führte. Als ich sie aus der Wand ziehen wollte, hakte sie. Also zog ich fester, und mit einem Ruck kam sie aus der Wand, mitsamt der Abdeckung, die von der Telefongesellschaft angebracht worden war, und einem länglichen Plastikkästchen voller Elektronik, von dem die Telefongesellschaft garantiert keine Ahnung hatte.

Ich merkte mir's und machte weiter. Einen Haufen Notizen steckte ich einfach unters Hemd, stopfte meinen Rucksack voll und musste mit Bedauern den weitaus größten Teil wieder in die Truhen der Sitzbänke zurücktun, wo ich sie gefunden hatte.

Viertel vor zwei. Ich rief Ricks Mobiltelefonnummer an. Er ging sogar dran.

»Junge, tut mir leid, aber ich brauche eine Auskunft. Ich habe in besagtem Heim eine Telefonleitung gefunden mit einem Kistchen dran, und du musst mir sagen, ob ich auf die Schnelle was für uns dabei rausholen kann.«

Klar, machte er. Also erzählte ich, wie das Ding aussah, beschrieb kurz Ein- und Ausgänge, und er jubelte. »Ist ein Abhörgerät – solche benutze ich nicht mehr, weil sie so einfach zu knacken sind. Also – ziehe die große Steckkarte heraus«, was ich tat, »jetzt siehst du zehn winzige Schieber auf zehn klitzekleinen

Zahlenreihen.« Ja, hier, aber ich konnte sie kaum ausmachen, so klein waren sie. »Die Null ist oben, die Neun unten. Stell die Telefonnummer deiner Computerleitung ein – fang vorne mit der Vorwahl an« – also 805 – »und mach mit der siebenstelligen Nummer weiter.« Gemacht.

»Und jetzt?«

»Jetzt schau, ob der Kippschalter am schmalen Ende außen neben dem Kabel auf ›On‹ steht.«

»Tut er.«

»Dann steck das Ding wieder dorthin, wo du's rausgezogen hast, fahr nach Hause und schalte das Recordprogramm deines Computers ein. Stell es auf ›Voice‹, dann schaltet er sich selbsttätig ein, sobald er eine Stimme hört, und nimmt alles auf. Du hast mehr Glück als Verstand.«

Hatte ich. War mir auch klar. Jetzt nichts wie weg hier. Ich wünschte ihm noch alles Gute, hauptsächlich für morgen, und einen Gruß an die beiden anderen. Dann räumte ich hinter mir auf. Fünf Minuten später saß ich im Jeep und fuhr nach Osten, vom Freeway weg, damit ich den beiden Köchen nicht noch in die Quere kam. Ich fuhr einen riesigen Bogen über Ojai und Ventura, bis zur 101, und von dort nach San Miguel. Als ich ankam, wurde es hell. Ich war kein bisschen müde.

Erst machte ich meinen Computer startklar. Schaltete ihn ein, drehte seine Schlafeinstellung auf Dauerwach, prüfte, ob das Programm auf die Leitungsspannung reagierte – was es pfeifend und quietschend tat –, und schaltete die Rechnerlautsprecher auf leise, damit mich nicht jede Pizzabestellung der Gauner weckte. Dann schlief ich doch noch eine Runde.

Freitagmittag war mir nach Fisch zumute. Nicht wegen meiner katholischen Umgebung, sondern einfach so ein Japp auf frischen Fisch. Vielleicht sogar Sushi, obwohl ich da meine Bedenken hatte. Wir Kalifornier haben ja einen ausgesprochenen Sushi-Fimmel, futtern das rohe Zeug nur so in uns hinein und finden seetangumwickelten, kalten, klebrigen, ungesalzenen Reis unglaublich schmackhaft. Was ich noch nie verstand, obwohl ich auch zu der Fraktion gehöre. Wenn man bedenkt, welch eine ordentlich versaute Küste wir haben, mit den vielen Ölbohrtürmen in Sichtweite der Strände, mit Abflussrohren, die hundert Jahre lang ungefiltertes Menschliches in Buchten und über Strände spülte. Einheimische Muscheln, beispielsweise, oder gar Austern, würde ich für alles Geld der Welt nicht in mich reinfressen. Aber Sushi – hm. Jedenfalls hatte ich beim Aufwachen rohen Fisch auf der Zunge.

Also stieg ich in den Jeep, tankte ihn voll und fuhr gemächlich über den Berg nach Morro Bay. Dort ist eine der größten Fischereiflotten der Westküste zu Hause, und dort gibt es zu jeder Jahreszeit den sagenhaftesten, frischesten Fisch, den man sich nur wünschen kann.

Ich setzte mich ins Fisherman's Hut und bestellte Mahi-Mahi. Gegrillt und als Vorspeise roh. Vor ein paar Tagen frisch vor Hawaii gefangen und sofort im Flashverfahren tiefgefroren. Was ich sehr schätze.

Der Hafen war wie üblich betriebsam, die Strandpromenade voller Touristen aus aller Welt, der Felsen, dessentwegen das Dorf sich stolz den Beinamen Gibraltar des Pazifik gab, war überlaufen und die Fischbude gerammelt voll. Während ich auf mein Essen wartete, stellte ich meinen Laptop auf den Sitz neben mir und schaltete ihn ein.

Meine Mail-Benachrichtigung blinkte. Also machte ich meinen E-Briefkasten auf und freute mich über eine Nachricht von Misty. Sie hätten an der Küste übernachtet, nicht im versauten Tijuana, und würden nach dem Besuch des Postamtes heute nach Süden fahren, schrieb sie, und wahrscheinlich gegen Abend irgendwo anhalten. Und es sähe alles sehr hübsch aus – an der Küste unterhalb Tijuanas habe sich seit dem neunzehnten Jahrhundert nicht viel verändert. Baja sei noch genau so, wie es ihr Opa immer beschrieben habe. Na, und ob ich mich auch in Acht nehme und dass sie sich freue, wenn wir uns wiedersehen.

Und noch eine Nachricht. Von Sammy. Ich klickte das Open-Logo, und sein Briefkopf erschien.

Er verfüge ab kommenden Donnerstag über die Mittel, seine Transaktion mit Mrs. Irving über die Bühne zu bringen. Wobei er mit seiner Provision unseres gemeinsamen Unternehmens rechne. Und er hoffe, dass es mir gut gehe. Dass alles nach Plan ablaufe, wollte er mir wünschen. Ich soll Misty doch bitte ausrichten, dass er ab Donnerstag jederzeit bereit sei, mit ihr noch mal zum Grundbuchamt zu gehen und die vollständige Zahlung beglaubigen zu lassen und somit die Eigentumsübertragung rechtskräftig werden zu lassen. Oder so ähnlich. Ich kenne mich mit juristischem Fachvokabular nicht aus.

Na, prima. Scheint ja wirklich alles nach Plan zu laufen. Geht Sammys Wunsch also in Erfüllung. Ich schaute nach, was unsere Konten machen. Als die auf dem Bildschirm erschienen, watschelte die Bedienung mit meinem Fisch herbei. Also schaltete ich den Computer auf Schlafmode, damit nicht jeder sehen konnte, was der Schirm zeigte, und haute rein.

Ein sagenhafter Fisch! Also wirklich. Ganz zart gegrillt, nicht mit dunkelbraunen Striemen und verbrannt stinkend, sondern hell und luftig. Mit etwas Zitrone und Pfeffer, ganz wenig Bearnaise und zwei winzigen, kugelrunden neuen Kartöffelchen. In der Schale daneben Poi, diese hawaiianische Matsche, die

ich auf den Tod nicht leiden kann. Und frisches Weißbrot, Baguette auf französische Art, vom Dorfbäcker.
Als Appetitanreger hauchzart geschnittene Mahi-Mahi-Filets. Mit der Rasierklinge geschnitten – fast durchsichtige, briefmarkendicke Scheiben. So liebe ich den Fisch. Und fünf Kilometer von hier steht das Atomkraftwerk Diablo Canyon in einer Bucht und pumpt sein Kühlwasser zurück in den Pazifik. Man darf nicht daran denken. Weiß der Geier, was die Hawaiianer alles mit ihrem Teil des Stillen Ozeans machen. Und ich esse hier Mahi-Mahi. Roh.

38 Autojagd

Im Fisherman's Hut sind sie immer sehr freundlich. Im Winter sowieso, weil sie dann die Einheimischen besonders schätzen, die als Einzige dort essen. Im touristisch erschlossenen Frühjahr, Sommer und Herbst sind sie sehr verbindlich, wenn man sich setzt und bestellt. Dann dauert es noch mal zehn Minuten, und sobald die Gabel auf den leeren Teller fällt, steht die Bedienung mit der Rechnung da. Wer dann nicht sofort aufhüpft, verschwindet vom Bedienungsradar. Keinen nachgefüllten Kaffee mehr, keine Frage, ob man denn noch etwas möchte, niemand kommt zum Abräumen. Denn die wollen ihre Tische alle dreißig Minuten frisch besetzen, und wer länger bleibt, betrügt die Kellnerin um ihren Lohn. Daher ist es ratsam, die Rechnung als Aufforderung zum Abhauen zu verstehen.

Was ich auch tat. Ich setzte mich auf eine Bank im Hafen, schaute den Möwen beim Fressen und Scheißen zu und warf meinen Laptop wieder an. Die Konten sahen gut aus, die ersten Habenzinsen waren schon gebucht – ein paar Dollar erst, aber immerhin ein Zuwachs –, und ich überwies aus reinem Interesse am Vorgang zehntausend Dollarchen von einem aufs andere Konto. Die überweisende Bank schrieb mir sofort eine automatisierte Mail mit der Information, die ich brauchen würde, um die Reise meines Geldes verfolgen zu können. Die Empfangsbank ließ mich wenige Minuten später wissen, dass Geld gekommen sei. Mit Trara, Fanfarenstoß und bunten Bildchen! You have money!

I will have a whole shitload of money in a couple of days. Wartet's nur ab. Mit bunten Bildchen oder ohne, mit Fanfare aus den Minilautsprechern oder nicht, Kohle wird eingehen. Und verfügbar sein. Halleluja!

Das Telefon-Symbol hüpfte auf der Internet-Benutzeroberfläche hin und her, winzige Blitzchen symbolisierten Geklingel, also holte ich die Kopfhörer aus der Laptop-Tragetasche. Das Mithören klappte vorzüglich. Ich loggte mich in das Gespräch ein, als es fast schon beendet war.

»... Also werden wir kaum rausfinden, wer es war. Aber die Alarmanlage hat dauernd gebellt, und Rogelio hat sie ausgeschaltet, weil er meinte, die reagiert wieder auf Rehe, wie kürzlich schon mal.«

Sieh mal einer an!

»Und wozu habe ich das Scheißding gekauft? Um so einen Idioten wie Rogelio sie ausschalten zu lassen, wenn es ihm gerade in den Kram passt?« Da war einer stocksauer. Doch nicht etwa Moreno? Ich kannte seine Stimme ja vom Tonband, das Rick aufgenommen hatte, und diese hörte sich ähnlich an. Aufgeregter, natürlich, aber es könnte durchaus Moreno sein.

»Ich will, dass die Bude nicht mehr allein gelassen wird. Wenn ihr herkommen müsst, dann ruft entweder einen der Jungs an, dass er solange drin bleibt, oder es kommt nur einer von euch. Aber auf keinen Fall mehr leer stehen lassen. Das ist ja die reinste Einladung, Mensch!« Er wurde immer lauter – ich sah richtig seinen roten Kopf. Sein Gesprächspartner gab kleinlaute Geräusche von sich, aber nichts Konkretes. Ich staunte über ihre Blödheit. Müssen doch wissen, dass Abhören heutzutage ein Kinderspiel ist.

»Morgen treffe ich mich mit meinen Bullen. Ich schicke sie mal rüber – Montag oder Dienstag kommen die bei euch vorbei und gehen noch mal von oben bis unten durchs Haus. Die werden schon rausfinden, wer da herumschnüffelt. Hoffentlich nicht dieser lästige Radioscheißer, den sie noch immer nicht kaltgestellt haben, die dämlichen Arschlöcher.«
Sieh mal einer an. Ich habe einen Ruf und weiß nichts davon. Interessant.
Der Adlatus wünschte noch einen schönen Tag und der Missis alles Gute, aber da wurde der Schreier sauer. »Mensch, du weißt wohl nicht, dass jeder Arsch uns hören kann? Halt's Maul und rufe nicht an, ehe ich es dir gestatte. Also Ende.«
Schrie herum wie ein Master Sergeant. Gleiche Wortwahl.
Ich hatte natürlich nicht die geringste Ahnung von Abhöretikette. Legte man als Abhörender zuerst auf, oder wartete man, bis alle anderen aufgelegt hatten? Dass sie nach dem Trennen der Verbindung nicht mehr feststellen konnten, ob noch jemand in der Leitung war, dachte ich mir schon, aber ob sie ein Klicken hören würden, wenn ich zuerst den Hörer auflegte? Musste mal Rick fragen.
Interessant. Was Computer nicht alles können. Mithören. Ich würde mir das aufgenommene Gespräch in aller Ruhe anhören, aber nicht hier und nicht jetzt. Erst mal wollte ich ins Santa Maria Valley zu meinem bekannten Beobachtungsposten und sehen, was es Neues gibt. Der Radioscheißer ist im Anmarsch, Moreno! Wenn der wüsste, dass ich weiß, wo er sein Sparschweinchen versteckt! Rumpelstilzchen.
Also fuhr ich eine Stunde zurück, kam vom Highway 166 aus östlicher Richtung über den Tepusquet-Gipfel und stellte den Jeep wieder hinter meinem Gebüsch ab.
Natürlich interessierte mich nach dem abgehörten Gespräch

ganz besonders, was mein Bargeld im Garten macht. Daher ging ich die paar Meter bis zu den dichten Sträuchern, von denen aus man einen grandiosen Überblick über das Moreno-Gelände, den Wohncontainer und den Kräutergarten hatte, wo die vielen toten Präsidenten ruhten. Im Volksmund so genannt, weil tote Präsidenten als Dollarscheinverzierung weiterleben.
Ich schaute auf den Garten, auf die paar Obstbäume, die zwischen Einfahrt und Wohnkasten standen, auf den Anhänger selbst, der aufgebockt auf die Ewigkeit wartete, und auf die Fenster, die mit grauen Wolldecken verhängt waren. Was sie kürzlich nicht waren. Warum würde jemand hässliche Wolldecken vor seine Fenster hängen und damit die herrliche Sommersonne aussperren? Die war doch der einzige Grund, warum man sich hier oben in der Wildnis so ein Ding hinstellt, in den eigenen Garten, damit man sich schön splitternackt einen runterholen kann, wenn es einem danach ist.
Wenn man natürlich nicht gerade Methamphetamin kocht.
Das am besten im Dunklen gedeiht. Ohne Sonne, möglichst kühl, möglichst dunkel. Damit es nicht in die Luft fliegt.
Au Scheiße! Mein schönes Geld! Liegt da in unmittelbarer Nähe einer Drogenküche, Tag und Nacht bewacht von Menschen, die Pistolen tragen wie unsereiner Unterhosen.
Ich zog den Kopf ein und wartete auf ein Geräusch, eine Bewegung. Lange. Und vergeblich. Nichts passierte, nichts scharrte, hustete, furzte oder fluchte. Nichts bewegte sich, machte Türen auf oder zu, nichts kam oder fuhr weg. Ein Eichhörnchen turnte vor der Rückwand des Kastens herum, flitzte hin und her, sammelte irgendetwas, schaute es an, drehte es in seinen Pfötchen herum, warf es weg und flitzte zum nächsten Irgendwas. Ein beamtetes Eichhörnchen, das sich viel zu früh um die

Altersversorgung kümmert? Ein Habicht kreiste – Vorsicht, Eichhorn! –, in der Ferne krächzte ein Rabe. Gelegentlich hörte man Autos, weit weg, Gas gebend. Neben mir knackte ein Zweig. Ich Idiot hatte meinen Rucksack runterfallen lassen und hätte fast meinen eigenen Herzstillstand verursacht. Ich fluchte leise, wartete, bis sich mein Blutdruck von Panik auf Marathonlauf normalisierte und meine Hände nicht mehr so zitterten, und beschloss, die Nacht hier zu verbringen. Jedenfalls einige Stunden Dunkelheit. Denn dann würden sich die Typen im Wohnkasten wohl durch Licht bemerkbar machen. Der Mensch kann auf Dauer nicht ohne Licht sein. Also warten.

Ich schaute mir die aus dem Wohnanhänger in Santa Paula geklauten Notizen an und staunte über die Ausbeute – der anale Vollidiot, der die Zettel voll geschrieben hatte, lieferte mir genaue Mengenangaben, hatte Rezepturen aufgeschrieben und Telefonnummern von Menschen, die mit dem Drogenbusiness wohl alle was zu tun hatten, denn er machte sich neben Namen und Nummern Notizen über Lieferwünsche und Preise. Er hatte über Jahre hinweg eine richtige Geschichte seiner Fabrikation geschrieben. Ich ordnete das Zeug nach Datum, schrieb dazu, unter welchen Umständen ich die Zettelsammlung gefunden hatte, wickelte ein Gummiband um den Packen und steckte ihn wieder in den Rucksack. Ignacio würde sich drüber freuen. Der kannte genug Leute, und er würde den richtigen kennen, der mit dieser Information was anfangen konnte. Natürlich schrieb ich nicht dazu, wer ich bin und wo ich einst wohnte. Die Zettel allein würden einigen Leuten böse Nächte bescheren. Viele böse Nächte.

Die Warterei brachte nichts. Bis kurz nach Mitternacht lag ich unterm Manzanita-Busch, spitzte die Ohren und war mutterseelenallein. Dann rächten sich die miesen Schlafgewohnheiten

der letzten Wochen – ich pennte unterm Busch ein, schlief wie ein Säugling. Bis mir die Sonne aufs Auge brannte.
Ich erschrak zutiefst. Aber ich war noch immer allein, im Haus hatte sich nichts getan, die Wolldecken hingen genauso traurig in der Morgensonne wie im goldenen Abendlicht, und der Garten zeigte keine Spuren, die auf eine schnelle Geldabhebung mittels Spaten gedeutet hätten. Also hockte ich mich erst mal hinter einen etwas entfernten Busch, kackte den gewohnten Morgenhaufen und putzte mit frischem Grün. Dann sammelte ich mein Zeug ein und verließ die gastliche Stätte. Ich hatte keine Lust, näher an den Wohnbehälter zu gehen und mich umzuschauen. Wozu auch?
Der Kunstledersitz des Jeeps war noch feucht vom Nachttau. Ich wischte ihn mit dem Ärmel meiner leichten Windjacke ab, verstaute meinen Rucksack im Rücksitz und ließ das Auto an. Es stieß eine mächtige Wolke Wasserdampf aus, lief aber rund und brachte mich in wenigen Minuten ins Tal.
Am Sonnabend höre ich gern Radio. Da werden die Kindsköpfe der werktäglichen Frühstückssendungen von Leuten abgelöst, die noch etwas von Musik verstehen und die die Nachrichten lesen können, ohne dauernd dazwischenzukichern. Mein Rock-Moderatorkollege von KPIS sagte die Zeit an – sieben Uhr, einfach so, unkommentiert, was wohltuend ist – und las die Headlines, die früher Schlagzeilen hießen. Zwei Tote bei Freeway-Unfall in der Nähe Santa Barbaras, der Stadtrat von Pismo Beach beschloss Erhöhung der Bettensteuer, das Polytechnikum in San Luis Obispo bekennt sich zu höherem Minoritätenanteil. Werbung für zweistöckige Hamburger, für einen Autohändler, einen Pleite gehenden Teppichhändler, der schreiend verkündet »I'm crazy, so everything must go, regardless of price«, und im Hintergrund läuft dieses Juxlied mit dem

Refrain »They're coming to put me away, ha ha«. Regierungswechsel in Mexiko, Aufstand in Ghana, Kopfjäger massakrieren Touristen in Borneo – keine Amerikaner unter den Toten. Seriöses Radio am Samstag.
Der wunderschöne Morgen machte mich leichtsinnig. Ich brauste mit offenem Verdeck durch die Weinberge des Santa Maria Valley, hörte laute Musik und freute mich, dass alles so glatt lief. Über den Hügeln Vandenbergs versuchte die Besatzung eines kunterbunten Heißluftballons, das Militärgelände zu umfliegen, was angesichts der vorherrschenden Windrichtung nicht ohne Probleme abging.
Die Flamme des Gasbrenners leuchtete weithin sichtbar unter der Ballonöffnung. Zwei mattschwarze Militärhubschrauber lauerten wie Killerlibellen hinter einer Bergkuppe, bereit, wie ein böser Phönix über dem Berg aufzutauchen und die armen Ballonspezis zu Tode zu erschrecken.
So früh waren nur landwirtschaftliche Fahrzeuge unterwegs. Gelegentlich klapperte ein Uraltauto mit vermummten mexikanischen Feldarbeitern vorüber; die Menschen, die auf diesen trockenen, brütend heißen Feldern ihren Unterhalt verdienen mussten, verhüllten sich gegen Staub, Sonne und Insekten. Wie sie das aushielten, war mir ein Rätsel. Sahen aus wie Beduinen.
Hinter mir ertönte ein lang gezogener Hupton, dann zischte ein todschicker schwarzer Mercedes mit Hochgeschwindigkeit an mir vorbei. Drei Anzugträger fläzten sich in den Ledersitzen, dunkle Herren in hellem Armani, so kam es mir vor, als ich sie aus dem Augenwinkel kurz sah. Ein Paar schwarze runde Sonnenbrillengläser glotzten mich aus dem hinteren Seitenfenster gelangweilt an. Das Auto kurvte wieder auf meine Fahrspur und hob unvermittelt sein hässliches Stummelheck, während mir zwei riesige rote Leuchten einen Mordsschreck einjagten.

Wie eine tauchende schwarze Ente sah das Ding aus, und ich kam ihm schnell näher. Ich konnte unmöglich abbremsen, also riss ich das Lenkrad herum und sauste knapp am teuren Stuttgarter Blech vorbei. Im Vorbeifahren fiel mir auf, dass sich die drei Insassen wie choreografiert abstützten – aber der hintere hatte etwas in der Hand, das mir verdammt nach Pistole aussah. Schlecht zu sagen, bei der Geschwindigkeit. Ich war vorbei und trat vorsichtshalber mal aufs Gas, als ich einen Knall hörte. Im Rückspiegel sah ich den Mercedes, aus dessen Seitenfenster etwas bläulich Qualmendes auf mich gerichtet war.
Die Lebensfreude war verflogen, die Sonne wurde verflucht, die Ländlichkeit als bedrohlich empfunden. Ich trat aufs Bremspedal, riss den Jeep wieder herum, schleuderte in einen Feldweg zwischen zwei dicht begrünten Weinfeldern, und beschleunigte. Keine Chance, an meinen Rucksack zu kommen, der im Rücksitz verstaut war, zusammen mit meinem teuren Ballermann und den riesigen, Wahnsinnslöcher reißenden Geschossen. Hinter mir war erst mal Ruhe. Die waren bremsend an der Feldwegeinfahrt vorbeigeschlittert, aber der Fahrer bewegte die paar Tonnen Auto bereits im Rückwärtsgang und drehte quietschend in meine Richtung. Ich hatte das Gaspedal fest auf die dünne Blechplatte gedrückt, die mich von der vorbeirauschenden Erde trennte, und das Ding konnte einfach nicht schneller. Im Rückspiegel staubte der Weg, und aus dem Staub tauchte, immer größer werdend, der Benz auf. Wie ein Schlachtschiff kam er daher, aus vollen Rohren von Steuerbord und Backbord feuernd.
Noch hundert Meter, und er fährt mir den Arsch ein. Also bremste ich bis fast zum Stillstand, schlug voll ein und bolzte vierradgetrieben ins Feld. Zum Glück pflanzen die Winzer ihre Reben in solch breiten Abständen, dass die Reihen maschinell

gepflegt werden können. Wo ein kleiner Traktor hinkam, quetschte sich der schmale Jeep auch hinein. Aber der Mercedes nicht. Der Fahrer hielt, zwei Mann sprangen aus dem Auto und ballerten auf mein fliehendes Autochen, das ich mit Mühe an den Metallpfählen vorbeisteuerte. Dazwischen rankten Weinpflanzen an vierfach übereinander gespannten Drähten. Viel breiter durfte der Jeep nicht sein, sonst gäb's Ärger. Und viel schneller konnte ich nicht fahren, sonst war er nicht mehr geradeaus zu halten. Die verdammten Traktoren hatten im nassen Frühjahr ordentlich tiefe Furchen hinterlassen, und in denen klapperte ich herum.

Neben meinem Kopf zischte es, und der Rückspiegel zersplitterte. Ich spürte, wie Glas meine Wange aufriss. In den Furchen konnte man tatsächlich erheblich schneller fahren, als ich ursprünglich angenommen hatte.

Sie waren zu weit weg, um mit Handfeuerwaffen gezielt zu schießen. Ich bog am Ende des Feldes auf den Serviceweg und brummte zum Hügel, der nackt und sommerbraun über der ganzen Weinpracht thronte. Als ich ihn erreichte, drehte ich mich um und sah die drei Typen vor ihrem Auto stehen und mir nachschauen. Ich winkte kurz und umfuhr den Hügel. Dahinter lag ein Ölfeld, das ich durchquerte und auf die schmale Spur zum Los Coches Mountain traf. Die wurde nur von vierradgetriebenen Fahrzeugen des Elektrizitätsunternehmens benutzt und führte neben der Überlandleitung durch die Sierra Madre Mountains.

Kann sein, dass ich aus dem Augenwinkel Moreno gesehen hatte, der sich auf dem Beifahrersitz am Armaturenbrett abstützte. Kann sein, aber ich war nicht sicher. Die Sonnenbrille hatte ich noch nie gesehen, den Fahrer hatte ich nur als Körper wahrgenommen. Ich tappte also im Dunklen. Dass mein Auto nun bekannt war wie ein bunter Hund, das war logisch. Aber momentan war das meine geringste Sorge. Zur Not konnte ich immer ein Auto mieten, und in einer Woche war ich sowieso ganz woanders. Kein Holz im Jeep, auf das man klopfen kann.

Ich fuhr durch den Suey Canyon und über die winzigen Promillesträsschen dort hinten, an kleinen Ranches vorbei, tuckerte über eine Wiese, weil ich dahinter den Freeway vermutete, und wurde schwer enttäuscht, als eine hundert Meter hohe Felswand das kleine, gewundene Tal abschloss. Ich irrte eine Stunde im Niemandsland zwischen Süd- und Nordkalifornien herum, sah jede Menge Wild, aber keinen Ausweg, und musste schließlich wieder über den Weg zurück, der mich hierher geführt hatte. Da stellte sich heraus, dass ich eine Abzweigung zu früh abgebogen war. Die zweite führte mich schnurstracks nach Nipomo und dort auf den Freeway.

Ich hielt kurz an und inspizierte den Jeep. Rückspiegel und oberer Windschutzscheibenrahmen hatten etwas abbekommen, im hinteren Abschlussblech war ein Einschuss, und der Reservereifen war platt, was nicht auffiel, denn er war auf die Heckklappe montiert und sah mit oder ohne Luft gleich aus, aber als ich ihn inspizierte, zeigte sich ein ordentliches Loch in der Seitenwand. Ansonsten schien das Auto in Ordnung zu sein. Die Apparate waren schließlich als Kriegswerkzeug konzipiert, also konnten sie den einen oder anderen Einschuss aushalten.

Ich fuhr gemächlich nach San Miguel, nachdem ich meine Sonnenbrille aufgesetzt, meine Skimütze über Stirn und Ohren gezogen und meine wattierte Jacke über Pullover und Weste gestreift hatte. Das Auto war auf einen Blick wiederzuerkennen, aber ich garantiert nicht.

In San Luis bog ich auf der Monterey Street ab und suchte

einen Friseur. Ich fand einen in der Buchon Street, stellte das Auto hinterm Haus ab und ging hinein.

»Ich will eine Glatze.«

Sie fand das ganz in Ordnung. Bis auf die Ohren. Aber ich sagte ihr, dass die mich nicht stören, und dass sie noch weiter abstehen, wenn ich keine Haare mehr habe, das stört mich auch nicht.

Also setzte ich mich, die Hübsche drückte ihre linke Brust auf meinen linken Oberarm, womit sie ihre unverschämten Preise wohl einigermaßen rechtfertigte, und legte los. Zehn Minuten später war ich glatt wie ein Kinderarsch. Kein Haar mehr drauf. Ich sagte ihr, dass sie auch meinen inzwischen wochenalten Bart wegmachen soll, was sie gern gegen Aufpreis tat. Der Spiegel zeigte einen indischen Bettelmönch in Jeans und Cowboyhemd. Mit gesunder Gesichtsbräune und leuchtend heller Kopfhaut.

Die Süße verscheuerte mir noch eine Baseballmütze. Überm Schirm stand in goldenem Garn: Jesus Is Lord. Da würde sich Ignacio aber freuen!

Die vierundvierzig Dollar waren gut angelegt. Ich erkannte mich selbst nicht wieder.

39 Postamt, Julie und Misty

Ich hielt kurz in San Miguel, tauschte mein verschwitztes, stinkendes Zeug gegen frisches, holte die drei Pakete ab, die noch vor halb vier auf die Post mussten, und sagte Ignacio, dass ich vielleicht nicht vor Sonntagnachmittag wiederkäme. Denn ich hatte wieder mal dieses Gefühl im Bauch, und darauf verlasse ich mich inzwischen gern.

Ich fuhr also nach Salinas, ging zur Post und verschickte die drei Pakete mit den Ton- und Videobändern, womit die Sache endgültig nicht mehr aufzuhalten war. Wir hätten noch weglaufen können, aber nach dem Paket, das Rick am Vortag in Tijuana an die drei Drogencops aufgegeben hatte, und nach diesen kleinen Bomben, die am Montag ankommen würden, war der Weg zurück versperrt. Nur noch Frechheit würde uns weiterbringen. Weiterleben lassen.

Eines der Pakete war an Moreno adressiert. Er würde hören, wie die drei Cops seine Ermordung planen. Und dass seine Gattin die Schwester des Killercops ist, das hat er auch nicht gewusst. Ich musste grinsen. Sie würde es natürlich empört leugnen. Ihr gutes Recht, denn sie war als Einzelkind aufgewachsen. Hat Rick prima hingekriegt. Moreno würde sofort Schutzmaßnahmen ergreifen. Mal sehen, welche.

Das zweite Paket ging an Frau Moreno. Was sie wohl denkt, wenn sie hört, dass sie bald Besuch bekommt? Und wem sie den Besuch zu verdanken hat? Frauen und Männer altern gleichermaßen, aber Männer dürfen das, während Frauen immer jung bleiben müssen. Sie wird keinen Moment daran zweifeln, dass ihr Gatte sie schnell, billig und endgültig loswerden will.

Und Paket Nummer drei war eine Zusammenstellung aller Bänder, ein Sammelsurium verschiedener Aufnahmen, die Rick für die Behördenbosse clever gemischt hatte. Paket Nummer drei war das Aus für die drei Drogencops. Denn was nicht auf den Bändern zu hören war, konnte bei den Geiern gefunden werden. Nur der Anstoß hatte gefehlt, die Beweise ihrer kriminellen Amtsausübung. Wer aufgrund der teils echten, teilweise hervorragend getürkten Bänder zu suchen begann, der wurde sofort fündig. Bankkonten, Lebensführung, Ungereimtheiten ihrer zurückliegenden Verhaftungen und ihrer Aussagen vor Gericht, all das würde sie an den Pranger stellen. Nur der Anstoß hatte gefehlt, und den lieferten wir.

Die stundenlange Bandkopie meiner Aufnahme vom Tod John McHughs zeigte in unkommentierter Deutlichkeit, wie die Cops gewütet hatten. Das Band würde ausreichen, jeden Beteiligten lebenslang wegzustecken. Ich war sehr stolz, dass ich die Festplatte so lange mit mir herumgeschleppt hatte. Nicht nur John wurde damit gerächt, sondern auch der arme Dickie fand späte Genugtuung.

Und dann war da noch Cheries Band. Eine Kopie des Videobandes, das sie selbst aufgenommen hatte, als die drei Schweine sie ermordeten. Das war der garantierte Sargnagel. Dafür gab's die Giftspritze, die im Horrorzuchthaus von San Quentin für solche Fälle noch immer spitz gehalten wird. Paket Nummer drei war mein Augäpfelchen. Das legte ich mit größter Sorgfalt in die Hände des Pensionsberechtigten hinter dem Tresen.

Der Postler warf die rot-weiß-blau umrandeten Pakete achtlos in den Korb hinter seinem Arbeitsplatz, was mich unwillkürlich an die Französische Revolution erinnerte. Ich nahm die Einschreibquittungen und steckte sie in meine Jackentasche. Dann drehte ich mich um und ging wieder ins warme Sonnenlicht dieser sonnabendlich faulen Steinbeck-Stadt.
Der Sinn stand mir nach Barbacoa, die Gonzales-Kneipe war nur eine halbe Stunde entfernt, aber ich musste meinen Jeep loswerden. Im Telefonbuch waren einige Verleiher, also fuhr ich zum größten in der Abbott Street und mietete einen schicken Pickup-Truck. Meinen Jeep durfte ich auf deren Parkplatz abstellen, was dem Verleiher mehr galt als meine Kreditkarten und sonstige Ausweise. Das Ding konnte er nicht nur anfassen, sondern, wenn's sein musste, beschlagnahmen, ausweiden und die Teile verscherbeln. Solch solide Sicherheiten liebt die Verleihbranche.
Der Kleinlaster glitt unauffällig über den Freeway nach King City. Als ich in ihren Hof fuhr, war Señora Gonzales gerade dabei, einen riesigen Tisch voller japanischer Touristen zu füttern. Der Reisebus stand neben dem Haus, auf der Bühne dudelten mexikanische Herren in Torerokostümen und Riesensombreros nordmexikanische Countrymusik, und die gewaltigen Grillroste des Etablissements machten Überstunden. Der verlockend duftende Rauch ihrer Open-Air-Küche zog bis zum Freeway; ich war sicher, ihn am Stoppschild bei der Abfahrt gerochen zu haben.
Sie hatte beide Hände voller Teller, aber sie grinste mich an und nickte zu einem freien Tisch am Ende ihres Hofes. Ich spazierte an den Asiaten vorbei, wurde mehrmals fotografiert, was vermutlich mit der Gegensätzlichkeit der Motive zu tun hatte, und bestellte beim Kellner ein Bier und die Hausplatte. Beides

kam prompt. Ich schien was zu gelten. Es schmeckte umwerfend gut.
Frau Gonzales ließ sich auf die Bank plumpsen, atmete tief durch und freute sich, dass es mir schmeckte. »Sie sind unter den Rasenmäher geraten«, stellte sie fest. Gesunder Volkshumor. Ich lächelte pflichtschuldig und strich mir mit der Hand über das freigelegte Kinn und die Kopfhaut.
»Sind Sie zufällig vorbeigekommen?«, wollte sie wissen. Als ich ihr sagte, ich hätte nicht aufhören können, an ihre sagenhafte Grillplatte zu denken, wurde das Lächeln noch breiter.
»Was macht Señor Rick?« Gleich mit der Tür ins Haus.
»Geht ihm gut, soweit ich weiß«, sagte ich zu ihr. »Ihrem Mann auch. Die sind heute angekommen, nehme ich an, und schauen sich um.«
Sie wollte wissen, ob ich auch nach Mexiko hinunterziehen wollte. Ich bejahte. »Aber ich weiß noch nicht genau, was ich dort machen werde. Vielleicht ein Barbacoa-Restaurant?« Neckisch. Sie lachte säuerlich.
Aus der Nähe sah sie mitgenommen aus. Komisch, dass mir das kürzlich nicht aufgefallen war. Ich nahm also Abstand von der Jagd und begnügte mich mit dem Essen. Schade. Ich war gerade in Stimmung. Aber die Umstände müssen trotzdem passen.
Weil sich meine Gedanken schon in die Richtung bewegten und weil es mir schon seit Tagen nicht aus dem Kopf wollte, rief ich spontan Julie an.
»Seit zwei Wochen warte ich, dass du anrufst.«
»Ich weiß, aber ich habe dir ja gesagt, dass es dauern kann. Weißt du noch, wo wir uns zum letzten Mal getroffen haben?«
»Logisch.«
»Also warte dort in einer Stunde auf mich.«

Macht sie, und sie freue sich schon, sagte sie vermutlich. Weiß ich nicht so genau, weil ich mitten im Satz auflegte.

Der Nachmittag war genauso schön wie der Vormittag. Lindes Lüftchen, eine Temperatur zum Nacktbaden, schmale, kaum sichtbare Wolkenstreifen wehten vom Meer her, Überbleibsel irgendeines Alaskasturmes. Über den Feldern vibrierte die Luft, diesige Berge zeigten, wo das Central Valley begann, und die wenigen Raubvögel, die in der Tageshitze Hunger verspürten, zogen weite Kreise im weißblauen Himmel. Viel zu schön, der Tag. An solchen Tagen entscheiden sich Besucher, alles hinzuwerfen und in Kalifornien ihr Glück zu versuchen. Deshalb haben wir so viele Leute hier. Vierunddreißig Millionen, und jedes Jahr kommt eine weitere Million hinzu. Katastrophe. Bald ist der Staat so unbewohnbar wie New York und New Jersey, Illinois und Michigan.

Als ich nach Avila abfuhr, sah ich schon die Möwen überm Sanatorium kreisen. Ein Kondor umsegelte den Diablo und stieg in seiner Thermik auf bequeme Beobachtungshöhe, ohne auch nur einmal die gewaltigen Schwingen zu bewegen. Raubvögel starrten auf den mit Manzanita bewachsenen Berghang, damit ihnen ja nicht die geringste Bewegung entging. Und vor mir bremsten die beiden Autos, die ich gerade überholen wollte. Ich stieg aufs Bremspedal und brachte den Truck mit knapper Not vor der Stoßstange meines Vordermanns zum Stehen. Am rechten Straßenrand flackerten rote und blaue Alarmleuchten in der Polizei-im-Einsatz-Hektik. Einer der Cops streckte seine Handfläche abwechselnd beiden Fahrtrichtungen entgegen. Ein hellroter Honda streckte sein schmales Heck aus dem Straßengraben.

Julie fuhr einen königsblauen. Ich trödelte vorbei, sauer auf die Gaffer, die jede Unfallstelle zum Live-Event machen.

Fünf Minuten später war ich in Avila. Parkte an der Promenade, hundert Meter vom Hotel entfernt, und beobachtete die Straße im Rückspiegel. Trotz Jahreszeit und Wochenende war nicht viel los. Solche Kaffs wie Avila haben's nicht einfach. Einst waren sie nur *company towns*, Orte, die von den Ölgesellschaften als Stützpunkte gegründet wurden, wo man Erdöl förderte, lagerte oder hintransportierte. Bis vor ein paar Jahren standen noch riesige Lagertanks auf der höchsten Erhebung dieses Strandorts. Die beste Aussicht über Meer und Küstengebirge hatten die zwanzig Männer, deren Job es war, aufzupassen, dass keiner das Öl klaut. Heutzutage wäre so ein Bauplatz unbezahlbar, aber diese Hügelkuppe würde nie bebaut werden. Da war seit fünfzig Jahren Öl ausgelaufen, Tanks waren geplatzt und Rohre undicht geworden. Was damals niemanden weiter störte. Versickerte das Rohöl im Erdreich, gelangte es nur wieder dorthin zurück, von wo es gekommen war.

Die liberalen Umweltschutzansichten rächten sich nun. Sommerfrischler kannten sich mit Krebserregern aus. Die waren nicht mehr bereit, alles hinzunehmen, wenn nur das Zimmer billig war. Und wer noch mit sich reden ließ, der kam nicht mehr am Atomkraftwerk vorbei, das hinterm Berg lauerte. Die Avilenser mussten also eine Gästeschicht ansprechen, die etwas ganz Bestimmtes im Sinn hatte. Biker, die in bullenfreier Umgebung ihre Treffen veranstalteten und zu Hunderten auf dem Strand vor der Stadt herumvögelten; alte Ladys, denen lebensdauerbedingt ohnehin alles egal war, solange der Preis stimmte, und Jugendliche, die hier auch mal etwas lauter sein durften. Auch der gewonnene Prozess gegen die Ölfirma hätte nichts geändert – die Ölfritzen hatten fast die gesamte Stadt abgerissen, hatten die verseuchte Erde abgetragen, von irgendwoher frischen Dreck angekarrt und hingeworfen und dem bis dahin

sehr nach amerikanischem Pionierkaff aussehenden Dorf einen modernen mediterran-maurischen Look verpasst, mit weißen Wänden, roten Dachziegeln, Rundbögen und Palmen an der Strandpromenade, wo früher Harley-Besitzer Ölwechsel vornahmen und Generationen von Besoffenen hinpinkelten.
Das Hotel hatte über die Toppen geflaggt. Da war wohl wieder irgendwas angesagt – ein Pokerwettkampf, eine Hundezüchterkonferenz, eine Rheumadecken-Verkaufsveranstaltung. Ich schloss den Truck ab und schlenderte an der Strandmauer entlang zum Hotel hinüber. Als ich die Straße überquerte, bog ein königsblauer Honda um die Ecke. Ich blieb stehen. Julie bremste quietschend, sprang aus ihrem Auto und flog mir an den Hals.
Wir grinsten beide wie Honigkuchenpferde. Sie rückte mit diesem uralten Spruch heraus, ob ich in der Hosentasche einen Colt trage oder ob ich mich nur freue, sie zu sehen?
»So ein Bart, meine Süße.«
»So lang wie der, der ihn umrahmt?«
»Nichts ist so lang wie der.«
Sie knuffte mich und zweifelte mit zusammengekniffenen Brauen, hakte mich unter und drückte sich eng an mich. Also doch kein Colt.
Wir kamen wieder mal nicht aus der Falle. Schlimm. Ich meine, ich bin ja ein gut abgehangener Typ, schon ewig nicht mehr der Jüngste, und einer in meinem Alter kann einfach nicht mit der Standfestigkeit und konstanten Bumsbereitschaft eines Zwanzigjährigen mithalten. Also ist mir klar, dass diese Darstellungen sehr nach Midlifecrisis stinken. Aber ich schwöre, so wie zur Zeit war ich schon Jahre nicht mehr drauf. Kann sein, dass es einfach die stete Angst war, die mir den Willi nach oben trieb, oder die wirklich unglaublichen Frauen, die ich auf ein-

mal mühelos anmachte. Ausgerechnet nach der reichen, streitsüchtigen, versoffenen Patricia. Ich weiß auch nicht.
Jedenfalls gingen wir wieder zu Werk, als sei die Weltmeisterschaft im Dauervögeln auszutragen. Sie wurde immer ungezügelter, immer schamloser. Meine überraschende Haarlosigkeit reizte sie ungemein. Sie machte Sachen mit ihren Beinen und meinem Kopf, die ich bislang ins Reich der Fabeln verwiesen hatte. Ich hatte meine liebe Mühe, so zu tun, als sei das alles ganz normal. Als bumste ich immer so.
Sie war wirklich ein Sonderfall, die Julie José de Jesus. Ich glaube, ich liebte sie. Was ich ihr auf keinen Fall sagen wollte, denn ich meinte, diesmal sei's echt. Hatte mit dem Ich-liebe-dich-Spruch nichts zu tun, der notwendigen, von allen Beteiligten geschätzten Notlüge, ohne die es meist nichts zu bumsen gibt. Aber ich wollte nicht mit der Tür ins Haus fallen, nicht ausgerechnet jetzt, wo alles schief gehen konnte.
»Ich liebe dich«, sagte ich also pflichtschuldigst zwischendurch, und sie legte ihre Hand über meinen Mund. »Ich dich auch«, hauchte sie. So gehört sich's.
Der Sonnabend wurde zum Sonntag, ehe wir es merkten. Eigentlich hatten wir noch vorgehabt, etwas Feines zu essen und dann einen langen Strandspaziergang zu machen. Aber um halb drei Uhr nachts war das wohl nicht mehr drin. Oder?
Wir zogen uns an, schlossen sorgfältig ab und schlichen die Treppe hinunter. Die Haustür war von innen immer zu öffnen – nur von außen nicht. Ich sperrte den Schließbolzen mit einer zusammengefalteten Postkarte, lehnte die Tür an und ging mit Julie in die laue Halbmondnacht.
Wir trieben uns bis zum Sonnenaufgang am Strand herum, spielten Fangen, warfen flache Steine über die Meeresoberfläche, wobei ihre hüpften, meine sofort versanken. Wir gingen

Hand in Hand bis kurz vor Pismo und wieder zurück. Und wir fühlten uns beide geborgen, wie wir da schlenderten und uns Sachen erzählten, die man seinen Bettgenossen eigentlich besser verschweigt. Eine gewisse Behaglichkeit umschmeichelte uns. *To be comfortable with each other* heißt hier diese selbstverständliche Zweisamkeit, und der Ausdruck Komfort trifft den Kern des Gefühls haargenau. Wir bedauerten, dass die Sonne schon aufging.

Am späten Nachmittag nahmen wir Abschied. Hört sich melodramatisch an, aber es war ein echter Abschied, denn ich wusste nicht, ob wir uns jemals wiedersehen würden. Kein Auf Wiedersehen, sondern ein Adieu für Nichtreligiöse.

Ich gab ihr noch die Telefonnummern zu meiner Yahoo!-Voice-Mailbox und zeigte ihr, wie einfach es war, eine Nachricht zu hinterlassen oder zu empfangen. So könnten wir wenigstens in Verbindung bleiben. Aber ich sagte ihr auch, dass es für mich vielleicht unmöglich wäre, ihre Nachrichten zu beantworten. Was ich ihr nicht sagte, war, dass ich in Baja sein würde, von wo aus die kostenlose US-Telefonnummer nicht direkt anzuwählen war. Ich konnte zwar über meinen Computer die Voicemail abhören und auch beantworten, aber eben nur in Computeraudioqualität. War besser für sie, dass sie meine Pläne nicht kannte. Ich sagte ihr nur, dass ich einige Wochen oder gar Monate nicht in der Gegend sein würde. Sie fragte nicht. Das hatte mir schon damals an ihr gefallen. Sie sagt, was ihr auf dem Herzen liegt, aber sie bohrt nicht.

Julie fuhr nach Pismo, ich zog in die entgegengesetzte Richtung. In San Miguel hielt ich an, sagte den Jungs im Kloster guten Tag, holte noch mal Klamotten und guten Rat von Ignacio. Er wusste, dass es bald um die Wurst ging.

»Wir sprachen ja schon letzte Woche darüber, aber ich sag's

noch mal – sobald die verschiedenen Beteiligten ihre Post aufmachen, wollen sie sich nur noch absichern. Die werden also für dich keine Zeit haben. Du kannst dich ab morgen Nachmittag völlig frei und offen bewegen – wenn du nicht gerade ins Stage Coach Inn marschierst und Hamburger bestellst.« Humor hatte er, aber es stimmte, alle würden sich ab morgen Mittag nur noch ums Überleben kümmern.

»Du solltest mich am Nachmittag anrufen und die Leitung freihalten. Wenn ich helfen kann, tue ich das. Und zwei Meinungen sind immer besser als eine.« Er umarmte mich und wünschte mir alles Gute. Ich zerquetschte eine Träne. Im Ernst. Was jetzt angesagt war, ging mir furchtbar nahe.

Also fuhr ich nach King City, quartierte mich wieder bei Frau Gonzales ein und rief Rick an. Der ließ es erst mal klingeln.

»Mensch, kannst du nicht dein Telefon abheben, wenn's klingelt?«

»Tut mir leid, Junge. Ich war gerade auf dem Klo.« Na gut. Was soll man da sagen.

»Alles in die Wege geleitet?«, wollte ich wissen. Er war ganz happy. Man hörte es auch. Er schien etwas atemlos. Vielleicht die Vorfreude?

»Könnte nicht besser gehen. Ich habe die Post aufgegeben, habe mir die Auslieferung für morgen Vormittag garantieren lassen, und dann sind wir hierher gefahren. Jon, das ist was für dich! Die Straße hierher ist eine reine Katastrophe, nur Schlaglöcher, Taranteln und Schlangen, aber wenn du die letzten, schlimmen fünfzig Kilometer endlich hinter dir hast, ist es das reine Paradies.« Mein lieber Mann, das sind ja große Töne! »Wellen, Brecher, dass du dich nicht mehr einkriegst! Und Grauwale, Delfine, Schwertfisch vor der Küste und Haie überall. Eine sagenhafte Gegend.«

»Und das Hotel? Und das Grundstück?« Ich wollte doch wissen, was lief, Mensch.
»Misty verhandelt stundenlang mit dem alten Typen. Ist ein winziges, ziemlich rattiges Dorf – vielleicht hundert Häuser. Lehmhütten, Kakteen, dürre Köter und Staub. Das Hotel steht etwas abseits, ist ein alter, zweistöckiger Kasten, ganz schön mitgenommen, sogar für hiesige Verhältnisse. Aber direkt am Meer, nur ein Dreckweg ist zwischen der Vordertür und dem Strand, eine riesige, überdachte Veranda umgibt den Bau, und das Grundstück zieht sich fast vier Kilometer ins Land, bis in die Hügel.« Er hörte sich begeistert an. »Und das Meer erst, Junge; hier könnte ich mein Motorboot haben, und jeden Tag damit rausfahren. Den ganzen Winter über ist die Lagune voller Wale, bis April, Mai, rund ums Jahr tauchen Kormorane, und vorhin surfte eine ganze Tümmlerfamilie durch diese Wahnsinnsbrecher. Eine unglaubliche Sache – wenn wir auch nur ein Zehntel von dem kassieren, was wir erwarten, sollten wir unbedingt hierher. Wirklich nicht zu fassen. Der Opa will unbedingt verkaufen. Sein einziger Sohn ist Junkie, und der Alte hat uns gleich gesagt, dass er's lieber der Mutter Kirche vermacht als dem Junior. In die Kerbe haut Misty natürlich. Die ist übrigens knallhart. Hast du das gewusst?«
»Knallhart ist geschmeichelt. Sie ist in Ordnung. Misty macht das schon. Was machen unsere Konten?«
»Alles klar«, sagte Rick. »Du hast sie doch auch im Auge, oder? Dann weißt du ja, dass alles okay ist.« Hatte ich, sagte ich ihm. Und war es. Aber er kannte sich mit der Elektronik besser aus als ich, und außerdem hilft es immer, wenn zwei prüfen.
»Stimmt. Hast recht. Wir checken heute noch mal, und ab morgen müssen wir uns wohl oder übel darauf verlassen, dass mit den Konten und Banken alles in Butter ist.« Das war eben die

Sache. Wir würden einen Haufen Geld herumschieben, zu Banken, von denen wir außer E-Mail-Anschrift und Namen nichts kannten. Vertrauen ist gut, Kontrolle war unmöglich.

»Was macht Gonzales?«, wollte ich wissen. »Ich bin übrigens genau dort, wo du kürzlich warst. Wo es dir so gut gefiel. Bei Frau Gonzales.«

Er ging unvermittelt hoch. »Was soll denn das? Lass doch Lupe in Ruhe – die hat mit ihrem Arschloch von Mann genug am Hals. Wo ich war; ich war nirgends, wenn du's genau wissen willst. Jedenfalls nicht irgendwo, wo du jetzt auch bist.«

Wespennest, was? Die Nerven. Dachte ich's mir doch. »Hör mal, ich bin in Zimmer sieben bei Gonzales. Was meintest du denn?«

Er grummelte irgendwas von Verarschen. Im Hintergrund hörte ich Misty »Schatz« rufen. »Au, lass mich mit Misty reden. Gib ihr mal schnell das Telefon.«

Weiß der Kuckuck, warum er so einen Schreck bekam. Ich wusste gar nicht, dass man »ja« auch stottern kann.

»Schatz, wie geht's dir?«, wollte Misty wissen und legte gleich mit dem Bericht los. Wie toll es hier sei und wie ruhig, und noch so ländlich, ganz wie Großvater es beschrieben hatte, und viel schöner als in der Mojave, die sie bisher für den schönsten Fleck der Welt hielt. Und das Meer! Nicht zu fassen, wenn die Sonne untergeht und die Wale ganz nah an den Strand kommen und die Delfine durch die riesige Brandung springen, allein und in der Gruppe, also nein …

»Misty. Liebe Misty. Nun beruhige dich doch erst mal. Ich freue mich ja auch schon drauf, da unten zu sein und den ganzen Dreck hier oben vergessen zu können. Aber ich wollte dir eigentlich nur hallo sagen und dass du mir fehlst.«

»Ach, du mir doch auch, Schatz. Du mir doch auch.«

»Und wie kommst du mit den beiden Männern aus?«
»Rick ist ein Schatz ..., Rick ist ein lieber Mensch, und Gonzales, na ja, Gonzales riecht Geld. Aber er ist ganz okay, hilft uns wirklich, hier durchzublicken, und natürlich die Sprache. Ach, Jon, das wird schön, wenn wir drei endlich hier unten wohnen und unser Hotel läuft.« Sie schwärmte. Hm. Dass wir zu dritt sein werden, stimmt ja, aber man braucht es ja nicht so auszusprechen, dass man eheähnliche Verhältnisse vermuten könnte. Rick wird doch nicht? Mir wurde heiß unterm Kragen.
»Misty, du wirst dich doch benehmen und Rick in Ruhe lassen, oder?«
Und wieder wurde sie fuchsteufelswild. So hatte ich sie kennen gelernt. Die Stimme, dieses Gift. »Meinst du, ich werfe mich an jeden, nur weil du nicht da bist? Meinst wohl, ich bin so 'ne Nutte wie die Blonde, die du vor ihrem Wohnwagen immer mit den Augen verschlungen hast. Nachts am Fenster gestanden wie ein alter Sack und sich Appetit geholt. Meinst du, ich habe das nicht gemerkt? Meinst wohl, du bist Mister Zauberschwanz, was? Du mieses Stück Scheiße, du meinst wohl, du bist was Besseres? Und Misty, die alte Puffmutter, kann den Schlitz nicht schnell genug aufmachen, wie?«
Mann. So was ging mir ganz ordentlich auf den Nerv. »Natürlich nicht, Süße, aber ich meinte, dass ...«
»Du meintest? Du meintest? Du Drecksack, du meintest, du könntest mich genauso verarschen wie die dämlichen Weiber, die sich für dich hinlegen, was? Ich weiß verdammt genau, was du alles gevögelt hast, während ich nichts ahnend in der Wüste saß und mich grämte! Ich weiß verdammt genau, dass du ein Riesenschwein bist. Du Riesenschwein.« Und dann heulte sie los. Das macht mich immer ganz fertig – das trifft mich mitten im Leben. Ich kann niemanden weinen sehen. Oder hören, wie

jetzt. Ich gab also Verzeih-mir-Geräusche von mir, versuchte, ihr Entschuldigungen ins Ohr zu flüstern, aber sie ließ mich nicht an sich ran. Rick nahm wieder das Telefon, und ich sagte ihm noch schnell, dass alles in Ordnung sei und ich morgen früh noch mal anriefe, ehe alles losgeht. Dann legte ich den Hörer auf und holte mir erst mal ein Bier.

Dann erst kam der Gedanke, der mich während des Gesprächs unterschwellig gestört hatte, ans Tageslicht. Was machte Misty in Ricks Zimmer? Während er auf dem Klo war?

40 Sammy und viel Geld

Mein Frühstück schmeckte mir nicht. Ich war nervös, das Gespräch mit Misty lag mir schwer im Magen, und die Vermutung, dass ich gerade kräftig gehörnt wurde, wollte sich auch nicht bei Licht verflüchtigen. Ich stopfte mir also eine Scheibe Käsebrot in den Mund, spülte es mit viel schwachem, bitterem Kaffee hinunter und war heilfroh, als ich die schlecht gelaunte Señora Gonzales nicht mehr sehen musste. Der Pickup lief prima, der Morgen war noch recht frisch, wie es unsere ersten Stunden des Sommertages oft sind, und der leere Freeway verlockte zum Schnellfahren. Mir war klar, dass ein Strafzettel heute fatale Folgen haben könnte, also hielt ich mich sehr penibel an die Höchstgeschwindigkeit, blieb in meiner Fahrspur und ließ meinen Vorderleuten viel Platz.

Um halb acht war ich in San Miguel. Ignacio hatte gerade gefrühstückt und lud mich ein, mit ihm ein Viertelstündchen durch den Missionsgarten zu gehen. Warum nicht? Vor halb eins brauchte ich gar nicht anzufangen. Also gingen wir durchs Tor und in den sonnenbeschienenen Garten.

»Bist du nervös?«

Der hatte gut lachen. Bin ich nervös? »Logisch bin ich nervös. Heute kann der ganze Plan zum Teufel gehen – die Post kann sich verspäten, das Internet kann am Infarkt zerbröseln, die drei Hauptziele können ihre Mitteilungen nicht lesen, die

Banken Pleite gehen und ich mir ein Bein brechen. Bin ich nervös? Ja. Ich bin ein wenig aufgeregt.«

Er lachte, streckte den Zeigefinger zu den Wolken und schlug mir seine Linke auf den Rücken. Gut gelaunt war er ja, der Herr Berufskatholik. Er hatte nicht meine Sorgen.

»Ich hab was ganz Besonderes für dich«, sagte Ignacio etwas mysteriös, wie mir schien. Er griff unter die Soutane und holte einen Zettel aus seiner Jeanstasche, auf dem eine Telefonnummer stand. Die Vorwahl war 202. Washington. Washington, D.C., die Hauptstadt, nicht das Weltregenzentrum im Nordwesten.

»Falls du Hilfe brauchst, so ganz auf die Schnelle, dann ruf diese Nummer an. Das Telefon steht auf dem Schreibtisch des Special Agent Robert A. Macmillan beim FBI in deren Washingtoner Hauptquartier. Bob ist ein alter Freund; wir haben früher oft zusammengearbeitet. Ihm habe ich den Durchschlag deiner Notizen zugefaxt, und ein paar von den Drogenküchenzetteln, worüber er sich sehr, sehr freute. Er weiß auch, dass heute mit der Post Interessantes kommt, und er erwartet deinen Anruf, falls du ihn brauchst. Die haben die drei Treasury-Spezis schon lange im Auge. Bisher haben sie ihnen nichts nachweisen können, aber ich habe Bob versprochen, dass er ab morgen mehr als genug hat, die drei auf ewig wegzustecken. Er muss nur warten – und das hat er versprochen. Wird vor morgen nichts unternehmen.«

Ich umarmte ihn. Damit hatte ich fest gerechnet. Das war der Notnagel, der mir noch gefehlt hatte. Ich fühlte mich viel sicherer. Er klopfte mir väterlich auf den Rücken.

»Bob Macmillan hat mir übrigens auch erzählt, warum sie so scharf auf die drei sind. Scheinbar war der Kerl, über den du am Strand gestolpert bist« – sagt er doch glatt *gestolpert!* Werde ich das denn nie los? –, »einer von denen. Einer, der undercover bei Moreno eingeschleust worden war und Beweise für die Zusammenarbeit der Treasury-Beamten mit der Drogengang gesammelt hatte. Die Verbindung mit ihm riss einige Tage vor seiner Auffindung ab. Das FBI ist überzeugt, dass er von den dreien umgelegt wurde. Und gefoltert. Auf jeden Fall gefoltert. Beweise dafür waren wohl reichlich vorhanden.«

»Dann wundert mich nichts«, überlegte ich. »Wenn das so ist, dann müssen die jeden umnieten, der auch nur in ihre Nähe kommt.«

»Stimmt. Sagt mein Freund auch. Das Problem war wohl auch, dass das Department of Treasury nichts gegen ihre drei Agenten unternehmen wollte. Die liefern wohl derart viel, dass die Behörde nichts auf ihre besten Leute kommen lässt und die Hand schützend über sie hält. Sie mauern schon seit Jahren, sagt Bob. Übrigens ist er nicht auf den Kopf gefallen – ihm ist klar, dass du das ganze Theater nicht umsonst machst. Aber davon will er nichts wissen. Der Verbleib irgendwelcher Drogengelder interessiert ihn nicht, wenn du ihm nur genügend Beweise gegen die Drogenbullen lieferst. Das soll ich dir ausrichten. Nur darauf kommt's ihm an.«

»Und der Drogenprozess, für den Moreno als Kronzeuge vorgesehen ist? Weiß er, dass Moreno diesen unter Umständen nicht erlebt?«

»Ist ihm völlig egal. Der will die drei krummen Cops weghaben. Alles andere ist unwichtig. Und er weiß, dass er es auf seine Art nicht schafft, weil die Treasury-Oberbullen jede Untersuchung abbiegen. Mach dir also keine Sorgen. Wenn du anrufst, ist zehn Minuten später Hilfe da. Hat er mir fest versprochen. Also mehr kann man für dich nicht tun.«

Stimmt. Hätte ich auch gar nicht erwartet. Spitzenklasse. Ignacio bot an, für mich in Washington anzurufen, falls ich meine Leitung in die Mission freihalten wollte. Hauptsache, er wird auf dem Laufenden gehalten. Ich würde schon das Richtige machen, meinte er. Das gab mir Rückenstärkung.

Gegen elf fuhr ich nach Tepusquet. Um Viertel vor zwölf stellte ich den Truck wieder hinter den Manzanita-Strauch. Diesmal hatte ich nur Telefon, Fernglas und Laptop dabei. Ich setzte mich ins Gebüsch überm Morenoschen Sommerhäuschen, überm noch immer deckenverhängten Wohncontainer mit seinem reichen Garten, steckte mir einen hemdknopfgroßen Hörer ins Ohr und schaltete den Computer ein. Dann wachte ich über das Gelände, während ich die aufgenommenen Telefonate der letzten paar Tage abhörte. Die Jungens in Santa Paula waren fleißig gewesen.

»Treffen wir uns am Montag«, hörte ich und nahm an, dass der Sprecher Moreno war. »Bei mir. Kommt aber nicht beide her – du lässt Rogelio mit einem oder zwei der anderen Boys da, hörst du? Und schärfe ihm ein, dass er die Alarmanlage nicht wieder ausschaltet, der Vollidiot.«

»Alles klar, Boss, ich sag's ihm noch mal. So gegen halb sieben bin ich bei dir.«

Und dann hatten die einen Anruf, der mich aus den Schuhen hob.

»Ja?«, meldete sich der Nichtrogelio.

»Junge, wie isses?«, fragte Sammy Sheerstein, bester Dinge.

»Hey, Sammy!«, freute sich der Gangster. Ich kippte aus den Latschen. Buchstäblich. Unter meinem Gebüsch.

Das Dreiminutengespräch machte deutlich, dass sich Sammy und der Drogenmensch gut kannten – und dass die beiden etwas im Schilde führten, das unter ihnen bleiben sollte. Denn Sammy fragte immer wieder, ob auch sicher niemand mithöre.

»Nee, kannst beruhigt sein; ich bin allein, und die Leitung ist sicher.«
»Na ja, dir glaube ich's ja, aber du weißt, wie löcherig so ein Geheimnis werden kann. Du weißt ja noch, wie dich die geile Gwendolyn reingeritten hat.«
»Klar«, antwortete der Mensch etwas ungeduldig, »aber du hast mich wieder rausgeholt. Wie, ist mir heute noch ein Rätsel, aber du hast.«
»Mein Junge, manche Dinge bleiben besser unerklärt. Teuer genug war's ja. Da haben nicht nur Richter die Hand aufgehalten«, erinnerte sich Sammy traurig. Er wurde aber gleich wieder der Alte. »Also pass auf; morgen machen wir den Deal. Ich rufe dich an, sobald ich Bescheid weiß. Dann sollte das Zeug so schnell wie möglich verladen und nach Oatman gebracht werden. Geht die Menge klar, ohne dass sich deine Kollegen wundern?«
»Kein Problem. Ich habe Rogelio freigegeben – der ist heute Morgen nach Mexiko gefahren und wird vor Donnerstag nicht wieder auftauchen. Bis dahin hat sich alles erledigt. Und Moreno rief an. Ich soll die beiden Penner aus Thousand Oaks herbringen und am Montag um halb sieben bei ihm sein. Was also bedeutet, dass du mich bis spätestens fünf Uhr benachrichtigen musst, sonst läuft nichts. Die Penner rufe ich natürlich nicht an.«
Sammy war empört. »Habe ich dich je im Stich gelassen? Traust du mir zu, halbe Sachen zu machen?« Der Angesprochene wehrte ab, aber Sammy nölte weiter. »Bin ich irgendeiner, der ein paar Dollar nebenher verdienen will und nicht weiß, wie er's anfangen soll?« Nee, nicht doch, meinte der Typ zwischendrin, aber Sammy tat, als höre er nichts. »Weiß ich verdammt, wann es für dich Zeit wird, dort auszusteigen? Und

eine coole Million dabei mitzunehmen? Klar weiß ich das. Also rede hier gefälligst keinen Scheiß, sondern fang spätestens um halb drei an, das verpackte Zeug ins Auto zu laden, und klemm ruhig um vier den Sprengsatz unter die Bude. Vergiss nicht das Bare, das du dem Moreno geklaut hast.« Der Angerufene schluckte und stotterte »B-Bargeld?«
»Ein Anwalt weiß alles. Merk dir das, und du wirst immer richtig liegen. Also wie viel ist es?«
»Weiß nicht. Vielleicht zwanzig Scheine«, sagte der Dieb kleinlaut, und ich hätte mich in den Arsch beißen können. Hätte ich doch noch mal richtig zugegriffen, statt nur die Hose vollzustopfen. Oh ja.
»Ist dein Geld. Behalte es«, brummelte Sammy großzügig. »Also, alles klar, du weißt Bescheid. Fang bald an, stell als Letztes noch einen großen Topf auf den Herd, damit die Explosion nach Betriebsunfall aussieht, und keiner wird lange nachhaken.«
Die zwei trennten sich auf freundschaftlichste Weise. Ich hörte das Klicken beider Hörer, die auf die Gabel gelegt wurden. Dann hörte ich noch mal ein Klicken. Und dann trennte mein Recordprogramm. Seltsam.
Unten auf dem Grundstück tat sich nichts. Ich vergewisserte mich, dass dort wirklich nichts los war, dann spielte ich den Anruf noch mal ab.
Klar war, dass Sammy sein Nebengeschäftchen mit dem Typen machte. Er wusste nicht, dass ich die Bude kannte – wir hatten uns nicht mehr gesprochen, seit ich dort herumgeschnüffelt hatte. Aber er kannte meine Terminplanung, weil er schließlich den wichtigsten Teil der Bankgeschichte in die Wege geleitet hatte. Und ich nehme an, dass er wusste, dass der Typ einer von Morenos Leuten war. Sammy hatte ihn mal verteidigt.

Garantiert. Lag ja nach dem Gesprächsinhalt auf der Hand. Und er hatte sich mit ihm in Verbindung gesetzt, als er von mir erfuhr, um welche Leute es ging. Wahrscheinlich hatte der Typ damals schon für Moreno gearbeitet. Keine Ahnung. Ich konnte jetzt ohnehin nicht viel machen, aber ich würde mir Sammy vorknöpfen, sobald meine Sache hier erledigt war.

Dieser Drecksack. Ich hatte plötzlich unglaublichen Schiss. Hatte mich Sammy verkauft? Kaum anzunehmen – eher hat er einen Batzen Geld für sich gewittert, aber ich war völlig verunsichert.

Ich ging zum Auto zurück, stieg ein und fuhr bis zur alten, ausladenden Eiche. Kurz nach zwölf. Dreihundert Fuß unter und neben mir trottete ein Kojote über den Berghang. Seine Zunge hing ihm seitlich aus dem Maul, und er lief windschief durch die Gegend wie ein Auto, dessen Hinterachse um Zentimeter versetzt ist. Er war dürr – seine Rippen zeichneten sich deutlich unter dem graubraunen, mottenzerfressenen Fell ab. Die Augen hielt er auf den Boden gerichtet, bereit, sich sogar auf eine vorlaute Grille zu stürzen.

Ich hob das Fernglas. Der schmutzig weiße Postjeep mit dem blau-roten, in Brusthöhe umlaufenden Streifen war in der Ferne gut auszumachen. Auf dem Land stehen meist mehrere Briefkästen nebeneinander zwischen den Farmeinfahrten an der Straße, damit der Briefträger nicht auf jeden entfernten Hof tuckern muss. Die Dinger sind seit hundert Jahren so groß, damit der Sears, Roebuck & Company-Versandkatalog hineinpasst. Ohne den hätten sich Amerikanerinnen im neunzehnten Jahrhundert vermutlich geweigert, Pionierin zu werden.

Wie ein verfetteter Kolibri arbeitete der Postler die Briefkastenreihen ab, hielt kurz an, steckte überall die Hand hinein, nahm Umschläge mit, lieferte Post ab und fuhr weiter, bis er zum Stage Coach Inn kam. Da ließ er den Kasten links liegen und

fuhr vor die Kneipe, stieg aus und ging die Treppe hoch. War bei Einschreiben Vorschrift. Er musste die Unterschrift des Empfängers oder eines Empfangsbeauftragten holen. Und ich wusste, dass meine Post angekommen war. Nicht schlecht für drei Dollar Aufpreis.
Er stieg nach zehn Minuten wieder in seinen Postjeep und fuhr weiter. Schön, wenn man sich als Briefbote hier und dort stärken kann. Das kräftigt, und der Tag geht viel schneller vorbei. Vielleicht wurde der damals in voller Blüte stehende, erfolglose Schriftsteller Charley Bukowski deshalb Briefträger. Obwohl bei dem noch die Vögelei dazukam.
Wir hatten verabredet, dass ich Rick benachrichtige, sobald die Päckchen abgeliefert waren. Also rief ich ihn kurz an und meldete. Von Sammy wollte ich nichts sagen. Wir hatten genug am Hals, ohne dass sich Rick noch wegen Sammy in die Hose macht. Es reichte, dass mir übel war.
»Also gut. Ich fange genau um einundzwanzig Uhr an.«
So war's ausgemacht. Bis dahin musste ich fertig sein. Dann war für mich Ruhe, bis nachts um zwei, jedenfalls. Zwei Uhr an der Pazifikküste war zehn Uhr morgens in London, dort die beste Börsenzeit. Dann würde ich wieder weitermachen.
»Gut«, sagte ich. »Und mein letzter Überweisungsauftrag geht fünf Minuten vorher raus. Halte also möglichst die verabredete Reihenfolge ein, damit ich Zeit habe, alles durchzuschießen, falls ein Verbindungsproblem auftaucht.« Denn das war eine der Variablen. Was ist, wenn das Netz zusammenbricht, wenn unser Server streikt, wenn das Elektrizitätsmonopol mal wieder abschaltet, weil der Verbrauch zu hoch ist oder die Preise zu niedrig? Deshalb hatten wir eine Dreiviertelstunde Pufferzone eingeplant. Während der Zeit konnte ich entweder wieder ins Netz kommen, oder, wenn alles vergeblich war, konnte ich

Rick anrufen, damit er von Mexiko aus so viel wie möglich von meiner Aufgabe übernehmen würde. Immer nach dem Motto: je größer die Zahl, desto vordringlicher die Überweisung.

Ich ahnte bereits heute früh, dass es ein beschissener Tag werden würde. Man soll sich immer auf sein Gefühl verlassen. Als ich nämlich so dasaß und darauf wartete, dass irgendwas passiert, rief ich Ignacio an. Meinen Computer hatte ich eingeschaltet, mein Telefon am Ohr, ich war also vollelektronisch mit der Außenwelt verbunden. Als Ignacio abnahm und ich mich meldete, wollte er wissen, ob es was Neues gebe.

»Ich habe heute meine Computernachrichten überprüft, du weißt schon, und habe doch tatsächlich Sammys Stimme gehört.«

Er kapierte nicht.

»Na, ich habe dir doch von dem Kästchen erzählt, das man direkt an den Computer anschließen kann …«

»Ach, du großer Gott! Du meinst das Programm, das erst seit kurzem installiert ist?«

»Klar meine ich das. Da war unser Freund drauf. Und er mauschelte mit einem, den er gut zu kennen scheint. Dort, wo ich kürzlich war und mich in deren Kommunikation einstöpselte.«

Er kapierte. »Ja, klar«, sagte er.

»Niemand, der uns direkt angeht, aber der Zufall geht mir doch sehr an die Nieren.«

»Mir auch. Verdammt. Mir auch. Hat er was über dich und dein Vorhaben gesagt?«

»Nein, ging nur um Geld und Ware, die ihm gebracht werden soll. Heute. In drei Stunden.«

»Der Dreckspatz will die Ware klauen und verscherbeln. Hätte ich ihm nicht zugetraut. Ich rufe ihn an. Bleib dran – lass die Leitung offen. Ich benutze meine zweite Leitung.«

Machte ich. Und ich hörte, wie er auf die freie Leitung umschaltete.
Kurz darauf war er wieder dran.
»Ich habe gerade mit einem Barstower Bullen gesprochen. Sammy ist tot. Erschossen worden, während der Nacht oder heute früh. Die Frau, die mit ihm im Bett lag, ist auch tot. Angeblich eine Riesensauerei in Mistys altem Schlafzimmer. Der Cop kennt mich dem Namen nach – von früher und aus Sammys Telefonverzeichnis. Er behauptet, es habe länger gedauert, bis Sammy tot war. Machte Andeutungen, dass sich jemand intensiv mit ihm beschäftigte, und auch mit der dicken Blondine, die neben ihm lag. Ich werde als Bekannter von Sammy Sheerstein natürlich aussagen müssen. In ein paar Tagen.«
»Scheiße. Meinst du …?«
»Klar. Da war noch eine Wanze drin. Ganz klar.«
Ich erwähnte das Klicken auf meiner Aufnahme. »Na also«, sagte der kriminalistisch durchtrainierte Franziskaner. »Da hört noch einer mit. Wahrscheinlich wissen die nicht, dass du auch da bist, weil deren Recorder vermutlich über die Spannungsveränderungen ein- und ausgeschaltet wird, während deiner auf Ton reagiert, also erst ausschaltet, wenn deren Verbindung zugemacht wird.«
»Was soll ich tun, Ignacio? Alles vergessen und abhauen? Sag mir's. Ich kann nicht mehr denken. Außerdem scheiße ich mir gerade in die Hose.«
Er drängte. »Gib jetzt ja nicht auf, Junge. Bleib dran, halte dich an den Plan und tu genau das, was du vorhattest. Brenzlig wird es nur, wenn du aufgibst. Die können dir nicht noch gefährlicher werden, als sie es schon sind. Vergiss Sammy; der hat gekriegt, was er sich eingebrockt hat. Hätte ich ihm nie zugetraut, so eine Dummheit. Aber wenn einer zu viel abbeißt, weil er

nicht genug kriegen kann ...«, sagte Ignacio traurig. Dann atmete er tief durch und empfahl: »Sieh dich vor und mach weiter. Ruf mich, wenn was ist. Ich habe den Kopfhörer auf und das Kehlkopfmikro umgebunden. Ich bin bei dir.«

Natürlich hatte er recht. Also weiter.

Ich horchte, ich schob den virtuellen Lautstärkeregler nach oben, aber ich hörte nichts aus Santa Paula. Kein Rauschen, kein Zeichen, dass meine Abhörleitung noch aktiv war. Die würde ich abschreiben können, nahm ich an. Wenn Sammy für seine Dummheit mit dem Leben bezahlt hat, dann war der Typ im Labor auch Frischfleisch. Pech.

»Dort, wo Sammy angerufen hat, ist die Leitung tot«, sagte ich ins Telefon, und Ignacio erwiderte, dass er sich das gedacht habe und dass ich mich nicht darum kümmern soll.

Also hielt ich mich an den Plan. Wir hatten ausgemacht, dass ich mit den Überweisungen anfangen würde, sobald der Briefträger die Post gebracht und ich mit Rick telefoniert hatte. Ich rief das erste Moreno-Konto auf, stellte die Seite in die Ecke und machte mich an das zweite Konto.

Es war denkbar einfach. Die Internetseiten wurden nach Eingabe des Benutzernamens und eines Geheimcodes freigeschaltet und lagen dann da wie ein unterschriebener Blankoscheck. Man brauchte nur den Betrag und ein Empfangskonto einzutragen, auf die Sendetaste drücken – und finito. Das war's. So einfach kam man in dieser neuen elektronischen Welt zu Geld. Wenn es in meiner Jugend schon ein Internet gegeben hätte, wäre ich, ohne mit der Wimper zu zucken, Verbrecher geworden.

Innerhalb der nächsten Stunde hatte ich mehr Geld auf die Reise geschickt, als die meisten Menschen je in ihrem Leben verdienen werden. Millionen von Dollar. Von seinen Konten

auf meine Konten. Ich verteilte die Beträge ganz im Sinne des Verwendungszwecks und der Überweisungsgeschichte der jeweiligen Konten. Von einem Konto hatte Moreno offenbar Lieferanten bezahlt. Da waren immer gewaltige glatte Summen reingekommen und rausgegangen. Hundertsiebzigtausend, fünfundfünfzigtausend, dreihundertachtundzwanzigtausend, siebenundneunzigtausend. Also hielt ich mich ans Muster, füllte sieben Überweisungsaufträge für insgesamt 1,8 Millionen Dollar aus und terminierte sie auf kurz vor Mitternacht Eastern Time. Also zwischen 20.15 und 20.55 Uhr unserer Zeit. Aber ich ließ die Seite offen, damit nicht auffiel, dass Bewegungen geplant waren, falls zufällig noch jemand das Konto anschaute.
Das andere Konto war ein Eingangskonto. Da sammelte er Beträge aller Art und überwies jeweils nur einen Großbetrag pro Woche, manchmal zwei. Also holte ich mir von den fast zwei Millionen Dollar 1,65 Millionen und ließ zweihundertsiebentausend und ein paar Zerquetschte drauf. Auch hier machte ich die Vorarbeit und ließ die Seite offen.
Ein drittes Konto mit sehr vielen Bewegungen diente vermutlich dem Tagesgeschäft. Das sah aus wie jedes Girokonto jeder Volksbank in jedem Kaff der Welt. Vom überwiesenen Fünfer zum ein Mal monatlich stattfindenden Leerfegen war hier alles drin. Ich ließ die paar tausend stehen. Der Betrag wog die Entdeckungsgefahr nicht auf.
Und dann ging's ans Geheimkonto in der Karibik. Das würde mir am meisten Spaß machen, denn von dem wusste nicht mal Mrs. Moreno etwas. Er hatte mit Hilfe der Bank eine clevere Sicherung eingebaut: Bei der Kontoeröffnung vor einigen Jahren hatte die Bank ein einmaliges Cookie gesetzt, und der Zugang war nur über den Computer möglich, der das Cookie in seinem Inneren gespeichert hatte. So ein Cookie, hatte mir

Rick erklärt, ist eine Art Erkennungscode, eine elektronische Kombination, die nur von ihrem Gegenstück geöffnet werden kann und dann erst das zu sichernde Objekt freigibt. Diese Art Cookie kann selbst vom cleversten Computer nicht geknackt werden, weil einfach zu viele Zusammensetzungsmöglichkeiten bestehen. Die totale Sicherheit also.

Deswegen hat sich Rick gar nicht erst die Mühe gemacht, das Ding knacken zu wollen. Er hat sich mit einem von einer öffentlich zugänglichen Hackersite heruntergeladenen Programm einfach an den Bankcomputer angeheftet. Und als der Moreno-Computer sich im Bankcomputer einloggte, ritt Ricks Trojanisches Pferd bis zum Moreno-Cookie vor, kopierte es, ließ das Original unangetastet stehen und klaute die Kopie. Die lieferte das Cookie wohlbehalten in Ricks Computer ab, ohne dass jemand etwas merkte.

Also hatten wir das Cookie auch in meinem Laptop installiert, von wo aus es sich nun als Doppelagent bewährte. Und die Verbindung zum Geheimkonto sofort freigab.

Merke: Wer seinen Computer an die Telefonleitung anschließt, hat in dem Moment seine Haustür sperrangelweit geöffnet und den Schlüssel fortgeworfen.

Als die Seite mit den vielen Zahlen auf meinem Laptop-Bildschirm erschien, kam ich mir vor wie in Tausendundeiner Nacht. Sesam, mein Lieber, hatte sich geöffnet und lag nun breitbeinig vor mir. Ich schaute tief hinein, bestaunte die goldenen Schatztruhen und juwelenbesetzten Umhänge der Habgier. Jeder wird älter, aber Moreno hatte wie nur wenige für die goldenen Jahre vorgesorgt. In allen möglichen Währungen. In D-Mark und Dollar, in Fränkli und Francs, in Pfund und Piaster. Angelegt, natürlich, denn niemand ist reich genug, Bares auf Konten herumliegen zu lassen. Aber so angelegt, dass sofort

liquidiert werden konnte. Mister Moreno traute seinem eigenen Glück nicht. Er wusste, dass im Notfall nur Cash echtes Geld ist. Und er kannte sich im Bankgewerbe leidlich aus, schien es. Denn er hatte verfügt, dass nur an Banken in Liechtenstein, Andorra und Luxemburg ausgezahlt werden dürfe. Er kannte die Fallen.
Also liquidierte ich. Alles. Die ganze Herrlichkeit.
Die sofortige Neuordnung des Guthabens rechnete sich auf gute fünf Millionen Dollar, abzüglich Provision, Agio, Wechselgebühr, Transferkosten, Kontoführungsgebühren und einigen Posten, die bei Autowerkstätten unter der belletristisch anmutenden Sammelbezeichnung »Kleinteile und Verbrauchsmaterial« den Reingewinn kräftig erhöhen. Aber ich war nicht in Stimmung, mich wegen lumpiger dreieinhalb Prozent mit den karibischen Bankiers zu streiten. Ich akzeptierte die Aufstellung, ließ noch einen Bodensatz von einer runden Million Dollar auf dem Konto und bereitete die Überweisung des Hauptbetrages auf ein Bankkonto in Liechtenstein vor.
Hier würde es etwas haarig werden, hatte Sammy gewarnt. Der gute Sammy, der honorige Sammy. Mein Freund Sammy! Er befürchtete, dass die europäischen Behörden zugreifen könnten, falls sie Verdacht schöpften. Deshalb hatte er seine Kanzlei als Inhaberin des Liechtensteiner Kontos angeboten, und er hatte es ausdrücklich als Anderkonto deklariert, damit er mit der einheimischen Steuerbehörde keinen Ärger bekam. Aber trotz seines einwandfreien Rufes als Mitglied des kalifornischen Anwaltsverbandes und seiner Arbeit als Notar könnte die Bankenaufsicht doch eine Wartefrist verfügen. Man müsste es eben probieren.
Klar, was will man machen? Ich probierte also. Überwies auf unser Liechtensteiner Konto, über das nur der frisch verstorbe-

ne Sammy verfügen durfte, und wusste, dass ich nur mit viel, viel Glück ans Geld kommen würde. Wenn überhaupt.

Dann waren da noch die vielen kalifornischen Immobilien. Damit würde man nichts machen können. Wir hatten alle überlegt, wie man die greifen könnte, aber da war ohne eine vor dem Notar geleistete Originalunterschrift, beglaubigt und mehrfach von Zeugen bestätigt, gar nichts zu machen. Kalifornien hatte eine lange, schmerzliche Erfahrung mit Landraub während des neunzehnten und der ersten Hälfte des zwanzigsten Jahrhunderts und erlässt seither immer strengere Immobiliengesetze. Also verzichteten wir darauf. Und den Auslandsbesitz konnte man sowieso vergessen. Viel zu gefährlich, damit anzufangen.

Aber wir verzichteten nicht auf das Bare, das ich mit so viel Verlangen angeschaut hatte, als es offen vor mir lag und doch außer Reichweite war. Die Wichsvorlage des Drogenkönigs. An die würde ich mich machen, sobald es dunkelte. Ich wollte nicht riskieren, dass noch jemand dazukommt, während ich bis zum Hals in Scheinen stecke.

Ich behielt die Konten im Auge, aber da tat sich nichts. Ob Moreno seine Konten prüfte, wusste ich natürlich nicht, aber wenn sich Bewegung zeigte, mussten wir bis zum letzten Moment warten, ehe wir überwiesen.

Der Zeitplan war einigermaßen ordentlich ausgeklügelt. Wir wollten einerseits vermeiden, dass der rechtmäßige Kontoninhaber spitzkriegt, dass da jemand den Finger in seinem Zuckerloch hat, andererseits sollten die Beträge schon über alle Berge und unauffindbar sein, falls jemand starb. Denn hinterhertransferieren war ein eindeutiger Beweis für Außeneinwirkung, und das wollten wir auf Ignacios Rat hin unbedingt vermeiden.

Ich saß da und hatte gerade nachgeschaut, wie spät es war, als irgendetwas meinen Ordnungssinn störte. Ein Auto fuhr zum Restaurant, das um diese Zeit eigentlich geschlossen war. Nicht mal halb fünf. Da fingen sie gerade an, das Abendgeschäft vorzubereiten. Ich schaute durchs Fernglas und sah zu meiner Freude, dass es der Bullenchevrolet war. Meine Freunde, die Drogencops. Die hatten sich aber beeilt! Vorsichtshalber rief ich ein leises »hallo« in mein Telefon, und sofort meldete sich Ignacio.

»Was gibt's?«

»Gerade sind die drei Menschen vorbeigefahren, die du schon so lange kennst.«

»Sind früh dran, oder?«

»Sind sie. Soll ich den Zeitplan vorziehen?«

Er überlegte einen Moment. »Nein, würde ich nicht. Kann sein, dass die eine kleine Aussprache haben, kann aber auch sein, dass es was völlig anderes ist. Beobachte und werde erst aktiv, wenn es die Situation dringend verlangt.«

Also gut. Wenn es die Situation dringend verlangt. So reden Bullen. Ignacio war in seinem Element.

Der Chevy hielt auf dem Hof. Ein sehr Dicker und ein langer Dürrer stiegen aus und gingen zielstrebig durch das breite, offene Scheunentor, der Indianer voraus, Kourakos hinterher. Mir schien, als trüge John Running Bear etwas. Ein paar Sekunden tat sich nichts. Dann flog die Fahrertür auf, der Dritte rannte ums Auto herum und warf irgendwas in die Scheune. Ich sah nicht, was, sondern nur die Bewegung seiner Arme. Und ich hörte gleichzeitig Schüsse. Viele Schüsse. Der Jungbulle sprang wieder zurück ins Auto, knallte den Rückwärtsgang rein und raste auf den Parkplatz, wo er in voller Fahrt, eine gewaltige Staubfahne hinterlassend, umdrehte und geradeaus lossauste. Was auch gut war, denn der Schuppen war mit einem gewaltigen Knall und weißroter Stichflamme in die Luft gegangen. Ich sah die Explosion, sah das Feuer hervorschießen, durchs Dach und horizontal zum Tor heraus, und hörte dann erst, durch die Entfernung verzögert, zwei unmittelbar aufeinander folgende Detonationen. Unwillkürlich zog ich den Kopf ein.

41 Feuer

Aus der Kneipe liefen Leute, weiß gekleidete aus der Küchentür und Typen im Anzug aus dem Haupteingang, aber zu retten gab es nichts mehr. Die Wirtschaftsgebäude brannten lichterloh, und es sah aus, als habe auch das Restaurantdach Feuer gefangen. Ich packte mein Zeug zusammen, kletterte vom Baum, erzählte meinem Telefon, was gerade passierte, hoffte, dass Ignacio alles mitbekam, und fuhr die wenigen Meter zum Wohnwagen. Alles gleichzeitig. Dann rief ich erst mal Rick an.

»Gerade sind Kneipe und Schuppen in die Luft geflogen. Ich fange sofort an und gebe Bescheid, sobald ich fertig bin. Dann machst du weiter.«

»Alles klar«, sagte Rick.

Das war übrigens auch die Meinung des kriminalistisch gewieften Franziskaners. »Jetzt ist es höchste Eisenbahn«, meinte der etwas altmodisch.

Ich setzte mich unter mein Gebüsch und gab die Befehle zur Überweisung in den Computer ein. Die Seiten mit den Empfangskonten hatte ich hinter denen der Sendekonten versteckt, also klickte ich das jeweilige Konto auf der unteren Leiste des Bildschirmes an, und wie von Zauberhand erschien es. Ein Auffrischen des Seiteninhalts, eine Aktualisierung per Mausklick, und der Geldeingang wurde aus zehntausend Kilometern Entfernung bestätigt. Innerhalb von Sekunden. Gelobt sei es,

das Internet. Freiheitsbringend, völkerverbindend und weitaus praktikabler als die Maschinenpistole in der Schalterhalle.
Drei Konten wurden geleert, an die zwanzig Überweisungen wurden innerhalb der nächsten zwei Minuten ausgeführt, und etwa zwanzig Geldeingänge waren zu verzeichnen, auf anderen Konten, die anderen Menschen und Firmen gehörten. Uns. Rick und mir.
Ich machte auf diesen Konten das Gleiche: ausfüllen, überweisen, prüfen, ob der Auftrag ausgeführt wurde. Nun war das Geld bei den richtigen Banken, in irgendwelchen gesicherten Marmorpalästen mit hübschen Sekretärinnen und Armani tragenden Bankiers, die ihre hochbezahlte Weltläufigkeit mit Fachausdrücken wie Peanuts und – im Falle des Nichtverstehens – Chicken Feed unter Beweis stellten und jetzt ihre habgierigen Pfoten auf meinem Geld hatten.
Ich rief Rick an und meldete, dass Teil eins geklappt hat. Er freute sich, fragte, ob alles in Ordnung sei, und als ich bejahte, versprach er, sofort weiterzumachen.
Ich steckte meinen Computer wieder in die Fahrerkabine meines Kleinlasters, holte den Spaten und sicherte noch mal schnell das Gelände. Dann begann ich zu graben. Darauf hatte ich mich wochenlang gefreut. Die Erde war leicht, nur Staub, denn es hatte schon ewig nicht mehr geregnet. Und die Moreno-Löcher waren frisch ausgehoben, so dass die Erde noch locker geschichtet war. Keine Probleme. Nach nicht mal zehn Minuten hatte ich die ersten beiden Kisten freigelegt.
Ich wusste nicht, ob ich erst alle Kisten ausbuddeln sollte und sie dann auf den Truck laden, oder ob ich jede einzeln wegbringen sollte. Sollte ich den Truck aufs Grundstück fahren oder lieber die schweren Kisten den Abhang hochschleppen? Ich schaute auf die Uhr. Erst kurz nach fünf. Mein lieber Mann.

Das ging ja flott. Ich fackelte nicht lange, sondern schnappte die erste Kiste an einem Griff und zog sie den Hügel hoch. Auf dem braunen Gras rutschte die Metallbox zwar nicht allzu gut, aber ihr Inhalt verlieh mir Flügel. Ich zog und stieg wie ein Jüngling. Und hinein in den Truck. Zurück und die nächste.
Es war halb sechs, und ich hatte beide Kisten verstaut, hatte das andere mir bekannte Loch ebenfalls aufgegraben und seinen Inhalt ans Tageslicht gehievt. Im Tal wütete das Feuer. Ich hatte von hier aus die Feuerwehren gehört, die aus beiden Freeway-Richtungen gekommen waren, ich roch den Rauch und sah, meine ich, sogar ab und zu einen roten Feuerschein, der aber genauso gut ein nachmittäglicher Sonnenstrahl sein konnte. Die Rauchsäule stieg die ersten Meter senkrecht in die Höhe und zog mit der aufkommenden Meeresbrise zum Berg herüber.
Eigentlich war es logisch, dass Moreno noch weitere Kisten verbuddelt hatte. Allerdings war im großen, verwilderten Garten nichts zu sehen. Keine Spuren von Grabarbeit, keine kahlen Stellen im Garten, nicht mal eingetrocknete Samenflüssigkeit. Und natürlich hatte ich Bedenken, dass jemand plötzlich den Weg hochkommen könnte. Die ganze Zeit horchte ich, schaute auf den Weg und hoch zu meinem Gebüsch und war nach der letzten Kiste eigentlich heilfroh, dass die Arbeit gut gelaufen war und ich nicht noch länger bleiben musste.
Meine Schatzkisten hatte ich mit blauen Plastikplanen vor Wetter und Blicken geschützt. Sie waren schwer genug, um sich hinten nicht zu bewegen, zumal ich sie noch mit dem Abschleppseil behelfsmäßig festgezurrt hatte. Also ließ ich den Gemüsegarten sein und fuhr auf den Highway 166 East und weg vom Feuer und vom Trubel. Bald würden sie eine Suche beginnen, wenn sie nicht schon begonnen hatte. Dass ein Gebäude

gesprengt worden war, dürften die Feuerwehrtypen inzwischen auch festgestellt haben, und vermutlich haben sie ein paar Leichen entdeckt. Also nichts wie weg.

Ich fuhr nach New Cuyama, ließ meinen Truck nicht aus den Augen und aß einen passablen Straußenburger – den es dort schon seit zwanzig Jahren gibt, denn die Rancher in Cuyama entdeckten früh, dass sich Straußenvögel auf ihren Staubprärien richtig wohl fühlten, fast wie zu Hause. Und da die Laufvögel ein zähes, weil fettarmes Fleisch ihr Eigen nennen, ersetzten sie dort bald die dürren Kühe, die ohnehin permanent dem Hungertod ins blutunterlaufene Auge blickten. Weshalb jetzt zwei Meter hohe Vögel über die eingezäunte Wüste spazieren und bei Erreichen eines bestimmten Gewichtes durch den Fleischwolf gedreht werden, die vorher abgezogene Haut zu Cowboystiefeln verarbeitet, und ihre buschigen Federn Karnevalskostüme zieren.

Zehn Meilen weiter bog ich auf das flache, heiße und trockene Carrizo Plain ein. Die einzige Straße, die durch das Wüstengebiet zum seit Jahrhunderten ausgetrockneten, schneeweißen Bett des Soda Lake führt, ist nicht befestigt, also zog ich im Abendlicht eine meilenweit sichtbare Staubfahne hinter mir her. Eine Erhebung thront neben dem ehemaligen See, und auf die wollte ich. Dort könnte ich die Nacht verbringen, hatte dank der Höhe eine ordentliche Telefonverbindung zum nächsten Antennenturm und sah rechtzeitig, wenn jemand durchs Tal fuhr.

Ich hatte Chips und Bier dabei, Cola und drei Sandwiches, die ich mir noch in San Miguel gekauft hatte, also packte ich alles aus und schleppte es auf den zwanzig Meter hohen Hügel. Oben war ein Picknicktisch, an dem ich mich häuslich einrichtete. Einundzwanzig Uhr. Ich schaltete erneut den Computer ein und beschäftigte mich mit den Konten. Hübsch. Moreno war im Vergleich zum Tagesbeginn eine Kirchenmaus, wenn nicht gar eine tote Kirchenmaus, Rick und ich Millionäre. So gehört sich's.

Ich rief Rick an und gratulierte zur Vermögensvermehrung.

»Junge, ich kann es noch immer nicht fassen«, staunte er. »Als ich die Beträge sah und dann noch locker in der Weltgeschichte herumschob, wurde mir ganz anders. Meinst du wirklich, dass wir damit durchkommen?«

»Klar meine ich das. Bis jetzt sieht's ja gut aus.«

Er blieb einen Moment stumm. »Mensch, Jon, stell dir vor: Nie wieder bangen müssen, ob die Miete rechtzeitig bezahlt werden kann. Nie wieder Muffe vorm fünfzehnten April, wenn die Einkommensteuer fällig ist. Und nie wieder vor Schaufenster stehen und wissen, dass man sich das nicht leisten kann, was da drin ist.«

»Hast recht, aber denk auch dran, dass wir aufpassen müssen. Vorsichtig gegenüber Fremden, immer wachsam. Nicht mehr in der Kneipe volllaufen lassen, nie wieder bei Leuten, die man nicht genau kennt, einen durchziehen. Wir werden uns ganz schön zusammennehmen müssen.« Was mir früher unmöglich gewesen wäre, aber nach diesem letzten Monat kaum Schwierigkeiten bereiten dürfte. Wenn nur alles so einfach wäre.

»Mach ich gern«, erklärte Rick mit Begeisterung. »Wenn ich nur nach Hause gehen kann und Kohle zählen.«

»Stimmt, Süßer. Deshalb machen wir jetzt weiter, damit alles nach Plan abläuft. Ich rufe dich an, wenn du wieder dran bist.«

»In Ordnung. Wir wollten gerade essen – Misty und ich. Gonzales ist mit seinem alten *compadre* in die Kneipe. Die zwei schlucken ganz lustig, kann ich dir sagen.«

»Und was ist mit dem Grundstück?«

»Geht klar, sagt Misty. Die übrigens gerade im Garten ist und fürs Abendessen Kräuter pflückt, also kann sie sich leider nicht mit dir unterhalten. Aber ich soll dir sagen, dass alles klar geht. Ein sagenhaftes Stück Land, Jon!«

Ein sagenhaftes Stück, eher. Ich traute Mistys Treueschwüren nicht mehr über den Weg. Aber was soll's. Erst kommt das Fressen, meinte schon Brecht, und dann die Moral. Er wusste das.

Also kümmerte ich mich weiter ums Fressen. Bis Viertel vor eins. Jetzt wurde nämlich unser Plan etwas diffiziler. Ich hatte mich bei einem weltweit krakenhaft verzweigten Börsenmakler in London als Kunde eingetragen, Rick hatte auf mein Kundenkonto zweihunderttausend Pfund überwiesen, und ich hatte Kauforder für eine Anzahl erstklassiger Wertpapiere gegeben. Die würden zwar kurzfristig kaum im Wert steigen, aber auch nicht drastisch fallen. Kleines Kursrisiko, kleiner Gewinn, hatte der Verkäufer mahnend abgeraten und gebeten, ihn doch Broker und nicht Telefondrücker zu nennen. Für eine Viertelmillion Dollar, ließ ich ihn wissen, konnte ich ihn nennen, wie ich gerade lustig war. Da musste er mir dann doch recht geben.

Ähnlich verfuhren Rick und ich in Amsterdam, in Frankfurt und in Belmopan. Das ist in Belize, und dort sind die Broker freundlicher und bringen die Kundschaft nicht mit solchen Sensibilitäten durcheinander. Die freuen sich über das viele Geld, das sie anlegen dürfen, und kennen die schnüffelnden amerikanischen Steuer- und Drogenbehörden, die ihnen immer ins Geschäft reinreden wollen. Weshalb es viele Broker vorziehen, über ihre eigenen Konten in der freundlichen Schweiz Geld zu empfangen und auszuzahlen.

Ja, und dann haben wir über Sammy natürlich ganz harte Typen in der Ukraine beauftragt, unser Geld verschwinden und dafür wieder woanders frisch gewaschen auftauchen zu lassen.

Die wussten ja nicht, ob der Sender Sammy war oder sonst wer – solange Provision, Passwort und Code stimmten, interessierte das nicht die Bohne. Ich raffte mich auf, sammelte meinen Mut zusammen und probierte es mit einer Viertelmillion, deren Verschwinden wir zur Not verkraften konnten. Sammy hatte von den Ukrainern einen genauen Laufplan des Geldes bekommen und hatte mir eine Kopie auf den Laptop geschickt. Ich wusste also, welche Konten ich wo aufzurufen hatte, und ich kannte ja die horrende Provision, die uns der Scherz kosten würde. Daumen drücken und durch.
Keine fünf Minuten vergingen, und ich schaute fasziniert zu, wie auf einmal eine Summe von fast zweihunderttausend Dollar einem unserer neuen Konten bei der seriösesten Bank New Yorks gutgeschrieben wurde. Überwiesen von einem bekannten deutschen Notariat, einer honorigen Kanzlei, über jeden Zweifel erhaben. Der Transfer trug den Vermerk, dass es sich hierbei um die Restzahlung der Rechtsübertragung vom dritten März des Jahres handele. Hut ab. Zwanzig Prozent Abzug, plus Spesenpauschale von noch mal fast zwei Prozent. Teuer, aber perfekt. Der Ukrainer bekam von mir gleich noch mal eine dreiviertel Million. Mit ähnlichem Ergebnis. Scheißteuer, aber schnell und sicher.
Um Mitternacht rief ich erneut Rick an. Er war wach. »Ich habe ein paar Stunden gepennt, und jetzt ist mir wieder wie frühmorgens. Also wühle ich weiter. Hast du übrigens die Kisten ausgraben können?«
Logisch, dass ich ihm die Wahrheit gesagt habe, oder? Eigentlich wollte ich das Bare ja für mich behalten, aber andererseits hatte ich vor, ein neues Leben zu beginnen. Und das wollte ich nicht mit einer Lüge beginnen. Außerdem – bei der vielen Kohle ist eine weitere Million nicht mehr so allumfassend wichtig.

Ich gebe ja zu, dass ich blöd bin.
»Habe ich. Aber ich habe sie noch nicht aufgemacht.«
»Machst du das? Kannst du zählen, wo du bist?«
»Kann ich.« Ich schaute auf die Straße, deren staubiges Band sich bis zu der Bergkette am südlichen Horizont erstreckte. Vermutlich. Denn ich überblickte ihren Verlauf nur etwa einen Kilometer weit. Die Nacht war relativ hell, die Sterne funkelten nah und groß, und zum Geldzählen würde das Licht allemal reichen.
»Wir haben uns ja nie drüber unterhalten, wahrscheinlich, weil wir uns beide kaum vorstellen konnten, dass wir es mal in der Hand halten würden, aber – was machen wir jetzt eigentlich damit?« Als ich sie stellte, fand ich meine eigene Frage ungeheuer lustig. Wenn man sich über die Menge seines Geldes Gedanken macht, wenn einem das Gewicht der Scheine Schwierigkeiten bereitet, dann hat man Sorgen, die jeder gern hätte.
»Womit?« Klar, dass er so dämlich fragt. Der vögelt Misty, sonst wäre er nicht so schwer von Begriff.
»Mit dem Kisteninhalt, Blödmann. Mit der Schmiere. Dem großen Motivator.«
»Ach so. Klar. Weiß nicht. Herbringen? Meinst du, das könnte man?«
Hatte der eine Ahnung, wie groß und wie schwer so ein Haufen Bargeld ist. Nein, man konnte es nicht unentdeckt über die Grenze bringen. Ich jedenfalls nicht. Ich hatte keine Lust, Behörden in zwei Ländern zu erklären, wo so viel Cash herkommt. So viel Bargeld, das vermutlich Kokainspuren trägt, was man ja heute ganz locker feststellen kann. Ich nicht, Amigo. Das sagte ich ihm auch. Dass ich nicht damit erwischt werden möchte.
Er scherzte: »Verbuddele es, da wo du bist. Kommt doch kein

Schwein hin.« Was natürlich stimmte. »Du bist genial, mein Kleiner«, freute ich mich. Klar, hier verscharre ich es. Bisschen weiter weg, damit mir nicht einer ein öffentliches Klo darüberbaut oder einen Parkplatz anlegt.

»Mach du weiter, und ich werde mich jetzt um das Problem kümmern. Ruf an, wenn du fertig bist. Ich dürfte in zwei Stunden mit den Kisten so weit sein, und wenn alles gut läuft, dann kann ich ja noch ein paar Stunden pennen.«

Das würde er machen, und ich soll vorsichtig sein. Garantiert pimpert der meine Freundin. Schwein.

Wenn ich zum Auto ging und dort die Kisten öffnete, die Kohle zählte und wieder verpackte, würde ich die Sicherheit des Hügels verlassen müssen. Also schleppte ich jede Kiste mühsam den Abhang hinauf, hielt oft an, keuchte und schnaubte, hatte sie aber nach einer halben Stunde oben. Ich wuchtete die erste Blechkiste auf den Tisch, nahm meine Taschenlampe und leuchtete Vorhängeschloss und Deckel ab. Dann machte ich mich ans Aufbrechen.

Der Hebel des Wagenhebers funktionierte schneller und besser als der Originalschlüssel, der vermutlich noch immer an Morenos Schlüsselbund hing, irgendwo in einem der Untergeschosse der Hölle. Durch den Bügel geschoben und ein kräftiger Ruck – warum diese Dinger überhaupt angebracht werden, weiß ich nicht. So einfach geht sonst keine Tür auf. Der gehärtete Schließbügel brach klirrend ab, und ich musste nur den Schlosskörper drehen, um die Lasche heben zu können und den Kistendeckel zu öffnen.

So viel Geld. So fucking much money. Auf einem Fleck. Eigentlich eine Schande, dass Moreno so ein Vermögen verscharrt, im Garten, wie einen toten Hamster. Vorsichtig hob ich die Bündel aus der Metallbox, legte sie auf den Tisch und freute

mich daran, dass die Stapel wuchsen. Wie in Las Vegas, nur ohne Roulette. Mann o Mann. So fucking much money.
Erst stapelte ich, dann machte ich die anderen Kisten auf und stapelte deren Inhalt neben dem Geld aus der ersten Kiste. Und dann holte ich die Digitalkamera aus meinem Backpack, stellte sie ans Ende der Tischplatte, lehnte mich vor den Geldstapel und drückte den Selbstauslöser. Zehn Sekunden später blitzte es, und ich bewunderte auf dem LCD-Schirm ein einmaliges Porträt.
Erst jetzt begann ich zu zählen. Irgendwie hatte ich Respekt davor. Würde der Zauberbann brechen, wenn ich zu zählen anfange? Oder hatte ich nur Angst vor der großen Zahl? Ich hatte im Laufe der letzten Stunden viel größere Beträge hin und her geschoben, hatte sie geholt und angelegt, hatte mit ihnen gekauft und wieder verkauft, aber es war wie ein Spiel. Eher Theorie als Vermögen. Ein Spielchen, das sehr schnell seinen Reiz verlor. Es wurde langweilig, denn zu abstrakt war der Gedanke, dass ich mit echten Beträgen umging, die mir gehörten. Das hier war Bargeld. Damit konnte man in einen Laden gehen und eine Cola kaufen oder einen Ferrari. Konnte bis in alle Zukunft schuldenfrei leben oder sich irgendwo ein neues Leben besorgen. Das ging zwar mit meinem elektronischen Guthaben auch, sagte mir der Verstand, aber mein Bauch sagte mir, dass das hier der Lohn der Angst war. Der echte Lohn.
Der Mond beleuchtete die Szene. In der Ferne heulte ein Kojote. Die totenstille Nacht verstärkte jedes Geräusch. Mäusetrappeln und Klapperschlangenschleichen waren deutlich zu hören. Die kaum wahrnehmbare Brise hob die Kanten der gebündelten Greenbacks und ließ sie leise rascheln. Plötzlich verstand ich Morenos Schwanzreaktion auf das viele Grün: Ich war glücklich.

42 Lohn der Angst

Ich fuhr übertrieben vorsichtig durch die Nacht nach Nordwesten, parallel zum San-Andreas-Graben, der das Gesicht Kaliforniens wie ein Schmiss zweiteilt. Als Knabe hatte ich mal einen französischen Film gesehen, der von einem Nitroglycerintransport durch den südamerikanischen Urwald handelte. So viel Hoffnungslosigkeit, Tod und Verderben, und als der einzige Überlebende endlich seine Ladung ans Ziel bringt und die Belohnung kassiert, lenkt er in seinem Überschwang den nun leeren Lastwagen über einen Steilhang. Geldscheine regnen auf das brennende Wrack mit dem Toten, der für einen kurzen Moment geglaubt hatte, dass man dem Schicksal einen Neubeginn abtrotzen kann.

Darauf baute ich aber: Dass man dem Schicksal einen Neubeginn abtrotzen kann. Ich wollte wohlbehalten nach Baja ziehen und lange, lange leben. An der immer sonnigen niederkalifornischen Pazifikküste, direkt am Supersurf, am weißen Strand mit seiner täglich wechselnden Weiblichkeit, im eigenen Hotel, ohne Geldsorgen. Mit einer Frau. Mit Freunden. Mit Freuden.

Nachdem ich das Geld zweimal gezählt hatte, um auch ganz sicher zu sein, dass ich haargenau achthundertdreizehntausend und vierhundert Dollar aus der trockenen Erde des Tepusquet gebuddelt hatte, verpackte ich die Scheine – bis auf eine Winzigkeit, die niemanden etwas anging – in die Behälter und fuhr einen Kilometer den Berg hoch. Es war halb drei, Rick hatte noch nicht angerufen, und ich wurde langsam sehr müde.

Unter dem breiten Dach einer der selten gewordenen verkrüppelten Goldeichen grub ich ein ordentliches Loch. Dort hinein versenkte ich die Kisten, nachdem ich überprüft hatte, dass wirklich niemand in der Nähe wohnte, dass sich nichts Geschütztes oder touristisch Wertvolles in unmittelbarer Umgebung befand und dass der Fleck ebenso unauffällig wie der traurige Rest dieses Wüstentales war. Hier würde unser Vermögen gut ruhen, unser unverhofftes Notnägelchen. Ich hatte die Kohle noch mal eingewickelt, hatte die Plastikplanen halbiert, ausgebreitet, die Bündel daraufgeschichtet und die Planen an den Seiten hochgefaltet, sorgfältig, die Enden oben zusammengebunden, und das Ganze noch mal penibel mit einer Schnur gesichert. Sie wurden in ihre Kisten gesteckt, die vielen Scheine, die Kisten zugeklappt und mit Klebeband abgedichtet – ich hatte Ignacio um eine oder zwei Rollen dieses silberglänzenden Superklebebandes gebeten, duct tape, mit dem jeder Musiker der Welt seine Anlage auf der Bühne sichert, und Ignacio gab mir eine ganze Packung von dem Zeug, das offenbar auch für das Werk des Herrn unabdingbar ist –, hatte sie noch mal getätschelt, die Kisten, und dann der kalifornischen Erde übergeben. Ich hatte die Stelle ausgesucht, weil sie mir trocken schien. Hier regnete es sowieso höchst selten, und das Regenwasser würde den leichten Abhang hinunterfließen, ohne einzusickern. Höchstens Tropfwasser von der Eiche könnte unser Geld schimmeln lassen, aber ich glaubte eigentlich nicht, dass wir es so lange in seinem Versteck lassen würden. Vor Dezember würde es hier sowieso nicht regnen. Kaum hatte ich die Kohle, schon machte ich mir Sorgen.

Mit viel Sorgfalt passte ich die Stelle ihrer Umgebung an. Da konnte man von Moreno was lernen. Als ich endlich ging, war ich überzeugt, dass aus zwei Meter Entfernung kein Mensch sehen würde, dass hier einer gegraben hatte. Also gut. Mehr kann man nicht tun. Ich stieg in den Truck, wendete und fuhr nach San Luis Obispo.

Ich war allein auf dem schmalen Strässchen, das in diesen spärlich bewohnten Landstrichen als Highway gilt. War auch ganz gut so, denn ich war hundemüde. Denke an den Film, Junge! Immer wieder riss ich meinen Kopf hoch und meine Augen auf – aber lange würde ich das nicht aushalten. Ich kam mir vor wie ein aufgedröselter Luftballon, der düsengetrieben an die Zimmerdecke hochfurzt. Die Anspannung der letzten Wochen war gewichen, ich merkte im Laufe des Abends und der Nacht, wie ich lockerer wurde. Die Luft entwich. Vermutlich war ich deshalb plötzlich so müde.

In San Luis fuhr ich zum Buddy-Burger, der seine Bratfettbude nie zumacht, und kaufte mir von einer völlig übermüdeten Großmutter am Autoschalter die größte Bulette, die ich kriegen konnte. Dazu einen Sixpack Cola und natürlich Pommes. Kein Burger ohne Pommes. Ich verlangte und bekam die größte Papiertüte, die sie hatten. Das Essen warf ich raus, stopfte auf dem leeren Hamburger-Parkplatz meine Buddy-Burger-Tüte voller Geldscheine – siebenundvierzigtausend Dollar passten rein, und die Tüte ging gerade noch zu –, verklebte sie, damit sie nicht aufgeht und irgendeiner einen Anfall kriegt, und fuhr weiter Richtung San Miguel.

Ich hatte noch dreißigtausendvierhundert Dollar auf dem Sitz neben mir. Die würde ich brauchen – immerhin musste ich noch einiges erledigen, ehe ich mich davonmachte. Ein großes gebrauchtes Auto kaufen, und jede Menge Klamotten. Ich hatte buchstäblich nichts mehr zum Anziehen, Bart und Haare

wuchsen wieder, weil ich ständig vergaß, mich zu rasieren, und ich wollte unbedingt noch ein paar Computersachen kaufen, denn die waren in Mexiko schwer zu kriegen und daher unglaublich teuer. Ich musste mich immer wieder daran erinnern, dass ich mir eigentlich keine Sorgen um Geld oder Preise machen müsste – so viel, wie wir eingenommen hatten, konnten wir im Leben nie verbraten. Aber so bin ich nun mal: geizig bis zum Exzess. Wenn ich was billiger kriegen kann, fahre ich wer weiß wie weit, nur um ein paar Dollar zu sparen.
Wir würden alles Mögliche kaufen müssen, wenn wir umsiedelten. Nicht nur Möbel und Gartenzeug, sondern vom Boot über eine richtige Telefonanlage und einen schnellen Internetanschluss bis hin zum hotelgemäßen Fuhrpark allerlei Teures, von der vermutlich geldfressenden Renovierung ganz zu schweigen. Ich hoffte nur, dass Misty ihr Geld bekommen hat. Denn Sammy traute ich inzwischen jede Schandtat zu.
Fast eine Dreiviertelmillion hatte ich auf die Kisten verteilt und unter der einsamen Eiche im verlassenen Wüstental verbuddelt. Mir blutete das Herz; immerhin konnte man als Anleger ohne großes Risiko eine zehnprozentige Rendite erwarten, also verschenkte ich in einem Jahr siebzig Riesen; so viel Geld hatte ich als Radiofritze in zwei Jahren verdient. Brutto.
Dass ich Ignacio die Tüte geben würde, stand fest. Ohne seine Hilfe hätte ich die letzten Wochen nicht überlebt. Und das muss honoriert werden. Als Kalifornier bin ich mit dem Konzept des Karma bestens vertraut, und ich werde kaum mein Karma durch Undankbarkeit versauen. Außerdem waren das nur ein paar Prozentchen unseres neuen Glücks. Also wirklich kein Betrag, der uns wieder an den Bettelstab bringt.
Die Sonne warf ihre ersten Strahlen über die Berge hinter mir, als ich kurz vor San Miguel anhielt. Das Geld wollte ich nicht

im Auto liegen lassen; ich schob es in meinen Rucksack, der neben mir auf der Sitzbank lag. Meine Kamera lag obenauf, mein Laptop darunter, im Außenfach steckte mein Telefon. Da lag das Geld richtig. Mit dem ganzen Elektronikzeug hatte ich es geholt, an der Elektronik sollte es sich wärmen. Ich zog noch schnell meinen Pullover aus und breitete ihn über den Rucksack. Musste ja nicht jeder sehen. Dann fuhr ich hinter einem Milchtransporter mit spiegelblankem, ovalem Tankaufbau aus Aluminium und rostfreiem Stahl bis zur San-Miguel-Abfahrt, bog ins Dorf ein und freute mich an den lang gestreckten weißen Missionsgebäuden, die in der Morgensonne Hoffnung verbreiteten. Wunderschön und bald mit einem hübschen, renovierten Glockenturm.

Ich stellte den Truck auf den hinteren Parkplatz, schloss ihn sorgfältig ab und ging mit meinem Frittentütchen durchs Gartentor in die Kirche. Ignacio war beim Frühstück. Ich wollte nicht stören, also marschierte ich in den Kirchenraum zurück, stieg die kurze Treppe zur Kanzel hoch und stellte meine Wundertüte dorthin, wo Ignacio bei der Frühmesse stehen würde. Er war diese Woche dran – er würde meine Spende finden. Aber falls nicht, schrieb ich noch schnell: »Für Ignacio, der sich schon lange um seinen Glockenturm sorgt.« Und unterzeichnete mit dem etwas hilflos klingenden Namen Anno Nymus.

Ich stieg von der Kanzel, durchquerte die Kirche, ging zur Seitentür in den Wohntrakt der Mission und öffnete die Tür zu Ignacios Klause.

Mann, war ich müde! Gott sei Dank war diese Nacht vorbei. Gott sei Dank war dieser grauenvolle Lebensabschnitt vorbei. Im Gegensatz zum Nitroglycerinhelden hatte das Schicksal bei mir beide Augen zugedrückt.

43 Rache

Ich ließ mich auf den Stuhl fallen und legte die Beine auf Ignacios Beistelltisch. Mann, war ich fertig! Die Nacht wollte kein Ende nehmen, jede Minute war wie Melasse. Eine üble Nacht, eine schlimme Nacht. So was wollte ich nie wieder erleben.

Ignacio freute sich unbändig, als er in seine Klause kam und mich am Tisch sitzen sah. Er umarmte mich spontan, wollte nicht aufhören, mir den Rücken durchzuwalken, und redete wie eine hängen gebliebene Schallplatte. Auch ein Konzept, das ich vergessen könnte: Schallplatte. Wusste doch keiner mehr, was das war.

Ich war völlig erledigt. Ignacio merkte das wohl auch und versprach, dass er mich ruhen lassen würde, sobald sein Frühgottesdienst anfinge. Aber erst noch schnell etwas zur Stärkung. Ich hätte doch sicher Durst und Hunger? Was soll man darauf schon antworten. Klar, ich nickte und rieb mein schmerzendes Genick.

Der Franziskaner verließ das Zimmer und kam gleich darauf mit einer dampfenden Tasse Tee und einer Dose Schokoladenkekse zurück. Ich schaute ihn aus geröteten Augen an und dankte winkend. Der Tee tat gut, die beiden Kekse, die ich hinterherschob, waren so zuckersüß, wie ich sie gern hab, und dann sackte ich weg. Beine auf dem Tisch, Arsch auf dem Stuhl.

Der Schlag auf meine Rippen schreckte mich auf. Instinktiv wollte ich meine Hand auf den Schmerz legen, aber ich konnte sie nicht rühren. Ich schlug die Augen auf und starrte in das bösartige Gesicht des Dritten.
»Na, du Drecksau?«, grinste Harold Lauterbach III., dessen Riecher fast mein Gesicht berührte. Kleine gelbe Augen leuchteten maliziös, beim Sprechen sprühte er Speichel. Er richtete sich wieder auf. In seiner Hand steckte der größte Colt, den ich mir je hätte vorstellen können. »Da steht die alte Schlabberschnauze still, was? Kriegst das Maul vor Staunen nicht zu, he? Hast wohl gemeint, ich wäre draufgegangen, du Sau?«, fragte der Killer scheißfreundlich. In meiner Verblüffung nickte ich, und er schlug mir mit offener Hand auf die Wange. Ich sah Sterne und spürte, wie sich einer der unteren Backenzähne lockerte. Ich konnte den Horrorcop nur anstarren.
»Du hast uns ja ganz schön durchgefickt, du Hurenbock«, sagte Harvard-Absolvent Lauterbach. »Wegen dir sind meine beiden Freunde draufgegangen. Gestern Abend, in Morenos Scheune. Hab Glück gehabt, dass ich fahren musste. Als ich sah, dass die beiden in einen Hinterhalt liefen, habe ich aus lauter Pietät noch ein paar Handgranaten in den Schuppen gerollt, ehe ich losgefahren bin. Der verdammte Bohnenfresser Moreno stand mit offenem Maul da, als die Granate vor ihn rollte. Und jetzt bist du dran. Das bin ich meinen Kollegen schuldig.« Dramatisch hielt er seinen Ballermann in die Höhe und lud nach. Er zielte einäugig auf mich und ließ die Pistole grinsend sinken. »Kleiner Vorgeschmack, Süßer. Aber erst muss ich noch ein paar Auskünfte bekommen. Woher hast du die Bänder?«
»Welche Bän ...«, fragte ich, aber ich hätte mich an das Theater in meiner Strandbude erinnern sollen. Klatsch! machte es, und der Zahn flog in hohem Bogen aus meinem Mund.

»Wie?«, wollte er wissen.
»Hat einer von Morenos Leuten geliefert, für einen Haufen Geld«, log ich.
»Welcher?«
»Einer, der unter einer Telefonnummer in Santa Paula zu erreichen war«, schmückte ich die Erfindung mit Fakten aus, und er schien zufrieden.
»Na, siehst du. So ist's doch besser. Auch wenn du dadurch keinen Moment länger lebst, aber schmerzfreier.« Er setzte sich mir gegenüber, legte den Colt vor sich auf den Tisch und strahlte mich an. Der Neid musste ihm die schönsten Zähne zugestehen, die ich seit langem gesehen hatte. Sicheres Zeichen einer sorgenfreien Jugend, solche Zähne. Die sind bei uns scheißteuer. Ringsum stimmte auch alles. Er hatte ausgesprochen androgyne Lippen, ein Satz Mick-Jagger-Dinger, gut durchblutet. Nur die winzigen Speichelbläschen im linken Winkel störten, aber nobody is perfect, wie man weiß. Schöne, glatte, leicht gebräunte Haut, kräftige Nase, großartig geschnittenes blondes Haar, ein Bild gelungener Männlichkeit. Und der Anzug, der Anzug! Hauchzarte Seide, mit Mohair gemischt, IBM- und Bullendunkelblau, wunderschön nach neuester Mode geschnitten. Hemd, Krawatte, Patentlederslipper, alles stimmte. Alles leicht angeschmuddelt und zerknittert, aber seine Nacht war auch nicht besser gewesen als meine, schätzte ich. Verblüffend, wie das Wissen vom nahen Tod die Dinge in Perspektive rückt, Winziges wichtig und Wichtiges nichtig werden lässt. Morituri te salutant, Lauterbach Drei.
»Was war denn gestern los?«, fragte ich und machte mich schon auf einen weiteren Zahnverlust gefasst. Aber er blieb ganz ruhig. »Weißt du doch ganz genau. Oder vielleicht nicht. Hast wohl nur die Post aufgegeben und nicht mitgekriegt, was

du alles angerichtet hast? Erzähle ich dir gern, aber erst will ich wissen, wo dein Kumpel, der Mönch, ist. Der ehemalige Bulle, das Schwein.«
Ich schaute ihn an. Mein Kumpel, der Mönch, war mit Sicherheit irgendwo in der Mission, vermutlich schon in der Kanzel. Ich hoffte, dass ich das nicht verraten würde.
»Nach Paso gefahren, wie jeden Morgen. Als ich einschlief, war er schon weg.« Er schien zufrieden. Sah aus, als glaubte er mir. »Außerdem«, schob ich nach, »ist er harmlos. Hat keine Ahnung, was alles läuft.«
»Hatte dein fetter Kumpel Dickie auch nicht«, freute sich der Jungbulle, »und ist trotzdem draufgegangen. In deinem schönen Auto. Nachdem ich ihm den Arsch wundgefickt habe und er mir trotzdem nicht sagte, wo du zu finden bist.« Er holte ein Täfelchen Schokolade aus der Jackentasche, streifte ihre Papierumhüllung und Alufolie ab und steckte sie sich genüsslich in den Mund. »Ich war übrigens dabei, als du ihn angerufen hast. Staunste, was?« Er grinste. Klar war er der Typ, den der dicke Rundfunkingenieur am Strand aufgegabelt hatte. Hatte ich ja befürchtet.
»Du hast genau gewusst, dass Dickie völlig ahnungslos ist, und hast ihn trotzdem umgebracht?« Er nickte schokoladekauend. Ich staunte wirklich, wie skrupellos der Kerl war. Ihm tröpfelte braune Spucke aus dem Mundwinkel, die er sorgfältig mit einem zusammengefalteten Papiertaschentuch wegwischte. Er schaute aufs Taschentuch, faltete es ein Mal und steckte es in seine Hosentasche.
»Und mein Boss, Curt Cremer, der vom Radiosender?«
Er glotzte mich an – und dann kam ihm die Erleuchtung. Man sah richtig, wie der Groschen fiel.
»Das war dein Radioboss! Mensch, so ein Zufall. Das war dein

Boss. Und du hast dir bestimmt in die Hose geschissen, als die den gefunden haben, was?« Er lachte glucksend. »An dich habe ich gar nicht gedacht, als wir den kaltmachten. Wie auch? Der war nur für Moreno. Der wollte ihm schon lange an den Kragen. Hat wohl mal den Moreno verteidigt, der Herr Rechtsanwalt, und hat ihn hinterher verklagt, weil sich Moreno vor dem Bezahlen drückte. Er hat ihm das nie verziehen. Und für mich war's ein Klacks. Kleines Nachmittagsvergnügen mit Morenos Motorboot und meiner wunderschönen schwedischen Mauser M41B. Erst aus fünfzig Meter Entfernung bei voller Geschwindigkeit die Sau von Anwalt schlachten, dann noch drei Stunden Hochseeangeln und Haie schießen. Hat Spaß gemacht.«
Mir ging ein Licht auf. »Den Typen, den ich am Strand fand, den habt ihr auch auf Morenos Boot gehabt, stimmt's? Und ihn dort kaltgemacht und ins Meer gekippt. Eine riesige weiße Motorjacht mit einem diagonalen doppelten roten Rennstreifen. Hab ich recht?«
Er schaute mich unfreundlich an. »Bist ein schlauer Junge. Viel zu schlau. Wir hätten auf Running Bear hören sollen. Der hat immer gesagt, wir sollen dir sofort die Hammelbeine lang ziehen. Aber der dämliche Fettsack wollte nicht. Der hat gedacht, es reicht, wenn wir dich den Provinzcops als Dealer verkaufen. Dann würden die den Rest schon selbst erledigen. Das hat er nun davon, der Griechenarsch.«
So eine Scheiße. Der reine Amokläufer, mein hübscher Besucher mit den unruhigen Augen. Er nahm sein Messer aus der Tasche, klappte die lange Klinge auf und kratzte unter seinen blitzblanken Fingernägeln herum, hielt die Fingerchen hübsch gespreizt ans Licht und begutachtete sie.
Wie nebenher wollte er wissen: »Der Typ von Moreno, der in Santa Paula – wie ist er an das Gespräch gekommen?«

»Angeblich selbst aufgenommen. Er hat Moreno jahrelang abgehört. Hat wohl mitgehört, dass ihr mir an den Kragen wolltet, und hat über einen gemeinsamen Bekannten mit mir Kontakt aufgenommen.«
»Wann?« Der krumme Bulle beugte sich vor. »Und wer war der gemeinsame Bekannte?«
»Letzte Woche, Anfang der Woche«, log ich wie gedruckt. »Und ich weiß nicht, wer der Bekannte war. Der Typ hat mir nur gesagt, dass wir beide einen kennen, der ihm meine Handynummer gegeben hat.«
Aber da war er schon wieder aufgestanden und mit zwei Schritten bei mir. Ich drehte gerade noch rechtzeitig den Kopf zur Seite, so dass sein Schlag mit dem Pistolenlauf abglitt, aber ich mimte einen Volltreffer.
»Sammy«, murmelte ich. »Sammy war's.«
»Schämmi?«, äffte der Witzbold nach. »Schämmi wer?«
Ich sprach übertrieben undeutlich. »Sammy Sheerstein, ein Rechtsanwalt aus Nevada.«
»Die Drecksau Sammy Sheerstein, frisch gebackener Puffbesitzer aus Barstow. Der mir gestern netterweise deine hiesige Adresse gab. Und mir was von Geld erzählte, das du geklaut hast, und einem Konto in der Kanakei, und dass du mit deiner Nutte nach Mexiko ziehst. Schade eigentlich, dass uns die dämlichen Bauernbullen aus Barstow erst mit Verspätung ihre Abhörbänder zugeschickt haben. Sonst hätten wir deine Ausziehoma auch noch erwischt. War leider schon weg. Na ja, was nicht ist, wird noch.« Er lehnte sich in seinem Stuhl zurück, grinste mich flackernd an und freute sich, dass mir seine Drohung sichtlich an die Nieren ging.
»War interessant, wie bereitwillig dein fetter Freund Sammy auspackte. Der konnte mir gar nicht schnell genug erzählen,

was ich eigentlich gar nicht so genau wissen wollte.« Er genoss die Erinnerung. »Ich hatte danach die Ehre, Sammy das verhurte Lebenslicht auszublasen.«

Ich tat überrascht und schockiert. Er lachte lautlos. Hatte den Mund offen, zeigte seine hübschen Zähne, schüttelte sich und gab doch keinen Ton von sich. »Hätte ihm gern noch die Eier abgeschnitten und einen Tabaksbeutel daraus gemacht, aber meine beiden Freunde, die du umgebracht hast« – er schob erneut seine ekelhafte Killervisage in mein Gesicht –, »hatten keinen Sinn für solche Feinheiten. Dein Freund Sammy hat sich zwar noch geschwind wie ein Maulwurf unter seine tote, fette Freundin verkrochen, aber das half nichts. Der wartet nun beim Himmelpapa auf dich, mein Schatz«, versprach er und überlegte laut, dass er vielleicht seinen Tabaksbeutel doch noch kriegt.

Ich war überzeugt, dass er jetzt schießen würde, so wie er sich heiß geredet hatte. Aber auf eine Frage wollte er noch eine Antwort. »Wo ist das viele Geld? Du hast es dem Moreno doch geklaut, oder? Erzählte jedenfalls dein Kumpan Sheerstein.« Wieder wollte ich verneinen, aber er holte schon aus, und ich wollte ihm nicht dauernd diesen Gefallen tun.

»In Russland. Ich habe das Geld auf ein Konto in Russland überwiesen. Auf eine Mafiabank, und von dort wird die Hälfte, die nicht als Gebühr einbehalten wird, auf mein Konto bei der Kreditgenossenschaft in Pismo Beach überwiesen. Schade nur, dass weder ich noch du was davon haben werden. Immerhin über eine Million.«

Ich schaute ihn groß an. Er saß da und begutachtete seine Fingernägel. Einzeln. Jeden Fingernagel hob er ans Licht, prüfend, lockerte gelegentlich etwas imaginären Dreck und nahm sich dann den nächsten vor. Könnte sich auch mal einen anderen

Tick einfallen lassen. Auf mein ziemlich eindeutiges Angebot reagierte er überhaupt nicht. Wollte nur mal wissen, ob ich zufällig am Sack eine Tätowierung habe. Als ich verneinte, pulte er weiter.

Ich wollte unbedingt Zeit schinden, also fragte ich ihn, wie Cherie war. Ob er sie genossen habe?

»Woher weißt du, dass ich sie gefickt hab?«

»Weil sie es mir erzählt hat.«

Er lachte schallend. »Im Traum. Die hat nicht mehr viel sagen können. Höchstens röcheln, als ich ihr die Kehle durchschnitt. Das hat sie mir zuliebe gemacht. Ich habe sie noch gefragt, wie es war, endlich einen richtigen Mann dringehabt zu haben, und dann hat sie ›prima‹ geröchelt. Oder so ähnlich. War schwer zu verstehen wegen dem Blut, das ihr aus dem Hurenmaul quoll.«

Er freute sich unbändig.

Die Sau.

»Ich glaube, du bist nicht nur total pervers«, sagte ich unvermittelt, »sondern auch total verrückt. Crazy«, diagnostizierte ich, »as a Cuckoo.« Das Schwein ging mir derart auf den Wecker, dass mir im Moment scheißegal war, ob ich fünf Minuten früher oder später sterben würde. »Wirst du mir auch die Hose runterziehen, ehe du schießt? Oder machst du das hinterher, du Leichenficker?«

Er sprang auf, hob die Pistole und meinte höhnisch grinsend: »Gleich hinterher, während du noch zuckst. Wie ein Frosch unter Strom.« Sein Abzugsfinger krümmte sich. Krach und Kordit ließen das enge Zimmer explodieren, eine zersplitternde Spiegelscheibe flog mir um die Ohren, Blut spritzte mir ins Auge, und Detektiv Harold Lauterbach der Dritte, 26, unverheiratet, konfessionslos und seit zweieinhalb Jahren pensionsberechtigt, löste sich vor mir buchstäblich auf. Sein Gesicht wurde erst mondförmig und dann flüssig, ein gewaltiges Loch entstand dort, wo vorher noch die linke Augenbraue andeutungsweise in die rechte überging. Als sein Kopf ins Genick gerissen wurde, flog seine Pistole in hohem Bogen davon. Er sagte keinen Ton. Leider. Das ganze Bündel Scheiße sackte zappelnd auf den Teppichboden.

Ignacio stieß die Schranktür auf und trat heraus. Er war kreideweiß. In der Hand hielt er ein rauchendes, gewaltiges, mattschwarzes Rohr. Ich vergaß, Luft zu holen.

»Glock«, sagte er und hob die Waffe. Dann warf er sie angeekelt ins Zimmer, ließ sich erschöpft aufs Bett fallen und starrte den toten Dritten an.

»Der alte Indianergang und der durchsichtige Spiegel!«, kam mir die Erleuchtung.

»Logisch«, sagte Ignacio. »Ich hatte mein Gebetbuch vergessen und wollte gerade hereinkommen, als er dir den Colt aufs Hirn schlug. Da bin ich in den Gang, wo ich mein altes Polizeizeug liegen habe.«

Nun danket alle Gott, dass die Missionare solch schreckliche Angst vor ihren indianischen Schützlingen hatten.

44 Epilog

Rick lenkte das schwere Schiff elegant an den Steg und verabschiedete sich von seinen Passagieren. Die Walsaison war auf ihrem Höhepunkt, und wir waren auf Tage hinaus ausgebucht. Amerikaner, hauptsächlich, aber immer mehr Europäer kamen, um die Grauwale in ihrer Winterheimat zu beobachten. Ich wartete, bis sich die letzte Passagierin von ihm losgerissen hatte, ehe ich an Bord ging. Er stand an der Reling, braungebrannt, muskulös und fettarm. Ganz der Abenteurer. Am Revers trug er den Namen, unter dem er in weiblichen Touristenkreisen schon eine Art Berühmtheit erlangt hatte: Javier Palacios. Rick hieß er schon lange nicht mehr. Nicht mal bei mir.

»Also, Javier, komm. Die Fete beginnt in einer halben Stunde. Ich wollte dir aber erst noch privat gratulieren.« Er bleckte die schneeweißen, ziemlich neuen und ziemlich teuren Zähne. Original Schweizer Fabrikat. Sah gut aus im dunkelbraunen Umfeld.

Ich zog eine winzige Schachtel aus der Tasche und drückte sie ihm in die Hand. Er wollte das rote Samtband aufknoten, aber ich sagte ihm, er solle es nachher machen. Nach dem offiziellen Teil.

»Ist ja schon lange fällig, aber heute sage ich dir endlich – ohne dich gäbe es mich nicht mehr. Ohne dich hätte ich aufgegeben. Und ohne deinen cleveren kriminellen Raubzug wären wir beide nicht so reich, wie wir's sind. Ich danke dir. Wir danken dir. Denn wir beide verdanken dir unser Leben.« Ihm wurde ganz feucht um die Augen. Ich wollte nicht, dass er meint, ich würde auf meine alten Tage noch seltsam, also fiel die Umarmung lange nicht so leidenschaftlich aus, wie sie eigentlich hätte ausfallen sollen. Der Kuss auch nicht. Eher so, wie es sich unter Freunden gehört.

Wir feierten die zweite Weihnacht in San Felipe. Misty – die schon ewig nicht mehr Misty hieß – hatte die heruntergekommene Klitsche zum führenden Hotel im mittleren Baja California gemacht. Rick – als Javier Palacios sogar Hollywooder Industriewitwen ein Begriff – hatte gerade ein zweites Schiff dazugekauft. Er würde es im April von der Werft in Holland holen, gerade rechtzeitig zur Schwertfischsaison. Bei der Gelegenheit wollte er als Erbe des allzu früh verstorbenen Sam Sheerstein bei unserer Bank in Belgien vorbeischauen und mit seinen wirklich edlen neuen Papieren, die Bob vor kurzem lieferte, das Anwalts-Anderkonto etwas erleichtern. Die Banker freuten sich schon darauf, Mister Javier Sheerstein kennen zu lernen, schrieben sie.

Und ich war glücklich. Ich machte, zusammen mit einem wirklich cleveren Jung-DJ aus dem Dorf eine gut eingeführte Internet-Radiosendung, die uns neben flotten Werbeeinnahmen und täglich eintrudelnden Promo-CDs Fanpost aus aller Welt einbrachte. Nebenher brachte ich jungen und alten Kids das Surfen bei. Jeden Tag jeder Woche jeden Monats. Ich saß auf meinem Brett, wartete auf eine gute Welle – jede dritte war hier unten sagenhaft – und ritt oft zweihundert Meter und mehr knapp unterhalb des Brecherkamms, ehe Land kam. So herrlich hatte ich's noch nie. Die beiden verdienten zwar das Zehnfache von dem, was ich mit heimnahm, aber mir ging's ja

nun wirklich nicht mehr ums Geld. Auch das war eine feine Sache.
Und ich hatte meinen Durst an den Nagel gehängt. Seit unserem ersten gemeinsamen Tag in Baja. Ich war hier unten noch nie besoffen. Würde ich auch nicht sein. Der Suff fehlte mir nicht. Die neue Freiheit war mir manchmal direkt unheimlich. Hätte ich viel früher haben können. Aber der Mensch braucht Zeit, um sich zu entwickeln.
Wir gingen den Landungssteg entlang und übers giftgrüne Gras. Auf der ausgedehnten Rasenfläche war ein riesiges, von der schräg stehenden Wintersonne angestrahltes Zelt aufgebaut, zwischen dem frisch geschminkten alten Hotel, den neuen Hotelbungalows daneben und dem weiten weißen Sandstrand. Wo übrigens mein schwarzes 1976er Cadillac Cabrio stand – Mistys Hochzeitsgeschenk an mich. Die Hotelgäste konnten von dem alten Ding nicht genug kriegen. Ich auch nicht.
Javier und ich fielen auf – die Gäste waren alle feierlich gekleidet, während ich barfuß in meiner überm Knie abgeschnittenen Surferjeans und im T-Shirt mit einem sexistischen Spruch auf der Brust steckte und Javier in seinen Ausflugsdampferklamotten. Weißes Hemd, weiße Hose, Goldtressen und goldbesetzte, weiße Kapitänsmütze. Die Frauen schauten ihn verstohlen gierig oder offen gierig an, je nach Temperament und Ehestand.
Misty, die schon lange nicht mehr Misty hieß, winkte. Sie stand von Gästen umringt beim Priester und war sichtlich ungeduldig. Hochwürden dagegen war die Ruhe selbst. Dunkelbraun, wie alle hier, mit Aztekennase und einem breiten, dicklippigen Mund, den er gerade bis an beide Ohren ausdehnte. Misty gefiel ihm – er hatte schon lange ein zölibatäres Auge auf sie geworfen. Hinter ihm stand Ignacio, wahrscheinlich als Springer,

der weitermachen würde, falls der Padre seinen Text vergaß. Als dritter Mann dieses Menschheitsquerschnitts grinste Winston perlweiß übers ganze Gesicht. Er hatte es sich nicht nehmen lassen, noch gestern Abend auf unserem neuen Wüsten-Airport einzufliegen – direkt aus Jamaica, in der eigenen Langstrecken-Cessna, mit der er sonst Touristen über Dunn's River Falls flog und gelegentlich in mondlosen Nächten, ohne Positionslicht und in Pelikanflughöhe, allein nach Kolumbien. Ich hatte mir dämliche Fragen abgewöhnt. Wie gesagt, der Mensch lernt. Dauert nur.

Als uns die Gäste sahen, kam Applaus auf. Ich dankte mit beiden erhobenen Händen, während Javier rot anlief. Das hatte er sich nicht abgewöhnen können. Schüchtern war er noch immer, trotz des verblüffenden Erfolges bei den Damen. Ich begleitete ihn zum Altar und stellte ihn ab. Immer diese gesellschaftliche Konvention! Dann nahm ich Misty – Sie wissen schon – am Arm und führte sie aus dem Zelt. Wir warteten im Sonnenschein, bis sich die Gäste gesetzt hatten und die Orgel ertönte. Ich flüsterte ihr das Gleiche zu, das ich schon Rick gesagt hatte. Sie gab mir einen dicken Kuss. Dann schauten wir uns aufatmend an, zerquetschen beide verstohlen eine Träne und gingen, Hand fest in Hand, durch die offen stehende Zeltklappe ins Innere des Kirchenprovisoriums.

Sie strahlte. Sie trug ein eng anliegendes, kurzes Naturseidenkleid. Ihre hochhackigen weißen Pumps brachten uns Aug' in Auge, so wie wir's in ihrem kalifornischen Wüstenbetrieb oft genug gewesen waren. Damals allerdings horizontal. Um den Hals trug sie mein Hochzeitsgeschenk, eine tausendjährige aztekische Goldkette. Die platinblonden Haare trug sie hochgesteckt unter einem winzigen Schleier, und trotz des Halbdunkels im Zelt leuchteten sie strahlend. Wie die ganze Misty, die

in wenigen Minuten einen neuen, offiziellen Namen haben würde. Einen, den sie behalten kann.
Wir schritten durch die feierliche Stille zum Altar. Rings um uns saßen die Freunde, die wir in unseren fast zwei Jahren in Los Santos gewonnen hatten. Vor uns stand der vor Nervosität perlend schwitzende Rick-Javier in seiner Uniform und seinem Kapitänshut, Ring in der Hand, dahinter Padre Jaramillo, strahlend und mit dem gewaltigen Zinken die Luft prüfend, hinter ihm der verschmitzt lächelnde Bruder Ignacio. Misty hatte vor Wochen, als wir die Fete planten, endlich die Katze aus dem Sack gelassen. Sie und Ignacio waren zehn Jahre lang ein Paar gewesen, hatten zusammengelebt und wollten nach seiner Pensionierung heiraten. Bis der heilige Franziskus dazwischenkam. Nun strahlte er seine alte Freundin an und kniff ein Auge zu.
Ein schöner Tag. Nach der Trauung würden wir noch bis um halb zehn feiern. Danach gab's das Weihnachtsessen im kleinen Kreis, hinterher Geschenke. Wie die Einheimischen es tun, und die Europäer. Der Einzige, der trotz der Nähe Nordamerikas in Baja California am Weihnachtsabend den Kamin hinunterrutscht, ist der Kaminfeger.
Die Gäste freuten sich, die Priester freuten sich, ich freute mich, Misty war außer sich. Ich spürte ihr Zittern. Ich blickte stur geradeaus auf Rick, der mit Terror in den Augen stocksteif dastand und uns zusah. Als wir den letzten Schritt getan hatten – warum kamen mir standrechtliche Erschießungen in den Sinn? –, legte ich Mistys trockene Hand in Ricks schweißnasse. Dann trat ich einen Schritt zurück.
Die Zeremonie selbst war kurz und bündig. Willst du?, fragte der Padre, und Misty bejahte. Und du?, wurde Rick gefragt. Auch er nickte, und die Gäste beugten sich wie choreografiert

vor, um sein stockendes »Si« hören zu können. Dann war's auch schon vorbei. Nun strahlte ich.
Ich schaute zu Julie rüber. Sie saß auf dem Ehrenplatz in der ersten Bankreihe und freute sich genauso, wie sich Misty gefreut hatte, als wir beide heirateten. Was genau ein Jahr her war. Hier, im Zelt, letztes Jahr zu Weihnachten. Carlito hatten wir damals auch zu Hause gelassen, denn mit fünf Monaten kann man noch nicht Hochzeitsgast sein. Auch nicht bei seinen Eltern. Nicht mal da.